《红楼梦》结局真相

马瑞芳 细说
《红楼梦》后四十回

马瑞芳 著

上海古籍出版社

图书在版编目(CIP)数据

《红楼梦》结局真相：马瑞芳细说《红楼梦》后四十回 / 马瑞芳著. —上海：上海古籍出版社，2023.1
ISBN 978-7-5732-0475-2

Ⅰ.①红… Ⅱ.①马… Ⅲ.①《红楼梦》研究 Ⅳ.
①I207.411

中国版本图书馆 CIP 数据核字(2022)第 197636 号

《红楼梦》结局真相：马瑞芳细说《红楼梦》后四十回
马瑞芳　著
上海古籍出版社出版发行
(上海市闵行区号景路 159 弄 1 - 5 号 A 座 5F　邮政编码 201101)
(1) 网址：www.guji.com.cn
(2) E-mail：guji1@guji.com.cn
(3) 易文网网址：www.ewen.co
常熟市新骅印刷有限公司印刷
开本 710×1000　1/16　印张 28.75　插页 2　字数 472,000
2023 年 1 月第 1 版　2023 年 1 月第 1 次印刷
印数：1—10,100
ISBN 978 - 7 - 5732 - 0475 - 2
Ⅰ·3659　定价：86.00 元
如有质量问题,请与承印公司联系

目 录

《红楼梦》前八十回

《红楼梦》生动细致地写一个贵族大家庭的吃喝玩乐、生老病死、喜怒哀乐、婚丧礼祭，绘声绘色地描摹一群贵族男女的诗意享乐、悲欢离合、"乌眼鸡"争斗，以及"盛筵必散""树倒猢狲散""飞鸟各投林""忽喇喇似大厦倾"必然覆灭的命运。曹雪芹写完全书，后三十回没传下来，现在看到的百二十回本，后四十回是程伟元、高鹗根据无名氏续写补订。曹雪芹在前八十回已给全书做了周密布局，根据脂砚斋评语线索，小说最后有"情榜"，贾宝玉评语"情不情"，林黛玉评语"情情"。

前五回可看作《红楼梦》总纲。第一回写无材补天、还泪说两个神话，是小说的基础，无材补天的石头幻形入世记录红尘故事，故《红楼梦》也叫《石头记》；三生石畔绛珠仙草和神瑛侍者带来贾宝玉和林黛玉的三世情，还泪说是古今中外最别致的爱情构思。《好了歌》《好了歌解》可视为小说主题揭示。第二回冷子兴交待贾府主要人物特别是贾宝玉的个性。第三回，黛玉进府，通过林黛玉的视角观察《红楼梦》两个核心人物——王熙凤、贾宝玉，以荣禧堂和黛玉进府第一顿饭写国公府气势和贾母封建社会宝塔尖身份。第四回葫芦僧乱判葫芦案，"护官符"把四大家族的熏天气势和一荣俱荣、一损俱损活画出来。第五回贾宝玉神游太虚境，以谶图、谶诗、谶曲预示红楼十二钗的不幸命运及贾府"忽喇喇似大厦倾"的结局，中国古代姗姗来迟的爱神警幻仙子说贾宝玉"意淫"是对其性格的精妙概括。

从第六回开始，刘姥姥一进荣国府，用穷人观察富豪的陌生化描写写贾府、写王熙凤。进入长篇小说以生动细节描写人物和事件的铺叙。

也是从第六回开始，《红楼梦》沿着三条线索向前推进：以贾宝玉为核心的宝黛爱情，以王熙凤为核心的贾府盛衰，而刘姥姥三进荣国府是第三条线索，也是重要的隐线。

贾宝玉的爱情和婚姻是《红楼梦》的主要线索。曹雪芹在写黛玉进府时,以两首《西江月》对贾宝玉的叛逆性格做了定位,"无故寻愁觅恨,有时似傻如狂",贾宝玉寻的是不与封建主流意识形态合作的"愁"、觅的是追求自由个性而不得的"恨"。封建家庭要求他读书做官,他却认为热衷功名是"禄蠹",把封建社会最高道德"文死谏武死战"贬得一文不值;封建社会讲究男尊女卑,他却认为女儿是水做的,男人是泥做的,见了女儿就清爽,见了男人就觉得浊臭逼人,他喜欢给丫鬟服役,跟"低贱"的戏子交朋友。贾宝玉在祖母溺爱下发展个性,在众人眼里他是不合时宜的异类,只有林黛玉从来不劝他扬名立身,宝黛爱情是建立在共同思想基础上的知己之恋。因受贵族家庭的礼法所限,二人的恋情在不断的互相试探中曲曲折折地向前发展,在"诉肺腑"后相互融洽。薛宝钗是"妇德"的忠实遵守者,薛姨妈是"金玉良缘"的制造者,王夫人及其背后的贾元春是"金玉良缘"的维护者,贾母却有意让二"玉"成一家,王熙凤从自身利益出发,支持宝黛成一家,金玉良缘和木石前盟的博弈,胶着在贾府重重矛盾中,直到前八十回结束,孰胜孰负,仍未见端倪。

贾府烈火烹油、鲜花着锦似的繁盛表现在两个事件中:一件是秦可卿丧事,一件是元妃归省。

秦可卿之死,本来是贾珍和儿媳通奸导致秦可卿上吊的丑事,因为《石头记》评点者畸笏叟干预,曹雪芹将其改成病死,但留下了许多蛛丝马迹,如焦大醉骂,贾珍因秦可卿之死表现出不成体统的悲伤,大张旗鼓办丧事。秦可卿之死浓墨重彩地推出《红楼梦》核心人物王熙凤。王熙凤长期管理荣国府,曹雪芹却借她协理宁国府对她的理家才能做了生动细致的描述,正如秦可卿对她的评价"婶婶是脂粉队的英雄",曹雪芹写出"金紫万千谁治国,裙钗一二可当家"。与秦可卿之死几乎同时发生的王熙凤毒设相思局,则把王熙凤的毒辣阴险表现得淋漓尽致。协理宁国府之后,王熙凤在治理荣国府同时,表现她性格的多方面:她长袖善舞地应对贾母等长辈,善意对待宝玉黛玉等弟妹,特别是用尽心思跟丈夫的外遇做斗争,从凤姐生日泼醋到害死尤二姐、大闹宁国府,把中国古代小说"第一裙钗"写活了。

元妃归省实际上是曹雪芹先世历史的夸张性变形。曹雪芹先世由盛而衰是贾府盛衰的历史背景,曹雪芹的祖父曹寅是康熙皇帝的宠臣,从曹雪芹曾祖曹玺开始,曹家三代四人担任江宁织造,康熙皇帝南巡,曹寅四次接驾,既受到皇帝宠信也造成大量亏空。雍正皇帝上台,曹家被抄,一败涂地。正是这种家世由盛而衰的巨大落差,导致《红楼梦》这部巨著的产生。元妃归省写出了贾府的烈火烹油、鲜花着锦之势,元妃归省造就大观园。从第二十三回开始,大观园成为《红楼梦》"主场",贾宝玉与姐妹们的活动、史太君两宴大观园都在这里发生。大观园诗会、黛玉葬花、宝钗扑蝶、宝琴立雪、湘云醉卧,成为中国古代小说美的片断。大观园是地面的太虚幻境,曹雪芹建立大观园正是为了毁灭大观园,通过大观儿女的悲剧哀叹原本赫赫扬扬的贵族家庭"落了片白茫茫大地真干净"。

《红楼梦》不仅将博大宏阔、严密精巧的长篇布局和尺幅千里、画龙点睛的短篇技巧结合起来,还将诗词文赋、戏剧乃至建筑、园林、饮食百术为小说所用,似乎想借一部小说将古代文化特别是秦文、汉赋、唐诗、宋词、元曲、明清传奇总成就做一番集纳式展露。《红楼梦》既踵武先贤,又具有思想超前性和艺术原创性,终于成为中国长篇小说不可逾越的艺术高峰,成为最好的中国故事,成为世界文库中的东方瑰宝。

按曹雪芹构思,《红楼梦》以元宵节甄家火灾始,以元宵节贾府火灾终。《脂砚斋评石头记》说:"用中秋诗起,用中秋诗收,又用起诗社于秋日,所叹者三春也,却用三秋作关键。"红楼人物的人生伴随春花秋月、夏雨冬雪,在"钟鸣鼎食"的荣国府、"天上人间诸景备"的大观园徐徐铺开,就像某些诗化的章名:"潇湘馆春困发幽情","秋爽斋偶结海棠社","琉璃世界白雪红梅,脂粉香娃割腥啖膻"。仙乐飘飘暗里听。曹雪芹以对人生的烛照洞见,以独特洗练的文笔,从单调平凡的日常生活,捕捉炫目的人性光环,表现博大的道德关怀,既有磅礴气势又有柔情蜜意,不断给读者阅读惊喜。遗憾的是,曹雪芹《红楼梦》后三十回没有传下来,宝黛爱情最终的结局,王熙凤等人物的最终命运,贾府如何一败涂地,那些肯定惊天地泣鬼神的描写,我们都看不到了。后四十回续写了主要悲剧,偶见吉光片羽,但其意蕴跟曹雪芹已是天壤之别。李希凡先生说得好:维纳斯的断臂是接不上的。

《红楼梦》后四十回

　　曹雪芹千古文章未尽才,他生前写完《红楼梦》,后三十回没传下来,成了中华文明史难解之谜。曹雪芹在世时,《红楼梦》前八十回已以《脂砚斋重评石头记》传出多种抄本,曹雪芹去世二十多年后,乾隆五十六年(1791),程伟元用木版活字印刷出版一百二十回《红楼梦》,由萃文书屋发行。根据程伟元介绍,他是因为当时流传的《红楼梦》殊非全本,竭力搜罗,自藏书家甚至故纸堆中无不留心,经几年努力,搜集到二十多卷,后又从鼓担上买到十几卷,和友人高鹗"细加厘剔,截长补短,抄成全部"。程高本活字印刷《红楼梦》出版后,大受欢迎,占据了《红楼梦》流传领域主导地位。随后出现多种增评重刊本《红楼梦》,如乾隆末年(1795 年或稍后)《新镌全部绣像红楼梦》东观阁刊本、嘉庆十六年(1811)《新增批评绣像红楼梦》东观阁重刊本、道光十二年(1832)护花主人评本、道光三十年(1850)张新之妙复轩评本《石头记》、咸丰十年(1860)姚燮评点本、光绪年间王希廉评本等等。冯其庸先生重校《八家评批红楼梦》对点评家综合性成果做了较全面的收集。红学早在晚清已成为热门学问,"开谈不说《红楼梦》,读遍诗书也枉然"。

　　程高本一百二十回《红楼梦》问世后,就有了前八十回和后四十回优劣问题的讨论。较早对后四十回提出批评的是裕瑞(1771—1838)。他说:"此四十回,全以前八十回中人名事务苟且敷衍,若草草看去,颇似一色笔墨,细考其用意不佳,多杀风景之处,故知雪芹万不出此下下也。"裕瑞是努尔哈赤第十五子多铎的五世孙,他的舅舅辈富察明义、明仁、明瑞、明琳都曾和曹雪芹有直接或间接交往。富察明义读过《红楼梦》早期抄本,写过《题〈红楼梦〉绝句》二十首,对研究《红楼梦》有重要价值。裕瑞反映出熟悉曹雪芹身世和前八十回的同时代知情人对后四十回不欣赏、不认可、不以为然的态度。

　　现代文学两位完全不同的大家对红楼梦后四十回持完全否定的态度。

鲁迅先生说：赫克尔说过，人和人之差，有时比类人猿和原人之差还远。我们将《红楼梦》的续作者和原作者一比较，就会承认这话大概是确实的。

张爱玲对《红楼梦》后四十回的评价是：狗尾续貂成了附骨之疽；断臂维纳斯装了义肢。张爱玲说的"附骨之疽"，不仅指后四十回，还指程伟元、高鹗对前八十回的擅改。

绝大多数红学家认为后四十回是平庸之作，除黛玉之死个别篇章描写较感人外，绝大部分章节只能算才子佳人小说二三流作品。所谓平庸，不仅指语言枯燥毫无美感，无法与曹雪芹诗情画意的文字相比，最主要还是思想意蕴低下、人物形象扭曲，一味追求戏剧性而失真，和曹雪芹原有构思无一处吻合。

但也有观点不同的评论者，如《妙复轩评〈红楼梦〉》的作者张新之认为前八十回和后四十回都是曹雪芹写的；有的当代作家，如著名小说家白先勇先生，认为后四十回不仅写得好，而且程高本在前八十回对曹雪芹原作文字的修改，也比曹雪芹高明。

对《红楼梦》后四十回，普通读者包括一些当代作家和红学家有不同的立场和感受。有个奇怪现象，虽然红学家一直批评后四十回，甚至采取不屑一顾的态度，但是从来没有一位红学家，具体细致地把后四十回一回一回、一段一段分析一下，仔细看看到底哪些地方写得好，哪些地方写得不够好，哪些地方写得相当差，跟前八十回对比，它差在什么地方，而曹雪芹原来是怎么构思的。

我既是读《红楼梦》七十多年的读者，又是研究《红楼梦》六十年的所谓学院派红学研究者，有双重立场，双重眼光，因为热爱《红楼梦》，我特别希望像我当年当小红迷时的青年朋友能读懂全本《红楼梦》。1960 年我进入山东大学中文系读书的五年中，程高本《红楼梦》一直是我的枕边书，1964 年我写出平生第一篇论文《妙玉的悲剧》，想上交做古代文学开卷考试作业，好友劝我改写《红楼梦》主要人物，于是我重新写了《贾宝玉批判》交上去，半个多世纪前的手稿居然保存下来。当年我被黛玉之死感动得不知流了多少眼泪，现在重读，仍受感动，我在思考为什么红学家如此不待见后四十回，它又怎么就能跟曹雪芹前八十回构成完璧广泛流传？尤其是《红楼梦》整本书已成为高中生学习内容，更应该叫孩子们知道后四十回到底是怎么回事。《红楼梦》后四十回值得认真解读。

曹 雪 芹 谜 团

要读好后四十回，首先要知道前八十回作者曹雪芹身上的谜团。

中国最伟大的长篇小说是哪一部？读者大概率会回答：《红楼梦》。而《红楼梦》这样一部赫赫有名的经典著作，作者曹雪芹的生平资料却相当缺少，研究者往往是通过他的朋友敦诚、敦敏、张宜泉等人对他的记载，把曹雪芹的身世、性格跟《红楼梦》创作联系起来，做出自认为站得住的介绍。比如，2020 年出版的《马瑞芳评注红楼梦》对曹雪芹的生平这样介绍：

> 《红楼梦》作者曹雪芹（约 1715—1763 或 1764），名霑，字梦阮，号雪芹、芹圃、芹溪，清代小说家。他的祖上曾是明朝辽宁的小官，在努尔哈赤掠地时沦为奴隶，后跟随多尔衮入关，隶属满洲正白旗，是内务府包衣（皇帝家奴）。曾祖曹玺曾任江宁织造，曹玺之妻做过康熙保姆，受封为一品夫人；祖父曹寅是康熙的亲信，曹寅、曹颙、曹頫父子三人都做过江宁织造，为皇宫提供纺织品，并向皇帝递密札报告江南吏治民情。康熙南巡，曹寅四次接驾，造成巨大亏空。雍正五年（1727）曹家被抄家后，一败涂地。曹雪芹十三岁时与祖母等迁回北京，靠皇帝发还的崇文门外蒜市口十七间半房度日。曹雪芹"无材补天"，不能为皇室效力，家境越来越贫困，在举家食粥的日子，不断回味钟鸣鼎食的昔日繁华，最终写成《红楼梦》。

其他红学家对曹雪芹生卒年的介绍可能跟我说的不完全一样，曹雪芹身上谜团太多，成了红学界几百年间争论不休的话题。如：

曹雪芹是谁的儿子？他的父亲是曹寅嫡子曹颙，还是曹寅弟弟曹宣之子曹頫？

曹雪芹哪一年出生？是康熙五十四年（1715），还是雍正二年（1724）？

曹雪芹哪一年去世？是乾隆二十七年（1762）除夕，还是乾隆二十八年（1763）除夕甚至更晚？

曹雪芹的《红楼梦》到底写完没有，如果写完了，后面几十回怎么又丢了？

曹雪芹的祖父能基本确定，是康熙皇帝的宠臣曹寅，曹寅做过江宁织造，康熙南巡时四次接驾。我认为曹雪芹的祖父只能是基本确定，因为仍有争论：曹雪芹是曹寅名正言顺的正枝嫡孙，即曹寅独子曹颙之子，还是康熙把曹宣之子曹頫调给曹寅承嗣后生的儿子？

西方侦探小说经常出现的杀人案往往牵涉财产继承，而财产继承必须查清人物之间的血缘关系。柯南·道尔创造的福尔摩斯和阿加莎·克里斯蒂创造的波洛，都擅长抽丝剥茧查清杀人案关键人物的血脉，如福尔摩斯最著名的探案《巴斯克维尔猎犬》和阿加莎·克里斯蒂的《波洛圣诞节探案》，都是通过查清人物的血缘关系揭开杀人案的谜底。不过想解开曹雪芹到底是曹颙还是曹頫之子这个谜，即便叫福尔摩斯和波洛联手，也难成功。关键原因在于能定案的证据太少。现代红学家不管研究多少年，只能根据某些史料做出推测，都不能成为定论。

曹雪芹生于哪一年？是谁的儿子？在红学界主要有两种观点：

一种观点认为曹雪芹生于康熙五十四年（1715），是曹寅嫡子曹颙的遗腹子，本名曹天佑。持这一观点的专家认为，曹雪芹能写出《红楼梦》，因为他经历了曹家江宁织造府从繁华到沦落的过程，康熙和雍正政权交替带给曹氏家族的打击，直接构成曹雪芹写作《红楼梦》的历史契机。持这种观点的代表专家是冯其庸先生。

另一种观点认为曹雪芹生于雍正二年（1724），是给曹寅承嗣的曹頫之子。曹雪芹能写出《红楼梦》，是因为曹家在雍正抄家后有过"中兴"。持这种观点的代表专家是周汝昌先生。

我跟这二位专家的观点都不相同。

我认为，关于曹雪芹是曹颙之子、"曹天佑"也是他的名字的观点，可能性不大。曹颙之子是遗腹子，曹雪芹的弟弟棠村曾给曹雪芹的早期作品《风月宝鉴》作序。当爹的都死了，哪儿再来个弟弟？而曹颙可能有个遗腹子，是过继到曹寅名下的曹頫代曹寅遗孀向康熙皇帝陈情汇报过的。康熙五十四年三月初七《江宁织造曹頫代母陈情摺》："奴才之嫂马氏，因现怀孕已及七月，恐长途劳顿，未得北上奔丧，将来倘幸而生男，则奴才之兄嗣有在矣。"

曹颙的遗腹子出生于康熙五十四年六月间，取名"天佑"，寓意是无父何怙、靠天保佑。曹氏宗谱对曹天佑有记载，他担任过州同。曹雪芹所有朋友对他的称呼中，既没有"天佑"这个名字，也没人提到过他担任过州同或任何官职。中国古代的人如有官职，往往被朋友用任职地相称，而曹雪芹的朋友从来没有这样称呼过他。

曹家在雍正皇帝抄家后又中兴，没有任何历史记载。跟曹雪芹有过交往的明义《题〈红楼梦〉绝句》明确地说：《红楼梦》以曹家在江南的生活为素材。

通过分析各种历史资料，我的判断是：曹雪芹是曹颙的儿子，生于1715年。曹寅死后，他的嫡子曹颙继任江宁织造，曹颙死后，康熙皇帝下令由曹寅弟弟曹宣之子曹頫承嗣曹寅继续担任江宁织造，生活在江宁织造府的曹雪芹少年时代亲身感受了曹家繁华，十三岁时曹家被雍正皇帝抄家，移居北京。曹雪芹的生活经历了从钟鸣鼎食到绳床瓦灶的大跌宕，有这样的生活经历，他才写得出《红楼梦》。

21世纪初我在复旦大学做讲座时，用小说家思维形象地提出一个说法：中国古代小说有个香魂，这个香魂在崇祯十三年（1640）飘飘摇摇来到齐鲁这片灾难深重的黄土地，附着在穷书生蒲松龄身上，蠢起了中国古代短篇小说的艺术高峰。康熙五十四年（1715），蒲松龄在聊斋倚窗危坐而卒，中国古代小说的香魂又飘飘摇摇来到钟鸣鼎食的江宁织造府，附着在贵族少爷曹雪芹身上，蠢起了中国古代长篇小说的艺术高峰。

后来有外国专家问我：你的意思是不是说曹雪芹是蒲松龄再世？我回答：我还不敢做那么强的想象，但是不管中国长篇小说还是短篇小说的艺术高峰，它的作者，都跟中国古代小说优秀传统一脉相承，都扎根于中华文明沃土，这是毫无疑义的。

曹雪芹死于哪一年？红学家连篇累牍写了很多文章，有三种说法：

乾隆二十七年　壬午（1762）除夕；

乾隆二十八年　癸未（1763）除夕；

乾隆二十九年　甲申（1764）岁首。

照普通读者看来，乾隆二十七年、二十八年、二十九年，不过一年之差或一年零几个月之差，但红学界为此争论不休，谁也说服不了谁。这也是我在红学界发现的有趣现象：红学家对话题的关注程度和它的重要性往往不成比例。

至于曹雪芹最后是埋在北京的西山，还是埋在张家湾，更是红学界热门而敏感的争论话题。我亲自经历过红学会这场大讨论，还在散文里记载邓云芗等红学家笑嘻嘻地反驳冯其庸主张曹雪芹埋在张家湾的观点，特别较真的冯其庸先生情绪激愤地加以反驳。

关于曹雪芹身世，非常明确的一点是：曹寅对《红楼梦》的横空出世有重要作用。

《红楼梦》是大师之作，是曹雪芹个人艺术天才的卓越发挥和集中体现。法国著名小说家法朗士说过：一切作品都是作家的自传。曹雪芹把曹氏家族史，通过想象性拓展，表现为虚实相形、生动精彩、诗意盎然的戏剧化小说。但是如果没有曹寅家族的另外三人——曹寅、脂砚斋、畸笏，《红楼梦》或者没有产生的土壤，或者以另外一种文学形式出现，比如说成为继"南洪北孔"的《长生殿》《桃花扇》后的又一部出色戏剧，却不可能写成小说《红楼梦》，而小说《红楼梦》成了长篇小说中的莎士比亚。

我们简单看下曹寅对《红楼梦》横空出世所起的作用：

最主要的是，康熙南巡导致《红楼梦》小说的产生：曹寅嫡母是康熙皇帝的保姆。曹寅青年时代做过皇帝侍卫，曾任江宁织造二十年，是康熙亲信。曹寅四次接待康熙南巡，是造成曹家大量亏空的主要原因。是曹家前盛后衰、大起大落的关键。而这种前后盛衰的强烈对比，造成曹雪芹人生梦幻感，促成他创作《红楼梦》。

"树倒猢狲散"，几乎可算是《红楼梦》主题概括，这也是曹寅的名言。有红学家认为，"树倒猢狲散"是指曹寅之死，曹家猢狲散。其实不然。曹家的荣华富贵始终建立在曹家和皇帝的关系上。树，指的是和曹氏家族关系密切、堪称强硬后台的康熙皇帝，"猢狲"指曹家和李家这些臣子。康熙皇帝死后，曹家在雍正五年底，抄家败落。曹雪芹把"树倒猢狲散"这句话写进书里，是把曹家的家庭伤心曲暗藏在《红楼梦》交响乐里了。

曹寅的戏剧活动对《红楼梦》的内容和构思方式产生了重要影响。曾任苏州织造的曹寅对昆曲非常熟悉，他自备有家庭戏班，还从事戏曲编剧。现存曹寅创作的剧本有《北红拂记》《表忠记》《续琵琶》《太平乐事》。《长生殿》作者洪昇是曹寅的座上客，曾给曹寅创作的《太平乐事》写序。曹雪芹耳濡目染曹家的戏剧活动，使他能对戏剧信手拈来，这对小说情节的发展、人物塑造起到重要作用。曹雪芹甚至借贾母闲谈，直接将他祖父曹寅的作品和一些戏剧名作相提并论。第五十四回贾母说："他爷爷有一班小戏，偏有个弹琴的凑了来,即如《西厢记》的《听琴》,《玉簪记》的《琴挑》,《续琵琶》的《胡笳十八拍》,竟成了真的了。"

曹雪芹能创作出百科全书式的小说,还得益于祖父的藏书。曹寅是著名藏书家,藏有很多珍贵钞本。这批藏书在曹𫖯被抄家时好像没被抄走,雍正六年,继任江宁织造的隋赫德曾给皇帝奏折,报告曹家抄家的清单中未提及这批珍贵藏书。由此可以推测,不管曹雪芹在抄家前住南京时,还是抄家后住在北京,他都有机会看到祖父丰富的藏书,并且从中汲取营养。曹寅藏书中有很多说部(小说和杂录),如《侍儿小名录拾遗》《补侍儿小名录》《续补侍儿小名录》,都是专门收集丫鬟如何命名的书。曹家抄家时,家中共有大小男女百余人,丫鬟不超过五十人,曹雪芹笔下的丫鬟名字,别出心裁,她们不可能直接从曹家丫鬟借用,可能是曹雪芹参考祖父侍儿名录等书创造。曹寅藏书中,明史、医学、花谱、园艺、游戏,甚至外国语词汇书都有,反映在《红楼梦》中就是举凡医学、建筑、园艺、游戏等无所不知,无所不精。

曹寅的影响是曹雪芹创作《红楼梦》的重要先决条件,而另外两个人——脂砚斋和畸笏,对《红楼梦》的早期传播起了重要作用。

《红楼梦》的早期传播

　　曹雪芹生前《红楼梦》就在两个圈子传播。

　　曹氏家族亲友圈,读的是《石头记》,他们不止一次边看边抄边点评。留下多种《脂砚斋重评石头记》抄本,这些人可以基本看作是曹家人,也有个别评语出自朋友如宗室著名诗人敦敏、敦诚之手。脂砚斋、畸笏评语相当重要。

　　天潢贵胄圈,读的是《红楼梦》,他们看完后用诗歌发表评论,留下曹雪芹生平和《红楼梦》构思线索,这些人以宗室诗人永忠、明义为主。永忠是康熙皇帝嫡系玄孙(祖上是康熙十四子胤禵),明义是都统傅清之子。乾隆头等侍卫墨香看《红楼梦》更早,但没写诗歌。永忠、明义、墨香既没抄录也没点评《红楼梦》,他们看的抄本也就没传下,但他们的诗歌对理解曹雪芹及《红楼梦》很有价值。如永忠《因墨香得观〈红楼梦〉小说吊雪芹三绝句(姓曹)》:

　　　　传神文笔足千秋,不是情人不泪流。
　　　　可恨同时不相识,几回掩卷哭曹侯。(其一)

　　　　颦颦宝玉两情痴,儿女闺房语笑私。
　　　　三寸柔毫能写尽,欲呼才鬼一中之。(其二)

　　　　都来眼底复心头,辛苦才人用意搜。
　　　　混沌一时七窍凿,争教天不赋穷愁。(其三)

　　永忠的诗写于乾隆三十三年,很能说明《红楼梦》的写作水平以及在当时的影响。永忠感叹曹雪芹妙笔生花,生动逼真描绘精彩之至的人物,他想唤醒去世的曹雪芹,跟他痛饮一醉。永忠感叹上天不公,像曹雪芹这么聪明的人,怎么能让他穷愁而死?

明义《题红楼梦二十首绝句》,写于曹雪芹生前几年,如最后三首:

> 伤心一首葬花词,似谶成真自不知。
> 安得返魂香一缕,起卿沉痼续红丝。(之十八)

这首诗透露了曹雪芹笔下林黛玉生前跟贾宝玉红丝已系,已订婚。因林黛玉死了,两人婚姻成空,明义幻想得到返魂香,让宝玉黛玉因死亡而断的红丝重新接续起来。

> 莫问金姻与玉缘,聚如春梦散如烟。
> 石归山下无灵气,纵使能言亦枉然。(之十九)

这首诗写跟随贾宝玉到人间漫游的石头已经回到大荒山,曹雪芹已经完成石头记录人世沧桑的整体构思。

> 馔玉炊金未几春,王孙瘦损骨嶙峋。
> 青蛾红粉归何处? 惭愧当年石季伦。(之二十)

这首诗写贾宝玉穷愁潦倒,他周围的红粉佳人不管是黛玉还是宝钗都转眼成空,他连饭都吃不饱,瘦骨伶仃,比当年石崇还惨,绿珠为石崇殉情,袭人却嫁了蒋玉菡。明义看到曹雪芹描绘的贾宝玉等的最后结局。

明义诗中有现在看不到的、曹雪芹在《红楼梦》某次手稿中描写过的小说情节。

永忠和明义的诗说明,曹雪芹的《红楼梦》在他生前已引起皇室关注。

2003 年我写过三篇论文共七万字,论《红楼梦》成书过程、明义看到的《红楼梦》是什么样子。冯其庸先生建议蔡义江先生帮我看稿,蔡先生虽然不完全同意我的某些论点,比如,我认为《凡例》是曹雪芹写的,蔡先生却认真阅读,给我写三页纸的信鼓励并指点。根据蔡先生意见修改后我的三篇论文发表在《红楼梦学刊》。我通过一首一首仔细剖析明义二十首诗,分析《红楼梦》成书,推测永忠和明义所评的《红楼梦》是怎样一本书。这些论述已收进我的专著《中国古代小说构思学》有关《红楼梦》一章。

曹雪芹这两个读者圈留下了千古之谜：一是这两个圈子互相没有交叉，或者是他们曾有过交叉却没有文字材料传下来。二是他们看的是曹雪芹给的不同版本，脂砚斋看的是《石头记》，永忠、明义看的是《红楼梦》。

既然皇室诗人看的《红楼梦》没传下来，我们得重点关注脂砚斋和畸笏。他们对《红楼梦》的流传，对我们现在看到的《红楼梦》前八十回，有举足轻重的作用。

先看看他们可能是什么人。

对脂砚斋，红学界有各种说法：曹雪芹自己，曹雪芹的叔叔，曹雪芹续娶之妻即小说里的"史湘云"（周汝昌的说法），曹雪芹的兄弟……

20世纪50年代，赵冈教授在美国发表文章提出：脂砚斋是曹天佑，是曹颙的遗腹子，是曹寅唯一的嫡孙。曹家有祖传名砚，脂砚斋是曹家名贵红丝砚的继承人。1980年杨光汉教授在《脂砚斋和畸笏叟考》中提出：脂砚斋是曹颙的遗腹子曹天佑，和曹雪芹是同岁的兄弟。他们青少年时代在一起度过，休戚与共，情同手足。1980年戴不凡在《畸笏即曹𫖯辨》提出：畸笏是曹𫖯，曹雪芹的父亲，是故意让《红楼梦》后三十回"丢失"的千古罪人。2004年蔡义江教授在《红楼梦学刊》发表《畸笏叟考》，详尽论析畸笏即曹𫖯，以及他如何迷失了《红楼梦》后三十回。

我同意赵冈、蔡义江教授的观点。脂砚斋是曹天佑，畸笏是曹𫖯，他们是脂评最主要的作者，曹𫖯对曹雪芹《红楼梦》后三十回的迷失有责任。曹天佑是曹雪芹的堂兄弟，曹雪芹和曹天佑出生月份接近，类似双胞胎。《红楼梦》描写贾政的笔墨很像儿子写老子，畸笏评《石头记》的笔墨很像老子评儿子所写的东西，比如"命芹溪删去"，说的是令曹雪芹删除秦可卿淫丧天香楼。贾政是朝廷额外赐的员外郎，曹氏家族有明确记载做过员外郎的就是曹𫖯。曹𫖯继承了曹颙的官职，为感谢皇恩，给当年所生儿子取名"曹霑"，"霑"即深荷皇恩之意。曹𫖯做过官又被免官，故以"畸笏"自嘲。

脂砚斋开始评点《石头记》时，曹雪芹的小说已基本完成。脂砚斋、畸笏和曹雪芹的关系有三点值得注意：

第一，脂砚斋、畸笏和曹雪芹共同生活的家庭与贾府相似：

比如第五回"势败休云贵，家亡莫论亲"，甲戌本有则侧评："非经历过此二句则云纸上谈兵。过来人那得不哭。"说明脂砚斋经历了《红楼梦》描写的相同家庭变故。

脂砚斋经常从曹雪芹作品中找到家族的昔日记忆，畸笏喜欢用"叹叹"

"宁不悲乎""宁不痛杀"等语式,非常易动感情,说明他对曹家的败落感受更深。曹𫖯因为雍正皇帝借口他骚扰驿站而罢官、枷号,深感对曹家败亡有罪,特别容易对小说的类似描写产生联想。

第二,脂砚斋认为曹雪芹和他自己都是贾宝玉的原型,《石头记》许多细节从他的生活取材,他还透露出:他的生活和曹雪芹同步进行,也就是说,脂砚斋和曹雪芹经历了共同的童年生活。如:

第一回石头"无材补天,幻形入世"脂砚斋批:"八字便是作者一生惭恨。"

第三回描写贾宝玉"色如春晓之花"甲戌本批语:"'少年色嫩不坚牢',以及'非夭即贫'之语,余犹在心,今阅,放声一哭。"

第七回贾母见秦钟给了个荷包和金魁星,甲戌本批语:"作者尚记金魁星之事乎?抚今思昔,肠断心摧。"

第十七至十八回贾宝玉听说贾政进园"带着奶娘小厮们,一溜烟就出园来",庚辰侧评:"不肖子弟来看形容,余初看之,不觉怒焉。盖谓作者形容余幼年往事,因思彼亦自写其照,何独余哉?信笔书之,供大众同一发笑。"这段评语是脂砚斋和曹雪芹经历了共同童年生活的有力证明。

贾府的仆人向宝玉讨字,甲戌本批语:"余亦受过此骗,今阅至此,赧然一笑。此时有三十年前向余作此语之人在侧,观其形已皓首驼腰矣。使彼也细听此语,彼则潸然泪下,余亦为之败兴。"

《石头记》前部写的贾宝玉是个十岁多公子,脂砚斋回忆三十年前他自己正是这样的年纪,也遇到类似的情景。脂砚斋以宝玉原型自居,说明宝玉形象汲取了脂砚斋一些事迹。

第三,畸笏曾无意中向曹雪芹提供素材再到书里"对号入座":

曹家极盛时期的事,主要由曹家老人包括畸笏向曹雪芹提供,组成《石头记》情节,这是个漫不经心的过程,是个天外飞来、眼前拾得的过程。老人"言者无心",曹雪芹"听者有意",在曹家昔日繁华荡尽,曹氏家族普遍失意、东山再起无望、不断追忆昔日辉煌的漫长岁月中,畸笏等老人像安史之乱后"白头宫女说玄宗",一杯清茶,几杯村醪,将曹家盛世娓娓道来,日积月累,所述甚夥,长久留在曹雪芹记忆中,当他写《红楼梦》时,这些陈年往事自然而然到他笔下成为素材,当畸笏在《石头记》中发现小说情节与熟悉的往事似曾相识时,惊喜、感叹、大动感情,例如:

庚辰本第十三回秦可卿托梦一段眉批:"'树倒猢狲散'之语,今犹在耳,屈指三十五年矣。哀哉，伤哉，宁不痛杀！"

第十七至十八回在宝玉"三四岁时，已得贾妃手引口传"行间批："批书人领过此教，故批至此，竟放声大哭。俺先姊先（仙）逝太早，不然，余何得为废人耶！"贾政向元春颂圣，庚辰侧："此语犹在耳。"元妃将宝玉携手揽于怀中，庚辰侧："作书人将批书人哭坏了。"

这一系列批语流露出，曹雪芹所写的事件，是批书人经历过的。元春形象是将曹寅做福晋的女儿提升为王妃。曹寅之女做纳尔苏福晋，是曹家地位提升的原因之一，但曹寅这个女儿早早去世，没能庇护曹家，曹頫因其王妃姐姐去世早而成为"废人"，"废人"就是不能做官的人或罢了官的人。"畸笏"是做过官却没做到头或下台的意思。畸笏看到《石头记》这段描写伤情，联想到自己身世。曹頫因骚扰驿站被抄家、枷号，经历和"废人"相符合。

"贾元春才选凤藻宫"甲戌回前批很重要："借省亲事写南巡，出脱心中多少忆（昔）感今。"元春归省写太监活动，庚辰侧："（难）得他（写）得出，是经过之人也。"

脂砚斋、畸笏并没有指导、左右曹雪芹的创作。经过畸笏"指点"删去的章节只有秦可卿一段文字，而且曹雪芹故意留下了不写之写，说明曹雪芹在不得不接受曹頫的意见时，对如何保持原来的构想不屈不挠。当曹雪芹《红楼梦》天马行空的麒麟车构思启动时，脂砚斋总想让作家的天才思路拉回到自己亲身经历的牛车上。脂砚斋和更有发言权、可令雪芹删去秦可卿上吊等情节的畸笏，一直想干扰曹雪芹的创作，幸运的是这一干扰发生在《石头记》已成完璧之时，他们不管怎么说长道短，都改变不了《红楼梦》完整的艺术世界。可以这样说：《石头记》或者说《红楼梦》是杰作，实在拜脂砚斋、畸笏插手曹雪芹的创作很晚所赐。

历史应该感谢脂砚斋的是，他动员曹雪芹放弃了写部传奇，也就是写部戏剧的打算，集中精力写部小说。第二十二回，宝玉因与黛玉闹矛盾而写《寄生草》，庚辰本夹批："看此一曲，试思作者当日发愿不作此书，却立意要作传奇，则又不知有如何词曲矣。"

《红楼梦》是中国古代最精彩的小说，遗憾的是，这部最杰出的小说却成了断尾巴蜻蜓。曹雪芹写完的后三十回是怎样迷失的？哪个人应该对这件事负责？

脂砚斋评本和曹雪芹
《红楼梦》后三十回迷失

　　脂砚斋和畸笏在曹雪芹《红楼梦》创作中起了一定作用,但是《红楼梦》仍然是天才作家独创的经典小说,不能看作是自传或曹氏家史。曹雪芹以深厚的中华文化功底,把他对整个社会的观察和思考,写到书里。有条例证说明,《红楼梦》不仅受到曹氏家族生活的影响,还集中了曹雪芹朋友的一些素材。余英时先生在《敦敏、敦诚和曹雪芹文字交往》考证:元春归省中"绿玉春犹卷"改为"绿蜡",有可能受到敦敏《芭蕉》诗"绿蜡烟犹冷,芳心春未残"影响。在庚辰本批语中有这样的话:"此等处便用硬证实处,最是大力量。但不知是何心思,是何落想,穿插到如此玲珑锦绣地步。"余英时认为:"我相信这个批语很可能出于敦氏兄弟之手。因为曹雪芹在小说中把他们的诗句套了进去,所以受到他们的特别赏识,而且用'穿插'两字才有着落。否则仅仅举出一个旧典是无需如此特别赞扬的。"确实,"穿插"这个词发人深省,意思是曹雪芹把朋友诗句天衣无缝地装点到自己小说里,被诗句原作者惊喜地发现了。

　　余英时还举出几条庚辰本第二十二回的脂砚斋批语:

　　"写宝玉如此,非世家曾经严父之训者段(断)写不出此一句。"

　　"非世家公子断写不及此。想近时之家纵其儿女哭笑索饮,长者反以为乐,其(无)礼不法何如是耶?"

　　"这一句又明补出贾母亦是世家明训之千金也,不然断想不及此。"

　　余英时认为:"像这样极力赞扬作者'世家公子''世家明训'之类的话绝无丝毫可能出于曹雪芹的父兄妻子之口。在传统中国社会上,只有恭维别人的家世时,人们才用得上这一类的语气。我们能想象雪芹会容许他自己家的人写这些炫耀门第的恶札在他的书上吗? 如果我们不被'自传说'所蔽,这些话应该一望而知不是曹家人的笔墨的。"

按照这个观点，在脂砚斋评语中，还有敦氏兄弟的笔墨。

那么，敦氏兄弟是什么人？

敦敏（1729—1796?）、敦诚（1734—1791）是努尔哈赤第十二子阿济格的五世孙。敦敏在右翼宗学读书时认识了曹雪芹并成为好友，敦氏兄弟的诗歌多次写到和曹雪芹交往。敦诚的诗在宗室诗人中有很高的地位，他跟曹雪芹唱和的诗，成为考察曹雪芹生平的重要资料。敦氏兄弟及其家族的生活经历，也成为曹雪芹写作的部分素材来源。余英时发现敦敏《芭蕉》诗"绿蜡烟犹冷，芳心春未残"被曹雪芹化入《红楼梦》，仅仅是曹雪芹广泛使用素材的例证之一，周汝昌先生早就指出：大观园有"葛巾""榆荫"，而敦敏《敬亭小传》写到类似情况。至于曹雪芹从浩如烟海的典籍中化出小说的巧妙情节，更是不胜枚举。不管是脂砚斋、畸笏，还是敦氏兄弟甚至曹寅女儿纳尔苏王妃家所能提供的材料，仅仅是组成《红楼梦》的一小部分素材，雨果说过"想象是伟大的潜水者"，一个作家的天才在他的想象中表现得特别充分。例如，《红楼梦》最关键的情节宝黛爱情，任何评点者都没有找出是从何处"脱胎"而来。《红楼梦》核心人物贾宝玉和王熙凤，也没有任何评点者找出原型。至于无材补天、幻形入世的大石头，三生石畔的情缘，太虚幻境，大观园诗会，纯粹是曹雪芹脑海中的产物。但是我们仍然要感谢脂砚斋等早期评点者，《脂砚斋重评石头记》抄本能够传下来，是亿万读者的福音，因为程伟元、高鹗续后四十回的同时，对曹雪芹前八十回做了许多蹩脚的篡改，脂砚斋评石头记的抄本，能帮助后世研究者尽可能复原曹雪芹《红楼梦》原作面貌。

《脂砚斋重评石头记》现在有十几种，有哪些重要版本？

甲戌本，最接近曹雪芹原稿面貌，曹雪芹生前最后定本。保存大量脂砚斋评语，原为胡适收藏，现存美国康奈尔大学图书馆。可惜只有十六回，第一回前边，有我认为是曹雪芹创作的《凡例》和曹雪芹自题诗"字字看来都是血，十年辛苦不寻常"。首回楔子有四百二十多字写大荒山大石头听一僧一道谈红尘中事，要求携带到凡尘一游，一僧一道就把它变成雀卵大小的通灵宝玉，让它随贾宝玉到红尘中来，记录人间故事。这段文字关系重大，是全书总纲。而这一段恰好是程伟元、高鹗活字印刷本以及其他脂砚斋抄本都没有的。

己卯本，存四十一回又半回，收藏在国家图书馆和中国历史博物馆。

庚辰本，跟己卯本同一个源流，存七十八回，回目和文字比较完整，收藏在北京大学图书馆。中国艺术研究院红楼梦研究所集体整理的通行本。

俄藏本，存七十八回，由好几种本子拼配，总体价值并不高于庚辰本、甲戌本，但局部有重要而独特的价值，林黛玉的眼睛和眉毛的描写被公认为所有版本中最好："两弯似蹙非蹙罥烟眉，一双似泣非泣含露目。"

还有戚本、蒙府本、舒序本、杨藏本、甲辰本、郑藏本、21世纪出现的卞藏本等，情况比较特殊的是靖藏本，出现过又消失。这些脂砚斋抄本对我们今天能看到比较接近曹雪芹原作面貌的《红楼梦》有不世之功。我在做《马瑞芳评注红楼梦》时，参考了这十几种版本，在著名版本学家杜春耕帮助下，我早就收藏了重要的《脂砚斋重评石头记》影印本，21世纪出现的卞藏本，是杜兄给我复印的。

所有《脂砚斋重评石头记》抄本，都没有曹雪芹八十回后的文字。

但是根据脂砚斋和畸笏提供的信息，曹雪芹的《红楼梦》写完了，而且可能是一百一十回。我们简单看看脂砚斋和畸笏提供的这些信息。

庚辰本二十一回评语："按此回之文固妙，然未见后三十回，犹不见此之妙。"

明确地说，八十回后，还有个后三十回。

四十二回评语："全书至三十八回时，已过三分之一有余。"

"三十八回"是三分之一有余，则全书是一百一十回。

红学界有种流行说法，认为《红楼梦》是一百零八回。我认为一百零八回和一百一十回是一回事。因为十七、十八回没分开，七十九、八十回没分开，七十八回加后三十回，恰好一百零八回。

那么，后三十回写过什么内容？

脂砚斋的评语告诉我们，曹雪芹完成的全书最后有给书中人物列的情榜。

甲戌本第八回批语："按警幻情榜，宝玉系情不情。"

己卯本第十九回批语："后观情榜评曰'宝玉情不情，黛玉情情'，此二评自在评痴之上，亦属囫囵不解，妙甚。"

后三十回曹雪芹还写了：贾府败落后，宝玉沦落到狱神庙，当初因一杯茶被他轰走的丫鬟茜雪、被王熙凤要走的丫鬟红玉、跟红玉成亲的贾芸，仗义到狱神庙探望慰问贾宝玉。

甲戌本第二十七回评语："红玉于宝玉有大得力处，此于千里伏线也。"

甲戌本第二十七回评语："红玉今日方遂心如意，却为宝玉后文伏线。"

靖藏本第二十四回评语："醉金刚一回文字，伏芸哥仗义探庵。"

红学家百思不得其解，曹雪芹完成《红楼梦》后十年才去世，这十年他在做什么？脂砚斋在抄录、评阅石头记，而且多次记下，某个地方比如中秋诗等待曹雪芹补齐，曹雪芹不仅没补上这些零零碎碎需要修改的地方，他后三十回的手稿在传抄过程中被借阅者丢失部分，他也没有重写。关于这一点，蔡义江教授做出这样的推测："起初，大家并未将部分原稿丢失的事看得很严重，总以为是谁太粗心，一时记不清放到哪里了，过段时间总还能找出来的，所以很可能在相当长时间内都没有敢将此事告诉曹雪芹。即使后来委婉地告诉了他，雪芹也会等待这些人将失稿找到，那些零零落落、断断续续的书稿有什么用处？谁会将它拿去了故意不归还呢？马上着手重新补写谈何容易！谁有那样的心情？创作激情已过去，即使能补写，也未必会比原来写得更好。倒不如再等等，到将来实在找不到时再重写也不迟，毕竟曹雪芹那时还只有三十几岁，来日方长嘛。"

这段推测比较合理，但照我的观点，那时曹雪芹是四十几岁。

天有不测风云，曹雪芹的亲友做梦也想不到，曹雪芹会突然离开人世。

曹雪芹英年早逝的原因，是因为他的独生子夭折，我比较相信香港红学家梅节先生的推论：曹雪芹是乾隆二十九年（1764）春天去世，同一年，脂砚斋因伤感过度也死了。这一年后不再有脂砚斋评语，曹雪芹、脂砚斋去世三年，乾隆三十二年丁亥年（1767）畸笏的评语一再出现曹雪芹后三十回迷失的话：

庚辰本二十回评语："茜雪至狱神庙方呈正文。""余只见有一次誊清时，与狱神庙慰宝玉等五六稿被借阅者迷失。叹叹！"

庚辰本二十五回评语："叹不得见玉兄悬崖撒手文字为恨！丁亥夏，畸笏叟。"

庚辰本二十六回评语："狱神庙回有茜雪、红玉一大回文字，惜迷失无稿。叹叹！"

庚辰本二十七回评语："此系未见狱神庙诸事，故有是批。丁亥夏，畸笏。"畸笏评语是回应脂砚斋评语："奸邪婢岂是怡红应答者，故即逐之。前良儿后篆（坠）儿，便是确证，作者又不得可也。己卯冬夜。"从这段评语看，脂砚斋对曹雪芹后三十回情节远不及畸笏熟悉。

畸笏对《石头记》最后的评点是（乾隆三十六年，1771）："狱庙相逢之日，始知'遇难成祥''逢凶化吉'，实伏线千里，哀哉伤哉，此后文字，不忍卒读。

辛卯冬日。"

这段评点又和王熙凤及其女儿的命运,刘姥姥使得巧姐遇难呈祥、逢凶化吉联系起来。

畸笏哀叹曹雪芹后三十回部分稿子被借阅者迷失,根据他的记忆,举出被借阅者迷失的五六稿中的四种,根据曹雪芹写作的特点,我估计每一种占一到两回,它们是:

卫若兰射圃(涉及史湘云命运);

狱神庙慰宝玉(涉及贾府败落和宝玉、凤姐、巧姐命运);

花袭人有始有终(涉及抄家后宝玉、宝钗生活来源);

宝玉悬崖撒手(接近全书尾声)。

但是后三十回的大部分稿子,如香菱和迎春之死、探春远嫁、黛玉和元妃之死、贾府被抄、妙玉的悲剧、王熙凤被休、宝玉出家、李纨母子悲剧等等,曹雪芹都写了,手稿还在畸笏手中,这些稿子为什么也一个字都没传下来?

好几位专家指出,应由畸笏——被认为是曹雪芹父亲曹𫖯负责任。

这又被红学家剖析成两种情况:

一种可能的情况是:曹𫖯接受部分稿子迷失的经验教训,把后三十回大部分稿子珍藏密收,再也不肯借给别人阅读、抄录。这是个极其错误的决策,如果把后三十回借给他人去抄录,哪怕不再有新评语,怎么也可能留下某种乃至某几种曹雪芹后三十回的抄本,坚决不外借,那就只是畸笏手中孤本。畸笏是个孤零零的老人,先是孙子夭折,后是儿子曹雪芹英年早逝,接着侄儿曹天佑也死了,穷困潦倒没继承人,他死了,对处理他后事的族人来说,《红楼梦》手稿不过是些破旧写字纸,很可能当废纸使用,甚至一把火烧了。没有继承人是极大悲哀。在曹雪芹出生时去世的蒲松龄很多手稿都由其子孙保存下来,我在辽宁图书馆翻阅过《聊斋志异》半部手稿,而曹雪芹没有一个字手稿传下来,太悲惨了。

另一种可能的情况是:托名"畸笏"的曹雪芹父亲曹𫖯,曾做过江宁织造,因骚扰驿站,被雍正皇帝罢官抄家,当他发现曹雪芹《红楼梦》后三十回写到贾府如何获罪被抄,特别是因虎兕相逢,也就是两种政治斗争,元妃被皇帝赐死,在当时是"碍语"。《红楼梦》中有"碍语",也就是有不利于朝廷的语言,这是永忠吊曹雪芹诗歌小序明确写到的。这些"碍语"如果传出去,会给整个家族带来不幸,那就干脆让它完全消失,主动焚毁吧。

后一种情况可能性更大。因为不管曹家如何败落,曹雪芹生前写了部好看小说的名声已传扬在外,如果畸笏或者说曹頫死后,族人看到《红楼梦》手稿,极大可能是拿出来传抄乃至谋利,不可能一个字也没留下来。

白雪歌残梦正长,《红楼梦》成了断尾巴蜻蜓,成了广大读者心中永远的痛。

不管是因为珍藏密收导致文稿丢失,还是主动焚毁后三十回文稿,曹雪芹最后手稿的持有者,不管是不是曹頫,都是中华文明史的大罪人。

那么,脂砚斋提供了哪些后三十回的具体线索?

曹雪芹后三十回的线索

脂砚斋和畸笏对后世的最大贡献,是在《红楼梦》后三十回原稿遗失的情况下,他们的评语提供了曹雪芹后三十回的构思。比较重要的,我总结为十六条主要线索。

1. 第六回刘姥姥求帮,甲戌本眉批:"老妪有忍耻之心,故后有招大姐之事,作者并非泛写,且为求亲靠友下一棒喝。"刘姥姥将来招巧姐为孙媳,既然是"忍耻",忍受耻辱,当是从妓院将巧姐赎回。堂堂国公府孙小姐给穷苦人家做媳妇,怎么还得"老妪有忍耻之心"?怎么会叫刘姥姥忍受他人嘲笑和白眼?因为王熙凤的独生女巧姐已在贾府败落后被狠舅奸兄卖到妓院,而且是已经接客的雏妓。

2. 第十九回,宝玉在袭人家,袭人看无可吃之物,己卯本夹批:"补明宝玉自幼何等娇贵。经此一句,留下下部后数十回'寒冬噎酸齑,雪夜围破毡'等处对看,可为后生过分之戒。"贾宝玉后来生活非常贫穷,寒冬腊月没有御寒的衣服,只能围块破毡,肚子饿得咕咕叫,也没有可以果腹的粗劣食物,只能吃腌制的酸菜。国公府贵公子,怡红院富贵闲人,金满箱银满箱,展眼乞丐人皆谤。

3. 第二十回,宝玉因吃茶将茜雪轰走,庚辰本眉批:"茜雪至狱神庙方呈正文。袭(人)正文标昌(目曰):'花袭人有始有终。'余只见有一次誊清时,与狱神庙慰宝玉等五六稿,被借阅者迷失,叹叹!丁亥夏,畸笏叟。"早年因为一杯茶被贾宝玉轰走的丫鬟茜雪,在贾府败落、贾宝玉到狱神庙后,去探望贾宝玉,而花袭人和蒋玉菡接济贾宝玉。

4. 第二十回晴雯与宝玉拌嘴,己卯本夹批:"闲上一段儿女口舌,却写麝月一人。在(有)袭人出嫁之后,宝玉、宝钗身边还有一人,虽不及袭人周到,亦可免微嫌小敞之等患,方不负宝钗之为人也。故袭人出嫁后云'好歹留着麝月'一语,宝玉便依从此话。可见袭人出嫁,虽去实未去也。"袭人是在宝玉没出家时嫁给蒋玉菡,临走时嘱咐留着麝月。这样的结局与怡红夜宴时麝月抽到的花签一致。

5. 第二十回宝玉正和宝钗说笑,忽见人说:史大姑娘来了。己卯本夹批:"妙极!凡宝玉、宝钗正闲相遇时,非黛玉来,即湘云来,是恐泄漏文章之精华也。若不如此,则宝玉久坐忘情,必被宝卿见弃,杜绝后文成其夫妇时无可谈旧之情,有何趣味哉?"可见,宝玉宝钗成夫妇后并非像有的红学家所说"梦魂不通",隔层"帐儿纱",而有过一段比较和谐的夫妇生活,有共同的话题,尽管如此,宝玉仍不能忘黛玉。

6. 第二十一回庚辰本回前批非常重要:"有客题《红楼梦》一律,失其姓氏,惟见其诗意骇警,故录于斯:'自执金矛又执戈,自相戕戮自张罗。茜纱公子情无限,脂砚先生恨几多。是幻是真空历过,闲风闲月枉吟哦。情机转得情天破,情不情兮奈我何。'凡是书者不(可)(少),此为绝调。"又曰:"按此回之文固妙,然未见后三十回,犹不见此回之妙。此曰'娇嗔箴宝玉,软语救贾琏',后曰'薛宝钗借词含讽谏,王熙凤知命强英雄'。今只从二婢说起,后则直指其主。然今日之袭人之宝玉,亦他日之袭人他日之宝玉也。今日之平儿之贾琏,亦他日之平儿他日之贾琏也。何今日之一玉犹可箴,他日之玉已不可箴耶?今日之琏犹可救,他日之琏已不能救耶?箴与谏无异也,而袭人安在哉?宁不悲乎?救与强无别也,甚矣。今因平儿救,阿凤英气何如是也?他日之强何身微运蹇、展眼何如彼耶?"这段评语非常重要。王熙凤知命强英雄,一般解释为凤姐被贾琏休弃而贾琏不可救,这值得讨论。因为这里边有个主谓关系。在脂砚斋评语中,贾琏在今日和他日是一样的,都是被救的对象,今日他能为平儿所救,他日平儿就不能救他了。王熙凤只能认命,自己打起精神做英雄。在贾府巨变中,贾琏可能为父亲和凤姐的恶劣行为付出代价,因为王熙凤受贿三千两银子是打着贾琏旗号写的信,张华告的也是贾琏停妻再娶,霸占活人妻。所以,他日之贾琏不可救可能是这样的情节。

7. 第二十一回庚辰本夹批:"宝玉之情,今古无人可比,固矣。然宝玉有情极之毒,亦世人莫忍为者,看至后半部,则洞明矣。此是宝玉三大病也。宝玉看此世人莫忍为之毒,故后文方(能)(有)'悬崖撒手',若他人能得宝钗之妻、麝月之婢,岂能弃而(为)僧哉?玉一生偏僻处。"这段评语提供了宝玉出家细节,他是在跟宝钗结婚之后,有麝月服侍,却毅然出家。

8. 第二十二回有条庚辰本夹批:"此惜春为尼之谶也。公府千金至缁衣乞食，宁不悲夫！"惜春结局不是到栊翠庵带发修行，有紫鹃侍奉，而是穿着简陋衣服沿街乞食的尼姑。

9. 第二十三回，宝玉被贾政喝出，"刚至穿堂门前"，庚辰本夹批："妙！这便是凤姐扫雪拾玉之处，一丝不乱。"炙手可热的凤姐动手扫雪，当然是身份变了，也就是李纨所说：跟平儿调了个儿。这可能是凤姐被贾琏休掉，"哭向金陵"前的事。

10. 第二十六回贾宝玉进潇湘馆见"凤尾森森，龙吟细细"，甲戌本夹批："与后文'落叶萧萧，寒烟漠漠'一对，可伤可叹。"说明落叶、寒烟是黛玉死后宝玉到潇湘馆悼念的情景。

11. 滴翠亭红玉答凤姐之事，甲戌本侧批："奸邪婢岂是怡红应答者，故即逐之，前良儿，后篆儿，便是确证。作者又不得可也。己卯冬夜。"又有评语："此系未见抄没、狱神庙诸事，故有是批。丁亥夏，畸笏叟。"前一条评语可能脂砚斋作，后边评语畸笏对其观点提出反驳，认为脂砚斋将小红看作"奸邪"是因为不知道后来小红在贾府落难后对贾宝玉在狱神庙提供帮助。

12. 第四十一回板儿与巧姐在探春房间相遇，巧姐见板儿手中的佛手，也要佛手，庚辰本夹批："小儿常情，遂成千里伏线。"小说写"众人忙把柚子与了板儿，将板儿的佛手哄过来与他才罢。"板儿"又忽见这柚子又香又圆，更觉好顽，且当球踢着玩去，也就不要佛手了"。在这些描写旁庚辰本夹批："（柚）子即今香团（橼）之属也，应与缘通。佛手者，正指迷津者也。以小儿之戏，暗透前后通部脉络，隐隐约约，毫无一丝漏泄，岂独为刘姥姥之俚言博笑而有此一大回文字哉？"刘姥姥二进荣国府埋藏了后回线索，板儿最后娶巧姐就是结局之一。

13. 栊翠庵品茶，靖藏本眉批："妙玉偏僻处，此所谓'过洁世同嫌'也。他日瓜洲渡口，各示劝惩，红颜固不能不屈从枯骨，岂不哀哉？"预示妙玉结局是贾府败落后流落到瓜洲，不得不给一个年老士绅做姬妾。

14. 凤姐生日尤氏劝她"尽力灌丧两钟罢！"庚辰本夹批："闲闲一戏语，伏下后文，令人可伤，所谓盛筵难再。"在曹雪芹后三十回，王熙凤不仅没有举办过盛大生日，喝美酒的机会也没了。

15. 第七十六回，贾母对尤氏说："可怜你公公已是二年多了。"庚辰本夹批："不是算贾敬，却是算贾赦死期矣。"说明，贾赦之死将在八十回之后不久发生。

16. 宝玉诔晴雯，庚辰本夹批："一篇诔文……虽诔晴雯，而又实黛玉。

试观'证前缘'黛玉逝后诸文便知。"这条说明宝玉诔晴雯是林黛玉之死的伏笔,后边有"证前缘"的情节,所谓前缘,是三生石畔的前缘。

……

脂砚斋(和畸笏)提供的后三十回的线索,跟曹雪芹前八十回一再做的预示、暗示,还有第五回人物命运的直接描写,还有《好了歌》等等,都有利于我们推测曹雪芹后三十回到底写了些什么? 程伟元、高鹗的续书跟曹雪芹原来的构思是什么关系?

《红楼梦》续书

曹雪芹《红楼梦》全部写完，但后三十回迷失。通行本一百二十回《红楼梦》后四十回是程伟元、高鹗根据无名氏之作编撰成的续书。

程伟元和高鹗是什么人？他们合作完成后四十回《红楼梦》是怎么回事？

程伟元（1745？—1819），字小泉，苏州人，出身诗书之家，现在保存下来的中国艺术研究院红楼梦研究所收入《红楼梦大辞典》的，有他画的《双松图》《柳荫垂钓图》《松柏祝寿图》及《且住草堂诗稿跋》。程伟元能文能诗会画，有才气，有鉴赏能力，不是普通书商。他很可能是出于喜爱《红楼梦》，希望《红楼梦》能广泛流传，做收集整理并把《红楼梦》全本公开印刷，赢利好像还不算他的主要目的。程伟元早年就对《红楼梦》情有独钟，多年致力收集《红楼梦》原作抄本和续作各种抄本。乾隆五十五年（1790）程伟元流寓北京后，跟高鹗合作，完成一百二十回《红楼梦》活字印刷出版。

高鹗（1763—1815），字兰墅，别号红楼外史，辽东铁岭人，隶属内务府镶黄旗汉军。早年居住北京郊区，做过五年私塾老师，后来做过官员幕宾，乾隆五十三年（1788）高鹗在顺天考试中举。乾隆五十六年（1791）高鹗应程伟元之请，共同把程伟元历年搜求的《红楼梦》前八十回和后四十回修辑整理，以木版活字印刷发行。乾隆六十年（1795），高鹗考中进士，着内阁中书用，嘉庆元年（1796）补授汉军中书，后来做过顺天乡试同考官、都察院江南道监察御史、刑科给事中。高鹗在《清史稿·文苑传》有传。他的著述不少，有诗集《红香馆诗草》、词集《兰墅砚香词》、政论文集《吏治辑要》、八股文集《兰墅十艺》传世，北京大学图书馆收藏有《兰墅文存》底稿本。

张问陶有句著名诗句"艳情人自说红楼"，自己加注：《红楼梦》后部由高鹗续成。很长时间以来，一百二十回《红楼梦》，作者都是"曹雪芹、高鹗"。其实后四十回作者是无名氏，程伟元和高鹗起编辑和订补作用。现在很多新出版本把《红楼梦》作者署名改了。如2020年《马瑞芳评注红楼梦》:"曹雪芹原著,无名氏续书,程伟元、高鹗订补。"

在《红楼梦》版本史上,乾隆五十六年(1791)这个版本叫"程甲本",第二年,乾隆五十七年他们又对程甲本进行修订再次印刷发行,在版本史上叫"程乙本"。程乙本卷首程伟元、高鹗署名"小泉兰墅"的《红楼梦引言》,说明他们如何收集编定《红楼梦》,大体意思:《红楼梦》前八十回已被藏书家抄录传阅三十年,各家互异,前后错见、繁简歧出,现取其情理较协者取为定本。后四十回,是历年所得,集腋成裘,按其前后关照,略为修辑,其原文,未敢臆改。

我不大相信程伟元、高鹗这段夫子自道。对照他们做的程甲本,特别是程乙本,我发现程伟元、高鹗并不是对收集到的《红楼梦》前八十回抄本鉴别、挑选,取情理较协者为定本,而是对前八十回抄本做很多关键性篡改,有些地方改得非常可笑,比如:

程高本把青埂峰顽石和神瑛侍者捏合成一个人,由警幻仙子把石头封成神瑛侍者。这当然因为当年程伟元、高鹗没有看到甲戌本,他们看到的抄本,恰好丢了石头要求到红尘一游、一僧一道把它变成通灵宝玉的关键一页纸。现在还有知名作家把《红楼梦》的石头和神瑛侍者说成是一个人,就因为读程高本印象太深。

曹雪芹《红楼梦》开头写石头无材补天的笔墨是"无材不堪入选",用的是材料的"材",意思是,这块石头根本不是补天的材料,所以不能被选去补天。这有深刻哲理含义。在封建社会,补天是什么意思?是学成文武艺,卖与帝王家,既然不是补天的材料,本身就带有与封建主流意识形态不合作的意味,这恰好是曹雪芹的特点,"无材不堪入选"正是曹雪芹愤世嫉俗情绪的反映。程高本改用个同音字"无才不堪入选",才气的"才",才能的"才",也就是说,不能补天,是这块石头自己没才气,没能力,不够资格,这就歪曲了曹雪芹本意。大石头没能力补天,比喻作者没能力为统治者卖力,成了块没用的顽石,活该。

在人物形象方面,程高本对前八十回两个女性人物做了逆向修改。他对其他人物也有很多修改,最明显的是两个女性人物。

一个是把英风俊骨巾帼人物王熙凤改成似乎红杏出墙的荡妇,程高本在字里行间加了多处暗示王熙凤和贾蓉关系暧昧的描写,开头刘姥姥求帮,贾蓉借炕屏,王熙凤扭扭捏捏动不动就脸红,后来凤姐大闹宁国府,贾蓉自己打嘴巴,程高本改成"凤姐见贾蓉这般,心里早就软了,又指着贾蓉道:'今日我才知道你了。'说着,把脸一红,眼圈也红了。贾蓉忙赔笑道:'罢了,婶娘少不得饶恕我这一次。'说着忙又跪下,凤姐儿扭过脸去不理他,贾蓉才笑着起来了。"这段描写真是恶札!王熙凤的表现似乎小女子对情人撒娇,而情人抚慰她。给读者的印象是王熙凤因跟贾蓉暧昧做贼心虚,因为情人参与偷娶尤二姐感到受委屈,在宁府众人面前向贾蓉撒娇。这样玷污王熙凤,她还是曹雪芹十分喜爱、浓墨重彩描写的《红楼梦》核心人物吗?曹雪芹从来没有直接描写也没有暗示过王熙凤有所谓风流韵事,是程高本妄加这些细节且写得比较生动形象,这些描写毫无人物性格依据也毫无美感,是对曹雪芹精心构建的《红楼梦》重要人物佛头增秽。

另一个是曹雪芹明确描写跟贾珍有暧昧关系的尤三姐,程高本改成贞洁烈女,只是由于柳湘莲对她有误会,才产生悲剧。曹雪芹描写的尤三姐,在东府只有石头狮子才干净的环境中,在贾珍淫威引诱下,幼稚的尤三姐先失足有了所谓淫奔行为,后来她爱上柳湘莲想改邪归正,想追求正当爱情,想追求一夫一妻家庭生活,却陷于包括贾宝玉都歧视她的社会舆论,不被她所爱的人理解,只能自刎,用鲜血证明自己人格清白。尤三姐的悲剧原本对揭露豪门罪孽更深刻,程高本这样修改,完全扭曲人物性格和曹雪芹创造这个人物悲剧的深刻用意。

程高本还乱改前八十回人物名字,比如,北静王水溶给他们改成世荣,原来诗意化的水溶于水,改成功名化的世代尊荣,把飘逸人物名字改俗了。

程伟元、高鹗还删除他们认为不合理的细节,比如,当王熙凤贾宝玉受赵姨娘陷害病重时,薛蟠见到林黛玉风流婉转而酥倒,程高本把这话删除了,他们不理解,曹雪芹这样写既用意很深也是伏笔。到后面薛姨妈爱语慰痴颦情节,曹雪芹还让薛宝钗说出给他哥哥娶林黛玉。

程伟元、高鹗改动似乎十分细微的词句,也往往改得不伦不类。第十五回"秦鲸卿得趣馒头庵",庚辰本写贾宝玉赶到秦钟临终床前叫:"鲸兄,宝玉来了!""鲸兄"是读书种子间的文雅称呼,程高本改成"鲸哥,宝玉来了"。"鲸哥"变成市井哥们间的称呼,太滑稽了。

程伟元、高鹗还改动一些章节的题目,比如五十七回"慧紫鹃情辞试忙玉",匆忙的"忙",意思是贾宝玉因为林黛玉要走,急痛攻心而手忙脚乱,程高本把匆忙的"忙",改成莽撞的"莽",歪曲了曹雪芹寓意。贾宝玉因为听到黛玉要走,急得不知所措,忙乱到不可思议的激烈行为变成贾宝玉莽撞无知行为。

程伟元高鹗对前八十回的随意篡改，不知能找出多少处。我举出的只是较醒目的例子。我一直怀疑，仅仅用一年多时间，程伟元、高鹗就把他们收集到的前八十回和后四十回按他们的美学政治理想糅合成一本书，这里边可能有分工，一个负责修订前八十回，一个负责攒起后四十回，程伟元、高鹗到底有没有分工，怎样分工，已经成千古之谜。而我认为，程高本对曹雪芹前八十回的有意篡改，恶劣程度、不良影响远远超过后四十回狗尾续貂。

程伟元、高鹗能对前八十回篡改，怎么可能对他们收集到的后四十回"未敢臆改"？这是哗众取宠，想说明他们收集到的后四十回的原创性。我估计是高鹗执笔修订后四十回，做两个方面工作：一方面对收集到的后四十回小说素材，按照他的政治理想、处世态度、审美习惯决定取舍。另一方面，不满意的地方，干脆提笔亲自写上一段，一回，甚至几回。我之所以这样推测，因为我觉得后四十回有相当重的高氏色彩。我们看后四十回，贾政出来讲八股文，贾宝玉出来也讲八股文，父子二人都讲得头头是道。没有做过私塾老师的高鹗那样身份，作者能不能对这种事津津乐道，能不能写得出来？贾政外出做官，官场那些低级官吏、小爬虫的作为，没有高鹗那样的幕宾经历，能不能写得出来？贾宝玉得先中个举人后才能出家，没有高鹗一辈子追求功名，能不能写得出来？正是高鹗跟曹雪芹完全不同的人生经历、政治理想、为人处世，才使《红楼梦》四十回和曹雪芹前八十回错位、悖谬、矛盾。

但是，程伟元、高鹗收集整理了《红楼梦》后四十回，后四十回按照续作者构思，完成了宝黛爱情悲剧和贾府被抄的悲剧，部分地实现了大观园女儿的悲剧和贾府衰亡，一百二十回活字印刷《红楼梦》出版，极大地推动了盖世奇书《红楼梦》更广泛地流传。从 1960 年开始，我在山东大学中文系读书的五年期间，一直放在床头的枕边书，就是以程乙本为基础的多家评本，我曾多少次因为黛玉之死而流泪。《红楼梦》续书后四十回，以及程伟元、高鹗改前八十回存在各种问题，但是他们在《红楼梦》传播上做出很大贡献。热爱曹雪芹《红楼梦》、维护前八十回的研究者，实在不应该把他们骂得肉都不中吃。

从脂砚斋提供的线索来看，程伟元、高鹗续书在关键问题上，没有遵守曹雪芹原来的构思。于是，很多红学家努力寻找"红楼梦真故事"，妙论迭出，五花八门，也成就了我几十年混迹红学会的许多有趣记忆。比如，1980年杨光汉教授提出：柳湘莲做强盗兵临城下，导致元春被皇帝赐死，红学界热烈讨论柳湘莲如何做强盗。杨光汉教授曾送给我本厚厚专著《红楼梦：一次历史的轮回》，我至今珍藏。周汝昌先生认为，林黛玉最后投湖自尽，我曾在一次红学会上说，我决不能容忍尊敬的周先生淹死我们心爱的林姑娘。我的第二届博士生王海燕写关于《红楼梦》的博士论文时，我让她找周汝昌先生访学，周先生不仅热情接待她，长时间跟海燕谈话，还题字送给海燕《红楼梦的真故事》，这本书现在我手边。从剑桥大学回来的吴世昌先生认为：薛宝钗最后嫁给贾雨村。1982年上海红学会时我的好友朱淡文教授一直想说服我相信，薛宝钗在贾府被抄家后，嫁贾雨村为妾。我当然不同意这说法，跟淡文唇枪舌剑论。上海红学会组织红学家和越剧《红楼梦》主演一起游玩淀山湖时，我从船上往岸上跳，跳得太猛，差点栽倒，演薛宝钗的名演员吕瑞英眼明手快扶住了我，我立刻抓住她的手说："淡文叫你嫁给贾雨村，你乐意吗？"越剧名演员给我调侃得丈二和尚摸不着头脑，只好礼貌地笑笑。在旁边的淡文因为我把如此严肃的学术问题拿来开玩笑朝我直瞪眼……红学界在古代文学研究中特别有趣、特别好玩，给我留下各种有趣的回忆。

也一直有人重新写续书，清代就出了几十种《红楼梦》续书：《后红楼梦》《红楼复梦》《红楼圆梦》《红楼余梦》《红楼真梦》《红楼再梦》《红楼残梦》《新石头记》……这么多的续书没有一本能跟程高本的续书相比。这些续书，即便当年有的也以活字印刷的形式出现过，但都没有程高本续书那样幸运，可以跟在曹雪芹前八十回后面流传，很重要的原因，就是因为这些续书都不满意程高本续书已经相对曹雪芹原计划的悲剧气氛减少了很多的悲剧结局，他们要另起炉灶，正如鲁迅先生所说："非借尸还魂，即冥中另配，必令生旦当场团圆才肯放手者，乃是自欺欺人的瘾太大了，所以看了小小的骗局，还不甘心，定须闭眼胡说一通而后快。"（《坟·论睁了眼睛看》）鲁迅先生说的"小小的骗局"，我估计，一个可能是指程高本后四十回写的王熙凤设计的掉包计，另一个可能是程高本后四十回预示贾府将来会兰桂齐芳。一直到20世纪，还有人不遗余力，试图把《红楼梦》前八十回之后重新续写，希望能写得比程高本的后四十回好一些。1984年出版过张之的《红楼梦新补》，第八十一回回目叫"守大郡贾政沐皇恩，毁庄园宁荣惊预兆"，写孙绍祖和贾芹联手败坏贾府的名声被忠顺王府发现，贾元春干预朝政，皇帝把贾政外放济南府任职，贾母高兴得想要到济南府看看，元春还打算给宝玉宝钗指婚，乌进孝的庄园起了内讧等等。第一百一十回回目叫"证前缘再会灵河岸，议情榜独倚青埂峰"。作者张之介绍，他的《红楼梦新补》是遵循前八十回伏笔、暗示和脂砚斋提示,参考很多红学研究成果写成。这本书当时曾引起红学界热议,我也仔细读了这本书,当时就觉得不怎么像么回事。不管是形还是神,都离前八十回挺远。现在离出版不到四十年,已经很少有人提到这本书。事实证明,程高本根据无名氏续书做的后四十回虽然不理想,但现代人想再现曹雪芹笔下的结局,却难上加难。因为续书作者及修订者程伟元、高鹗不管如何利欲熏心、艺术功夫不够,他们毕竟跟曹雪芹是同时代的人。有位西方理论家说过,重要的不是作家叙事哪个时代,而是作家在哪个时代叙事。生活在 20 世纪、21 世纪的人不管如何才高八斗,想叙事《红楼梦》曹雪芹所在的 18 世纪,有蜀道之难。

续书应该抓的切入点

　　给前八十回续书，就应该有跟前八十回相联结的正确切入点。也就是说，接着什么故事、接着哪个或哪几个人物往下写，怎样按照曹雪芹原来小说构思推动情节，怎样按照曹雪芹描写的原有人物性格向前推进，怎样按照曹雪芹前八十回原有写作风格往下沉沉稳稳、按部就班、诗情画意、生动形象地描绘下去？

　　根据曹雪芹对《红楼梦》的整体构思和《红楼梦》前八十回的写作特点，续书的切入点应该是香菱之死和迎春之死，而后四十回一开始就偏离了正确轨道，为什么这样说？

　　我们先看看中国古代经典长篇小说写作上的一个统一特点，我把它叫作"多个中篇小说连缀组成一部长篇小说"。《儒林外史》没有统一线索，没有贯穿始终的人物。鲁迅先生说《儒林外史》"虽云长篇，实同短制"。其他长篇小说不同，明代四大奇书《三国演义》《水浒传》《西游记》《金瓶梅》，都有统一线索和贯穿始终的人物，往往由若干个可以独立的中篇小说组成长篇小说。《三国演义》桃园结义、剿灭董卓、官渡之战、三顾茅庐、赤壁之战、彝陵之战，像相对独立的中篇小说，用三国纷争为主线串联成为宏伟的长篇小说，《三国演义》主角随真实历史、也随小说情节变换，分别是曹操（诸葛亮出场前《三国演义》主角）、诸葛亮、司马懿（诸葛亮去世后《三国演义》主角）。《水浒传》写林冲夜奔、智劫生辰纲、宋（江）十回、武（松）十回、石（秀）十回、三打祝家庄等，用逼上梁山和梁山事业覆灭做主线串联起来，主角是宋江。《西游记》写猴王出世、大闹天宫、车迟国斗法、真假美猴王、三调芭蕉扇各个由一到三个回目中篇小说规模的故事，用猴王奋斗为主线串联起来，主角是孙悟空。《金瓶梅》潘金莲、李瓶儿、宋惠莲各有占几回的中篇小说规模故事，用西门庆串联起来，成为描写市民生活的长篇图画。

　　《红楼梦》继承了明代四大奇书这个重要特点，运用得得心应手。《红楼梦》有两个核心人物，贾宝玉和王熙凤，有两条互相交织的情节主线——宝黛爱情和贾府盛衰交错——往前发展，宝黛初会、毒设相思局、协理宁国府、共读西厢、黛玉葬花、元妃归省、宝玉挨打、大观园诗会、刘姥姥进荣国府、红楼二尤，一般占三回左右的中篇规模故事连缀成前八十回，除了王熙凤毒设相思局之外，贾宝玉身影都活动在其中，正如脂砚斋所说，十二金钗的事情都要在玉兄贾宝玉那里挂号。曹雪芹构思《红楼梦》首尾贯通、线索明晰。后三十回故事怎么发展，主要人物命运如何，《红楼梦》第一回"好了歌"和"好了歌解"已做总预示，脂砚斋给"好了歌""好了歌解"加的评语，揭示了每句词具体所指，贾宝玉梦游太虚境对《红楼梦》群钗的命运全面预示，在《红楼梦》前八十回的精微细致的艺术描写中不断继续有所预示或暗示，看过曹雪芹《红楼梦》已完成全稿的脂砚斋和畸笏叟，在他们的评语中对八十回后的情节如何发展有多次透露。仔细揣摩前八十回、研究脂砚斋等人的评语，有助于给曹雪芹《红楼梦》前八十回写续书，有助于按照曹雪芹原有构思特点、写作章法进行。而最重要的一点是：第八十一回一落笔，必须跟前八十回最后描写接榫。

接榫本是木工名词，指把榫头和榫眼接起来，就像长条板凳的板子和腿用凹凸有致的榫头和榫眼，天衣无缝地连接。接榫，也用来比喻文章或作品的前后顺畅连贯、紧密衔接。

第八十一回、八十二回应该描写什么内容？按照曹雪芹构思布局和习惯写法，联系前八十回最后章节，应该完成香菱之死和迎春之死。

曹雪芹最后两回第七十九回含八十回回目"薛文龙悔娶河东狮，贾迎春误嫁中山狼"。开头写晴雯被逐，悲愤而死，宝玉《芙蓉女儿诔》表面诔晴雯实际诔黛玉。宝黛爱情悲剧是《红楼梦》主线，其他人物的悲剧是辅线。查抄大观园后，大观园冷落凄凉，宝钗搬走。迎春嫁孙绍祖，当日兴致勃勃题额的宝玉在迎春住的紫菱洲徘徊吟诗。曹雪芹写得情景交融，诗意浓浓，芰荷被秋风吹散，比喻姊弟分离，重露繁霜压纤梗，比喻迎春受摧残的命运。宝玉叹紫菱洲轩窗寂寞，屏帐萧然，宝玉为跟姐姐离别悲哀，他还想不到迎春将要遇到中山狼。宝玉在紫菱洲遇香菱，天真的香菱盼薛蟠娶妻，宝玉为香菱担心，幼稚的香菱反生疏远之心。香菱也属风露清愁之列。

前八十回将近结束，出现和薛宝钗身份一样的富商姑娘夏金桂，典型泼妇，河东狮。《红楼梦》人物命名讲究，夏天桂花不开，夏天跟雪花的"雪"对着，而雪花的"雪"又是薛蟠的"薛"的谐音，夏金桂既姓夏又偏偏嫁到薛（雪）家，一百个不对付不顺利，意味深长。贾宝玉说女儿是水做的骨肉，夏金桂却是泥做的,跟孙绍祖一样,是富而不好礼家庭培育的怪胎。好色薛蟠贪恋花朵似的人物,夏金桂进入薛家却一步一步露出风雷般唯我独尊的秉性,才能不及凤姐,泼悍远远超过。夏金桂撒泼,薛蟠打了香菱。曹雪芹妙笔生花,短短两回已使夏金桂进入中国小说古代恶妇妒妇画廊。夏金桂整香菱与王熙凤害尤二姐,有相似之处,一个明目张胆,一个暗箱操作,王熙凤笑里藏刀,夏金桂张牙舞爪。夏金桂心机阴暗,是毒辣泼妇。她的侍女宝蟾微贱卑鄙。她们两个怎样把香菱一步步逼上绝路,是曹雪芹原来构思的重头戏,也该像尤二姐之死那样精彩。这应该是曹雪芹原有第八十一回重点描绘的内容。

更重要的是,香菱之死,是《红楼梦》构思的重要布局。

《红楼梦》开头,写甄府的小荣枯,即甄士隐一家小荣枯,作为贾府大荣枯的先声,甄英莲的不幸预示着林黛玉等人的不幸。第四回乱判葫芦案,说到四大家族一荣俱荣、一损俱损,薛府恶少薛蟠杀了人,大模大样扬长而去,首先体现出四大家族的权势。甄英莲随薛蟠进入贾府,引出十二金钗悲剧的序幕。薛宝钗一家,首先在四大家族中借葫芦案露峥嵘,显示权势的罪恶,按照曹雪芹的构思,薛家会在四大家族覆灭中率先跌倒,是四大家族雪山崩滚下的第一个雪球。而香菱之死成为整个红楼群钗悲剧的先声,是林黛玉之死的预演。

香菱的悲剧必须跟贾宝玉挂钩。贾宝玉因为听说了夏金桂折磨香菱的所作所为,替香菱担心,向王道士讨治女人嫉妒的膏药,有论者认为这段描写实际上是对着袭人,也对着天下所有妒妇。打着包治百病幌子骗钱欺世、油嘴滑舌的江湖老道,被曹雪芹三言两语就写得活灵活现,文字诙谐有趣。是曹雪芹前八十回一以贯之的笔墨。曹雪芹认为小说要写成适趣闲文,《红楼梦》既有趣好看又有深刻内涵,这一点是续书作者最难达到的。

八十回迎春回贾府,哭哭啼啼向王夫人述说孙绍祖一味好色,好赌酗酒,说贾赦用了他五千两银子,便用迎春去抵账。是孙绍祖胡说八道,还是贾赦真用过他的银子,从前八十回各种迹象看,在贾府生齿日繁、入不敷出的情况下,喜欢花天酒地大手大脚的贾赦,借了孙绍祖的银子,再把女儿抵账般嫁给并不门当户对的孙家,有很大可能性。孙绍祖骂迎春,不要跟我充千金小姐,动不动就把迎春打一顿,轰到下人房间。迎春最后是"金闺花柳质,一载赴黄粱"。迎春是父母之命的牺牲品,也是金陵十二钗第一个走向灭亡的人物。

续书第八十一回,应该从香菱之死和迎春之死开始写,用大约两三回的内容完成这两个人的悲剧,那么现在流行版后四十回是怎么描写的呢?

改变原有设想　人物集体变脸

——第八十一回　占旺相四美钓游鱼,奉严词两番入家塾

对第八十一回,我总的印象是:作为一般小说,描写还算流畅,较有生活气息和可看性,钓鱼情节写得生动活泼,有青春气息,但作为对《红楼梦》续书的要求,这类情节意义不大,且远离曹雪芹本来设想,贾母等人物集体变脸,更不是前八十回的样子。

后四十回"改肠"(改常)

2007年我在海峡两岸电视台讲《红楼梦》,我的姐妹常说,这家伙又抄袭,抄谁的? 我母亲的。我母亲不是红学家,但有敏感的艺术感觉,我小时候常听到她表示困惑:晴雯死了后,《红楼梦》的人怎么都"改肠"了?

"改肠"是句青州土话,意思是改变心肠,心思行为和原来不一样了。"改肠"这两个字很传神,和鲁迅先生、张爱玲女士观点一致。鲁迅先生说:人和人之差,有时比类人猿和原人之差还远。我们将《红楼梦》的续作者和原作者一比较,就会承认这话大概是确实的。张爱玲对《红楼梦》后四十回的评价是:狗尾续貂成了附骨之疽,断臂维纳斯装了义肢。我母亲说,晴雯死后,《红楼梦》的人都改肠(即"改常")了,表达的是普通读者读《红楼梦》的感受,《红楼梦》读到第八十一回,像突然从鸟语花香、诗意盎然、阳光明媚的世界迈进黑暗隧道,人物不是原来的人物,氛围不是原来的氛围,作者灵气和小说美感突然消失。

读《红楼梦》后四十回为什么会有这样的感受? 因为续书作者除了文学修养、艺术功力不足之外,主要是政治态度和人生理想跟曹雪芹不同,续书作者想根本改变曹雪芹构思的贾府结局,改变前八十回反复强调的树倒猢狲散、忽喇喇似大厦倾、落了片白茫茫大地真干净的结局。在后四十回,贾

府虽然不能不稍受挫折，比如曾被抄家，贾宝玉出家，结局却是家道复初，人丁兴旺。

玫瑰花探春带头占旺相

后四十回这样的构思导向从第八十一回就开始。

第八十一回回目"占旺相四美钓游鱼，奉严词两番入家塾"。回目是用来概括这一回主要内容的。这样的回目概括两个内容：第一个内容是大观园四美欢乐地钓鱼以占卜旺相，也就是她们未来人生幸福生活。哪四美？探春、李纹、李绮、邢岫烟。第二个内容是贾宝玉按照严父命令重新进贾家私塾读书。

续书作者其实很聪明，他不能安排贾府四姐妹占卜人生的旺相，因为元春、迎春不能不按照曹雪芹的构思而死，惜春不能不按照曹雪芹的构思出家，那就安排其他大观园裙钗占旺相，但为首的，是贾府玫瑰花探春。后四十回描写这四个人的人生后来确实是旺相，探春似乎是按照第五回贾宝玉看到图册和命运预示远嫁，但是却服饰鲜明地回到贾府，生活得既光彩又幸福，既能掌握自己的和夫家的命运，也能帮助娘家复兴，探春连背井离乡、远离父母的不幸都没有了。曹雪芹在第五回把她放到薄命司，真放错了地方。李绮嫁给贾宝玉的影子甄宝玉，甄宝玉不仅没有像脂砚斋评《好了歌》写的"金满箱银满箱，展眼乞丐人皆谤"，还科举高高考中，变成忠臣孝子，复兴甄府。甄宝玉还是贾宝玉某种程度上的人生导师。邢岫烟嫁给薛蟠的弟弟薛蝌，夫妇和美，举案齐眉，在香菱给薛蟠生的儿子长大前，他们先担任起复兴薛家的重责。谁说后四十回构思糟糕？续书作者是作了全盘考虑，草蛇灰线伏线千里。

贾宝玉说地道傻话

香菱因为薛蟠娶了河东狮，挨了薛蟠的大棒子，迎春因为贾赦乱点鸳鸯谱嫁给孙绍祖这个中山狼。贾宝玉很伤感。这是《红楼梦》前八十回最后两回描写的内容，第八十一回有没有按照这条思路描写往下写？没有。香菱如何受迫害，后边写成抄袭关汉卿《窦娥冤》，想害她的人死了，迎春之死在贾母病重时一笔带过。但第八十一回开头，却有段似乎接续第八十回的描写，那就是贾宝玉关于迎春的傻话："且说迎春归去之后，邢夫人像没有这事，倒是王夫人抚养了一场，却甚实伤感，在房中自己叹息了一回。只见宝玉走来请安，看见王夫人脸上似有泪痕，也不敢坐，只在旁边站着。王夫人叫他坐下，宝玉才捱上炕来，就在王夫人身旁坐了。"接着宝玉对王夫人说，他替二姐姐难过，两夜睡不着，又不敢告诉老太太。

这些描写比较近情理，邢夫人本来对迎春冷面冷心，对迎春的不幸毫不在意，是正常的，王夫人抚养一场，因迎春遭遇不幸而伤心，也是正常的，宝玉因为姐姐受苦而想帮助她更是正常的。但是续书的描写跟曹雪芹写人物细节上有差异：宝玉对母亲可以滚到怀里撒娇。他怕王夫人，不敢说话，只出现在晴雯被逐的情节里，那时王夫人一脸盛怒，宝玉不敢吭声。现在王夫人难过，她为什么难过？儿子应该上前慰问，为什么贾宝玉连坐也不敢坐，只在旁边站着？接着宝玉对王夫人感叹："二姐姐是个最懦弱的人……偏偏儿的遇见这样没人心的东西，竟一点儿不知道女人的苦处。"这话隔靴搔痒。孙绍祖不是不知道女人苦处，而是像恶狼一样吞噬女人。然后，贾宝玉说了一番王夫人形容是傻话、孩子气的话："我咋儿夜里倒想了一个主意：咱们索性回明了老太太，把二姐姐接回来，还叫他紫菱洲住着，仍旧我们姐妹弟兄们一块儿吃，一块儿顽，省得受孙家那混账行子的气。等他来接，咱们硬不叫他去。由他接一百回，咱们留一百回，只说是老太太的主意。这个岂不好呢！"

看贾宝玉这段说话，我联想到我女儿小时跟我说的话："妈妈，我不想去幼儿园。"现在我的小外孙也常向他妈妈这样要求："妈妈，我不想去幼儿园。"贾宝玉说的就是这么幼稚的话语，像几岁娃娃不想上幼儿园。因为迎春遭遇，宝玉似乎仍然在说"疯话""傻话"，却不像前八十回那种似疯似傻实际上惊世骇俗，似颠似痴实际上充满锋芒的话，能够显露贾宝玉愤世嫉俗个性的话。比如，贾宝玉说：女儿是水做的骨肉，男人是泥做的骨肉，我见了女儿就觉得清爽，见了男人就觉得浊臭逼人。这样的话，似乎是疯话，是傻话，实际上表达的是，贾宝玉对受封建教条之害最深、利禄熏心的男人的厌恶，是充满睿智的话，而贾宝玉现在说迎春的话，成了地地道道的傻话，他的母亲也说是孩子气的话。

贾宝玉能到潇湘馆嚎啕大哭？

贾宝玉给王夫人教训一顿，无精打采，一肚子闷气，往潇湘馆去了。

贾宝玉进过多少次潇湘馆，那都是何等优美谐趣的描写。如，贾宝玉走进凤尾森森、龙吟细细的潇湘馆，嗅到林黛玉卧房传出一缕幽香，听到林黛玉睡梦中吟"每日家情思睡昏昏"，然后，贾宝玉调侃引出林黛玉发怒，曹雪芹诗意盎然地推动宝黛爱情往前发展。再如，贾宝玉冒雨进潇湘馆，先掌灯看看林黛玉脸色，问妹妹吃饭如何，吃药没有，咳嗽几次，曹雪芹温情煦煦写出宝黛知己之恋。

后四十回贾宝玉第一次进潇湘馆，进门就放声大哭。不要说林黛玉的感受，先把我这个几百年后的读者吓一大跳。宝哥哥莫名其妙跑进潇湘馆放声大哭，不怕吓着林妹妹？而林妹妹确实给吓了一跳，连问几声"是怎么了"，贾宝玉继续哭得说不出话。林黛玉猜测，是不是我得罪你了？然后，贾宝玉先像前八十回那样，说他想早些死了，接着说出他对王夫人说过的话。对他最知心的林妹妹如何表现？林黛玉把头低下，退到炕上，一言不发，朝里躺下了。

看到这样描写宝玉黛玉之间的感情，我真给气坏了。前八十回里，贾宝玉能放肆地在林黛玉跟前大哭，而且怎么问也不说原因吗？冯其庸先生点评这一段"总是笔少灵动之气"，我看不仅少灵动之气，还把人物个性、人物之间关系扭曲了。贾宝玉进潇湘馆就放声大哭，这还是原来那个宝哥哥？那个宝哥哥不是把林黛玉捧到手上怕摔了，含到嘴里怕化了？林黛玉还是居高临下、小性儿的林姑娘？怎么可能小心翼翼问，是不是我得罪你了？这还是心高气傲、任性率性的颦儿？还有，跟贾宝玉心心相印的林黛玉会不会在贾宝玉因为姐姐的事痛彻心肝时，这样冷漠绝情？莫名其妙。

欢声笑语大观园

接着袭人劝贾宝玉进大观园，发现有人在钓鱼，贾宝玉兴高采烈跳出来，笑语盈盈参加钓鱼而且"喜得满怀"。刚刚为二姐姐伤心、在潇湘馆大哭的情绪立即消失得无影无踪。

四美钓鱼显然是续书作者颇费心思之作，大观园青年男女的活动前八十回写得太多也太充分，黛玉葬花写过了，螃蟹诗写过了，柳絮词写过了，鹿肉烤过了，白雪红梅写过了，月下联诗写过了，怡红夜宴抽花签的事干过了，甚至宝玉生日时，林黛玉都钓过鱼了，留给后边可以做的文章实在不多，但是几个姑娘一起钓鱼，而且暗寓她们通过钓鱼占卜好运，还没写过。续书作者写探春、李纹、李绮、邢岫烟四美钓鱼,过程写得细致形象,场面写得活泼有趣,姑娘们兴致勃勃、欢声笑语,包括探春在内,好像她二姐姐的悲剧压根就没发生。

占旺相有没有预示性?还真有。将来这四美都有好归宿,探春不仅嫁得贵婿最后还回了家,李绮嫁给有望出将入相的甄宝玉,邢岫烟成了薛家顶门立户薛蝌的贤内助。作家白先勇说,李纹、李绮完全是扁平人物,从头到尾没给她们什么个性,写她们其实是凑热闹。而意味深长的是,这四美将来都钓到金龟婿,这样一来,《红楼梦》还有什么忽喇喇似大厦倾、树倒猢狲散、落了片白茫茫大地真干净可言?

看第八十一回前半段,续书是续曹雪芹原计划的败亡歌,还是唱高官厚禄、夫贵妻荣的进行曲?

续书想要引起读者的阅读兴趣,作者着力使用的招数是模拟前八十回的艺术描写而且写得比较靠谱,比较好看。四美钓鱼,在构思上起的作用是跟曹雪芹的悲剧构思唱对台戏,但模拟前八十回娓娓道来的写法,细节描写和生活气息比较成功,作为小说来看这一段比较有意思,比较好看,甚至可以假乱真,让读者以为大观园青年男女的优雅活动仍在继续。

情节间的衔接方式

续书作者采用的另一个招数是直接采用前八十回反复采用的小情节间连接方式,比如,截断贾宝玉在潇湘馆大哭,是袭人来传贾母叫宝玉,这是前八十回描写宝黛交往常用的招数,借此截断贾宝玉和林黛玉继续交往,其实这两个人继续这样交往,再写十页二十页,也交往不出令读者赏心悦目的情节。贾宝玉参与四美钓鱼之后,要转入下一小段情节,又采用小情节之间联结的方法,还是前八十回传统做法,丫鬟来叫贾宝玉,这次是麝月来叫,而且带点儿设计悬念、逗起下文的叫法:麝月不是普通丫鬟传话,她自己的形态就慌慌张张,似乎受到惊吓,接着她回答探春的问话是:听说什么闹破了,叫宝玉和琏二奶奶一块查问。什么重要的事,要由贾母亲自查问,而且是向贾宝玉和王熙凤两个人同时查问?这当然引起贾宝玉的思考和猜测,而且他猜测比较合乎他的个性:是哪个丫鬟又倒霉了?这段续书作者故弄玄虚的噱头比较成功,也引起读者兴趣,不过还是有个漏洞,按照探春那么精细有心的性格,她应该跟二哥哥一起到贾母身边瞧瞧到底发生了什么事,但是探春居然没事人一样跟三个玩伴李纹、李绮、邢岫烟走了。前八十回有心人探春成没心没肺了。当然，这是续书作者故意不让探春去，因为，下边关于赵姨娘的故事，探春不能在场。作为也是写小说的，我看到这一类捉襟见肘的地方，山东俗话叫"猫盖屎"，总想笑。

贾母如川剧变脸

伴随四美钓鱼欢乐情绪而来，是贾府人物集体变脸，贾政、王夫人、贾母、王熙凤、贾宝玉，他们的为人、爱好、性格都和前八十回迥然不同。

贾宝玉到贾母身边后，贾母就像我们看到的阿加莎·克里斯蒂笔下的大侦探波洛做结案陈词，贾母对当年曾经几乎让贾宝玉和王熙凤送命的邪病查出了原因，原来是赵姨娘和马道婆携手作案，贾母做结案陈词。简而言之，是贾政从衙门得到消息后告诉王夫人，王夫人告诉贾母，原来贾宝玉的干妈马道婆是个混账东西，因为搞巫术讹钱搞邪术害人骗钱，被官府侦破，缴获了她许多作案工具。贾母联想到当年王熙凤和贾宝玉害邪病，叫他们两个来问，当年你们得病是什么感受，贾宝玉和王熙凤细致地讲了当年得病时什么感受，贾母从此得出结论，你们两个人的病是那个老东西，也就是马道婆和赵姨娘闹的。

这一段写得拙劣可笑，前八十回马道婆害贾宝玉王熙凤的事，曹雪芹只不过写马道婆与赵姨娘策划于密室，并没有装神弄鬼具体情节，续书先由王夫人笨拙地一一述说马道婆各种邪魔外道，让贾宝玉和王熙凤叙述当年邪病的各种见鬼见神具体感受，再由贾母把这二者吻合起来，判断是马道婆和赵姨娘捣鬼，这实在太笨拙太幼稚了。如果曹雪芹有知，可能会感叹：咱们不要这样画蛇添足好不好？咱们不要这样弱智行不行？如果蒲松龄有知，也可能会笑：你们衮衮诸公抄袭我的《聊斋志异》邪术和白莲教故事，多少搞点独创性，不要这么照猫画虎好不好？

乾隆三十一年，《聊斋志异》刻本青柯亭本，已经在社会上不胫而走，《红楼梦》续书作者看到《聊斋志异》关于写白莲教的几个邪教故事，而且模仿它，非常可能。

更不可思议的是：在戳破马道婆和赵姨娘携手谋害贾宝玉、王熙凤之后，贾府最有权势的人：贾母、贾政、王夫人、王熙凤居然全部无计可施，贾政不闻不问，不追查；贾母、王夫人、王熙凤全部徒叹奈何，真令人啼笑皆非。

贾宝玉向王夫人提出接回迎春不让她回孙家这种幼儿园小朋友的建议之后，贾母、王夫人、王熙凤，好像也集体回到幼儿园大班了。她们的智力到哪儿去了，她们的权势到哪儿去了？特别是贾母和王熙凤的杀伐决断到哪儿去了？王熙凤听到赵姨娘骂贾环的几句话，都能骂赵姨娘个六佛出世，现在她发现赵姨娘和马道婆直接谋害自己的证据，怎么倒心慈手软？贾母在前八十回八面生风，她走到贾政书房过问宝玉挨打，贾政得老老实实给她下跪；宝玉病重，赵姨娘说句早点给宝玉穿上衣服让他走，免得他的魂灵在那边受罪，贾母照脸就是一口唾沫，痛骂赵姨娘是"淫妇"，而贾政得把赵姨娘喝走；迎春奶母做赌局，贾母要治罪，姑娘们集体求情都不允许，真是个铁面铁心铁手腕老祖母。现在有了赵姨娘害贾母心肝宝贝贾宝玉的证据，贾母怎么能听之任之？后四十回，贾母一露面就来了个川剧变脸，从养尊处优、温文尔雅、高高在上的老封君，变成叽叽喳喳、嘀嘀咕咕、传老婆舌头、没身份的碎嘴婆。而且贾母碎嘴婆的特点还会随着情节发展继续令人啼笑皆非地往前发展。作为非常喜欢前八十回贾母的读者，这一点特别令我失望。

而截断贾母说马道婆赵姨娘谋害贾宝玉王熙凤的故事，是玉钏来请王夫人回房给贾政找东西，这个细节也很值得推敲。一向循规蹈矩的正人君子贾政进了后四十回突然胆大包天没规矩了，王夫人配合他没规矩，贾母纵容他没规矩。为什么这样说？王夫人和贾母正在说事，贾政居然敢大模大样把王夫人召唤回屋给他找东西，在前八十回，就是用放大镜，能找到这样的情节吗？鸳鸯抗婚，贾赦派贾琏到贾母那里探听消息，堂堂国公府长公子贾琏，连贾母的房间都不敢进，在外边探头探脑，被贾母发现，他还得赔着笑脸撒谎，说他来找媳妇问老太太出门的事怎么安排。现在，一个小小丫鬟玉钏竟然就敢直接走到贾母身边，把王夫人给"揪走"，叫她去给贾政找东西，像话吗？这还是国公府吗？

二次进家塾是伪命题

贾政跟王夫人聊，决定叫贾宝玉"仍旧叫他家塾中读书去罢了"。贾宝玉奉严词二次入家塾根本是伪命题，因为贾宝玉从来没有完全停止在家塾读书。但是续书必须叫他奉严词二次进家塾，为什么？就是要便于扭曲前八十回已经描写的贾政性格，扭曲前八十回着力描写的贾宝玉性格的主要特点，给贾宝玉的人生安排宏伟的、将来做举人的命运。

第七十八回贾政带贾宝玉、贾环、贾兰一起去写诗,有一大段关于贾政性情和心理的描写,贾政年老,不再把贾宝玉喜欢写诗作对看成是不务正业,反而想到贾府祖上也喜欢写诗,从来没有从科举这条路上奋斗出来,所以贾政已经不打算强制贾宝玉奔科举这条路。他还认为贾环、贾兰得跟着贾宝玉学,要多学着写诗,因为能诗善赋会写文章,也算给国公府撑体面。贾政还几次亲自带兄弟叔侄三人写诗。

到了后四十回,贾政完全变脸了,他把贾宝玉叫了来,先训了几句贾宝玉整天在园子里玩,接着说:"就是做得几句诗词,也并不怎么样,有什么稀罕处!比如应试选举,到底以文章为主,你这上头倒没有一点儿工夫。我可嘱咐你:自今日起,再不许做诗做对的了,单要习学八股文章。限你一年,若毫无长进,你也不用念书了,我也不愿有你这样的儿子了。"

多大的跌宕!第七十八回贾政已名利大灰,带着宝玉写诗且认为写诗并不辱没祖宗,第八十一回完全变了口气,贾政不让贾宝玉做诗做对,只许学八股应试,还要亲自送宝玉上学,贾政思想变得突兀,并不是贾政的思想真变了,而是续书作者的思想跟曹雪芹背道而驰。那么,仅仅隔了三回,同一个人物的心理和主张产生这么大的裂痕,会给读者留下什么印象?整理出版一百二十回《红楼梦》的程伟元、高鹗干脆来个釜底抽薪,直接把第七十八回曹雪芹写贾政思想心理变化的那一大段文字一字不留删了。所以,相比于后四十回狗尾续貂,程高本对前八十回的有意篡改,更要不得。

续书有无可取之处?

我剖析了第八十一回在许多重要方面背离曹雪芹构思,歪曲了曹雪芹前八十回已经基本完成的人物形象,艺术水平也差不少。现在换个角度看看,后四十回为什么能作为《红楼梦》续书流传,第八十一回作为续书开篇之作,有没有某些可取之处。它为什么能吸引大部分读者看下去,甚至能令一些作家觉得续书作者写得还不错?我们平心静气地把第八十一回当作独立的小说文本琢磨一下,看看能不能替续书作者找出几点成功的妙诀。

第一,第八十一回确定了以《红楼梦》核心人物贾宝玉为主要描写对象,选取了和贾宝玉有关的几个情节,第一个情节是他对迎春的同情和孩子气的建议;第二个情节是他又进潇湘馆,接续前八十回和林黛玉交流;第三个情节是他参与大观园青春靓丽少女探春等人的钓鱼活动;第四个情节是贾母揭开当年贾宝玉被马道婆、赵姨娘谋害的底牌；第五个情节是贾政对贾宝玉的前途加以干预，让他进家塾读书。第八十一回像独立的短篇小说，五个情节一切围绕贾宝玉展开，故事线索和描写人物笔墨集中，也相当紧凑。

第二，第八十一回几个场面的描写，比较引人入胜，当年马道婆和赵姨娘谋害宝玉、凤姐，本来是《红楼梦》前八十回一个重要事件，现在由贾母像侦探小说一样揭开底牌，对读者有一定吸引力和可看性，特别是钓鱼情节写得很有趣味。

第三，在几段情节也就是几个小故事的衔接上，第八十一回继承了前八十回习惯的丫鬟传信模式，运用比较自如。情节和情节之间、小故事和小故事之间转换比较灵活，不管写人物还是写景，文字还算比较清丽。

如果读者不像我这样，心里总是装着曹雪芹对《红楼梦》的整体构思，装着《红楼梦》前五回特别是贾宝玉神游太虚境那些判词，装着脂砚斋对后三十回的提示，作为普通读者大概对后四十回续书还能好奇地、兴味盎然地看下去。但是，既然是《红楼梦》续书，还是得跟《红楼梦》思想一致、构思一致，人物特别是主要人物不能变形，趣味更不能放低，所以，我能从八十一回找出一条条破绽，对后边三十九回的描写，我仍然会鸡蛋里挑骨头，再把曹雪芹原来的构思尽可能剖析出来。

第八十一回后边描写贾政亲自把贾宝玉送到家塾，贾代儒安排贾宝玉读书，贾宝玉又要重复顽童闹学堂那样好看好玩还颇有些深意的故事了？咱们不用做这样的美梦了，因为不仅伶俐异常也调皮异常的茗烟不见人影，连前八十回冰心玉骨的林黛玉也变得利欲熏心了。

宝玉讲经学　黛玉谈家庭

——第八十二回　老学究讲义警顽心,病潇湘痴魂惊噩梦(上)

八十一回以贾宝玉为中心连缀起几个情节,八十二回"花开两头各表一枝"展开对《红楼梦》宝黛爱情男女主角的描写。贾宝玉按照续书作者通过贾政给他安排的人生道路,认真学习钻研经书,准备参加科举考试以光宗耀祖,在所谓正道上走着。林黛玉似乎按照曹雪芹原来构思,朝着因为痴心爱情换不来理想婚姻从而病亡的路上走着。

东风西风黛玉噩梦

第八十二回有两个重要甚至可算杰出的贡献。

第一个杰出贡献是林黛玉对袭人说的话"不是东风压了西风,就是西风压了东风",这是《红楼梦》后四十回最有名的语言。毛泽东主席喜欢这个说法,把"不是东风压倒西风,就是西风压倒东风"引到国际斗争中说事。后四十回这两句话的影响不止在红学圈,而在更广泛范围、更多社会阶层传播,影响力超过"忽喇喇似大厦倾"等曹雪芹名言。

第二个杰出贡献是八十二回描写林黛玉潇湘做噩梦,这个梦跟前八十回一些梦境相比,跟唐传奇和《聊斋志异》写梦佳作相比,也差不到哪里去,续书作者把林黛玉做噩梦的前因后果写得颇有章法和说服力,把迷离恍惚的梦写得合乎情理,有艺术感染力,即使把这个梦拿去叫弗洛伊德做范例分析,也能说明"梦是愿望的达成"这一经典命题。

如果我们按人们通常根据比例说某件事的成败,看第八十一回和第八十二回,能不能这样说:第八十一回和第八十二回功过都可以四六分,第八十一回功为四,过为六;第八十二回功为六,过为四。第八十二回的功,在于它写出《红楼梦》影响当代社会的睿智之语"不是东风压了西风,就是西风压了东风",写活了林黛玉惊心动魄的噩梦。第八十二回的过在于,续书作者对人物个性有某种程度扭曲,比如林黛玉忽然利欲熏心,袭人忽然对宝玉婚姻指向做出误判而且采取莽撞行为,还有小说描写人物细节的度掌握得不好,比如林黛玉具体病情描写有些直露、血腥,缺乏前八十回的优雅、美感和点到为止的分寸。

林黛玉也利欲熏心?

贾宝玉上学,他最亲密的人中有两个做出和前八十回完全不同的反映。

第一个是贾母,贾母说:"好了,如今野马上了笼头了。"贾母又变脸了,这还是溺爱孙子到不讲理的贾母吗? 贾母为溺爱宝玉做过多少出格事? 贾政打了宝玉,贾母立即把贾政痛骂一顿,接管宝玉的教育权,不仅不叫宝玉跟峨冠博带为官做宰者来往,连家庭的晨昏定省都随宝玉的便。贾母担心贾政放外任回来检查宝玉作业,查他写了多少字,听说大观园的姑娘模仿宝玉字体写字,帮宝玉蒙混过关,贾母喜欢得不得了。怎么进了后四十回,贾母忽然成支持宝玉读书做官的热心人,兴奋地说宝玉上学是野马上了笼头?

第二个是林黛玉,改变得更加不可思议。宝玉从家塾回来,到潇湘馆,对黛玉说他给老爷叫去读书是"好容易熬了一天,这会子瞧见你们,竟如死而复生的一样,真真古人说'一日三秋',这话再不错的"。宝玉的话是对前八十回照猫画虎,虽有些俗套唐突,毕竟没脱离宝玉个性。宝玉继续说:"更可笑的是八股文章,拿他诓功名混饭吃也罢了。"比较符合前八十回宝玉的看法。奇怪的是,黛玉却发生石破天惊的改变,黛玉道:"我们女孩儿家虽然不要这个,但小时跟着你们雨村先生念书,也曾看过。内中也有近情近理的,也有清微淡远的。那时候虽不大懂,也觉得好,不可一概抹倒。况且你要取功名,这个也清贵些。"

续书突破了林黛玉在前八十回绝对不做的两件事:第一件事,黛玉绝对不做催促、支持宝玉读书做官,劝他立身扬名的事,宝玉为此深敬黛玉,宝玉把劝他读书做官的话叫作混账话,而黛玉从来不说这样的混账话,这正是宝黛爱情的重要思想基础。第二件事,林如海给林黛玉请的老师是贾雨村,黛玉进贾府,贾雨村一路陪伴送到京城,林黛玉和贾雨村的交往不能不说密切。甚至可以说,除了父母之外,林黛玉幼年最亲近的人就是老师贾雨村。但是前八十回林黛玉没有一个字提及她的老师。贾雨村经常到贾府来骚扰贾宝玉,宝玉烦他,曹雪芹也没有一个字写黛玉如何谈她当年的老师。到了八十二回,林黛玉不仅提到她的老师贾雨村,还劝宝玉立身扬名可以采用"清贵些"的方式,林黛玉好像变了个人。续书写林黛玉说了这话之后,"宝玉听到这里,觉得不甚入耳,因想黛玉从来不是这样人,怎么也这样势欲熏心起来? 又不敢在他跟前驳回,只在鼻子眼里笑了一声"。非常明显,续书作者知道林黛玉不可能也不应该说这样的话,他为什么要让林黛玉这样说? 是想让林黛玉向薛宝钗看齐?

贾宝玉废寝忘食读讲《四书》

贾宝玉回到怡红院,袭人告诉他:"如今老爷发狠叫你念书,如有丫鬟们再敢和你顽笑,都要照着晴雯、司棋的例办。"

什么时候,国公府二老爷贾政管起大观园芝麻绿豆样丫鬟去留了? 而贾宝玉大改过去的性情,过去对《四书五经》一见就头疼,能不读就不读,现在,贾宝玉赶忙吃完饭,就叫点灯,复习《四书》。因为对里边的内容不太明白,愁得睡不着觉,心里烦躁,发烧了。前八十回贾宝玉怕贾政第二天要考察他的功课,装病,说半夜给吓病了,现在他真正发烧,却不到家塾请假,坚持上学,真够积极真够敬业。

废寝忘食学习《四书五经》的贾宝玉,在家塾讲经义,宝玉像老儒讲学,讲经书滔滔不绝,与前八十回爱《庄子》、师楚人(学习屈原)的宝玉判若两人,讲《四书》讲得水平不低、头头是道,说什么"德乃天理,色是人欲",和前八十回贾宝玉的思想南辕北辙。前八十回给贾宝玉上了那么多课的贾代儒,曹雪芹从来没写过一个字他怎么给贾宝玉讲经,现在八十二回写贾代儒认真给贾宝玉讲书。这个情节,是续书作者,特别是补订者、做过五年私塾老师的高鹗在充分利用自己的生活积累? 还是他从《聊斋志异·于去恶》那类写科举写怎样做八股文又学一手? 续书作者借着写小说大大过了一番经书瘾。

袭人的蹊跷心思

贾宝玉去上学,怡红院清净闲暇了,前八十回心思缜密的袭人令人不可思议地琢磨起事来。简而言之,她琢磨两件事:

第一件事，袭人想到，宝玉现在认真读书，丫头们也没饥荒了，早要如此，晴雯何至弄到没有结果？兔死狐悲，滴下泪来。袭人为晴雯感伤流泪，可真是龙也下蛋。前八十回，正是袭人在王夫人跟前说晴雯的坏话，导致晴雯被逐，这一点，贾宝玉明确问到袭人脸上，为什么我们在怡红院私下说的话太太都知道？现在袭人兔死狐悲为晴雯流泪？合理吗？

第二件事，袭人"忽又想到自己终身本不是宝玉的正配，原是偏房。宝玉的为人，却还拿得住，只怕娶了一个利害的，自己便是尤二姐、香菱的后身。素来看着贾母、王夫人光景及凤姐儿往往露出话来，自然是黛玉无疑了。那黛玉就是个多心人。想到此际，脸红心热，拿着针不知戳到那里去了，便把活计放下，走到黛玉处去探探他的口气"。

纯粹驴唇不对马嘴，前八十回王夫人向贾母汇报她看中了袭人，止住她的丫鬟份例，跟赵姨娘一样领月钱，但从王夫人的月例银子里出，"且不明说"，贾母赞成"不明说"，也就是说贾府掌权者把袭人通房丫头的身份都混着，哪个给了袭人"偏房"也就是姨娘名分？袭人竟然以偏房自居，和前八十回接不上。袭人担心贾宝玉将来娶个厉害的，自己就是尤二姐、香菱的后身，她判断贾母、王夫人、王熙凤给贾宝玉挑的妻子是林黛玉，更跟前八十回不搭，贾母、王熙凤确实露出中意黛玉的话，特别是王熙凤，而王熙凤是贾母肚子里的蛔虫。但是最有可能最有权力决定宝玉婚姻，而且可以通过元妃指婚决定宝玉婚姻的王夫人从来没有透出一个字对林黛玉有好感。相反，王夫人整晴雯就是冲着林黛玉来，晴雯是林黛玉的影子，王夫人不是说晴雯的模样有几分像林姑娘？查抄大观园时还说"连主子们的姑娘不教导尚且不堪"，含沙射影说贾母不教导林黛玉，而林黛玉和贾宝玉的感情妨碍了王夫人金玉良缘的大计，所以她说不堪。王夫人热心地和薛姨妈乃至和袭人联手，一直在推动金玉良缘，袭人是金玉良缘的坚定支持者，怎么可能相信宝玉黛玉"二玉"姻缘，而且是从王夫人口风中相信？她再唐突地去试探林黛玉。袭人如此巨大的变化一点根据没有。

尴尬的精彩试探

袭人到潇湘馆试探林黛玉："袭人道：'你还提香菱呢，这才苦呢，撞着这位太岁奶奶，难为他怎么过！'把手伸着两个指头道：'说起来，比他还利害，连外头的脸面都不顾了。'黛玉接着道：'他也够受了，尤二姑娘怎么死了！'

袭人道：'可不是。想来都是一个人，不过名分里头差些，何苦这样毒？外面名声也不好听。'黛玉从不闻袭人背地里说人，今听此话有因，便说道：'这也难说。但凡家庭之事，不是东风压了西风，就是西风压了东风。'袭人道：'做了旁边人，心里先怯了，那里倒敢去欺负人呢。'"

这一段太好玩太有趣了，我看一次笑一次。袭人和林黛玉像演三岔口，她们表面上说的话背后都有另外的含义，经过这段对话后，在读者心目中，袭人不再是前八十回心思缜密的袭人，林黛玉不再是前八十回冰心玉骨的透明潇湘妃子。袭人伸出两个手指头暗示王熙凤，这不是当年赵姨娘背后说王熙凤的经典动作？把这个动作捺到袭人头上，是说明袭人和赵姨娘是一路货色？而跟王熙凤关系那么好的林黛玉竟然来了句实际是批判王熙凤的话"他也够受了"，然后，袭人表白做侍妾的并不比正妻差，只不过名分差了些，何苦这么毒的对待？她的话外音是：林姑娘哪，将来您可不能像王熙凤、夏金桂对待尤二姐、香菱那样对待我啊。而林黛玉怎么回答：家庭之事，不是东风压了西风，就是西风压了东风。这等于说，家庭之中，嫡庶之间，争斗不可避免，别存幻想啦。袭人进一步表白：做妾的人是不敢欺负正妻的。

这一幕写得既可以说叫精彩，也可以说叫尴尬，把它叫尴尬的精彩吧。为什么这样说？因为国公府主子和奴才壁垒森严、界限分明，丫鬟之间都等级分明，主子奴才之间一般不可能有推心置腹的交谈。慧紫鹃情辞试忙玉后，紫鹃想跟黛玉说知心话，黛玉根本不接招。甲主子和乙奴才，也就是潇湘馆主子和怡红院奴才，更不可能就某个敏感性话题实质性进行交流。而袭人居然想跟聪明绝顶的林黛玉旁敲侧击交流将来贾宝玉正妻跟侍妾如何相处。这不叫滑天下之大稽，什么叫滑天下之大稽？

但就在这段非驴非马的描写中，出现了《红楼梦》最有影响的话语"不是东风压了西风，就是西风压了东风"。淘尽砂砾见黄金，实在太妙。

而袭人和林黛玉这番隔板猜枚般的思想交流，加上接着薛宝钗派了个我把她叫百分之百浑不吝的婆子给林黛玉送礼，说了番百分之千浑不吝的话，导致林黛玉噩梦连连，成为第八十二回相当精彩的桥段。

黛玉潇湘噩梦

——第八十二回　老学究讲义警顽心，病潇湘痴魂惊噩梦（下）

林黛玉日有所遇、暮有所思、夜有所梦。

林黛玉为什么会做噩梦？有两个诱因。

第一个诱因，是袭人到潇湘馆闲谈，向林黛玉旁敲侧击求情，嫡妻应善待身份低微又无过错的侍妾。袭人的态度是从王夫人亲信那里传来信息，林黛玉要做宝二奶奶了。

第二个诱因，是薛家婆子大庭广众之下宣传林黛玉肯定会嫁给贾宝玉，这说明薛姨妈彻底放弃金玉良缘。但能够板上钉钉决定宝玉黛玉婚姻的贾母和王夫人始终没表态，这造成了林黛玉的悲伤和焦虑，夜间进入她最不希望看到的恐怖梦境。这个恐怖梦境，立竿见影、极大地损害她的健康，林黛玉刚进入后四十回就病入膏肓。

潇湘噩梦诱因是否合理

我上大学时，《红楼梦》一直是枕边书，不仅曹雪芹前八十回令我爱不释手，后四十回一些章节，比如黛玉之死、贾母散余资、宝玉拜别贾政，都令我感动。我上大学时的阅读体验大概也是现在大部分青年读者读整体《红楼梦》的感受。我从1964年大学四年级开始，写研究《红楼梦》的文章，渐渐对版本有新认识，对后四十回有了不一样的看法。现在再重新看《红楼梦》后四十回，常有这样的感触：如果把后四十回一些章回，比如黛玉噩梦、黛玉之死看作跟曹雪芹的《红楼梦》没关系的短篇小说，续书作者大概能厕身古代二流短篇小说作者行列，黛玉噩梦和黛玉之死的章回，可以类比《醉醒石》《石点头》甚至《拍案惊奇》的作品。作者文笔流畅、表现力不错，短篇故事的构思讲究起承转合，前后照应，清楚地交待前因后果，人物基本能立得住，不是模糊不清,艺术描写颇有感染力。像黛玉噩梦,它的中心,是写怀春少女因为向往自主婚姻而做噩梦,诱使她做噩梦的原因写得较充足,梦境写得迷离生动,也合乎人物身份和处境,噩梦的恶果写得淋漓尽致。那么我们应该给续书作者唱赞歌了?仍然不能。这是为什么?

最要命的问题是:后四十回应跟前八十回浑然一体,应是思想和前八十回一致或基本一致,人物和前八十回一致或大体一致,情理和前八十回一致或接近一致。用这样的要求看后四十回,包括几个写得比较好的章回,我们就不太容易大唱赞歌了。比如说,从后四十回文本看黛玉噩梦,尽管诱使林黛玉做噩梦的原因较充足,尽管黛玉所做的噩梦本身有合理内核且相当精彩,尽管黛玉噩梦的恶果显而易见,但是我们却不能不说,引起林黛玉噩梦的两个诱因根本是续书作者故意制造。对《红楼梦》这部细致绵密的长篇小说来说,女主角林黛玉噩梦的到来和恶果也写得过于匆促。为什么这样说?我们就得看看林黛玉噩梦两个诱因是不是合理,或基本合理?

诱使林黛玉做噩梦的第一个原因,是袭人到潇湘馆探问。跟林黛玉进行家庭之中妻妾如何相处的讨论。袭人像个拙劣侦探,跟林黛玉隔皮猜瓜,进行两个人都意在言外的讨论,袭人希望将来不要像尤二姐、香菱受嫡妻虐待,林黛玉却不肯对她做出承诺。其实心思缜密的袭人和冰心玉骨的林黛玉不可能有这样的讨论,这段故事跟前八十回已有的两人关系不接榫。

奇葩薛家婆子

就在黛玉袭人进行这番不合理的讨论时,更不合理的事来了。外边有人说话打断她们继续讨论。原来是宝钗派个婆子来给黛玉送东西。婆子进了林黛玉的卧室,不说她来送什么,先觑着眼瞧黛玉。"觑着眼"这个词前八十回常用,意思是目不转睛地盯着人看,婆子把林黛玉看得不好意思起来,只好亲自问:"宝姑娘叫你来送什么?"听这个称呼,黛玉叫宝钗"宝姑娘",这应是前八十回丫头婆子对薛宝钗的称呼,黛玉一向叫"宝姐姐",她认薛姨妈为干妈后,叫宝钗"姐姐",所以,林黛玉该问的即使不是"姐姐叫你来送什么",也应是"宝姐姐叫你来送什么"。婆子回答来送荔枝,然后,婆子跟袭人搭讪几句,还是回头看黛玉,且对袭人说:"怨不得我们太太说这林姑娘和你们宝二爷是一对儿,原来真是天仙似的。"袭人忽然明白起来,发现婆子说话造次,把话岔开,婆子走了,嘴里还继续咕咕哝哝"这样好模样儿,除了宝玉,什么人擎受的起"。

一段不伦不类、连起码常识都说不通的细节描写，却写得活灵活现，这个不懂规矩的婆子，简直可以说写得栩栩如生。问题是，一个粗使婆子能这样说话不？

贵族家庭派出到别家办事的婆子，得懂事明理、礼貌周全，像前八十回江南甄家派到贾家的婆子跟贾母对话，谈甄宝玉的脾性，她们拉着贾宝玉的手，说以为他们家宝玉跟着来了，这些婆子的举止自然温馨，合乎法度，当然，甄家来的是管家级婆子，懂得怎么行事，怎么说话。但前八十回即使派出送东西的粗使婆子，在所到之家也是该办什么事就办什么事，一句无关的话也不多说，特别是一句无礼的话不说。第八十二回薛宝钗派到潇湘馆送东西的婆子，雪雁认得她，看来可能是第四十五回冒雨到潇湘馆给林黛玉送燕窝的薛家婆子。当时薛家婆子跟黛玉说："这比买的强，姑娘说了，姑娘先吃着，完了再送来。"话说得多得体到位，既完成宝钗交代的任务，又说明我们家燕窝比外面卖的强，林姑娘吃完了，还会继续送。黛玉赏婆子钱，婆子表示感谢。林黛玉体恤下人，婆子应对得体。非常小的细节特别合乎人情。到八十二回，雪雁认得的婆子似乎又没见过林黛玉，先不顾任何礼法、任何规矩直眉瞪眼盯着林黛玉看，好像哪个媒人来相亲，下人岂敢如此张狂？接着，这个婆子公然说出唐突之极、无礼之甚的话："怨不得我们太太说这林姑娘和你们宝二爷是一对儿，原来真是天仙似的。"说林黛玉美得像天仙，似乎是恭维话，是好话，但是对着未出阁的贵族小姐，公然指名道姓说她得嫁给哪个人，除了王熙凤这样非常亲近林黛玉的人，哪个人能说这样的话？哪个人敢说这样的话？薛家的粗使婆子，居然成第二个王熙凤了。更不可思议的是，说林黛玉应该嫁给贾宝玉，是对着担心林黛玉和贾宝玉真正成亲的袭人说，看来续书作者"天衣无缝"的构思妙招，就是要造成这样的印象：贾宝玉林黛玉会成亲，在贾府已有很强的舆论，袭人来潇湘探听，完全合理。其实薛家婆子这番表演相当矫揉造作，不合乎贵族家庭最起码的办事规矩。这个婆子根本就是续书作者构思的棋子，一枚象棋比赛时该跳马偏偏小卒过河的棋子。更好玩的是，林黛玉也不赏薛家婆子钱了，婆子出了林黛玉的房间，还继续咕咕哝哝，说林黛玉就得嫁给贾宝玉，薛家婆子没规矩真是登峰造极。

试想，薛姨妈有没有可能在自己家宣传林黛玉该嫁给贾宝玉？在前八十回，薛姨妈可是金玉良缘的积极创造者和热心推动者。退一万步说，薛姨妈喝醉了，老背晦了，确实在家里说了这样的话，薛家婆子能不能当面去相看林黛玉，证明薛姨妈说的对？而且婆子还把薛姨妈的话讲给袭人听？婆子不知道在国公府这样无礼，会给撵出去？后四十回，不仅主要人物性格改变，连次要人物比如袭人，极次要人物比如薛家婆子，也换了一副心肠。这是为什么？只有一个理由能解释：续书作者没有贵族家庭生活经验，基本不懂贵族家庭奴仆规矩，也没有仔细研究袭人在宝黛爱情、二宝婚姻中起什么作用，她的为人个性应该什么样。

八十二回续书作者这样写袭人和薛家婆子制造的波折，都是为了似乎合理地推出林黛玉噩梦。续书作者从两个重要方面给向往跟贾宝玉有美好婚姻的林黛玉制造心理压力：一方面是贾宝玉实际的屋里人，已经来跟林黛玉探讨将来如何相处；另一方面是宝玉黛玉婚姻最强有力竞争对手金玉良缘制造者薛姨妈公开宣扬林黛玉该嫁给贾宝玉。

潇湘噩梦和小红梦贾芸

于是，到了晚间，林黛玉做起噩梦来。小说来了段称得上细致生动的林黛玉的心理描写："猛抬头看见了荔枝瓶，不禁想起日间老婆子的一番混话，甚是刺心。当此黄昏人静，千愁万绪，堆上心来。想起自己身子不牢，年纪又大了。看宝玉的光景，心里虽没别人，但是老太太、舅母又不见有半点意思。深恨父母在时，何不早定了这头婚姻。又转念一想道：'倘若父母在时，别处定了婚姻，怎能够似宝玉这般人材心地，不如此时尚有可图。'心内一上一下，辗转缠绵，竟像辘轳一般。叹了一回气，掉了几点泪，无情无绪，和衣倒下。"

有了前边两个诱使林黛玉做噩梦的原因，林黛玉这段心理活动，水到渠成，相当合理，描写也细腻生动，八十二回这一大段心理描写，甚至可以跟前八十回宝黛诉肺腑媲美。接下来，林黛玉的噩梦写得更精彩，而且这个噩梦产生了极其严重的后果。

我认真研究过《聊斋》《红楼梦》怎么写梦，也在我的长篇小说多次写过梦境，《蓝眼睛黑眼睛》写子午大学中文系总支书记王云贵的升官梦、大学校长鲁省三临终校园美梦，这两个梦境受到当代著名评论家赞赏，陈荒煤先生写文章说，《蓝眼睛黑眼睛》继承《红楼梦》的优秀传统。可惜"87版"电视剧《红楼梦》导演王扶林将我这部小说导演成十七集电视连续剧时，把这两个梦都删除了。我认为，小说家在小说里成功写梦应起两个作用：一个作用是，这个梦是做梦者一心追求或非常担忧的事件在梦境中变形出现，考察做梦者如果真遇到这样的事，会如何对待，这其实是《聊斋》故事式以梦幻方式描写人物性格；另一个作用是，这个梦会对做梦者此后如何处事产生哪些作用，梦境还可以有某种预示或者预言性，起到推动情节发展的作用。《红楼梦》前八十回写梦就常起这样的作用，当然，不仅仅起这样的作用，第五回贾宝玉神游太虚境成全书的总纲，是古今中外独一份的梦，任何作家都学不来。《红楼梦》写的其他梦境，一般都起到表现人物心理和推动情节发展的作用。

我们用前八十回小红的梦做例子来看一下，曹雪芹笔下人物做梦会对人物个性描写，对小说情节发展起什么作用。怡红院粗使丫鬟小红亲近贾宝玉受阻，她给贾宝玉倒杯茶，就给怡红院大丫鬟劈头盖脸连讽加刺臭骂一顿，小红发现在怡红院想往上爬，进入袭人、晴雯之类大丫鬟行列很难。她转而对偶遇的贾芸产生想法，琢磨能不能通过贾芸改变命运。作为贾府家生子小红既定的命运，是将来主子随便给配个小厮，终身为奴，将来生下孩子也仍是奴仆。贾芸虽是贾府旁支，毕竟是正经主子。小红盯上贾芸，不仅一见钟情，还有深层考虑。小红琢磨上贾芸，从封建社会男女之大防看，是违背礼法，从封建社会等级观念看更是非法，粗使丫鬟想做贾门主子，这本来很难实现，小红偏偏敢于抱这愿望，这说明宝钗对小红的评价"眼空心大，第一个刁钻古怪"很对。小红决心和贾芸挂钩，就是要按照宝钗的判断用非常规手段改变命运，但是怎样跟贾芸联系？小红一筹莫展。曹雪芹写她闷闷不乐之际白日做美梦，梦中贾芸主动来找她联系，说拾到了她丢的手帕。小红梦中出现贾芸，也出现两人可能建立联系的办法：私相传递手帕。这个梦之后的真实故事就是贾芸和小红同时主动出击，通过交换手帕，完成定情。

可以拿黛玉潇湘噩梦跟小红梦贾芸类比，就是因为，这两个梦长短不同、简繁不同，小红的梦很短，林黛玉的梦相当长，小红的梦极其简单，林黛玉的梦很复杂、有好几个层次。但是写梦章法上，在通过梦境描绘人物心理上，在写梦推动情节上，黛玉潇湘噩梦和小红怡红院美梦，如出一辙。

潇湘噩梦惊心动魄

袭人跟黛玉旁敲侧击讨论正妻和侍妾如何相处，薛家婆子当面说黛玉宝玉是一对。这两个引起黛玉潇湘噩梦的原因,不合乎前八十回人物既有个性,违犯常识,是续书作者故意操弄。但是,抛开续书作者是不是歪曲前八十回人物个性看这个梦,令黛玉做噩梦的原因在逻辑上却说得通。为什么?一个多愁善感的文弱少女短时间内遇到来自袭人和薛家婆子强烈的感情刺激,触动身世之悲,引起对命运的思索,她忧虑感伤,因此做噩梦,岂不是很合理?续书正是按照这样的逻辑写得丝丝入扣。

黛玉晚饭后想到薛家婆子的混账话,千愁万绪,涌上心头,睡下做噩梦,顺理成章。

潇湘噩梦的巧妙在于,它按照林黛玉最忧伤、最担心的事,往反方向发展:

林黛玉感伤父母双亡,不能给自己做主,又庆幸父母在时,没给自己订下其他姻缘,她才可以和心爱的宝哥哥有成就姻缘的可能。到了梦中,邢夫人、王夫人、王熙凤来给林黛玉道喜,要送她回苏州,原来黛玉的父亲不仅活着,还给她订下姻缘。是黛玉当年的老师贾雨村牵线,姻缘对象是梦中继母的亲属,嫁过去做填房。这未免太奇怪,林如海即使活着,怎么能做这样损害女儿、降低女儿身份的事,但这是做梦,什么稀奇古怪的事都可以发生。

不过,林黛玉即便是做梦,她还是按照平时所受的教育做人,她是贵族家庭的千金小姐,是探花郎唯一的娇女,不管父母如何娇养,不管自己如何任性,她严格遵守三从四德闺训,非礼勿言、非礼勿动,在婚姻上遵守父母之命、媒妁之言,即使对让她嫁给继母亲属做填房的父母之命,林黛玉就是在梦中,也不敢公然反抗。何况媒妁之言,还和一日为师终身为父的道德联系到一起。续书作者对林黛玉梦中性格的把握准确、巧妙、合乎情理。

梦中的林黛玉既不敢反抗父母之命,又不想遵守父母之命,怎么办?只有求助最有力的靠山,可以扭转父母之命的权威长者,把自己当成心肝儿肉的外祖母。林黛玉这样的梦中心理很合理。梦中贾母怎么表现?眼睛一眨,老母鸡变鸭。贾母完全变了个人,成了"市侩心理+无情可憎"的外婆。林黛玉抱住贾母的腰乞求:"老太太救我,我南边是死也不去的!况且有了继母,又不是我的亲娘,我是情愿跟着老太太一块儿的。"贾母呆着脸回答:"这个不干我事。"外祖母完全不管外孙女的死活,听任恶毒继母任意处理。接着,贾母居然对黛玉说,做填房也不错,还多出一副嫁妆。现实生活中高贵的、清高的、富贵之极的贾母在梦中变成斤斤计较蝇头小利的市井俗婆,这变化太意外,亏续书作者怎么琢磨出给贾母安排这么恶毒的变化,太残忍了。接着,贾母完全不理会林黛玉苦苦哀求,甚至听到林黛玉说宁可给您做丫鬟,自做自吃,也要留在您身边,还把母亲提出来,乞求贾母看在亲生女儿面上帮助自己,贾母仍然不动心,命令鸳鸯把林黛玉领出去,说:"我倒被他闹乏了。"

梦中的林黛玉,即使遇到亲爱的外祖母不可思议的变脸,仍然严格恪守封建道德,不敢说一个字她和宝玉的感情,不敢提出求外祖母成全她和宝哥哥,求最心疼自己的外祖母恩赐一道父母之命,成全二玉婚姻,这是林黛玉日常生活中处理感情生活的严格底线,她在梦里仍然遵守。这样的描写很有分寸,也符合人物性格。

贾母梦中变脸,似乎很突兀,却在相当程度上成了此后情节发展中的预示。后四十回的贾母在对待林黛玉的态度上,在对待二玉姻缘上,确实跟前八十回完全翻脸。前八十回贾母一直维护二玉,后四十回贾母积极参加王熙凤设计的掉包计,林黛玉死后,在跟其他人闲聊时还对最心爱女儿留下的唯一骨肉不以为意,几乎变成狠心的狼外婆。

林如海给黛玉订婚和贾母不理睬不帮助黛玉,这两部分梦境写得特别好,续书作者写这两段梦境,恍恍惚惚,迷迷离离,似真似假,又真又假,似实似幻,又实又幻。读起来既触目惊心,又引人入胜。

尴尬莫过宝玉挖心

潇湘噩梦最后部分,是黛玉梦中跟宝玉交往,宝玉先向黛玉道喜,再跟黛玉说你原是许了我,然后让黛玉瞧瞧他的心,拿小刀子往胸口一划,鲜血直流。黛玉抱住宝玉痛哭,吓醒了。黛玉吓醒的描写也写得好,黛玉从噩梦中猛然醒来,心头乱跳,枕头湿透,神魂俱乱,恰好窗户缝吹进凉风,吹得寒毛直竖,黛玉正要朦胧睡去,竹枝上的雀儿啾啾唧唧,窗上的纸渐渐透进清光。人物心理和环境结合起来描写,相当有神韵。

黛玉、宝玉梦中交流写得不理想。冯其庸先生点这一段是"俗笔、恶笔,令人不堪卒读"。我的感受也如此。我看到这一段,莫名其妙想起另外两部小说,一部是《西游记》,比丘国国王要用唐僧的心做药引子,变化成唐僧模样的孙悟空拿一把牛耳短刀,将左手抹腹,右手持刀嗯喇的响一声,把腹皮剖开,那里头骨都都地滚了一堆心出来。另一部是《封神演义》比干被纣王挖心。两部明代著名小说都对"挖心"做直接描写,又是带谐趣性的描写,那毕竟是神魔小说,即使赤裸裸挖心也不会令人觉得多恐怖,而《红楼梦》是优美的诗意化人情小说,宝玉黛玉曾有过著名的谈心情节,两人都说:我为的是我的心。现在续书作者在黛玉梦中,干脆叫宝玉拿把刀把心挖出来,太不美观,太不雅致,太缺乏美感。在曹雪芹笔下,不要说出现挖心剖腹描写,就是人物拿柄宝剑抹脖子,也不直接描写血淋淋的场面,尤三姐自杀曹雪芹怎么写的? 简练的诗化句子:"揉碎桃花红满地,玉山倾倒再难扶。""玉山倾倒"是《世说新语》写嵇康的名句。嵇康长得帅,喝醉了像玉山倾倒,曹雪芹借这一句写美丽得像玉人一样的尤三姐自刎后跌倒在地;桃花揉碎红满地,是对尤三姐自杀流血做隐晦描述。而《红楼梦》续书作者写贾宝玉挖心,即使是在梦中,直接具体描写,也太缺乏斟酌了。

重症监护室般病历笔墨

黛玉潇湘噩梦的结果,是病情立即加重,咯血。香港红学家宋淇曾与一香港名中医一起写《红楼人物医事考》,他们认为,林黛玉是肺结核,肺结核三期重要症状是咯血。出现咯血症状,病人生命就到尾声了。我觉得曹雪芹写林黛玉的病,是文学化的病,是虚症、弱症、心病,没必要跟有传染性肺结核挂钩。八十二回黛玉噩梦之后,续书作者一再详尽描写林黛玉如何咯血,先是紫鹃发现黛玉痰中带血,紫鹃伤心,说话变了声调,引起黛玉进一步伤感,后是湘云发现黛玉痰中带血,大惊小怪,再次引起黛玉伤心。八十二回对黛玉咯血,采用直接描写、细致描写、反复描写,可以说是自然主义描写,紫鹃"只见满盒子痰,痰中好些血星",雪雁给黛玉捶着脊梁,"半日才吐出一口痰来,痰中一缕紫血,簌簌乱跳",像特护病房记录病人具体病状,这样写合适吗? 林黛玉在前八十回给我们留下什么形象? 珠颜玉貌、锦心绣口、静坐如娇花照水、行动如弱柳扶风的印象,现在这样写她,是不是太过分,太损害人物形象,太缺乏美感? 蔡义江教授点评这一段:"写黛玉病情,似老婆子舌头,'只见满盒子痰,痰中好些血星',也不管读者读了有什么感受。"我同意蔡先生的观点。前八十回写林黛玉的病情,写林黛玉的心理压力,往往采用诗歌形式,比如《桃花行》《秋窗风雨夕》,写得轻灵、含蓄,林黛玉痛苦而诗意地活着。到了后四十回,林黛玉的病情和她的心理压力,写得越来越实在,越来越细致,越来越像钝刀割肉一样痛苦,越来越像上刀山下火海一样难受,林黛玉像热锅上的蚂蚁熬油般活着,令人不忍卒读。

潇湘噩梦基本上成功，但是如果联系前八十回的进展，梦中梦后描写又值得推敲。比如关于林黛玉的病情和人情的描写。林黛玉的身体急骤变坏不合情理，第七十六回写到黛玉湘云深夜联句，黛玉既不怕深夜风冷，也不怕雾重路滑，她跟湘云联句时唯一想到的是，得想出妙句压倒湘云。那段诗情画意的描写说明黛玉的身体还算健康，好胜心强，心态阳光。第七十九回开头，黛玉跟宝玉讨论《芙蓉女儿诔》，也没有任何病重征兆。怎么从第七十九回到第八十二回，刚刚隔了两回，林黛玉突然就剧咳不已还痰中带血？病情恶化未免太快！林黛玉梦中贾母的变脸也不合情理。前八十回最后几回，贾母对黛玉什么态度？非常疼爱非常呵护。贾母仍然把最好的饮食送给黛玉，第七十五回"开夜宴异兆发悲音"写道，贾母吃饭时，惦记两个玉儿，她指着一碗笋和一盘风腌果子狸说"给颦儿、宝玉两个吃去"，贾母叫黛玉既不是叫"林姑娘"，也不叫"林丫头"，她随着宝玉给黛玉起的外号叫颦儿。贾宝玉一见林黛玉时就送她外号"颦颦"，是形容林黛玉眉尖若蹙的形象，用这个外号称外孙女，说明贾母对文弱优雅的外孙女由衷喜爱，哪怕她身体不太好，也丝毫不影响贾母对她的喜爱。贾母让宝玉黛玉同吃一碗菜，安排"两个玉儿成一家"的暗示非常明显。贾母嫌弃林黛玉，在前八十回，一点迹象没有。而从第七十六回到八十回，还有续书八十一回，黛玉与贾母没有单独交往也没有集体活动，怎么到八十二回黛玉做梦，就会梦到贾母翻脸不认人？对林黛玉就那样冷酷入骨？是不是太突然，太缺乏根据？

　　看来续书作者的布局就是林黛玉必须尽快病重，必须遭遇一次一次心理打击，贾母必须对心爱的外孙女变脸。这是续书作者情节发展的需要。他还会按照这样的需要继续往下写，而且越写越变本加厉。至于另一个重要人物贾元春，续书作者也不想让她按照曹雪芹构思的路子往下走，按照第五回判词继续走，而是要让她因为享受不了隆重皇恩而死，第八十三回要开始做铺垫。

黛玉凤姐元妃宝钗综合画面

——第八十三回 省宫闱贾元妃染恙,闹闺闱薛宝钗吞声

　　第八十三回内容较庞杂,先写黛玉潇湘噩梦余波,写宝玉和黛玉心连心,再转入贾府走下坡路、经济上捉襟见肘、王熙凤力不从心,贾母等进宫探望元春,预示元春要病,贾府岌岌可危,薛家家宅反乱、纲常倒置,宝钗受夏金桂欺负,忍气吞声。在一回当中把黛玉、凤姐、元春、宝钗四个重要人物综合起来写,续书作者显示出掌控大局的本领,他显然想描绘从林黛玉到元春、从王熙凤到薛宝钗,都在悲剧败亡的路上走着,符合曹雪芹原有构思,在一些细节描绘上,也有可取之处,动人之处,读者能兴味盎然地读下去,但在重要人情世态、人与人之间关系的把握上,却远不及曹雪芹深刻、细腻、合理,又往往和前八十回接不上。

林黛玉惊心动魄翻白眼

　　黛玉梦醒后,续书一再描写林黛玉咯血,太过分。黛玉咳嗽不上来,得雪雁从背后给她捶着,痰才能咳出来,且痰中有一缕紫血簌簌跳。续书作者不厌其烦、不厌其污秽、不厌其血腥地写林黛玉怎么咯血,令人不舒服。林黛玉在读者心目中,是什么形象? 是鲜花嫩朵为形态、冰雪美玉为心肠、扛着花锄优雅葬花的花魂形象,是吟诵"孤标傲世偕谁隐,一样开花为底迟""登仙非慕庄生蝶,忆旧还寻陶令盟"的诗坛女神形象,续书对林黛玉咯血一再渲染,是审美还是审丑? 这岂不是把读者从桃花树下葬花,中秋月下吟诗,领到悲惨的车祸现场、领进抢救垂危病人的重症监护室? 实在受不了。可能有喜欢后四十回的朋友说,林黛玉是肺结核,这样描写不足为奇。那咱们就想想西方经典小说家怎么写女性因肺结核而死吧,雨果《悲惨世界》写肺病女工之死,有这样血腥描写吗? 没有。巴尔扎克《交际花盛衰记》写女

主角因肺病而死,有类似咯血描写吗? 没有。法国通俗小说《茶花女》女主角因肺病而死,有类似血淋淋的描写吗? 同样没有。在如何简约地、淡淡地、有节制地、深藏若虚地描写女主角病情上,《红楼梦》完败给西方小说家。谢天谢地,幸亏不是曹雪芹的笔墨。

续书作者似乎认为这样写还不尽兴,还得进一步写潇湘噩梦的余波,渲染林黛玉的不幸。其实,小说家描写任何一件事,都要掌握好"度",不厌其烦,啰啰嗦嗦,效果适得其反。

第八十三回第一个重要情节,我把它叫林黛玉翻白眼,这样归纳有点尖酸刻薄,但这样归纳有没有一点道理? 第八十二回末尾探春等人探望黛玉,第八十三回开头,探春湘云要走时,忽听外面一个人嚷道:"你这不成人的小蹄子,你是个什么东西,来这园子里混搅!"黛玉听了,大叫一声:"这里住不得了。"一手指着窗外,两眼反插上去。

接着小说写,林黛玉住在大观园总是寸步留心,听到婆子的话,以为专骂自己,自思一个千金小姐只因没了爹娘,不知何人指使婆子来辱骂,因此肝肠崩裂,哭晕过去。探春出去调查的结果,是一个粗使婆子骂自己的外孙女。探春调查回来,看到湘云拉着林黛玉的手哭,紫鹃一手抱着黛玉,一手给黛玉揉胸口,黛玉反插的眼睛才渐渐转过来。林黛玉知道骂的不是她,探春安慰她好好养病,大家依旧作诗。林黛玉感叹:"可怜我那里赶得上这日子,只怕不能够了。"看来一场噩梦就要把林姑娘送进黄泉,太夸张了。

可能有人欣赏这段描写,多神奇啊,林黛玉正在那儿心事重重,无巧不成书,就来了对她更大的精神压力,似乎有人要轰她出大观园。续书作者用"误会法"加重她的心理压力,让一个粗使婆子在她窗下骂,而且骂的恰好是外孙女,这构思岂不是太妙?

其实,这段描写分明是故做文章、违背常识。林黛玉确实多愁善感,但不等于她会毫无根据、不顾常识地疑神疑鬼。

我们看看这段婆子大骂有哪些不合乎情理的地方:第一,潇湘馆的粗使婆子吃了豹子心老虎胆? 敢在贾母最疼爱的林姑娘窗下大声骂人? 而且,潇湘馆从哪儿弄了个四六不通的婆子? 薛姨妈爱语慰痴颦那一回写过潇湘馆的婆子,她们关心爱护希望林黛玉好,听到薛姨妈开玩笑说应该把林黛玉配给贾宝玉,潇湘馆婆子立即请求薛姨妈付诸行动,似乎粗笨的婆子将了精明的薛姨妈一军。第二,聪明之极的林黛玉,何至于昏聩到即使有婆子骂,她也分辨不出,这是婆子不懂规矩,她应该知道,不管什么婆子丫鬟乃至管家奶奶甚至琏二嫂子，谁都不会、也不敢指桑骂槐骂她林黛玉，更不可能是什么人指使她来骂。续书作者借婆子乱骂增加林黛玉的思想负担，渲染悲剧气氛，推动小说情节，初看似乎文章做得巧妙，实际上是故意做表面文章，做假文章，做违背常识的文章。

我对林黛玉翻白眼这类描写的阅读体验是：简直像活受罪。看到林黛玉的眼睛反插上去，我的一个念头是得念声南无阿弥陀佛！《红楼梦》女神林黛玉又有新的行为艺术，她翻白眼了。我实在想象不出，林黛玉那双似泣非泣含露目，怎么样"反插上去"？而且小说描写林黛玉眼睛反插的时间很长，林黛玉在那里长时间停留不动翻着白眼，翻了差不多十分钟。小说写得很明确：黛玉的眼睛反插上去，得探春调查完是谁在那儿骂之后，经过紫鹃给林黛玉揉胸口，林黛玉反插的眼睛才渐渐转过来了。看到紫鹃给林黛玉揉胸口，更啼笑皆非。紫鹃给林黛玉揉胸口，像不像现在医院护工给垂死的、咳嗽不动的哪位老妈妈揉胸口？再想一想，紫鹃能给林黛玉揉胸口吗？查抄大观园，王善保家的只不过掀了下探春的裙子，脸上就结结实实挨了一记响亮的耳光，贾府丫鬟能对千金小姐采用揉胸口这样不雅、犯上作乱的动作？我真想对续书作者来个隔时空进谏：不要这么造假行不行？不要这么故意耸人听闻行不行？不要这么哗众取宠行不行？不要这么糟践林黛玉行不行？发发慈悲，饶了潇湘妃子吧。

我还注意到，林黛玉这番惊心动魄的翻白眼，是潇湘噩梦的余波或发展。这样一来，我们就不能不探讨一下曹雪芹写梦的特点，看看续书作者有没有继承下来。曹雪芹写梦有个突出的特点，梦既是所谓"愿望的达成"，又是小说家、也仅仅是小说家掌控小说的绝招，对于小说中人来说，梦仍然不过是梦，是转瞬即忘的梦，不会直接影响到做梦者的具体行动。比如第一回写甄士隐梦中到了太虚幻境，看到太虚幻境著名的对联，看到一僧一道，听到他们说石头幻形入世故事和三生石畔神瑛侍者和绛珠仙子的故事，曹雪芹这是借甄士隐的梦境巧妙叙事。甄士隐做过这个梦之后，听到霹雳一声，梦醒之后，梦中之事就忘了大半。贾宝玉梦游太虚境，他看到身边重要女性的判词，听到关于她们命运的《红楼梦曲》，贾宝玉醒来后，在前八十回和那么多女性接触中，贾宝玉有过梦中命运预示的联想没有？透露过梦中所见判词的一个字没有？一概没有。因为那样做，贾宝玉就不是怡红公子，而是三家村的算命先生。贾宝玉对那个梦能记住的，只有他和兼美的性爱，马上和袭人偷试云雨情，而贾宝玉跟袭人的关系，是贾宝玉人生的重要环节。至于贾宝玉再次看到太虚幻境的判词,而且在现实生活中想起来,对应起来,说出来,那又是续书作者办的糗事了。

宝玉同心贾母异念

接着袭人来了。续书作者派袭人在黛玉潇湘噩梦后出现在潇湘馆,目的是说贾宝玉跟林黛玉同梦同心,在黛玉潇湘噩梦的同时,贾宝玉夜里也心疼了,自己说心好像给刀子割了去了。这不是很巧妙?我看是宝玉黛玉红麝香串纠纷的模仿秀。当时,宝黛二人闹别扭后,曹雪芹用诗意化的笔触写:宝玉黛玉一个在潇湘馆临风洒泪,一个在怡红院对月伤怀,身居两处,情发一心。既然说宝玉心疼是对红麝香串事件的模仿秀,就有像的地方,也有不像的地方,像的地方是写得确实形似,不像的地方是写得太假。当初曹雪芹写二玉同心,何等自然、何等瑰丽的心灵同游,现在续书作者写的二玉同心,是故意造作的有意设局。陆游说过:"只道真情易写,哪知怨句难工。"我看《红楼梦》续书是真情既写不出,怨句更难工了。

林黛玉和贾宝玉都按照潇湘噩梦的设计,在现实中亮相,那就轮到贾母也按照续书作者设计的噩梦剧本表演。前八十回贾母对待林黛玉什么态度?是手捧美玉般的呵护态度。林黛玉病了,跟贾宝玉怄气了,老太太都得颤巍巍亲自到潇湘馆探望安抚宝贝外孙女。现在贾母听探春提到林黛玉病,四个字:"自是心烦。"还说:"林丫头一来二去的大了,他这个身子也要紧,我看那孩子太是个心细。"贾母在后四十回几次说到林黛玉"心细",其实话里有话,藏有更严重的微词。第七十六回贾母派人给二玉送吃的时说:把这果子狸给颦儿宝玉去吃。黛玉排在宝玉的前边。现在呢,贾母吩咐给二玉请大夫:"明儿大夫来瞧了宝玉,就叫他到林姑娘那屋里去。"林黛玉成了给贾宝玉看病大夫附带瞅一瞅的、无关紧要的人物,就像贾母原来的爱称"颦儿"变成丫头婆子常叫的"林姑娘"。贾母按照黛玉噩梦里边那个贾母的行事来行事,完全改肠,也就是改变心肠了。

王大夫给宝玉黛玉看病,既像张友士给秦可卿看病的模仿秀,也像王大夫给贾母看病的重演,仍然是贾琏陪着大夫,仍然是王大夫又背了一番医书,写了一番诊病札记,给我们留的印象是:贾宝玉虽然闹心疼,但没大要紧,吃一副药疏散疏散就好了。林黛玉却六脉弦迟、肝阴亏损、心气衰耗,是个大症候。这是给黛玉之死做伏笔。

周瑞家的在黛玉身上摸一把

贾琏领着王大夫看病,自然而然,描写转到琏二爷的房间。周瑞家的又来对林黛玉的困境添上浓浓一笔,故意耸人听闻的一笔,不合常情的一笔。最明显的有两个败笔。

第一个败笔是周瑞家的向王熙凤汇报林黛玉的病情很严重:"看他那个病,竟是不好呢。脸上一点血色也没有,摸了摸了身上,只剩得一把骨头。"脸上一点血色也没有,对于咯血者来说很自然,而比起紫鹃给林黛玉揉胸口更进一步,王夫人的陪房,居然敢到林姑娘身上去摸了摸,一个陪房居然能到千金小姐身上去摸一把,这是哪家的规矩?周瑞家的是亲眼看到王善保家的仅仅掀了一下探春的裙子,脸上就"啪"的着了一下子。她难道不知道到贾母最心爱的外孙女身上摸一把会是什么结果?

第二个败笔是紫鹃要从王熙凤这儿预支一两个月的月钱,紫鹃说:"如今吃药虽是公中的,零用也得几个钱。"林黛玉的生活竟然困窘到这个程度了,林黛玉太可怜了。可是,林黛玉不缺钱花呀,前八十回曾写到怡红院的小丫鬟佳惠到潇湘馆去,正好遇到贾母派人给林黛玉送钱,林黛玉大大咧咧地顺手抓了两把送给佳惠,佳惠回到怡红院叫小红帮她收起来。林黛玉比贾府三位小姐还要得宠,贾母对林黛玉有政策性倾斜,专门派人给她送钱花。现在呢,是贾母也穷得没有钱了,还是贾母就是要按照黛玉噩梦中的狠外婆做人,连给最爱的女儿留下的唯一骨肉的关怀也取消?紫鹃要求预支月钱根本是个伪命题。

闲谈寓沧桑

紫鹃想借支月钱,王熙凤怎么回答?预支月钱不可能,我送他几两银子罢,以后想用公中的钱只管要,不要提预支月钱的事。这一点,续书作者写得比较巧妙,因为"月钱"两字早就是王熙凤的雷区。王熙凤用众人月钱放高利贷,月钱能不能按时发都不一定,怎么可能预支?不过,王熙凤那样雁过拔毛的角色,能不能自掏腰包给林黛玉几两银子使用?如果不只说说而已,真自掏腰包,那说明王熙凤跟林黛玉仍然姐妹情深。

然后,王熙凤对周瑞家的说起现在家里的钱进来的少,出去的多,总绕不过弯来,还有人说我搬到娘家去了。周瑞家对王熙凤说外界传扬贾府有钱,口气宛然大段市井闲话:"前儿周瑞回家来,说起外头的人打谅着咱们府里不知怎么样有钱呢。也有说'贾府里的银库几间,金库几间,使的家伙都是金子镶了玉石嵌了的'。也有说'姑娘做了王妃,自然皇上家的东西分的了一半子给娘家。前儿贵妃娘娘省亲回来,我们还亲见他带了几车金银回来,所以家里收拾摆设的水晶宫似的。那日在庙里还愿,花了几万银子,只算得牛身上拔了一根毛罢咧'。有人还说'他门前的狮子只怕还是玉石的呢。园子里还有金麒麟,叫人偷了一个去,如今剩下一个了。家里的奶奶、姑娘不用说,就是屋里使唤的姑娘们,也是一点儿不动,喝酒下棋,弹琴画画,横竖有服侍的人呢。单管穿罗罩纱,吃的戴的,都是人家不认得的。那些哥儿姐儿们更不用说了,要天上的月亮,也有人去拿下来给他顽'。还有歌儿呢,说是'宁国府,荣国府,金银财宝如粪土。吃不穷,穿不穷,算来……'说到这里,猛然咽住。原来那时歌儿说道是'算来总是一场空'。"周瑞家的这番话,生动精彩,这段话是第二次拿狮子说话,上次是柳湘莲说的非常重要的话:"你们东府只怕只有门口的石头狮子干净。"现在石头狮子被传成是玉石的,这类市井人物误解贾府的话,曹雪芹没有写过。这说明,在王熙凤他们,大有大的艰难去处,贾府早已是空架子,寅吃卯粮,在外边的人看来,贵妃娘家连丫鬟都不干活,只管穿绫罗绸缎,吃山珍海味。这大概是续书后边写贾府遭遇偷盗、皇帝派人抄家的缘由之一。

如此"省宫闱"

元妃生病消息传到贾府。贾母带邢夫人、王夫人、王熙凤进宫探望。续书作者敢于写贾母进宫探望,胆子够大,也可能无知者无畏。为什么这样说?因为才大如海的曹雪芹没写过贾府人物进皇宫。曹家还有跟皇宫打交道,至少是跟亲王府密切打交道的经验,但曹雪芹在前八十回从来不写贾府的人怎样进皇宫看望贾元春,为什么不写?曹雪芹有所节制:该写的写,不该写的一字不写。已经有元妃归省那样整回描写,尽管太上皇规定椒房亲属平时还可以按规定时间进宫探望,但是如果再写贾府娘儿们进宫探望元春,还能写出什么闪亮点?对于笔无妄下的曹雪芹来说,这是个难题,那就直接避开它。元妃省亲后几年内,王夫人等进宫探视,曹雪芹故意一个字也不写。就像贾琏曾送林黛玉去苏州,两人坐了船再坐车,南来北去,好几个月，曹雪芹却一个字不写林黛玉和贾琏的交往，为什么？不好写，那就藏拙。

贾元春做贵妃之后跟娘家的交道，前八十回断断续续写了不少：元春做贵妃之初，常派人到家里来，比如：她下令把归省时大家写的诗在大观园刻石留念，她下令叫宝钗等住进大观园，宝玉随进去读书；元宵节她要家人跟她玩灯谜；端午节，她给宝玉、宝钗等弟妹还有贾母等长辈送礼物；她送出一百两银子让贾府爷们清虚观打醮；贾母庆寿时，她赐金玉如意等等。元春实在没有杨贵妃的能耐，只能对娘家小恩小惠小打小闹小关怀，既不能赐大量金银财宝，也不能给"国丈""国舅"提供升官机会。元妃进宫后期，虽然还能给贾母八十大寿送礼，但来自皇宫的外祟，也就是太监到贾府一而再、再而三敲竹杠的事越来越多。这说明元妃已失宠，只不过皇宫内部矛盾还没有公开暴发而已。

续书作者写贾母等进宫探视元妃就是这样的背景。第八十三回的回目叫"省宫闱贾元妃染恙"，其实回目根本就不通，为什么？元妃回到贾府叫"归省""省亲"，贾府的人进皇宫，只能叫"朝觐""陛见"，怎能说是"省宫闱"？这不是让臣子与皇室平等甚至高踞于皇室之上？小说写：贾府车辆轿马到了皇宫，有两个内监出来说："贾府省亲的太太、奶奶们，着令入宫探问。"贾府的人来朝见贵妃，竟然给太监说成是贾府的人来省亲，好像平民百姓之间、亲戚之间平等的互相探望，内监这样大逆不道传话，主管太监还不立即下令乱棍打死？看来续书作者不懂后妃亲属如何进皇宫的规矩，所以才会出现第八十三回不合乎礼法的回目"省宫闱贾元妃染恙"和太监不合乎礼法的传话描述。

看来续书作者也没有进入皇宫的机会，对元妃寝宫描写，只不过八个字"奎壁辉煌，琉璃照耀"，简略枯燥，贾母等请安，元妃赐坐，娘儿们之间仍然重复当年元妃归省说过的话：元妃含泪说"父女弟兄，反不如小家子得以常常亲近"等等。一番空排场、老套话，基本是第十八回元妃归省套版印刷，毫无动人之处、精彩地方，普普通通，非常一般。元妃外宫赐宴，贾母等领宴，怎么领的宴？四个字："摆得齐整。"到底摆些什么龙肝凤髓，阙如。看来续书作者虚构不出来，因为续书作者没有皇宫领宴机会，写不出皇宫生涯，只能空洞走过场。像当年元妃归省贾政隔着帘子跟女儿令人喷饭的台阁对话，像史太君两宴大观园那样富有生活气息的宴会，甭指望再到后四十回里边找了。

薛家宅反家乱

　　续书作者似乎对家庭中妇姑勃豀、叔嫂斗法，有些生活积累。他的笔墨集中到薛宝钗家夏金桂和宝蟾斗嘴，虽然形式仍对前八十回那次薛家吵架带模仿秀性质，但写得比较形象生动。夏金桂赶了薛蟠出去，香菱被薛宝钗要走，夏金桂没了吵闹对象，只能"蜻蜓咬尾巴"自咬自，跟原本带来的丫鬟宝蟾闹，宝蟾也不是省油的灯，两个泼妇一台戏，把薛家搞得鸡犬不宁。夏金桂向宝蟾寻衅闹事，宝蟾自从做了薛蟠屋里人腰杆也硬了，不买夏金桂的账，铜盆遇到铁扫帚，叮叮当当。对于两个泼妇吵架最好的办法，就是装聋作哑，一句也不劝。因为泼妇吵架根源是薛蟠跑了，薛蟠不回来，谁去劝，怎么劝也劝不好，何况薛姨妈做惯了贾母堂上座客，开口闭口都是温柔和蔼场面上的话，她哪儿知道泼妇不讲家庭礼数，劝架先得学会吵架。结果薛姨妈一开口，就给夏金桂找上岔，跟薛姨妈吵起来。薛姨妈想制止夏金桂和宝蟾争吵，开口说："你们是怎么着，又这样家翻宅乱起来……不怕亲戚们听见笑话了么？"夏金桂，作为封建家庭的儿媳妇，应马上出来见婆婆，请安问好，但夏金桂连房门都不出，不仅她不出，宝蟾也大模大样不出来。夏金桂还眼明手快地在屋里接声，抓住薛姨妈把她和宝蟾一起称作"你们"的话柄，向薛姨妈挑衅："我倒怕人笑话呢，只是这里扫帚颠倒竖，也没有主子，也没有奴才，也没有妻，没有妾，是个混帐世界了。我们夏家门子里没见过这样规矩，实在受不得你们家这样委屈了。"泼妇异常机灵、口舌如刀。转眼工夫，不是她在房间大吵大闹有过失，不是她不出来迎接婆婆没规矩，竟然成了薛姨妈不讲规矩，分不清主子奴才，分不清哪个是妻哪个是妾，让她受委屈。薛姨妈遇到这么棘手的儿媳妇，一点办法也没有，连句立即回应的教训儿媳的话都说不出，还得薛宝钗应声针锋相对地回答：母亲是因为你们闹得厉害担心，问得急了些，没分清"奶奶""宝蟾"，也没什么，大家要和和气气过日子，省得妈妈天天为我们操心。薛宝钗的话都在理上，还特别把自己也绕进去，说省得妈妈为"我们"操心。薛宝钗的话堵得夏金桂无话可回，她却擅长无理翻缠，立即把矛头对准薛宝钗，连讽加刺挖苦宝钗肯定能有好女婿，这是不是暗讽，你怎么到现在还不出阁？最恶毒的是她说："我们屋里老婆汉子大女人小女人的事，姑娘也管不得！"如此叫深闺少女难堪话撂到当面，薛宝钗又羞又气，但宝钗忍功了得，还是平心静气劝解，夏金桂却诚心要把薛蟠出走的恶气使劲出个够,借着宝钗提秋菱的机会,拍着炕沿大哭大闹。气得薛姨妈说:"不要寻他,勒死我倒也是希松的。"

薛家婆媳大吵的丢脸事,偏偏给贾母身边来传话的丫鬟听到,薛姨妈非常不好意思,说叫你们那边的人笑话了,贾母身边的丫头说了句极其有生活气息的话:"谁家没个碟大碗小磕着碰着的呢。"这样的话,在前八十回比比皆是,在后四十回出现一句半句,倒是令人眼前一亮。

堂堂皇商之家,因为娶个夜叉精入门,薛蟠的皇商生意也不能做了,薛家长幼有序也不论了,礼义廉耻也不讲了,薛姨妈也给气病了,薛宝钗也闭阃吞声了。这段薛家争吵写得语言生动,刁妇泼妇悍妇形态如画,只是不知道,曹雪芹安排的香菱最后悲剧,如何跟夏金桂再结合起来?

试文字始提亲悖谬曹雪芹

——第八十四回 试文字宝玉始提亲，探惊风贾环重结怨

    八十四回开头接续上回情节，薛姨妈被夏金桂气得肋疼，薛宝钗命人买了钩藤煎好给母亲服下，劝薛姨妈找贾母聊天。在贾府里，贾母和贾政讨论如何让宝玉在读书做官路上茁壮成长，贾母把宝玉该提亲的话提了出来，把宝玉和贾环和当年贾政做对比。饭后，贾政把宝玉传到书房，考察八股文的进展，长篇大论给贾宝玉讲八股文，贾宝玉意气风发向老爹汇报他如何写八股文。小厮传话，老太太摆饭，姨太太来了。宝玉赶紧往贾母那儿跑，想见宝姐姐，没见到，有些失望。听贾母跟薛姨妈议论薛蟠夫妻之事，薛姨妈羞愧地说薛家儿媳不良，家里有些什么烦心事，贾母安慰她。宝玉听烦了想走，又听到贾母夸奖宝钗，听呆了。贾宝玉劝慰薛姨妈：薛大哥结交的都是正经人，请放心。然后向薛姨妈告辞，说晚上还要看书。琥珀来向贾母汇报巧姐生病，让王熙凤回去。贾政因宝玉改变性情，八股文学习越来越对头，跟他的门客笑嘻嘻谈论宝玉，新来最善于下棋的门客王尔调给贾政提供个宝玉做亲的候选——张老爷家独生女。詹光说张老爷是大老爷的旧亲。第二天，邢夫人来向贾母请安，王夫人向邢夫人问起张家的事，邢夫人转述孙亲家（迎春婆婆）的话，说张家女儿娇惯，是独生女，他们要求女婿入赘料理家事，此人选立即被贾母否决。长辈们到王熙凤房间看巧姐，王熙凤向贾母提出"一个金锁一个宝玉"现放着天配姻缘，贾母如梦初醒，马上接受。大夫来给巧姐看病开药，到薛家取牛黄来，配齐中药煎药，贾环奉赵姨娘命探望巧姐，慌手慌脚把煎药锅子打翻，王熙凤大怒，赵姨娘气急败坏骂贾环。

"试文字""始提亲"关乎宝玉人生道路

    从这个内容简介我们可以判断，第八十四回"试文字宝玉始提亲，探惊

风贾环重结怨"这个回目对小说描写的内容概括并不准确,这一回描写的主要内容是两个方面:一方面是贾宝玉怎么样学习八股文;一方面是贾府掌权者怎么样给贾宝玉提亲。贾环重结怨的故事成为后来贾环参与卖巧姐的伏笔。"探惊风贾环重结怨"是续书作者用来跟"试文字宝玉始提亲"形成对称,题目上对仗也相当工整,内容上却一重一轻,形不成对称,真正对称的是"试文字"和"始提亲",而这两个都关乎贾宝玉人生的大方向:"试文字"关系到贾宝玉走什么样的人生道路,"始提亲"关系到贾宝玉选什么样的人生伴侣。而"试文字"和"始提亲",又都关乎到《红楼梦》的主题,那就是《红楼梦》到底是讴歌爱情和叛逆精神,还是弘扬理学和封建伦理,是叹青年男女风月情浓,还是宣扬读书做官光宗耀祖。在前八十回,贾宝玉和林黛玉的爱情是和他讨厌读书做官一致,他的爱情选择也是他人生道路的选择。而在这两个方向上,续书作者都背离了曹雪芹原来的构思。"试文字"写贾宝玉诚惶诚恐地学习八股文,废寝忘食,完全背离前八十回贾宝玉厌恶八股文,讨厌读书做官的人生追求。"始提亲"把曹雪芹前八十回对贾母、王熙凤、薛姨妈、王夫人对待木石姻缘(宝玉黛玉感情)和金玉良缘(宝玉宝钗婚姻)的细巧描写,一笔抹倒,置而不提,把贾母、王熙凤甚至王夫人对宝玉婚姻的态度,给扭曲了,而这是非常重要的扭曲,又是续书作者为他将要浓墨重彩描写黛死钗嫁做的必要铺垫。

续书作者在艺术描写上很聪明,他时时模仿,动不动就重现前八十回一些笔墨,让读者阅读的时候有似曾相识的亲切感,以为曹雪芹的文字又回来了,不是已经有人说,一百二十回都是曹雪芹一个人写的? 实际上,续书作者搞的是"貌似神离",表面上相似,根本上不同。初看相似,仔细琢磨不同。我们初看后四十回对贾宝玉行为的一些描写,这不是很像曹雪芹前八十回写过的? 仔细琢磨其中的要害,却离开曹雪芹的思想内蕴十万八千里,在别人的身上也是这样的现象。举个最微不足道的例子,八十四回开头延续八十三回的情节,薛宝钗像前八十回一样,既非常懂事又十分博学,劝慰薛姨妈不要和夏金桂生气,她马上派人买来钩藤煎好,让薛姨妈服用,薛姨妈的肋疼立即减轻。这些描写不是跟前八十回很像吗? 薛宝钗既孝敬母亲又非常博学,连中药都懂。但是就在这段似乎写得很像前八十回的自然段,后四十回作者的鹰嘴鸭子脚也露出来,出现薛宝钗"又和秋菱给薛姨妈揉胸捶腿",《王蒙陪读红楼梦》在这句旁边加了句幽默点评:"一个接一个地揉胸,呜呼。"评点令人绝倒。

我们先看看"试文字"如何在实质上全面悖谬曹雪芹，而在读者的阅读印象上又让读者觉得似乎应该这样，或者就是这个样，也可以接受。

宝玉"爱"上八股文

所谓"试文字"的内容是续书作者兴味盎然、细致入微，具体描写贾政怎样教贾宝玉写八股文，贾宝玉怎样认真学习领会而且马上付诸实现，写好八股文。这样的描写体现贾宝玉性格的变化和贾政对贾宝玉态度的变化。这岂不是全面背弃了曹雪芹前八十回创造贾宝玉这个形象的原则？前八十回贾宝玉对八股文什么态度？贾宝玉喜欢《庄子》，喜欢唐诗，厌恶学八股文，认为鼓吹读书做官最要不得。八股文是干什么用的？是读书人进入仕途的敲门砖，清代科举考试，八股文是重头戏，《聊斋志异》有相当多把如何写八股文引进小说的描写，比如聊斋名篇《于去恶》《司文郎》《仙人岛》，都有大段八股文描写。八股文应该怎么写？要代圣贤立言，也就是从《四书五经》出题目，再站在圣贤的立场上，用圣贤语气写文章，按照八股文要求的起承转合、破题、承题等严格模式写，字数有严格限制。贾宝玉因为讨厌这种专为求功名而设计、绳捆索绑的文体，连带着讨厌学习经典《四书五经》，甚至公开说"'明明德'之外无书"。贾宝玉不仅最讨厌靠着八股文求功名的"禄蠹"，还把封建社会最高道德文死谏武死战贬得一文不值。后四十回的贾宝玉，虽然"奉严词二次入家塾"好像不太情愿，但是他确实在认真学习八股文，且进步很快。

当贾政检查贾宝玉的窗课，也就是检查贾宝玉的八股文作业时，贾宝玉已按照贾代儒的要求做了三篇。题目分别是《吾十有五而志于学》《人不知而不愠》《则归墨》。《吾十有五而志于学》出自《论语·为政》，这是孔子老年自述经历，说十五时就立志学习。《人不知而不愠》出自《论语·学而》，意思是我做人坚持我自己的原则，别人不了解我，别人误解我，我也不生气。《则归墨》出自《孟子·滕文公（下）》，意思是杨朱、墨翟两家的学说影响极大，人们的言论主张，不属于这一家，就属于那一家，不属于杨朱，就属于墨翟。

贾政做过学政，当然懂得如何做八股文，不过前八十回没写过。第八十四回，贾政把贾宝玉这三篇八股文分析得头头是道，修改得很有道理。当然，这是因为后四十回作者的拿手好戏是八股文，无名氏有没有靠八股文获得功名，无从查考，高鹗却是做过五年专门教八股文的私塾老师，自己又靠八股文先中举人后中进士，还做过顺天府乡试同考官。他写这样的情节或者修订这样的情节，得心应手。

贾政贾母对宝玉态度变化

贾政通过考察贾宝玉的八股文，对原来厌恶的儿子有了喜爱之感，八十四回父子关系发生了很大变化。这是后四十回悖谬前八十回的重要标志，贾宝玉的个性追求发生根本性变化，前八十回因为贾宝玉离经叛道水火不容的父子关系渐渐融洽。

贾政、贾宝玉在八股文节点上变脸，贾母的脸变得也令人吃惊。上一回，贾母对贾宝玉上学的表现是说"野马套上笼头了"，很欣慰。八十四回开头贾政说贾宝玉不好好学习，贾母马上替贾宝玉说话，小说有大段描写："这里贾母忽然想起，和贾政笑道：'娘娘心里却甚实惦记着宝玉，前儿还特特的问他来着呢。'贾政陪笑道：'只是宝玉不大肯念书，辜负了娘娘的美意。'贾母道：'我倒给他上了个好儿，说他近日文章都做上来了。'贾政笑道：'那里能像老太太的话呢。'贾母道：'你们时常叫他出去作诗作文，难道他都没作上来么。小孩子家慢慢的教导他，可是人家说的，胖子也不是一口儿吃的。'贾政听了这话，忙陪笑道：'老太太说得是。'"看到这里，我不禁感叹，贾宝玉在前八十回确实已经在贾政跟前受到表扬，但恰好不是因为写八股文，而是因为跟贾政一起写诗，写的是关于林四娘的鬼话。写诗和写文章不仅不是一回事，在后四十回的贾政看来，还互相矛盾，他已经不允许贾宝玉写诗。后四十回贾母也变成利欲熏心的老太太，贾母望孙成龙急不可待，都会偷换概念。把写林四娘诗歌变成文章都做上来，而且把贾宝玉的似乎改变都汇报给元妃，令人瞠目结舌。

在宝玉"试文字"的细节描写上，续书作者却故意按照前八十回的描写继承、重复或加以铺张，比如：贾宝玉听到贾政派人叫他饭后马上到书房去，小说描写是贾宝玉像头上打了个闷雷。前八十回，贾宝玉听到父亲呼唤，那是打了不止一次焦雷了。贾宝玉听贾政讲完了八股文，从贾政的书房离开，后四十回描写一溜烟地走了，前八十回不是也这样写过？所不同的是，当时贾宝玉离开训斥他的爹时，还朝门外的丫鬟金钏等吐了吐舌头。这么原样照搬的细节描写，给读者的印象，这不是后四十回跟前八十回很像吗？

宝玉听到爹叫头上就打了个闷雷,宝玉听说薛姨妈来了就像前八十回离开贾政书房"一溜烟"跑去了。贾政在贾母跟前说贾宝玉的不是,贾母对邢夫人、王夫人说贾政"想他那年轻的时候,那一种古怪脾气,比宝玉还加一倍呢"。又把贾母在贾政打宝玉时骂的话"当年你父亲怎么教育你来"具体化说了说。读到这类细节,我常常哑然失笑,无名氏,还有在他续书基础上补订的程伟元、高鹗,那真叫"狡猾狡猾的"。他们这样做,读者读起来,很容易身不由己地接受。

贾母得了健忘症?

贾母等人进宫探望元妃后,元妃病愈,派太监赏赐"物件银两",太空洞了,小说应该拿细节说话,看来续书作者想象不出比贾母八十大寿更合适的赏赐。贾母向贾政炫耀她进宫曾给宝玉进美言,说宝玉会写文章了,然后把宝玉该提亲的事提了出来:"如今他也大了,你们也该留神看一个好孩子给他定下。……也别论远近亲戚,什么穷啊富的,只要深知那姑娘的脾性儿好模样周正的就好。"

这番话照抄清虚观打醮贾母对张道士说过的话,当时贾母对张道士说:"你可如今打听着,不管他根基富贵,只要模样配的上就好,来告诉我。便是那家子穷,不过给他几两银子罢了。只是模样性格儿难得好的。"

奇怪!贾母这是怎么了?难道这么多年她没有一直留神林黛玉?没有一直考虑二玉成一家?难道王熙凤说林黛玉"既吃了我们家的茶,怎么还不给我们做媳妇",只是精明的凤姐毫无根据的胡说八道?前八十回,宝玉黛玉像过家家一样忽喜忽恼,老祖宗整个陷落到里边同进退。张道士提亲,林黛玉闹个天翻地覆,宝玉黛玉都不去清虚观看戏,贾母都急哭了,派王熙凤去调和,还说出"不是冤家不聚头",这话震动了宝玉黛玉,也震惊了薛宝钗,以贾母的博学,她不会不知道"冤家"就是夫妻代称,说"不是冤家不聚头"已经泄露了贾母对二玉一家的婚姻安排。贾母现在又对贾政说这样的话,好像她对宝黛情深全然不知,她对自己呵护宝黛全然忘却。并没老糊涂的贾母得健忘症了?

如果说贾母变脸匪夷所思,贾政变脸更莫名其妙。几年前贾政跟赵姨娘闲聊,说他看中两个丫鬟将来分别给宝玉和环儿,这说明贾政早考虑儿子婚事,连侍妾人选都考虑过。现在听了贾母要贾政给宝玉挑媳妇的话,贾政居然回复贾母,他担心宝玉不成材糟蹋别人家女儿,咄咄怪事!贾政忽然多愁善感,倒像前八十回尊重爱护女孩的贾宝玉了。贾政给儿子挑媳妇,不站到儿子的立场上,却站到女方立场上,贾政忽然变得博爱、讲女性主义?

贾母薛姨妈还像前八十回否?

薛姨妈到来,贾母跟薛姨妈聊完薛家家务烦难,夸赞起宝钗来:"我看宝丫头性格儿温厚和平,虽然年轻,比大人还强几倍。前日那小丫头子回来说,我们这边还都赞叹了他一会子。都像宝丫头那样心胸儿脾气儿,真是百里挑一的。不是我说句冒失话,那给人家作了媳妇儿,怎么叫公婆不疼,家里上上下下的不宾服呢。"

贾母这番长篇大论,是重复前八十回贾母夸赞宝钗的话,不过换了个角度。前八十回贾母说过贾府四个女孩都不及宝钗,那是外交辞令,也是回敬宝钗恭维贾母比凤姐精明,贾母说的四个女孩不包括贾元春却包括林黛玉,也就是说,贾母已经把林黛玉看成是贾府内部人。现在贾母又从做媳妇角度,认为宝钗是最理想人选。这就更奇怪,既然你老太太开始考虑宝贝孙子的婚事,既然你叫贾政留神看个好孩子给宝玉订下,那么在贾母身边生活那么多年的宝钗,那可是你老太太留神观察个溜够了,怎么没有琢磨到给宝玉订下?

第八十四回贾母当面夸赞薛宝钗,是续书作者想说明,如果从林黛玉、薛宝钗之间挑选贾宝玉的伴侣,贾母已经明显地倾向薛宝钗,续书作者似乎觉得这样描写还不够,又画蛇添足写段贾母批评黛玉的话:"林丫头那孩子倒罢了,只是心重些,所以身子就不大很结实了。要赌灵性儿,也和宝丫头不差什么;要赌宽厚待人里头,却不济他宝姐姐有耽待、有尽让了。"

看到贾母这些言谈,我非常诧异。续书作者难道没看过前八十回?他这样的描写跟前八十回对不起来,也不合乎人之常情。前八十回贾母对林黛玉什么态度?是呵护到不能再细致的态度,维护到不能再周到的态度,捧到手里边怕摔了,含到嘴里边怕化了。而且贾母总把外孙女和孙子相提并论,动不动就说"两个玉儿"。宝玉和黛玉吵架,贾母在那里抱怨天,抱怨地,自己先担心得哭了。第四十回贾母带刘姥姥逛大观园,看到林黛玉的窗纱旧了,亲自挑选,得用桃红色的配窗外绿竹。在探春房间贾母对刘姥姥说,咱们快走吧,姑娘们都怕有人来弄脏了房子。探春懂事地说,请老太太、太太来坐还请不到呢。贾母开玩笑说：还是我的三丫头懂事，就是那两个玉儿可恶，咱们喝醉了，到他们屋里闹去。这叫什么话？这是似怨实爱的话，是把两个玉儿时时放到心头的话。第七十五回贾母尝了尝笋和风腌果子狸，觉得好吃，命人给鬟儿和宝玉送了去。两个玉儿始终放在贾母心头，而且是并列放在贾母心头。后四十回的贾母，动不动就在外人跟前对唯一爱的女儿留下的唯一骨肉说三道四，甚至拿宝钗黛玉对比，说明黛玉不如宝钗。后四十回的贾母哪儿还像黛玉嫡亲的外祖母，简直像三家村专门对别人家孩子挑毛病、瞅脚后跟、说三道四、指白道黑、传老婆舌头的碎嘴子老妈妈。这个贾母哪儿还有诰命一品夫人的架子和派头？像普通人家没事拉三天、专门传小道消息的市井婆子。后四十回贾母对林黛玉的态度尤其不符合中国古代老人对第三代的态度，中国老人对第三代舐犊情深、像老母鸡护小鸡一样的态度。我也做祖母、外祖母，如果我听到老同学的第三代，这个哈佛上学，那个剑桥读书，肯定会夸奖，但我仍衷心爱我家第三代，不会拿别人家孩子贬低他们。各人头上一方天，各家管各家事，人之常情。而堂堂一品夫人史太君，前八十回把林黛玉当成心肝儿肉的贾母，到后四十回，居然成了贫嘴贱舌动不动就说林黛玉闲话，难以理解。这既不符合前八十回贾母已完成的人物形象，也不符合中国国情。

还有薛姨妈，在前八十回，薛姨妈何等八面玲珑、多么老于世故。她开口说话，哪一次不是恰到好处，一说就说到点子上。"薛姨妈爱语慰痴颦"，红学家分析来分析去，这个说，薛姨妈善良宽厚、关心爱护林黛玉；那个说，薛姨妈老奸巨猾，一句实话也没有。薛姨妈的多侧面、多层次，曹雪芹写得丰满生动精彩。后四十回的薛姨妈，一点灵性也没了，一点活泛劲儿也没了，木木愣愣，呆呆愣愣，在贾母跟前语言木讷，反应迟缓，连句像样的恭维话都说不出。按照常理，贾母对薛姨妈当面表扬宝钗懂事，批评黛玉心重，即使出于礼貌，薛姨妈怎么也得回复两句客气话比如"林姑娘灵透""林姑娘嘴巧招人疼"。而薛姨妈听了贾母批评黛玉的话，一声不吭，难道世事洞明的薛姨妈默认，一点儿不错，我女儿就是比您嫡亲外孙女强多了！这样的描写太不通人情了。

蹊跷的"始提亲"

贾政门客给贾宝玉提亲人选，很像是故意制造波折。

世代簪缨的贾府，可能的荣国公后任贾宝玉，怎么会没有贵族之家、官宦之家名门小姐可以考虑，连做皇家娇客都有可能，国公府公子婚事怎么会惨到叫门客掺和？更蹊跷的是，这里边还掺和进了孙家。按照曹雪芹构思，迎春嫁给中山狼孙绍祖后，一载赴黄粱，结婚一年迎春就给孙绍祖折磨死，而且是折腾得"公府千金似下流"。现在不仅迎春还在那儿好好活着，邢夫人还和孙亲家有来有往，对亲家的亲戚知根知底。小说写门客为张老爷的女儿提亲，詹光说张老爷是大老爷旧亲，实际是邢家旧亲。再由邢夫人转述孙亲家太太说张家女儿，转个溜够，否定了这门可能的张家亲事，终于把王熙凤的话引出来："凤姐笑道：'不是我当着老祖宗、太太们跟前说句大胆的话，现放着天配的姻缘，何用别处去找。'贾母笑问道：'在那里？'凤姐道：'一个宝玉，一个金锁，老太太怎么忘了？'贾母笑了一笑，因说：'昨日你姑妈在这里，你为什么不提？'凤姐道：'老祖宗和太太们在前头，那里有我们小孩子家说话的地方儿。况且姨妈过来瞧老祖宗，怎么提这些个，这也得太太们过去求亲才是。'"

　　金玉良缘的实现，能是这样的过程吗？这太轻而易举了吧。薛姨妈从元妃封妃就开始对王夫人等造金玉良缘的舆论，薛宝钗一直把沉甸甸的金锁挂在脖子上每天都在荣国府招摇过市，元妃端午节赐礼，把宝玉和宝钗并列，很可能受到能进宫探望的王夫人的影响。王夫人对有几分像林黛玉的晴雯残酷迫害，查抄大观园的时候王夫人又对林黛玉含沙射影，说主子的姑娘不教导也不堪。王夫人反对木石姻缘不遗余力，王夫人和贾母在宝玉婚姻对象上明里暗里的对抗始终存在。而王熙凤在这一点上，是站在贾母一边的。结果，现在金玉良缘居然由王熙凤一句话，像吃灯草灰一样，轻巧解决。岂不是太不合逻辑了？

　　咱们回想一下，由王熙凤提出金玉良缘，合乎不合乎道理？合乎不合乎王熙凤个性？在前八十回，王熙凤是木石姻缘强有力维护者，曾对林黛玉当众开玩笑："你既吃了我们家的茶，怎么还不给我们家作媳妇？"王熙凤是贾母心腹，她如果不是琢磨透贾母心思，她能这样说？敢这样说？何况给贾宝玉挑选妻子涉及王熙凤切身利益。王熙凤是王夫人从邢夫人手下借来帮助处理家务的，如果王夫人有了能干的儿媳妇，王熙凤岂不得回邢夫人身边做小媳妇？王熙凤还能手眼通天掌握贾府财权，八面生风掌控贾府人事权？从王熙凤自身利益出发，把油瓶子倒了也不扶的林姑娘娶过来当画供着，王熙凤继续当家，比把连大观园花花草草都算计上的宝姑娘娶进来，王熙凤丢钱丢权丢地位，支持哪个做宝二奶奶，对王熙凤更合适？王熙凤不傻，支持二玉姻缘，既能迎合、巴结贾母，又符合切身利益，王熙凤何乐而不为？

小说写道：巧姐生病，贾环慌手慌脚弄倒了药锦子，王熙凤和贾环再次结怨。这是续书作者故意安排的故事。曹雪芹的前八十回，人物的年龄不统一，巧姐时大时小。到了后四十回，巧姐仍然时大时小。一会儿，像幼儿一样抽风；一会儿，像中学生一样听贾宝玉讲孝女才女。这样的描写也不太合理。蔡义江教授点评这一段的时候说："贾环失手打翻巧姐的药锦子，是偶然性小事，就为他后来要报复巧姐而卖她，用'重结怨'三字，未免小题大做。"

第八十四回回目上的情节上贾环弄倒巧姐的药锦子，自觉没趣，跑了，王熙凤火星直爆，骂贾环是对头冤家来使促狭："从前你妈要想害我，如今又来害姐儿，我和你几辈子的仇呢？"王熙凤叫赵姨娘丫鬟捎信给赵姨娘，她操心太苦了，巧姐死定了，不用她惦着了。王熙凤对赵姨娘的态度，王熙凤说的话，也跟前八十回对赵姨娘的态度及说的话很不一样。前八十回王熙凤对赵姨娘是当家奶奶对奴才的居高临下，正眼都不瞧，非常蔑视。赵姨娘骂贾环，王熙凤听见了，她马上正言厉色教训赵姨娘，他是爷们，有过错，自然有老爷太太教育，你算个什么东西？大口啐他。现在王熙凤竟然把自己放低到跟赵姨娘平等，赵姨娘不再是姨娘，还成了贾环的妈。这是王熙凤急不择言，还是续书作者对人物之间关系的把握不准确？威风八面的琏二奶奶竟然不能叫人把赵姨娘喊来臭骂一顿，还得叫丫鬟捎她跟赵姨娘怄气的话，荣国府可真是礼崩乐坏、家无主帚倒竖了。

贾政升官　黛玉生日　薛蟠命案

——第八十五回　贾存周报升郎中任，薛文龙复惹放流刑

　　贾政字存周，薛蟠字文龙。薛蟠的字有的版本作"文起"，"起"应是传抄中形似的错字。名蟠，字文龙，较说得过去。郎中是中央六部部属官名，职位次于尚书、侍郎、丞，分管各司事务，正五品。薛蟠又打死人，将要判刑。这一回内容可用八个字概括：贾政升官，薛蟠惹祸。实际描写内容远不止如此，比如黛玉过生日。

　　第八十五回开头接续八十四回，贾环慌手慌脚弄倒了巧姐的药锦子，溜回赵姨娘身边，王熙凤让赵姨娘丫鬟给赵姨娘捎话。赵姨娘骂闯祸的贾环，贾环发狠："等着我明儿还要那小丫头子的命呢。"贾环和赵姨娘吵一阵，赵姨娘听到丫鬟传王熙凤的话，赌气不去安慰王熙凤，两边结怨更深。贾环发狠是续书作者为贾府败落后贾环参与卖巧姐埋下伏笔。赵姨娘和贾环是曹雪芹最不待见的人物，他们每次出来，曹雪芹从没有一句或者一个字好话，赵姨娘做事颠三倒四，说话倒三不着两，纯粹愚妾。贾环毫无王孙公子气度，说他是泼皮又没有泼皮的能耐，是所谓又熊又不老实的人物。进入后四十回，赵姨娘和贾环似乎比前八十回挺直腰杆，敢说敢做，贾环竟然发狠要巧姐的命，赵姨娘竟然敢不回复琏二奶奶给她捎的话，都不合常情。续书作者是不是想说明家之将败、必出妖孽？

　　然后小说进入这一回内容的具体描写。四个部分：第一部分，贾政忽然升官，包括贾宝玉在内的贾府人物欢欣鼓舞庆祝。第二部分，北静王和林黛玉过生日。续书作者可能想借这两个生日巧妙预示贾宝玉和林黛玉的结局，也就是：贾宝玉将失玉疯癫，林黛玉将魂归西天。但具体描写两个生日，却写得诡异、牵强。第三部分，围绕着贾宝玉提亲，一系列人物活动登场，乱哄哄你方唱罢我登场，袭人再次到潇湘馆探听消息，贾芸想在宝玉婚事上插一脚，王熙凤故意混淆视听，薛姨妈似乎瞒天过海，当事人贾宝玉、林

黛玉完全被蒙在鼓里。第四部分薛蟠再次打死人命,惹来官司。

蹊跷的升官

贾政升官,成了贾家重要事件,和元春封妃笔下如有风雷的描写相比,贾政升官描写一个地下一个天上。元妃封妃,是把贾府从国公府提升为皇亲国戚;贾政升官只不过在级别上稍稍提升一点,无关紧要。曹雪芹写元春做贤德妃,是为了造就贾府烈火烹油鲜花着锦的家势兴旺。在从《红楼梦》第五十五回开始曹雪芹设计的贾府衰败布局中,在刹不住的下坡路营生中,贾政升官在贾府命运中能起什么作用?好像续书作者都懵懵懂懂,似乎贾政升官只不过给续书作者带来往下敷衍情节的机会,给贾宝玉带来改变前八十回性情的机会。

第七十回,贾政家书说他六七月回京,七十一回开头写:“话说贾政回京之后,诸事完毕,赐假一月在家歇息。因年景渐老,事重身衰,又近因在外几年,骨肉离异,今得晏然复聚于庭室,自觉喜幸不尽。一应大小事务一概益发付于度外,只是看书,闷了便与清客们下棋吃酒,或日间在里面母子夫妻共叙天伦庭闱之乐。”贾政对仕途已没多大兴趣,贾政回京后,跟朝廷要员有什么来往?他借着贵妃娘娘跟皇帝打过什么交道?前八十回的后十回,一个字没有。七十八回,贾政带着宝玉、贾环、贾兰写诗,有点儿淡出政坛的意思。而到了八十五回,贾政忽然升官,有点突兀。

贾政小打小闹升个官,对贾府命运无关紧要,但贾宝玉的表现特别抢眼,贾宝玉进了后四十回,不仅变成热爱八股文的科举好苗子,还变得通官场规矩。贾宝玉去给北静王拜寿,北静王说:“昨儿巡抚吴大人来陛见,说起令尊翁前任学政时,秉公办事,凡属生童,俱心服之至。他陛见时,万岁爷也曾问过,他也十分保举,可知是令尊翁的喜兆。”宝玉连忙站起来回启:“此是王爷的恩典,吴大人的盛情。”应对得体。回到府里,贾宝玉向贾政汇报北静王的话。林之孝向贾政汇报,吴巡抚曾来拜,又说传闻老爷可能补工部郎中缺。贾政淡淡回个“瞧罢咧”,贾政的反映似乎比贾宝玉冷静。按照人之常情,即使前八十回的贾宝玉听到尊贵的亲王向自己传小道消息,得知父亲受到皇帝重视,可能升官,他也会回答:“此是王爷的恩典,吴大人的盛情。”这是国公府公子应有的礼数。但是曹雪芹却不会写这样的情节,因为由北静王传这小道消息,本身就是对仙风道骨北静王的歪曲。

姐姐元春封妃消息传到贾府时,宁、荣两处上下里外,莫不欣然踊跃,个个面上皆有得意之状,只有贾宝玉在为病势沉重的好朋友秦钟担忧,姐姐晋封贤德妃也没有解得他的愁闷。"贾母等如何谢恩,如何回家,亲朋如何来庆贺,宁、荣两处近日如何热闹,众人如何得意,独他一个皆视有如无,毫不曾介意。因此众人嘲他越发呆了。"姐姐做了贤德妃,贾府从此进入皇亲国戚行列,这么大的荣耀,贾宝玉毫不在意,而后四十回贾政从外放学政换工部郎中,可能升了半级,贾宝玉却受宠若惊。李贵通知他可以今天不上学,回家庆祝老爷升官,贾宝玉进了二门,看到满院丫头婆子笑容满面,黛玉等姐妹围绕着贾母欢庆,贾宝玉"喜得无话可说",赶紧给贾母等道喜。贾宝玉对贾政升官的态度,跟前八十回贾宝玉对姐姐封妃的态度相比,脱胎换骨。

诡异的生日

对北静王生日和林黛玉生日描写,只能用四个字表述感受:啼笑皆非。

贾家众人到北静王府拜寿,基本是贾宝玉路谒北静王的放大复印版。第十五回"王熙凤弄权铁槛寺",贾宝玉和北静王见面描写有趣且风趣:北静王先按照皇家礼节接受贾赦、贾政等叩见,再要求见贾宝玉,贾宝玉急忙抢上来拜见,北静王伸手扶起他,询问衔的那宝贝在哪里,看完通灵宝玉,亲手给贾宝玉戴上,对贾政说"雏凤清于老凤声"。短短一段文字把两个俊秀人物见面写得精粹传神,画得面貌清丽、风神潇洒。后四十回写贾家的人到北静王府拜寿,仍是这样的步骤,北静王先接受贾赦、贾政等拜见,再单独跟贾宝玉聊天,贾赦、贾政等参加众人的宴会,贾宝玉单独安排宴会,宴会后北静王交给贾宝玉一块通灵宝玉,说是他上次看到贾宝玉的玉后,回来让匠人按照模式仿照的。

如果仅仅模仿描写第十五回贾宝玉见北静王,用《红楼梦》常用的词来说"倒也罢了"。问题是这段描写不合逻辑、不合常情。为什么?其一,小说对北静王王府如何庆寿不做具体描写,连综合性场面描写都没有,看来续书作者不像曹雪芹有这样的生活经历,曹雪芹姑姑嫁给纳尔苏亲王,铁帽子王如何庆寿,曹雪芹司空见惯,而续书作者没有这方面生活体验。其二,北静王参加秦可卿路葬,路遇贾家人,出于对贾宝玉喜爱,可能对贾宝玉采取跟对其父辈不同的态度。现在一等将军贾赦、朝廷命官贾政等专门来给亲王拜寿,北静王怎么可能对贾家有功名的长辈和还是白丁的晚辈贾宝玉做出厚此薄彼的安排？岂不是失礼？特别是：北静王深知，贾宝玉的玉是落草时嘴里衔下来，是人世间独一无二的宝贝，怎么可以复制？聪明睿智的北静王为什么要办这么不可理解的事，不仅复制，还送给贾宝玉。续书作者显然为后边描写贾宝玉丢玉，以假乱真，埋下伏笔，只不过由北静王来做这事，太牵强太不合理。

再看林黛玉过生日描写。前八十回经常用戏剧推动情节发展或预示情节进展，比如元妃归省点的几出戏，脂砚斋点出如何预示贾府命运，第一出，《豪宴》，《一捧雪》折子戏，伏贾府之败；第二出，《乞巧》，《长生殿》折子戏，伏元春之死；第三出，《仙缘》，《邯郸梦》折子戏，伏宝玉出家；第四出，《离魂》，《牡丹亭》折子戏，伏黛玉之死。曹雪芹构思巧妙。续书作者也想沿这条路子走，初看似乎走得像模像样。第八十五回林黛玉过生日也点了几出戏："第三出，只见金童玉女，旗幡宝幢，引着一个霓裳羽衣的小旦，头上披着一条黑帕，唱了一回儿进去了。众皆不识，听见外面人说：'这是新打的《蕊珠记》里的《冥升》'。小旦扮的是嫦娥，前因堕落人寰，几乎给人为配，幸亏观音点化，他就未嫁而逝，此时升引月宫。不听见曲里头唱的：人间只道风情好，那知道秋月春花容易抛，几乎不把广寒宫忘却了！'"第四出是《吃糠》，第五出是达摩带着徒弟过江回去。后四十回在黛玉生日设计的三出戏，也对后面情节起到准确预示作用，《冥升》用嫦娥未嫁升天预示黛玉未嫁而死，黛玉"打扮得嫦娥相似"，点出她就是嫦娥"含羞带笑"来参加自己的生日宴会。《吃糠》预示将来薛宝钗的生活非常困难。达摩过江，预示贾宝玉出家。表面上看，这样写，不是学前八十回学得到位、描写巧妙？围绕黛玉生日的对话，也极力模仿前八十回人物对话，比如贾母对黛玉说："他舅舅家给他们贺喜，你舅舅家就给你做生日，岂不好呢。"说得大家都笑起来，说道："老祖宗说句话儿都是上篇上论的，怎么怨得有这么大福气呢。"这样看来，后四十回借黛玉生日做人物未来命运的预示，岂不是做得很好？但仔细推敲一下，就发现不对头了。第一，打扮得嫦娥相似，不是林黛玉在前八十回的着装特点。第二，含羞带笑，更不是林黛玉在前八十回特有的表情特征。第三，更要命的错谬，叫人笑掉大牙的错谬，林黛玉的生日，不是这一天。第六十二回，写贾宝玉过生日，探春说二月没人过生日，袭人说，怎么没有，林姑娘是二月十二。探春赶快道歉，我怎么就忘了。袭人为什么知道林黛玉的生日是二月十二，因为她和林黛玉是同一天生日。后四十回居然把二月十二生日的林黛玉，挪到秋天过生日。头一天袭人跑到潇湘馆想探听黛玉动静，看到紫鹃在院子里掐花,林黛玉真正生日的二月十二当然无花可掐。后四十回还忽略了,在后四十回已经跑得潇湘馆门口不长草的袭人,跟林黛玉同一天过生日的袭人,怎么也不来给林黛玉磕个头? 林黛玉也该给袭人回施半礼,跟她说同喜同喜? 林黛玉是贾母的心肝宝贝,前八十回偏偏从来没写贾母如何给林黛玉过生日,后四十回写林黛玉过生日,黛玉打扮得如嫦娥下界含羞带笑庆生日,显然为配合续作者精心安排的贾政升官宴席上预示命运的戏。《冥升》为黛玉之死伏笔,《吃糠》为宝钗穷困伏笔,达摩过江是宝玉出家的伏笔。只是可惜,续书作者精心琢磨,却在关键问题上穿帮——林黛玉不会那样穿戴,不会有那样的表情,更要命的是,林黛玉生日是二月十二日,不是秋天。续书作者经常在此类似乎无关紧要其实最能看出写作功力的地方——细节描写上露马脚、露怯。比如,他写不出皇宫赐宴会吃什么菜,会用什么器具,写不出林黛玉生日这天会穿什么服装,林黛玉打扮得嫦娥相似,具体是什么样儿? 难道不该写一写林黛玉穿什么裙,裙子用什么料,腰上系的什么绦,脚上着什么靴,给读者形象生动的印象? 写林黛玉的服装即便不能像王熙凤初次在林黛玉前亮相那么细致,至少可以学学林黛玉大观园踏雪的服装改冬装为秋装,这些,是续书作者缺少的,也是我们读后四十回觉得特别别扭特别遗憾的所在。

袭人贾芸拙劣表演

在贾宝玉婚姻的进展过程中,贾府各类人物登台表演,这个内容不在八十五回回目上,占的笔墨却相当多,因为贾宝玉的婚姻是后四十回的重头戏。它虽然是宝玉的婚姻,却涉及各色人等的切身利益,各色人等也随之出来表演。

第一个出来表演的是袭人。贾宝玉告诉贾母他那块玉黑夜里放红光。凤姐说是喜信动了,宝玉问"什么喜信",贾母说"你不懂得"。贾宝玉回到怡红院,告诉袭人:老太太和凤姐说话含含糊糊,不知道什么意思。袭人似乎不知道贾宝玉的通灵宝玉黑夜放红光,却从贾宝玉的话立即猜到贾母王熙凤是说宝玉的婚事,马上问宝玉林姑娘在不在跟前。得知林黛玉不在场,袭人又想去打探林黛玉的态度,她打发宝玉上了学,又跑进潇湘馆,想从紫鹃那里打听动静。到了潇湘馆袭人却又找不到探探口气的机会,怕黛玉多心,坐了坐,搭讪着告辞出来。袭人一再到潇湘馆试探林黛玉的描写特别不合情理。在前八十回，袭人跟贾宝玉偷试云雨情之后，就把贾宝玉当成自己的终身之靠，想掌控贾宝玉的人生动向，暗地里配合贾政把贾宝玉引到读书做官的所谓正路上，在这一点上，她和薛宝钗观点一致。袭人通过向王夫人打小报告，成为王夫人默许、贾宝玉不公开的通房丫鬟，她一直是金玉良缘的支持者。奇怪的是，后四十回袭人忽然改弦易张，一心认定贾母、王夫人等给贾宝玉挑的结婚对象是林黛玉。脑袋里一直绷着林黛玉这根弦，动不动就像个私家侦探往潇湘馆跑。上一次袭人跑潇湘馆和林黛玉进行一番隔板猜枚式妻妾如何的相处对话，那么聪明敏感的林黛玉居然没琢磨是怎么回事？小心眼儿的林姑娘忽然变得大大咧咧。这次袭人大清早就跑潇湘馆，林黛玉居然不问她有什么事，袭人也不说来做什么，这样的描写合乎细心乃至多心的林黛玉的性格吗？合乎谨慎小心的袭人的性格吗？前八十回温柔和顺、心思缜密的袭人忽然看不清形势，一再莽撞行动。前八十回心细如发的林黛玉忽然粗心大意，对非常不正常的事视若无睹，两个人性格都给扭曲了。

第二个出来表演的，是被后四十回更严重扭曲性格的次要人物贾芸。贾芸又跑到怡红院来，又给贾宝玉送封信，还立即要回音。我之所以强调"又"跑到怡红院"又"送信，就是因为他不是第一次来，不是第一次送信。第三十七回"秋爽斋偶结海棠社"贾芸给贾宝玉送封半文不文、半通不通的信，是《红楼梦》里的绝妙好文。跟信一起送来白海棠，贾芸花钱不多，却投合贾宝玉的爱好和品性，引出海棠诗社的若干妙诗。后四十回作者写不出可以和第三十七回媲美的贾芸的信，所以，贾芸这次写的什么信？八十五回一个字也不写，只渲染这封信引起什么反应，直到后边贾芸参与卖巧姐，这封信是什么内容，才由他自己说出来，原来是贾芸给贾宝玉做媒的信！匪夷所思！贾芸居然想操纵贾宝玉的婚姻！贾芸难道不知道，有贾母在，有贾政夫妇在，有贵妃娘娘在，宝二爷的婚姻岂是寒门晚辈能染指的？后四十回贾芸就敢这样做，而且不屈不挠地这样做。他给贾宝玉送上封所谓介绍对象的信，贾宝玉把信撕了，烧了，让麝月告诉贾芸，再闹，就回老爷、太太去。贾芸继续嬉皮笑脸纠缠贾宝玉，纠缠到不讲身份、不顾礼法，无赖一般。贾宝玉听到贾政升官的事落实了，"心中自是甚喜"，贾芸又赶着贾宝玉说："叔叔乐不乐？叔叔的亲事要再成了，不用说是两层喜了。"宝玉红了脸，啐了一口道："呸！没趣儿的东西，还不快走呢。"贾芸把脸红了道："这有什么的，我看你老人家就不——"宝玉沉着脸道："就不什么？"贾芸才不敢言语。贾芸现在对贾宝玉说话，毫无分寸，既唐突无礼，又犯上作乱，还死皮赖脸。这还是贾门寒族晚辈和国公府公子长辈对话吗？岂不成了市井无赖间对等交往？这个贾芸对前八十回贾芸完全彻底变脸，他也不再称贾宝玉是父亲大人，而称"叔父大人"了。

一点儿不错，后四十回贾芸和前八十回贾芸给续书作者换了个人。前八十回第一次进怡红院的贾芸，身材姣好面貌端正，说话机灵得体，行事恰到好处，袭人给他送杯茶，贾芸诚惶诚恐。后四十回进怡红院的贾芸什么样？"溜溜湫湫"，四个迭字很生动，把贾芸写成小流氓形态，袭人说贾芸"鬼鬼头头""躲躲藏藏"，又用八个迭字，也很生动，袭人还说贾芸"是个心术不正的货"。几笔描下来的贾芸，和前八十回贾芸完全不是一个人了。前八十回贾宝玉曾说贾芸"倒像我的儿子"，后四十回贾芸倒像贾环的儿子。前八十回贾芸一心想好好孝顺母亲，为求得温饱费尽心思，变尽法儿巴结王熙凤、贾宝玉，是个乖巧伶俐，叉手不离方寸，小心驶得万年船的寒门孝子。后四十回贾芸不知道自己吃了几碗干饭，不懂规矩、胡行乱作，成了冒险去开顶风船的野心莽汉。后四十回这样改变贾芸，后边还要安排贾芸参与卖巧姐，完全扭曲了曹雪芹原有构思。

核心人物的表演

薛姨妈终于落实了她从进京城就极力追求的金玉良缘，自家有那么多房子，却赖在贾府不走，元妃省亲叫她倒房子也不走。金玉良缘落实后，她仍然以似乎清客身份常在贾母跟前凑趣，黛玉见到她，偏偏要说想念宝姐姐，薛姨妈说，改天让她过来跟你们叙叙，这是哄死人不偿命的话，未过门儿媳妇怎么可能进贾府？可怜的林黛玉对贾府正在操作的金玉良缘，对早就认成干妈的薛姨妈对自己这样愚弄毫无所知，令人心酸。

在袭人、贾芸这些次要人物在贾宝玉婚姻问题上的表演之后，更要注意宝黛爱情双方、还有《红楼梦》的核心人物王熙凤，在前八十回一直呵护宝黛二人的王熙凤，这三个人怎么表演。八十五回有一段宝黛凤姐对话场面。表面上好看好玩，仔细琢磨却漏洞百出，不合常情。黛玉潇湘噩梦，宝玉也梦中被挖心，两人在贾政升官后在贾母地方见面，宝玉问："妹妹身体可大好了？"黛玉微笑说："大好了，听见说二哥哥身上也欠安，好了么？"宝哥哥林妹妹现在相处礼貌周全，不是前八十回痴情任性的那两位。前八十回写，史湘云来了,在贾母身边大说大笑,林黛玉听说贾宝玉刚从薛宝钗身边过来,脱口而出:"'我说呢,亏在那里绊住,不然早就飞了来了。'宝玉笑道:'只许同你顽,替你解闷儿。不过偶然去他那里一趟,就说这话。'林黛玉道:'好没意思的话! 去不去管我什么事,我又没叫你替我解闷儿。可许你从此不理我呢!'"宝黛语言多有个性! 哪怕在贾母的跟前,黛玉也是想什么说什么,不高兴就使小性儿,摔脸子,拂袖而去。宝玉也不掩饰最在乎最巴结林妹妹。现在呢,宝玉黛玉客客气气,像是平常的甚至有点疏远的亲戚。这样描写已够蹩脚,更蹩脚的是,前八十回精得像猴一样的王熙凤拙劣表演。听到宝黛对话,王熙凤笑着取笑:"你两个那里像天天在一处的,倒像是客一般,有这些套话,可是人说的'相敬如宾'了。"这话不等于影射:你们两个真是相敬如宾齐案举眉? 这太不符合王熙凤深谋远虑的个性。王熙凤明明知道,因为她的提议,金玉良缘已经启动,木石姻缘彻底完完,以王熙凤的聪明,以王熙凤对宝黛感情的了解,她应该极力避免在林黛玉跟前涉及能够叫林黛玉联想到婚姻、联想到夫妇关系的话题,千万不要刺激林黛玉,可是王熙凤竟然冒冒失失说出"相敬如宾",太没有礼貌也太失于计较,而王熙凤本来是最善于计较的。更令人费解的是宝玉黛玉回复的话,黛玉满脸飞红,似乎做贼心虚,她就是打算和宝玉齐案举眉、相敬如宾,迟了一回儿才说:"你懂得什么。"意思是:你怎么会懂得我们之间的感情,这不更是此地无银三百两? 而宝玉对黛玉说:"林妹妹,你瞧芸儿这种冒失鬼。"贾宝玉竟然情不自禁要把贾芸给他做媒的事,当众告诉林黛玉。幸亏"说了这一句,方想起来,便不言语了"。如果按照前八十回曹雪芹做小说那种细针密线、滴水不漏的章法,跟贾芸打交道的王熙凤肯定得问贾宝玉:芸儿怎么啦? 可是王熙凤根本不问。

这类极细小地方捉襟见肘的漏洞,在后四十回比比皆是。写小说就是用细节说话,正是这类非常不像前八十回的细节描写,使得《红楼梦》三个最重要的人物贾宝玉、林黛玉、王熙凤,在后四十回变得面目全非。王熙凤,眼观六路耳听八方、眼珠一转计上心来、水晶心肝玻璃人儿,开口说话必定针针见血,说句话在地上砸个坑的人物。贾宝玉和林黛玉,那样聪慧伶俐,钟日月山川灵秀的人物,开口说话透着魏晋风骨、唐人诗风的人物。曹雪芹塑造得何等成功的三个人,王熙凤是在贾府上空盘桓揽钱揽权的铁凤凰,贾宝玉和林黛玉是一对在贾府上空并肩翱翔的金凤凰,这三只凤凰进了后四十回,怎么忽然好像都给什么人剪掉了翅膀,在地上使劲扑腾,怎么也飞不起来了?

精彩的薛蟠命案

第八十五回薛蟠又闹下人命案写得比较好。

热闹事会突然冷场,欢乐事会被变故打断,这是前八十回常用的手段,后四十回也多次采用。八十五回写到贾府正在热火朝天庆贺贾政升官时,突然有人满头大汗来找薛蝌,请二爷快回去,还要回明薛姨妈,家有要紧事,赶快回家。薛姨妈吓得面色如土,马上带宝琴回家,二门口站着衙役,厅房后边传来夏金桂大哭声。原来薛蟠又闹出人命案。薛姨妈像慌脚蟹,夏金桂揪住香菱嚷当年薛蟠不是害死人也可以扬长而去,你们"只讲有钱有势,有好亲戚",现在怎么慌了手脚?把葫芦僧乱判葫芦案提了一笔,薛宝钗仍像前八十回那样,头脑冷静,精于世故,知道怎样处理哥哥闯下的祸患。王夫人打发丫头问信,薛宝钗知道自己将是贾府的人,简单对丫头说明是怎么回事,"你先回去道谢太太惦记着,底下我们还有多少仰仗那边爷们的地方呢"。对王夫人连"姨妈"都不叫了,叫"太太",是准宝二奶奶口气。

而处理薛蟠命案,又给后四十回增加新波折,推迟金玉良缘马上兑现,掀起贾宝玉失玉疯癫、林黛玉闻宝玉婚讯失去理智的新波澜。薛蟠新出命案,帮了续书作者大忙。

第八十五回各种描写,续书作者想按照他的构思,把贾宝玉推上读书做官的路,把林黛玉推上因爱不幸而死亡的路。在写法上想照着前八十回提供的写法办,却在许多地方成了换汤也换药。在布局上,八十五回仍然采用前八十回网状结构,基本成功。

续书正千头万绪把小说往最后结局上艰难推进。我们的阅读印象却有点儿:东鳞西爪、东拉西扯、隔靴搔痒、莫衷一是。

薛蟠命案,在八十五回最后通过薛蝌写信说是误伤,但口供不好,需要抓紧送银子到出事的地方,活动官府。这桩命案的具体描写,还会紧锣密鼓进行,而且和当年葫芦僧乱判葫芦案形成某种程度的对照。

受贿翻案和黛玉弹琴

——第八十六回　受私贿老官翻案牍，寄闲情淑女解琴书

八十六回主要内容是写薛蟠新命案发生经过和薛家利用金钱操纵官府，暗示元妃可能遭遇不幸命运，贾宝玉再进潇湘馆，林黛玉做起给贾宝玉讲琴理的老师。

钱能通神的翻案故事

薛蟠新命案导火索是蒋玉菡。薛蟠为躲开夏金桂到南方办货，遇到已做戏班班主的蒋玉菡，两人一起喝酒。蒋玉菡人物秀丽，酒店当槽的总拿眼瞟蒋玉菡，惹得薛蟠不高兴。第二天，薛蟠再到那家酒店喝酒，叫当槽的换酒，当槽的不换，二人发生口角，皇商泼皮薛大爷用酒碗砸市井泼皮张三。张三头破血流，死了。薛姨妈知道消息，求贾政帮忙，贾政含糊答应，薛蝌带银子赶到命案发生地准备用银钱解决问题。

薛蟠斗殴杀人案续书描写详细，前因后果合情合理，像明清官场现形记，揭露官场黑幕的短篇小说。薛蟠斗殴杀人后关进监狱，消息传到薛家，薛姨妈惊惶失措，薛宝钗冷静对待，安排薛蝌带银子赶赴命案发生地。薛蝌先买通需要买通的人，再给县官递呈文：

> 具呈人某，呈为兄遭飞祸代伸冤抑事。窃生胞兄薛蟠，本籍南京，寄寓西京。于某年月日备本往南贸易。去未数日，家奴送信回家，说遭人命。生即奔宪治，知兄误伤张姓，及至囹圄。据兄泣告，实与张姓素不相认，并无仇隙。偶因换酒角口，生兄将酒泼地，恰值张三低头拾物，一时失手，酒碗误碰囟门身死。蒙恩拘讯，兄惧受刑，承认斗殴致死。仰蒙宪天仁慈，知有冤抑，尚未定案。生兄在禁，具呈诉辩，有干例禁。

生念手足，冒死代呈，伏乞宪慈恩准，提证质讯，开恩莫大。生等举家仰
戴鸿仁，永永无既矣。激切上呈。

呈文里的"宪治""宪台"是客气地恭维县衙县官。"宪"是尊称上级官员。薛
蝌呈文如老吏断狱般老辣，成了薛家翻案的剧本。薛蟠杀人案整个剧情从
重审到翻案，就是按照薛蝌呈文往前发展。薛家二爷好生了得。

薛蝌递呈子要求重审，他怎样买通县官避重就轻审案，怎样买通证人甚
至受害人亲属指鹿为马、撤换关键的证言，怎样在衙门暗箱操作、内外勾连、
上下其手、偷梁换柱，这些具体过程，续书作者写得头头是道、细致入微。从
审案的县官到验伤的仵作，从酒店主人到跟和薛蟠一起喝酒的人，甚至受害
者张三的叔叔，全部被薛家的金钱收拾得服服帖帖，完全按薛蝌创作的剧本
演出，一口咬定薛蟠是误伤，给薛蟠开脱死罪。只有被害人张三可怜的母亲
还在给儿子寻求公正。官场覆盆一样黑暗，无权无势的小老百姓给杀了都
无处申冤。用金钱颠倒黑白、为薛蟠开脱杀人罪名的过程，写得像清代官场
典型案例。

看来续书作者熟悉官场内幕，熟悉官场黑暗作风，熟悉审案要害和关
键，薛蟠人命案从斗殴杀人变成误伤，是乱判葫芦案运用权力翻案的翻
版——金钱翻案。续书作者描写薛蟠一案的县令问案判案生动如画。县官
受贿后重新问案，先提审酒店主人李二，李二初审时说薛蟠和当槽的争斗致
死，是他亲眼看到，现在改口，说他在柜上听说发生争斗，这样一来，杀人案
目击者证人蒸发了。知县问为什么初审时你说亲眼看到，现在成了你没有
见？李二说，小的前日给吓昏了胡说。按说县官听到这样的话，就得掌嘴，
县官竟然不问李二为什么胡说，更不动刑，默认李二改口。接着县令提审另
一个目击者吴良。吴良说，薛蟠要换酒，当槽的不给换，薛蟠生气，把酒往他
脸上泼去，"不晓得怎么样，就碰在那脑袋上了，这是亲眼见的"。县官故意
作态，虚张声势说吴良"胡说"，前日薛蟠自己供认拿碗砸的，你也供认你亲
眼所见，怎么今日供的不对？吴良坚持：那你得问薛蟠。吴良的证词，使得
原本杀人案目击证人，摇身一变成误伤证人，县官又轻轻放过吴良，再提审
当事人薛蟠，开口问道："你与张三到底有什么仇隙？毕竟是如何死的，实供
上来。"这样提问分明提示薛蟠翻案，薛蟠听县官这样问案，知道薛家金钱起
作用，薛大傻子也不傻了，顺竿就爬：小的跟他并无仇怨，小的实没有打他，
为他不肯换酒，故拿酒泼他，一时失手，误碰到他脑袋上了。县官受贿，让一

个斗殴杀人案的目击证人凭空蒸发,让另一个目击证人变成误伤证人,再听任杀人犯薛蟠改供词,硬把斗殴杀人断成误伤,而误伤可以拿钱了事。当年发生冯渊命案时,薛蟠想的是:花几个臭钱,没有解决不了的事。现在县官重审薛蟠打死张三命案,定为误伤,吩咐薛蟠画供,待在监狱,等待上级批文,叫衙役把苦苦哀求的苦主张三母亲轰出去,薛蟠给薛姨妈带信:"我无事,必须衙门再使费几次,便可回家了,只是不要可惜银钱。"整个过程形象地说明:衙门口朝南开,有理无钱莫进来。

在《红楼梦》后四十回中,薛蟠再次犯杀人命案跟第四回葫芦僧乱判葫芦案相似,而写法上有所不同。上次薛蟠打死冯渊,抢走甄英莲,是命令手下的人动手,场面是贵公子仗势凌人,这次,是薛蟠亲自下手,场面是两个阶层的泼皮争斗;上次是贾雨村听到门子介绍犯命案的薛蟠是贾政和王子腾的外甥,立即乱判葫芦案,任凭薛蟠打死人逍遥法外,只给冯家判些烧埋银子了事,然后再写信给贾政王子腾邀功,那次没有银钱交易,但是乱判葫芦案出现重要的"护官符",出现四大家族一荣俱荣、一损俱损。薛蟠二次命案,虽然薛姨妈也请求贾政插手帮忙,更重要的却是钱能通神、钱能翻案、钱既能操纵官场也能操纵当事人。续书作者具体而微描写这个案件,写得相当成功,社会黑暗令人触目惊心。

薛蝌染黑成讼棍

在薛蟠命案的描写过程中,前八十回出现的薛蝌,完全染黑,大概得算后四十回人物描写比较成功的例子。第四十九回"琉璃世界白雪红梅"写贾府一下子来了许多客人,贾宝玉去看了后回到怡红院,向袭人、麝月、晴雯等笑道:"你们还不快看人去!谁知宝姐姐的亲哥哥是那个样子,他这叔伯兄弟形容举止另是一样了,倒像是宝姐姐的同胞弟兄似的。"贾宝玉的话说明薛蝌举止文雅,模样俊秀。前八十回接近结尾,薛姨妈向邢夫人求得邢岫烟做媳妇,邢岫烟和薛蝌都称心如意,这似乎是曹雪芹安排的难得的一对终成眷属青年男女。而在后四十回,薛蟠命案一出,薛蝌的个性一步一步变坏。他带着金钱去给薛蟠翻案,一次一次写信向薛姨妈报告他翻案的进展,其中有封信写:

带去银两做了衙门上下使费。哥哥在监也不大吃苦,请太太放心。

独是这里的人很刁，尸亲见证都不依，连哥哥请的那个朋友也帮着他们。我与李祥两个俱系生地生人，幸找着一个好先生，许他银子，才讨个主意，说是须得拉扯着同哥哥喝酒的吴良，弄人保出他来，许他银两，叫他撕掳。他若不依，便说张三是他打死，明推在异乡人身上，他吃不住，就好办了。

当地的人坚持讲薛蟠杀人事实，薛蝌说不给他做伪证的就是刁，不给他做假证就很刁，他强迫吴良做假证，不做假证，就说人是他打死，太厉害了。

薛蝌回到家中，向薛姨妈汇报知县怎么徇情，怎样审断，终于给薛蟠定了误伤。说将来尸亲那里再花些银子，一准赎罪，就没事了。如果曹雪芹看到在他笔下温文尔雅的薛蝌成擅长运作官场、无理翻缠的讼棍角色，会有什么感想？

贾母给元妃算命

薛蝌操纵给薛蟠翻案的过程中，听到传闻，说元妃死了，结果是周贵妃死了。看来续书作者颇懂得些画论，知道画画有种皴染法。中国画家在画山石、峰峦等物时，先勾出轮廓，再用淡干墨侧笔画，不止一次画，最后才完成山石、峰峦整体图画。对元妃之死，第五回通过她的判词、《红楼梦曲》作明确预示，续书作者怎么也躲不过去。他必须安排元妃死，为了敷衍情节，续书作者高明地来两次"狼来了"：第一次"狼来了"是元妃生病，贾母等进宫探望，结果虚惊一场；第二次"狼来了"是周贵妃死，贾母等要进宫送葬。中国古代习惯"事不过三"，下次，元妃真的昏惨惨黄泉路近了。

第五回贾元春的判词："二十年来辨是非，榴花开处照宫闱。三春争及初春景，虎兕相逢大梦归。"最后一句有两个版本，一个是"虎兕相逢大梦归"，一个是"虎兔相逢大梦归"。虎和兕是两种凶猛的动物，虎和兔是两种属相。"虎兕相逢大梦归"意思是两种凶猛动物争斗导致元妃死亡；"虎兔相逢大梦归"又有两种解释，一种是元妃死于虎年和兔年交替之际，另一种是属虎的遇到属兔的。到底是"虎兔相逢大梦归"还是"虎兕相逢大梦归"，红学家争论二百年。看来续书采取"虎兔相逢大梦归"的说法，安排元妃死于虎年兔年交替。

在弄清元妃之死是传闻后，薛姨妈说：这些天老太太不受用，合上眼就看到元妃娘娘，贾母知道元妃没死后，又说："怎么元妃独自一个人到我这里？……还与我说荣华易尽，须要退步抽身。"贾母梦中听到元春告诉她退步抽身，是从第五回贾宝玉梦游太虚境敷衍成章，不过元春梦中告知的是爹娘，不是祖母，以元春之懂事，不可能惊动年迈的祖母。这样回应第五回有点牵强。

薛宝钗长篇大套说了一番给元妃算命的事。她说前几年听说有个算命先生算得很准，贾母让把元妃和丫鬟的生辰八字混到一起让他算，算命先生说：正月初一生的姑娘，只怕时辰错了，如果时辰不错，是主子娘娘，又说："可惜荣华不久，只怕遇着寅年卯月，这就是比而又比，劫而又劫，譬如好木，太要做玲珑剔透，本质就不坚了。"续书作者写上这一段，是为了后边元春之死做伏笔，借星相之说，用"寅年卯月"附会元妃之死。贾母想给元妃算命，说得过去。让薛宝钗说明给元妃算命，也比较合适。薛宝钗博学又凡事留心。

宝玉袭人对话石破天惊

贾宝玉大概做梦也想不到薛大哥哥命案，就是自己未来大舅哥命案，听到薛蟠命案的起因是蒋玉菡，贾宝玉回到怡红院问袭人：你那条没系的红汗巾子还有没有？袭人立即教训贾宝玉：你没有听见薛大爷相与这些混账人，所以闹到人命关天？你还提这些做什么？袭人把蒋玉菡说成是混账人，她将来要做混账老婆了。这大概是续书作者按照封建道德挖苦袭人事二夫。如果说曹雪芹笔下的袭人还比较复杂，还能让红学家做出到底是温柔和顺还是心思阴毒完全不同的结论，续书作者笔下的袭人，已接近前八十回赵姨娘。

接着，怡红院发生一段空前绝后、石破天惊的对话："宝玉道：'我并不闹什么，偶然想起，有也罢，没也罢，我白问一声，你们就有这些话。'袭人笑道：'并不是我多话。一个人知书达理，就该往上巴结才是。就是心爱的人来了，也叫他瞧着喜欢尊敬啊。'宝玉被袭人一提，便说：'了不得，方才我在老太太那边，看见人多，没有与林妹妹说话。他也不曾理我，散的时候他先走了，此时必在屋里。我去就来。'说着就走。袭人道：'快些回来罢，这都是我提头儿，倒招起你的高兴来了。'"

这段对话太不可思议。在前八十回，贾宝玉谈到林黛玉，顶多说：林妹妹可说过这样的混账话？即使面对林黛玉本人，顶多只能说道："你放心。"宝玉诉肺腑，对以为是黛玉其实是袭人说："好妹妹，我为了你，也弄了一身病，只怕你的病好了，我的病才能好。"贾宝玉对林黛玉哪怕爱得再深，他的嘴里绝对不会出现"爱""心爱"这类字眼，这是曹雪芹塑造贾宝玉这个特殊人物的底线。袭人对贾宝玉谈林黛玉，更是笃定称"林姑娘"，现在袭人居然说出"心爱的人"，贾宝玉立即回应，袭人指他林妹妹，他承认林妹妹是他心爱的人，立即要去看林黛玉，袭人默认贾宝玉心爱的人就是林黛玉，不提出反对，不提出批评。这段描写太蹊跷了。因为晴雯之死，贾宝玉和袭人已离心离德，贾宝玉通过《芙蓉女儿诔》已跟袭人在精神上分道扬镳，什么时候，他们又如此同心，像有心灵感应？这段描写太出格太诡异。

黛玉为宝玉讲琴理

既然贾宝玉已经公开承认林黛玉是他心爱的人，他又马上跑到潇湘馆去，宝黛之间会出现什么样令人心动神移、还应带点儿诗情画意的描写？

我们回顾一下后四十回贾宝玉和林黛玉的交往：第一次，贾宝玉因为感叹迎春的不幸，跑进潇湘馆嚎啕大哭，林黛玉到床上躺下，不声不响；第二次，贾宝玉上学，林黛玉回忆起老师贾雨村，支持贾宝玉求功名；第三次，林黛玉潇湘噩梦，贾宝玉梦中被挖心，两个人在贾政升官后在贾母那里见面，客客气气。贾宝玉刚想对林黛玉说贾芸提亲的事，又咽住了。从这三次描写可以看出，进入后四十回，如何把握已经心心相印的贾宝玉林黛玉交往，续书作者没多大能耐，有的地方露怯，有的地方扭曲人物个性。

现在，贾宝玉在后四十回第四次面对林黛玉，而且他已经承认林黛玉就是他心爱的人，进潇湘馆后，贾宝玉会如何迫不及待诉衷情？林黛玉会如何巧妙接招？读者多期待。小说怎么写的？"宝玉也不答言，低着头，一径走到潇湘馆来。只见黛玉靠在桌上看书。宝玉走到跟前，笑说道：'妹妹早回来了。'黛玉也笑道：'你不理我，我还在那里做什么！'宝玉一面笑说：'他们人多说话，我插不下嘴去，所以没有和你说话。'"这段对话即使不能说全是废话，也不能说多精彩，但黛玉毕竟娇嗔宝玉，两人有进一步谈情的可能了。令人大跌眼镜的是：续书作者接着就转入林黛玉给贾宝玉做弹琴上的启蒙老师，林黛玉谈琴理，有点像个音乐老师讲课。作为一个也是写小说的，我看到这个地方，就替续书作者可惜：你怎么这么愚笨、古板、不开窍！豆蔻年华、心心相印的恋人能这样相处吗？

贾宝玉作为一个琴盲，把林黛玉的琴书说成天书，笨拙地用汉字笔画加减形容琴书音符，这细节写得有几分情趣。接着续书作者长篇大套描写林黛玉做起给贾宝玉讲琴理的老师。

黛玉讲琴理可和前八十回宝钗论画对照。贾母叫惜春画大观园，大观园姐妹们凑在一起，听宝钗说惜春画画儿需要叫王熙凤买哪些用具、哪些颜料，宝钗如数家珍，黛玉插嘴风趣幽默。那是大画家曹雪芹用画家拿手好戏创造小说情节。续书作者是不是弹琴高手，不得而知，但是他毕竟开拓个属于他的新路子，叫林黛玉给贾宝玉讲琴理。后四十回黛玉论琴和前八十回宝钗论画能不能类比？有一定可比性，也就是说，虽然八十六回不写贾宝玉和林黛玉进一步的灵魂交往，转入林黛玉谈琴理，这样写贾宝玉和林黛玉的感情好像不很合情理，有点叫我们失望，但续书作者还是想通过谈琴来影射谈情。续书作者懂琴，能编出大段论琴的情节，难能可贵。但是读这一段，仍然觉得黛玉论琴不及宝钗论画写得够味儿、够风趣、够好看。黛玉论琴，多少有点儿宝钗论画的才气，论琴过程却写得有些枯燥，没有宝钗论画时，黛玉动不动打断宝钗的话，动不动打诨，好像说相声有人捧哏。宝钗论画写得活泼有趣，因为宝钗论画的对手是绝顶聪慧的林黛玉。黛玉论琴的对手贾宝玉好像只呆鸟，像个听话的好学生认真听课，这就使得黛玉论琴情节像课堂讲课，有点死板。

世上知音能多少

能够虚构出黛玉谈琴理的情节，也算难为续书作者，写林黛玉论琴理，似乎跟前八十回林黛玉做香菱的老师论诗有些类似，提供了后四十回一段比较有趣的情节。特别是续书作者想用林黛玉谈琴理影射林黛玉心中的感情，很聪明。

续书作者颇费了些斟酌。比如，贾宝玉贾政有个清客叫嵇好古，这是影射古代文人中最著名的弹琴高手嵇康，"嵇好古"不就是发思念学习嵇康的好古之幽情？曹雪芹人物的命名非常讲究，贾政的清客里边有单聘仁（擅长骗人）、卜固修（不顾羞耻）两块料，现在终于来个好名字的叫"嵇好古"，小说接着写：

> 黛玉道："我何尝真会呢。前日身上略觉舒服，在大书架上翻书，看

有一套琴谱,甚有雅趣,上头讲的琴理甚通,手法说的也明白,真是古人静心养性的工夫。我在扬州也听得讲究过,也曾学过,只是不弄了,就没有了。这果真是'三日不弹,手生荆棘'。前日看这几篇没有曲文,只有操名。我又到别处找了一本有曲文的来看着,才有意思。究竟怎么弹得好,实在也难。书上说的师旷鼓琴能来风雷龙凤,孔圣人尚学琴于师襄,一操便知其为文王;高山流水,得遇知音。"说到这里,眼皮儿微微一动,慢慢的低下头去。宝玉正听得高兴,便道:"好妹妹,你才说的实在有趣,只是我才见上头的字都不认得,你教我几个呢。"

林黛玉说"三日不弹,手生荆棘"很有哲理,林黛玉说完"高山流水,得遇知音"后眼皮微微一动,慢慢低下头,也有特殊内涵。前八十回的描写已说明,宝黛之恋,不是普通男女之恋,是知己之恋,是知音之恋。可惜,黛玉想表达这样的意思,贾宝玉根本没听懂,贾宝玉也没有注意林妹妹微妙的表情变化,马上要求林黛玉教他怎么识琴谱,怪不得最后林黛玉几乎要说出"对牛弹琴"。接着,林黛玉看到秋纹送来的兰花有几枝双朵儿的,心中一动,也不知是喜是悲,呆呆看着。贾宝玉一心在琴上,说:"妹妹有了兰花,就可以做《猗兰操》了。"林黛玉听了,心里很不舒服。

这段描写较有趣,《猗兰操》相传是孔子所作,在兰的身上寄托思想感情,是首优美的兰诗,也是首幽怨悱恻的抒情曲,把孔子的内心世界抒发得淋漓尽致,贾宝玉说林妹妹可以做《猗兰操》,大概想恭维林妹妹跟孔子一样优雅,但是现在林妹妹注意的却是兰花并蒂开放,林黛玉有这样的心思,牵扯到她和贾宝玉的感情,但贾宝玉根本响应不上。看来贾宝玉还没失玉,就已经傻了。这是续书作者故意叫他反应迟缓,心思粗疏,可能因为续书作者实在续不上像前八十回描写的宝黛爱情那样精彩的话。

再多说句煞风景的话,把音乐中知音描写引入男女之情描写中,并不是《红楼梦》续书作者的独创或者是发明,蒲松龄《聊斋志异·宦娘》写一人一鬼因音乐生情,人鬼情未了,音乐作用始终贯穿在主人公命运当中,男女知音之恋已经被蒲松龄写得淋漓尽致。

第八十六回薛蟠命案描写得相当好,林黛玉给贾宝玉做讲琴老师,是续书作者探讨出想描写宝黛感情的新写法,也说得过去,元妃命运靠贾母之梦和算命描写有点儿别扭。而在具体艺术描写上,续书作者常有些令人吃惊的用词,比如,袭人对贾宝玉说"心爱的人",林黛玉听到贾宝玉说她讲天书,

"嗤"的一笑,令人不舒服。怎么进了后四十回,王夫人在贾政跟前"嗤"的一笑,林黛玉在贾宝玉跟前还是"嗤"的一笑,续书作者难道就找不出更合适更雅致的词了?续书作者描写林黛玉,还动不动低下头去,这可是《金瓶梅》写潘金莲和西门庆茶坊偷情时经常写潘金莲的动作,兰陵笑笑生动不动写潘金莲低下头去,是为了表示潘金莲娇羞,也以娇羞引惹西门庆,后四十回作者动不动叫林黛玉低头,想做什么?

三个玉儿的感情纠葛

——第八十七回　感深秋抚琴悲往事,坐禅寂走火入邪魔

第八十七回写林黛玉在秋天抚琴抒发人生感慨,妙玉打坐时走火入魔。回目两个玉儿黛玉、妙玉,都和另一个玉儿——贾宝玉联系。黛玉悲往事还是由宝钗的信引起。如此一网打尽《红楼梦》重要人物的章回写得如何?

宝钗信和琴操矫揉造作

林黛玉忽然收到薛宝钗的信和琴操。信的大体意思:我八字不利、运气不好,家庭屡次发生不幸,姐妹伶仃无依,慈母年老衰迈,家里像虎吼狗吠般恶语恶声无休无止,又遇到飞来横祸,像冷风吹皱芙蓉水,密雨斜打薛荔墙。愁绪满怀,辗转悱恻,夜深难眠。最好的朋友同心同德,能不互相怜悯? 回忆当初结海棠诗社,秋高气爽,对菊咏蟹,姐妹们多欢乐! 还记得"孤标傲世偕谁隐,一样花开为底迟"妙句,未尝不觉得冷落秋风中的傲霜黄花像咱们姐妹。回想往事,触动心怀,聊且赋琴操四首,不是无病呻吟,是长歌当哭!

信后边附琴操四首,第一首:"悲时序之递嬗兮,又属清秋。感遭家之不造兮,独处离愁。北堂有萱兮,何以忘忧? 无以解忧兮,我心咻咻。"意思是:悲叹岁月变化又到清秋,感怀家遭不幸体味离愁,虽有慈母在堂,又怎能忘记忧愁,无法释愁解闷,只能悲悲咻咻。

宝钗给黛玉的信,看来想模仿前八十回探春给宝玉建议成立诗社的信,没准还想用这封信说明续书作者文采比曹雪芹不差。这封信文字还算流畅,用典比较恰当,比如"惊风密雨"用的典故是柳宗元《登柳州城楼寄漳、汀、封、连四州刺史》"惊风乱飐芙蓉水,密雨斜侵薜荔墙"。薛宝钗的信及琴操却恰好像她信中所说是无病呻吟,还混淆是非、颠倒黑白。为什么这样说? 有几个理由。第一,薛家哪有飞来横祸,"惊风密雨"? 是薛蟠横行霸

道害死人命,薛蟠用金钱翻案,让张三冤沉海底,是豪富薛家给平民百姓带去飞来横祸。至于招个夜叉精搞得家宅不安,是薛蟠自作自受。第二,薛宝钗把自己跟林黛玉混为一谈,林黛玉父母双亡,寄人篱下,薛宝钗家有钱财、慈母在堂,还有兄弟,怎可同日而语。第三,薛宝钗把林黛玉的菊花诗说成写她们两人,是指鹿为马。林黛玉坚持高洁人格,锋芒毕露,在菊花诗所有作者中,只有林黛玉的身世气质和傲霜秋菊合拍,"孤标傲世偕谁隐,一样花开为底迟"是林黛玉的性格写照,不是薛宝钗的性格写照。薛宝钗《画菊》"淡淡神会风前影,跳脱秋生腕底香",闲适自在,咏白海棠名句"珍重芳姿昼掩门",才表现豪门千金自尊自贵又恪守封建道德的人格和人生态度,和黛玉咏菊完全不同,林黛玉是傲霜之菊,薛宝钗是开在富贵黄金盆上的牡丹花,跟孤标傲世的菊花不搭界。把黛玉宝钗相提并论岂不滑天之大稽? 第四,在四十五回金兰契解金兰语之前,金玉良缘和木石姻缘的争斗从没停止,四十五回后黛玉、宝钗亲如姐妹。现在金玉良缘已稳操胜券,倘若黛玉知道,会痛苦到什么程度? 在这样的情况下,心思绵密的宝钗突然给黛玉写这封信,生拉硬扯跟林黛玉套近乎,存什么心? 她是不是想说明,即使林妹妹知道金玉良缘成定局,也损害不了我们姐妹关系,那是父母之命。

薛宝钗的信不仅内容矫揉造作、牵强附会,文笔跟探春给贾宝玉的信差得太远,探春信中的六朝遗风在宝钗信里丝毫无存。薛宝钗信和琴操跟她前八十回作品相比也面目全非,思想空洞,文笔拙劣。前八十回没出现琴操这种文体,但薛宝钗写的诗,《螃蟹咏》"眼前道路无经纬,皮里阳秋空黑黄",何等老辣;《柳絮词》"好风凭借力,送我上青云",何等雍容,在琴操里寻不见这种句子,这种感情,这种气魄。这四首琴操不过堆砌前人诗句,"无故呻吟",比如第一首琴操,"北堂有萱兮,何以忘忧? 无以解忧兮,我心咻咻",完全重复信的内容,后三首更是古人词句抄袭和堆砌。第四首最后几句"忧心炳炳兮发我哀吟,吟复吟兮寄我知音",絮絮叨叨重复信里的话。这么蹩脚的信和琴操竟然出自大观园最博学的才女薛宝钗?

黛玉吃火腿白菜汤配五香大头菜

林黛玉进入后四十回的表现,好像比贾宝玉好点儿,贾宝玉简直一点儿灵性都没了,变成学堂认真学八股文的科举好苗子,变成社会交往中应对得体的官场后备队，变成家庭生活中循规蹈矩的好孩子。林黛玉好像还保持一点儿前八十回的忧思。薛宝钗的信和琴操理所当然引起她的伤感。想到：宝姐姐不寄给别人，单寄与我，也是惺惺相惜的意思。接着，探春、湘云、李纹姐妹来访，这段闲聊大体过得去，尤其是谈到南方引起黛玉的思乡思亲之感，铺垫得不错。探春、湘云走了，小说写黛玉心思细致入微："看看已是林鸟归山，夕阳西坠。因史湘云说起南边的话，便想着'父母若在，南边的景致，春花秋月，水秀山明，二十四桥，六朝遗迹。不少下人服侍，诸事可以任意，言语亦可不避。香车画舫，红杏青帘，惟我独尊。今日寄人篱下，纵有许多照应，自己无处不要留心。不知前生作了什么罪孽，今生这样孤凄。真是李后主说的'此间日中只以眼泪洗面'矣！'一面思想，不知不觉神往那里去了。"这段心理描绘文字优美，思路对头。

遗憾的是，续书作者再往下写林黛玉的生活状态却拿不着调。先是紫鹃安排林姑娘吃饭，叫雪雁告诉厨房做碗火肉（火腿）白菜汤，加点儿虾米儿，配点青笋紫菜，熬点江米粥。太不可思议：火腿虾米白菜汤配青笋紫菜，是钟鸣鼎食国公府吃惯精美肴馔的千金小姐的饮食？难道乌进孝们不给贾府进租，鲟鳇鱼、海参、野鸡、鹿肉、羊羔、果子狸都停止供应？难道厨房阴差阳错把给大观园看大门奴仆的饭给林姑娘端上来？更匪夷所思的是，当这些饭给林黛玉端上来后，紫鹃又说："还有咱们南来的五香大头菜，拌些麻油醋可好么？"连五香大头菜都成了林姑娘桌上餐，林黛玉怎能惨到这个份上，难道当初探花家小姐在著名的美食之都扬州，在不少下人服侍下用餐时就用五香大头菜？连扬州最普通的烫干丝都吃不上？为了渲染林黛玉寄人篱下的悲凉感，续书作者继续惨兮兮地写：林黛玉嘱咐，这粥咱们还是自己熬吧，汤儿粥儿的调度，未免惹人厌烦。林黛玉也忒可怜，怎能自降身份，连二木头迎春的丫鬟都不如？厨房没及时给司棋蒸鸡蛋，司棋就带人闯进厨房，把东西打个稀烂。贾母最心疼的外孙女儿，连稀饭都不敢叫厨房给熬？太离谱了！

没想到，更离谱的事还在后头。王夫人抄检大观园时问罪芳官，说芳官想把柳五儿弄进怡红院，"幸而那丫头短命死了"，现在紫鹃说，厨房里柳嫂子很上心，派专人给林姑娘熬粥，派哪个？柳嫂子女儿五儿。续书作者天才地叫柳五儿死而复活，叫柳五儿现身厨房给林黛玉熬粥。这又不是写《聊斋》故事，怎么还鬼魂归来？咄咄怪事。往下看更奇怪，柳五儿还得跟贾宝玉半夜谈情，贾宝玉把她当成是晴雯代用品调戏，那可真活见鬼了。

黛玉琴操悲往事

饭后因天凉,黛玉叫紫鹃拿衣服,紫鹃打开衣包,叫黛玉挑拣,黛玉看到宝玉挨打时送的旧手帕,上边题诗泪痕还在,诗帕里包着剪破的香囊、扇袋、宝玉通灵宝玉上的穗子。这大概是黛玉悲往事最重要的依据。诗帕、香囊、扇袋、通灵宝玉上的穗子,亏续书作者这么细心,用一块小小手帕把黛玉宝玉前八十回好几次感情纠纷的证据,一裹脑儿包起来重新呈现。以紫鹃的细心周到,这块手帕包这些东西,完全可能,再引得林黛玉伤心落泪,顺理成章。不过续书作者概括这个场景的两句诗却驴唇不对马嘴:"失意人逢失意事,新啼痕间旧啼痕。"此时林黛玉不知道木石姻缘已破灭,有什么失意?她除了继续生病,而且她一直生病,不过做过一个噩梦,贾府刚郑重给她做了漂漂亮亮的生日,林黛玉还兴致勃勃当上贾宝玉的讲琴理的老师。桩桩件件的事,哪谈得上她有任何"失意"?林黛玉既然是绛珠仙子到人世间向神瑛侍者还泪,她看到当年因为宝玉挨打而写的爱情诗,触景生情,流儿滴眼睛,很正常,但说她是"失意人",可一点根据没有。倒不如把这两句改成类似大白话的"痴心人想伤心事,新啼痕间旧啼痕"。

黛玉又看了两遍薛宝钗来信和四首琴操,想到"境遇不同,伤心则一",也赋四章琴操,翻入琴谱,以当和薛宝钗唱和之作。林黛玉借来谱曲的两操,是孔子《猗兰操》和周文王《思士操》。都是古代圣贤表达胸襟之作,借来表达小儿女伤春悲秋,也算"大材小用"了。

黛玉的《琴操四章》,步宝钗的后尘,写秋思,写闺怨,也不过重复前人的句子,《葬花吟》用大自然风雨比喻人世的精妙句子"风刀霜剑严相逼"没有了,《桃花行》"帘内人比桃花瘦"的韵味,没有了。林黛玉直接述说遭遇和心情,好像是跟薛宝钗琴操唱和,却更像写给贾宝玉:"子之遭兮不自由,予之遇兮多烦忧。之子与我兮心焉相投,思古人兮俾无尤。"

宝玉挨打后,黛玉的题帕诗是她的爱情宣言。《葬花吟》《菊花诗》《桃花行》是林黛玉的人格宣言,林黛玉已经成为中国历史上虚构人物中最杰出的女诗人,简直可以虚构和非虚构总排名排李清照之后,位列第二,在蔡文姬之前。第八十七回林黛玉的诗却让她走下神坛。前八十回多次写到大观园人物如何写诗、如何联诗,诗社的活动、大观园人物的诗歌成为曹雪芹塑造人物、推动情节的有机组成部分,甚至是不可分割的重要部分。比如说到林黛玉,怎么也离不开《葬花吟》,说到薛宝钗,大概也离不开柳絮词。以诗写人,以诗推动情节的写法,后四十回作者仍然想采用,不过,已经很难有令人眼前一亮的佳作。前八十回和后四十回小说人物笔下诗歌天差地别,当然因为续书作者和曹雪芹绝对不在一个级别上。

后四十回作者在人物描写和人与人关系上,另辟蹊径,引进诗词戏剧之外古代传统文化另一个要素:琴。让抚琴成为小说人物之间交往的新媒体。第八十六回,林黛玉给贾宝玉讲琴理,透露出林黛玉高山流水觅知音的情愫。第八十七回,宝钗黛玉以琴操互通友谊,表述人生态度。宝钗给黛玉写信附琴操四首,看来宝钗懂琴理、会弹琴,这不足为奇,因为薛宝钗本来博学,宝钗琴操引起黛玉愁绪,和薛宝钗唱和。林黛玉的琴操,续书作者没采取让林黛玉写封信派人给薛宝钗送去,通过薛宝钗看信,把内容写出来。而是描写黛玉弹琴吟咏,宝玉、妙玉听琴,把黛玉琴操的内容展现出来,而宝玉、妙玉听琴又预示下一步情节。这样调度很聪明,续书作者想出的用琴文章的新招数,对描写人物、推动情节都起到有益作用,也给读者带来新的阅读体验,这一点值得肯定。

围棋描写见高低

第八十七回写黛玉和妙玉,这两个玉儿都得和另一个玉儿发生感情联系,宝玉出来表演,既成为黛玉抚琴抒发感情的听众,又和妙玉直接接触,这样构思比较巧妙,遗憾的是,后四十回宝玉、妙玉接触,却把两人个性扭曲得不像样子。而妙玉变脸,又和续书作者安排她最终结局联系起来,跟曹雪芹原构思不一样。

贾代儒有事,家塾放一天假,宝玉没去上学,规规矩矩先向贾母、贾政汇报,从袭人那儿乞求到可以到园里走走,想去看林妹妹,走到潇湘馆门口,看到雪雁在院中晒绢子,这是侧面描写林黛玉刚哭过,这细节似曾相识。宝玉挨打后派晴雯把旧手帕送给林妹妹,晴雯往潇湘馆走来,"只见春纤正在栏杆上晒手帕呢"。现在换个丫鬟和晾手帕位置,仍是用晾手帕暗写黛玉又哭了。雪雁告诉宝玉:姑娘正打盹,二爷且到别处走走,回来再来吧。

宝玉想起跟惜春几天没见,信步往蓼风轩走来。他先听到惜春房里有人下围棋。宝玉听出跟惜春下棋不像是姐妹中的一个,轻轻掀帘进去,发现是妙玉。他不敢惊动,下棋者在凝思,也没发现进来人,于是,似乎围棋如何下的教学课程在继续进行。宝玉没进来之前，听到两个下棋的一个说"吃"，一个说"应"，进来后，妙玉和惜春继续边下棋边说应对对方的招数，最后妙玉把惜春一个角打起来，说"这叫'倒脱靴势'"，围棋专用术语都出来了。

怎样把围棋引入小说写作艺术，曹雪芹要高明得多，轻灵得多，而续书作者有些笨拙。曹雪芹写围棋是写人物，续书作者写围棋好像也在讲围棋课程。

曹雪芹怎样写人物下围棋？第一次是第七回，第二次是六十二回。

第七回"送宫花贾琏戏熙凤"，周瑞家的给贾府姑娘们送宫花，迎春和探春正在下围棋，周瑞家的送上花，说明缘故，二人忙住了棋，欠身道谢，命丫鬟收了。围棋在这里起什么作用？起描写迎春、探春大家闺秀修养的作用。她们闲适时间有下围棋的高雅活动，如果有人来，哪怕是下人王夫人陪房周瑞家的，她们也立刻住了棋，欠身道谢，这是千金小姐的教养。

第六十二回"憨湘云醉眠芍药裀"，宝玉生日探春和宝琴在下棋，"只见林之孝家的和一群女人带了一个媳妇进来。那媳妇愁眉苦脸，也不敢进厅，只到了阶下，便朝上跪下了，碰头有声。探春因一块棋受了敌，算来算去总得了两个眼，便折了官着，两眼只瞅着棋枰，一只手却伸在盒内，只管抓弄棋子作想，林之孝家的站了半天，因回头要茶时才看见"。探春和宝琴下围棋，探春被宝琴的布局难住，凝视棋盘思考怎么对付，这时大管家林之孝家的带不守规矩的婆子来请求如何处分，看到探春下棋，林之孝家的不敢惊动，探春在那么凝神思考对付宝琴，连那个犯错误的媳妇磕头有声，她都没注意到。围棋在这里边起什么作用？起描写国公府规矩森严的作用。姑娘下棋，大管家不敢吭声。

第六十二回具体描写围棋仅仅几十个字，出现两个围棋术语，一个"眼"，一个"官着"。第七回迎春和探春下围棋，关于围棋一个字都没有出现，曹雪芹写围棋是点到为止的虚写，让围棋起到描绘人物修养、人与人之间关系的作用，也仅仅起这样的作用，小说家不要给读者上围棋课。而后四十回写宝玉从听妙玉和惜春下围棋到看她两个下围棋总共写了多少字？四百二十个字，续书作者显然既会弹琴懂琴理，又会下围棋，他就把他擅长的这两种技艺引进小说，这是他的优势，但是他在描写上不知道节制，不知道不管写围棋还是写弹琴都不能写得太具体太实，更不能写成讲琴理和讲围棋的教材，这是他的劣势。

前八十回宝玉妙玉什么关系?

如果说,写下围棋,续书作者没掌握好"度",那么,第八十七回对贾宝玉和妙玉的描写就不是度的问题,而是差之毫厘、失之千里。

咱们先回想一下,前八十回贾宝玉和妙玉交往呈现出两人关系是什么状况、什么性质:

史太君宴大观园后,带人进栊翠庵,妙玉请贾母喝茶,妙玉知道贾母不喝六安茶,给她上老君眉,然后妙玉把宝钗、黛玉的衣襟一拉,请两位好友和自己喝体己茶,贾宝玉跟去蹭茶,妙玉一边说,你自己来我不会给你喝茶,一边"仍将"她平日喝茶的绿玉斗给宝玉用。刘姥姥用过一次的茶杯,妙玉就要砸了,哪怕它是名贵的成窑盅,但是她喝茶的杯子,贾宝玉可以用。这说明宝玉早就单独到妙玉这儿喝过茶,还告诉妙玉贾母喝茶的爱好是什么。曹雪芹都是虚写。栊翠庵品茶描写说明妙玉和宝玉是好友,但妙玉知道不能让外人知道,在宝钗、黛玉面前惺惺作态,跟宝玉拉开距离划清界限,其实她跟宝玉的交情比跟黛玉、宝钗的交情要深,是相知甚深的心灵相通。妙玉在宝玉、黛玉、宝钗这三个贵族公子小姐面前,没有一丝一毫自卑感,简直是居高临下,连黛玉都给她说成"俗人",宝钗在喝茶过程中谨慎地没说一句话,宝玉更是叉手不离方寸,对妙玉始终赔着小心。宝玉和妙玉有没有男女私情曹雪芹这段描写没有明写,也没有暗示。但是宝玉对妙玉非常尊重,写得很明确。

第五回妙玉的判词是"欲洁何曾洁,云空未必空",意思是妙玉虽然入了空门,却没有真正成为佛教忠实的信徒,栊翠庵并没有成为一片净土,妙玉仍然像一般官宦小姐那样享受游园、写诗、下棋、弹琴,她甚至能和青年男子贾宝玉像诗友茶友一样交往。而诗友茶友又是妙玉和宝玉交往的底线,他们是互相欣赏的朋友,也仅仅是诗友茶友。贾宝玉不是在和林黛玉苦恋的同时,还爱枝旁出,也爱上妙玉。贾宝玉对妙玉是"爱博而心劳",贾宝玉同情女儿,包括小戏子龄官,包括做呆霸王侍妾的香菱,也包括青春貌美却不得不遁入空门的妙玉。

芦雪庵大观园诗人联诗之后,栊翠庵雪中红梅描写得非常优美,这段描写好像暗示:佛门没有关住美丽优雅的妙玉向往美好生活、渴望有人理解,就像皑皑白雪中红梅依然绽放。李纨罚宝玉去找妙玉要红梅,要派人跟着,黛玉说：有人跟着反而不好。这说明水晶心肝的黛玉理解宝玉和妙玉的感情，也不在意宝玉和妙玉交往。后来妙玉在宝玉生日送上"遥叩芳辰"帖子，贾宝玉受宠若惊。他对怎样给妙玉写回帖琢磨个溜够，小心翼翼，生怕写的不对得罪妙玉。这都说明贾宝玉对妙玉态度是尊重甚至是敬重，没有非分之想，没有亵渎的念头。

"陈妙常"和"潘必正"？

后四十回贾宝玉跟妙玉见面，像后四十回贾母一样完全变脸。贾宝玉像个潘必正，而且是嬉皮笑脸的潘必正，妙玉像个"陈妙常"，而且是露骨的、怀春不已的陈妙常。

既然把八十七回贾宝玉、妙玉和著名戏剧《玉簪记》的男女主人公类比，而且说他们表现得比潘必正和陈妙常之间的感情更醒目，那就需要看看《玉簪记》的大体内容。

《玉簪记》是明代著名昆曲，至今还在演出。南宋书生潘必正和陈娇莲曾指腹为婚，因金兀术带兵南侵，陈娇莲和母亲失散，只好投身在潘必正姑母潘法诚主持的女贞观，观主给取个法名妙常。潘必正科举考试失败投靠姑母，和陈妙常相识。潘必正爱慕陈妙常的文采风姿，用琴曲试探妙常心意，这就是著名折子戏"琴挑"，几经周折，两人暗暗生情。潘法诚怀疑侄儿潘必正和陈妙常有私情，恐怕他们破坏佛门清规，担心坏了侄儿的名声耽误前程，催促潘必正立即动身再去参加考试。潘必正只好对陈妙常不告而别坐船离开。陈妙常知道潘必正被轰走的消息后，赶到江边，雇条小船追上潘必正，两人互换定情之物，依依惜别。这就是著名折子戏"秋江"。后来，潘必正中进士，回来迎娶陈妙常，两人一起回家乡，和家人团聚，才知道陈妙常就是潘必正从小指腹为婚的陈娇莲。

明代作家高濂的《玉簪记》一直是昆曲保留节目，现在还在演出，尤其是折子戏《琴挑》《秋江》。陈妙常也成了怀春尼姑道姑的代名词，潘必正成了到修行庵堂寻艳遇的代名词。《聊斋志异·陈云栖》男主角就对女道士陈云栖自称"小生恰好姓潘"，其实他不姓潘，是用姓潘调戏姓陈的女道士，姓氏误会演义出一个《聊斋》名篇。而《红楼梦》第八十五回贾宝玉和妙玉见面、对话，也能令人联想到《玉簪记》的潘必正和陈妙常。

宝玉妙玉双变脸

　　宝玉进房间后发现是妙玉同惜春下棋,妙玉吃惜春好几个棋子,宝玉哈哈一笑,惊动了下棋人:"惜春道:'你这是怎么说,进来也不言语,这么使促狭唬人。你多早晚进来的?'宝玉道:'我头里就进来了,看着你们两个争这个"畸角儿"。'说着,一面与妙玉施礼,一面又笑问道:'妙公轻易不出禅关,今日何缘下凡一走?'妙玉听了,忽然把脸一红,也不答言,低了头自看那棋。宝玉自觉造次,连忙陪笑道:'倒是出家人比不得我们在家的俗人,头一件心是静的。静则灵,灵则慧。'宝玉尚未说完,只见妙玉微微的把眼一抬,看了宝玉一眼,复又低下头去,那脸上的颜色渐渐的红晕起来。"

　　续书作者真了不起,二百多字描写,已足以重置前八十回宝玉、妙玉人物形象,颠覆槛内槛外相知音关系。宝玉"妙公轻易不出禅关,今日何缘下凡一走?"何其轻佻乃尔!亲热、轻浮、随便,带挑逗意味。这个宝玉即便不是见了美丽尼姑就想三想四、想动手动脚的登徒子,也是个嬉皮笑脸不尊重女性的小痞子。妙玉呢?脸红了,低头了,成了羞答答、娇怯怯,好像给人看穿正在怀春,而且怀春对象就是宝玉,很不好意思。贾宝玉偏偏进一步说出家人和俗人不同,出家人心静,心静就聪明。心里不静的妙玉更傻了,又低头又脸红,还痴痴地问宝玉"你从何处来",宝玉以为是妙玉的机锋,红了脸答不上,惜春忽然变得伶牙俐齿,说:"二哥哥,这什么难答的,你没的听见人家常说的'从来处来'么。这也值得把脸红了,见了生人的似的。"妙玉听了这话,想起自家,心上一动,脸上一热,必然也是红的。

　　后四十回描写妙玉见了宝玉,脸色一红再红三红,写这三次脸红用的笔墨还不重复,第一次,"把脸一红";第二次,"脸上的颜色渐渐的红晕起来";第三次,"脸上一热,必然也是红的",续书作者写妙玉害羞多巧妙又多用心!搽胭脂也搽不出这效果。妙玉对宝玉的神态"痴痴的",她痴什么?难道因为终于看到日思夜想的情郎而痴情?这样的描写,牵强浅薄、不合情理。短短一段宝玉、妙玉在惜春处偶然相遇,就把前八十回宝玉和妙玉之间类似于六朝文人雅士间带清高清雅气的关系一扫而空。接着妙玉说:"久已不来这里,弯弯曲曲的,回去的路头都要迷住了。"妙玉的话显然带诱引性,从大观园建立妙玉就住园子里,多大个园子,转悠这么多年,大概连石头路上有多少石子都能数出来。妙玉给黛玉、湘云续的诗明明写过"歧熟岂忘径",她怎么会迷路? 分明叫宝玉送她,宝玉立即心领神会,说"这倒要我来指引指引何如",配合默契。

宝玉妙玉听黛玉琴

谢天谢地,宝玉、妙玉进了园子,续书作者不再继续胡造他们之间的感情纠葛,他们一起听黛玉弹琴。走到潇湘馆外,听到有琴声,宝玉说要去看林黛玉,妙玉说:"从古只有听琴,再没有看琴的。"话说得对景机智。两人坐在潇湘馆外山子石上静听黛玉弹琴。

记得上大学时读二玉听琴,联想到大观园夜晚叮叮咚咚,觉得颇有些诗情画意,我当时还喜欢背诵黛玉琴操。可能现在大部分青年读者会跟六十年前的我有同样印象。我得剖析一下为什么现在阅读这一段跟做大学生时感受完全不一样。

宝玉、妙玉先听到潇湘馆传出的琴声清切,听到黛玉吟咏:

> 风萧萧兮秋气深,美人千里兮独沉吟。
> 望故乡兮何处,倚栏杆兮涕沾襟。
>
> 山迢迢兮水长,照轩窗兮明月光。
> 耿耿不寐兮银河渺茫,罗衫怯怯兮风露凉。

平心静气推敲一下,能从这两首琴操找出可以和前八十回林黛玉诗作名句类似的哪怕一句两句? 能找到《葬花吟》"花魂鸟魂总难留,鸟自无言花自羞"这样的句子吗? 找不到;能找到《秋窗风雨夕》"秋花惨淡秋草长,耿耿秋灯秋夜长"这样的词语吗? 仍然找不到;能找到《桃花行》"桃花帘外开仍旧,帘内人比桃花瘦"这样的描述吗? 还是找不到。黛玉琴操的创作水平令人失望,黛玉琴操的闺怨秋思,不过是什么罗衫怯怯、家乡路远,陈词滥调,不过是重复前人写了不知多少遍的词语,一句也没有"林黛玉式"清词丽句,倒是和宝钗无病呻吟的琴操有些风格近似,真成钗黛合一了。

妙玉告诉宝玉,黛玉琴操第一首"侵"字韵是第一叠,第二首"阳"字韵是第二叠。行家里手妙玉给宝玉当起论琴老师。解释完后,他们继续听林黛玉第三首琴操:

> 子之遭兮不自由，予之遇兮多烦忧。
>
> 之子与我兮心焉相投，思古人兮俾无尤。

黛玉琴操是和宝钗唱和，第三首倒像唱给宝玉的，宝玉不自由，黛玉多烦忧，他们希望心相投。但黛玉明明是和宝钗唱和，按照续书作者构思，黛玉琴操感情会越来越激烈，也让懂琴操的妙玉给评出来，妙玉说第三首"何忧思之深也"，又说："君弦太高了，与无射律只怕不配呢。"续书作者又普及音乐知识，这段话大概意思是琴上的主弦本来是低音，它定得太高，就不好演奏。黛玉第四首琴操吟出来，深懂乐理的妙玉发现她变调了，担心突然变调很不好，黛玉第四首琴操内容是：

> 人生斯世兮如轻尘，天上人间兮感夙因。
>
> 感夙因兮不可惙，素心如何天上月。

听到黛玉吟咏，妙玉呀然失色道："如何忽作变徵之声？音韵可裂金石矣，只是太过。"这个音乐常识需要普及一下，古代五音是宫、商、角、徵、羽，又有变徵、变宫，共七个音阶，以变徵音为起点，多半表现悲凉激越情绪。黛玉突然改变弹琴调式，作变徵之声，说明黛玉的激愤情绪越来越强烈。宝玉问妙玉："太过便怎么？"妙玉说："恐不能持久。"果然，黛玉的弦"嘣"的一声断了。

　　这段描写神秘兮兮，妙玉听到黛玉的琴弦断了，站起来，连忙就走，宝玉问："怎么样？"妙玉说："日后自知，你也不必多说。"妙玉忽然又不迷路，竟自走了。贾宝玉也不去看他林妹妹了，满肚子疑团，没精打采回怡红院。

　　这段描写很蹊跷。妙玉忽然模仿起《三国演义》的诸葛亮和《水浒传》的公孙胜，屈指一算，祸福全知，却又天机不可泄露，躲躲闪闪，神神道道。前八十回孤高自许散发着翰墨香的妙玉在续书作者笔下成三仙姑了。在曹雪芹的笔下，妙玉出身读书仕宦之家，自小多病，家里买了许多替身儿都不中用，她亲自入了空门，身体才好了。妙玉既没有仙风道骨，也没有特异功能，更不能神鬼莫测。续书作者给本来出身于官宦之家、知书达理的妙玉添上未卜先知的灵异光环，毫无依据，很可笑。这段描写似乎暗示，妙玉已经预测到黛玉将会遭遇不幸，既然妙玉这么能掐会算，她怎么就算不到自己会被强盗劫持？

妙玉怀春类恶札

如果说黛玉和宝玉进入后四十回直接接触,续书作者把妙玉的精神状态写得太出格,那么,妙玉回到栊翠庵打坐参禅走火入魔的描写,就几乎成恶札了。

妙玉回到栊翠庵,打坐到三更,听到房顶有动静,出来观察,凭栏站了一会,忽听到房上两个猫儿一递一声叫,想起日间宝玉之言,不觉心跳耳热。妙玉想起宝玉什么话?"妙公轻易不出禅关,今日何缘下凡一走?"宝玉的话确实带挑逗性,但也仅仅是轻轻挑逗,他不敢太露骨,妙玉想到宝玉的话心跳耳热,那是自己把宝玉的话放大了,她会不会理解成贾宝玉说的话是:"你终于来跟我会一会以解相思之苦啦!"妙玉赶紧收摄心神继续打坐,却怎么也打坐不好,"怎奈神不守舍,一时如万马奔驰,觉得禅床便恍荡起来,身子已不在庵中。便有许多王孙公子要求娶他,又有些媒婆扯扯拽拽扶他上车,自己不肯去。一回儿又有盗贼劫他,持刀执棍的逼勒,只得哭喊求救"。妙玉走火入魔,因为凡心未退,既受到猫儿叫春的刺激,又在心中虚构出跟宝玉的情缘,于是,王孙公子、媒婆、盗贼都来了。妙玉入邪魔场景,是为妙玉后边被劫做伏笔。

贾宝玉梦游太虚境看到十二金钗判词,妙玉是唯一不属于四大家族的,妙玉进入后四十回,给续书作者写得面目全非,当初喝梅花雪茶、送生日贺帖,妙玉对宝玉的情愫写得含蓄蕴藉、富于美感,现在一会儿脸红,一会儿听猫儿叫春,一会儿梦见强盗来抢,对妙玉的笔墨唐突之至,损妙玉太厉害。

脂砚斋说《石头记》深得金瓶壸奥,我觉得《红楼梦》续书作者受《金瓶梅》影响可能更深。《金瓶梅》写潘金莲和西门庆茶坊偷情,潘金莲动不动就脸红,就低头。西门庆死后,潘金莲和春梅看到西门府的狗交尾,受到触动,想起男女之事。《红楼梦》后四十回作者已经把动不动低头动不动脸红用到绛珠仙子的身上,八十七回又变本加厉用到妙玉身上。更有甚者,连猫儿叫春也能影响到清高的妙玉。这岂不是《金瓶梅》写西门庆死后春梅怀春的情节?这样写是不是太过分?

照着葫芦画个歪瓢

——第八十八回 博庭欢宝玉赞孤儿,正家法贾珍鞭悍仆

八十八回回目包含的意思是宝玉在贾母跟前承欢,赞扬贾兰将来有出息;贾珍同时管理荣国府和宁国府,教训不守规矩的奴仆,预伏将来奴仆对贾府落井下石。这一回相当乏味,还有点不知所云,基本模仿前八十回推出系列情节和赝品人物,而且在模仿时出现常识性错误,续书作者看来想综合性地把《红楼梦》往结局推进,于是贾府爷们、远支、奴仆乱哄哄登场,混搭表演,似乎想描写贾府各种矛盾渐渐加重,将会因内外交困被抄家,贾府败落后还有内部的人雪上加霜,幸亏未来贾府有贾兰振兴。

鸳鸯惜春混搭表演

惜春和鸳鸯在前八十回没打多少交道,续书作者叫她们两个打交道暗伏结局是,惜春将出家,鸳鸯将殉主。

惜春在八十七回起到牵拉宝玉和妙玉感情纠葛作用,表现比宝玉、妙玉这两个欲令智昏的人物冷静、理智,说话也恰到好处。如妙玉问宝玉从何处来,宝玉心里有鬼,脸红,回答不出,惜春替他回答"从来处来",有些禅机。八十七回结尾惜春听说妙玉打坐入邪魔,心想妙玉尘缘未断,难道惜春瞧出宝玉、妙玉关系有什么猫腻? 惜春想,如果我能出家,肯定能一念不生、万缘俱寂。口占一偈:"大造本无方,云何是应住。既从空中来,应向空中去。"这个偈子说明,惜春已理解万境皆空,什么事都不在乎。她的认识高于妙玉,将来会比妙玉有好结果。这样描写其实不符合曹雪芹对惜春原来的构思,惜春并不是因为有佛心出家,而是家族败落、万念俱灰出家,她的结局也并不比曾在栊翠庵养尊处优的妙玉好,成了贫困的、穿着黑色旧衣沿街乞食的尼姑。

第八十八回开头,惜春正在揣摩棋谱,鸳鸯来了,说:老太太因明年八十一岁,是个暗九,许下一场九昼夜的功德,安排贾府的人写三千六百五十零一部《心经》。前八十回,贾母动不动念佛,但贾母具体念什么经,都虚写。续书作者实写贾母念《心经》,贾母令人抄《心经》可能既想给自己祈福,还想通过叫不肖子孙抄《心经》取得心灵宁静,少造孽。这样构思不错,而惜春积极写《心经》,符合她的性格。

贾母生日是八月初,鸳鸯的叙述说明后四十回直到第八十八回,仍在贾母八十大寿年份,情节很密集,说明续书作者操纵局面颇有才能。

鸳鸯每天念米佛,所谓念米佛,就是念佛时用米记数,念一声"南无阿弥陀佛",拨一粒米。鸳鸯已念三年多,她说将来要把这些米给贾母做功德时供佛用。惜春听到后,说"老太太做了观音,你就是龙女了"。这是对鸳鸯未来命运预言:贾母死了,鸳鸯殉主。

贾母能这样说话不?

第八十八回第二组出来照着葫芦画歪瓢的混搭表演,是贾宝玉、贾环、贾兰母子围绕着贾母。宝玉、贾环进入后四十回,不那么水火不容了,特别是贾环,还知道感谢他人。学堂对对子,贾环对不上,宝玉帮贾环打小抄,贾环买了蝈蝈感谢,贾宝玉转送贾母。贾母知道蝈蝈来历后,褒贬贾环、教育宝玉说:"他没有天天念书么,为什么对不上来?对不上来就叫你儒大爷爷打他的嘴巴子,看他臊不臊。你也够受了,不记得你老子在家时,一叫做诗做词,嗥的倒像个小鬼儿似的,这会子又说嘴了。那环儿小子更没出息,求人替做了,就变着方法儿打点人。这么点子孩子就闹鬼闹神的,也不害臊,赶大了还不知是个什么东西呢。"这段话预言贾环将来不是个好鸟儿,当然不错,从语气上看,什么"打嘴巴子",什么"闹神闹鬼",很像某个老太婆絮絮叨叨,却不应该出自贾母之口。为什么?不像贾母说话的第一个理由,贾母在前八十回什么角色?是她跺一脚整个贾府四角乱颤的角色,是轻易不说话,说话必然一言九鼎的角色,是说起话来掷地有声的角色。贾母在贾赦讨鸳鸯之后教训来侦察的贾琏那段话是代表:"我进了这门子作重孙子媳妇起,到如今我也有了重孙子媳妇了,连头带尾五十四年,凭着大惊大险千奇百怪的事,也经了些,从没经过这些事。还不离了我这里呢!"贾母的话多么简练精粹,有威有仪,有身份有气度,那才是一品诰命夫人、老祖宗口气。进了后四十回,贾母怎么变成多嘴多舌,大事小事都絮叨一番的老妈子? 人物形象错位。不像贾母说话的第二个理由,前八十回贾母关心什么? 宝贝孙子、宝贝外孙女是不是穿得舒适高档。比如说宝玉出去拜寿,贾母给他披上俄罗斯国来的雀金;黛玉踏雪,贾母给她披件大红羽缎裘衣;两个玉儿,要吃风腌果子狸。贾母从来不问宝贝孙子是不是好好念书、好好练字,她甚至纵容孙辈作弊,任凭大观园的姑娘们替宝玉写字充数,帮宝玉蒙骗贾政。贾母是毫无底线溺爱第三代的老祖母。后四十回贾母完全变了,她不再给宝玉、黛玉送吃送喝、嘘寒问暖,不再给林黛玉把窗纱换一换。贾母最关心的事,成了宝玉是不是好好念书。宝玉上学,贾母欣慰野马戴上笼头,贾母还要代贾政之责,动不动提醒宝玉得好好上学。不像贾母说话的第三个理由,贾母说"你老子在家时",好像现在宝玉的老子不在家,实际上贾政不是刚刚升了工部郎中,天天在京城上班,天天在家? 贾母说话连普通逻辑都不讲了? 而且贾母说贾政一叫宝玉做诗做词,宝玉就吓得跟小鬼似的,更不是事实,前八十回结尾,贾宝玉正是因为写诗写词,才被贾政另眼看待。

赞贾兰玩蝈蝈打双陆

贾母这番话,引出回目上的"博庭欢宝玉赞孤儿",贾宝玉赞美贾兰,贾兰是《好了歌解》脂砚斋评将来可做官的,宝玉向贾母夸贾兰只不过是说"这孩子明儿大概还有一点儿出息"。贾母看着李纨想起贾珠。跟李纨说,贾兰将来有出息,不枉珠儿死了,你拉扯了他一场。李纨理所当然得表现谦虚,贾兰还小,现在眼大心肥,哪里就一定有长进,告诉宝玉不要太夸贾兰。贾母则嘱咐李纨,不要太逼紧了贾兰:"小孩子胆儿小,一时逼急了,弄出点子毛病来,书倒念不成,把你的工夫都白糟蹋了。"这话怎么似曾相识? 当年宝玉被赵姨娘和马道婆几乎害死时,贾母已经朝着赵姨娘骂过相似的话:"素日都是你们调唆着逼他写字念书,把胆子唬破了,见了他老子还不像个避猫鼠儿?"

前八十回宝玉曾将大观园初开之花送给贾母,得孝顺之名。现在贾母失眠,宝玉送给她蝈蝈儿,蝈蝈能助眠还是更吵得睡不成? 不知道贾母是真挂到自己房间,还是叫傻大姐给丢了。玩蝈蝈是北京比较盛行的游戏,续书作者能把它聪明地写到小说里边,很费心思。而贾宝玉来给贾母送蝈蝈时,贾母正和李纨玩双陆:"贾母与李纨打双陆,鸳鸯旁边瞧着。李纨的骰子好,掷下去把老太太的锤子打下了好几个去。鸳鸯抿着嘴儿笑。"双陆是中国古代赌博游戏,它的玩法是有一个底盘,双方各有十六枚子儿,棒槌形的马立在自己一方,游戏双方用两颗骰子掷点数,按数在盘上占步,可打掉对方的马,马先走到对方者为胜。双陆游戏是从印度传来,李清照擅长这种游戏。贾母房里既玩双陆又玩蝈蝈,很有生活气息。不过,李纨似乎有点不太懂事,没有王熙凤时时刻刻讨贾母高兴的才能,王熙凤打牌,是千方百计让老太太做胜利一方,李纨却把贾母的马打下去好几个。

续书作者在小说里引进琴操、引进围棋之后,现在又引进抄《心经》、玩双陆、玩蝈蝈,给小说制造一点符合时代特点的生活气氛。所以在比着葫芦画瓢的同时,续书作者难能可贵,极力拓展能够发挥艺术才能的领域,煞费苦心。后四十回之所以能流传下来,当然有自己的优势,仍然是那句话:重要的不是叙事哪个时代,而是在哪个时代叙事。

贾珍管理荣国府

写完宝玉在贾母跟前赞扬贾兰后,贾环、贾兰来给贾母请安,贾母又当面表扬贾兰,命李纨母子随她吃饭,贾母饭桌上,没了饮食描写,没了贾母如何给重孙子、将来最有出息、贾母预言可顶门壮户的贾兰夹什么菜,也没了贾母给宝玉、黛玉、王熙凤送什么菜的描写,大概后四十回抄前八十回已经抄个盆满钵满,没必要连这类描写也照抄。

贾母饭后,贾珍来请晚安,这是前八十回没见过的规矩,贾母说贾珍"如今他办理家务乏乏的,叫他歇着去吧"。贾珍怎么会办理荣国府家务?难道向来经济上各自独立的宁国府和荣国府,合并办公?这又是续书作者构思的新鲜事。

前八十回宁国府和荣国府各自为政,各有各的庄子,荣国府比宁国府庄子多,两府各有总管家和分管家,各有账房和领东西的对牌,两府分得十分清楚,两府内部奴仆也分工明确各司其职。第六回刘姥姥一进荣国府,周瑞家的说:"我们这里都是各占一样儿,我们男的只管春秋两季地租子,闲时只带着小爷们出门子就完了。"秦可卿大丧,王熙凤协理宁国府时,还得处理荣国府事宜,两府经济、人员界限分明,一丝一毫不能混淆。元妃省亲盖园子,是贾珍、贾琏在贾赦、贾政领导下盖起来的,仅仅买小戏子和置办大观园各处的窗帘之类，就用五万两银子，经费从哪出的，小说没明确写，但应该是荣国府出钱，贾珍协助贾赦、贾政办理建园事务。现在，贾珍忽然跑到荣国府执政。这个事先从贾母嘴里说出来，说贾珍现在办理家务乏乏的，然后再写贾珍如何在荣国府管事，这个情节有点儿怪怪的。

小说写："次日，贾珍过来料理诸事。"怪不怪？荣国府贾琏不管家，王熙凤不当家，贾珍过来料理。后边贾芸见凤姐时的解释是：贾琏现在随着贾政在衙门服侍。看来因为这个理由荣国府家事由贾珍兼管。这样的调度不合官场规矩，也不合乎贾琏夫妇个性。贾政正式在工部衙门上班，他是郎中，需要办什么事，手下有朝廷发薪金的司员办理，不需要他从家里带人办理。贾琏又怎会放弃荣国府管家肥缺，跟贾政去做没有报酬的"答应"？贾琏原来不是早就放弃服侍亲爹贾赦到贾政这边管家？怎么亲爹不服侍倒去服侍二叔？匪夷所思。

贾珍料理的事仍然是照前八十回依葫芦画瓢，庄头来送东西。因为是秋季，庄头送的不过是时鲜果品和菜蔬野味。贾珍把周瑞叫来照账点清，命厨房给庄头安排赏饭还"给钱"，可能是给赏钱。莫名其妙的是，周瑞请贾珍把送果品的人叫来：他的账是真的还是假的？贾珍刚对周瑞说，不过是几个果子，我又没怀疑你。鲍二就来朝贾珍叩头，要求贾珍原旧把他放到外边伺候。原来是周瑞和鲍二闹矛盾。鲍二何许人？贾琏偷娶尤二姐时，鲍二夫妇由贾珍派到小花枝巷，按编制鲍二是宁国府奴仆。尤二姐被王熙凤骗进大观园，鲍二夫妇到哪儿去了？前八十回没交待，按常理，鲍二应该回宁国府当差，现在他又在荣国府里边管事而且和周瑞发生矛盾，后来王熙凤连讽加刺说，这是鲍二受到贾琏、贾珍兄弟二人"重用"。周瑞告诉贾珍：照鲍二说起来，爷们家的田地、房产都给奴才们弄完了。宁国府的贾珍来管理荣国府，宁国府的仆人也在荣国府管事，不知道分管什么的鲍二和一直分管地租的周瑞掐起来，一笔糊涂账，乱成一锅粥。

更有甚者，周瑞的干儿子何三又和鲍二打起来。荣国府原来管家务的贾琏也来了，协助贾珍处理，把周瑞踢了几脚，贾珍下令把鲍二和何三各打五十鞭子，撵了出去。然后，贾珍方和贾琏商量正事，到底是什么正事？续书作者诌不出来。看来，叫贾珍来管荣国府，就是为了制造贾府奴仆对主子的仇恨，制造何三组织人偷盗荣国府的前因，制造这样的仇恨，必须得霸王式人物贾珍出面制造，精力放到寻花问柳的贾琏制造不出来，性格刚硬的贾珍动不动下令用鞭子打人，心慈手软的贾琏往往只能骂几句了事。所以，小说在制造贾府奴才和主子的矛盾之前，先得制造个贾珍代管荣国府的别扭事。

接着，小说写了一段群众舆论，大概是想说明：因为贾珍等人上梁不正下梁歪，再加上管理不善，贾府现在危机四伏，这段街谈巷议是："下人背地里便生出许多议论来：也有说贾珍护短的，也有说不会调停的，也有说他本不是好人，前儿尤家姊妹弄出许多丑事来，那鲍二不是他调停着二爷叫了来的吗，这会子又嫌鲍二不济事，必是鲍二的女人服侍不到了。人多嘴杂，纷纷不一。"太可笑了，续书作者好不容易篡改前八十回写尤三姐的文字，把尤三姐漂白，把曹雪芹笔下曾跟贾珍、贾蓉父子鬼混的尤三姐，改成冰清玉洁，现在一不小心，一段群众舆论，把尤三姐回复到和她姐姐一样。前八十回宁国府焦大醉骂何等精彩、何等有深意，一个只露一面的次要角色，被鲁迅先生说成"贾府的屈原"。现在贾珍鞭仆，不过因下人打架，不过为牵出何三，为此后贾府被盗埋下伏笔。这段情节简直荒唐。

贾芸又来走门子

贾琏回王熙凤身边，说到贾珍处理悍仆的事，王熙凤说："事情虽不要紧，但这风俗儿断不可长。此刻还算咱们家里正旺的时候儿，他们就敢打架。以后小辈儿们当了家，他们越发难制伏了。"王熙凤这段话不合乎情理。前八十回已经写贾府寅吃卯粮，太监不断敲诈，王夫人过节都拿不出钱，贾琏得偷运贾母的金银家伙送当铺里换钱，王熙凤把金项圈送当铺换钱，贾府财政困难早不是一天两天，现在怎么又成"咱们家里正旺"？王熙凤还说以后小辈儿当家，难道她已经想退居二线，听任王夫人用宝二奶奶薛宝钗当家，这还是那个寸权必争、寸利必得的王熙凤？接着，王熙凤回忆起当年焦大骂街，含沙射影贾琏和贾珍为什么重用鲍二，这些闲谈在贾琏夫妇之间可能发生，只不过王熙凤言谈没了过去的诙谐、幽默、风趣，一针见血。

贾芸又来走凤姐门子，异想天开要承包工部大工程。整个过程，写得很长很详细，还是复制当年贾芸向王熙凤求职。贾芸买上礼物，花言巧语说来尽孝心。精明的王熙凤直接点出贾芸不要含着骨头露着肉，有话直说，贾芸把他的目的说出来，听说二老爷在办陵工，他想承包工程，求婶娘在老爷跟前提一提，王熙凤的回答直截了当、合情合理："若是别的我却可以作主。至于衙门里的事，上头呢，都是堂官司员定的；底下呢，都是那些书办衙役们办的。别人只怕插不上手。连自己的家人，也不过跟着老爷服侍服侍。就是你二叔去，亦只是为的是各自家里的事，他也并不能僭越公事。论家事，这里是踩一头儿橇一头儿的，连珍大爷还弹压不住，你的年纪儿又轻，辈数儿又小，那里缠的清这些人呢。况且衙门里头的事差不多儿也要完了，不过吃饭瞎跑。你在家里什么事作不得，难道没了这碗饭吃不成。我这是实在话，你自己回去想想就知道了。你的情意我已经领了，把东西快拿回去，是那里弄来的，仍旧给人家送了去罢。"王熙凤这段话，是后四十回少有的精彩话，符合王熙凤原有语言特点的话，知人知事，明快人说痛快话，续书作者难得写得简明清晰，如闻其声、如见其人。王熙凤一番话，把贾芸的妄想扫除得干干净净，王熙凤的辣埋下贾芸将来害巧姐的根据。

巧姐出来，看到贾芸就哭。前八十回曹雪芹笔下的巧姐处理不算很好，一会儿是两个人，又有大姐又有巧姐，一会儿是一个人，又一会儿大，一会儿小，进入后四十回，巧姐处理更加不好，还是一会儿大一会儿小，而且从小到大长得很快，刚刚还穿着儿童锦围花簇，拿着玩具，没过多久，突然可以卖给人做妾。巧姐见贾芸就哭，是为将来贾芸勾结邢大舅、王仁、贾环，参与卖巧姐埋下伏笔。其实按曹雪芹原有构思，贾芸非但不会参与卖巧姐，还帮助败落后的贾宝玉。贾芸不是后四十回写的利欲熏心、以怨报德的小人。

小红脸红凤姐惊魂

小红早已被凤姐从怡红院要过来，贾芸见凤姐，与小红再次发生联系。这两个前八十回塑造相当成功的小人物再次相会，全然没有前八十回的灵活聪明、随机应变。续书作者喜欢写人脸红的拿手好戏又上演。续书作者不住地写各种人物脸红，千金小姐林黛玉得脸红，遁入空门的妙玉得脸红，贾府胆大心细的丫鬟小红还得脸红。而且小红是一而再、再而三、三而四脸红，先是贾芸问小红"姑娘给我回了没有"，小红"红了脸"，这么普通问话，你回了就是回了，没回就是没回，有什么好脸红？贾芸要求小红仍送他出来，小红"把脸飞红"，小红这么怕跟贾芸交往？贾芸出来后把本来送给王熙凤的礼物挑出两件送小红，小红再次"把脸又飞红了"，收礼不好意思红了脸，多少说得过去，最后贾芸表示以后还会来，还要跟你说些话，小红"满脸羞红"。脸红了四次。难道续书作者想不出其他描写人物更好的词句？太缺乏创意。贾芸、小红谈到交换手帕的敏感话题，也看不出这两个原本相当精彩的小人物在动什么心思。其实在曹雪芹构思中,贾芸、小红在贾府巨变之前,已终成眷属,且在贾府巨变后,给王熙凤和贾宝玉提供帮助。如果能写出这两个精细人物如何求得花好月圆,该是好看的文字,可惜,续书作者既写不出来,也不想写,他把这两个人物个性都扭曲了。

贾芸走了,王熙凤开饭,居然也仅仅喝粥,而且配上"南边来的糟东西",大概指南方糟腌的鱼肉蛋及扬州咸菜、无锡卤豆腐?第六回刘姥姥初进荣国府,看到王熙凤吃饭摆了多少碟多少碗?现在王熙凤桌子上只有稀饭和南边来的糟腌小菜,贾府管家奶奶的生活水平也大踏步降低?而南边来的糟腌小菜,引出平儿的话,平儿汇报给王熙凤:水月庵姑子派人来讨一两瓶南小菜。接着说起水月庵姑子夜里见到一男一女坐在她床上,把绳子套在她的脖子上。凤姐听了心惊,这个情节显然是回应王熙凤弄权铁槛寺,跟馒头庵也就是水月庵老尼静虚合谋,收了三千两银子害死张金哥和守备公子那对未婚夫妻的事。接着,小说写凤姐夜半惊魂,明显是第七十五回宁国府异兆发悲音的再版,进一步渲染王熙凤因为作孽而遭遇不幸。这些见鬼、说鬼话的事,是王熙凤将遇不幸的先兆,但王熙凤弄权害死两条人命的事,如何和贾府被抄发生联系,又被有意忽略了。

宝玉填词　黛玉绝粒

——第八十九回　人亡物在公子填词，蛇影杯弓颦卿绝粒

　　八十九回回目凝练，对仗工整，"人亡物在"指人死了，她标志性的物件还在，公子也就是贾宝玉填悼亡词，"蛇影杯弓"指听到误传信息，"颦卿绝粒"即林黛玉绝食。所写内容是：贾宝玉在学堂看到雀金裘，想起晴雯，回怡红院填悼念晴雯的词；林黛玉听到雪雁说宝玉已经订婚，心灰意冷，决心绝食求死。这一回分别写宝玉和黛玉思虑及他们之间的感情。宝玉写怀念晴雯的词，不管诱因、写作过程、完成的词，都和前八十回宝玉对晴雯的感情天差地别，像厚重蕴藉的《芙蓉女儿诔》和轻飘飘小令之别，像鲁班门前弄大斧。而林黛玉没了前八十回飘飘欲仙的诗人般优雅，成了一门心思担忧终身大事的怨女，不过续书作者对她误听传闻后决定绝食求死的描写，却写得文笔细腻、真切感人。

不可思议悼晴雯

　　诱使宝玉写怀念晴雯小令的原因，是他忽然看到晴雯补的雀金裘。

　　已是深秋，宝玉上学时，袭人让茗烟给宝玉带上厚衣服，宝玉到了学堂，风声飕飕，天上黑云扑过来，茗烟给宝玉拿进衣服，小学生们都巴着眼看，宝玉已经神痴。原来茗烟拿的是晴雯补过的雀金裘。宝玉不得不穿上，然后呆呆对着书坐着，放学时就向贾代儒请假一天。

　　这个"人亡物在"情节非常荒谬。雀金裘是贾母送给宝玉，叫他参加盛大节庆时穿的礼服，不是普通家常御寒服装，贾宝玉穿了雀金裘参加舅舅生日宴会，一块炭火蹦到雀金裘上，烧了个洞，贾府佣人找遍全城，裁缝都不敢接。俄罗斯国来的高档裘衣，他们没见过，更补不了。晴雯重感冒，听说贾母叫宝玉第二天还穿这件衣服参加宴会，不顾自己安危，连夜把雀金裘补起

来。晴雯补裘成为和黛玉葬花、宝钗扑蝶、湘云醉卧相媲美的《红楼梦》著名行为艺术,晴雯补裘也成为心理阴暗的袭人担心晴雯夺宠的心病,现在宝玉上学,天冷了,在晴雯生前处心积虑提防晴雯的袭人竟叫宝玉把节庆时才穿、晴雯补的雀金裘给宝玉穿上,可能吗?这是续书作者为了让宝玉见物生情,写悼念晴雯的诗词,故意安排的情节。

接下来的描写更不合情理。宝玉为了安安静静悼念晴雯,叫袭人、麝月收拾间静室,安排一炉香,备下纸墨笔砚,似乎他想专心用功作文,还要几个果子,说要借点儿果子香。宝玉忽悠袭人、麝月,她们根本没发现贾宝玉想干什么。更奇怪的是,袭人给宝玉安排的"静室",竟是晴雯生前卧室!太巧也太不可思议。怡红院居然有丫鬟晴雯的单独房间,宝玉有八个大丫鬟,每人一个单间,得多少间?怡红院岂不成五星级大宾馆。前八十回写到,宝玉看到丫鬟在一张床上玩闹,看来给宝玉值班的丫鬟晚上住在宝玉卧室,其他丫鬟共同住在别的一个或两个房间。现在晴雯不仅生前有单独卧室,她死了,袭人让"晴雯故居"继续空着,还叫宝玉去静坐。袭人真是缺心少肺,有点儿像倒三不着两的赵姨娘。为了推出贾宝玉悼念晴雯小令,续书作者把袭人写成给贾宝玉填词神仙般帮助的及时雨,太滑稽了。

鲁班门前弄大斧

制造出物在人亡贾宝玉见景生情的"绝妙"场景,贾宝玉终于要填悼念晴雯的小令了。贾宝玉先假门假氏要求跟袭人、麝月同桌吃早饭,继续忽悠袭人、麝月,似乎他很享受跟她们一起吃饭。然后,贾宝玉进了"晴雯故居",亲自点了一炷香,摆上果品,叫人出去,关上门。拿了一幅泥金角花的粉红笺祝了几句,提起笔来写悼念小令的序:"怡红主人焚付晴姐知之,酌茗清香,庶几来飨。"我们欣赏一下贾宝玉的两首小令:

随身伴,独自意绸缪。谁料风波平地起,顿教躯命即时休。孰与话轻柔?

东逝水,无复向西流。想象更无怀梦草,添衣还见翠云裘。脉脉使人愁!

初一听,这两首小令作为悼亡词,很有些感情,写得也比较明白,表达出

宝玉对晴雯的思念,怡红公子还会用典故,写得不错。我用大白话,把这两首小令的内容解读一下:

(第一首)我对随身相伴的晴雯多么情意绵绵,哪想到平地起了害人的风波,让晴雯姐刹那间丧失了美丽的生命,现在谁来跟我轻轻地、柔柔地再絮絮不已地说些知心话?

(第二首)过去的事像东去不回头的逝水,想念晴雯却没有汉武帝怀想李夫人的异草,添衣服看到晴雯姐补过的裘衣,含情脉脉睹物思人,实在忧愁!

我的解读可能比较拙劣,但是没办法,贾宝玉的小令本来就够拙劣。为什么这样说?我们先得看看宝二爷在第二首小令上用什么典故。怀梦草,是传说中可以帮做梦的人把怀念的人引进梦境的异草。来自托名东汉郭宪《洞冥记》。汉武帝宠爱的倾国倾城的李夫人病重时,不愿意让汉武帝看到她花容消减,影响家人受宠。她死后,汉武帝想重见李夫人美丽的容貌却办不到,东方朔献给汉武帝一株异草,让汉武帝放到怀里,当夜汉武帝就梦见了李夫人。怀梦草因此出名。汉武帝和李夫人什么关系?皇帝和宠妃的关系,同床共枕多年的关系。贾宝玉和晴雯什么关系?表面上是主奴关系,实际类似于相知很深的朋友甚至知己。宝玉挨打后给林黛玉送旧手帕,使者不就是晴雯?晴雯早就知道贾母把自己给了宝玉,打算让她将来做宝玉侍妾。但晴雯从不对宝玉私情勾引,更不像袭人那样先把准姨娘生米做成熟饭。晴雯被诬陷轰出大观园,病重弥留之际,对宝玉深情告白说我枉担了罪名,和宝玉生离死别之际,交换贴身小袄,晴雯说:将来我就是躺在棺材里,也还像在怡红院。晴雯死了,贾宝玉痛苦得撕心裂肺,在写《芙蓉女儿诔》时,有一大段心理活动,明确地表示他要远师楚人,学习《离骚》,学习贾谊,也就是说宝玉不仅是祭奠晴雯,还要用这篇诔抨击害晴雯的人,包括大观园进谗言的婆子,包括他的母亲王夫人,包括已经跟他偷试云雨情的袭人。贾宝玉的《芙蓉女儿诔》写在什么上面?用楷字写到晴雯素日喜欢的冰鲛縠上面,冰鲛縠是洁白的细绡纱,所谓縠是非常细腻的绡纱,所谓冰鲛,是南海鲛人织出来像冰玉那样的绡,也就是轻绸子。传说鲛人住在南海,滴泪变成晶莹的珍珠,鲛人擅长织绡,鲛人织的绡明亮洁白像玉一般,白白的,凉凉的。晴雯喜欢冰鲛绡,象征晴雯的为人像冰縠一样洁白。

《芙蓉女儿诔》前边的序说:"维太平不易之元,蓉桂竞芳之月,无可奈何之日,怡红院浊玉,谨以群花之蕊、冰鲛之縠、沁芳之泉、枫露之茗,四者虽微,聊以达诚申信,乃致祭于白帝宫中抚司秋艳芙蓉女儿之前。"《芙蓉女儿诔》说晴雯是"其为质则金玉不足喻其贵,其为性则冰雪不足喻其洁,其为神则星日不足喻其精,其为貌则花月不足喻其色"。晴雯是被黑暗时势,被奸佞小人所害,像是春天的娇花嫩朵、鹅黄初染的柳条遇到狂风骤雨,因为遭受到毒蛇般的谗言,病入膏肓:"花原自怯,岂奈狂飙;柳本多愁,何禁骤雨。偶遭蛊虿之谗,遂抱膏肓之疚。"诔文一字一咽,一句一啼,洒泪泣血,别开生面,另立排场。贾宝玉在大观园诗会中始终比不过林黛玉、薛宝钗、史湘云,这一篇《芙蓉女儿诔》足以让贾宝玉扬眉吐气。

《芙蓉女儿诔》是曹雪芹在《红楼梦》中代小说人物写的诗词文赋中篇幅最长、感情最激烈的。红学家们尽管在许多问题上会你往东我就一定朝西,对这篇《芙蓉女儿诔》却有难得一致的看法,那就是这篇诔文不仅文采飞扬、才华横溢,而且抨击了迫害晴雯的人,抨击了整个黑暗社会,它是继承屈原传统、继承贾谊精神的作品。第七十八回还有贾宝玉写这篇诔文时的心理活动,写出贾宝玉的写作动机就是远师楚人,学习屈原。而程伟元、高鹗在补订后四十回的时候,把第七十八回贾宝玉写作《芙蓉女儿诔》的动机共四百多字全部删掉。这说明他们完全不同意贾宝玉对黑暗时势的批判,不同意贾宝玉对晴雯的态度、对晴雯宝玉关系的认知,续书叫贾宝玉写悼念晴雯的小令,把宝玉和晴雯的关系、宝玉对晴雯的态度彻底翻案。就像原来的《芙蓉女儿诔》是写在洁白的冰鲛縠上边,现在的小令写在粉红色的花笺上,好像写情书用的信笺。

贾宝玉的两首小令偷换了贾宝玉和晴雯之间原有的关系,把他们之间的关系变成似乎情爱的关系,特别是"想象更无怀梦草",把汉武帝思念去世的李夫人,借"怀梦草"梦见的典故借来,既不符合贾宝玉和晴雯的纯洁关系,也写得文理粗俗,令人不忍卒读。

蔡义江《红楼梦诗词曲赋鉴赏》说得好:"有了《芙蓉女儿诔》这样最出色的淋漓酣畅的奇文,两首轻飘飘的小令又算得了什么? 何况,它的命意、措辞又如此陋俗不堪! 如果晴雯有知,听到宝玉对她嘀咕'孰与话轻柔'之类肉麻的话,一定会像当初补雀金裘时那么说'不用你蝎蝎螫螫的!'原作之所缺是应该补的,原作写得最有力的地方是用不着再添枝加叶的。在一阵惊天动地的大炮轰鸣之后,放几下小儿的玩具枪凑热闹,是完全不必要的。"

绿 窗 明 月 在

《芙蓉女儿诔》表面上祭晴雯,实际上祭黛玉,跟删除贾宝玉写作《芙蓉女儿诔》的动机一样,后四十回也扭曲了贾宝玉对林黛玉的态度。贾宝玉完成悼念晴雯的小令,点上火烧了,从"晴雯故居"出来,去找林妹妹。续书作者采用宝玉的视角看林黛玉卧室,林黛玉书写的对联和画的画,都是在预示:林黛玉不久人世,将成为"古人",像嫦娥一样归天。

贾宝玉进入潇湘馆,看到里间门口有副新写的对联:

绿窗明月在,青史古人空。

林黛玉内室挂上这样一副对联,大概想寄寓这样的意思:林黛玉不久于人世。所谓"绿窗明月在",就是想说明月依然照着林黛玉的绿窗。其实林黛玉的窗子用的是银红色软烟罗窗纱,是刘姥姥二进荣国府时,贾母挑选来给林黛玉用的窗纱,可以跟窗外绿竹形成诗意化对照,续书作者给林黛玉卧室挂上"绿窗明月在"的对联是想说明,潇湘馆的绿窗依然在,而林黛玉已成了古人,像青史上一切不管多么重要的人都成一场空,只给人留下惆怅。

读者可能把这副对联当成是林黛玉构思出来的,那可真有才气、有思想,就是把这副对联放到古代楹联史上,也会是名联。其实,当作对联用的这两句是从唐代诗人崔颢的诗《题沈隐侯八咏楼》抄来的。沈隐侯即沈约,他担任南齐东阳太守时建了座楼,崔颢的诗《题沈隐侯八咏楼》前四句是:"梁日东阳守,为楼望越中。绿窗明月在,青史古人空。"崔颢把沈约的官职误记成梁时,东阳是现在浙江金华。沈约写过著名的《八咏诗》,他建的楼也就被后人叫八咏楼。崔颢隔二百多年凭吊南朝诗人沈约,写下《题沈隐侯八咏楼》,其中"绿窗明月在,青史古人空",脍炙人口,千古传诵。后四十回把这两句诗构思成林黛玉内室门口的对联,看来还是很动心思。我们看到这里,得找到崔颢的原诗,再联系崔颢诗最后两句"登临白云晚,留恨此遗风",才能体味这副对联体现的惆怅心情,转好几个圈才勉强做出这副对联可以解读:寄寓林黛玉未来的不幸命运。

曹雪芹在前八十回怎样写对联?秦可卿房间挂副对联,曹雪芹说是秦太虚写的,实际上不是秦观的作品。但是读者看到这副对联,不必像个书虫子,去查对联到底什么来源,只看对联本身就很好,挂在风流美人秦可卿房间的对联"嫩寒锁梦因春冷,花气袭人是酒香",多有诗意,还有意在言外的内涵,跟秦可卿性格联系自然自如。曹雪芹又给配上唐伯虎的海棠春睡图,这样一来,住在这里的是个什么人物有什么秉性,几笔就画出来。小说要素是什么？非常重要的一点是得把小说写得有趣、好玩、好看。就像胡适对唐德刚说的，《红楼梦》好玩，后四十回作者肯定也读过不少书，但是落实到写小说，怎么总是有意无意掉书袋，写得不那么好玩、不那么有趣、不那么灵巧。

仿李龙眠绘嫦娥

贾宝玉进了林黛玉的内室，看到林黛玉内室又挂了幅他从来没见过的画，"一面看见中间挂着一幅单条，上面画着一个嫦娥，带着一个侍者；又一个女仙，也有一个侍者，捧着一个长长儿的衣囊似的，二人身边略有些云护，别无点缀，全仿李龙眠白描笔意，上有'斗寒图'三字，用八分书写着。"

这段八十多字的描写，好几个地方需要做注解：单条，是直幅卷轴的一种，居中是画幅，四周镶边成狭长形条幅。"中间挂着一幅单条"是说林黛玉的卧室墙上中间挂了一幅直幅卷轴画，而这幅画全是仿李公麟画的意境。宋代著名画家李公麟，号龙眠山人，所以后人也叫他"李龙眠"。画上"斗寒图"三个字，写的是八分书，八分书是汉代隶书体别称。

这八十多字续书作者给我们造成这样的印象：林黛玉继擅长弹琴和懂琴理之后，又成了画家和书法家，这幅画是全仿李公麟的画，谁仿的，看来就是林黛玉仿着画的，也是林黛玉题的字。为什么做出这样的判断？因为贾宝玉在夸奖这幅画新奇雅致之后，问林黛玉："是什么出处？"显然是问："你这个画画的人在这幅画题上这三个字，是什么出处？"黛玉回答："岂不闻'青女素娥俱耐冷，月中霜里斗婵娟'。"这就等于承认："是我画了这幅画，是我题上这三个字。"在林黛玉的回答中，李商隐的诗句也出来了，给我们造成的印象，似乎林黛玉挺喜欢李商隐的诗。把素娥（也就是嫦娥）、青女（也就是主霜雪的女神）一起画出来，再题上意味着李商隐诗内容的款，把她们仙风飘拂地供到自己的墙壁上了。

林黛玉进了后四十回，本事大长，又会弹琴，又会画画，还会写隶书。她突然之间兼具薛宝钗懂画、探春懂书法、妙玉懂琴理三大才能。好像林黛玉愈加是个绝代佳人，而她将不久于人世，也就愈加令人觉得可惜了。

有点遗憾的是，续书作者挂在林黛玉卧室的对联和画，仍然值得推敲一番。第一，崔颢两句诗："绿窗明月在，青史古人空。"是写历史上重要的诗人沈约，所以崔颢把他放进"青史"当中，表达惆怅之感，林黛玉这么个十几岁的深闺少女，把这两句诗做对联挂到自己卧室门边是不是合适？是不是有点儿文不对题？第二，根据曹雪芹的构思，林黛玉并不像后四十回她生日那天唱的关于嫦娥的昆曲和卧室挂的嫦娥画。嫦娥，误坠人间，受到观音点化，未嫁而逝。林黛玉是绛珠仙子为神瑛侍者泪尽而逝，她和嫦娥没有一丁点儿关系，跟月宫也没有丝毫关系。林黛玉是从太虚幻境来的，原来是三生石畔一株绛珠仙草，她离开人世，也应该回到太虚幻境，回到三生石畔仍然当迎风摇曳的小草。她怎么也成不了嫦娥。第三，林黛玉不喜欢李商隐，史太君两宴大观园，大家坐船时，贾宝玉说残荷讨厌，得拔了去。林黛玉说：我不喜欢李义山（李商隐），却喜欢他的一句诗"留得残荷听雨声"，现在怎么林黛玉又变了，成了李商隐的忠实读者，还用他的《霜月》诗意画起画来？

看来林黛玉也变成一个听话的好孩子，贾宝玉来的时候，她正在按照贾母的布置写《心经》，贾宝玉进来，她还没写完，看到贾宝玉到来，林黛玉站起来，迎了两步，笑着让："请坐，我在这里写经，只剩得两行了，等写完了再说话儿。"接着叫雪雁倒茶。贾宝玉喝了一会儿茶，看了一会儿画，林黛玉这才写完，站起来说："简慢了。"宝玉笑道："妹妹还是这么客气。"后四十回林黛玉和贾宝玉见面，多么客气，多么有距离感，多么彬彬有礼，像不像外交场合外交人员互相寒暄？

宝玉黛玉还是知音否

接着，小说描写贾宝玉好像他第一次见到林黛玉，像个陌生人一样，观察起林黛玉穿什么衣服、戴什么首饰，他对林黛玉产生什么感想："但见黛玉身上穿着月白绣花小毛皮袄，加上银鼠坎肩；头上挽着随常云髻，簪上一枝赤金匾簪，别无花朵；腰下系着杨妃色绣花绵裙。真比如：亭亭玉树临风立，冉冉香莲带露开。"曹雪芹对林黛玉外貌的描写，得用"惜墨如金"四个字。曹雪芹唯一一次写林黛玉穿着，是在大观园观雪的背景上："黛玉换上掐金挖云红香羊皮小靴，罩了一件大红羽纱面白狐狸里的鹤氅，束一条青金闪绿双环四合如意绦，头上罩了雪帽。"续书写林黛玉的穿着，基本上还可以，除了林黛玉头上的赤金匾簪好像不太合拍，林黛玉穿月白绣花小毛皮袄、银鼠坎肩、蜜合色绵裙，配搭比较雅致。两句形容林黛玉的词句，"亭亭玉树临风立，冉冉香莲带露开"，对仗倒工整，却是陈词滥调。贾宝玉怎么可能用这么庸俗的眼光看林妹妹。这和第三回宝玉初见黛玉时就送表字"颦颦"相比，那可真是前八十回雅致，后四十回俗滥，一个天上一个地下，有云泥之别。

　　续书作者还得再发挥一下他的音乐知识特长，叫贾宝玉、林黛玉讨论琴，贾宝玉劝林黛玉不要总弹琴："不弹也罢了。我想琴虽是清高之品，却不是好东西，从没有弹琴里弹出富贵寿考来的，只有弹出忧思怨乱来的。再者弹琴也得心里记谱，未免费心。依我说，妹妹身子又单弱，不操这心也罢了。"宝玉劝慰黛玉的这段话，虽然不很符合贾宝玉原有思想，比如追求富贵寿考，但还比较通情达理。黛玉给宝玉讲了些琴的基本知识，焦尾枯桐，鹤山凤尾，龙池雁足，断纹牛旄，这些音乐术语，令大部分读者如堕五里雾中。贾宝玉把他听到林黛玉吟诵的琴操"素心如何天上月"说出来，向林黛玉请教她为什么变调，林黛玉说："这是人心自然之音，做到那里就到那里，原没有一定的。"宝玉说："可惜我不知音，枉听了一会子。"林黛玉说："古来知音人能有几个？"

　　看到贾宝玉和林黛玉关于知音的这几句对话，我真是：目、瞪、口、呆。林黛玉本来是贾宝玉人生唯一的知音，偏偏对贾宝玉十分冷淡地说出"古来知音能有几个"，看来宝玉、黛玉两人的关系跟前八十回南辕北辙了。

　　贾宝玉这次进潇湘馆，和林黛玉相敬如宾，太不符合前八十回两人的关系。前八十回宝玉每次进潇湘馆，都可能引起两个人一场天崩地裂的吵架，甚至引起宝玉砸他的命根子通灵宝玉，引起黛玉哭得搜肠刮肚的吐药，而正是动不动吵得天翻地覆，才显出两个人心心相印。贾宝玉、林黛玉两个人早已诉过肺腑，前八十回后部，宝玉和黛玉已经变成日常生活中细致地互相关心、互相呵护。进入后四十回，宝玉、黛玉再也没有前八十回那种细腻生动的心理交汇，他们再也不谈《庄子》，只聊黛玉过去不喜欢的李商隐和黛玉前八十回中没抚过的琴，他们只剩下"相敬如宾"。宝玉走后，黛玉又想着"宝玉近来说话半吐半吞，忽冷忽热，也不知他是什么意思"，更不可思议。宝玉、黛玉早就是情到深处不必谈情，爱到深处不必说爱，情之至深，爱之至切，互相知音，相濡以沫，宝玉对黛玉从来只有一个"痴"字，从来没有也绝对不可能有什么"冷"字。其实并不是黛玉不知道宝玉是什么意思，而是续书作者对宝黛爱情怎样定位拿不准，甚至可以说，他根本不理解。

　　后四十回，贾宝玉四进潇湘馆，这次进潇湘馆，贾宝玉看到潇湘馆挂了新对联新画，林妹妹穿了什么衣服，戴了什么首饰。续书作者很费神思、很卖力气地把潇湘馆环境、林黛玉形象都做了一番比较新的描写，把贾宝玉和林黛玉如何见面、如何交谈也做了一番全新的描绘。如果我们不管前八十回,单独阅读续书作者对环境和人物的描写,也许这一回、这一段,还能凑合读下去,如果我们联系前八十回,联想前八十回,再看第八十九回宝黛相处相敬如宾,会产生什么印象? 只能用四个字:面目全非。潇湘馆现在的环境、贾宝玉林黛玉的相敬如宾,很像前八十回林黛玉吃的是贾母送来的鸡髓笋,吃的是风腌果子狸,现在变成了喝大厨房送来的火肉白菜汤,还就着五香大头菜。

雪雁误传消息

　　林黛玉送走宝玉,对紫鹃说要在床上略躺一躺。紫鹃离开黛玉的卧室,发现雪雁在发呆,问怎么回事,雪雁神秘地说:"今日我听见了一句话,我告诉你听,奇不奇,你可别言语。"还朝着黛玉卧室方向努嘴。两人到门外平台下,雪雁悄悄地说:"姐姐你听见了么? 宝玉定了亲了!"雪雁怕林姑娘听到,故意把紫鹃领到门外再讲,岂不知,林黛玉现在疑神疑鬼,雪雁声音再小,"宝玉定亲"的话还是给黛玉听到了。真是隔墙有耳,而且有最灵敏的耳、最担心这件事的人的耳,这一点,很巧妙。

　　林黛玉如雷轰顶地听到宝玉定亲的消息,是由雪雁传到潇湘馆,这样安排合情理。雪雁从探春丫鬟待书那里听到宝玉定亲传闻,雪雁关心自家姑娘和宝玉能不能成眷属,迫不及待把宝玉定亲的事告诉紫鹃,雪雁可能想叫紫鹃去落实一下是真是假。雪雁年龄小,考虑不周到,她才能在林黛玉仍能听到的地方,把"宝玉定亲"的事告诉紫鹃。如果这件事是紫鹃听到,她肯定不会冒冒失失在潇湘馆传开,而是先找待书问清楚宝玉和哪家定了亲? 那样一调查,岂不水落石出? 但是关于紫鹃可能调查也是我们的善意推想,因为紫鹃知道后,也没敢调查。雪雁年纪小,心情急切,思虑不周,误传消息,合情合理。在古代小说中,常有使用误会法,后四十回这次使用得合乎逻辑。

　　雪雁是黛玉从扬州带来的丫鬟,自幼服侍林黛玉。曹雪芹笔下人物命名特别讲究。黛玉身边两个最重要丫鬟的命名,都和林黛玉命运有诗意的密切联系。紫鹃原名鹦哥,是贾母的大丫鬟,鹦哥是能说话的灵巧小鸟,贾母把她派给黛玉使唤,应该是看中鹦哥既善解人意,又能把话说到点子上,觉得有她去服侍心爱的外孙女,做姥姥的才放心。鹦哥既然是贾母原来的丫鬟,有了她在黛玉身边,黛玉那边有什么事,贾母可以随时掌控,鹦哥等于是贾母搁到黛玉身边的耳报神。外祖母对失去母亲的外孙女考虑周密。鹦哥到黛玉身边,改名紫鹃,当然是黛玉改的。不管紫鹃还是雪雁,都是有悲剧意味的人物命名。鹃即杜鹃,是啼血之鸟,加个紫色,成了人物名字,巧妙保持杜鹃啼血的意思。大雁是南来北往的候鸟,秋季必须飞到南方过冬,不会待在北方冰天雪地,雁待在冰天雪地只有死路一条。不大露面的丫鬟春纤,也是形容她像春天柔弱的柳丝一样,紫鹃、雪雁、春纤,三个丫鬟命名都和林黛玉个性有联系。估计紫鹃、雪雁、春纤在曹雪芹构思林黛玉原有结局中,会起到穿针引线、传递信息之类的作用,但如何传递,已是永远的谜团。

雪雁是黛玉从扬州带来的,但紫鹃早就成了林黛玉最信任、最知心、亲如姐妹的丫鬟。紫鹃对黛玉凡事上心,不仅日常生活关心得无微不至,对林黛玉的感情生活也理解最深,在这方面雪雁相对差了一点儿。后四十回对紫鹃、雪雁和林黛玉关系的把握,好像还不太离谱。

雪雁听说宝玉定亲,实际是八十四回"试文字宝玉始提亲"的余波,贾政的清客詹好古给贾宝玉提个曾任道员的张老爷的独生女,这事早就被贾府一票否决。探春是未出门的千金小姐,她不能打听传播这类小道消息,她的丫鬟待书,好像消息比较灵通,还有点喜欢飞短流长,但她也不可能及时掌握准确的上层对宝玉婚姻的决策,所以她对雪雁传的是已经过时的消息,但对林黛玉却是致命的消息。

细腻感人的黛玉求死

黛玉听到宝玉定亲的消息,虽然心灰意懒,但是她会不会还半信半疑?无巧不成书,雪雁跟紫鹃继续一番对话,把宝玉已经定亲的消息给板上钉钉了。紫鹃向雪雁悄悄打听宝玉定亲消息的来源,雪雁详细说了她从待书那儿听来的话,宝玉定亲是王大爷做媒,王大爷是东府的亲戚,这就在传话过程中已经传错了,因为那个"王大爷"不是东府的亲戚,而是邢夫人的亲戚。雪雁还说:老太太说怕宝玉知道这个事后野了心,叫大家都不要提起。待书告诉了她,又嘱咐千万不要露了风。雪雁讲完这些话,把手往里一指,指林黛玉卧室的方向:"所以他面前也不提。今日是你问起,我不犯瞒你。"

这样一来,宝玉定亲消息成了"铁定的事实",林黛玉仔细听个明白。这里出现个有趣细节,证明林黛玉确实能听到这个消息,是鹦鹉叫唤:"姑娘回来了,快倒茶来!"

接着，小说有一百六十多字的林黛玉心理描写："谁知黛玉一腔心事，又窃听了紫鹃、雪雁的话，虽不很明白，已听得了七八分，如同将身撺在大海里一般。思前想后，竟应了前日梦中之谶，千愁万恨，堆上心来。左右打算，不如早些死了，免得眼见了意外的事情，那时反倒无趣。又想到自己没了爹娘的苦，自今以后，把身子一天一天的糟蹋起来，一年半载，少不得身登清净。打定了主意，被也不盖，衣也不添，竟是合眼装睡。"

红学家好像不是很注意，后四十回有好多大段心理描写，写得合乎情理。

林黛玉下定求死决心，不吃晚饭，夜里有意蹬掉被子冻自己，早上起来，呆呆坐着，泪珠儿断断连连，连饭也不吃要写经，还对紫鹃说她是借着经解闷，"以后你们见了我的字迹，就算见了我的面儿了"。这不是公开宣布她不想活了？黛玉诚心糟蹋自己，不肯吃饭，不肯吃药，也不肯叫人来看，"一片疑心，竟成蛇影。一日竟是绝粒，粥也不喝，恹恹一息，垂毙殆尽"。

潇湘噩梦再次影响到林黛玉，重重影响到林黛玉，上一次，是叫林黛玉突然咯血，这一次是在她心中落实了最担心的事，贾母不成全她和宝玉，已给宝玉另外定了亲。所谓"梦中之谶"就这样第二次兑现。黛玉对贾母彻底失望，和宝玉终成眷属的梦彻底破灭，她的打算是：不如早些死了。这样的想法，符合林黛玉的身份个性、符合林黛玉受的教育。林黛玉的身份是公侯之家、探花之家的千金小姐，她受的教育是女孩要遵守三从四德，要贞静，在婚姻大事上，要遵从父母之命、媒妁之言，既然父母不在了，就得遵从外祖母之命，既然贾母不把自己配给宝玉，只能从命，不会反抗，不能反抗，也不敢反抗。林黛玉不会拉着贾宝玉私奔，更不会像崔莺莺那样和贾宝玉生米做成熟饭，再逼迫外祖母成全，她只有死路一条。而且，林黛玉绝对不采取平常女子用来反抗父母之命的手段去死，比如说：投井，上吊，跳到大观园沁芳闸河水里，这种死法都太激烈，林黛玉不能采用这类失去千金小姐身份的死法，她不能给外人留下任何话柄，给她深爱的外祖母留下丑闻，她得叫别人觉得，她是久病难治而死。她要任何人，包括贾母、贾宝玉，都不必为她的死有任何心理愧疚。

林黛玉选择委屈自己的死法，持续摧残自己的身体，渐渐走向灭亡，她就是要死也要舍己为人，她怀疑自己受外祖母摧残却至死维护外祖母，这一点相当感人。从 1960 年 9 月到 1965 年 6 月，《红楼梦》是我这个从一年级到五年级中文系大学生的五年枕边书，黛玉求死的情节，不知让我流过多少眼泪。现在再次仔细重读，仍然为林黛玉心疼不已，热泪盈眶。

但是，联系一个甲子对《红楼梦》的研读，对"杯弓蛇影颦卿绝粒"，我仍要提出几个重要质疑：第一个质疑是，雪雁误传宝玉定亲，黛玉决心求死，过去总是关心宝玉是否对自己一心一意的黛玉现在只是在终身大事上疑惧不已，这不符合前八十回对林黛玉性格的描写。前八十回，林黛玉和贾宝玉是知己，是建立在思想一致基础上的感情，比如她从来不劝贾宝玉立身扬名、读书做官。第八十九回林黛玉对人生风雨的态度和前八十回也完全不同，前八十回林黛玉对生活中的风刀霜剑，采用以诗言志的方式回应，这种诗人对现实的诗意化反映，后四十回根本写不出来。第二个质疑，是黛玉求死的过程中，一向对黛玉体贴得无微不至的贾宝玉，还没有失去通灵宝玉，没有失去理智，没有疯癫，他对林黛玉的心思居然毫无察觉。林黛玉想的是，她现在年纪已大，不能再对贾宝玉"柔情挑逗"，所以满腔心事说不出来。我特别讨厌"柔情挑逗"，短短四个字，一笔抹杀了前八十回宝黛爱情知己之恋的性质。而贾宝玉对林黛玉是"浮言劝慰，真真是亲极反疏了"。他们之间没有一点儿具体的对话，没有一点儿具体的细节，写得十分空洞。第三点质疑是，半个月之后，黛玉肠胃日薄，连粥都不能吃了，看见怡红院的人，无论上下，也像是宝玉娶亲的光景。黛玉绝食多日，可能连床都下不了了，她怎么能再进怡红院，她怎么还能看到那边"无论上下"？ 更怪异的是，薛姨妈来探望，黛玉不见宝钗，越发起疑心。这就更是东扯葫芦西扯瓢。既然黛玉听到的是宝玉跟王大爷介绍的女子定亲，和薛宝钗有什么关系？第四点质疑是最重要的，在曹雪芹构思中，贾母绝对不是后四十回所描写的这个"狼外婆"，她反而是木石姻缘的坚定支持者。但是后四十回改变了贾母的形象，改变了曹雪芹的构思，让贾母对林黛玉关键时刻给了致命一击。

但是，林黛玉从绝食求死到恢复生机，构成她这些行为的理由、过程、心理，都是通过一系列细节描写完成的，写得入情入理，如泣如诉，细腻感人，而且也比较符合林黛玉的身份和个性。这也是后四十回能够吸引读者，能够陪着前八十回一直流传的重要因素。

"失绵衣""送果品" 贾母变身狼外婆

——第九十回 失绵衣贫女耐嗷嘈,送果品小郎惊巨测

第九十回回目概括内容是:邢岫烟因丢失小袄受大观园婆子辱骂,王熙凤关心她;夏金桂和宝蟾想借送果品勾搭薛蝌。其实对《红楼梦》主线和主题来说,这一回更重要的是,这两个内容之前黛玉求死余波和贾母异常表现,慈祥的贾母几乎变成狼外婆。

黛玉转危为安

黛玉知道宝玉没有定亲,判断贾母给宝玉看中的反而正是她自己。林黛玉又从死亡线上活过来。第九十回用两句俗话总结林黛玉从决意求死到转危为安:"心病终须心药治,解铃还是系铃人。"这个过程写得有点儿像侦探小说,一波三折,丝丝入扣,比较真实可信。

黛玉听到宝玉定亲消息后,决意求死,十几天后,一口饭一口水都不肯用了。贾母觉得黛玉的病不像没有理由,盘问黛玉丫鬟,紫鹃、雪雁怎么敢讲。这一点写得很合理。紫鹃、雪雁为什么不敢讲黛玉病因?因为她们知道把黛玉因为听到宝玉定亲故意糟害自己才病得越来越重的事说出来,就泄露了千金小姐不能见人的心思,等于叫林黛玉身败名裂。在贵族家庭,男人寻花问柳是小节,贵族少女怀春却万万见不得人。贾母掰谎时说,如果一位千金小姐见到个清俊点的男人就想到终身大事,还算什么佳人。紫鹃、雪雁不敢讲还涉及自身安危。紫鹃和雪雁如果说出来是雪雁从待书那里听到所谓宝玉定亲消息,雪雁、待书都可能被林之孝家的用家法处置,打几十板子最轻,撵出去或立即卖掉都有可能。所以当贾母追查林黛玉病因时,紫鹃、雪雁咬紧牙关一句话也不说,好像就是林姑娘本来体弱渐渐病重。雪雁更是恨不得长出一百张嘴,说我什么也没说。紫鹃不敢找待书打听消息,怕

消息是真的，黛玉死得更快。

林黛玉自求速死，病势垂危，气息奄奄，紫鹃嘱咐雪雁好好守着，她去向贾母等汇报，大约紫鹃想给林姑娘准备后事。

雪雁守着垂危的林黛玉，心里又痛又怕时，天上掉下个待书来。雪雁认为姑娘已病重弥留没知觉，就在黛玉榻前询问待书宝玉定亲的事："那雪雁此时只打谅黛玉心中一无所知了，又见紫鹃不在面前，因悄悄的拉了待书的手问道：'你前日告诉我说的什么王大爷给这里宝二爷说了亲，是真话么？'待书道：'怎么不真。'雪雁道：'多早晚放定的？'待书道：'那里就放定了呢。那一天我告诉你时，是我听见小红说的。后来我到二奶奶那边去，二奶奶正和平姐姐说呢，说那都是门客们借着这个事讨老爷的喜欢，往后好拉拢的意思。别说大太太说不好，就是大太太愿意，说那姑娘好，那大太太眼里看的出什么人来！再者老太太心里早就有了人了，就在咱们园子里的。大太太那里摸的着底呢。老太太不过因老爷的话，不得不问问罢咧。又听见二奶奶说，宝玉的事，老太太总是要亲上作亲的，凭谁来说亲，横竖不中用。'"

这是一段对小说人物描写、对小说布局以一当十作用的奇文，写得太好了。待书回答雪雁的问话，先来句"怎么不真"，这句话眼睁睁要送掉林黛玉的命，没想到，峰回路转，待书接着把门客给宝玉提亲被贾母否决明明白白说出来，林黛玉有救了。更妙的是，待书说贾母已给宝玉看中定亲对象，是亲上加亲，住在园子里。这就叫林黛玉产生误会，认为贾母打算给宝玉定的正是自己。现在住大观园，又跟宝玉亲上加亲的，不是只有她一人？薛宝钗也是亲上加亲，但她搬出大观园了。待书转述王熙凤的话，续书作者故意让她说得含含混混，不明确点明贾母给宝玉定的是薛宝钗，薛宝钗是亲上加亲，还曾住在园子里。这段解开林黛玉心中死结的话，写得巧妙机智、起伏波折、姿态横生，是后四十回的一个很大亮点。

林黛玉无意中听到宝玉定亲决意求死，又无意中听到雪雁和待书对话，知道所谓宝玉定亲是议而未决，又从待书的话推测，贾母给宝玉看中的恰好是她自己。败也萧何成也萧何，林黛玉又奇迹般活过来。待到贾母等赶来看她时，她已经要求喝水了。

紫鹃把黛玉濒死和当年她一句玩笑话导致宝玉差点死了相提并论，认定宝玉、黛玉好事多磨，是三生石上百年前结下的缘分。紫鹃是黛玉的知音，她们两个名为主奴，亲如姐妹。这一点，后四十回没写错。紫鹃、雪雁、待书，三个丫鬟都明白黛玉为什么求死，又明白她为什么濒死复生，但是她们哪个也不敢把这秘密传出去。因为这不仅关乎林黛玉的声名,更关乎她们的切身利益。

贾母表现匪夷所思

黛玉忽病忽好,贾府议论纷纷。倒是贾母猜着八九分。贾母能猜到是合理的,她心爱的孙子和外孙女是什么感情,精明过人的贾母岂能不知道,关键是贾母猜到后对这件事的处置,不合人之常情,对贾母在前八十回表现的性格严重扭曲。

贾母对邢夫人、王夫人、王熙凤主动说起,林丫头忽然病,忽然好,都是因为有些知觉了。当然指和宝玉有恋情的知觉。贾母认为宝玉、黛玉再待在一起,不成体统。特别微妙的是贾母说完这些话,王夫人的表现。王夫人回答:"林姑娘是个有心计儿的。至于宝玉,呆头呆脑,不避嫌疑是有的,看起外面,却还都是个小孩儿形象。此时若忽然或把那一个分出园外,不是倒露了什么痕迹了么。"王夫人极力维护林黛玉,是站在林黛玉的立场上考虑问题的态度,比贾母的态度好得多。小说写王夫人听了贾母的话先是"呆了一呆,只得答应",什么意思? 王夫人感到意外,所以听了贾母这番话呆了一呆,可能因为外祖母主动非议外孙女,且把外孙女说得十分不堪,王夫人非常惊奇,一时愣住不好回答。但王夫人绝对不能支持贾母说林黛玉的坏话,她如果承认黛玉不好,等于承认贾母纵容黛玉,王夫人聪明地把责任揽到宝玉的头上,说宝玉不避嫌疑,他们还是小孩儿形象,并没有出格的事。现在如果把宝玉从园子里调出来反而不妥。王夫人这不是帮林黛玉开脱? 给贾母台阶下? 这番话等于变相否定贾母认为黛玉有知觉,林黛玉有非分之想,王夫人倒成了林黛玉的保护神,咄咄怪事。接着王夫人说:"古来说的:'男大须婚,女大须嫁。'老太太想,倒是赶着把他们的事办办也罢了。"王夫人比贾母棋高一着,趁着贾母说黛玉的坏话,赶紧把金玉良缘落到实处。

贾母似乎还没讲够林黛玉的坏话,还变本加厉:"贾母皱了一皱眉,说道:'林丫头的乖僻,虽也是他的好处,我的心里不把林丫头配他,也是为这点子。况且林丫头这样虚弱,恐不是有寿的。只有宝丫头最妥。'"匪夷所思! 天下有这样的嫡亲外祖母吗? 不仅不成全明明知道跟宝玉有情的亲外孙女,还说外孙女乖僻,虚弱,活不长。这是林黛玉上一世的冤家? 必须没完没了说林黛玉的坏话? 不说就不甘心? 接下来贾母干脆不把林黛玉当回事。王夫人道："不但老太太这么想，我们也是这样。但林姑娘也得给他说了人家儿才好，不然女孩儿家长大了，那个没有心事？倘或真与宝玉有些私心，若知道宝玉定下宝丫头，那倒不成事了。"贾母道："自然先给宝玉娶了亲，然后给林丫头说人家，再没有先是外人后是自己的。"直接把林黛玉当成外人。但前八十回贾母曾对薛姨妈说过：我们家四个丫头都不如宝丫头，这四个丫头当然不会包括做皇妃的元春，只能把黛玉跟迎春、探春、惜春放到一起，都是贾府自己的人，现在，贾母直接说林黛玉是外人。

在给宝玉定宝钗这件事上，前八十回积极分子是薛姨妈、王夫人，薛姨妈的策略是公开向王夫人等宣扬金玉良缘，这个"等"包括贾母。王夫人的策略是迫害晴雯并把晴雯跟黛玉类比。现在，给宝玉定宝钗冲锋陷阵的是贾母；唾沫飞溅、喋喋不休说林黛玉坏话的是贾母；公开说林黛玉是外人的，还是贾母。前八十回贾母可是放爆竹时都把林黛玉搂到怀里，贾母变脸变到这种程度，真是见了鬼了。

在黛玉求死和转危为安的描写中，特别引人注目的是对贾母的描写，离奇古怪、不通人情的描写。贾母是宝玉、黛玉保护神，凤姐能跟黛玉当众开"你既吃了我们家的茶，为什么还不给我们家做媳妇"的玩笑，就是透露贾母"二玉一家"的想法。木石姻缘能和金玉良缘长期对峙，就是因为贾母和王夫人对贾宝玉的婚姻对象分别暗中选中林黛玉和薛宝钗，谁也不公开提出来，一直暗地较劲。不管薛姨妈怎么宣传金玉良缘，不管薛宝钗总戴着代表金玉良缘的金锁在贾母跟前晃来晃去，对贾母又手不离方寸地恭维，贾母始终对金玉良缘毫不动心，即便元妃以给宝玉、宝钗赏赐相同端午节礼，放出带有指婚意向的气球，贾母仍然对金玉良缘装聋作哑，端午清虚观打醮后，贾母说出宝玉、黛玉"不是冤家不聚头"，"冤家"是夫妻代称，路人皆知。进入后四十回，贾母对林黛玉态度大变，似乎把她对林黛玉的疼爱和呵护忘到九霄云外，似乎她从来没考虑过二玉一家，是她提出给贾宝玉提亲，是她不经过和贾政商量就拍板金玉良缘。当林黛玉莫名其妙生病，又莫名其妙好转之后，又是贾母像个大侦探，嗅出是林黛玉有了心病，主动对王夫人等说林黛玉的坏话，前八十回对林黛玉无比慈祥疼爱有加的外祖母，忽然对林黛玉最无情最狠辣，太古怪了。

贾母到底选择薛宝钗还是黛玉做宝玉终身伴侣，红学界一直有两种完全相反的意见：一种认为贾母和王夫人观点一致，欣赏且最后给宝玉定亲对象是宝钗；另一种认为贾母一直精心呵护林黛玉，要采取二玉一家的办法，把林黛玉永远留在自己身边。我认为，贾母坚持要二玉成一家，贾母说过不是冤家不聚头，贾母一直和王夫人对着干，王熙凤是贾母二玉一家的坚定支持者和具体执行者。抛开这两种截然相反的论点想一想，贾母给宝玉选定宝钗后，会不会像后四十回写的这样对待林黛玉？她能像个絮絮叨叨专门说人坏话的碎嘴婆，而她的坏话专门对着她女儿留在人间的唯一骨肉、她搂到怀里叫"心肝儿肉"的外孙女，她叫宝玉给倒地方的林黛玉吗！前八十回最爱林黛玉的外祖母，现在成了决定金玉良缘并对林黛玉手段最狠的奇葩姥姥。贾母几乎给后四十回篡改成不通情理的狼外婆了。

贾母、王夫人决定加快宝玉婚姻步伐，贾母还提出：宝玉定亲的话，不许叫他们知道。"他们"指林黛玉和潇湘馆，连如何向林黛玉瞒宝玉定亲消息，都是二玉最亲爱的老祖宗定盘子，实在残忍得有点儿过了。王熙凤吩咐众丫头："宝二爷定亲的话，不许混吵嚷。若有多嘴的，提防着他的皮。"于是宝玉婚事紧锣密鼓却又像进入暗箱操作。

邢岫烟再次显贫寒

贾母要求凤姐多管一下大观园的事，"严紧严紧他们才好"。凤姐为此经常到大观园照料，就把邢岫烟丢绵衣的事提上描写日程。

凤姐走到迎春原来住的紫菱洲，听到一个婆子在那儿嚷，她告诉凤姐，她奉命在这里看守花果，邢姑娘的丫头却说我们是贼。原来是邢岫烟丢件小绵衣，丫鬟问了婆子一声。从细节上看，小绵袄确实是婆子带到邢岫烟院子的黑子顺走，但婆子坚决不认账，还高声吵嚷，见到凤姐还说园子是奶奶家的又不是他们的，显然不把邢岫烟当主子看。凤姐把婆子训了一顿，叫把"老林"叫来，也就是把林之孝家的叫来，把婆子轰走。前八十回没听到过王熙凤把林之孝家的叫"老林"，倒像现在职场同事间平等称呼。

邢岫烟听到要轰走婆子，马上求情，说都是自己丫头不好。凤姐放过婆子，问邢岫烟丢了什么，邢岫烟说丢了件小绵袄，邢岫烟只说自己的丫头不好，不声明，小绵袄已找到。这个细节说明，邢岫烟寄人篱下多么悲惨，明明自己失盗，还得给小偷的家长讲情。王熙凤什么态度？"爱敬"邢岫烟。"爱敬"这个词有点儿刺眼，王熙凤可能对邢岫烟有同情心，有爱意，有疼顾意思，如果提升成"敬"就有点儿夸张。王熙凤回到自己房间，叫平儿取四件衣服，有贴身穿的小袄，有外边穿的皮袄，有绵裙，派丰儿给邢岫烟送去。邢岫烟理所当然谢绝,凤姐又派平儿去,说:"姑娘不收这衣裳,不是嫌太旧,就是瞧不起我们奶奶。"平儿言谈和前八十回没多大区别。她这样说之后,邢岫烟只能收下。

这段描写似曾相识,前八十回有没有跟这段故事类似情节?有,且不止一次,分别涉及薛宝钗和王熙凤对邢岫烟的关怀。一件是:第五十七回"慧紫鹃情辞试忙玉",薛姨妈给薛蝌定邢岫烟后,邢岫烟住在迎春那里,和宝钗以姊妹相呼。薛宝钗有一天发现,天气还较冷,邢岫烟却穿得单薄,她问起来,邢岫烟说,她住在迎春那里,邢夫人叫她把月钱送一两给父母使用,她的零用钱不够用,只好悄悄把绵衣叫人当了几吊钱。宝钗叫邢岫烟把当票拿来,她给取出来。宝钗感叹:宝琴出嫁的事一时不能办,也不能办你们的婚事,你在园子里受委屈了。干脆把二两银子都给你父母送去,你用钱只管找我要,在园子里,有人欺负你,你耐些烦儿,别熬煎出病来。邢岫烟的衣服恰好当到薛家当铺,宝钗风趣地说伙计们如果知道,会说"人没过来,衣裳先过来",这都是些微不足道却生动有趣的描写。薛宝钗关心邢岫烟,写出大家闺秀薛宝钗宽厚善良、思虑周到。前八十回写邢岫烟因为贫穷当了衣服,后四十回写邢岫烟还是因为贫穷丢了件小绵袄就闹起来,何其相似。另一件相似事件是,第五十一回"胡庸医乱用虎狼药",袭人母亲病重,王夫人叫王熙凤打发袭人回家,王熙凤就给袭人安排"贵妇还乡",嫌袭人穿的衣服、带的包袱不够气派,命平儿把一个玉色绸里哆罗呢的包袱拿出来,再包上件雪褂子,把石青缂丝八团天马皮褂子给袭人。平儿给袭人一件大红猩猩毡雪褂子,把另一件大红羽纱雪褂子也拿出来说:"昨儿那么大雪,人人都是有的,不是猩猩毡就是羽缎、羽纱的,十来件大红衣裳,映着大雪好不齐整。就只邢岫烟穿着那件旧毡斗篷,越发显得拱肩缩背,好不可怜见的。如今把这件给他罢。"王熙凤笑道:我的东西,她私自就送人。平儿能做主把王熙凤的衣服送邢岫烟,因为她知道王熙凤对邢岫烟的态度,王熙凤认为邢岫烟为人跟邢夫人不同,值得人疼。前八十回王熙凤对邢岫烟用的词,是她可以疼,不是爱敬,这是不同的分寸,写小说遣词用字,要特别讲究。

九十回"失绵衣贫女耐嗷嘈",把前八十回薛宝钗、王熙凤关心邢岫烟重新拼装,邢岫烟仍是荆钗布裙、安贫乐道的少女,王熙凤和平儿仍然惜贫怜弱、乐于助人。薛姨妈和薛宝钗知道邢岫烟失绵衣后的感叹,也仍然像前八十回,说宝琴还没出嫁,不能办薛蝌的婚事。这样的描写,看不出有什么新意,不过敷衍得比较合乎情理,也算难得。

薛蝌受到性骚扰

邢岫烟和薛蝌，是四大家族旁支成员，薛蝌虽是薛蟠堂弟，但从经济关系上说，近似于贾府远支贾芸，薛蟠只要在一日，薛姨妈就不可能把薛蝌当成继承人和当家人，薛蝌只是在薛蟠入狱期间，做临时代理。邢岫烟是邢夫人的娘家侄女，邢夫人和邢大舅等娘家人关系不好，对邢岫烟不过薄薄一点儿面子情，并不真正疼爱这个娘家侄女。看来曹雪芹是把薛蝌、邢岫烟这对未婚夫妻和呆霸王薛蟠、夏金桂这对夫妻作对比来写，薛蟠、夏金桂都是有钱人家出身，都任性胡作，为非作歹，薛蝌和邢岫烟都比较贫寒，却安分守己、克己复礼。最终薛蝌和邢岫烟有相亲相爱的婚姻，比较完满的人生，跟薛蟠、夏金桂形成强烈对照。不过曹雪芹最后具体怎样安排这两对人物，怎样安排夏金桂的下场，我们都看不到了。前八十回写邢岫烟的笔墨较多，后四十回写薛蝌的笔墨不少，薛蝌通过给薛蟠翻案的活动，已经相当大程度上染黑，靠金钱为薛蟠翻案，为虎作伥。而在家庭中，因薛蟠身陷囹圄，薛姨妈不得不把薛蝌看成薛家支柱，薛家里里外外的事，都归薛蝌办理，成了顶梁柱。

王熙凤帮助邢岫烟的事，由薛家的婆子报告薛姨妈和薛宝钗，她们感叹一番，薛姨妈对薛蝌赞扬邢岫烟有廉耻，守得住贫，耐得住富，希望早点把邢岫烟娶过来。小说从邢岫烟故事，过渡到薛蝌故事。薛蝌回到书房，想到未婚妻那么个贤良女孩偏偏家境不好，寄人篱下，日子过得艰窘，夏金桂这样的泼辣货，偏偏有钱。薛蝌感叹之余，赋诗一首，感叹"蛟龙失水似枯鱼，两地情怀感索居"。诗写得一般化，但表达他们两个处境比较合适。

薛蝌正在为邢岫烟忧虑，宝蟾忽然来给他送酒送果品，表面上宝蟾是代表夏金桂送果品和酒感谢二爷为大爷的事奔忙，但宝蟾的表情很不正经，语言暧昧且带有挑逗意味，她居然说"服侍的着大爷，就服侍的着二爷"，这叫什么话？在富豪人家，丫鬟服侍少爷的常规，不就包括同床共枕？何况，宝蟾已是薛蟠侍妾，她说这样的话，勾引薛蝌的意思非常明显。

宝蟾给薛蝌送果品，本来是夏金桂想勾引薛蝌放出的试探气球。夏金桂派宝蟾去送果品和酒时，很可能还没有、也不能露出想勾引薛蝌的意图，很可能冠冕堂皇地说，给二爷送些果品和酒，感谢二爷给大爷办事。而本来就为人下贱的宝蟾立刻心领神会，知道她家小姐想干什么。宝蟾进薛蝌的书房,不仅把夏金桂暗暗隐藏的意图透露出来,自己还先来了一番勾引男人的超强发挥,对薛蝌大搞色相诱惑。又是对着薛蝌笑嘻嘻,又是对着薛蝌笑眯眯瞅一眼,一副迫不及待投怀送抱意味,薛蝌即使再幼稚,作为青年男子,也本能地察觉宝蟾行为奇怪。但是正人君子薛蝌总想把送果品和酒摆正到长嫂关心小叔子的位置上,所以他对宝蟾一口一个"姐姐"叫着。宝蟾虽然很想对薛蝌先下手为强,但她敏感地体会到夏金桂对薛蝌在打主意,而心狠手辣的夏金桂仍然操着她宝蟾的生杀大权,宝蟾如果轻举妄动,没什么好果子吃。所以,宝蟾仍然要强调,她来薛蝌这里,是做夏金桂的使者。薛蝌叫她把果品留下,把酒拿回去,说自己不能喝酒。宝蟾说:"别的我作得主,独这一件事,我可不敢应。大奶奶的脾气儿,二爷是知道的,我拿回去,不说二爷不喝,倒要说我不尽心了。"薛蝌只好把酒也留下,而宝蟾离开薛蝌的书房时又来了番意味深长的表演:"宝蟾方才要走,又到门口往外看看,回过头来向着薛蝌一笑,又用手指着里面说道:'他还只怕要亲自给你道乏呢!'"宝蟾这番行动鬼鬼祟祟,先到门外看一眼,是确定薛家没有人听到她和薛蝌的谈话,然后才把夏金桂要亲自来"感谢"的话说出来。大约不到一分钟时间,宝蟾对夏金桂的称呼换了完全不同的用词,不再称"大奶奶"而称"他"。"大奶奶"是丫鬟对当家奶奶正常称呼,是尊称,"他"是对共同办坏事者的亲切称呼,也是蔑称。称呼的变化,说明宝蟾不自觉地把自己跟夏金桂放到平等位置上了。一个陪房丫鬟有什么权力和奶奶平起平坐?那就是因为她们有了共同的利益、共同的需求,要把薛蝌变成乱伦情人。在谈话中让宝蟾把大奶奶变成"他",这一点后四十回作者做得很高明,这对描写人物内心变化起到很好的作用。其实这种用称呼变迁展示人物之间关系变更的写法,仍然是向前八十回学的。平儿挨打后跟王熙凤一起吃饭,不是因为说了个"你",就被王熙凤找出毛病?怡红夜宴后,晴雯对平儿说:"今儿他还席,必来请你的。"平儿笑着问道:"他是谁,谁是他?"在这些极其微小的地方,都可以看出来,《红楼梦》后四十回作者确实很努力,很想追上曹雪芹的脚踪。

在这一回结尾,有段薛蝌的心理活动:"薛蝌始而以为金桂为薛蟠之事,或者真是不过意,备此酒果给自己道乏,也是有的。及见了宝蟾这种鬼鬼祟祟不尴不尬的光景,也觉了几分。却自己回心一想:'他到底是嫂子的名分,那里就有别的讲究了呢。或者宝蟾不老成,自己不好意思怎么样,却指着金桂的名儿,也未可知。然而到底是哥哥的屋里人,也不好。'忽又一转念:'那金桂素性为人毫无闺阁理法,况且有时高兴,打扮得妖调非常,自以为美,又焉知不是怀着坏心呢？不然，就是他和琴妹妹也有了什么不对的地方儿，所以设下这个毒法儿，要把我拉在浑水里，弄一个不清不白的名儿，也未可知。'想到这里，索性倒怕起来。"薛蝌大段心理描写，写得比较可信，后四十回许多心理描写，功力不比曹雪芹差多少，只不过，因为对人物形象把握失控，这类心理描写有时反而起反作用。薛蝌已经看出宝蟾的举动不尴不尬鬼鬼祟祟，担心夏金桂对宝琴和自己怀着什么坏心思，薛蝌当然做梦想不到这位所谓长嫂，正打算拉他下水。

这一回结尾薛蝌正在不得主意的时候，忽听窗外"扑哧"笑了一声，把薛蝌倒唬了一跳。宝蟾要变本加厉地表演，薛家的洋相在下一回还会更加丑恶地"出"下去。

这一回贾母等研究宝玉、宝钗婚姻，贾母的决策令人印象深刻，薛蝌似乎受到性骚扰，也写得细致生动，居心叵测的淫荡丫鬟和小心谨慎的守法公子如何交往，后四十回的作者写得像一幅市民生活的油彩画。

淫贱者画影图形　相爱者借禅谈心

——第九十一回　纵淫心宝蟾工设计，布疑阵宝玉妄谈禅

　　九十一回回目对仗工整，也恰当地概括了这一回的内容。这样的回目设计，是成功照搬前八十回某些命名法，把一主一奴的故事放到同一回中对应描写。比如，第十九回"情切切良宵花解语，意绵绵静日玉生香"，第三十回"宝钗借扇机带双敲，龄官画蔷痴及局外"，第四十四回"变生不测凤姐泼醋，喜出望外平儿理妆"，不过后四十回学得还不算到位，前八十回设计这样的回目，在同一回中，往往有统一的描写倾向，围绕小说核心人物的感情走向推动小说情节。《红楼梦》核心人物是贾宝玉、王熙凤，前八十回有时出现以一主一奴为回目的章节，比如"情切切良宵花解语，意绵绵静日玉生香"，虽然回目上人物是宝玉丫鬟袭人和潇湘馆主子林黛玉，但她们都和贾宝玉发生联系，袭人情切切劝的是贾宝玉，林黛玉玉生香的原因也是贾宝玉。第三十回"宝钗借扇机带双敲，龄官画蔷痴及局外"，回目上出现的人物是千金小姐薛宝钗和小戏子龄官，身份迥然不同，却都跟贾宝玉发生联系。第四十四回"变生不测凤姐泼醋，喜出望外平儿理妆"，回目上也是一主一奴，但都是写王熙凤的感情纠纷。第九十一回宝蟾和夏金桂设计想拉薛蝌下水，和贾宝玉、林黛玉谈禅，根本不成比例，把这两个内容整合到一起，多少有点不伦不类。但也可以把它看作是续书作者在齐头并进写四大家族，主要是写薛家和贾家走向衰落。薛家内闱正在进行着封建道德不允许的淫乱甚至乱伦活动，宝玉和黛玉正在进行同样是封建道德不允许的争取自由爱情，而最终被家长扼杀。从小说艺术上和对人物个性把握上看，宝蟾设计拉薛蝌下水的情节和细节都写得相当好，宝玉借谈禅向黛玉表达忠贞爱情，又跟前八十回谈禅画虎不成却类犬。

两个淫妇精彩对话

九十回结尾，薛蝌琢磨不透宝蟾的行为，忽听到窗外有人"扑哧"一笑，他决心不管夏金桂还是宝蟾，绝不理睬，掩上房门，刚要脱衣睡觉，又听到有动静。奇怪！薛蝌为什么仅掩上房门，而不是关上房门且插上插销？既然已经发现宝蟾居心叵测，就应采取严密保护自己不受骚扰的措施，提防宝蟾再突然闯进门。这个地方描写有小小疏漏。

薛蝌刚想睡下，听到窗纸响，疑心起来，拿块果品，翻来覆去看，难道想看看果品里有没有蒙汗药？这是细心还是傻？薛蝌猛回头，看到窗纸湿了一块，毫无疑问，是窗外笑的女人舔的，薛蝌走到窗前觑着眼看湿的地方，冷不防外边往里一吹，把薛蝌吓一大跳。外边又是吱吱的笑声，这也太猖獗了。薛蝌赶紧躺下，外边宝蟾的声音问，为什么不吃果子就睡了。还说句"天下那里有这样没造化的人"，声音倒有点像夏金桂。薛蝌明白宝蟾和夏金桂是同样意思，要来勾引他。

这段一男一女隔窗斗智，人物个性鲜明，描写巧妙细腻。宝蟾是曹雪芹创造成泼辣淫贱的异类女性，后四十回进一步把她写活写绝了。宝蟾成了《红楼梦》人物画廊里个性鲜明、另类的"这一个"，倒有点儿像《金瓶梅》里跟潘金莲争宠夺爱的人物。宝蟾为勾引薛蝌，花样翻新，穷追猛打，死皮赖脸，不顾脸面，不讲任何规矩；薛蝌懵懵懂懂，呆头呆脑，像惊弓之鸟，应对无方，至于他判断是夏金桂说"天下那里有这样没造化的人"，从下面夏金桂和宝蟾对话看，薛蝌可能是误判，因为这时，夏金桂还没直接走到勾引薛蝌的前台。

薛蝌一夜没睡好，刚到天明，宝蟾又来了，拢着头发，掩着怀，穿着小紧身，花夹裤，新红绣鞋，没穿外衣，没系裙子。好像清晨早起未及梳妆匆忙来收家伙，实际是宝蟾精心设计衣衫不整、海棠春睡娇懒的样子，对薛蝌色相诱惑。宝蟾还故意红着脸，不回答薛蝌"怎么这么早就起来了"的问话，把果子折到一个碟子里端走。这是传统言情小说的招数，女人向男人娇嗔，"跑到柳树下等着你来追"。宝蟾给继续骚扰薛蝌留下后路，只拿走果品，不拿走酒壶，她可以借拿酒壶再杀回马枪。

接着，后四十回作者花开两朵各表一枝，写薛蝌和夏金桂宝蟾的心理活动和处境。

薛蝌判断,宝蟾取走果品,是她们恼了,死了心,他便放下心,打算在家里静坐两天,一则养神,二则怕出去外边的人找他。原来,薛蟠出事后,过去跟薛蟠混的狐朋狗党残渣泛起,看到薛蝌年轻,想从中取利,这个想直接骗钱,那个想教唆薛蝌从薛蟠案件中骗钱,薛蝌惹不起躲得起,决定在家养神,这又给宝蟾等进一步骚扰提供机会。薛家风雨飘摇,顶梁柱薛蟠待在监狱,主妇夏金桂琢磨怎么红杏出墙,薛蝌内外交困、焦头烂额。

夏金桂本是任性的搅家精,并不是淫妇,她原来的生活重点是争宠,先和香菱争宠,薛蟠棒打香菱后,薛姨妈要卖掉香菱,被薛宝钗要走,夏金桂又和宝蟾争宠。现在薛蟠打死了人,待在监狱里等待处理结果,回家遥遥无期。夏金桂无宠可争,独守空房,闲极无聊,加上本来她家没用三从四德教育她,她想红杏出墙。她派宝蟾给薛蝌送东西,是探消息,宝蟾带回的信息是薛蝌油盐不进,夏金桂怕给宝蟾瞧不起,又不想放弃勾引薛蝌,因为薛蝌是她眼前唯一可以考虑的性骚扰对象,她呆呆发愣,一时想不出办法。

宝蟾勾引男人的办法好像比夏金桂多,她在夜里想起收果品的主意,早上起来换上娇艳衣服去娇嗔薛蝌,如果薛蝌懂得风情,那就移船到岸,她先把薛蝌弄到手。结果傻不愣登却正气凛然的薛蝌毫不为她的"美色"所动。

夏金桂想到,勾引薛蝌的事,不能瞒宝蟾,倒不如跟她商量个稳便主意。于是夏金桂、宝蟾这对宝贝主子奴才来了场像猫捉弄耗子般关于薛蝌的对话,我将评点变换字体写在括号内:"(夏金桂)因带笑说道:'你看二爷到底是个怎么样的人?'(夏金桂似乎是句普通的话,其实不合规矩,一个做奶奶的,怎么可以跟通房丫头议论爷们?)宝蟾道:'倒像个糊涂人。'(宝蟾话里有话,像这类地方,后四十回写得细腻生动)。金桂听了笑道:'你如何说起爷们来了。'(夏金桂分明装腔作势,明明是她先说起爷们来。)宝蟾也笑道:'他辜负奶奶的心,我就说得他。'(宝蟾还是话里有话,且是对夏金桂含有明显挑逗意味的话。那就是宝蟾知道,夏金桂对薛蝌,完全不是长嫂关心小叔子,而是想捕获床上新猎物,而薛蝌没有接受宝蟾替夏金桂传递的柔情蜜意。)金桂道:'他怎么辜负我的心,你倒得说说。'宝蟾道:'奶奶给他好东西吃,他倒不吃,这不是辜负奶奶的心么。'说着,却把眼溜着金桂一笑。(宝蟾的话几乎挑明,薛蝌辜负奶奶您爱他的心啦。再加上宝蟾把眼溜着夏金桂笑,宝蟾已经迈过她和夏金桂之间主子和奴才的界限,她们之间的关系变成两个淫妇之间知心和共同要干坏事的关系。)金桂道:'你别胡想。我给他送东西,为大爷的事不辞劳苦,我所以敬他;又怕人说瞎话,所以问你。你这些话向我说，我不懂是什么意思。'（夏金桂毕竟是第一次想偷情，毕竟还顾及主子脸面，脸上抹不开，所以还是得说些冠冕堂皇的话。）宝蟾笑道：'奶奶别多心，我是跟奶奶的，还有两个心么。但是事情要密些，倘或声张起来，不是顽的。'（宝蟾向夏金桂公开挑明：我跟您一条心，您想跟二爷成就好事，我会帮助您，只不过咱们做这件事得做得周密些，倘若给人知道了，这可不是玩的。）金桂也觉得脸飞红了，因说道：'你这个丫头就不是个好货！想来你心里看上了，却拿我作筏子，是不是呢？'（夏家一直说一不二的大小姐，薛家闹得鸡犬不宁的大奶奶，给自己的丫鬟当面把心事戳穿，当然得脸红，得嘴硬。宝蟾原来就对夏金桂知根知底，索性直接把事讲得清清楚楚。）宝蟾道：'只是奶奶那么想罢咧，我倒是替奶奶难受。奶奶要真瞧二爷好，我倒有个主意。奶奶想，那个耗子不偷油呢，他也不过怕事情不密，大家闹出乱子来不好看。依我想，奶奶且别性急，时常在他身上不周不备的去处张罗张罗。他是个小叔子，又没娶媳妇儿，奶奶就多尽点心儿和他贴个好儿，别人也说不出什么来。过几天他感奶奶的情，他自然要谢候奶奶。那时奶奶再备点东西儿在咱们屋里，我帮着奶奶灌醉了他，怕跑了他？他要不应，咱们索性闹起来，就说他调戏奶奶。他害怕，他自然得顺着咱们的手儿。他再不应，他也不是人，咱们也不至白丢了脸面。奶奶想怎么样？'"

宝蟾工设计的渊源

宝蟾最后这段话，就是回目上的"纵淫心宝蟾工设计"。看这段文字，我联想到《水浒传》两个情节：一个情节，是潘金莲先采用好像长嫂关怀小叔子的温柔关怀，接着采取挑逗式语言和直接肢体动作勾搭武松，被武松严词拒绝训一顿之后，她向武大郎说武松调戏她；另一个情节，潘巧云调戏石秀，石秀不理睬她，潘巧云怕自己的丑事露馅，就对杨雄说石秀调戏她。宝蟾跟夏金桂的对话，宝蟾给夏金桂设计如何勾引薛蝌，比《水浒传》所谓两大淫妇勾搭男人不成再诬陷对方的过程写得还要香艳，还要细致，还要淋漓尽致。短短几段描写，就把夏金桂、宝蟾这类人物的阴暗心思、龌龊心理、恶毒心计描画得深入骨髓，我觉得《金瓶梅》写冯妈妈劝说王六儿接纳西门庆，文嫂子给西门庆和林太太牵线，也没有《红楼梦》第九十一回宝蟾工设计写得详尽。那么，《红楼梦》前八十回，有没有"纵淫心"的具体描写？贾琏和多姑娘在书房的床戏写得非常简单，贾珍和尤三姐的淫乱活动，写得比较隐晦，畸笏叟命曹雪芹删去的贾珍和秦可卿的丑事，占四五页。据已经丢失的脂砚斋重评石头记靖藏本提供的线索，贾珍和秦可卿爬灰，有具体细节遗簪和更衣，这些删除的文字有没有详尽的"纵淫心"的描写？现在都不得而知。而续书作者在第九十一回写的宝蟾纵淫心，给明清小说增添一段堪称精彩的"纵淫心"桥段。薛蝌有点书生气，有点傻气，他毕竟能把持得住，算得上难得的正人君子。宝蟾、夏金桂的荡妇情态被续书作者描画得如见其人，如立纸上，而花娇月媚般的《红楼梦》也就跟市民文学更接近了。

计划不如变化快

宝蟾设计好和夏金桂诱惑薛蝌的闺阁毒计，却没有快速实行，因为薛家又出变局，一是夏金桂所谓的弟弟来了，二是薛蝌又外出处理薛蟠的官司。为准备薛蝌再次去救薛蟠，薛家一团忙乱，导致宝钗发热病，贾政把宝玉、宝钗婚事的放定和迎娶提上日程。

写长篇小说的作家都有这样的经验：除非你写的是《儒林外史》类小说，是鲁迅先生说的"虽云长篇，实同短制"，一部长篇小说由若干并不互相关联的短篇小说连缀而成，一个人物的故事在一回甚至几回中描绘，很快有结局，比如范进中举，围绕这个人物把故事写完，转入另一个跟他不相干人物故事的描写，这是"虽云长篇，实同短制"的长篇小说写法。而既有贯穿始终的主角又采用网状结构的长篇小说，主要人物命运要齐头并进，情节要相对缓慢地一步步展开，矛盾要陆续推开，在同一回目中，写完一段故事，在这里打一个结，再去写另一段故事，再打一个结，然后顺着这一个一个的线头，继续往下结网。看来续书作者懂得长篇小说网状推写的妙诀，"纵淫心宝蟾工设计"之后，应该转入"布疑阵宝玉妄谈禅"，在两者之间得安排一个必要的过渡。宝蟾定下所谓妙计之后，她见了薛蝌故意做一本正经姿态，薛蝌觉宝蟾安静，放下心，夏金桂倒是对薛蝌"一盆火似的赶着"，这是宝蟾教唆夏金桂要"时常在他身上不周不备的去处张罗张罗"，也就是要做出长嫂关心小叔子的姿态，渐渐拉近跟薛蝌的感情，下一步才设局灌醉他，胁迫他淫乱。

就在薛姨妈错误地判断，搅家精忽然对人热情，是不是意味着我们薛家时来运转时，夏金桂又出幺娥子，她"弟弟"夏三来了。"夏三"命名幽默，谐音不就是下三烂？这个"弟弟"和夏金桂既不同父也不同母，是过继的，只有姐弟名分没有姐弟实质，可以搞别的勾当。在夏三出场前，夏金桂不过是任性的夏家小姐，搅家的薛家媳妇，夏三出场后，夏金桂成了双料败家精，一方面夏三帮夏金桂把金银财宝转移出去，从经济上败薛家，另一方面夏三跟"姐姐"亲密得超过正常姐弟，从名声上败坏薛家，薛姨妈见一眼就看出这对姐弟"不尴不尬"，"舅爷"将会在薛家引起祸患。

宝蟾设计捕获薛蝌的妙计不能马上实现的更重要原因，是薛蟠又需要薛蝌去打点。前八十回连"唐寅"都念成"庚黄"的薛蟠，写了封言简意赅的信，告诉薛姨妈，他的案件又要重新审理，可能又要翻案，县官把他定为误杀，报到府里，因为薛家的钱送到，府里准了，报到道里，道里给反驳下来，显然是薛家忽略了给道员送钱，道里要亲提薛蟠审问，还要申饬办案不公。薛蟠要求薛蝌急速带银子过去打点。

这段平地起风波的情节，说明官场从上烂到下，从下烂到上，上上下下都得银钱开路。这段风波也从情节上延缓了宝蟾纵淫心拉薛蝌下水毒计的进行。

为了给薛蟠准备银子，安排薛蝌上路，薛宝钗急得发热病，高烧不退，连话都说不出，病情危急，贾府派人探望，送返魂丹、至宝丹都没效，还是宝钗想起吃冷香丸，才好了。宝钗病八九天，无事忙贾宝玉居然没去看望宝姐姐。贾府集体向贾宝玉封锁消息，上上下下，密不透风，混乱的贾府忽然如此严谨，有点儿不合情理。当然不管是不是合情理，续书作者必须这样安排，已定亲的未婚夫妻不能见面，是当时习俗。

薛蝌有信来，看来是请贾府出面求情，薛姨妈瞒着宝钗求王夫人，王夫人再求贾政，贾政现在对官场颇有些经验，他说"此事上头可托，底下难托，必须打点才好"。一向"正派"的贾政也知道金钱最有话语权。接着王夫人跟贾政商量：宝钗已是咱家人，要早点娶过来，不能叫她在薛家糟蹋坏了身子。贾政给宝玉、宝钗的婚事定下时间表：今年冬天放定，明年春天过礼，过了老太太八月生日，再定日子迎娶宝钗。按照贾政的安排，宝玉、宝钗从议婚到娶亲，差不多一年时间，但是计划不如变化快，接着会发生一系列变故，元妃去世，宝玉丢玉掉魂，得借金锁冲喜，后四十回最重要的章节"薛宝钗出闺成大礼，林黛玉焚稿断痴情"，就要推出。

宝玉黛玉借禅谈心

宝玉终于还是听说宝姐姐生病，听说薛姨妈在贾母那里，过来请安，问：

宝姐姐可好了？薛姨妈回答：好了。宝玉觉得薛姨妈对自己不像以前亲热，他想："虽是此刻没有心情，也不犯大家都不言语。"满腹猜疑上学去。放了学到潇湘馆，黛玉带着雪雁去给薛姨妈请安回来。小说写了大段宝玉、黛玉的议论，他们都弄不明白，为什么薛姨妈忽然对宝玉不热情了，为什么贾母、贾政、王夫人总不叫宝玉去看宝钗，然后有一段黛玉和宝玉将近四百字的对话：

> 宝玉道："宝姐姐为人是最体谅我的。"黛玉道："你不要自己打错了主意。若论宝姐姐，更不体谅，又不是姨妈病，是宝姐姐病。向来在园中，做诗赏花饮酒，何等热闹，如今隔开了，你看见他家里有事了，他病到那步田地，你像没事人一般，他怎么不恼呢。"宝玉道："这样难道宝姐姐便不和我好了不成？"黛玉道："他和你好不好我却不知，我也不过是照理而论。"宝玉听了，瞪着眼呆了半晌。黛玉看见宝玉这样光景，也不睬他，只是自己叫人添了香，又翻出书来细看了一会。只见宝玉把眉一皱，把脚一跺道："我想这个人生他做什么！天地间没有了我，倒也干净！"黛玉道："原是有了我，便有了人；有了人，便有无数的烦恼生出来，恐怖，颠倒，梦想，更有许多缠碍。才刚我说的都是顽话，你不过是看见姨妈没精打采，如何便疑到宝姐姐身上去？姨妈过来原为他的官司事情心绪不宁，那里还来应酬你？都是你自己心上胡思乱想，钻入魔道里去了。"

看这段宝黛对话，会替林黛玉难过。为什么？两个原因。第一，贾宝玉和薛宝钗的金玉良缘已成定局，这件叫木石姻缘灰飞烟灭的残酷事，在把林黛玉当成心肝儿肉的贾母的亲自操纵下进行，把林黛玉瞒得铁桶般，林黛玉却因为一向关系良好的表弟宝玉没去探望生病的表姐宝钗，设身处地替宝钗伤心，替薛姨妈纷繁的家事担忧。单纯善良的林黛玉哪里想到贾府长辈，包括她最爱的外祖母，包括曾说疼她比宝钗还甚的干妈薛姨妈，正在狠心地联手把她置于死地？第二，在前八十回，宝玉、黛玉间是什么状态？是黛玉不断找岔，不断"寻衅闹事"，不断"歪派"宝玉，甚至诬赖宝玉想咒她死，而宝玉一口一个"好妹妹"叫着，永远小心翼翼，永远陪着笑脸，想尽一切办法，费尽无数口舌，叫黛玉放心，叫黛玉舒心，叫黛玉开心，现在，前八十回的历史完全给后四十回颠倒过来，得林黛玉劝导贾宝玉，得林黛玉安慰贾宝玉，而贾宝玉在那里说起什么死了活了的话。

对照前八十回宝黛关系的描绘,这将近四百字的宝黛对话,我的印象是:可信度不高,跟前八十回原有人物性格脱节。再往下看,回目上的内容"布疑阵宝玉妄谈禅"就更值得推敲。小说写:听到黛玉这番话,宝玉对黛玉说:你的性灵比我强远了,怨不得前年你和我说禅语,我对不上来呀。宝玉又说:"我虽丈六金身,还借你一茎所化。"这话什么意思?就是:我虽然对禅理稍微有些理解,还不是靠你至高至纯的性灵所点化?林黛玉一听,又乘机想考察一下自己和宝钗在宝玉心中占什么地位。她连珠炮一样发问:"宝姐姐和你好,你怎么样?宝姐姐不和你好。你怎么样?宝姐姐前儿和你好,如今不和你好,你怎么样?今儿和你好,后来不和你好,你怎么样?你和他好他偏不和你好,你怎么样?你不和他好他偏要和你好,你怎么样?"前八十回那么聪明的林黛玉,正如李嬷嬷所说,嘴像刀子一样的林黛玉,竟然不厌其烦、絮絮叨叨问了一系列宝姐姐如何你如何,其实一句话就能问清:"你怎么对待宝姐姐?"林黛玉的问话,竟然叫贾宝玉呆了半晌,然后大笑回答:"任凭弱水三千,我只取一瓢饮。"什么意思?什么宝姐姐长宝姐姐短,我只跟你一个人好。黛玉接着问:"瓢之漂水,奈何?"意思是:如果我们两个好不成,怎么办?宝玉说:"非瓢漂水,水自流,瓢自漂耳!"意思是:不是好不成,而是心不坚的缘故。这个地方套用《六祖大师法定坛经》的禅语:僧人看到风吹动幡,一个说,这是风吹动的,一个说,这是幡自己动,争执不下,惠能说:"非风非幡,仁者心自动耳。"林黛玉接着问:"水止珠沉,奈何?"意思是:我死了,你怎么办?宝玉回答:"禅心已作沾泥絮,莫向春风舞鹧鸪。"意思是:你死了,我就不管世事,不再回家,做和尚去。黛玉说:"禅门第一戒是不打诳语的。"宝玉道:"有如三宝。"三宝指佛、法、僧,贾宝玉的意思是:我对天发誓,一定这样做。黛玉听了,低头不语。

这是后四十回第五次写贾宝玉和林黛玉见面,模仿前八十回来了番谈禅,结果露出了续书作者对人物个性把握不准、古书典故拎不清的马脚。林黛玉在第二十二回跟贾宝玉谈禅,"尔有何贵?尔有何坚",非常简单的语言,把宝玉问得无话可答。这次恰恰相反,林黛玉滔滔不绝地问,贾宝玉滔滔不绝地答,先用佛语表达他只挚爱林黛玉,最后说出两句:"禅心已作沾泥絮,莫向春风舞鹧鸪。"明确表达,只要你林黛玉死了,我一定做和尚,不再听世说纷纭。其实宝玉的话简直是冒犯黛玉。第一句"禅心已作沾泥絮",这是苏轼的朋友道潜和尚对妓女说的话。据《东坡集》记载,苏轼在徐州时,他的朋友道潜和尚拜访他，在酒席上苏轼故意派个妓女去找和尚要诗，道潜口占一绝："多谢尊前窈窕娘，好将幽梦恼襄王。禅心已作沾泥絮，肯逐春风上下狂?"诗的意思是：我这个和尚万念俱灰，不会和任何美女谈情。贾宝玉用道潜和尚的话，博览群书的林黛玉竟听不出来，没发现贾宝玉把和尚对妓女说的话用到自己身上，是非常不尊重? 林黛玉也不发火，也不小性，林黛玉读书太少了。后一句"莫向春风舞鹧鸪"出自《交州异物志》："鹧鸪其志怀南，不思北往，南人闻之则思家，故郑谷诗云：'座中亦有江南客，莫向春风唱鹧鸪。'这首诗的题目是《席上赠歌者》。"鹧鸪"是曲牌名，所以要唱鹧鸪，不能舞鹧鸪。续书作者不仅记错了典故，还把"唱"改成"舞"，出大笑话。原来典故既然错了，两句联起来也十分勉强。曹雪芹是学者型作家，典故信手拈来，随笔点染，新意迭出。续书作者也想步其后尘，毕竟才力不足，读书不多，读书不深，时不时露怯。

贾宝玉发誓黛玉死了他做和尚，黛玉低头不语，小说写：檐外的乌鸦"呱呱"叫了几声，这是利用传统迷信观念，暗示林黛玉死定了，贾宝玉的和尚做定了。这样的不吉之兆，平时喜欢多心的林黛玉反而不在意，她说："人有吉凶事，不在鸟音中。"这表明什么? 林黛玉对贾宝玉完全放心。

这一回回目叫"布疑阵宝玉妄谈禅"，其实真是没有什么疑阵，九十一回谈禅比二十二回差得远，第二十二回的谈禅，问得浅显，回答起来却难，所以叫参禅。九十一回谈禅，问得俚俗而繁琐，回答滔滔不绝还似乎深奥，实际不过借用些佛家常用语言、常用典故，重复前八十回贾宝玉对林黛玉说过好几次的话：你放心，你死了，我做和尚。这是在《红楼梦》整部小说中，贾宝玉借助谈禅，最后一次对林黛玉宣誓忠诚。

宝玉颂妇德　贾政参聚散　司棋大悲剧

——第九十二回　评女传巧姐慕贤良，玩母珠贾政参聚散

第九十二回主要内容是贾宝玉给巧姐讲妇德，贾政及贾府众人玩母珠参聚散，司棋悲剧是没上回目的重要内容。

秋纹能模仿薛蟠？

第九十一回结尾，宝玉、黛玉谈禅谈得正高兴，秋纹来叫他，说："请二爷回去，老爷叫人到园里来问过，说二爷打学里回来了没有，袭人姐姐只说已经来了，快去罢。"吓得宝玉站起身来，往外忙走。黛玉也不敢留他。九十二回开头写宝玉从潇湘馆出来，连忙问秋纹："老爷叫我作什么？"秋纹说：不是老爷叫，是袭人姐姐叫我来请，我怕你不来，才哄你。

这段情节太拙劣、不像话！前八十回写过薛蟠想叫宝玉跟自己喝酒，叫茗烟冒充贾政叫宝玉，宝玉惊惊惧惧从大观园出来，薛蟠从墙角边呵呵大笑着跳出来，说：如果不说是姨父叫你，你怎么会出来这么快。贾宝玉恼了说，你怎么能冒充我父亲叫我？茗烟赶紧跪下求饶，呆霸王对宝玉说，以后你叫我，也说我父亲叫就是了。呆霸王的爹死多年，薛蟠竟拿自己的爹开涮。短短一小段描写，把贾宝玉畏父如虎和薛蟠莽撞任性不懂事写活了。

秋纹是怡红院丫鬟，她明明知道贾宝玉只要听到贾政叫，会吓得不知所措，何况，前八十回写怡红院的丫鬟从潇湘馆往回请贾宝玉，大多都是执行贾政的命令，比如兴隆街大爷来了想见宝玉。丫鬟本人有什么权力中止宝玉、黛玉谈话把宝玉叫回来？何况，袭人叫宝玉并没有什么急事，秋纹怎么能又怎么敢冒充贾政来潇湘馆"揪走"贾宝玉？

贾宝玉回到怡红院，袭人查考一番宝玉和黛玉在一起聊些什么话，这也是前八十回非常少见的，现在袭人成宝玉身边无孔不入的东厂西厂锦衣卫。

宝玉对袭人说，他已向学里请假，明天十一月初一家里肯定办消寒会。袭人却叫宝玉明天仍然上学，因为老太太那边还没说要办消寒会，麝月支持贾宝玉明天不上学，怡红院两个大丫鬟又对前八十回写过的对话来番照抄："袭人道：'都是你起头儿，二爷更不肯去了。'麝月道：'我也是乐一天是一天，比不得你要好名儿，使唤一个月再多得二两银子！'"麝月这话耳熟不耳熟？这不是晴雯对袭人说过？现在抄到麝月头上，而晴雯和麝月性格完全不一样。晴雯当初说这样的话，是看透袭人和宝玉鬼鬼祟祟，麝月是什么人？口舌比袭人厉害、但完全照着袭人为人行事来做人，她怎么会对袭人说出这么有锋芒的话？

后四十回的作者经常模仿前八十回的语言，宝玉从潇湘馆回到怡红院，一小段描写出现两段不伦不类、对前八十回模仿和照抄，秋纹模仿薛蟠，说老爷叫宝玉，让两个地位完全不同的人做同样的事；麝月模仿晴雯，说袭人一个月多拿二两银子，让两个性格完全不同的人说同样的话，这些描写令人啼笑皆非。

后四十回作者的策略是在不断重温、模仿、变相重演前八十回故事的基础上，很不情愿地、尽力减少曹雪芹原有构思的四大家族覆灭的惨烈状况和悲惨程度，不得不轻描淡写地推进贾府衰落。同时，在小说里不断补充进一些前八十回没有的生活和细节，这些细节应该属于续书作者熟悉的生活范围，比如：长篇大论地讲儒家经典，细致具体地讲八股文，一再算命占卜，像围棋教师一样写如何下围棋，像音乐教师一样讲琴理，描写弹琴，比较详尽地描写中下级官场的黑幕等。

宝玉滔滔不绝讲妇德

贾母果然派人来通知贾宝玉第二天不用上学，说已请了薛姨妈、史湘云、邢岫烟、李纹、李绮都来参加消寒会。宝玉以为宝姐姐也来，很高兴。第二天，宝玉向贾政、王夫人请安，回明不上学的话，然后，像前八十回多次描写、后四十回多次模仿的"一溜烟"跑到贾母房里。众人都没来，只有奶妈带巧姐来给贾母请安。奶妈叫巧姐给二叔请安，巧姐宛然小大人，跟贾宝玉一对一答说话，说她妈妈说的，叫二叔帮她理一理她念的书。

这个地方又出现叫读者啼笑皆非的描写：第八十四回，巧姐还在襁褓中，得了幼儿惊风，给她熬药时，贾环碰掉药锦子。王熙凤怒骂贾环、赵姨娘，他们跟王熙凤进一步结仇。九十二回，巧姐对贾宝玉说，她已经跟着李妈学，认得三千多个字，念了一多半《女孝经》，又学了《列女传》。按照续书作者从八十四回到九十二回安排的时间，总共不过几个月，巧姐怎么神速长大？就像现在的孩子，两个月内，从幼儿园小班跳到小学六年级。太不可思议。

更不可思议的是贾宝玉，从七十八回写《芙蓉女儿诔》到九十二回给巧姐讲《女孝经》《列女传》，短短两个多月时间，贾宝玉好像进了两个班，一个速成儒家经典学习宣传班，一个速成封建孝子贤孙膨化班，他能在如何写八股文上跟老塾师贾代儒侃侃对谈，能跟做过学政的贾政媲美解析八股文，现在他又能苦口婆心给巧姐讲古代女性贤良故事。回目叫"巧姐慕贤良"，本质是宝玉慕贤良。九十二回贾宝玉突然一变前八十回除明明德（《礼记》里的话）之外无书的观点，口若悬河、如数家珍给巧姐讲宣扬妇德的《女孝经》《列女传》。前八十回的贾宝玉，说他见了女儿就觉得清爽，那是因为女孩不太容易受到读书做官这类功名利禄的影响，到了后四十回，贾宝玉居然不再认为女儿应该钟山川日月之灵秀，而应该多多接受三从四德的妇德教育，好好学学《女孝经》《列女传》。他还是前八十回的贾宝玉吗？

贾母叫宝玉给巧姐讲讲《女孝经》《列女传》，当然是叫贾宝玉用孩子能听懂，孩子乐意听的方式讲给巧姐听，贾宝玉怎么讲的？他就像现在给被定级"A"类学术刊物写学术论文关键词，讴歌封建妇德关键词，贾宝玉说："那文王后妃是不必说了，想来是知道的。那姜后脱簪待罪，齐国的无盐虽丑，能安邦定国，是后妃里头的贤能的。……孟光的荆钗布裙，鲍宣妻的提瓮出汲，陶侃母的截发留宾，还有画荻教子的，这是不厌贫的。……那孝的是更多了，木兰代父从军，曹娥投水寻父的尸首等类也多，我也说不得许多。那个曹氏的引刀割鼻，是魏国的故事。那守节的更多了……"看到这里，我不由自主地想到前八十回贾宝玉如何批文死谏、武死战，想到贾宝玉前八十回如何厌恶跟贾雨村等官员来往，再看现在贾宝玉讲陈腐到家的封建妇德！前八十回贾宝玉叛逆思想完全被续书作者扭曲了。

九十二回写贾宝玉给巧姐讲《女孝经》《列女传》，总共不到三百字提到多少人物？简单替他数一数：姜后、无盐、曹大姑、班婕妤、蔡文姬、谢道韫、孟光、鲍宣妻、陶侃母、画荻教子的欧阳修母亲郑氏、乐昌公主、苏蕙、花木兰、曹娥、曹氏、王嫱、西子、樊素、小蛮、绛仙、文君，红拂，还有把小姜头发拔掉的任瓌妻柳氏、连洛神都嫉妒的刘伯玉妻段氏等等，二十多个人。里边有后妃、才女、孝女、美女、妒女,有做女儿的,有做妻子的,有做母亲的,相当多的人物,都是历史上著名的妇德典范。贾宝玉对一个小女孩讲这么多,讲得这么深奥又总是一语带过,是存心不叫巧姐听懂。贾宝玉如果现在到出版社做童书,得赔个底儿掉,他哪会生动精彩地给孩子讲听得懂的故事?续书作者在这一回给贾宝玉安排的角色,是比贾代儒还代表儒家的角色,是比贾政还死硬派的封建卫士。

结果是贾母出来截住了贾宝玉讲学,贾母对贾宝玉说:你讲那么多,巧姐未必听得懂。大概贾母也没听懂贾宝玉云山雾罩、朝着几千年历史撒网找贤良女性,都说了些什么,巧姐偏偏给贾宝玉捧场,说:二叔讲的,我有念过的,有没念过的,二叔一讲,我更知道了好些。巧姐真是懂事的好侄女好孩子,是个不管主讲人讲多烂都大声叫好的最佳听众。巧姐既想继续向贾宝玉学习《列女传》,还认真地跟刘妈学做女红,贾宝玉向贾母夸奖:巧姐将来比凤姐姐还强。这大概是续书作者的理念,贾府必须也必然后继有人,贾府必须也必然一代比一代强,不久的将来,出去做官的,有贾兰;做贤妻良母的,有巧姐。续书作者对贾府未来的强盛,对贾府人未来恪守封建道德,有多么强烈而良好的愿望,真得替宁国公、荣国公的在天之灵念一声:阿弥陀佛!善哉善哉。

宝玉慕"娇娜妖媚"

贾宝玉的最佳听众又给他带来个好消息,巧姐告诉贾宝玉:听妈妈说,小红走了后,二叔那里还没补上人,现在打算把柳五儿给您补上。读者又一次活见鬼。王夫人查抄大观园时已经幸灾乐祸地说,芳官想把柳五儿拉进怡红院,幸亏柳五儿短命死了。到了后四十回,柳五儿的鬼魂多次出现,她给林黛玉熬过粥,现在又要进怡红院。贾宝玉一听说柳五儿要来,喜出望外,呆呆地想他和柳五儿的一面之识,用了四个字"娇娜妖媚"。这个贾宝玉,是原来那个说女儿是水做的骨肉的怡红公子,还是想到美女就出神的登徒子?

贾宝玉给巧姐讲贤良,是后四十回作者再次对贾宝玉精神面貌做"全新"描绘。当然,贾宝玉在前八十回,也并不总举着"造反"大旗,像农民起义的"黄巢",他也会在贾府祭祖的时候,跟在贾珍贾琏后边给贾母下跪,他也会在家庭宴会上把酒杯举到王夫人嘴边,他也会在甄府女人拉着他的手聊天时,表现出贵族少爷应有的修养,但是前八十回的贾宝玉不会讲八股文,不会讲孝女经,这是曹雪芹塑造贾宝玉这个人物的底线,后四十回突破了这条底线,贾宝玉变味了,成了跟前八十回面貌不同的"全新"人物。后四十回人物形象变形最厉害的,贾母之外,当数贾宝玉。贾宝玉跟现存的封建制度如鱼得水,贾宝玉成了儒家经典的忠实执行者和宣传者,贾宝玉成了封建道德的极力弘扬者,贾宝玉不再有前八十回的叛逆精神,不再有前八十回那些离经叛道的精彩言论,贾宝玉不再是鲁迅先生说的"悲凉之雾遍披华林"那个感受最深的人,他也不再是那个鲁迅先生说的"爱博而心劳"的女性主义者。看到后四十回对贾宝玉这一系列的描写,我只想用四个字表达我的感想:岂有此理!

司棋悲剧和对小说意义

贾宝玉给巧姐讲孝女讲贤良时,王熙凤为什么没有早早到贾母身边处理事务?原来她给拖住处理司棋的事。司棋家出了两桩命案,司棋的母亲托人来求王熙凤。

《红楼梦》次要人物司棋在前八十回可以说被伟大小说家曹雪芹"利用"到极致。司棋既是曹雪芹小说布局的一着妙棋高招,对她本人形象描绘也很精彩。曹雪芹把司棋当作过河小卒,用她的小波澜牵出贾府惊涛骇浪。司棋和表弟潘又安在大观园私会被鸳鸯撞破,这是情节小波澜,他们慌乱中丢掉的绣春囊引起查抄大观园的惊涛骇浪,张牙舞爪去查抄大观园的王善保家的恰好从外孙女司棋那里查出"赃证",证明司棋的私情是绣春囊来源。司棋这枚小棋子,在《红楼梦》布局,甚至在贾府盛衰中,起多重要的作用,曹雪芹运用得妙不可言。从人物塑造上看,司棋是迎春的大丫鬟,曹雪芹好像是有意无意地把司棋当作和迎春强烈对照的人物写。迎春不管遇到什么不合理的事都逆来顺受,她的奶妈偷了她的首饰去赌钱,迎春知道了,毫无办法,只会读《太上感应篇》。司棋恰恰相反,她要求厨房给她蒸鸡蛋,管厨房的柳嫂子说句不以为然的话,小丫鬟把话传回去,司棋立即带人砸厨房,宣布把所有的东西丢出去喂狗,叫你们谁也吃不成。迎春对贾赦安排的婚姻逆来顺受。司棋迈出追求自由爱情的大胆步伐,和表弟私订终身,他们在大观园约会。王熙凤带人查抄大观园,周瑞家的从司棋的箱子里抄出男人用品,抄出表弟写给她的信笺,证明司棋和潘又安在大观园私会,绣春囊正是他们的定情之物。王熙凤幸灾乐祸地把潘又安写给司棋的信念出来后,王善保家的骂着自己，自己打嘴巴，司棋只是低头不语，并无畏惧惭愧之意。王熙凤觉得诧异。出了这么大的事，司棋不表白，不求饶，不悔过，一副好汉做事好汉当，连死都不怕的状态。司棋没有像晴雯那样被王夫人亲自带人雷霆万钧地撵出去，那是沾了邢夫人、王夫人两房暗斗的光，王夫人给邢夫人留面子。而续书作者把司棋激烈的以死抗争写了出来。司棋与表弟（续书写成表兄）潘又安的悲剧结局，实际是抄检大观园的恶果之一，本来这个故事可以写成非常好看、非常曲折、续书很有亮点的成功故事，可惜司棋的惨剧只通过来向凤姐求情的婆子简单述说。不过即使仅仅对司棋的悲剧用婆子的话一笔带过，这个情节也足以构成续书特别难得、相当有价值的内容。

前八十回写到司棋的男女私情被揭露后，她的表弟潘又安逃走，司棋被撵出大观园。第九十二回向凤姐求情的婆子说：司棋出去后，整天啼哭，她的表兄忽然来了，司棋的母亲说他害了司棋，揪住要打，"司棋听见了，急忙出来老着脸和他母亲道：'我是为他出来的，我也恨他没良心。如今他来了，妈要打他，不如勒死了我。'他母亲骂他：'不害臊的东西，你心里要怎么样？'司棋说道：'一个女人配一个男人。我一时失脚上了他的当，我就是他的人了，决不肯再失身给别人的。我恨他为什么这样胆小，一身作事一身当，为什么要逃。就是他一辈子不来了，我也一辈子不嫁人的。妈要给我配人，我原拼着一死的。今儿他来了，妈问他怎么样。若是他不改心，我在妈跟前磕了头，只当是我死了，他到那里，我跟到那里，就是讨饭吃也是愿意的。'"司棋的妈又哭又骂，说：偏不把你给他。司棋撞墙而死。

续书作者巧妙地利用误会法造成司棋、潘又安双双赴死的悲剧，原来潘又安发了财回来找司棋，他因为担心司棋水性杨花，先不说发财的事，结果闹出司棋以死抗母命的悲剧，潘又安把金银财富留给司棋母亲，出去买来两具棺木，用小刀子抹脖子，随司棋去了。这个悲剧是《红楼梦》继尤三姐自刎证明心迹之后，又一幕惨烈的爱情悲剧。王熙凤得知司棋家命案的来龙去脉，感叹司棋倒是烈性孩子，说：她的事叫人听着怪可怜的，王熙凤派旺儿帮助处理司棋的后事。这一点，写得跟前八十回类似，王熙凤心中有个善良的同情弱者的角落。

玩母珠参透聚散没有？

原来跟贾宝玉交好的豪门公子冯紫英忽然变成"推销商"，向贾政推销奢侈品。贾政还得跟清客下完棋再接待，小说又写如何落子下棋，自然是因为续书作者不想放弃展现围棋才能的机会。冯紫英向贾政介绍四件宝贝，展示两件，贾府众人对宝贝的反映，贾政、贾赦对贾府现状的议论，是续书作者努力拓展的新描写空间，这样做，比起总重复前八十回情节，重复前八十回语言，好看得多。

在前八十回经常带着猎鹰出猎的贵公子冯紫英，经常和薛蟠、贾宝玉等人一起喝酒的豪客冯紫英，忽然变成冷子兴式古董商来到贾府，这一点是不是合理，且不管它。续书作者的解释是，冯紫英替下面来进贡的官员向豪门推销洋货。冯紫英对贾政说，广西的同知带来四种洋货，可以向皇宫进贡。一件是紫檀木雕刻的围屏，二十四扇，在硝子石上精雕细刻五六十个宫妆女子，叫《汉宫春晓》。冯紫英说，这个围屏可以摆到大观园正厅。还有个小童儿报时的大钟表。这两件因为笨重，冯紫英没带来。他带来两件稀奇物品：神奇的聚散母珠和鲛绡帐。冯紫英像博览会接待人员给贾政和门客们展示：

聚散母珠（母珍珠）：冯紫英先在黑漆茶盘里放上桂圆大小、光华耀目的大珍珠，也就是母珠，再倾进许多晶莹小珍珠，小珍珠都滴溜溜滚到大珠身边，把大珠子抬高，小珠子一粒也不剩，聚集在大珠子周围。

鲛绡帐：冯紫英打开一个花梨木匣子，虎纹锦上叠着一束蓝色纱罗，长不满五寸，厚不上半寸，一层一层打开，打到十来层，桌子上已经铺不下。冯紫英说：这叫鲛绡帐，鲛丝织成，热天张在堂屋，又轻又亮，苍蝇、蚊子一个也进不来。帐子必须用到高房大屋。

"冯紫英道：'这四件东西价儿也不很贵，两万银他就卖。母珠一万，鲛绡帐五千，《汉宫春晓》与自鸣钟五千。'贾政道：'那里买得起。'冯紫英道：'你们是个国戚，难道宫里头用不着么？'贾政道：'用得着的很多，只是那里有这些银子。等我叫人拿进去给老太太瞧瞧。'"

续书作者设计母珠聚散情节，煞费苦心，也做得比较好，我们可以理解成是侧面描写贾府今不如昔、炮换鸟枪。贾府极盛，鲜花着锦、烈火烹油时节，是元妃归省，为迎接元妃归省建大观园到底花多少钱，小说没写，但仅买小戏子戏装用具，再加上大观园窗帘桌围之类杂项开销，用五万两银子。二万两银子买稀奇的进口物品，或者向皇宫进贡，或者留到贾府显示钟鸣鼎食气派，把鲛绡帐挂到一品夫人贾母的房间。但贾政说："那里买得起。"这说明贾府经济不行了，维持现在家庭开支尚且有困难，哪有闲钱干不要紧的事。贾政叫把大珍珠（母珠）和鲛绡帐送给贾母看，大概是向冯紫英表示诚意，我不是不给你面子，但是这么大开销，得老太太点头。如果贾母喜欢，要留下，自然得从她的老库出银子。

贾母、邢夫人、王夫人、王熙凤看这两件稀奇物品，王熙凤不等贾母开口，先表态："东西自然是好的，但是那里有这些闲钱。咱们又不比外任督抚要办贡。我已经想了好些年了，像咱们这种人家，必得置些不动摇的根基才好，或是祭地，或是义庄，再置些坟屋。往后子孙遇见不得意的事，还是有点儿底子，不到一败涂地。"这番话是不是耳熟？原来是秦可卿当年向王熙凤托梦说的话变了种说法。秦可卿在梦中对王熙凤说："如今能于荣时筹画下将来衰时的世业，亦可谓常保永全了。""目今祖茔虽四时祭祀，只是无一定的钱粮。第二，家塾虽立，无一定的供给。依我想来，如今盛时固不缺祭祀供给，但将来败落之时，此二项有何出处？莫若依我定见，趁今日富贵，将祖茔附近多置田庄、房舍、地亩，以备祭祀供给之费皆出自此处，将家塾亦设于此。"当年秦可卿托梦，是提醒王熙凤防患于未然，现在王熙凤切身体会到，贾府败落之势已经像下坡路上的车了，得早做准备。

其实，在小说里描写进口稀奇物品，而且对写人物，对写人与人之间的关系起微妙作用，并不是续书作者的发明创造，曹雪芹早就用过而且不止一次用过，刘姥姥一进荣国府，看到王熙凤房间挂的自鸣钟，听到自鸣钟报钟点，刘姥姥当时的表情、心理，是多经典的场面。晴雯感冒，贾宝玉给她用西洋来的鼻烟，鼻烟盒上有长着翅膀飞翔的娃娃，当然是丘比特。贾宝玉找王熙凤要西洋进口的"依弗那"给晴雯贴到太阳穴上。大观园儿女身上的西洋衣料，如贾宝玉、林黛玉、薛宝琴姊妹的裘衣，这些西洋用品对写荣华富贵，起了以一当十的作用。现在续书作者也把西洋货搬进来，却成了写贾府败落的笔墨。这一点，做得很不错。

冯紫英做推销员，对贾府的败落，确实做了番带哲理意味的描绘。冯紫英提议把叫《汉宫春晓》的二十四扇大围屏摆到大观园正厅，当然好看，但是现在的大观园哪儿还有万紫千红的春天？已经是秋风扫落叶的肃杀之秋，元妃仅有一次归省，再也不能回家，皇妃归省的热闹场面，成了贾府"此情可待成追忆"的往事，查抄大观园后，大观女儿渐次凋零，晴雯死了，芳官等入空门，扑蝶的宝钗早已搬走，葬花的黛玉眼看要成落花。当年史太君两宴大观园、鸳鸯三宣牙牌令，刘姥姥一句"老刘老刘食量大如牛"惹起大观园儿女欢笑的场面，贾母跑到芦雪庵参加吃鹿肉联诗的活动，老太太和儿孙们凑热闹，好像光华四射的大珍珠吸引着一群群小珍珠，现在小珍珠一粒一粒滚散，贾母这颗曾经光华四射的大珍珠，也没了把晚辈吸附到一起的能力，她也挽救不了贾府，贾府眼看就要树倒猢狲散。

贾政并没有从母珠参透什么聚散之理，闲谈之中贾雨村成为话题，这段闲谈不过是重复小说前几回故事脉络，把贾雨村经历复述一次。冯紫英居然成了豪门外行，还得问路人皆知的贾雨村与贾府的关系，有点蹊跷。冯紫英问起东府珍大爷，顺便聊起贾蓉后娶的妻子，第五十八回，写朝中老太妃之丧，贾府的人都去参加祭祀，写的是："贾母、邢、王、尤、许婆媳"，很明确，荣国府婆媳是贾母和邢夫人、王夫人，宁国府婆媳是尤氏和贾蓉后娶的妻子许氏。没有交待贾蓉新娶的妻子许氏什么背景。九十二回贾蓉之妻忽然变了姓氏，成了家教不好的京畿道胡老爷的女儿。贾赦也来加入跟冯紫英一起喝酒，冯紫英说"人世的荣枯，仕途的得失，终属难定"，似乎是预言。贾赦很有信心地说："咱们家是没有事的。"冯紫英表示赞同，特别提出：你们有贵妃照应。这也像是预言，因为贵妃很快要离开人世，又恰好是贾赦父子的胡作非为，将要给贾府带来灭顶之灾。

甄家贾家命相随　水月馒头胡乱改

——第九十三回　甄家仆投靠贾家门,水月庵掀翻风月案

　　九十三回写江南甄家被抄家治罪后,甄府老爷让仆人包勇投靠贾府,贾府老爸和甄府仆人之间不伦不类对话,贾芹管理水月庵闹出风流事,在社会上丢人现眼,曹雪芹逞有哲理构思、原本是一寺的水月寺、馒头庵被胡乱改成两个寺。

新崛起的忠仆

　　"甄家仆投靠贾家门",甄家仆人正儿八经放到回目上,显然要做新文章,包勇给描绘成前八十回焦大醉骂后,贾府新崛起的忠仆形象。这个人物倒不是从前八十回抄来,难得。

　　江南甄家被抄家,前八十回已侧面描写,按曹雪芹构思,贾府被抄有甄府被抄做先声。正如探春在查抄大观园时所说:"你们别忙,自然连你们抄的日子有呢!你们今日早起不曾议论甄家,自己家里好好地抄家,果然今日真抄了。咱们也渐渐地来了。"探春这段话,说明甄府的事就是贾府事的预演。按照朝廷律法,官员被抄家后,他的财物家奴都收归朝廷,对奴仆的处理,或者赐给其他有功的官员,或者公开卖掉。前八十回甄家抄家引起贾府人伤心和联想,甄家转移到贾家的财物可能后来构成贾家被抄的原因之一,除此之外,并没有其他人员来往瓜葛。而到了九十三回,忽然由在边关戴罪立功的甄老爷写信把包勇举荐到贾府,难道甄老爷把他带到边关的得力奴仆送给贾家?有点不合常理。

　　更不合常理的是,堂堂国公府二老爷、工部郎中贾政竟然和甄家仆人平等攀谈,还问:你们府的宝玉"还肯向上巴结么",问话不伦不类、有失身份。包勇回答,更是奇葩,让我们对续书作者胡编才能大跌眼镜:"老爷若问我们

哥儿，倒是一段奇事。哥儿的脾气也和我家老爷一个样子，也是一味的诚实。从小儿只管和那些姐妹们在一处顽，老爷、太太也狠打过几次，他只是不改。那一年太太进京的时候儿，哥儿大病了一场，已经死了半日，把老爷几乎急死，装裹都预备了。幸喜后来好了，嘴里说道，走到一座牌楼那里，见了一个姑娘领着他到了一座庙里，见了好些柜子，里头见了好些册子。又到屋里，见了无数女子，说是多变了鬼怪似的，也有变做骷髅儿的。他吓急了，便哭喊起来。老爷知他醒过来了，连忙调治，渐渐的好了。老爷仍叫他在姐妹们一处顽去，他竟改了脾气了，好着时候的顽意儿一概都不要了，惟有念书为事。就有什么人来引诱他，他也全不动心。如今渐渐的能够帮着老爷料理些家务了。"

这是歪曲性复制贾宝玉神游太虚境，暗示甄宝玉看到贾宝玉见过的太虚幻境牌坊、楼阁亭台，看到装有金陵十二钗命运的大柜子，他不仅看到经常跟他一起玩的姐姐妹妹命运预示，还看到她们最后结局，她们或者变鬼怪，或者成骷髅。美丽变狰狞，美妙成邪恶。甄宝玉做了这个梦后，彻底改变了原来喜欢内闱厮混的"毛病"。不再跟姐姐妹妹在一起玩，知道好好读书，好好上进，不再受任何引诱。

包勇向贾政介绍甄宝玉梦游什么境，把贾宝玉原来梦游的美妙的太虚幻境变得鬼气森森，当然早就不是曹雪芹笔下的太虚幻境。至于包勇说现在甄宝玉"如今渐渐的能够帮着老爷处理些家务了"，更是鬼话连篇，甄老爷是在边疆效力的罪臣，难道甄宝玉也随着他去了苦寒边疆？而且他们还有什么正常家务需要处理？看来，甄宝玉的突然转变其实和续书作者安排贾宝玉渐变同步进行。这是续书作者对甄府和贾府的统一构思，续书作者要叫这两个王府都从蹉跌中崛起，先得叫他们两家宝玉都"改邪归正"。

甄府仆人包勇出现在贾府写得很突兀。曹雪芹构思甄府与贾府，究竟是想真真假假，还是后来假去真来，红学家一直争论不休。裕瑞在《枣窗闲笔》中对后四十回关于甄家描写有一段评论："观前五十六回中，写甄家四个女人见贾母，言贾宝玉情性并其家事，隐约异同，是一是二，令人真假难分，斯为妙文。后宝玉对镜作梦云云，明言真甄假贾，仿佛镜中现影者，讵意伪续四十回，不解其旨，呆呆造出甄贾二玉，相貌相同，情性各异，且与李绮结婚，则同贾府俨成一家，嚼蜡无味，将雪芹含蓄双关极妙之意荼毒尽矣。"这段话大概意思是：第五十六回甄家来京，甄家四个女人跟贾母谈到甄宝玉情性、家事与贾宝玉隐隐相同，真假难分，是一段妙文。后来贾宝玉对镜做梦，明言甄家是真的，贾家是假的，甄家仿佛是贾家的镜中影子。续书造出甄宝玉和贾宝玉，相貌相同，性情却不一样，甄宝玉还跟李绮结婚，甄家和贾家又好像成了一家，续书写得味同嚼蜡，把曹雪芹对甄家、贾家本来相当含蓄、相当微妙的意思破坏殆尽。裕瑞《枣窗闲笔》这段话有没有道理，可以讨论。冯其庸先生在《瓜饭楼重校评批〈红楼梦〉》九十三回回后评说："甄家仆投贾家门，不仅写甄府已经抄没，亦写甄（真）即是贾（假），贾家的被抄亦在弦上也。贾政亲见包勇一段，语言情节均不伦不类。"

贾宝玉再遇蒋玉菡

在前八十回贾宝玉绝对不可能随贾赦参加活动，后四十回安排得好像顺理成章。贾政到衙门上班，临安伯请贾府爷们喝酒，"临安伯"大概寄寓"临时平安"。接着却说是南安王府到了班小戏子名班，伯爷高兴，唱两天戏。等贾宝玉跟着贾赦到临安伯府后，发现所谓名班班主是蒋玉菡，而蒋玉菡原是忠顺王府戏子，忽然又有人身自由，成独立自主戏班主人，又是临安伯，又是南安王府，又是忠顺王府，这是哪儿和哪儿？读者给绕糊涂了。

九十三回三管齐下写蒋玉菡，差不多用六百字，浓墨重彩写蒋玉菡，先写贾宝玉看到蒋玉菡的形象："面如傅粉，唇若涂朱，鲜润如出水芙蕖，飘扬似临风玉树。"蒋玉菡是带女性特点的男戏子，接着，借酒席上闲谈介绍蒋玉菡现状：他原来唱小旦，改唱小生，如今在府里掌班，攒了些钱，已有两三个铺子却不肯放下本业，还没定亲。他拿定主意，说是人生配偶关系一生一世，不是混闹得的，不论尊卑贵贱，总要配得上他的才行。贾宝玉听到这些议论后忖度："不知日后谁家的女孩儿嫁他。要嫁着这样的人材儿，也算是不辜负了。"然后，贾宝玉看到蒋玉菡扮秦小官服侍花魁醉后的神情，把怜香惜玉做得极情尽致，对饮对唱，缠绵缱绻。宝玉不看花魁，只把两只眼睛独射在秦小官身上，神魂都给唱了进去。宝玉感叹：蒋玉菡极是情种，非寻常戏子可比。

九十三回从多侧面写蒋玉菡的相貌，写他对婚姻的打算，写贾宝玉欣赏他且琢磨将来不知什么人有福气嫁给他，写蒋玉菡在舞台上如何表演怜香惜玉。蒋玉菡演的剧目是《占花魁》，里面出现花袭人的姓氏，花费这么多笔墨写蒋玉菡，似乎有点儿用力过度，很明显续书作者是为花袭人预伏未来，续书作者又分明在给第五回袭人判词翻案，"堪羡优伶有福，谁知公子无缘"。

蒋玉菡这么有人才,有家财,有高档次婚姻追求,又对女性体贴入微。贾府败落后,袭人能嫁给他,那还叫"堪羡优伶有福"? 该改个词,"堪羡袭人有福"。不过,续书作者这样描写蒋玉菡的状况,还是有点儿接近曹雪芹原来对袭人后来的构思:贾府败落后,袭人嫁给蒋玉菡,她临走时嘱咐宝玉:好歹留着麝月。后来,当贾宝玉和薛宝钗揭不开锅时,袭人蒋玉菡夫妇供养了他们。

贾府送租车被抢

和甄家仆投靠贾家门同时描写的另一件事,是贾府送租人被打,送租车被抢。这次前来送租的,类似于乌进孝那样的庄子,可能还是关外来的,叫郝家庄。送租人向贾琏汇报:"十月里的租子奴才已经赶上来了,原是明儿可到。谁知京外拿车,把车上的东西不由分说都掀在地下。奴才告诉他说是府里收租子的车,不是买卖车。他更不管这些。奴才叫车夫只管拉着走,几个衙役就把车夫混打了一顿,硬扯了两辆车去了。奴才所以先来回报,求爷打发个人到衙门里去要了来才好。再者,也整治整治这些无法无天的差役才好。爷还不知道呢,更可怜的是那买卖车,客商的东西全不顾,掀下来赶着就走。那些赶车的但说句话,打得头破血出的。"

这一段当然是写社会黑暗,也是写贾府势力和影响渐渐衰落。有点奇怪的是,荣国府现在不是由贾珍执政? 他怎么又不管了,如果强势的贾珍处理,应该会处理得更好,怎么又变成贾琏处理? 而贾琏处理衙役扣押贾府车辆的事,可以用句俗话:"不是驴不走,就是磨不转。"贾琏想派周瑞去,周瑞不在家;想派旺儿去,旺儿出去了。贾琏大骂:"这些忘八羔子,一个都不在家,他们终年吃粮不管事。"贾琏的处理结果是:派人拿了帖儿去,不知道拿一等将军贾赦的帖儿,还是工部郎中贾政的帖,结果主管知县不在家也不知道是怎么回事,他的门上人说是些混账东西在外边撒野讹人,劝贾府把东西要回来就算,不要告诉知县知道,这样的描写说明,这个县里根本就是上下通通作弊,他们不得不给贾府点儿面子。而贾府像乌进孝进租那样阔气地收租,什么鲟鳇鱼,什么活鹿,什么海参,还有当年贾珍见乌进孝的有趣场面永远不会再出现了。

水 月 和 馒 头

甄府投靠来的包勇将会成为贾府败落中的"忠仆"。但贾府败落,毕竟是曹雪芹定下的基调，续书作者不能不写，于是，水月庵丑事出现。

贾府守门人给贾政送来张揭帖，向贾政汇报，这帖子已贴得到处都是，什么内容？歌谣："西贝草斥年纪轻，水月庵里管尼僧。一个男人多少女，窝娼聚赌是陶情。不肖子弟来办事，荣国府内出新闻。"帖子采用拆字法，西贝是贾，草斥是芹，西贝草斥就是贾芹，拆字法是中国古代歌谣的通用写法，写某个人，不直接写他的姓名，而用拆字暗示，后四十回这样写，是模仿《三国演义》民谣唱气焰熏天的董卓将败亡，而《三国演义》是抄《后汉书》"千里草何青青，十日卜，不得生"叫儿童传唱。"千里草"是董，"十日卜"是卓，"千里草何青青，十日卜，不得生"合起来就是董卓快要完蛋。

贾政看到揭帖，接着又有人送封要求贾政亲启的密信，里边也是这张帖子。揭发贾芹的帖子是什么人贴的，始终没查出来。这个情节有点儿蹊跷，在街上贴大字报的人下定决心要叫贾政看到，叫贾政出面管这件事。这个人究竟是想揭露贾府的丑事，还是向贾府当权者通风报信？是不是想告诉贾政：外边已经有不利于贾府的社会舆论，赶紧亡羊补牢、整饬一番。贾政看了帖子当然生气，贾芹明确是宁国府该管的人。帖子却说荣国府子弟在佛门清静地窝娼聚赌，这是多么丢人现眼的丑闻，是极大的羞辱，所以贾政震怒，立即命令贾琏"快叫赖大带三四辆车子到水月庵里去，把那些女尼、女道士一齐拉回来。不许泄漏，只说里头传唤"，里头传唤是贵妃要用。这里又有个小小疏忽，第八十八回"正家法贾珍鞭悍仆"明明已经写现在管理荣国府的是贾珍，因为贾琏得跟着贾政到工部上班，现在贾珍忽然又失踪了，八十八回写贾珍管理完荣国府的事后，晚上得向贾母请过晚安才回宁国府，现在珍大爷忽然连早上都不来荣国府管事了。看来续书作者有点山东俗话说的"钻头不顾腚"，他只是在八十八回让贾珍鞭打周端的干儿子何三，埋下将来何三偷盗的伏笔，然后，就把他安排贾珍管荣国府的事忘到九霄云外。后四十回这种捉襟见肘的地方太多，这些细微的漏洞，先不管它。当初乌进孝进租时，贾珍坐在大狼皮褥子上看贾族子弟来领东西，发现有事干的贾芹也来领东西，把贾芹训了一顿，要给贾芹一顿驮水棍，那是多有趣的情节。贾珍这位贾氏家族族长，这只一直横着走的大螃蟹，如果叫他对贾芹说话，多么个性化？如果这次仍然是贾珍处理贾芹这件事，派那个连儿媳妇都伸黑手、连小姨子都不放过的贾珍来教训仅仅是跟尼姑厮混的贾芹，会不会像派江洋大盗管小偷小摸，那场面该多好看，多好玩，多令人喷饭。可惜，续书作者疏忽，把可能给我们带来更精彩表演的珍大爷给忽略了，很遗憾。

接着,九十三回交待引起这张帖子的原因:水月庵里有些年轻貌美的女尼和女道士,这似乎有点滑稽,水月庵是尼姑庵,怎么又住进女道士?难道那个时代时兴尼姑庵和道观联合办公,供香火大殿上如来佛和太上老君一边一个坐着,排排坐吃果果?也可能因为都属于贾府,就把小尼姑女道士统一管理?水月庵这些女尼女道士原本是准备随时供元妃传唤,后来元妃不用,她们也不学念经打坐,渐渐长大,对男女之事也有了知觉。风流人物贾芹和长得妖娆的小尼姑沁香、女道士鹤仙勾搭上,贾芹把佛门道观清静地变成窝娼聚赌去处。尼姑女道士居然像青楼女子学些丝弦,唱个曲儿,把水月庵变成唱流行歌曲的KTV。尼姑庵忽然传出器乐合奏,传出绕梁三日的歌声,周围的人当然会觉得奇怪,大概水月庵的不雅风声就是这样传出去的。贾政派赖大去押回水月庵尼姑女道士时,贾芹恰好领了月例银子到水月庵,刚过响午,他就说不能进二十里路外的京城,其实他不想回去,要留在庵里跟女孩们唱曲喝酒猜拳乐一夜。赖大到水月庵,贾芹虽然听到道婆报告大管家来了,急忙把陪酒的沁香、鹤仙撤走,但赖大进来,还是看到贾芹在喝酒,赖大大怒,因为贾政吩咐不许声张,赖大只能假意和贾芹打招呼,说:宫里有用,快叫沙弥、道士收拾上车进城。

而城里边本来气呼呼不去上班、等着处理贾芹的贾政接到衙门通知,叫他加班,他不得不去上班,平时总跟贾政去工部衙门的贾琏却又不去了,还花言巧语地说:等赖大把水月庵的人带回来,得到半夜了,老爷您先去上班,回来我们再向您汇报。贾琏调虎离山,给自己留上下其手的机会。贾琏必须包庇贾芹,因为贾芹的活儿,是王熙凤派的。

贾琏心里抱怨凤姐出主意叫贾芹管水月庵女尼,想埋怨凤姐,因为她病着,只好忍着,王熙凤又在惦记她和老尼姑净虚办的事情,头一夜没睡好,正没精神,听说外头贴了匿名揭帖,忙问平儿贴的是什么。平儿随口答应:"没要紧,是馒头庵里的事情。"王熙凤当初和馒头庵的净虚办坏事,假借贾琏的名义给长安县写信,收三千两银子,本来心虚的凤姐听到"馒头庵"马上给吓愣了,急火上攻,"哇"的一声,吐出一口血来。看来写人物吐血,也是续书作者喜欢采用的手段。平儿慌了,说:"水月庵里不过是女沙弥、女道士的事,奶奶着什么急。"凤姐听是水月庵,才定了定神,说:"我就知道是水月庵,那馒头庵与我什么相干。原是这水月庵是我叫芹儿管的,大约克扣了月钱。"王熙凤这个话有点像此地无银三百两,但是也根本不是前八十回凤奶奶的语气和派头了。第十五回王熙凤弄权铁槛寺,收了三千两银子,害死张金哥、守备公子那对未婚夫妻，后四十回这是第二次提溜王熙凤，上一次是听平儿说馒头庵的姑子夜里看到一男一女上她的床，用绳子勒他，这一次，是平儿信口说是馒头庵的事，把王熙凤吓得吐血。按常理，什么事都再一再二不能再三，遗憾的是，第三次馒头庵的事，王熙凤这件关键罪恶事，临门一脚，又给续书作者踢偏了。

后四十回这段水月庵和馒头庵混淆起来惹得王熙凤吐血的公案，其实是续书作者乱改曹雪芹构思，把读者领到沟里了。按照曹雪芹的构思，水月庵就是馒头庵，而且有深刻哲学含义。第十五回回目是"王熙凤弄权铁槛寺，秦鲸卿得趣馒头庵"，王熙凤弄权收钱害死人命的地方并不是铁槛寺，而是馒头庵。给秦可卿送丧的贾府众人住在铁槛寺，王熙凤嫌不方便，带着贾宝玉和秦钟住到馒头庵。所以回目上第二句是"秦鲸卿得趣馒头庵"，而馒头庵的正式名字是水月庵，曹雪芹是这样写的："原来这馒头庵就是水月庵，因他庙里做的馒头好，就起了这个诨号，离铁槛寺不远。"曹雪芹把水月和馒头安排成同一个尼姑庵的名字，有深刻寓意，想说明：人生不管如何出将入相，不管多么轰轰烈烈，不管怎样风月情浓，最后终不免一死，万事成空，只分得一个坟墓，也就是一个"土馒头"。世间达官贵人不管如何繁华奢靡，不管如何钟鸣鼎食，不管如何娇妻美妾享艳福，最终都转眼成空，不过是镜中月，水中花，所以，"水月"就是"馒头"，都是万事皆空。续书作者没有仔细推敲曹雪芹在第十五回"王熙凤弄权铁槛寺，秦鲸卿得趣馒头庵"里边安排水月庵就是馒头庵的巧思，却把水月庵和馒头庵安排成两个不同的尼姑庵，从而敷衍出平儿说错话，王熙凤吐血的情节。后四十回乱改水月庵和馒头庵成两个尼姑庵，也得相应篡改第十五回，所以，程伟元、高鹗百二十回对第十五回做了这样的改动："即今秦氏之丧，族中诸人皆权在铁槛寺下榻，独有凤姐嫌不方便，因而早遣人来和馒头庵的姑子净虚说了，腾出两间房来作下处。原来这馒头庵就是水月庵，因他庙里做的馒头好，就起了这个诨号，离铁槛寺不远。"程高本说"馒头庵和水月寺是一势"，用"势力"的势，说明两家尼姑庵势均力敌，程高本篡改第十五回，是为第九十三回制造水月庵和馒头庵故事服务。相对于后四十回对曹雪芹构思的完全悖谬，这样的小乱改不过算小菜一碟。

贾琏这位难叔如何处理贾芹这个难侄？小说写得倒是比较合理，贾芹还想在一丘之貉的琏二叔跟前撇清，贾琏直截了当点破贾芹办的丑事，马上跟贾芹定攻守同盟，教贾芹怎样编谎话应对贾政："你别瞒我，你干的鬼鬼祟祟的事,你打谅我都不知道呢。若要完事,就是老爷打着问你,你一口咬定没有才好。没脸的,起去罢!"贾琏几句话,把"主犯"轻轻放过,然后再找"办案"的定怎么样避重就轻,怎么样大事化小、小事化无。贾琏拉着赖大,央他"护庇护庇罢",叫赖大向贾政汇报时说:贾芹是从家里找来,也没来见我,老爷不用问那些女孩子,叫媒人领去一卖完事。赖大想想,闹也无益,且名声不好,就应了。至于贾府管家的二爷是不是需要央求仍然是下人的大管家,这一点,我们姑且不管,贾琏的策略就是教唆贾芹说谎,联合赖大说谎,骗过贾政。这一点,写得比较合理。这样一来,水月庵丑事就从丑闻变成虚惊,揭帖揭发了贾芹的丑行,贾政气得发昏,贾琏却千方百计包庇贾芹,说明贾府已经从上烂到下,从外烂到里,是贾府败落的原因之一。贾芹这件事本来可以写得风生水起,波澜起伏,但是续书作者的情节发展、细节点缀、人物对话,都写得枯燥乏味。

贾母赏花妖　宝玉失通灵

——第九十四回　宴海棠贾母赏花妖,失宝玉通灵知奇祸

　　九十四回描写怡红院已经死了的海棠忽然开花,贾母兴高采烈带人观赏,命贾宝玉、贾环、贾兰写诗。贾宝玉的通灵宝玉却失踪了。

王夫人雷厉风行处理女孩

　　第九十四回开头接续九十三回,贾政继续在衙门忙着,叫贾琏妥善处理水月庵事件。贾琏奉命,先替贾芹喜欢,也替给贾芹派活的王熙凤欢喜,他又想:若是把水月庵的事办得好像一点影都没有,证明揭帖是造谣,却担心老爷疑心,不如回明王夫人讨主意办去,这样,即使老爷不满意,我也不至于担干系。第二回"冷子兴演说荣国府"说贾琏"于世路上好机变",贾琏其实很有能力,只不过他的能力既被擅长寻花问柳的能力遮盖,又给强势的媳妇遮盖。对水月庵这件事,贾琏得按照他想好的方针办,绝对不能影响到他们夫妻,他们不能担用人不当的责任,他不能担处理贾芹事件不当的责任,叫谁担责任? 王夫人。贾琏得挖个坑叫王夫人自动跳进去。贾政明明说的是,叫贾琏决定这件事如何办,那就意味着,办好是你应有的管家责任,办不好,你负责。贾琏见了王夫人却睁着眼说瞎话,说:"今日老爷没空问这种不成体统的事,叫我来回太太,该怎么便怎么样。"王夫人听了,诧异地说:"这是怎么说! 若是芹儿这么样起来,这还成咱们家的人了么!"王夫人看来近墨者黑,也假正经起来,难道王夫人没有因为贾赦瞅上鸳鸯,被贾母劈头盖脸骂了一顿? 难道王夫人没有亲眼看到凤姐生日时,贾琏拿把剑要杀凤姐,而原因是贾琏跟家人媳妇乱搞给凤姐捉奸在床,贾母还当众骂贾琏是"下流种子",把贾赦、贾琏父子俩一锅煮了,说他们下流? 贾芹真有揭帖上说的那些事,不正巧成了荣国府贾赦、贾琏的孝子贤孙继承人,他们是一种货色。

王夫人又问贾琏："到底问了芹儿有这件事没有呢？"贾琏回答："一个人干了混帐事也肯应承么？"等于承认，贾芹办了这事。接着贾琏又说："但只我想芹儿也不敢行此事，知道那些女孩子都是娘娘一时要叫的，倘或闹出事来，怎么样呢？"几句话很高明，什么意思？贾芹真办了混账事，我们也不能深究，不能落实，比如说查考那些女孩，把贾芹在水月庵奸情落到实处。事情倒弄明白了，可是这些女孩却是娘娘会叫的，岂不尴尬。贾琏的言外之意是：抓紧处理这些女孩子，斩草除根，贾芹即使办过这件坏事，因没处查证，就没后患。王夫人一时聪明起来，先问：姑娘们知道不知道这件事？听贾琏说，姑娘们都知道是预备宫里头的话，外头并没提起别的来。所谓没提起别的，就是大观园的姑娘们不知道揭帖的事。王夫人当机立断，向贾琏发布命令：头一条是把水月庵女孩全部清除，"这些东西一刻也是留不得的"。王夫人仇恨年轻美丽的女性，包括林黛玉、晴雯、芳官、水月庵女孩。贾府出了事，贾府坏了名声，谁的责任？水月庵女孩的责任，不是贾府爷们的责任，得马上清除水月庵的女孩。怎么处理？王夫人倒是表现出她天天拜佛念佛的慈悲心肠，说：把女孩们的卖身文书找出来，派人雇船装上这些女孩，把她们送回本地，交给她们父母。王夫人第二条处理意见，是叫贾琏交待账房，把原本拨给贾芹管尼姑的钱，把那档子事给销了。叫贾琏把贾芹狠狠说一顿，告诉他没事不要再到荣国府来，免得碰在老爷气头儿上，吃不了兜着走。这是鸵鸟政策，叫贾政赶快把这件事丢到脑后边。王夫人第三条处理意见，打发人到水月庵，传达贾政指示：除了上坟烧纸，水月庵不许接待本家爷们。如果有一点不好风声，连老尼姑撵出去。王夫人一向愚蠢颟顸，这次处理水月庵事件却雷厉风行，快刀斩乱麻。至于贾琏秉承王夫人之意，遣返十四个女孩，她们能不能回到父母身边？她们会不会落入更悲惨的命运？贾府经手的人，会不会执行王夫人的指示，把女孩押回原籍交给她们的父母？他们会不会半路把她们拐卖了？甚至他们在半路上就把这些女孩变成板上鱼肉，任意糟蹋？这些成了悬案，小说也没了下文。

慧紫鹃成多心笨货

接着，小说不伦不类的描写令人啼笑皆非。紫鹃忽然怀疑起贾宝玉来。

林黛玉病情渐渐好转，紫鹃居然有闲心找鸳鸯打听女尼的事，她看到贾母处有两个外人，鸳鸯告诉紫鹃，这是傅试家派来给老太太请安的，老太太睡觉,不能见她们。她们常到老太太跟前夸他们家姑娘如何好:如何长得好,如何懂事,还说有多少人求亲。他们家只想跟贾府作亲,这几个婆子往贾母这里跑顺了腿,絮叨得鸳鸯很烦,贾母偏偏喜欢和她们聊天。续书作者照抄前八十回又抄出奇葩。宝玉挨打后白玉钏亲尝莲叶羹,傅试家女人看过贾宝玉。那时宝玉十三岁,傅秋芳二十三岁。过了不久,刘姥姥来了,贾母听说刘姥姥七十五岁,说"比我大好几岁",也就是说那时贾母七十二三岁,现在贾母已过八十大寿,傅秋芳早过三十岁,在那个时代都可以当奶奶了,而她还待字闺中专等贾宝玉?后四十回抄前八十回的人物情节,有时抄得把读者的牙都笑掉。

更可笑的是紫鹃居然因为傅试家婆子出现有思想负担。原因是鸳鸯说平常见了婆子不耐烦的宝玉,唯独见了傅家的婆子不会不耐烦。紫鹃居然怀疑宝玉见一个爱一个,担心他们家姑娘的心白操了。前八十回"慧紫鹃情辞试忙玉",已经把宝玉对黛玉的心试得明明白白、清清楚楚,现在忽然有这么奇怪的想法,紫鹃也不是前八十回那个慧紫鹃,成了愚蠢多心的笨货。

九十四回似乎接续前八十回的笔墨,却出现种种不懂豪门规矩、和前八十回相矛盾的描写,不断扭曲各类人物原有的个性。傅家婆子竟能到贾母跟前夸傅秋芳并对紫鹃造成心理压力?贾政门生家的粗使婆子有什么资格经常跑来和贵妃祖母聊天?紫鹃早就深知宝玉、黛玉的挚爱之情,怎么会因为傅秋芳就担心宝玉移情别恋。宝玉的形象也被紫鹃扭曲了。

赏花妖扭曲众人性格

"宴海棠贾母赏花妖",重要人物个性又被扭曲。

怡红院海棠在冬天开花,引起贾府两派截然不同的反响。

一派头脑比较冷静,贾赦、贾政、王熙凤、探春。贾赦认为花不按时开放,是妖孽,砍了算了;贾政认为,见怪不怪,其怪自败,不理睬就是;王熙凤派平儿给怡红院送红绸子,好像表示祝贺,平儿却悄悄嘱咐袭人,这不是什么好事,绞块绸子挂挂算了,不要再当什么好事宣传;探春想的,很可能是续书作者构思的意图:"此花必非好兆。大凡顺者昌,逆者亡。草木知运,不时而发,必是妖孽。"

另外一派头脑发热,贾母、李纨、黛玉、宝玉。贾母本来对海棠在冬天开花做出比较合理解释:海棠应该春天开,现在是十月小阳春,因为和暖,开花也是有的。这本来是见怪不怪的说法，可是有两个最不该借此拍贾母马屁的，李纨和林黛玉，却给上纲上线。李纨说：海棠不按时节开花，必是宝玉有什么喜信，这花来报信。李纨作为长嫂，当然知道宝玉、宝钗定亲的事，但这话该是个寡妇说的？何况李纨从不在贾母跟前多嘴多舌，这样写还合乎情理？林黛玉听说海棠不按时节开花是喜事，触动心事。是不是想到待书说的贾母要给宝玉定亲是亲上加亲，定住在园子里的人？宝玉的喜事，不就成了林黛玉的喜事。林黛玉引经据典说起紫荆树典故，结论是：草木也随人，如今二哥哥好好读书，舅舅喜欢，那棵树也发了。看到这些描写，只能叹气。前八十回林黛玉从不劝贾宝玉读书做官立身扬名，他们的感情是知己之恋，林黛玉从来不在贾母跟前说一个字恭维话，进了后四十回，林黛玉怎么换了个人，又利欲熏心，又说捧场的话、凑趣的话，怎么这样庸俗不堪？李纨和林黛玉的话贾母听着顺耳，对贾赦说花妖是妖孽和砍掉的话不以为然，表示要摆酒庆贺，有祸我当，有福你们享。这样的话，倒符合贾母的个性。而怡红院的主人对海棠复荣的想法是：这花死于晴雯之死，现在复荣，可能为五儿而开。不计个人是喜是祸，想到小丫鬟身上，比较符合贾宝玉个性。

于是，从不让子孙写诗的贾母不仅命宝玉、贾环、贾兰写诗，她还当起评论家。贾母说贾兰的诗写得最好，贾环写得不行。贾府这位异军突起的诗评家说得还有点儿道理，因为贾宝玉、贾环、贾兰的诗都恭维贾母，都歌颂贾府，贾兰写得比较雍容："莫道此花知识浅，欣荣预佐合欢杯。"意思是海棠花开意味着我们贾府欣欣向荣、意味着我们将要金榜题名，我们全家要齐饮庆功酒。贾环写得比较空洞，马屁没拍到点子上："人间奇事知多少，冬月开花独我家。"这两句诗什么意思？不就是说：我们家开花啦。贾母为什么对她的宝贝孙子贾宝玉的诗连提也不提？因为在这三个人里边，贾宝玉给贾母拍马屁拍得最拙劣："海棠何事忽摧隤，今日繁花为底开？应是北堂增寿考，一阳旋复占先梅。"这还是那个写《芙蓉女儿诔》的怡红公子吗？完全成了孝子贤孙，诗歌倒有点儿像出自薛蟠之手。

宝玉写诗恭维贾母，黛玉说宝玉爱读书感动得海棠冬天在开放，宝黛二人都和前八十回判若两人，成了封建家庭的孝子贤媛。

怡红院海棠不按时节开放，红学界有两种完全相反的解读，一种是蔡义江先生在《红楼梦诗词曲赋鉴赏》中说的："八十回之前，曹雪芹让海棠在晴雯死时枯萎了，这象征着大观园女儿的命运，现在，续书者让海棠花也像气候的'阴极阳生'那样能够死而复生，这也是一种象征。它与本该'一败涂地'的贾府居然衰而复兴一样,都反映了续书者的创作思想与坚持'追踪蹑迹'的曹雪芹是不同的。续书者在小说中,宁可失真,也要顽强地表现自己维护封建制度和封建大家庭利益的主观愿望。"另一种是冯其庸先生在《瓜饭楼重校评批红楼梦》中说的:"海棠花不时而开,此天时之故也。然书中是为预示灾情而写,盖前八十回海棠枯死而晴雯遇祸,此时海棠不时而开而宝玉失玉,总为事之失常而写耳。"联系九十四回上下文,特别是联系宝玉失玉,我比较倾向冯先生的解读。

通灵宝玉神秘失踪

贾母带众人离开后,通灵宝玉神秘失踪。失通灵会给贾宝玉带来什么奇祸?

通灵宝玉的丢失,似乎是贾宝玉一时粗心,花袭人一时大意。宝玉听到贾母要来,赶快把家常衣服换成见客衣服,把通灵宝玉放到炕桌上。贾母等人离开,宝玉换衣服时,袭人发现通灵宝玉不见了。这个失玉过程明显带有人为操弄意味。晴雯被逐后,贾宝玉仍有七个大丫鬟,他喝杯茶都有丫鬟给他倒,他换衣服,更是袭人亲力亲为,不会让他自己换衣服。偏偏海棠开花、贾母要来赏花,成了宝玉自己换衣服,袭人不管,凡事细心的麝月也不在,其他丫鬟人间蒸发,这本身就不合理,但是续书作者必须叫贾宝玉丢玉,必须制造一系列失玉风波,必须安排通灵宝玉失而复得,通灵宝玉既然丢得不合理,后边一系列描写也就跟着不合理,越来越不合理。但是续书作者必须按照他设计的路线,把小说情节一步一步演绎下去。

通灵宝玉丢失,从怡红院到大观园,从袭人到李纨,从王夫人到王熙凤,整个慌乱无章,有些场面写得滑稽,有些场面写得怪戾,有些场面写得还算精彩。其实即使是精彩场面也都暗含着各种不合理。不过,因为贾宝玉丢玉的情节没有前八十回的情节可抄,没有前八十回细节可照搬,没有前八十回的语言可模仿,不能叫前八十回人物依样画葫芦,续书作者反倒能发挥二流小说家的才能,把贾宝玉从失玉到找回玉,涉及好多回的小说,写得有原创特点。

风声鹤唳草木皆兵

贾宝玉丢玉到找回玉,像层层推进的"侦探 + 人情"小说,有相当的可读性。

第一步，怡红院。袭人发现失玉，吓得全身冷汗，在怡红院各处寻，没踪影。袭人以为是麝月等藏起来吓她，骂着"小蹄子"叫她们赶快拿出来。可是前八十回从没见过怡红院丫鬟藏玉吓袭人的描写，以麝月的为人，更不可能办这种荒唐事，麝月理所当然回答：这事非同儿戏。叫袭人好好想想，是不是自己放到哪里忘记了。袭人只好喊着"皇天菩萨"，对宝玉叫着"小祖宗"，叫贾宝玉想想，到底放哪儿了？贾宝玉坚持放炕桌上了，于是怡红院再次翻天覆地寻找，没有结果。

第二步，大观园。怡红院找不到，怀疑看海棠花的人。袭人又很不合理地做两种设想：一是哪个小丫鬟偷了；一是哪位姐妹捡到通灵宝玉，吓唬她们。前八十回有过良儿偷玉的轻描淡写，但那个小丫鬟是贾宝玉的丫鬟，不是其他姐妹的丫鬟，前八十回姐妹们也从来没有用通灵宝玉开过玩笑。麝月等按照袭人的思路到大观园各处寻找，求姐妹们，吓小丫鬟，还是没结果。失玉风波就从怡红院扩展到大观园姐妹。李纨出个主意：对大观园丫鬟全体搜身。王熙凤查抄大观园，王善保家的查丫鬟箱子，现在李纨要每个丫鬟身体过安检。平儿带头接受搜身，李纨亲自动手搜平儿。这个情节设计不错，场面滑稽，也有些深意，查抄大观园是贾府将会被抄家的败象，搜身是更大败象。温文尔雅的李纨竟比王善保家的"更上层楼"，令人不忍卒读。还是探春出来批评，但精明的探春却提出更不合理的寻玉办法。

第三步，贾环。探春怀疑有人使促狭，她又大公无私，怀疑就是她同父同母弟贾环。探春提出怀疑，却不承担问询责任，李纨把这个活派给平儿。这么个烫手山芋，聪明的平儿居然欣然接受，平儿难道不想想你吃了几碗干饭，贾赦长房少爷贾琏的通房大丫头能不能"审问"贾政二房三少爷？王熙凤可以当面痛斥赵姨娘，那是因为她们主奴有别，王熙凤问得着，也骂得着。平儿是奴才，去问罪主子贾环，岂不是犯上作乱？平儿像哄小孩一样问贾环，你二哥哥的玉丢了，你见了没有？问得似乎和软，贾环立即暴跳如雷，反问非常有道理：丢了东西，找我，我是犯过案的贼吗？贾环说完，起身就走，当然是求援兵。

第四步，失玉信息将向贾府外扩散。已经用了几种办法，通灵宝玉杳无音讯，袭人从干哭到嚎啕大哭，贾宝玉刚刚丢了玉还没有失去理智，他说：太太问起，就说我自己砸了。在失玉风波中，平儿始终表现抢眼，她既带头自己搜身，又冒着犯上作乱罪名审问贾环，又是她明智地指出，砸玉这个理由混不过去："我的爷，好轻巧话儿！上头要问为什么砸的呢，他们也是个死啊。倘或要起砸破的碴儿来，那又怎么样呢？"宝玉说："不然便说我前日出门丢了。"宝玉具体提出可以编谎说前儿到南安王府里听戏丢的。前儿贾宝玉听戏可是去的临安伯府，看来临安伯府就是南安郡王府？而外出丢玉的说法，就把贾宝玉丢玉闹到社会上，当然也给续书作者制造假玉风波提供了新的描写空间。

第五步，赵姨娘。贾环把赵姨娘的兵搬来，赵姨娘哭喊着走进怡红院，先声夺人："你们丢了东西自己不找，怎么叫人背地里拷问环儿。我把环儿带了来，索性交给你们这一起洑上水的，该杀该剐，随你们罢。"赵姨娘把贾环一推说："你是个贼，快快的招罢！"贾环也哭喊起来。这段描写很生动，赵姨娘不是在大观园打满街骂满巷？不是连芳官等小丫鬟都把她整得十分狼狈？有趣的是，这次赵姨娘比前八十回强得多，赵姨娘原来总倒三不着两，说话抓不住要害，总给别人抓住把柄，闹也闹不到要害上，骂也骂不到点子上，这次骂上怡红院的赵姨娘，倒像是哪家出庭辩护律师，口舌如刀，据理力争，她没有混闹，而是闹到点子上，骂到要害处。再也不能说赵姨娘是愚妾了。

第六步，王夫人。可惜赵姨娘的好戏刚刚开演就匆忙收场，因为王夫人来了，问："那块玉真丢了么？"袭人连忙跪下含泪要禀。王夫人说："你起来，快快叫人细细找去，一忙乱倒不好了。"宝玉把编好南安府丢玉的谎言说出来，进一步编谎，说已经叫茗烟等人找过，王夫人立即把贾宝玉拙劣的谎言戳穿："胡说！如今脱换衣服不是袭人他们服侍的么。大凡哥儿出门回来，手巾、荷包短了，还要个明白，何况这块玉不见了，便不问的么！"王夫人的话既戳穿宝玉的谎言，也戳穿续书作者操弄的丢玉情节，说明：这样丢玉根本没有道理。贾宝玉脱换衣服都是袭人他们服侍，怎么可能是贾宝玉自己脱换衣服，而且把玉弄丢了？这个地方写得真是非常好玩，续书作者一不留神，自己把自己摔了个屁股墩。更好玩的是，前八十回在王夫人跟前连大气都不敢喘的赵姨娘，竟然当众跟王夫人当面锣对面鼓发议论："外头丢了东西，也赖环儿！"被王夫人喝住，才不敢言语。王夫人似乎表现得很有权威性，很有经验，但接下来，她吓唬贾环，倒有点儿像赵姨娘的倒三不着两："'你二哥哥的玉丢了，白问了你一句，怎么你就乱嚷。若是嚷破了，人家把那个毁坏了，我看你活得活不得！'贾环吓得哭道：'我再不敢嚷了。'"这情节像青州俗话"桑树上打一棍，柳树上去了皮"，贾宝玉的命根子通灵宝玉如果给砸了,活不得的是贾宝玉,跟贾环有一毛钱关系吗?

第七步,王熙凤。王熙凤听说丢了通灵宝玉,只好带病扶着丰儿过来,给王夫人出主意:偷玉的人如果被王夫人查出来,死无葬身之地,可能把玉砸了。不如说宝玉不爱这块玉,撂丢了,暗地查,先不叫老爷和老太太知道。王熙凤的主张很到位。

第八步,占卜和扶乩。李纨安排林之孝家的暗暗查访,林之孝家的说他们家丢了点不要紧的东西,林之孝坚持找回来,到外边找刘铁嘴测字后,很快找到。袭人央求林之孝家的帮忙去测字,邢岫烟又异军突起,说妙玉会扶乩,麝月要给邢岫烟磕头,求她快去。这一下子小说更热闹了,像后四十回写八股文,写弹琴顺便讲点琴理,写下围棋顺便开个围棋讲座,续书作者又祭出拿手好戏,把他擅长的算命、打卦、占卜、扶乩,林林总总的迷信,一裹脑儿用到小说情节上。刘铁嘴果然嘴如铁,测出丢了东西,而且是可以放到嘴里的珠子宝石,叫赶快到当铺找。邢岫烟还没回来,茗烟已经大吵大叫二爷的玉好找。热闹非凡。

九十四回写宝玉失通灵知奇祸,宝玉丢玉,像一石激起千重浪,一波一波涟漪从中心向外一层一层展开,写得相当引人入胜,这样的构思,就像悬疑片一样,引逗着读者好奇地往下看,这么多人纷纷登台表演,下边还会发生什么稀奇古怪的事?

那么,续书作者为什么要写贾宝玉失玉?贾宝玉失玉在整个小说情节里能起什么作用?贾宝玉失玉对描写贾宝玉这个人物能起什么作用?贾宝玉失玉对金玉良缘和木石姻缘又能起什么作用?续书作者构思出的失玉风波,有没有曹雪芹构思的依据?还有,邢岫烟找妙玉扶乩又会出什么结果,扶乩又意味着什么?

元妃因圣恩隆重而死

——第九十五回 因讹成实元妃薨逝，以假混真宝玉疯癫(上)

九十五回的内容简而言之：元妃死了，宝玉疯了。在曹雪芹的构思中，元妃之死是贾府败落大关键，续书却夹杂在宝玉丢玉的过程中做了番轻描淡写。那么，在曹雪芹构思中，元妃之死可能是怎么回事？宝玉丢玉的结果是什么？我们分头一步一步看看。

皇恩浩荡带来福病

第九十五回写元妃死了，续书作者很懂得悲喜交加的哲理，设计下先喜后悲的情节。贾琏从兵部尚书贾雨村那里给王夫人带来天大的好消息，王子腾升内阁大学士，明年正月十二日朝廷宣布任命，已经下发要求王子腾日夜兼程回京的三百里急递文书，王夫人很高兴。她的娘家亲戚薛家败了，兄弟在外省，现在王子腾突然回京而且是拜相，娘家荣耀，贾宝玉都有了新靠山，王夫人很欣慰。没想到王夫人最大的骄傲、贾府最重要的靠山突然崩塌，贾政满面泪痕告诉王夫人：快禀告老太太，马上进宫，元妃病重，太医院已向皇帝奏明：元妃痰涎壅塞，不能医治，得准备后事。贾政细心地嘱咐王夫人，对贾母说和缓些，不要吓着老太太。

贾母听到又要进宫请安，念佛说：怎么又病了，前番吓得我了不得，这次，宁可又错了吧。续书作者对元妃之死用三传噩耗的写法，对贾府贾母搞了两次虚惊。第一次，元妃欠安，要贾府的女眷进宫看望，贾府男爷们进手本请安。贾母去了，和元妃聊了天，在皇宫领了皇家宴，结果元妃没事，贾府的人享受了亲情也享受了皇家宴席，一场虚惊却很有面子。第二次，薛蝌在办理薛蟠之事的时候，听到误传，元妃去世，后来证明是另一个妃子去世，贾母又给吓了一跳，她梦到元妃跟她说：要早退步抽身。这已是元妃将遇到不幸的预示。前两次说元妃死了,都是虚惊,凡事再一再二不能再三,这次元妃真的病势垂危,皇宫派人来传贾府的人,算是按照人道主义,给元妃和亲人诀别的机会。

贾元春是怎么死的?续书作者的天才安排是给皇帝宠爱死的,咄咄怪事。续书作者这样写:贾元春自从选为凤藻宫尚书也就是贤德妃之后,皇帝过于宠爱她,所谓"圣眷隆重,身体发福,未免举动费力"。如果说杨贵妃是丰满的俊娘娘,贾元春成了地道的胖娘娘。她还得按照皇宫规矩,每日起居劳乏,又要给太上皇、皇太后一日三时请安,又要陪皇帝吃大菜、喝酒,结果"时发痰疾",按照中医说法,痰疾发病原因就是吃得太好,食物消化不了,导致内滞,引起痰症,痰症成了元妃常见病,这次病重是"因前日侍宴回宫,偶沾寒气,勾起旧病"。看来元妃始终受到皇帝宠爱,而这次旧病复发特别厉害,竟至痰气壅塞,四肢厥冷。内侍奏明皇帝,皇帝马上召太医调治。这段关于治病的描写,有点儿前言不搭后语:"岂知汤药不进,连用通关之剂,并不见效。"汤药不进,什么意思?是元妃连汤药都喝不进去,"连用通关之剂"什么意思?是连续给元妃用上通关开窍的药,用上能够治疗痰症壅塞、昏厥、牙关紧闭的药,比如中药经方通关散,都不见效。这不是互相矛盾?已经不能喝汤药,怎么还又连续用上通关之剂?难道那时已经很超前有现代医学鼻饲法?续书作者的中医常识鸦鸦乎。小说写:"内官忧虑,奏请预办后事,所以传旨命贾氏椒房进见。"

贾母、王夫人进宫,见元妃痰塞口涎,不能言语,见了贾母,只有悲泣之状,却少眼泪。美丽的贾元春临终状态给续书作者渲染得太惨,一点儿也不美,"痰塞口涎"是形容病人给浓痰堵住气管,嘴边流着口水,说不出话来,这个形象太丑了,叫祖母看着怎么忍心,续书作者在这些地方没有好好向曹雪芹学学,对病人,尤其是原本美丽的临终病人,千万不能像重症监护室记载病情,最好虚写,一笔带过,续书作者这个度把握得不好,元妃之死写得很不好。贾母进前请安,奏些宽慰的话。少时贾政等职名递进,宫嫔传奏,元妃目不能顾,渐渐脸色改变。内宫太监即要奏闻皇帝,恐怕皇帝要派各妃看视,椒房姻戚不能久留,只能在外宫伺候。贾母、王夫人怎忍便离,无奈国家制度,不得不离开元妃,又不敢啼哭,惟有心内悲感。不多时,只见太监出来立传钦天监。当然是要记录元妃逝世时间。贾母便知不好,尚未敢动。稍刻,小太监传谕出来说:"贾娘娘薨逝。"小说写:"是年甲寅年十二月十八日立春,元妃薨日是十二月十九日,已交卯年寅月,存年四十三岁。"贾母连哭都不敢哭,含悲动身,一路悲戚,还不敢哭。回到家里,才能哭,皇亲国戚遵守皇家制度真是够惨。

续书作者把元妃之死安排在虎年兔年相交之时,写元妃死于"圣眷隆重、身体发福"导致痰厥。元妃竟然不是死于宫廷斗争而是死于皇恩浩荡!判词说元春"二十年来辨是非",说明元春二十岁封妃,续书写她存年四十三岁,元春居然做了二十三年贵妃,她封妃时宝玉十一二岁,按照续书胡诌,这时宝玉应该三十五岁,这样的年龄竟还没结婚。而贾政在这个年纪,长女已进宫,曹雪芹本就把贾府人物的年龄弄得有些混乱,续书更是火上浇油。

元妃之丧漏洞百出

元妃之死,续书作者完全背离了曹雪芹原有的构思,把本来十分凶险、关乎到整个贾府命运的大关键,写成因为皇恩浩荡、贵妃过分受宠得富贵病而死的小过节,元妃之死本来可能给贾府带来的惊涛骇浪没有了,元妃之死本来可能导致贾府一败涂地没有了,元妃之死本来可能揭示的皇室内部斗争黑暗也一概没有了。接下来对元妃之丧的描写,续书只用了连标点在内的一百零九个字,一笔带过:"次日早起,凡有品级的,按贵妃丧礼,进内请安哭临。贾政又是工部,虽按照仪注办理,未免堂上又要周旋他些,同事又要请教他,所以两头更忙,非比从前太后与周妃的丧事了。但元妃并无所出,惟谥曰'贤淑贵妃'。此是王家制度,不必多赘。"可笑的是,这一百零九个字也漏洞迭出:"请安哭临",贵妃都死了,向谁请安?向皇帝老儿?绝对不可能,向贵妃吗?人都死翘翘了,请什么安?贾政是工部郎中,可以分管皇陵等工程,但是朝廷可能派个亲爹管女儿的丧仪吗?说贾政两头更忙,非比从前太后与周妃的丧事,更错得没谱,贾政可能参与料理不久前死的周妃丧事,他什么时候办过太后的丧事?《红楼梦》又是什么时候、在哪一回写过太后丧事?

联想到前八十回写的秦可卿之死,我们更可以看出续书作者跟曹雪芹的天差地别。秦可卿之丧,曹雪芹写得多么深刻、多么丰富、多么漂亮,宏大壮观的叙事,摇曳多姿的文字,从哭成泪人的贾珍到英姿勃发的凤姐,从早起误了点卯的仆人到亲自路祭的北静王,写了多少个风采各异的人物,多少个妙趣横生的情节,多少段精彩纷呈的对话,多少个绚丽多彩的场面?元妃之死,相比于宁国府重孙媳妇之死,那应该是多么重要,那应该写得如何浓墨重彩，续书作者居然轻飘飘来了四个字"不必多赘"，其实续书作者还算擅长藏拙，真叫他详细写，他也诌不出来。

　　这里有个考据学话题，曹雪芹五次修改《红楼梦》，他对元妃之死，有没有过反复修改，在现在的《红楼梦》当中有没有留下蛛丝马迹？吴世昌先生在《红楼探源》中，详尽剖析前八十回老太妃之死的有关章节，认为前八十回有四回跟老太妃之死有关，贾母、邢夫人、王夫人、尤氏、许氏长时间离开贾府给一个连姓氏都没有的老太妃送丧，贾府未经请示元妃就把准备元妃再次归省留的戏班子解散，把芳官等人分到大观园，都不合情理。吴世昌先生认为如果把"老太妃"这三个字换成"元妃"这两个字，一切不合情理的地方就都讲得通了。也就是说，前八十回那些似乎不合理的描写老太妃之丧实际上都是合理地描写元妃之死，不过曹雪芹后来改了。我赞同吴世昌先生的观点，我在前边已经剖析过，贾宝玉过生日，没收到贵妃姐姐的礼物，他没有朝着皇宫向贵妃姐姐行礼，这也说明他的贵妃姐姐已经不在人世，所以贾母她们是去给元妃送丧了。

曹雪芹写元妃之死四处论据

　　在曹雪芹构思中，元妃薨逝是贾府将败之兆，主要原因还不是元妃的死，而是她究竟怎么死的。脂砚斋说元妃之死是全书大关键、大过节，也就是说，元妃之死对整个小说非常重要，元妃之死，尤其她并非善终，对贾府败落起决定性作用。

　　曹雪芹写《红楼梦》完成了一百一十回，包括元妃之死的描写，在前八十回四个地方留下元妃之死的暗示，脂砚斋有点评，元妃之死有四处明确论据：

　　第一个论据，第五回，贾宝玉神游太虚境看到贾元春的画、判词、听到关于贾元春的歌词，脂砚斋评语点出这些判词歌词预示元春之死凶险之至；

　　第二个论据，第十八回，元妃归省在荣国府点戏所点的剧目，脂砚斋评语指出预伏贾府之败和元春之死；

　　第三个论据，第二十二回"制灯谜贾政悲谶语"，元春灯谜意味着她将会像爆竹一样毁灭；

　　第四个论据，第七十二回，王熙凤梦到不是自己家娘娘来找她要一百匹锦，意味着元妃面临皇室的激烈斗争，而皇室的激烈斗争会导致贾府的百年辉煌终结,也就是一百匹锦被夺走。

把《红楼梦》前八十回这四处描写和脂砚斋评语综合起来研究,我得出三点推论:第一,元妃是死于皇室内部两派政治势力你死我活的斗争,死于宫廷内部的斗争。第二,元妃是被皇帝处死的,且可能被皇帝下令用弓弦勒死;第三,元妃之死给贾府带来灭顶之灾。

我们具体看看前八十回有关描写和脂砚斋评语,看看从这些描写和脂砚斋的评语能不能得出我说的三个推论。

先看第一个论据,第五回贾宝玉神游太虚境看到有关贾元春的画、判词、听到红楼梦曲里面关于贾元春的歌词:"只见画着一张弓,弓上挂着香橼。"红学家通常把这幅画解释为:画着一张弓,谐音宫殿的"宫",弓上挂香橼,"橼"谐音元春的"元",这幅画的意思是说元春进了皇宫。但是弓上挂着香橼,还可以有另外一种完全不同解释,清代宫廷记载,弓弦是皇宫缢杀犯罪妃嫔的工具。这样一来,弓上挂着香橼,就可以解释为贾元春是被皇帝下令用弓弦勒死。

贾元春的判词是:"二十年来辨是非,榴花开处照宫闱。三春争及初春景,虎兕相逢大梦归。"续书作者把"二十年来辨是非"演义成贾元春做了二十年妃,是牵强附会,我认为"二十年来辨是非"指贾元春二十岁封贤德妃,"榴花开处照宫闱"指贾元春像火红的石榴花令宫闱生辉。贾府另外三姐妹都没她风光。可惜她命不长。最后一句有"虎兕相逢""虎兔相逢"两种版本,"虎兔"意味着元春死于虎年和兔年之交。有考据者认为,恰好符合康熙去世、雍正上台干支,这是隐写曹家败落史。"虎兕相逢"虎和兕都是凶猛的动物,暗示两种强大的政治势力,"虎兕相逢"意味着元春死于两大派政治势力斗争;对"虎兕相逢"和"虎兔相逢",我选择"虎兕相逢",因为有王熙凤之梦可以佐证,说明元妃确实是死于政治斗争,而且不得正死。

《红楼梦》曲关于贾元春的歌词是[恨无常]:"喜荣华正好,恨无常又到。眼睁睁,把万事全抛。荡悠悠,把芳魂消耗。望家乡,路远山高。故向爹娘梦里相寻告:儿命已入黄泉,天伦呵,须要退步抽身早!"这首歌是写元春之死。不少红学家认为是写元春在遥远边地突然死亡,所以路远山高,她的魂灵劝父母亲趁早从官场抽身,以保全家庭。还有种解释是:"路远山高"并不指寻常地理上的距离,而指阴阳之间的距离。贾元春哀告父母"望家乡,路远山高",不是她生前从遥远地方向父母托梦,而是她死后灵魂飘荡着提醒父母,"荡悠悠"是描写魂游的词,其意境跟《长生殿》杨贵妃魂游接近。所以"路远山高",不是元春临终和父母地理距离远,隔着高山,而是元春已走上没有回头路的黄泉路,和父母之间隔着永远不可能再返回去的阴山。脂砚斋对贾元春歌词的评语是"悲险之至","悲"当然很悲惨,"险"说明贾元春决非善终,且给贾府的影响非常凶险。

我们看第二个论据,第十八回元妃归省点的戏。贾元春决定贾府荣辱。元春归省点戏,预示着贾府命运。元妃归省点的戏,第一出戏《豪宴》出自清初戏剧名家李玉名作《一捧雪》。莫怀古家有珍贵玉杯"一捧雪",严世蕃向莫怀古索要。莫怀古用赝品代替。莫怀古门客汤勤向严世蕃告密,严世蕃因一个玉杯把莫怀古害得家破人亡。贾家在元妃封妃之后,有烈火烹油般势力,也会发生和"一捧雪"类似以强凌弱事件。贾赦勾结贾雨村,为几把扇子,导致石呆子家破人亡,所以《豪宴》"伏贾家之败"。贾赦虽然有类似恶行,相当长一段时间却悠哉游哉,那就是因为有贾元春这个大靠山。贾元春如果死了,她的家族会随着完蛋。元妃归省点的第二出戏《乞巧》出自清代著名戏剧洪昇《长生殿》。杨贵妃和李隆基在长生殿乞巧,唐明皇对天发誓,愿"生生世世,共为夫妇,永不分离"。安史之乱发生,到了马嵬坡,六军不发没奈何,唐明皇下令缢死杨贵妃。元妃极大可能是被皇帝下令赐死,跟杨贵妃被赐死的情况相似,不同的是,杨贵妃被赐死是用白绫自缢,元妃被赐死是被弓弦勒死。所以,《乞巧》伏元妃之死。脂砚斋在《豪宴》边加评语"伏贾家之败",在《乞巧》边加评语"伏元妃之死",这说明,元春归省点戏预示着元春之死带来贾府之败。元春如果仍然活着,仍然得势,贾府的人怎么横行霸道都有皇帝撑腰。元妃死了,且是被皇帝赐死,朝廷势利眼的重臣会像群恶狼扑向贾府这群猎物,一等将军贾赦可能因为石呆子案件和张金哥之死被弹劾,甚至可能包括王熙凤放高利贷。三等将军贾珍会因为尤氏姐妹之死受弹劾,工部郎中贾政也会因为贾宝玉和优伶来往被弹劾,墙倒众人推,贾府一败涂地。

再看第三个论据,第二十二回"制灯谜贾政悲谶语",贾政想在元宵节到母亲跟前享亲情,结果贾府年轻人的灯谜让他越看越悲。特别是元春灯谜不仅暗示元春不幸命运,还连带整个贾府命运。元春灯谜:"能使妖魔胆尽摧,身如束帛气如雷。一声震得人方恐,回首相看已化灰。"贾元春晋封贤德妃,使得贾府以及贾府背后的皇室势力,比如北静王、南安王府等,暂时令敌对势力,比如忠顺王府,"胆尽摧",害怕了,但好景不长,贾元春像是爆竹,非常响亮却一响就完,贾元春将要像爆竹一样毁灭,灯谜最后一句"回首相看已化灰","回首"不仅是回过头来看的意思,"回首"是佛教称凡人死亡的代名词,这一句可以跟第五回贾元春歌词里"儿命已入黄泉"对应。

再看第四个论据。王熙凤梦到别家娘娘来夺锦。第七十二回"王熙凤恃强羞说病",凤姐对旺儿媳妇说:"昨晚上忽然作了一个梦,说来也可笑,梦见一个人,虽然面善,却又不知名姓,找我。问他作什么,他说娘娘打发他来要一百匹锦。我问他是那一位娘娘,他说的又不是咱们家的娘娘。我就不肯给他,他就上来夺。正夺着,就醒了。"这个梦非常巧妙。王熙凤做梦的背景是:荣国府经济困难、风雨飘摇,王熙凤这个管家奶奶病得越来越厉害,不管是贾府还是王熙凤都面临着忽喇喇似大厦倾,冰山要倒。贾母八十大寿后,贾府陷入财务危机,外祟却一再增加。皇宫主管太监等,动辄向贾府要几百甚至上千两银子。凤姐梦到别的娘娘向她要一百匹锦,寓意性很强,百匹锦象征百年富贵,当初荣国公拜托警幻仙子教育贾宝玉时说过,我们家自从国朝定鼎,繁华已历百年,秦可卿给王熙凤托梦也说,我们家已有百年繁华,现在贾府的百年繁华即将终结,原因就是元妃在宫廷斗争中败给其他妃嫔,元妃失宠,太监才走马灯般到贾府敲诈,即便王熙凤当场用首饰典当给他们银子,他们也不停止,而是加紧继续敲诈。旺儿媳妇跟凤姐聊哪位太太、奶奶的头面和衣服折变了不够过一辈子。如果抄了家,那就连卖首饰衣服过日子的"活路"也没了。王熙凤梦见其他娘娘要一百匹锦,就是元妃被其他妃子夺宠最后丧命的预兆,是贾府因为元妃之死被抄家的预兆,也是元春判词的"虎兕相逢"。

"虎兕相逢"到底是什么虎什么兕? 很多红学家研究认为,从前八十回的描写来看,很可能指的这样两派:北静王、南安郡王为一派,忠顺王爷为一派,他们之间争权夺利,他们各自在皇帝身边有支持自己的妃嫔,北静王这一派是贾妃,忠顺王那派就是梦中来夺王熙凤百匹锦的妃子。我怀疑,曹雪芹写完了一百一十回,也写完了元妃之死,正是他描写了这样的宫廷斗争,有可能犯忌讳,保留他手稿的畸笏叟才不肯把八十回之后的手稿拿出来叫人传抄,最后导致手稿毁灭,成为中华文明史上的大遗憾。

对元妃之死的谐趣解释

贾元春之死,给红学家留下创造性解释的极大空间。

早在 1980 年云南大学红学家杨光汉用拆字等法推论：贾元春是"虎兔相逢大梦归"，"虎兔相逢"指贾元春是虎，柳湘莲是兔，他们相逢。柳湘莲是《好了歌》"日后做强梁"的角色，是他带领农民起义军兵临城下，京城内外受过贾府迫害的各色人等，如石呆子、张华、葫芦僧、倪二，还有贾府内部一些奴仆奋起响应，声势浩大。忠顺王趁机告发贾府藏匿逃人蒋玉菡，邢夫人、赵姨娘趁机告发王熙凤，贾雨村落井下石，皇帝查出官逼民反、王室震荡，都是因为贾府，而柳湘莲和贾府有联系，皇帝遂下令把贾府的政治代表元妃赐死。杨光汉教授的解读当时在红学界引起很大反响，一时成为热门话题。

周汝昌先生一直把《红楼梦》小说和乾隆年间发生的历史事件比附在一起，他在《红楼小讲》《红楼梦的真故事》两本书里对元春之死的解释是：乾隆四年，皇族四家老亲王（康熙四个儿子）联合密谋，另立朝廷，准备推翻乾隆皇帝，第二年，乾隆皇帝在围场遇到庄亲王之子的密谋暗杀，险遭不幸，乾隆皇帝及时发现，囚禁了主犯。这种历史事态被曹雪芹曲折写进小说，元妃之死，正是她随驾到外围场，具体地说是在铁网山，事变突起，元春被敌对势力乘机杀害。周先生的观点又被其他的人，包括学院红学派的人和草根红学派的人加以演义，推波助澜。其实，把《红楼梦》和清朝朝廷秘事进行比附，并不是周汝昌先生的发明创造，古已有之。《红楼梦》研究常有这样的现象，你提出个以为是哥伦布发现新大陆的"新观点"，其实二百年前已经有人说过。

红楼梦研究所研究员丁维忠在《红楼探佚》中对元春之死做了比较详尽的剖析，他认为贾元春绝不是续书作者写的那种死法，她是在宫廷斗争中失宠被监禁，忧愤而死。

曹雪芹笔下的元妃之死，会和贾府败落紧密联系，续书作者把这一点忽略了。九十五回把元妃之死作为必要的过场戏，匆忙交待元妃结局，凑合敷衍出第五回贾元春的"虎兔相逢大梦归"，描写重点还是贾宝玉失玉。贾宝玉从失玉到寻玉，续书作者大大展示写通俗故事的才能。在九十五回里，袭人、平儿、李纨、黛玉、探春、宝钗、王夫人、王熙凤，甚至贾环、赵姨娘、邢岫烟、妙玉，纷纷在贾宝玉失玉事件上亮相，各人头上一方天，各有各自心中小九九，人物充分表演，情节跌宕起伏，引动读者兴味益然地看下去。

失玉风波中的芸芸众生

——第九十五回　因讹成实元妃薨逝，以假混真宝玉疯癫（下）

续书为什么这样写宝玉失玉？想对小说情节起什么作用？对描写贾宝玉起什么作用？对金玉良缘和木石姻缘起什么作用？曹雪芹有没有构思贾宝玉丢玉？

妙 玉 扶 乩

九十四回结尾，茗烟在外边喊起来，说二爷的玉他得了准信，原来茗烟听了刘铁嘴测字的话，马上跑到当铺问，果然好几个当铺都有当玉的。宝玉说：快拿钱都赎出来挑挑。袭人说：不用理它，有些人有小块玉石，没钱用时就送到当铺，家家当铺都有，怎能是通灵宝玉。这段好像不太合理。茗烟是地里鬼，跟贾宝玉多年，他岂不知道宝二爷的玉世间无二？连北静王都要求欣赏这块奇世珍宝，它怎么会像小孩子玩意儿三百钱两百钱当到当铺里。刘铁嘴叫到当铺去找，当铺根本不可能有贾宝玉的玉，这下子刘铁嘴可就跌了喇叭嘴。这些地方写得很滑稽好玩。

岫烟到栊翠庵求妙玉扶乩，过程神秘兮兮。扶乩是类似于西方降神会的中国古代迷信。具体做法是：先烧香念咒拜请神灵，然后两个人扶着个"丁"字形木架在沙盘上，神灵降临后在沙盘上写字，写出的字可预示吉凶、判断祸福。古代小说写扶乩，纪晓岚《阅微草堂笔记》有个著名故事，吴云研和客人在家里扶乩辨析丘处机不可能是《西游记》的作者。请的神仙自称《西游记》作者丘处机，客人问他：您的书写在元代初年，可是书里有几件事都是明代才有，怎么解释？哪几件事？唐僧经过的祭赛国有锦衣卫，明代前中国没有锦衣卫；唐僧到的朱紫国有司礼监，明代前中国没有司礼监；唐僧到的灭法国有东城兵马司，也是明代才有的官职；唐太宗手下有大学士、翰林院、中书科，都是明代才设的机构和官职，您生活在元代初年，自称写了《西游记》，您的书里怎么可能有明代才有的事？客人问了几个问题之后，扶的乩不动了，自称《西游记》作者所谓神仙丘处机逃走了。

邢岫烟到栊翠庵求妙玉扶乩，妙玉冷笑几声想不理。妙玉真不关心宝玉安危？她故意矫情。岫烟只好赔笑把这事和袭人等性命相关说一遍，起身拜了几拜。妙玉叫道婆焚香，找出沙盘乩架，书了符，命岫烟行礼，祝告完，两人扶着乩，仙乩疾书："噫！来无迹，去无踪，青埂峰下倚古松。欲追寻，山万重，入我门来一笑逢。"这段乩语准确道出通灵宝玉是青埂峰下那块大石头，来去无踪，想找到它，得入我门，哪个门？仙家的门，出家做和尚。出身比贾府还要高贵的妙玉竟像马道婆一样扶起乩来，恐怕主要是替续书作者说出宝玉出家的预言"入我门来一笑逢"。妙玉扶乩，又把大观园扶出一片杂乱，袭人想找青埂峰，翻遍大观园的石头，当然也找不到，探春似乎深沉地体味到仙门难入，当然更深的意思是入了仙门就甭想回家了。邢岫烟曾问妙玉请的是什么仙，妙玉说"请的是拐仙"。拐仙是传说中的八仙之一，又称李铁拐或铁拐李。他只是因为腿跛，而叫铁拐李，他并不擅长拐带人口，妙玉说她请的是拐仙，意味着什么仙人要把贾宝玉拐走，穿凿得可笑。

大观园姐妹对失玉的反映

王夫人等继续寻找那块莫名其妙失踪的通灵宝玉。贾母和贾政还不知道这件事，贾宝玉好几天没去上学，不言不语，没心没绪，怔怔的，宝玉失玉也就是失去灵魂的效果开始显现。几天过去，宝玉精神状态更不好了，懒怠走动，说话也糊涂，渐渐失去理智，大观园内外姐妹有什么反应？小说写了黛玉、探春、宝钗三个人的不同反映。

黛玉对宝玉表现出与前八十回完全不同的态度，袭人看着宝玉不像是因为丢了玉生气，倒像是丢了玉生病。她希望大观园姐妹能帮她开导宝玉，她先去求紫鹃，请紫鹃把宝玉似乎疯傻的情况告诉林姑娘，希望林姑娘去怡红院开导宝二爷。黛玉想到宝玉的亲事对象必定是自己，现在见了宝玉反而不好意思，不肯去。黛玉告诉紫鹃说："若是他来呢，原是小时在一处的，也难不理他；若说我去找他，断断使不得。"黛玉不对紫鹃解释为什么原本天天在一起的表兄妹，忽然不能见面，而且断断使不得。而紫鹃既不问个为什么，也不劝一句，好像成了木头人。黛玉和宝玉在前八十回是板上钉钉的生死之恋,宝玉连黛玉一天咳嗽几次都得过问,黛玉需要的燕窝他巴巴地告诉贾母给配备,黛玉因为宝玉挨一次打,把眼睛哭肿了,宝玉冒雨到潇湘馆看黛玉,黛玉怕宝玉雨中摔跤,亲手交给宝玉明亮的小灯,宝玉、黛玉在极微小的事上,都互相关心,互相爱护,唯恐有一处不周。林黛玉明知通灵宝玉是贾宝玉的命根子,现在宝玉丢了命根子,黛玉竟然要避嫌疑,不去怡红院看望,这么古板、这么不讲起码情谊的林姑娘,还是前八十回那个灵心慧性、痴情于宝玉、从来不避任何嫌疑的林黛玉吗?

袭人求探春。探春明明知道海棠开得怪异,通灵宝玉失得更奇,加上元妃姐姐突然薨逝,这都意味着家道不祥,探春日日愁闷,那有心肠劝宝玉,况兄妹男女有别,只好过来一两次。宝玉又终是懒懒的。探春最善解人意,也从来不和同父异母的哥哥贾宝玉讲什么男女有别,怎么她也突然这么道学、薄情、不通情理?

黛玉、探春对宝玉失玉后的态度,既不符合她们原有性格,也不符合基本世态人情。对薛宝钗的描写,倒比较符合人物的性格。薛姨妈答应了宝玉的亲事,回去便告诉了宝钗。说:"虽是你姨妈说了,我还没有应准,说等你哥哥回来再定。你愿意不愿意?"宝钗正色地对薛姨妈说:"妈妈这话说错了。女孩儿家的事情是父母做主的。如今我父亲没了,妈妈应该做主的,再不然问哥哥。怎么问起我来?"薛宝钗把她本来的贞静再次做了淋漓尽致的表演。薛宝钗是不是矫情? 金玉良缘原本就是她和薛姨妈的共同追求,在前八十回,薛宝钗一直跟木石姻缘明里暗里斗,宝玉、黛玉闹别扭后和好,宝钗会借扇机带双敲,挖苦宝玉给黛玉负荆请罪。现在金玉良缘尘埃落定,宝钗当然高兴,但她不能表露出这样的情绪,她绝对不能回答薛姨妈:我很乐意。她得按照淑女范行事,说:女孩的事是父母做主,你不要来问我。薛宝钗假撇清,从此薛姨妈在宝钗跟前不提起宝玉。但宝钗还是知道宝玉丢玉,心里惊疑,为什么惊疑? 以宝钗的聪明,不会想不到金玉良缘的基础是通灵玉和金锁,现在通灵玉没了,金锁和哪个相配? 岂不是太不吉利。宝钗不问宝玉的情况,只听旁人说,竟像不与自己相干。看来做人有时候真得学会装腔作势,薛宝钗做得到位。

原来跟贾宝玉关系最密切的三个大观园女性,黛玉、探春、宝钗对宝玉失玉是这种冷淡或理智的态度,这就只苦了袭人,在宝玉跟前低声下气服侍劝慰,宝玉竟不懂,袭人暗暗着急。因为元妃之死马上在贾府掀起惊涛骇浪,宝玉失玉,暂时没引起贾母贾政的注意。

构思失玉为改变宝玉性格

　　续书作者为什么要构思出宝玉失玉情节，而且在失玉话题上大张旗鼓、铺张描写？那就是为了彻底改变贾宝玉的性格，让贾宝玉像优孟衣冠，完成续书作者编好的剧本。前八十回写贾宝玉行为怪僻，他不爱读圣贤书，喜欢庄子，不喜欢跟为官作宰的人来往，把追求读书做官叫"禄蠹"，他把那个时代最高道德文死谏武死战贬得一文不值。他尊重地位低贱的女奴和身份低贱的戏子，他厌恶贵族生活，动不动想化灰化烟，特别是：宝玉、黛玉是知己之恋，精神之恋，生死之恋。贾宝玉仅仅听说林黛玉要回南方就病得死去活来，续书作者要完成金玉良缘，必须让宝玉失去理性，所以虚构出失玉风波，使宝玉因失玉疯癫，金玉良缘得以进行，岂不知这里边有个悖论，通灵宝玉是金玉良缘的基础，倘若失玉，又如何与金锁凑成金玉良缘？岂不是互相矛盾？

　　续书作者写贾宝玉失玉风波，在人物性格描写上也大大失真。黛玉和宝玉心心相印，前八十回林黛玉亲自经历过通灵宝玉驱祟，贾宝玉、王熙凤受到马道婆巫蛊快要死的时候，一僧一道赶到，拿着通灵宝玉持诵一番，通灵宝玉发神通，贾宝玉果然渐渐醒来，别人还没有反应，林黛玉先念声"阿弥陀佛"，被薛宝钗嘲笑一番。林黛玉虽然讨厌金玉良缘，但她明知通灵宝玉是宝玉的命根子，她爱护贾宝玉，自然也像爱护自己的命根子一样呵护通灵宝玉，通灵宝玉的穗子不是林黛玉给穿的？而到了九十五回，林黛玉经历贾宝玉失玉事件后，竟然想到宝玉失玉"或者因我之事，拆散他们的金玉，也未可知"，觉得宝玉失玉可能对自己有利，"更觉安心"，贾宝玉丢了命根子，和贾宝玉心心相印的林黛玉倒觉得对自己有益，这不是往绛珠仙子脸上抹黑？黛玉又想到海棠花上，说："这块玉原是胎里带来的，非比寻常之物，来去自有关系。若是这花主好事呢，不该失了这玉呀？看来此花开的不祥，莫非他有不吉之事？"不觉又伤起心来。又转想到喜事上头，此花又应开，此玉又似应失，一悲一喜，直想到五更方睡着。前八十回黛玉跟宝玉交往，始终强调我为的是我的心。后四十回黛玉和宝玉交往，始终惦记：我能不能嫁给你。人物形象前后天差地别，人物境界前后云泥之别，令人啼笑皆非。宝玉失玉的情节扭曲好几个人的性格，首先是黛玉的性格。

　　贾宝玉失玉达到的最大目的，是瞒天过海实现金玉良缘，引出"薛宝钗出闺成大礼，林黛玉焚稿断痴情"的重头戏，那个章节是后四十回写得最好的，也是后四十回能够受到一些读者欣赏能够流传下来的很重要的原因。但是那个章节也把曹雪芹《红楼梦》原有的构思戏剧化、庸俗化甚至闹剧化了。

曹雪芹笔下的失玉

曹雪芹有没有构思宝玉丢玉？还真有。脂砚斋重评石头记提供几条线索：

第一条线索：第八回"比通灵金莺微露意，探宝钗黛玉半含酸"，写到贾宝玉和林黛玉从薛宝钗家回到他们在贾母院子里的住处后，袭人伸手从宝玉脖子上摘下那通灵玉来，用自己的手帕包好，塞在褥子下，甲戌本有简短的脂砚斋评语："交代清楚塞玉一段，又为'误窃'一回伏线。"这说明贾宝玉的通灵宝玉后来确实被偷走过，但是误窃，到底是谁误窃，为什么误窃，误窃后又怎么样，因为评语太简略，单从这条评语推断不出来。但有一点可以肯定，曹雪芹构思的失玉，是现实生活中发生的普通事件，不是什么神异事件。

第二条线索：第十八回"荣国府归省庆元宵"元妃点戏点《仙缘》有一条脂砚斋评语是："《邯郸梦》中，伏甄宝玉送玉。"评语简略，甄宝玉在什么情况下给贾宝玉送玉，仅仅是提一笔，但是联系折子戏《仙缘》，却可以把甄宝玉送玉跟贾宝玉出家联系起来。

第三条线索：第二十三回"西厢记妙词通戏语，牡丹亭艳曲警芳心"，贾政接到元妃指示，让宝钗等住进大观园，宝玉也随进去读书。贾政把宝玉叫来说贵妃要"禁管"你到园中读书，贾宝玉听到可以住进大观园，非常高兴，离开贾政，一溜烟去了，"刚至穿堂门前"有段脂砚斋评语："妙，这便是凤姐扫雪拾玉处，一丝不乱。"荣国府气势熏天的管家奶奶王熙凤怎么会扫雪，她怎么会干粗使丫鬟才干的粗活？显然是她办的坏事东窗事发，贾琏把她和平儿掉了个个儿，而暂时扫雪等着休回金陵的凤姐就在穿堂门捡到了贾宝玉的玉。此后凤姐被贾琏休了，会不会是王熙凤哭向金陵时把通灵宝玉带回金陵，最后再由金陵的甄宝玉把贾宝玉的玉送回来？跟第十八回的脂砚斋评语联系起来看，这是很可能发生的事。

把第八、第十八、第二十三回脂砚斋评语联系起来综合看，大致做出这样的推测：曹雪芹构思的贾宝玉失玉，先有人误窃了贾宝玉的玉，却丢了，被已经为贾琏先贬为丫鬟、准备休回金陵的王熙凤在穿堂门扫雪时捡到，王熙凤被休回金陵，把贾宝玉的玉带回金陵，最后，经过一段波折，甄宝玉把通灵宝玉给贾宝玉送回来，贾宝玉出家做了和尚。曹雪芹构思的贾宝玉失玉完全是现实生活中确实发生、体现各类人物命运和个性、展开各类人物矛盾的真实事件，没有什么神异色彩、怪异事件。

续书九十四回写的贾宝玉失玉，却是件神异事件，根据后文描写，通灵宝玉是被太虚幻境的茫茫大士化身癞头和尚从怡红院摄走，此后癞头和尚再来送玉，最后癞头和尚和跛足道人点化，实际上是胁迫贾宝玉出家。妙玉像巫婆一样扶乩又故作高深，躲躲闪闪不明说乩语什么意思，其实只是要大家知道"入我门来一笑逢"，预示贾宝玉出家。

九十四回描写的贾宝玉失玉事件，大概续书作者很想造成跟第二十五回"魇魔法姊弟逢五鬼，通灵玉蒙蔽遇双真"那样的效果，让贾宝玉的通灵宝玉在后四十回再次大放异彩，发挥驱祟作用。这样的写法，显然跟曹雪芹原有构思不符合，因为第二十五回的脂砚斋评语已经明确写出"通灵玉除邪全部只此一见"，曹雪芹不可能重复自己已经写过的情节。

而贾宝玉失玉，被续书作者写得一波未平，一波又起，你一个主意，我一个办法，铺排出好几回相当热闹的故事，成为续书作者完成他构想结局的有效手段，这又和续书作者篡改的元妃之死形成合唱，共同推进贾府衰落。

贾母悬赏寻宝玉

宝玉失玉还会有什么人表演？九十五回后部，重量级人物贾母和贾政登场。

贾母送殡去了几天，宝玉失玉后，一日呆似一日，吃不像吃，睡不像睡。贾母回家，惦记宝玉，亲自到园里看望。此时，贾母不再惦记黛玉，没有哪怕顺路到潇湘馆看黛玉一眼，连问一声都懒得问。前八十回贾母心中有二玉，后四十回贾母心中只有一玉。贾母发现原本伶牙俐齿的宝玉现在是袭人教一句他说一句，贾母立即察觉到宝玉神魂失散，把丢失通灵宝玉的事问出来。听到王夫人说南安王府看戏丢了玉，精明的贾母居然不问：宝玉不在那里脱换衣服，怎么会丢了玉？而是立即急切地做出她的判断和决定："贾母听了，急得站起来，眼泪直流，说道：'这件玉如何是丢得的！你们忒不懂事了，难道老爷也是撂开手的不成！'"贾母说：这是宝玉的命根子。他丢了玉才失魂丧魄。贾母吩咐快请贾政，我来跟他说！听说贾政谢客去了，贾母立即叫贾琏来写出赏格，上面画通灵宝玉形状，悬在宝玉看戏经过的地方：有人捡到通灵宝玉送来，送银一万两，有人送信帮助找到通灵宝玉，送银五千两。

下令悬赏后，贾母命令把宝玉搬到她身边，把宝玉的动用之物搬过去，袭人、秋纹随过去，其他人留在园子看房子。在宝玉失玉事件上，贾母表现比王夫人杰出，既是心疼宝贝孙子的祖母，又有社会经验，知道金钱万能，杀伐决断，出手大方，办事快捷利落。贾母点将叫袭人、秋纹跟过去，其实也按照前八十回贾母对丫鬟的了解。袭人本来是贾母身边的大丫鬟珍珠，是贾母派过来伺候宝玉，秋纹曾代表宝玉给贾母送过花，得到贾母表扬。所以贾母点这两个丫鬟，没有叫其实更合适的麝月。这一点，续书作者倒是很细心，跟前八十回一些描写呼应。王夫人听了贾母的安排，大概因为自己是亲生母亲竟然想不到把儿子接到身边随时照顾，有些羞愧，就说："老太太想的自然是。如今宝玉同着老太太住了，老太太的福气大，不论什么都压住了。"王夫人说的，是不能不说的恭维话，也是实话。贾母说："什么福气，不过我屋里干净些，经卷也多，都可以念念定定心神。你问宝玉好不好？贾宝玉只是笑。袭人叫他"好"，宝玉就说"好"。贾宝玉傻得真是有点儿可怜。而贾母是贾府的压舱石，这一点写得很不错。

贾政当晚在回家路上听到贾府悬赏一万两银子寻找通灵宝玉，他跟贾母反应完全不一样，小说里面写："便叹气道：'家道该衰，偏生养这么一个孽障！才养他的时候满街的谣言，隔了十几年略好了些，这会子又大张晓谕的找玉，成何道理！'"贾政听说是老太太的主意，不敢违拗，只好抱怨王夫人几句。

贾宝玉引出假宝玉

像闹剧样的情节又给续书作者成功开发出来，大张旗鼓描写"贾宝玉引出假宝玉"，真正的通灵宝玉引来假造的市井宝玉。这个局面给续书作者绘声绘色描写了一番。市井骗子拿着假造的通灵宝玉从贾府门房张扬到书房，贾琏把所谓的通灵宝玉拿进来想交给贾母，凤姐劈脸抢过去递给贾母，贾琏说：在这点子事上你还得跟我争功。贾母戴上眼镜察看，发现不太对头，凤姐说样子像，颜色不对，袭人明明知道这不是贾宝玉的通灵宝玉，但盼玉心切，不敢说不是，倒是贾宝玉连看也不看就顺手一撂，只管冷笑，贾宝玉这会儿既不疯也不傻，说话明白："你们又来哄我了。"通灵宝玉确实是贾宝玉的命根子，他本能地知道真假。还是王夫人揭开谜团："这不用说了。他那玉原是胎里带来的一种古怪东西,自然他有道理。想来这个必是人见了帖儿照样做的。"贾琏要耍国公府少爷威风,问罪造假玉的人。贾母说:那是穷极的人没法儿,不要难为他,把这玉还他,赏几两银子,这样外头的人知道了,才肯有信儿就送来。看来姜还是老的辣,贾宝玉失玉引来贾府阵阵风暴,而贾母成了定风丹。

贾宝玉丢玉,市井骗子送假玉,这是后四十回第二次出现假造通灵宝玉,上一次北静王似乎好心好意其实莫名其妙仿造了通灵宝玉,这次市井恶棍为了骗钱根据贾府悬赏样式假造块宝玉。贾宝玉落草时衔下来的通灵宝玉,北静王仿造的通灵宝玉,市井骗子伪造的通灵宝玉,续书作者用假宝玉做文章,一做再做,津津乐道,引得读者眼花缭乱。

贾宝玉失玉疯傻,这是续书作者完整的发明创造,它对续书作者完成后四十回,是聪明而有效的发明创造,续书作者设计出贾宝玉失玉疯傻的情节,虽然他在此后的小说描写上仍然不断地模仿前八十回,有些地方是拙劣模仿前八十回,但是它却按照续书作者的政治理念、美学理想,抛开曹雪芹原有布局,完全改变了曹雪芹对宝黛爱情,对贾府盛衰两大线索原有构思,一步一步、似乎还相当合理地推出他安排的《红楼梦》大结局。

曹雪芹的《红楼梦》是两大主线,宝黛爱情和贾府盛衰,后四十回仍然是按这两条主线往下推进情节,不过完全变味,宝黛爱情不再是知己之恋、生死之恋、精神之恋,而是阴差阳错的婚姻闹剧;贾府盛衰不再是从钟鸣鼎食到落了片白茫茫大地真干净,而是偶遇挫折后家业重兴、兰桂齐芳。贾宝玉在疯傻情况下完成金玉良缘,这是九十七回要写的,林黛玉不是曹雪芹构思的绛珠仙子到人世间向神瑛侍者还泪,不是为贾宝玉万苦不怨,为贾宝玉泪尽而逝,而是在不知情的情况下,误会且怨恨贾宝玉,焚稿断痴情。贾宝玉在半疯半傻的情况下,跟薛宝钗落实真正的"周公之礼",有了夫妇之实,这是一百零九回写的事,完成作为贾府孝子的任务,留下将来帮贾府重新伟大、兰桂齐芳之中那个贾桂,贾宝玉再在重新拿到通灵宝玉后,恢复聪明才智,完成另一项贾府孝子贤孙任务,中个举人,这是一百一十九回的事。贾宝玉从失玉到得玉,成了后四十回情节发展的枢纽。

贾宝玉因为失玉搬出大观园,青春伊甸园大观园的活动彻底收煞,怡红院花木零落,潇湘馆绿竹寂寞,贾宝玉和林黛玉的联系断线,这是续书作者设计的关键笔墨,贾宝玉和林黛玉实际已经分离。下一回,林黛玉听到贾宝玉和薛宝钗定亲消息,进一步推波助澜,把黛玉之死推向高潮。

王熙凤设个掉包计

——第九十六回 瞒消息凤姐设奇谋,泄机关颦儿迷本性(上)

续书作者把宝玉失玉当作后四十回情节发展枢纽,第九十五回写贾宝玉引来假宝玉,惜老怜贫的贾母令贾琏对造假者采取宽容态度,贾琏还得作威作福,贾府小厮和管家赖大配合他演场虚张声势恐吓戏,市井混子抱头鼠窜,结束了通灵宝玉引来假造宝玉的闹剧。

王夫人屋漏恰逢连阴雨

续书作者虽然最后给贾府安排兰桂齐芳的光明前途,却不得不写四大家族的覆灭。虽然这覆灭有偶然性,如王子腾之死。九十六回开头写王子腾赴京路上突发急病,庸医一剂药就把准备拜相的王子腾送上西天。王夫人和王熙凤的娘家,官场最强有力的人物没了。四大家族之一的王家竟然这么轻巧地败落。那个叫"王仁",也就是忘掉仁义的家伙却趁着处理王子腾丧事到贾府来,王熙凤哥哥王仁是后四十回按照第五回巧姐判词"狠舅奸兄"设置的"狠舅"。王子腾的噩耗传给王夫人,她心疼不已。王夫人确实得心疼,除了史家,四大家族所有灾难都雷霆万钧砸到她身上。娘家眼看拜相的兄长成了庸医手下冤鬼,本来财大气粗的妹妹薛姨妈家业凋零,儿子成杀人犯,这个杀人犯还成了贾宝玉的大舅子。王夫人唯一的亲生女儿元春死了,活着的唯一的亲生儿子宝玉疯了,王夫人毕生对头、恶俗赵姨娘的一女一子,仍然活蹦乱跳在奔他们可能的锦绣前程。王夫人怎会不难受?王夫人因为剿杀大观园群芳特别是晴雯,一直被读者厌恶,现在她成了四大家族忽喇喇似大厦倾的最大受害者,可真应了"善有善报恶有恶报"。

似乎上天还要继续给已经不堪重负的王夫人加码,元妃、王子腾刚死,宝玉失玉疯癫,在这关键时刻,贾政又被放江西粮道要离家远行,这是皇帝重用前国丈,也是续书者安排小说布局:他得快马加鞭把贾宝玉和薛宝钗的婚姻尘埃落定,顺便完成贾探春婚姻的调度。

贾母来个道德绑架

按照三从四德,女子未嫁从父,既嫁从夫,夫死从子。贾母却不讲"夫死从子",她是个强势母亲,贾府说一不二的太上皇。宝玉挨打后贾母夺了贾政对儿子的教育权,在孙子贾宝玉的婚姻问题上,贾母又夺了贾政的决定权。按说宝玉婚姻贾政说了算,但是王熙凤提出一个宝玉一个金锁,贾母根本不征求贾政意见,立即拍板,定下金玉良缘。贾母如果征求贾政意见,金玉良缘能不能顺利通过,还在两可之间。王夫人平时把金玉良缘造的舆论,大概已经把贾政耳朵快吵聋了,元妃带指婚意向的端午节礼,贾政不会不知道,王夫人要薛宝钗做儿媳妇,贾政为维护夫妻关系,可能接受。但林黛玉是贾政亲妹妹留在人世的唯一骨肉,大观园各处命名,林黛玉起的凹晶馆、凸碧山庄,贾政二话不说接受,说明贾政欣赏这个外甥女,而姑舅间结亲在古代又特别正常。如果征求贾政的意见,到底选薛宝钗还是林黛玉,还真说不准。

宝玉失玉疯癫,贾母再次出手,为了救孙子,她派人算命打卦,打算用金命的人给宝玉冲喜,也就是违犯朝廷贵妃丧事期间不得婚娶规定,尽早把薛宝钗给贾宝玉娶过来。但是这件事,理论上还得贾政出面完成,至少得贾政点头。贾母怎么办?采取道德绑架,给贾政来个二难推理,跟贾政摊牌:你接受我的安排,你就是既孝顺母亲又疼儿子,不接受我的安排,你就是不孝之子和残忍的爹。

贾母怎样将贾政军的场面写得特别好:贾母把贾政叫来,说:"你不日就要赴任,我有多少话与你说,不知你听不听?"说着掉下泪来。贾母是个好演员,威胁儿子的话得含着眼泪说,很狠又带感情。在那个时代,不管多大年纪,儿子怎能不听母亲的话、怎敢不听庭训?贾政忙站起来说:"老太太有话只管吩咐,儿子怎敢不遵命呢?"接着贾母哽咽着说:我今年八十一岁,你又要做外任,我所疼只有宝玉,他病得糊涂,还不知道怎么样。我叫人给宝玉算命,说要娶了金命的人帮扶他,要冲喜,不然只怕保不住。我知道你不信那些话,所以叫你来商量。还是要宝玉好呢,还是随他去呢?

贾母太高明了,我都八十一岁了,你放了外任,不知道你任满回来还能不能见到我，所以现在你就得把该管的事办了，马上给我定下你儿子的亲事。我唯一疼的只是宝玉，不管采用什么办法，我都要挽救他的性命，你这个当爹的是按照我的主意救他，还是随便他去死？贾母这番话，既是道德绑架也是亲情绑架。说它是道德绑架，那就是你听不听母亲的命令？说它是亲情绑架，那就是你疼不疼你嫡妻生的儿子？贾母还对贾政说：你的媳妇也在这里，你们两个也商量商量。这话只是说说而已，王夫人根本不被贾母放在眼里，在宝玉婚姻问题上，连贾政都被贾母视若无物，王夫人算老几。贾母的家长作风、家长威风，在宝玉婚姻问题上，跟宝玉挨打时的表现如出一辙。

贾母发话，贾政回复相当感人："贾政陪笑说道：'老太太当初疼儿子这么疼的，难道做儿子的就不疼自己的儿子不成。只为宝玉不上进，所以时常恨他，也不过是恨铁不成钢的意思。老太太既要给他成家，这也是该当的，岂有逆着老太太不疼他的理。如今宝玉病着，儿子也是不放心。因老太太不叫他见我，所以儿子也不敢言语。我到底瞧瞧宝玉是个什么病。'"

贾政要见宝玉了。前八十回有次贾政看宝玉的特笔描写。贾政叫宝玉来传达元妃叫"禁管"他进大观园读书，看到宝玉"神采飘逸，秀色夺人"。现在贾政看到的宝玉：脸面很瘦，目光无神，大有疯傻之状。贾政很难过，想到：如果宝玉出事，自己年老没了后嗣，虽说有孙子，到底隔了一层。怪哉，贾政把他那个宝贝姨娘生的宝贝儿子贾环忽略了？贾政回复贾母：老太太这么大年纪，还想法疼孙子，儿子岂敢违拗，只不过姨太太那边说好没有。其实这是最次要的问题，贾政到底是从政的，考虑问题比贾母周到。他虽然口头答应一切照贾母主意办，却同时提出现在给宝玉娶亲有三大障碍：第一，薛蟠还在监狱里，哥哥生死未卜，妹妹出嫁，合适吗？第二，宝玉按礼为已出嫁姐姐有九个月功服，现在难以娶亲，这是把朝廷制度搬出来。第三，我只有几天工夫就要到江西上任。能在这么短的时间内把这些事都解决吗？

贾政提出三点障碍，其实等于委婉否定了贾母立即给贾宝玉成亲的决定。贾母脑子很灵活：如果兑现了贾政说的事，再给贾宝玉办婚事，宝玉的病越来越重，那个时候想办，他父亲不在家，怎么办？贾母祭出两个字："越礼。"不管朝廷的、家庭的一切规矩，都不遵守，就要照我的既定方针办，为了救贾宝玉，什么朝廷法度，什么社会舆论，都可以不理睬。贾母是太极高手，她见招拆招针对贾政三点顾虑提出三条对策：第一，薛姨妈那边，我和太太去求她，再求蝌儿去求蟠儿同意，说是为了救宝玉的命，请他成全；第二，宝玉成亲，只举行婚礼形式，一年后才圆房，算不上违犯朝廷有关服里不许娶亲的规定；第三，贾母说出最关键的词：金玉良缘。贾母说，薛姨妈说过宝丫头的金锁是和尚给的，要等有玉的才能结成婚姻，很可能我们靠着宝钗的金锁，把宝玉的玉引出来。宝钗很妥当，袭人很妥当，她们两人又合得来。奇怪，贾母怎么连宝钗和袭人合得来都知道？老太太成千里眼顺风耳了。贾母讲完这三招，告诉贾政，你只需要点头同意，给宝玉派下娶亲的房子，一切事不用你管。

贾母居然会偷换概念，什么叫服里不许成亲？指的就是在元妃九个月服丧期内，弟弟不能举行婚礼。不能举行婚礼，和举行婚礼后夫妻是不是圆房，是完全不同的概念。甚至可以这样说：弟弟在姐姐死后九个月服丧期内和哪个女人上了床，甚至没听从父母之命私奔还生儿育女，都算不守封建礼法，不算违犯朝廷规定，因为没有正式婚礼。而贾母给贾宝玉安排的，恰好是朝廷法度不允许的正式婚礼。正如贾母所说：挑好日子过了礼。赶着挑个娶亲日子，一概鼓乐不用，按宫里的样子，用十二对提灯，一乘八人轿子抬了来，照南边规矩拜堂，坐床撒帐，就算娶了亲。这不就是正式婚礼？

贾母借薛宝钗给贾宝玉冲喜的打算，是没跟薛姨妈商量就提出来定盘子的。对待久住贾府的亲戚，贾母简直把薛姨妈当成贾政那些门客看待。那就是，我怎么说，你就得怎么应。用薛宝钗给贾宝玉冲喜，是完全以自我为中心、极端自私，可以说是坑薛宝钗的做法。冲喜就一定冲得成？冲不成怎么办？人家好好一个女孩儿，如果只是定了亲，男方死了顶多算望门寡，还有再议婚的可能，如果举行了婚礼，男方冲喜不成送了命，岂不是让人家娇女进门就做寡妇？贾母根本不考虑这种可能性，也根本不征求薛姨妈的意见，先把冲喜的事定下来，她和王夫人再去"求薛姨妈"，实际是居高临下通知薛姨妈。这叫什么规矩？这是国公府豪门对败落财主的规矩。

贾政满肚子不乐意，并不是不乐意给贾宝玉娶薛宝钗，而是不愿意违犯朝廷制度，但他不能违拗母亲。只是把荣禧堂后二十余间房子指派给贾宝玉做婚房，其他事一概不管。

贾政顾虑这个顾虑那个，贾母考虑这个考虑那个，给贾宝玉冲喜，想办法叫这个也同意，叫那个也点头，他们都没想到的也认为不需要想的是：宝玉同意不同意？宝钗同意不同意？还有，这样做，置黛玉于何地？

袭人再次"打报告"

　　贾母要贾政同意"越礼",叫贾宝玉在为贵妃姐姐守丧时段内完成人生大喜事。贾政看到宝玉病得厉害,不得不同意贾母用薛宝钗给贾宝玉冲喜的主张。贾政见过贾宝玉,袭人把宝玉扶回贾母房间里间炕上。因为贾政还在外间和贾母说话,袭人和秋纹不敢在里间跟宝玉说话,没人跟宝玉说话,他就昏昏沉沉睡去。贾母和贾政商量如何越礼把薛宝钗娶过来给贾宝玉冲喜那番话,宝玉一句没听见,袭人却听得明明白白。

　　进入后四十回,袭人一直心怀鬼胎,认定贾母等人给宝玉黛玉定亲事,她还曾几次到潇湘馆侦探。后来,袭人听到宝玉、宝钗定亲风声,又长时间不见宝钗过来,好像是因为跟宝玉定了亲避嫌,袭人有点儿相信且庆幸金玉良缘要成功了。现在,擅长听篱查壁的袭人,把贾母、贾政的谈话听了个不亦乐乎,她非常高兴:"果然上头的眼力不错,这才配得是。我也造化。若他来了,我可以卸了好些担子。但是这一位的心里只有一个林姑娘,幸亏他没有听见,若知道了,又不知要闹到什么分儿了。"想到这里,袭人又转喜为悲,琢磨:老太太、太太那里知道宝玉和黛玉这些心事,如果她们一时高兴,把要给宝玉定宝钗的事说给他知道,想用个好消息帮助宝玉好了病,她们不知道宝玉的心都在林黛玉身上,第一次宝玉见林姑娘便要摔玉砸玉;那年夏天在大观园把我当作林姑娘,说了好些知心话;后来紫鹃说了句林姑娘要回苏州的玩话儿,贾宝玉就闹了个死去活来。如果现在和他说要娶宝姑娘,把林姑娘撂开,除非他人事不知还可,若稍明白些,只怕不但不能冲喜,竟是催命了! 我再不把话说明,那不是一害三个人么。

　　袭人倒是估计对了,让贾宝玉娶薛宝钗,确实是一害三个人的馊主意,不是冲喜,是催命,袭人当然知道首先是催林黛玉的命,那她袭人管不着,也不想管,但是用薛宝钗冲喜可能催贾宝玉的命,袭人早就把终身放到贾宝玉身上,怎么能不管?

　　袭人想定主意,待等贾政出去,叫秋纹照看着宝玉,从里间出来,走到王夫人身旁,悄悄请王夫人到贾母后身屋里去说话。袭人和王夫人到了后边房间,就跪下哭了。王夫人把袭人拉起来,说有什么委屈起来说。袭人道:"这话奴才是不该说的,这会子因为没有法儿了。"接着说:"宝玉的亲事老太太、太太已定了宝姑娘了,自然是极好的一件事。只是奴才想着,太太看去宝玉和宝姑娘好,还是和林姑娘好呢?"王夫人表示:"他两个因从小儿在一处,所以宝玉和林姑娘又好些。"袭人说:"不是好些。"她把贾宝玉平日和林黛玉之间如何相处的光景一一说了,还说:"这些事都是太太亲眼见的。独是夏天的话我从没敢和别人说。"袭人说的夏天的话,就是贾宝玉把她当成林黛玉诉肺腑的话,袭人像个克格勃,像个录音机,把贾宝玉跟林黛玉诉肺腑却诉错对象的话,一一汇报给王夫人,当时贾宝玉说了几句话,句句都是他心里只有林妹妹的话,比如,"好妹妹,我为你弄了一身病,只怕你的病好了,我的病才好","睡里梦里也忘不了你"。王夫人听完拉着袭人道:"我看外面儿已瞧出几分来了。……这件事叫人怎么样呢?"袭人说:"还得太太告诉老太太,想个万全的主意才好。"

王夫人和袭人,这两个爱贾宝玉的人,她们在一起商量的,不是帮助贾宝玉实现他心中的愿望,而是想办法阻止贾宝玉实现心中的愿望,只要能够瞒天过海办成这件糗事就成。他们根本不考虑贾宝玉的感受,只考虑自己的切身利益,袭人可以说是完全考虑切身利益,哪个姑娘做宝二奶奶对她有利。王夫人其实牵涉不到切身利益,王夫人在贾宝玉身上的考虑还不及袭人,袭人当然赞成金玉良缘,不赞成木石姻缘,但是袭人知道木石姻缘是对贾宝玉性命交关的事,破坏了木石姻缘,硬把金玉良缘塞给贾宝玉,会产生无法估计的恶劣后果,甚至危及贾宝玉的性命。贾宝玉最亲爱的母亲,竟然想不到这一些,实在蹊跷。红学研究者喜欢上纲上线,说林黛玉和贾宝玉是建立在共同思想基础上的知己之恋,林黛玉和贾宝玉是青梅竹马更是精神之恋,贾宝玉和薛宝钗在思想上格格不入,所以贾宝玉的爱情选择,也是他人生道路的选择,这是我们这些后世研究者的观点,而在王夫人这些当事人看来,贾宝玉、林黛玉、薛宝钗三个人之间,不过是贾宝玉到底跟林姑娘好一些还是跟宝姑娘好一些。按说王夫人站在母亲的立场上,不管娶贾宝玉的两姨表姐薛宝钗还是娶贾宝玉的姑表表妹林黛玉,没有本质性区别,何况林黛玉还是贾母最爱的外孙女,王夫人即便从溺爱儿子出发,为什么就不能以母亲的身份维护儿子的感情,帮助贾宝玉实现他的人生愿望? 你一个做妻子的,对丈夫的外甥女就如此不共戴天? 你就忍心冒着儿子有生命危险,也要一起制造惊天骗局? 王夫人的愚騃颟顸任性遮住了母亲的慈爱眼睛。

掉包计是奇谋还是馊主意

贾母正在和凤姐儿商议,见王夫人进来,便问道:"袭人丫头说什么? 这么鬼鬼祟祟的。"王夫人细细回明贾母。贾母听了，半日没言语。待了一会儿，叹道："林丫头倒没有什么；若宝玉真是这样，这可叫人作了难了。"前八十回几次把林黛玉搂到怀里的外祖母，对林黛玉叫着"心肝儿肉"的外祖母，竟然说出"林丫头倒没有什么"，这叫什么话？贾母是不是按照常理想到：谅林丫头那么个侯门千金小姐也不敢太出格，不敢不遵守外祖母之命，她肯定会像迎春一样，等着我给她找个婆婆家，老老实实嫁过去。还是贾母更残忍地想到，林丫头如果不听话，她死了就死了吧，只要影响不到贾宝玉就成。

　　凤姐想了一想，说："难倒不难，只是我想了个主意，不知姑妈肯不肯。""这件事只有一个掉包儿的法子。"怎么个掉包法？凤姐说："如今不管宝兄弟明白不明白，大家吵嚷起来，说是老爷做主，将林姑娘配了他了。瞧他的神情儿怎么样。要是他全不管，这个包儿也就不用掉了。若是他有些喜欢的意思，这事却要大费周折呢。"然后，凤姐分别附耳对王夫人和贾母具体说明如何掉包，贾母笑道："这么着也好，可就只忒苦了宝丫头了。倘或吵嚷出来，林丫头又怎么样呢？"终于考虑到外孙女的感受了。凤姐道："这个话原只说给宝玉听，外头一概不许提起，有谁知道呢。"王熙凤以为自己很聪明，但是天下没有不透风的墙，何况，贾母房间里还有个傻大姐呢。

　　王熙凤设计的掉包计，是中国古代描写婚姻问题小说的奇葩。其他小说写没写过？还真有过，《聊斋志异·姊妹易嫁》，姐姐嫌贫爱富不肯嫁给穷小子，妹妹懂事明理代姐姐出嫁，最后穷小子做了尚书，姐姐先嫁富少后破产，只好出家。还有个著名例子元杂剧写过狸猫换太子，那不是婚姻，是继承人话题。《红楼梦》续书作者设计的掉包计，是封建家长不认同青年男女的婚姻自主选择，采取阴谋诡计，让青年男女按照家长意愿成亲，完全不考虑当事人的感受甚至不考虑当事人生命安全。但是熙凤设计的掉包计这个小说情节，却成为《红楼梦》后四十回相当重要的段落，写得紧锣密鼓、热闹非凡。

贾母凤姐被扭曲

　　程伟元、高鹗的《红楼梦》续书续到第九十六回，贾府的悲剧在一件件落实：贾宝玉的命根子通灵玉丢了，贾府的靠山元妃死了，王夫人和王熙凤的后台王子腾在拜相回京的路上也死了，金玉良缘顺利地剿灭木石姻缘。虽在艺术描写上有种种不符合前八十回既定人物形象、风格的地方，但续书作者能将续作敷衍到此已难能可贵。如果联系前八十回已经创造的各类人物的性格、联系脂砚斋的评语,我们又会发现即使后四十回写得最好的几回,比如说黛玉之死,仍未能接续曹雪芹的构思,也歪曲了几个重要人物性格。

前八十回凤姐对宝玉、黛玉的关心细致周到,她希望"二玉成一家",因为也涉及她自己的利益;贾母明确说"不是冤家不聚头",最溺爱宝玉、黛玉,早就向宝玉许诺:把姓林的都打出去了,意思是永远将你林妹妹留在你的身边。贾母即使不考虑黛玉的安危,难道不知道宝玉离了黛玉连命都要不了?后四十回这两个最爱宝玉黛玉的人对祸害黛玉、欺骗宝玉却最积极。最不可思议的是贾母,是贾母一再在各种场合说林黛玉的闲话;是贾母不征求贾政的意见就拍板金玉良缘,是贾母派人算命给宝玉算出要"金命"的人帮扶;是贾母只考虑宝玉的安危,不考虑宝钗的感受,更不考虑林黛玉的安危;是贾母不考虑薛蟠还在监狱里,一定要用宝钗给宝玉冲喜。前八十回善良宽厚的贾母变得这样冷酷无情又心思诡谲,读者完全认不出来,这还是"史太君两宴大观园"的那个贾母吗?

凤姐妙计安贾府,害了宝玉害黛玉,王熙凤的计谋很快泄露,林黛玉受到毁灭性打击,走上人生不归路。

林黛玉闻讯迷本性

——第九十六回　瞒消息凤姐设奇谋，泄机关颦儿迷本性（下）

《红楼梦》续书非常多，程高本之所以流传广且被读者接受，很大程度上因为续书相当漂亮地完成了"黛玉之死"，对《红楼梦》广泛流传做出了不可磨灭的贡献。九十六回"瞒消息凤姐设奇谋，泄机关颦儿迷本性"、九十七回"林黛玉焚稿断痴情，薛宝钗出闺成大礼"、九十八回"苦绛珠魂归离恨天，病神瑛泪洒相思地"，这三回是《红楼梦》整个小说相当精彩、描写黛玉之死的精彩桥段。对于热爱《红楼梦》、希望看到完整故事、希望看到红楼人物结局的读者来说，黛玉之死是《红楼梦》后四十回写得最好的文字，在小说描写技巧上甚至可以跟前八十回一些著名段落如红楼二尤悲剧媲美。续书作者按照他的美学理想和他对红楼人物的理解，最后完成宝黛爱情和二宝婚姻。如果抛开续书作者是不是按照曹雪芹的定位继续塑造《红楼梦》一系列顶尖角色贾宝玉、林黛玉、薛宝钗、王熙凤、贾母，如果抛开续书作者是不是按照曹雪芹原有构思完成宝黛爱情的悲剧，也就是说，暂时抛开红学家唯有曹雪芹原作描写可看的思维，抛开红学家只有按照曹雪芹原有构思完成宝黛爱情悲剧才满意的思维，单纯把黛玉闻讯迷本性、宝钗出嫁、黛玉之死看作某个作者创作的中篇小说，黛死钗嫁故事写得酣畅淋漓、荡气回肠、波澜起伏、引人入胜，很有感染力。各种根据《红楼梦》改编的影视中黛玉之死也是重头戏。特别是徐玉兰、王文娟演出的越剧《红楼梦》，极为感人。

黛玉闻讯迷本性，是黛玉之死的"凤头"，统共不过两千多字，却写得丰富精彩，是后四十回最杰出的文字，艺术魅力超过黛玉焚稿断痴情，读之令人潸然泪下。

林黛玉突然听到贾宝玉要娶薛宝钗的消息，迷失本性而痴傻，不管是林黛玉听到傻大姐传消息的心理，还是林黛玉像踩着棉花迷迷瞪瞪走路，林黛玉跟贾宝玉对着傻笑，都写得丝丝入扣、细腻精巧，却又笔力似有千钧，活画出林黛玉这样一个爱情世界中"万古云霄一羽毛"渐渐飘落的意境，还巧妙地让我们联想到黛玉葬花。

傻大姐"聪明"泄密

黛玉早饭后带着紫鹃到贾母处请安，出潇湘馆走几步，忽然想起忘了手绢，叫紫鹃回去取，自己慢慢走着等她。这个设计很妙，柔弱的林黛玉必须单独面对猛烈打击。黛玉走到沁芳桥山石背后，当日同宝玉葬花处，这个地点也选得妙，这是宝玉、黛玉初读西厢，从青梅竹马向两情相悦过渡的地方，而《葬花吟》既是林黛玉的人格宣言，也对她未来命运做出预示，现在，林黛玉将要兑现为风吹霜打下的落花，对她严相逼的风刀霜剑，来自她最亲爱的外祖母。黛玉听到有人呜呜咽咽地哭，煞住脚听，又听不出是谁的声音，也听不出哭的人叨叨什么话？别人哭跟黛玉有什么相干？她偏偏想问，为什么？因为黛玉有颗博爱之心。《红楼梦》开头曾拿黛玉和宝钗对比，说林黛玉孤高自许，薛宝钗随分从时，小丫头们更乐意跟宝钗一起玩，但在小说实际描写中，我们看到的却是黛玉的丫鬟紫鹃几次批评黛玉歪派宝玉，怡红院小丫鬟给黛玉送东西，黛玉随手抓两把贾母刚送来的钱给她，宝钗派粗使婆子给黛玉送燕窝，黛玉对婆子道辛苦，送钱给婆子打酒。我们没看到薛宝钗怎么和小丫鬟一块玩，却看到她借扇机带双敲，自己心里不痛快，训毫无过错的小丫鬟。林黛玉心中有个同情弱者的角落，尽管她自己就是很弱的弱者。她自己常哭，听到别人哭，立刻产生同情心，想问，你为什么哭，我有什么可以帮你？黛玉慢慢走过去，到了跟前，发现是个浓眉大眼的丫头在哭。黛玉未见她时，猜大丫头有什么心事在这儿哭一哭发泄发泄，见了这丫头，她又猜想：这可能是做粗活的丫头受了大女孩的气。细看丫头却不认得。这一点很合理，黛玉每天都到贾母那里，贾母身边总有鸳鸯、琥珀贴身丫鬟伺候，干粗活的丫鬟在院子里忙活，所以，黛玉没见过贾母那些提水扫地的粗使丫鬟。

这个丫头见黛玉来了，不敢再哭，站起来拭眼泪。黛玉问道："你好好的，为什么在这里伤心？"那丫头听了这话，又流泪道："林姑娘，你评评这个理。他们说话我又不知道，我就说错了一句话，我姐姐也不犯就打我呀。"林黛玉笑问："你姐姐是那一个？"那丫头说："就是珍珠姐姐。"黛玉知道了这个丫鬟是贾母屋里的，叫傻大姐儿，又问："你姐姐为什么打你？"傻大姐说:"就是为我们宝二爷娶宝姑娘的事情。"小说用十个字写林黛玉听到这句话的反应"如同一个疾雷,心头乱跳"。跟贾宝玉生死相恋的林黛玉,突然听到宝玉要娶宝钗,不啻五雷轰顶。难道心心相印、梦魂相通的两人真要分离?林黛玉的心肯定在滴血,她是不是还幻想,这是傻丫头胡说、传谣言?她想进一步弄清,略定了定神,叫傻大姐随她到犄角儿上葬桃花的背静去处,仔细问。这个地点绝妙,在当年两人开始心心相印的地方听宝黛爱情彻底被毁灭的信息!亏续书作者怎么想得出安排在这个地方。

接着林黛玉和傻大姐的对话很重要:

> 黛玉因问道:"宝二爷娶宝姑娘,他为什么打你呢?"傻大姐道:"我们老太太和太太、二奶奶商量了,因为我们老爷要起身,说就赶着往姨太太商量把宝姑娘娶过来罢。头一宗,给宝二爷冲什么喜,第二宗——"说到这里,又瞅着黛玉笑了一笑,才说道:"赶着办了,还要给林姑娘说婆婆家呢。"黛玉已经听呆了。这丫头只管说道:"我又不知道他们怎么商量的,不叫人吵嚷,怕宝姑娘听见害臊。我白和宝二爷屋里的袭人姐姐说了一句:'咱们明儿更热闹了,又是宝姑娘,又是宝二奶奶,这可怎么叫呢!'林姑娘,你说我这话害着珍珠姐姐什么了吗,他走过来就打了我一个嘴巴,说我混说,不遵上头的话,要撵出我去。我知道上头为什么不叫言语呢,你们又没告诉我,就打我。"说着,又哭起来。

傻大姐傻吗?她不仅不傻,还语言清晰,要言不烦,短短一段话,就把贾母敲定金玉良缘、贾宝玉和薛宝钗马上举行婚礼的事,用似乎是傻大姐说话语气,其实像著名律师庭审陈诉案情,一个字掉地上能砸一个坑的力度说出来,把这番话像五雷轰顶一般砸到林黛玉头上。

傻大姐能这样说话?为了小说情节发展需要,续书必须派傻大姐这样说话。傻大姐在前八十回是和焦大一样的角色,她出场只一次,却对情节推动举足轻重。焦大成了贾府的屈原,揭开贾府的脓疮。傻大姐像大观园报丧鸱鸮,她捡个"狗不识",敲响大观园覆灭的丧钟。后四十回再次起用傻大姐,贾府最傻的粗使丫鬟又敲起灵心慧性林黛玉的丧钟。傻大姐"聪明"泄密,是后四十回极漂亮的一招。

林黛玉心灵颤抖

　　林黛玉听完傻大姐的叙述,有什么心理活动? 即使交给曹雪芹,也是个难题,续书作者以逸待劳,简单写了一句话,林黛玉"此时心里竟是油儿、酱儿、糖儿、醋儿倒在一处的一般,甜、苦、酸、咸,竟说不上什么味儿来了"。这样写,很合适。林黛玉停了一会儿,颤巍巍地说道:"你别混说了。你再混说,叫人听见又要打你了。你去罢。""颤巍巍"体态反映心灵颤抖到极致的心态,却还要关心傻大姐,多善良的林姑娘。

　　林黛玉不想去给外祖母请安了,想回潇湘馆。"那身子竟有千百斤重的,两只脚却像踩着棉花一般,早已软了,只得一步一步慢慢的走将来。走了半天,还没到沁芳桥畔,原来脚下软了。走的慢,且又迷迷痴痴,信着脚从那边绕过来,更添了两箭地的路。这时刚到沁芳桥畔,却又不知不觉的顺着堤往回里走起来"。林黛玉丧魂失魄,不仅方向搞不清,连自己该到什么地方去也搞不清。

　　紫鹃取了手帕来,不见黛玉,正在看时,见黛玉颜色雪白,身子恍恍荡荡,眼睛直直的,在那里东转西转。从紫鹃眼里写出林黛玉既惨痛又迷蒙的状态,侧面描写非常巧妙。紫鹃当然得想:我们姑娘怎么一会儿工夫变成这个样子,紫鹃看到一个丫头往前头走了,看不出是哪一个,她没法追上去问这个丫头,你跟我们姑娘说了什么、把她害成这个样子? 上次傻大姐捡到绣春囊,查抄大观园很快破案,这次傻大姐走漏风声,成了大观园永远破不了的疑案。紫鹃惊疑不定,赶过来轻轻地问林黛玉:"姑娘怎么又回去? 是要往那里去?"黛玉也只模模糊糊听见,随口应道:"我问问宝玉去!"林黛玉终于明白过来,是贾宝玉要和薛宝钗成亲,他怎么能这么干? 我得问问他去! 紫鹃只好搀着林黛玉到贾母这边来。黛玉走到贾母门口,林黛玉心里微觉明晰,知道是来找贾宝玉问他成亲事,却又迷糊起来,看见紫鹃搀着自己,就问:"你作什么来的?"紫鹃陪笑解释她原来是陪姑娘来请安,姑娘不是派我回去找手帕。黛玉说:"我打量你来瞧宝二爷来了呢,不然怎么往这里走呢。"黛玉完全迷惑,心里痛不可忍,对紫鹃却是"笑道",这"笑"比哭还难受。明明是黛玉自己要来问罪宝玉,却对紫鹃说打量你来瞧宝二爷,黛玉心中永远只有一个宝玉,她这样痴情,这样痴迷,令读者不忍卒睹。

"宝哥哥"又成"宝二爷"

紫鹃知道黛玉必是听见那丫头说什么话了,她不解释,只是点头微笑。这丫头太知心了。紫鹃怕黛玉见宝玉,宝玉疯疯傻傻,黛玉恍恍惚惚,两个说出不合体统的话如何是好?心里这样想,却不能阻拦黛玉进去,只能搀黛玉进去。黛玉不似先前那样软,不用紫鹃打帘子,自己掀起帘子进来,一副勇往直前问罪贾宝玉的姿态。

见了袭人,黛玉问:"宝二爷在家么?"

请注意黛玉的称呼,她平日对贾宝玉是叫"宝哥哥"叫"宝玉","意绵绵静日玉生香"时叫"好哥哥",只有两个人吵架,她想和贾宝玉划清界限时,她才叫他"宝二爷",那是挖苦性、报复性,表示疏远,才叫"宝二爷",现在她又把"宝二爷"叫上了,而是笑着叫的,这个简单称呼有多么深的内涵。

紫鹃向袭人又努嘴儿,又摇手儿,这样杀鸡抹脖子一样暗示,这是想叫袭人阻止黛玉和宝玉见面,但袭人不解何意,也不敢言语。黛玉走进宝玉的房间。

两人相对傻笑

然后小说有段简短描绘:"看见宝玉在那里坐着,也不起来让坐,只瞅着嘻嘻的傻笑。黛玉自己坐下,却也瞅着宝玉笑。两个人也不问好,也不说话,也无推让,只管对着脸傻笑起来。袭人看见这番光景,心里大不得主意,只是没法儿。忽然听着黛玉说道:'宝玉,你为什么病了?'宝玉笑道:'我为林姑娘病了。'袭人、紫鹃两个吓得面目改色,连忙用言语来岔。两个却又不答言,仍旧傻笑起来。"

这段描写太棒了。宝玉虽然失玉疯傻,他说我为林姑娘病了,却是真心话,也就是说,贾宝玉即便疯了即便傻了,哪怕脑袋傻成一片荒漠,"林姑娘"三个字也永远是他心中那片绿洲。这样的话岂不叫林黛玉痛煞!贾宝玉终于把诉肺腑时应该对林黛玉说却对袭人错诉了的话,当面郑重地对林黛玉说出来了。贾宝玉的心属于林黛玉,贾宝玉的婚姻却既不属于林黛玉,也不属于贾宝玉自己。林黛玉还要问贾宝玉吗?不需要了。但是黛玉能对宝玉说什么?什么也不能说,什么也不敢说,即使迷迷糊糊的时候也不敢说,而且怎么说也表达不出此时黛玉撕心裂肺的痛苦，林黛玉和贾宝玉两个人之间讲过无数次比情话还情话的似乎寻常的话，比如：我为的是我的心，你只知道你的心，难道不知道我的心？我心里如果有金玉之说，天诛地灭。现在两个人相对，一句也说不出来了，只能相对傻笑。聪明灵秀的黛玉被巨大伤痛击打到心灵流血、失智无言，跟失玉疯傻的宝玉相对傻笑，神采飘逸的贾宝玉和飘飘欲仙的林黛玉，在《红楼梦》最后一次相会定格为相对傻笑，这是比嚎啕大哭、抱头痛哭还能表达他们痛苦的傻笑。

"我这就是回去的时候了"

袭人知道黛玉心中迷惑不减于宝玉，叫秋纹和紫鹃搀回林黛玉，嘱咐秋纹："你可别混说话。"这个细心的小人还担心泄了宝玉、宝钗的密。秋纹笑着和紫鹃搀起黛玉。黛玉起来，"瞅着宝玉只管笑，只管点头儿。紫鹃又催道：'姑娘回家去歇歇罢。'黛玉道：'可不是，我这就是回去的时候儿了。'说着，便回身笑着出来了，仍旧不用丫头们搀扶，自己却走得比往常飞快"。

林黛玉说"我这就是回去的时候了"，什么意思？表面似乎指回潇湘馆，实际上是回茫茫太空，决心赴死，林黛玉坦然笑对风刀霜剑，笑对厄运，决心离开恶浊不堪的人世，为真情而死，无所畏惧，无甚遗憾，柔弱的潇湘妃子死都不怕，还用人搀扶？她自己走得飞快。紫鹃、秋纹后面赶忙跟着走。出了贾母院门，黛玉只管一直走去。大概方向也搞错了，是不是她习惯性又往怡红院走找她的宝哥哥？紫鹃连忙搀住叫道："姑娘往这么来。"黛玉仍是笑着随了往潇湘馆来。离门口不远，紫鹃道："阿弥陀佛，可到了家了！"只这一句话没说完，只见黛玉身子往前一栽，"哇"的一声，一口血直吐出来。冯其庸先生点评："伤哉黛玉，万千哀痛，只在此一吐也。作者此句具千斤笔力。"

"泄机关颦儿失本性"，写林黛玉听到贾宝玉和薛宝钗将要成亲的消息后，要去问问宝玉，见面后，宝玉说我为林姑娘病了，然后，两个人相对傻笑。这是后四十回贾宝玉和林黛玉第六次，也是最后一次见面，也是后四十回写得最成功的宝黛会面，短短一段似乎非常平常的描写，却有惊风雷、泣鬼神般效力。

"泄机关颦儿迷本性"的情节设计巧妙，描写新巧。"泄机关颦儿迷本性"，实际内涵是林黛玉知道了贾母等设计成全金玉良缘的暗道机关之后，头脑清醒，态度冷静，慷慨赴死。续书作者能琢磨出林黛玉失本性，琢磨出贾宝玉林黛玉最后一次见面相对傻笑，就不枉后四十回能附曹雪芹前八十回骥尾，在亿万读者中流传二百年。

　　既然曹雪芹已经写完的稿子丢了，既然前八十回有那么多对后事的暗示，有脂砚斋那么多关于后事如何的记载，几百年间却没有一个作家能够完全按照曹雪芹的构思完成《红楼梦》最后的悲剧，程高本续书能写成这个样子，相当不错，从这一点上看，程伟元、高鹗比腰斩《水浒传》的金圣叹强得多。他们毕竟给千百万读者提供一个《红楼梦》完璧，虽然，百分之九十的红学家不满意后四十回，甚至主张干脆腰斩《红楼梦》，只留下前八十回，但百分之八十的读者对后四十回能看得下去，甚至兴味盎然、受感动看得下去。至于研究后四十回思想艺术和曹雪芹的差别，当然是专门者的任务了。

黛玉求速死　宝玉求快娶

——第九十七回　林黛玉焚稿断痴情,薛宝钗出闺成大礼(上)

第九十七回接续九十六回,写林黛玉回到潇湘馆,然后,小说家花开三头,各表一枝,这边知道真相的林黛玉只求速死,那边被骗以为要和林黛玉成亲的贾宝玉只求速娶,贾母、王夫人诡计迭出,只求速办婚礼,完成他们的冲喜大事。

林黛玉视死如归

林黛玉到潇湘馆门口吐出血来几乎晕倒。紫鹃、秋纹搀到屋里,紫鹃、雪雁守着,黛玉渐渐苏醒,问紫鹃:"你们守着哭什么?"紫鹃尽量和缓地说:"姑娘刚才打老太太那边回来,身上觉着不大好,唬的我们没了主意,所以哭了。"黛玉又是笑,这是视死如归的笑,说:"我那里就能够死呢。"言外之意,死又怕什么! 这样活着还不如死。

黛玉和宝玉感情是她几年的心病,听到宝玉、宝钗成亲,黛玉一时急怒,迷惑本性,见紫鹃哭,她才模模糊糊想起傻大姐的话来,反而不伤心了,唯求速死。续书作者不再像上次黛玉误听宝玉定亲刻意求死那套不吃饭、不盖被,这样做很聪明。

秋纹慌慌张张回去,贾母问起来,秋纹把刚才的事回了一遍。贾母大惊说:"这还了得!"这话什么意思? 是贾母没想到林黛玉有如此强烈的反应? 还是贾母担心贾宝玉真会为娶来不是林黛玉再次大闹甚至病重? 贾母连忙派人叫王夫人、凤姐,"足智多谋"的凤姐诧异:"这是什么人去走了风呢。这不更是一件难事了吗。"三个人去看林黛玉。黛玉颜色如雪,神气昏沉,气息微细,咳嗽一阵,吐出都是痰中带血的。三个阴谋家慌了。黛玉微睁眼,看见贾母,喘吁吁地说道:"老太太,你白疼了我了!"

林黛玉是不是想表达这样的意思：外祖母，您疼我这么多年，我本该永远在您身边，却叫您白发人送黑发人，您白疼我了。黛玉明明知道是自己在世上唯一的亲人贾母操办了宝玉和宝钗的婚事，她对贾母毫无怨言，这是她的修养，也是她对贾母至死不变的亲情。

贾母十分难受，说："好孩子，你养着罢，不怕的。"黛玉微微一笑，把眼又闭上了。林黛玉对外祖母的心思全看透了，淡然一笑，什么也不说。林黛玉误解了贾宝玉，却看清了贾母，既然最爱的两个人，都背叛了她，在这个世界上别无牵挂，那就一心求死吧。冯其庸先生点评林黛玉"微微一笑，把眼又闭上了"："黛玉对贾母的理解，至此才算完全清楚，再无别言，故微微一笑，闭上眼睛，文是极为轻淡，笑是极为沉重，情是极为伤痛而绝望，一切都完，一切都了，故可以闭眼了，呜呼，人间再无比此更伤更痛之情！"

贾琏、王熙凤及时处理林黛玉的急病，其实贾母手里才有挽救林黛玉生命的"灵丹妙药"，那就是成全林黛玉和贾宝玉。但是贾母绝对不肯把这个灵丹妙药给林黛玉，林黛玉只有死路一条。贾琏请王大夫来诊脉，王大夫说："尚不妨事。这是郁气伤肝，肝不藏血，所以神气不定。如今要用敛阴止血的药，方可望好。"王太医诊断和用药都是对的，但哀莫大于心死，什么药对林黛玉都没用了。

贾母冷血如此

贾母看黛玉神气不好，对凤姐等说："我看这孩子的病，不是我咒他，只怕难好。你们也该替他预备预备，冲一冲。或者好了，岂不是大家省心。就是怎么样，也不至临时忙乱。咱们家里这两天正有事呢。"林黛玉应该是六岁进贾府，按照曹雪芹和续书后四十回一错再错的年龄，现在算十六岁吧，那也是贾母把唯一爱的女儿的遗孤当作心肝儿肉抚养了十年，现在贾母竟然像吩咐一件寻常事务，冷静地甚至冷血地吩咐王熙凤给林黛玉准备后事，不可思议。

贾母还是想弄清林黛玉病重的真实原因，问紫鹃，到底还是没弄清是什么人泄露了贾母给宝玉宝钗定亲的机密大事。贾母说："孩子们从小儿在一处儿顽，好些是有的。如今大了懂的人事，就该要分别些，才是做女孩儿的本分，我才心里疼他。若是他心里有别的想头，成了什么人了呢！我可是白疼了他了。你们说了，我倒有些不放心。"贾母不放心，是要认真查明林黛玉到底有没有所谓深闺小姐万万要不得的"私情"。回到她的房中,贾母又叫袭人来问。袭人把回王夫人的话和刚才黛玉跟宝玉刚才相见的光景说了一遍。贾母听完了,居然又当着袭人的面对林黛玉来了番大批判:"我方才看他却还不至糊涂,这个理我就不明白了。咱们这种人家,别的事自然没有的,这心病也是断断有不得的。林丫头若不是这个病呢,我凭着花多少钱都使得。若是这个病,不但治不好,我也没心肠了。"

贾母铁了心,林黛玉如果没有"心病",也就是没有追求自主爱情的"病",贾母花多少钱,尽多少心,也给林黛玉治病,她还继续疼林黛玉。林黛玉如果有这种绝对要不得的心病,她本身就该死,贾母不能允许这种离经叛道的事出现在国公府,她就是不成全林黛玉和贾宝玉,林黛玉因此要死,只管去死!

后四十回这个一副封建卫道者死硬面孔的贾母,这个对林黛玉无情到令人发指的贾母,还是前八十回连放爆竹都把林黛玉搂到怀里的贾母吗?还是那个吃口鸡髓笋、吃口风腌果子狸都得派人给林黛玉送去的贾母吗?贾母已经听到袭人转述贾宝玉当年向林黛玉诉错肺腑的话,那就是"睡里梦里也忘不了你",听到今天贾宝玉说"我为林姑娘病了"的话,贾母难道联想不到当初紫鹃一句林姑娘回苏州的玩话,贾宝玉就死了半个?贾母难道忘记她自己说过,把姓林的都打出去,实际已经向贾宝玉承诺,她要把林黛玉永远留在贾府、永远留在贾宝玉身边?贾母好像也完全忘了她早就说过"不是冤家不聚头",后四十回的贾母不仅把她一贯的二玉一家主张忘记了,连她自己从宝玉那儿学来说惯、把黛玉叫"颦儿"也都忘了。贾母完全换了个人,是不是续书作者穿过时光隧道,用《孔雀东南飞》的焦仲卿母把前八十回贾母给替换下来了?

心肠如铁的"亲人"操弄

王熙凤劝贾母:"林妹妹的事老太太倒不必张心,横竖有他二哥哥天天同着大夫瞧看。倒是姑妈那边的事要紧。"王熙凤这是什么意思?林黛玉这边,咱们按照常规给她请医调病就是,她好就好,不好不是已给她准备后事?您还得抓紧管宝玉娶宝钗的大事。贾母立即把外孙女病危丢到脑后,派王夫人马不停蹄找薛姨妈商量薛宝钗过门的事了。

林黛玉最慈爱的外祖母心肠如冰,林黛玉最友好的表嫂王熙凤心肠如铁。后四十回的贾母和王熙凤对林黛玉的态度,跟前八十回,来了个一百八十度大转弯。

在宝玉、宝钗婚事上,王夫人、薛姨妈亲姐妹虽然一拍即合,贾母和王夫人急于举行婚礼,却是一心为救贾宝玉,根本不考虑薛宝钗的感受,不考虑薛宝钗的未来,比如说,贾宝玉冲喜不成死了,置宝钗于何地?国公府贵妇在演一场极端利己、绝不利人的活报剧。王夫人、王熙凤对薛姨妈,一个是亲姐妹,一个是亲侄女,都采取瞒和骗的战术。

贾母、王夫人、王熙凤到薛姨妈那里,是黄鼠狼给鸡拜年,想用人家的宝贝女儿给自家的宝贝冲喜,她们有话不直说,只说记着这边的事来瞧瞧,薛姨妈感激不尽。凤姐向薛姨妈陪笑说:"老太太此来,一则为瞧姑妈,二则也有句要紧的话特请姑妈到那边商议。"薛姨妈明白是商量婚礼的事,不能叫薛宝钗听到,她不知道这里边还有掉包计这档子伤害薛宝钗到骨髓的事。当晚薛姨妈果然过来,见过贾母,还是由谈判高手王熙凤出面说话,她先把贾宝玉疯傻的情况给薛姨妈瞒了个风雨不透,说贾宝玉"其实也不怎么样,只是老太太悬心。目今老爷又要起身外任去,不知几年才来。老太太的意思,头一件叫老爷看着宝兄弟成了家也放心,二则也给宝兄弟冲冲喜,借大妹妹的金锁压压邪气,只怕就好了"。

薛姨妈心里也愿意,但薛姨妈愿意的是金玉良缘,不是冲喜,薛姨妈担心宝钗委屈,回答:"也使得,只是大家还要从长计较计较才好。"薛姨妈实际上不同意马上办婚礼,成亲而不能圆房,对薛宝钗多不好,堂堂薛家小姐成了专门给人冲喜的,还有什么喜事可言、还有什么身份可讲?薛姨妈还是心疼女儿,想等宝玉身体复原,把婚礼办成真正的婚礼。

王夫人不理睬薛姨妈说的从长计较,要求立竿见影,和薛姨妈说:"姨太太这会子家里没人,不如把妆奁一概蠲免。明日就打发蝌儿去告诉蟠儿,一面这里过门,一面给他变法儿撕掳官事。"说得多巧妙,用贾府给薛蟠撕掳官事,也就是贾府出面帮薛蟠脱罪,让薛姨妈的宝贝儿子回家,做马上娶薛宝钗的交换条件。王夫人对薛姨妈既不提宝玉的心事,也不说宝玉真实的病情,对自己的亲妹妹"捂着耳朵偷铃铛",王夫人正说着,贾母差鸳鸯过来候信,这是干嘛?施加压力。薛姨妈虽担心宝钗委屈,没法儿,只能满口应承。鸳鸯回了贾母。贾母叫鸳鸯过来求薛姨妈和宝钗说明缘故,不叫她受委屈。贾母这个缘故要说明到什么程度?无非是贾政马上要走,贾宝玉的婚礼必须父亲主持之类的场面话,肯定不会说贾宝玉心里只有林黛玉,贾宝玉傻得不透气了。

　　贾母王夫人王熙凤联手忽悠薛姨妈,薛姨妈答应按贾府的方针办,回家细细告诉了宝钗,还说:"我已经应承了。"宝钗始则低头不语,后来便自垂泪。薛宝钗不傻,她分明知道,她和母亲盼了多少年的金玉良缘已经完全变味。现在的贾宝玉已经没了那个穿黄袍的姐姐大后台,现在的贾宝玉是丢了通灵宝玉的半傻子,他还是薛宝钗理想的伴侣吗?这个半傻子还能按照薛宝钗的愿望去求取功名、光宗耀宗吗?这个即使傻也心里只有林黛玉的贾宝玉会叫薛宝钗多尴尬?但是薛宝钗哑巴吃黄连,有苦不能说,只能掉眼泪。薛姨妈对宝钗好言劝慰解释好些话。立即派薛蝌明日起身,快马流星四天返回,带回薛蟠的消息。薛家没等贾府撕掳薛蟠的官司,已经靠万能金钱再次救了薛蟠的命,审案上司、上次阻拦的"道"见钱眼开已准了误杀,一过堂就要题本,叫薛家预备赎罪银子。薛蟠给薛姨妈捎信:妹妹的事,妈妈做主很好的,赶着办又省了好些银子,叫妈妈不用等我,该怎么着就怎么办罢。呆霸王在监狱里变成精明商人,知道这么办省钱。

　　薛姨妈叫薛蝌办泥金庚帖,填上宝钗的八字,叫人送到琏二爷那边。所谓泥金庚帖,指用金粉打底,纸上涂满金粉的庚帖,上面写上薛宝钗的名字、籍贯、生辰八字、祖宗三代等。薛姨妈叫薛蝌把庚帖给贾府送了去,问好过礼的日子,好预备。第二天,贾琏过来见薛姨妈,请了安,说明日过礼。只求姨太太不要挑饬,说着,捧过通书。所谓通书,就是贾府通知薛家迎娶薛宝钗日期的帖子。薛姨妈谦逊几句,点头应允。贾琏赶着回去回明贾政。贾政叫他回老太太,说,这事不叫亲友知道,诸事简便些。送什么礼,老太太瞧了就是,不必告诉我。贾政对儿子的婚事大撒手,是消极怠工,还是无可奈何,只有天知道,贾琏答应,回明贾母。

贾宝玉急切盼成婚

　　贾母等对林黛玉死活听之任之,贾宝玉到底是个真傻子,能任她们摆布,还是他有些清醒,仍然记着林黛玉?必须查明。这就是王熙凤说的,如果贾宝玉根本不管什么林妹妹不林妹妹,这个包就不用调了,如果贾宝玉还想着林黛玉,这个包就必须好好掉。

　　王熙凤去试宝玉,说:"宝兄弟大喜,老爷已择了吉日,要给你娶亲了。你喜欢不喜欢?"宝玉听了,只管瞅着凤姐笑,微微地点点头儿。贾宝玉似傻,其实不傻,他不说高兴不高兴,他等着听,给我娶亲,娶谁?凤姐笑道:"给你娶林妹妹过来,好不好?"宝玉大笑起来。凤姐看着,断不透他是明白是糊涂,又说:"老爷说你好了才给你娶林妹妹呢,若还是这么傻,便不给你娶了。"宝玉忽然正色道:"我不傻,你才傻呢。"贾宝玉完全不傻了,他的意思是:我和林妹妹的生死情难道你不知道? 贾宝玉站起来说:"我去瞧瞧林妹妹,叫他放心。"凤姐忙扶住,编起大谎话:"林妹妹早知道了。 他如今要做新媳妇了,自然害羞,不肯见你的。"宝玉道:"娶过来他到底是见我不见?"王熙凤一提林妹妹,贾宝玉虽然仍旧说些疯话,却明白了好些,而且明确表达他对林妹妹的深情。凤姐又忽悠宝玉:"你好好儿的便见你,若是疯疯颠颠的,他就不见你了。"宝玉说道:"我有一个心,前儿已交给林妹妹了。 他要过来,横竖给我带来,还放在我肚子里头。"贾宝玉说的话,凤姐听着是疯话,其实是百分之百真心话。贾母也想不到贾宝玉说的疯话是真心的泣血话,听到贾宝玉的话,倒说不用理他。

没想到贾宝玉听到给他娶林黛玉为妻,认以为真,心里大乐,精神好了起来。恶毒的凤姐,故意叫袭人把给薛宝钗送定礼的事,告诉贾宝玉说是给林黛玉送,宝玉又嘻嘻地笑道:这里送到园里,回来园里又送到这里。咱们的人送,咱们的人收,何苦来呢。一听到林黛玉,贾宝玉一点也不疯一点也不傻。可怜贾宝玉给亲祖母、亲妈妈共同骗了,急切地盼着新娘进门,因为他认定新娘是他林妹妹。太可笑也太悲惨了。

林黛玉一心求死,贾宝玉一心求快娶,贾母、王夫人、王熙凤各怀鬼胎,对薛姨妈,对贾宝玉搞瞒和骗,各人头上一方天,各人心中一杆秤,各念各的苦乐经。续书作者把这三个不同的场面,互相对应地写得非常生动。

林黛玉焚稿断痴情

——第九十七回　林黛玉焚稿断痴情，薛宝钗出闺成大礼(中)

　　林黛玉从傻大姐那里听到贾宝玉将和薛宝钗成亲的消息，虽然宝玉已经当面对她说出"我为林姑娘病了"，林黛玉仍然误会是宝玉负了心，这一点好像不太合理，但林黛玉接下来的决心赴死，焚稿断痴情，却是后四十回写得非常出彩的文字，即便把"林黛玉焚稿断痴情"放到前八十回，跟尤二姐之死、晴雯之死相比，也毫不逊色。后四十回对黛玉之死的心理描绘细腻生动、动人心弦，对人物之间关系的调配和处理，合情合理。

紫鹃成了唯一亲人

　　在黛玉之死的描写中，续书作者写的最符合前八十回人物个性的人物是紫鹃。紫鹃到底从什么地方、怎么判断出黛玉一心求死是因为听到贾宝玉和薛宝钗要成亲的消息，不得而知。黛玉的病日重一日，紫鹃苦劝她，说宝玉这样大病，怎么做得亲呢。黛玉微微一笑，不答言，又咳嗽吐出好些血。黛玉微微一笑，是决定赴死、不必解释的笑，咳嗽吐血，是不是把林黛玉的病情描写得太琐细、太多、太醒目，也太令读者难过？

　　紫鹃一天三四趟去回贾母。贾母没有得到紫鹃的汇报，因为鸳鸯封锁消息，鸳鸯测度贾母近日比前疼黛玉的心差了些，所以不常去回。这个细节不真实，鸳鸯很善良，不是趋炎附势的人，从鸳鸯对司棋的态度可以看出来，但续书作者必须叫鸳鸯这样做，必须给林黛玉造成这样的印象：贾母确实变成噩梦当中那个不通人情、不管她生死的外祖母了。其实即使鸳鸯去回贾母，我们会不会看到更不乐意看到的描写：贾母不去看病势垂危的林黛玉，且说我们这两天还有正事要办？曾经把贾母和宝玉看成世界上最后两个亲人的林黛玉，现在只把紫鹃当成亲人。她挣扎着对紫鹃说："妹妹，你是我最知心的,虽是老太太派你伏侍我这几年,我拿你就当作我的亲妹妹。"千金小姐对丫鬟改称妹妹,令人感动。

黛玉叫紫鹃把自己扶起来,紫鹃和雪雁把她扶起,两边用软枕靠住,紫鹃倚在林黛玉的旁边。林黛玉骨瘦如柴,坐都坐不住,下身硌得疼,这个细节令读者心酸,接下来,黛玉连说话力气都没有的细节更令人令碎。林黛玉狠命撑着,叫雪雁拿来诗本子,又抬眼看箱子,意思是要箱子里写上诗的手帕,但黛玉的心思丫鬟如何猜得出,雪雁只是发怔。黛玉气得两眼直瞪,又说不出话,只好拿着拭嘴绢子指着箱子,又喘成一处。紫鹃总算明白,叫雪雁开箱,拿出块白绫绢子来。紫鹃还是没有明白黛玉的用意。黛玉把白绫绢子撂一边,使劲说:"有字的。"紫鹃才明白过来,黛玉要那块题诗的旧手帕,只好叫雪雁拿出来递给黛玉。

紫鹃的反应是不是迟钝了些?因为黛玉的诗帕是紫鹃细心收拾好,还包着黛玉跟宝玉闹别扭时剪碎的通灵宝玉穗子、黛玉给宝玉刺的又剪破的小荷包,她怎么会不知道黛玉要有字的手帕?是不是因为紫鹃不识字?

焚 稿 断 痴 情

林黛玉要题诗的手帕做什么?断痴情。宝玉挨打后,黛玉为宝玉哭得眼睛像肿桃一样,宝玉派晴雯给黛玉送来两人怄气、宝玉哭、黛玉摔到他怀里的手帕,黛玉明白过来宝玉送旧手帕的意思,挑灯写下三首题帕诗,最后一首明确地把她和宝玉关系定位为舜和湘妃忠贞的夫妻关系。题帕三绝句是林黛玉的爱情宣言,现在宝黛爱情灰飞烟灭,林黛玉得让记录宝黛珍贵感情的证据从人间消失。黛玉把诗帕接到手里,也不瞧诗,挣扎着伸出手来狠命撕那绢子,却只有打颤的分。林黛玉连撕破一块薄手绢的力气也没了,只撕得浑身颤抖,可怜!黛玉吩咐"笼上火盆"。雪雁把火盆端上来,出去拿火盆炕桌。黛玉把身子欠起,紫鹃两只手扶她。黛玉已把诗帕撂到火盆上烧着。紫鹃劝:"姑娘这是怎么说呢。"黛玉只作不闻,回手又把诗稿拿起来,瞧了瞧又撂下。黛玉此时,是不是看到这些诗,想到大观园的美好岁月?想到她跟宝玉桃树下共读西厢,想到因为误会了宝玉而写《葬花吟》?想到大观园姐妹海棠诗社欢声笑语?想到自己虽然写了"帘中人比桃花瘦",却一直有宝玉无微不至的关切?想到芦雪庵姐妹们快乐赏雪景抢命联诗,想到她和史湘云月下联诗?那是怎样的青春岁月!黛玉拿起诗稿又撂下,是不是一时不忍心把这些记录美好时光的清词丽句也烧了？紫鹃怕她也要烧，连忙将身倚住黛玉，腾出手想拿诗稿，黛玉又把诗稿撂在火上。看来，林黛玉就是要让自己彻底从恶毒的人间消失，彻底从负心的宝玉心中消失，不能留下一点儿叫贾宝玉想起他们深沉相爱的印迹。紫鹃够不着诗稿，干着急。雪雁顾不得烧手，从火里抓起来撂在地下乱踩，已烧得所余无几。

情义姐妹送行

林黛玉已焚稿断痴情，后面只是她如何病逝，大观园情义姐妹如何送行。

黛玉病危，贾府没人看望，潇湘馆只有紫鹃、雪雁和鹦哥等几个小丫鬟。续书作者又有个小疏忽，鹦哥本是贾母的丫鬟，黛玉进府后，贾母看到雪雁太小，把鹦哥派给黛玉，鹦哥和珍珠都是贾母得力的丫鬟，贾母把珍珠派给宝玉，改名袭人，鹦哥派给黛玉，成了紫鹃，林黛玉把鹦哥改名紫鹃和贾宝玉把珍珠改名袭人，有相似哲理意味。林黛玉的丫鬟会泣血，贾宝玉的丫鬟会用浓郁的香气包围宝玉。

紫鹃看黛玉不好，又来回贾母。贾母上房静悄悄的，只有两三个老妈妈和做粗活的丫头在看屋子。紫鹃到宝玉屋里去看也无人。丫头不知宝玉到哪里了。紫鹃已知八九，贾宝玉到新房娶亲去了，她想："但这些人怎么竟这样狠毒冷淡！"又想到黛玉这几天竟连一个问的人也没有，越想越悲，激起一腔闷气想："今日倒要看看宝玉是何形状！看他见了我怎么样过的去！那一年我说了一句谎话他就急病了，今日竟公然做出这件事来！可知天下男子之心真真是冰寒雪冷，令人切齿的！"紫鹃发现怡红院静悄悄没人，正徘徊瞻顾，想贾宝玉的新房在哪里，这时又来个泄密的，宝玉的小厮墨雨告诉紫鹃：宝二爷就是今日夜里娶，老爷派琏二爷另外收拾了房子。紫鹃发一回呆，想起黛玉还不知是死是活。两眼泪汪汪，咬着牙发狠道："宝玉，我看他明儿死了，你算是躲的过不见了！你过了你那如心如意的事儿，拿什么脸来见我！"

人情薄如纸，世情恶如鬼，紫鹃虽然误会了贾宝玉，但只有紫鹃是贾府这个黑暗王国的一线光明，难得她如此义愤。紫鹃一面哭，一面走，呜呜咽咽回去了。她进潇湘馆，林黛玉已是回光返照，肝火上炎，两颧红赤。紫鹃叫黛玉的奶妈王奶奶来。王奶奶一看便大哭。紫鹃本来认为王奶奶年龄大有主意，没想到她更没有主意。紫鹃忽然想起李纨，派小丫鬟去请。李纨媚居,宝玉结亲,自然回避。大观园向来由李纨料理,所以打发人去请她。李纨接到紫鹃报告黛玉病危很伤心,她想:"姐妹在一处一场,更兼他那容貌才情真是寡二少双,惟有青女素娥可以仿佛一二,竟这样小小的年纪,就作了北邙乡女!偏偏凤姐想出一条偷梁换柱之计,自己也不好过潇湘馆来,竟未能少尽姊妹之情。真真可怜可叹。"

李纨看林黛玉的时候,"黛玉已不能言。李纨轻轻叫了两声,黛玉却还微微的开眼,似有知识之状,但只眼皮、嘴唇微有动意,口内尚有出入之息,却要一句话一点泪也没有了"。这一段林黛玉临终描写,是不是太过详细?有没有必要像临终关怀的病床护士记录病情?实在不忍卒读。李纨回身找紫鹃,当然是想叫紫鹃抓紧处理黛玉遗体,只见紫鹃在外间空床上躺着,颜色青黄,闭了眼只管流泪,鼻涕、眼泪把一个砌花锦边的褥子湿了碗大的一片。紫鹃对黛玉之死的反应,最感人。李纨连忙唤她,紫鹃才慢慢地睁开眼欠起身。李纨道:"傻丫头,这是什么时候,且只顾哭你的!林姑娘的衣衾还不拿出来给他换上,还等多早晚呢。难道他个女孩儿家,你还叫他赤身露体精着来光着去吗!"紫鹃听了这句话,一发止不住痛哭起来。李纨一面也哭,一面拭泪,一面拍着紫鹃的肩膀说:"好孩子,你把我的心都哭乱了,快着收拾他的东西罢,再迟一会子就了不得了。"

续书作者忍心写出这样的场面,大概正是引得后世读者潸然泪下的重要原因。记得新版电视剧《红楼梦》问世拍黛玉之死,李少红导演把林黛玉的肩膀露出来,引起观众很大反感,认为演黛玉裸体不妥,后来我请教冯其庸先生,冯先生倒没有不以为然,说:这反而是表现林黛玉清白来清白去("质本洁来还洁去"),这一点,我们不去管它。

骗子又出新招

接下来到潇湘馆的两个人各有各的任务,写得很有道理:平儿和林之孝家的。

搞掉包计的骗子又出新招,想进一步瞒骗贾宝玉,紫鹃宁死不从,平儿想出调和办法。

平儿是王熙凤派来看林黛玉的,王熙凤到底还是对林黛玉不放心,在她操办掉包计匆匆忙忙中,还想起来派平儿来看林黛玉。平儿说:"我也见见林姑娘。"一面往里走一面早已流下泪来。那么,林之孝家的来做什么?李纨可能以为也是凤姐派来执行林姑娘临终事务处理,就对林之孝家的说:"你来的正好,快出去瞧瞧去。告诉管事的预备林姑娘的后事。妥当了叫他来回我,不用到那边去。"林之孝家的答应了,还站着不走。原来,她是来执行王熙凤掉包计最恶毒的一手,要用紫鹃扶薛宝钗,跟贾宝玉拜堂,给贾宝玉造成确实是娶林黛玉的错觉。王熙凤真是妙计迭出、毒计迭出、丧心病狂之计迭出。林之孝家的道:"刚才二奶奶和老太太商量了,那边用紫鹃姑娘使唤使唤呢。"李纨当然明白是怎么回事,李纨还未答言,紫鹃道:"林奶奶,你先请罢。等着人死了我们自然是出去的,那里用这么……"说到这里却又不好说了,又改说道:"况且我们在这里守着病人,身上也不洁净。林姑娘还有气儿呢,不时的叫我。"好紫鹃!贾府丫鬟公然抗命贾母和王熙凤,紫鹃因为黛玉将死,已经完全把自己安危甚至生命安全都置之度外。李纨在旁替她解说:"当真这林姑娘和这丫头也是前世的缘法儿。倒是雪雁是他南边带来的,他倒不理会。惟有紫鹃,我看他两个一时也离不开。"林之孝家的听了紫鹃的话不受用,李纨这一说,她没话说,见紫鹃哭得泪人一般,只好瞅着她微微地笑。这家伙狼心狗肺,别人痛苦成这个样,她还笑得出来。林之孝家的只管执行凤姐的命令,又说:"紫鹃姑娘这些闲话倒不要紧,只是他却说得,我怎么回老太太呢。况且这话是告诉得二奶奶的吗!"这番话倒是符合管家身份,最后是平儿提出解决办法:用雪雁代替紫鹃去欺骗贾宝玉。

黛玉焚稿有原型

后四十回写黛玉之死,黛玉将题诗的手绢丢到火盆里,将呕心沥血写的诗稿扔到火盆里,诗魂化烟,堪称经典。而黛玉焚稿断痴情的情节是有原型的,那就是明代才女冯小青焚稿的真实故事。冯小青是武林冯生姬妾,她本人的姓没有传下来,因为她嫁给冯生,后世就把她的名字称为"冯小青"。冯小青自幼聪明异常,擅长写诗填词,十六岁嫁给冯生,冯生之妻奇妒,冯生只好安排冯小青孤独地住在山里边。有人劝她再嫁,她不肯,因为长期郁闷,伤心成疾,十八岁时冯小青渐渐病重,临终请了画师画了自己的像,把自己生平写的诗词面对画像焚毁,自我祭奠后死了,死后安葬西湖孤山。

冯小青焚稿断痴情,在明代非常有名,明代陈元明、支小白给冯小青写过传,张潮《虞初新志》,还有《西湖志》《西湖游览志》,都记载过冯小青临终焚稿断痴情的故事,阿英《小说闲谈》分析过冯小青到底是真实人物还是小说人物。冯小青亲人出版其诗词《焚余草》，里边有首诗："新妆竟与画图争，知在昭阳第几名？瘦影自临春水照，卿须怜我我怜卿。"意思是：我梳妆打扮后可以和画中的美人媲美，我（这样的美貌）能在昭阳宫排第几名？我这样瘦，到春水旁边来照，瘦瘦的我，对着瘦瘦的影像，你（指水中影）应该怜惜我，我也应该怜惜你。续书作者看来也不避讳他写林黛玉焚稿断痴情参照了冯小青的故事，已经在八十九回借用冯小青的诗句形容林黛玉顾影自怜："瘦影自临春水照，卿须怜我我怜卿。"

　　林黛玉把呕心沥血的诗帕诗稿付之一炬，情诗成灰泪亦干。"林黛玉焚稿断痴情"的描写虽然不符合曹雪芹原有对宝玉黛玉结局构思，但写得非常感人，连极为次要的人物也写得合情合理，像林之孝家的，紫鹃在那儿哭，她却微微地笑，她笑什么？肯定在想：林姑娘死不死，与你一个贾府丫鬟有何相干？她死了你回老太太那里就是。林之孝家的一心想的是：贾母和王熙凤派她来叫紫鹃，紫鹃不去，完不成任务，就没法交差。平儿听完林之孝家的说的事，决定叫雪雁代替紫鹃。平儿为人聪明机智，雪雁是黛玉从苏州带来的，派雪雁也能起到蒙骗贾宝玉的效果。林之孝家的说："那么姑娘就快叫雪姑娘跟了我去。我先去回了老太太和二奶奶，这可是大奶奶和姑娘的主意。回来姑娘再各自回二奶奶去。"李纨说林之孝家的："你这么大年纪，连这么点子事还不耽呢。"林之孝家的仍然笑道："不是不耽，头一宗这件事老太太和二奶奶办的，我们都不能很明白；再者又有大奶奶和平姑娘呢。"她说这话什么意思？那就是贾母、王熙凤她们操办的掉包计，已经被仆人们看出是怎么回事了，只是他们想不到堂堂国公府会办这么荒唐这么丢脸的事。林之孝家的只管来执行贾母、王熙凤的命令，命令如果没有很好地完成，一旦怪罪下来，那可是李纨和平儿的责任，不是她的责任。林之孝家的这么一个芝麻绿豆般小情节，说明贾府上上下下，都是人人为我，也只为我。在这种情况下，紫鹃为了林黛玉而抗命贾母和王熙凤，这种义愤，这种忘我，弥足珍贵。

薛宝钗出闺成大礼

——第九十七回　林黛玉焚稿断痴情,薛宝钗出闺成大礼(下)

"薛宝钗出闺成大礼"的描写,相对于"林黛玉焚稿断痴情"略差些,但戏剧性、可读性不低。

雪雁的伤感视角

可能因为紫鹃戏份太重,雪雁在《红楼梦》有点被忽略,在林黛玉的感情世界中,紫鹃能对黛玉披肝沥胆,能当面说姑娘歪派宝玉,能当面对黛玉说趁着老太太硬朗定下婚姻大事,紫鹃在黛玉病重期间又大放光彩,雪雁相对没戏份。小说写:平儿把雪雁叫出来。按说雪雁是苏州带来的丫鬟,黛玉弥留之际,雪雁应该拒绝离开林姑娘,她却同意离开:"原来雪雁因这几日嫌他小孩子家懂得什么,便也把心冷淡了。况且听是老太太和二奶奶叫,也不敢不去。"这样写未免残忍,但小说布局必须如此。平儿叫雪雁换了新鲜衣服,跟着林家的去了。随后李纨嘱咐平儿催着林之孝家的叫她男人快把林姑娘该办的事办了来。平儿答应着出来,看见林家的带着雪雁在前头走,叫住她说:"我带了他去罢,你先告诉林大爷办林姑娘的东西去罢。奶奶那里我替回就是了。"平儿与人为善,林之孝家的不是怕担责任?我替你担了。

雪雁看到宝玉这里喜气洋洋办婚事,想起他家姑娘,未免伤心,在贾母和凤姐跟前她不敢露出,只想:"宝玉一日家和我们姑娘好的蜜里调油,这时候总不见面了,也不知是真病假病。怕我们姑娘不依,他假说丢了玉,装出傻子样儿来,叫我们姑娘寒了心,他好娶宝姑娘的意思。我看看他去,看他见了我傻不傻。莫不成今儿还装傻么!"

这是不太通世事的小女孩想法。其实雪雁可能和林黛玉同岁,林黛玉有那么深沉的思想,长期生活在黛玉身边的雪雁怎能如此幼稚!

雪雁溜到里间屋子偷偷瞧。续书作者用生动的笔墨写贾宝玉被欺骗的精神状态：宝玉因失玉昏聩，但只听见娶了黛玉为妻，真乃是从古至今天上人间第一件畅心满意的事，那身子顿觉健旺起来，巴不得即见黛玉，盼到今日完姻，真乐得手舞足蹈，虽有几句傻话，却与病时光景大相悬绝了。雪雁看了，又是生气，又是伤心，她怎么知道贾宝玉的心事。这个地方写得巧妙曲折，雪雁心疼自己家的姑娘，看着贾宝玉兴高采烈而伤心，贾宝玉却因为被欺骗，以为马上可以跟林黛玉花好月圆而高兴，雪雁、宝玉各有各的心思，雪雁因此怀疑贾宝玉，这可真成了那句俗话："他人即地狱。"

贾宝玉被欺骗盼望见林黛玉的情节，写得令读者柔肠百折，不忍看。宝玉叫袭人快快给他装新，看见凤姐、尤氏忙忙碌碌，宝玉再盼不到吉时，只管问袭人道："林妹妹打园里来，为什么这么费事，还不来？"袭人忍着笑道："等好时辰。"袭人如愿以偿，终于助纣为虐，帮助贾母、王夫人战胜木石前盟，再也不用考虑什么东风压倒西风、西风压倒东风的难题了。贾宝玉似乎格外耳聪目明，又听见凤姐和王夫人说："虽然有服，外头不用鼓乐，咱们南边规矩要拜堂的，冷清清使不得。我传了家内学过音乐管过戏子的那些女人来吹打，热闹些。"

我们山东举行婚礼正午前必须举行完，我这些年常到扬州，却发现扬州人晚上举行婚礼，我很奇怪，曾问请我去的东道主：你们怎么晚上举行婚礼？ 在我们山东，晚上举行婚礼的，是所谓"二婚头"。扬州朋友说：我们这里的风俗就是晚上举行婚礼。《红楼梦》的贾府是按照江南规矩办婚礼。贾宝玉见新人蒙着盖头，喜娘披着红扶着。下首扶新人的原来就是雪雁。宝玉看到雪雁，想："因何紫鹃不来，倒是他呢？"又想："是了，雪雁原是他南边家里带来的，紫鹃仍是我们家的，自然不必带来。"贾宝玉见了雪雁好像见了黛玉一般欢喜。贾宝玉欢天喜地更叫雪雁心疼不已。

揭新娘盖头奇葩情节

贾宝玉、薛宝钗拜天地，拜贾母，拜贾政夫妇，贾政看到儿子像个好人一样，认为冲喜有效果，他哪儿想到他亲爱的母亲玩掉包计，一会儿就露馅。贾宝玉、薛宝钗行礼完毕，送入洞房，再按照金陵风俗坐床撒帐，关键难题来了，新人坐了床就要揭起盖头，这本来是新房里边最喜庆的时刻，也是贾宝玉盼望多少年的时刻，王熙凤心里有鬼，早已防备，请贾母、王夫人等进去照应。

贾宝玉新房揭盖头，该算古代婚恋小说奇葩情节。《聊斋志异·姊妹易嫁》没这么奇特，杂剧《狸猫换太子》没这么蹊跷。后四十回绘声绘色写这样的情节，赚足读者眼球。

宝玉走到盖着盖头的新娘跟前，开口就叫"妹妹"，说："妹妹身上好了？好些天不见了，盖着这劳什子做什么！"几句话，明明白白，贾宝玉以为他婆来的新娘子是林黛玉，贾宝玉盼望娶的新娘子只是林黛玉，贾宝玉欢天喜地拜堂也因为他认为跟他拜堂的是林黛玉。以薛宝钗的聪明，发现跟伴娘一起扶着她的不是心腹侍女莺儿而是林黛玉的丫鬟雪雁，她早就应该惊觉，现在她肯定清楚地发现，她不是来实现什么金玉良缘，她是给贾宝玉冲喜设计的掉包计中的角色。薛姨妈和薛宝钗商量婚事的时候，可能会说，因为贾政要外出做官，不知道什么时候才能回来，贾母年龄大了，想尽早看到宝玉成亲，才叫你匆匆过门。薛宝钗顾全大局只好接受，薛姨妈大概不会对女儿说，贾宝玉丢了玉，现在半疯半傻，贾府要用你的金锁来给宝玉冲喜，更不可能告诉薛宝钗，贾宝玉心里只有一个林黛玉，你这场婚姻，不得不采取掉包计，你不过是林黛玉的替身，贾宝玉到时候接受不接受你，只能看天意。

被愚弄被损害的"群芳之冠"

薛宝钗盖着盖头听到贾宝玉说的话为什么没有嚎啕大哭？薛宝钗的修养实在到家了，薛宝钗的忍辱负重是古往今来从来没有见过的，薛宝钗在这场掉包计里边扮演的，不是成功实现金玉良缘的喜剧角色，而是被蒙蔽、被欺骗、被污辱、被损害的悲剧角色，一个任凭家长摆布的弱者，一个值得可怜、应该同情的人物。

贾宝玉待要揭去盖头，把贾母急出一身冷汗来。宝玉转念一想："林妹妹是爱生气的，不可造次。"又歇了一歇，仍是按捺不住，上前揭了。喜娘接去盖头，雪雁走开，莺儿上来伺候。宝玉睁眼一看，新娘子好像宝钗，心里不信，自己一手持灯，一手擦眼，仔细一看，可不就是宝钗么！

小说描写美丽的新娘薛宝钗："只见他盛妆艳服，丰肩恹体，鬟低鬓軃，眼瞤息微。"这几句话什么意思？是描写身材丰满的薛宝钗穿着新娘礼服，发髻被盖头压得有些下垂，眼皮因为紧张颤动着却尽力屏住呼吸，这是描写薛宝钗听到绝对不该由新郎说的话后尽量保持平静，极力控制情绪，却控制不住，眼皮微微颤动，描写简练生动。然后，续书作者给薛宝钗外貌加了八个字描写："荷粉露垂，杏花烟润。"这八个字怎么如此眼熟？太不可思议！续书作者怎能用这八个字形容薛宝钗！太唐突薛家千金小姐了。这八个字是一字不差抄《聊斋志异·胡四姐》，胡四姐是什么人？迷惑男人的狐狸精。续书作者居然把蒲松龄描写狐狸精外貌安放到薛宝钗身上了！

"你们都是做什么顽?"

贾宝玉本来半疯半傻，揭开新娘的盖头，他给彻底吓傻了。宝玉发了一回怔，又见莺儿立在旁边，不见了雪雁。宝玉心里没主意了，以为是做梦，呆呆站着。别人接过他照新娘的灯，扶了他坐下，贾宝玉两眼直视，半句话也没有。贾母怕他当场发疯病，亲自扶他上床。凤姐、尤氏请了宝钗进里间床上坐下，宝钗低头不语。宝钗这是什么修养？宝钗心里肯定也在滴血，这就是我理想的金玉良缘？这不是活见了鬼吗？

宝玉定了一回神，似乎又清醒了，他看到贾母、王夫人坐在远处，轻轻叫袭人："我是在那里呢？这不是做梦么？"袭人说："你今日好日子，什么梦不梦的混说。老爷可在外头呢。"恶毒的袭人在这个时刻，仍然拿贾政吓唬贾宝玉。宝玉悄悄儿地拿手指着问："坐在那里这一位美人儿是谁?"袭人捂了自己的嘴，笑得说不出话来，歇了半日才说道："是新娶的二奶奶。"袭人太可恶，她跟贾母、王夫人一丘之貉，亲手扼杀贾宝玉的爱情，现在居然有心情像猫捉弄耗子一样逗引贾宝玉。宝玉追问："你说二奶奶到底是谁?"袭人说："宝姑娘。"宝玉问："林姑娘呢?"袭人说："老爷作主娶的是宝姑娘，怎么混说起林姑娘来。"宝玉说："我才刚看见林姑娘了么，还有雪雁呢，怎么说没有。你们这都是做什么顽呢?"宝玉这句话问得太好了，"你们做什么顽?"贾宝玉根本就不疯不傻不糊涂，他十分清醒，不清醒的是这帮操作掉包计的人，你们怎么能拿这么重要的事，这样性命交关的事，耍着人玩！

王熙凤举大旗做虎皮包着自己吓唬人，对宝玉说："宝姑娘在屋里坐着呢。别混说，回来得罪了他，老太太不依的。"宝玉更糊涂，他原有昏聩的病，在他的新婚之夜神出鬼没，他晕头转向，不顾一切，口口声声要找林妹妹去。贾母等上前安慰，他不懂。宝钗又在里间，贾母等又不好明说。满屋点起安息香来，定住宝玉的神魂，叫他在外间昏昏沉沉睡去。

八十多岁的老祖母，在宝贝孙子的新婚之夜，喜酒不能喝一口，大戏不能听一出，还得担心孙子会不会马上呜呼哀哉，只好坐以待旦亲自观察。这真是活该。他们叫凤姐去请宝钗安歇。宝钗置若罔闻，和衣在内暂歇。

贾政完全被母亲蒙在鼓里，看到宝玉婚礼上的表现，还以为冲喜成功，放心了。第二天起程上任，贾政辞了宗祠，拜别贾母时说："宝玉的事，已经依了老太太完结，只求老太太训诲。"贾政话里有话，这两句话说明贾政根本不同意冲喜，甚至可能根本不赞成金玉良缘，但是贾母一意孤行，贾政不敢违抗母亲，只好服从，所以他要说"依了老太太完结"，下边的事怎么办，也得你们这些操作金玉良缘的能人负责，"只求老太太训诲"。贾母又跟儿子来个蛮不讲理的二难推理：宝玉才好些，按说你远行，他该十里长亭相送，但如果送你可能受了风，你如果叫他送呢，我即刻去叫他；你若疼他，我就叫人带了他来，你见见，叫他给你磕个头就算了。贾母这样说，贾政哪还敢坚持叫贾宝玉送再把宝玉狠狠教训一顿。只能叫他们把贾宝玉扶了来，宝玉来了，见了父亲，神志片时清楚，没什么大差。贾政又切实地叫王夫人管教儿子，断不可如前娇纵。明年乡试，务必叫他下场。贾母、王夫人一心惦记金玉良缘，贾政一心惦记科举考试，做祖母的，做父母的，没有一个人真正关心贾宝玉的心灵需要，实在是大悲剧。

贾政起程赴任。宝玉旧病陡发，更加昏聩，连饭也不能吃了。

悲剧人物的闹剧婚礼

薛宝钗出闺成大礼，是悲剧人物的闹剧婚礼。

薛宝钗在前八十回是多么杰出的人物，多么稳重、多么儒雅、多么有派头、多么有知识有学问，她向往着"好风凭借力，送我上青云"，她"珍重芳姿昼掩门"，这么一个自尊心非常强、自主力非常好、被曹雪芹写成艳冠群芳的牡丹花式人物，居然像木偶一样听从贾母、王熙凤等安排，屈辱地、卑微地扮演林黛玉的替身。本来见了雪雁兴高采烈的贾宝玉发现新娘子不是林姑娘发了呆，宝钗竟然只是"低头不语"，听任贾宝玉问"林姑娘呢""你们这都是做什么顽呢？"听任贾宝玉口口声声只要找林妹妹去，而"宝钗置若罔闻"。当日连听到一句"姐姐像杨贵妃"都怒不可遏、雷霆万钧回击的宝姐姐到哪里去了？举重若轻处理夏金桂撒泼的宝姑娘到哪里去了？

从后边描写看，薛宝钗对于自己李代桃僵，取林黛玉而代之，没有丝毫愧疚不安，所以能忍辱负重？按照薛宝钗受的妇德教育，她在闹剧般婚姻婚礼现场,也只能忍辱负重?

这个木偶般任人摆布的薛宝钗太令读者失望,无论喜爱不喜爱。

"薛宝钗出闺行大礼"的描写相比于"林黛玉焚稿断痴情",艺术感染力稍微差了些,但基本成功。在这段描写里边,我当然同情宝黛爱情的悲剧主角贾宝玉,却更同情薛宝钗,可怜薛宝钗。在"林黛玉焚稿断痴情,薛宝钗出闺成大礼"中,不管是林黛玉还是贾宝玉、薛宝钗,都是悲剧人物,虽然曹雪芹构思的林黛玉之死不是续书作者写的这个样子,但是续书作者设计强烈对比的情节,非常戏剧化的情节,这边断痴情,那边成大礼,却写得酣畅淋漓,几百年来脍炙人口,受到读者欢迎。

苦绛珠和病神瑛

——第九十八回 苦绛珠魂归离恨天,病神瑛泪洒相思地

绛珠仙子和神瑛侍者的前缘,带来林黛玉对贾宝玉今世还泪,前八十回在诉肺腑之前宝玉、黛玉几乎见面就吵,一吵,黛玉必流泪,诉肺腑后,他们不吵了,但是贾母没有定下他们的婚事,前八十回结束,金玉良缘到底怎么战胜木石前盟成了千古之谜。续书把它写成非常戏剧化的过程:王熙凤设掉包计,宝玉、宝钗成亲时刻,就是黛玉归天时刻。

九十八回回目设计巧妙,苦绛珠指绛珠仙子,林黛玉前身,病神瑛指神瑛侍者,贾宝玉前身,绛珠仙子前身是绛珠仙草,因为神瑛侍者用甘露浇灌,才得以活下来修成绛珠仙子,绛珠仙子五内中凝结着对神瑛侍者的缠绵不尽之意,当神瑛侍者下凡时,绛珠仙子跟他下凡,要把一生眼泪还给他,报答浇灌之恩。"还泪说"成了世界文学独一无二的爱情神话。后四十回能不能完成还泪说,是续书能否成功的重要标志。九十八回把黛玉之死和黛玉、宝玉前身联系起来,回目设计不错,但在具体描写上,并没完成绛珠仙子向神瑛侍者还泪的神话,相反,绛珠仙子后身林黛玉误解了神瑛侍者后身贾宝玉,至死都在怨恨他,不能原谅他,倒是神瑛侍者后身贾宝玉在绛珠仙子后身林黛玉死后不断流泪,还泪和被还泪给续书作者颠倒过来,逻辑上讲不通,思想意蕴也歪曲了。

"我在这里并没有亲人"

具体描写林黛玉之死的笔墨,到底写得好不好,有两种不同意见。黛玉之死赢得很多读者特别是青年读者、女性读者的眼泪,许多作家也认为黛玉之死把人物死亡过程写得详细生动,悲剧气氛感人。但是多数红学家认为,黛玉之死虽然写得凄凉,虽然环境描写和气氛烘托相当成功,作为一般小说

读来也有艺术感染力,但是按照对前八十回续书要求,按照完成神瑛侍者和绛珠仙子还泪说,不足之处很明显。

九十八回写黛玉之死过程非常详细,上一回已经写她病重垂危。宝玉、宝钗成亲那天,黛玉白日已昏晕过去,心头口中还有一丝微气不断,李纨和紫鹃哭得死去活来。到晚间,黛玉又缓过来,微微睁开眼,好像要水要汤。紫鹃端了桂圆汤和的梨汁,用小银匙给黛玉灌了两三匙。黛玉闭着眼静养了一会子,觉得心里似明似暗的。"心里似明似暗"这句话有点模模糊糊,很费解。她明什么? 暗什么? 明是明明知道自己马上要离开人世? 暗是暗中却想着贾宝玉? 还是明知道贾宝玉要和薛宝钗成亲,暗中却希望这是再次狼来了、是假消息? 李纨见黛玉的情况略缓,明知是回光返照的光景,料着还有一半天工夫,自己回到稻香村料理了一会事情。这类描写有点重复。紫鹃到贾母那边汇报,回到潇湘馆时,黛玉已肝火上炎,两颧红赤,一副回光返照情景,紫鹃叫了黛玉奶妈王奶奶来,王奶奶一看就大哭。王奶奶很有生活经验,她一看就大哭,说明林黛玉处于临终状态,回光返照。现在李纨看到的,好像林黛玉第二次回光返照,这样写是不是有些重复、啰嗦?

黛玉睁开眼看,只有紫鹃和奶妈并几个小丫头在那里,她一手攥了紫鹃的手,使着劲说道:"我是不中用的人了。你伏侍我几年,我原指望咱们两个总在一处。不想我……"说着,又喘了一会子,闭了眼歇着。紫鹃见她攥着不肯松手,自己也不敢挪动,看她的光景比早半天好些,只当还可以回转,听了这话,又寒了半截。半天,黛玉又说:"妹妹,我这里并没亲人。我的身子是干净的,你好歹叫他们送我回去。"

林黛玉垂死的语言悲凉之极,林黛玉没了父母到贾府投奔外祖母、舅舅、舅母。父母双亡后,外祖母、舅舅、舅母是她的亲人,表哥也是她的亲人,但临终的林黛玉说在这里并没有亲人,这是看透贾母、王夫人狰狞面目后的绝望话语,是对缺少人性国公府的抗议,你们对待一个父母双亡、把你们当作可以完全信赖托付的孤女,只对她的遗产感兴趣,对她完全没有一点儿人性、没有一点温暖。林黛玉说"并没亲人",也把林黛玉在世界上最亲爱的人贾宝玉一笔抹倒,这是因为林黛玉误会了贾宝玉。林黛玉说,"我的身子是干净的,你好歹叫他们送我回去",这话很重要,符合《葬花吟》"质本洁来还洁去,不教污淖陷沟渠",死了也要离开肮脏的贾府,要堂堂正正、清清净净回到父母身边,回到故乡苏州。

黛玉死于对宝玉的怨恨中

林黛玉对紫鹃做出最后嘱托时,已经呼吸急促,手也渐渐紧了。紫鹃知道黛玉最后时刻已到来,连忙叫人请李纨,可巧探春来了。续书作者安排探春来看望临终的林黛玉很好,探春是贾府三艳中最杰出的,她建议成立诗社,就冲着林黛玉和薛宝钗而来,现在大观园诗社的活动成了此情可待成追忆,所谓监社御史王熙凤举起斩杀宝黛爱情的屠刀,薛宝钗是被动的也是被害的,却间接害死了林黛玉,探春来对好姐妹、好诗友尽最后一点心意,人间还是有真情。紫鹃见了探春,悄悄地说:"三姑娘,瞧瞧林姑娘罢。"紫鹃说着泪如雨下,探春看原本美丽的林姑娘垂危惨状,未免有点儿残忍,但毕竟有个贾府的人来了,终于有个懂点人情、讲点情谊的人来了。只不过林黛玉已魂归离恨天,她的神魄离开躯体,眼睛看不到探春,不能跟好姐妹最后一次交流,不能感受冷库般贾府难得的一点儿温暖。探春摸一摸黛玉的手已经凉了,目光都散了。这样的描写是符合医学教科书关于死亡的过程。瞳孔散了,是死亡最重要的标志,人体冷却末端先冷,也符合死亡的合理描写。

接着,续书作者描写黛玉之死最离奇的笔墨出来,瞳孔都散了、已经临床死亡的人忽然能说话,而且是表达心中最深沉怨恨的话,探春、紫鹃正哭着叫人端水来给黛玉擦洗身体,李纨赶忙进来。三个人见了,不及说话。刚擦着,猛听黛玉直声叫道:"宝玉,宝玉,你好……"说到"好"字,便浑身冷汗,不作声了。紫鹃等急忙扶住,那汗愈出,身子便渐渐地冷了。探春、李纨叫人乱着拢头穿衣,只见黛玉两眼一翻,呜呼,香魂一缕随风散,愁绪三更入梦遥!

"两眼一翻",这样的描写,丑恶得叫人难以忍受,而林黛玉"香魂一缕随风散,愁绪三更入梦遥",是说滥了的轻佻套话俗话,什么香魂,什么愁绪,跟林黛玉扯不上一点边,也根本不能解释宝黛爱情的精神实质。

续书作者叫林黛玉留在人间最后一句话是"宝玉宝玉你好",这是痛彻骨髓的话,是冤氛冲天的话,是哀怨之极愤恨之极的话,是到九泉之下也绝不原谅的话,是像《聊斋志异·公孙九娘》那样做女鬼也不和解的话。续书安排,林黛玉至死也不知道贾宝玉是被蒙蔽被欺骗的,林黛玉至死不知道宝玉心里一直有她,她更不可能知道贾宝玉在新婚洞房吵着要找林妹妹去。所以她才会说出"宝玉宝玉你好",这句话没有说完,那么因为死亡而截断的后半句是什么?是"宝玉宝玉你好狠心?""宝玉宝玉你好薄幸?""宝玉宝玉你好无情?""宝玉宝玉你好狼心狗肺?"不管说狠心、薄幸、无情,林黛玉都是死于对贾宝玉的怨恨之中,死于对贾宝玉的不理解之中,这样描写完全背逆了贾宝玉林黛玉爱情的本质:他们之间是知己之恋,林黛玉如此误解怨恨贾宝玉,还有一丝一毫的知己色彩没有?这样描写,也背逆了绛珠和神瑛这两个前身,《红楼梦》演义出中国古代文学最优美爱情的林黛玉,原来因为神瑛侍者浇灌绛珠仙草而变成的绛珠仙子,她到人世间来,她就是要向神瑛侍者还眼泪,要用眼泪报答浇灌之恩,她对神瑛侍者有最深沉的爱,最忘我的爱,她对贾宝玉的眼泪,至死不干,万苦不怨,林黛玉是因为爱贾宝玉而死,不是怨恨贾宝玉而死。

缺乏美感的笔墨和戏剧化冲突

续书作者写林黛玉死亡的过程是不是写得有点儿过于详细,有点缺乏美感?这也是一些红学家诟病后四十回的重要原因,九十八回写林黛玉"那手却渐渐紧了,喘成一处,只是出气大入气小,已经促疾的很了","手已经凉了,连目光也散了","便浑身冷汗,不作声了","那汗愈出,身子便渐渐的冷了"。这样描写,成功吗?

曹雪芹写过晴雯之死,那是虚写,曹雪芹写过尤三姐之死,是用两句诗化语言一笔带过,林黛玉是《红楼梦》最美女主角,她的死亡却被续书作者写得这样凄厉、详尽到有点可怕,像个病历报告,从艺术美角度来看,是不是失于节制?

续书写:"当时黛玉气绝,正是宝玉娶宝钗的这个时辰。"太巧合!这是刻意制造戏剧化效果。不能体现曹雪芹坚持的美学理想:追踪蹑迹,不敢稍加穿凿,徒为供人之目而反失真传,追求强烈的戏剧化效果而过于穿凿。

黛玉死了,李纨、探春、紫鹃等痛哭,小说倒是有段很不错的环境描写:"只听得远远一阵音乐之声,侧耳一听,却又没有了。探春、李纨走出院外再听时,惟有竹梢风动,月影移墙,好不凄凉冷淡!"六十年前我上大学时,《红楼梦》一直是我的枕边书,特别欣赏这一段描写,当时设想:她们听到的远远音乐之声是太虚幻境迎接绛珠仙子的音乐吗?

贾母冷到骨髓

黛玉之死,王熙凤什么表现?小说写:"凤姐因见贾母、王夫人等忙乱,贾政起身，又为宝玉悟愤更甚，正在着急异常之时，若是又将黛玉的凶信一回，恐贾母、王夫人愁苦交加，急出病来，只得亲自到园，到了潇湘馆内，也不免哭了一场。"听听这几个用语："只得亲自到园"，加个"只得"，不太情愿吧？"不免哭了一场"，加个"不免"，是不得不应付着哭一场甚至装腔作势哭一场也就是嚎了一场？王熙凤完全不是前八十回对林黛玉知疼知热的凤姐姐。贾母的反应更恶劣：听到黛玉死讯，贾母眼泪交流说道："是我弄坏了他了。但只是这个丫头也忒傻气！"就是贾母狠心地亲手扼杀了她自己在前八十回一再坚持的"二玉一家"，就是贾母坚持要给宝玉冲什么喜，怎么倒成了林黛玉傻气？贾母要到园里哭一场，又惦记宝玉，两头难顾。难道哭黛玉和惦记宝玉必然矛盾？贾母自己不去叫王夫人去，还给林黛玉捎话，捎的话非常不像话："你替我告诉他的阴灵：'并不是我忍心不来送你，只为有个亲疏。你是我的外孙女儿，是亲的了，若与宝玉比起来，可是宝玉比你更亲些。倘宝玉有些不好，我怎么见他父亲呢。'"这叫什么话！王夫人劝贾母：葬礼上上等发送，一则少尽咱们的心，二则姑太太和外甥女儿的阴灵儿可以少安了。林如海巨额财产全部进了贾府银库，给林黛玉换个好点的棺材，九牛一毛。贾母听到这里，可能良心发现，知道自己太对不起唯一爱的女儿贾敏，太对不起把自己看成人生唯一依靠的林黛玉了，越发痛哭。

贾母对林黛玉寡情到令人胆寒。她在黛玉死后不去潇湘馆告别，还说宝玉比黛玉重要的狠心话，是后四十回最不可思议的地方，也是后四十回人物变形最厉害的地方。

宝钗"正妻"上位

贾宝玉不知道，当他兴高采烈跟雪雁扶着、他认定林妹妹的新娘拜堂时，他的林妹妹恰好含着对他的怨恨离开人世。贾宝玉揭开新娘盖头后，当着薛宝钗的面闹了一场，被贾母等用安息香定住昏昏沉沉睡去。第二天拜别贾政，贾宝玉更加头昏脑闷，懒怠动弹，饭也不吃，昏沉大睡，请医服药不效，连人也认不明白。在这种情况下，贾府家长还要叫他执行家庭责任，和新媳妇回门。又是贾母出高招，宝玉魂不守舍，可以任意摆布，用两乘小轿叫人扶着贾宝玉从园里到薛姨妈那里，应回九吉期。宝钗是新媳妇，宝玉疯傻，由人拨弄。宝钗只怨母亲办得糊涂，事已至此，不肯多言。宝钗对宝玉绝对不满意，但木已成舟，只能嫁鸡随鸡，尽最大努力创造美好人生。薛姨妈看见宝玉这般光景，心里懊悔，只能把女儿回门草草完事。

对于从进贾府就刻意追求金玉良缘的薛家母女，宝钗嫁个半傻子，算极大讽刺。而宝钗带宝玉回门的结果，是宝玉病情日重一日，汤水不进。太医已不管用，倒是个穷医生诊断贾宝玉是悲喜激射，忧忿滞中，正气壅闭。贾宝玉的喜是认为娶了林妹妹为妻，贾宝玉的悲是揭开盖头林妹妹变成宝姐姐，贾宝玉弄不清家里的人做什么玩，郁闷到心里，他的病因诊断明白，对症下药就有效了。用药后宝玉有点好转。大概贾母估计清醒的贾宝玉会说出叫薛宝钗更加难堪的话来，耳不听为静，请薛姨妈带宝钗到她那里暂且歇息。贾母的住处是贾府的"总统套房"，可不是随便什么人都可以住，只有元春、宝玉、黛玉、湘云、宝琴可以住，凤姐生日被贾琏追杀可以临时住，贾母当作贵客的刘姥姥也住过，后四十回乱套了，傅试家粗使婆子可以任意找贵妃祖母聊天，薛姨妈、薛宝钗都住到贾母这里了。

宝玉片时清楚，把袭人叫到跟前，拉着手哭："我问你，宝姐姐怎么来的？我记得老爷给我娶了林妹妹过来，怎么被宝姐姐赶了去了？他为什么霸占住在这里？我要说呢，又恐怕得罪了他。你们听见林妹妹哭得怎么样了？"袭人不敢明说，只好说："林姑娘病着呢。"宝玉又哭道："我要死了！我有一句心里的话，求你回明老太太：横竖林妹妹也是要死的……不如腾一处空房子，趁早将我同林妹妹两个抬在那里，活着也好一处医治伏侍，死了也好一处停放。你依我这话，不枉了几年的情分。"

薛宝钗恰好跟莺儿过来，听到这番话，对薛宝钗多么尴尬，这番话是木石前盟和金玉良缘的尖锐对立，正面交锋。贾宝玉问："他为什么霸占住在这里？"问的是袭人，实际上既抨击贾母、贾政、王夫人，更是指责薛宝钗不该鸠占鹊巢。贾宝玉知道自己被贾母等捉弄了，也知道林黛玉听说他和薛宝钗成亲，必死无疑，他不可能知道，林黛玉临终怨恨的却是他这个宝哥哥，这实在是大悲剧。贾宝玉虽然半傻半疯，他的心思却非常清醒非常坚定，他宁可跟林黛玉死到一起，也不跟薛宝钗活着做鸳鸯。按说薛宝钗听到这样的话，什么又是宝姐姐把林妹妹赶了出去，又是什么宝姐姐为什么霸占住在这里？又是贾宝玉要跟林黛玉死到一块，简直把薛宝钗羞辱到家，按照正常思维，薛宝钗还不得找个地缝钻进去。但是后四十回的薛宝钗忍功大长，"珍重芳姿昼掩门"的薛宝钗当面听到这么深刻伤害她的话，这么叫她丢脸的话，还能保持冷静，还一点不觉得难堪，不觉得羞愧，还马上用正妻身份教训贾宝玉。

薛宝钗对贾宝玉说:"你放着病不保养,何苦说这些不吉利的话。老太太才安慰了些,你又生出事来。老太太一生疼你一个,如今八十多岁的人了,虽不图你的封诰,将来你成了人,老太太也看着乐一天,也不枉了老人家的苦心。太太更是不必说了,一生的心血精神,抚养了你这一个儿子,若是半途死了,太太将来怎么样呢。我虽是命薄,也不至于此。据此三件看来,你便要死,那天也不容你死的,所以你是不得死的。只管安稳着,养个四五天后,风邪散了,太和正气一足,自然这些邪病都没有了。"

薛宝钗的意思是"邪病"就是思念林黛玉的病,这个邪风得散掉,我们是明媒正娶的夫妻,就应该在一起,那就是太和正气一足,你就好了。

拜堂后新娘子第一次开口对新郎说话,没有软款温柔,没有脉脉情爱,竟是长篇大论的道德教育和亲情讹诈。薛宝钗好生了得。这一点,后四十回琢磨得不错。而且宝钗的话里边已经伏下你贾宝玉不仅得跟我做名副其实的夫妻,你还得按照我的愿望去"成了人",也就是读书做官。薛宝钗振振有词,把祖母、母亲的安危,把家族的责任朝着贾宝玉的脸上狠砸过来,把"天"也搬了出来,贾宝玉什么反应?半晌方才嘻嘻地笑道:"你是好些时不和我说话了,这会子说这些大道理的话给谁听?"嬉皮笑脸说这么个话,贾宝玉为什么要半晌才开口回答,因为贾宝玉还不适应眼前有这么个贤内助,而这个贤内助是他说的把林妹妹赶出去霸占在这里的宝姐姐,他笑嘻嘻地说话,那是因为他有点儿傻,如果是前八十回清醒的贾宝玉,听到薛宝钗这些大道理,早就抬起腿来扔崩一走。实际上,宝玉这番话,似傻非傻,他的意思很明白,你说这些大道理,忽悠哪个?

薛宝钗孤注一掷

薛宝钗自从发现扶着自己拜堂的是林黛玉的丫鬟雪雁,就应该料到发生了什么事,应该知道贾母们搞掉包计,薛宝钗的表现是:低头不语,垂头不言,暗地埋怨母亲,却没有一句话。前八十回薛宝钗心思缜密,后四十回薛宝钗仍然极其能干,能迅速考虑对策,能从蹉跌中爬起,能在极其不利的情况下,想出对策,占据主动。林黛玉已死,这是贾母亲口告诉薛宝钗的:"我的儿,我告诉你,你可别告诉宝玉。都是因你林妹妹,才叫你受了多少委屈。你如今作媳妇了,我才告诉你。这如今你林妹妹没了两三天了,就是娶你的那个时辰死的。如今宝玉这一番病还是为着这个,你们先都在园子里,自然也都是明白的。"贾母这位老太君,到了后四十回,什么丧心病狂的事都敢做,什么不顾身份和情理的话都敢说,她竟然能把贾宝玉心里只有林黛玉这件事当面告诉薛宝钗,还说,你们先都在园子里,自然都明白。这话叫薛宝钗多么尴尬。把脸飞红了的薛宝钗能立即为林黛玉之死落泪,立即想出来:林黛玉已死,是解开宝玉心结的灵丹妙药。薛宝钗知道贾宝玉失玉是疯傻的原因之一,更重要的原因,更重的心病却是林黛玉,只要林黛玉活一日,贾宝玉就纠缠一天,而贾宝玉是贵族少爷,贵族少爷至爱的妻子死了再续弦却完全正常。那就叫贾宝玉知道他认定的爱妻已经死了,永远不可能跟你成鸳鸯了,你还得按照贵族家庭习俗,承担贵族少爷责任,成家立业。薛宝钗认定,长痛不如短痛,叫贾宝玉经历一次撕心裂肺般巨痛,叫贾宝玉知道他跟林黛玉已经完全没希望,叫贾宝玉彻底绝望,完全死心。你贾宝玉只要不死,就只能听从家长的安排,接受既定的婚姻。薛宝钗不请示贾母,不请示王夫人,也不跟薛姨妈商量,甚至连信息、打算也不跟她们透露,自己想怎么办就怎么办,因为薛宝钗如果请示她们,她们必然坚决反对。薛宝钗自己做决断,她像个高明赌徒,孤注一掷,成功了一切 OK,不成功,贾宝玉顶多还半傻半疯。贾宝玉想和林黛玉死到一块,林黛玉已经死了,他能毅然赴死吗?以贾宝玉的个性,不可能。小说这样写:宝钗针对贾宝玉那番要跟林黛玉搬到一块等死的话,说:"实告诉你说罢,那两日你不知人事的时候,林妹妹已经亡故了。"宝玉忽然坐起来,大声诧异道:"果真死了吗?"宝钗道:"果真死了。岂有红口白舌咒人死的呢。老太太、太太知道你姐妹和睦,你听见他死了,自然你也要死,所以不肯告诉你。"薛宝钗捂着耳朵偷铃铛,把贾宝玉跟林黛玉的生死恋说成是"姐妹和睦",可真是语言天才、心理专家。宝玉听了,不禁放声大哭,倒在床上。

贾宝玉阴司悟道

贾宝玉死过去,续书作者还得叫他活过来,于是出现了阴司泉路,贾宝玉声明来寻找林黛玉,阴曹地府"那人"告诉贾宝玉:"林黛玉生不同人,死不同鬼,无魂无魄,何处寻访!""那人"宣讲了一番阴司理论,告诉贾宝玉:"黛玉已归太虚幻境,汝若有心寻访,潜心修养,自然有时相见。如不安生,即以自行夭折之罪因禁阴司,除父母外,欲图一见黛玉,终不能矣。"那人取出一石向宝玉心口掷来。宝玉被这石子打中心窝,吓得马上想回家。那人的石头,是不是就是通灵宝玉?续书作者没有明确写,好像是,又好像不是。

宝玉要跟黛玉死到一起,他终于如愿以偿死了一回,他跟林黛玉死到一起的想法算完成了。但他的人生任务没完成,续书作者得叫他死而复生,去完成帮助贾府重兴的任务,然后才能悬崖撒手,出家为僧。贾宝玉看到贾母、王夫人、宝钗、袭人等围绕哭泣,自己仍旧躺在床上。案上红灯,窗前皓月,依然锦绣丛中,繁华世界。定神一想,原来他死了去找林黛玉,竟是场大梦,浑身冷汗,觉得心内清爽。仔细一想,真正无可奈何,不过长叹数声而已。

宝玉见异思迁

薛宝钗长痛不如短痛妙计大获成功。贾母等人怪她造次,袭人心里深深埋怨不敢说,莺儿说姑娘太性急,别人有千条妙计、万种闲话,薛宝钗有一定之规,正如小说写的"那宝钗任人诽谤,并不介意,只窥察宝玉心病,暗下针砭"。薛宝钗成了心理学导师。袭人成了她的忠实助手。袭人缓缓劝解贾宝玉,说"老爷选定的宝姑娘为人和厚;嫌林姑娘秉性古怪,原恐早夭;老太太恐你不知好歹,病中着急,所以叫雪雁过来哄你"等等,宝玉心酸落泪,想寻死,又想着阴司里"那人"说过的话,知道死了也找不到林妹妹,又恐老太太、太太生气。又想黛玉已死,宝钗又是第一等人物,才相信金石姻缘有定,自己也好像理解了。

这番描写,完全违反曹雪芹原来的构思,曹雪芹在第五回《红楼梦曲·终身误》唱的是:"都道是金玉良缘,俺只念木石前盟。空对着,山中高士晶莹雪;终不忘,世外仙姝寂寞林。"宝玉在恶毒的、神出鬼没、戕害人心灵的掉包计之后,贾府长辈像耍猴一样让他举行婚礼之后,这么快就认可金玉良缘,还相信这是命运,这不符合前八十回特别是第五回判词对贾宝玉性情的界定。这还不算,更叫读者不能理解的是,贾宝玉很快对薛宝钗想三想四,小说写:"宝玉虽不能时常坐起,亦常见宝钗坐在床前,禁不住生来旧病。宝钗每以正言劝解,以'养身要紧,你我既为夫妇,岂在一时'之语安慰他。那宝玉心里虽不顺遂,无奈日里贾母、王夫人及薛姨妈等轮流相伴,夜间宝钗独去安寝,贾母又派人服侍,只得安心静养。又见宝钗举动温柔,也就渐渐的将爱慕黛玉的心肠略移在宝钗身上。"

后四十回把贾宝玉歪曲得不像样子。照续书作者看来,贾宝玉有旧病,什么旧病?是不是和贾琏同样的旧病?见一个美女就爱一个?贾宝玉已经迫不及待要跟薛宝钗成为名符其实恩爱夫妻,和薛宝钗成为同床共枕、颠鸾倒凤的恩爱夫妻,薛宝钗仅仅坐到他的床边,他就把林黛玉忘到九霄云外。可惜贾母、王夫人阻挠他的鱼水鸳鸯美梦,她们白天轮流陪着贾宝玉,晚上贾母派人伺候着照顾着也监视着贾宝玉,安排薛宝钗到别处安寝。这样的描写,肯定不是曹雪芹的本意。

总算哭了一场

　　宝玉病势一天好似一天,痴心总不能解,一定要亲去哭林妹妹一场。大夫看出心病,索性叫他开散了,再用药调理,可以好得快。宝玉立刻要往潇湘馆来。贾母等只好叫人抬了竹椅子扶宝玉坐上。贾母、王夫人即便先行。到了潇湘馆,一见黛玉灵柩,贾母已哭得泪干气绝。宝玉一到,想起从前何等亲密,哭了个死去活来。宝玉必要叫紫鹃来见,问明姑娘临死有何话说。紫鹃就把林黛玉怎么复病,怎么烧毁帕子,焚化诗稿,并将临死说的话,一一地都告诉了。宝玉又哭得气噎喉干。在传统戏剧中,贾宝玉"问紫鹃"是有名的折子戏,徐玉兰在越剧《红楼梦》里有一段跟紫鹃对唱,还有著名的大鼓词,也叫《问紫鹃》,都非常感人。探春趁便又将黛玉临终嘱咐带柩回南的话也说了一遍。贾母、王夫人又哭起来。结果是贾母觉头晕身热,回到自己房中睡下。贾母居然没有因为哭林黛玉而心痛,倒是前八十回一直对林黛玉不以为然的王夫人心痛难禁,这是哪儿和哪儿?

　　接下来,似乎薛宝钗还很懂得夫妻之间如何娇嗔,如何假装妒忌俘获丈夫的心,小说写:"宝钗是知宝玉一时必不能舍,也不相劝,只用讽刺的话说他。宝玉倒恐宝钗多心,也便饮泣收心。"薛宝钗的驭夫计百发百中,贾母也不等满一年才圆房了,也不管朝廷制度了,看来,贾宝玉也不想等一年,后四十回这位完全丢掉二玉一家想法的贾母竟然在跟薛姨妈商量给宝玉宝钗圆房时,还得多嘴多舌再歪派儿句林黛玉:"我看宝丫头也不是多心的人,不比的我那外孙女儿的脾气,所以他不得长寿。"实在太过分。但后四十回没有太过分,只有更过分,宝玉、宝钗圆房的喜剧或活报剧还没正式登场,贾宝玉、薛宝钗的恩爱小喜剧已经率先上演了。曾经调和过贾宝玉和林黛玉和解的王熙凤,又看到贾宝玉跟薛宝钗的闺房趣事。

　　在看这样的闹剧前,需要追溯一下,曹雪芹构思黛玉之死可能是什么样子?

曹雪芹笔下的黛玉之死

　　黛玉之死是九十六到九十八回描写的内容：王熙凤建议"金玉良缘"，贾母拍板，王熙凤建议掉包计，贾母采纳，非常戏剧化，矛盾非常激烈，宝玉、宝钗拜堂成亲时林黛玉死了。林黛玉听到宝玉、宝钗要成亲的消息后，迷失本性，焚稿断痴情，贾宝玉揭开盖头发现新娘被掉包而疯狂，是后四十回写得最好的部分，也是后四十回能随着前八十回流传的重要原因。但是续书作者写贾母等人设计掉包计，林黛玉怀着对贾宝玉的怨愤而死，又扭曲了前八十回已定型的多个人物性格：贾母、王熙凤、林黛玉、贾宝玉、薛宝钗，也歪曲了曹雪芹设计的还泪说，歪曲了曹雪芹在第五回设计的金玉良缘和木石前盟。

　　黛玉之死如果作为单独存在的中篇小说，可以看成一流小说家笔墨，但是联系前八十回却不合拍。那么，曹雪芹原本构思的黛玉之死是怎么回事？前八十回有不少暗示宝黛爱情悲剧结局，看过《红楼梦》最后结局的脂砚斋在评语中提供一些线索，曾经看过曹雪芹完成宝黛爱情悲剧结局的宗室诗人富察明义的《题〈红楼梦〉绝句》提供了线索，把这三方面的线索综合起来，看看曹雪芹丢失的后三十回是怎样写宝黛爱情最后的悲剧？

　　一言以蔽之：曹雪芹笔下的黛玉之死跟续书写的完全是两回事。

　　简而言之，贾母一直是宝黛爱情保护神，在后三十回，贾母一语定鼎，把宝玉、黛玉的婚事在三月份定下来，没想到事变突起，贾宝玉不得不离家外出避祸，林黛玉因为担心贾宝玉，日夜流泪，从春天流到夏天，从夏天流到秋天，终于在对贾宝玉的深切依恋、殷切期盼中，无怨无悔为贾宝玉流尽人生最后一滴眼泪，含恨而逝，完成还泪说。贾宝玉秋末回到潇湘馆，林黛玉的灵柩已运回苏州，贾宝玉看到的只是潇湘馆寒烟漠漠，落叶萧萧。黛玉死了，而且是跟薛宝钗没有一点关系地死了，贾宝玉才和薛宝钗成亲。

　　这样构思是不是太平淡？太缺乏戏剧冲突？跟后四十回的描写相比，

这样构思似乎平淡,但相信曹雪芹写起来,不会平淡,而且这样写正符合曹雪芹主张不穿凿,不人为故意制造戏剧化情节。宝黛爱情成为悲剧,不是父母之命、媒妁之言和青年男女自主选择的矛盾,更不是掉包计活报剧,而是覆巢之下焉有完卵,贾府忽喇喇似大厦倾大悲剧的组成部分。

贾母给二玉定亲的依据

第一条直接证据:王熙凤早就透露贾母二玉一家的打算。第二十五回"魇魔法姊弟逢五鬼",贾宝玉被贾环烫伤脸,众人到怡红院看他时,聊到喝茶,林黛玉夸奖王熙凤送的茶好喝,王熙凤要再给她送,且说有事求她,林黛玉信口开玩笑:"你们听听,这是吃了他们家一点子茶叶,就来使唤人了。"王熙凤立刻顺竿就爬,跟林黛玉开玩笑,"你既吃了我们家的茶,怎么还不给我们家作媳妇?"李纨打圆场说:"真真我们二婶子的诙谐是好的。"林黛玉啐了一口说王熙凤:"什么诙谐,不过是贫嘴贱舌讨人厌恶罢了。"凤姐接着像追穷寇一样对林黛玉说了一大段话:"'你别作梦!你给我们家作了媳妇,少什么?'指宝玉道:'你瞧瞧,人物儿、门第配不上,根基配不上,家私配不上?那一点还玷辱了谁呢?'"这番话什么意思?王熙凤说贾宝玉跟林黛玉成亲,郎才女貌、门当户对,不管论社会地位还是论家庭财富,谁也辱没不了谁。王熙凤这段话像是阐述婚姻可行性报告,是全面论述林黛玉应该跟贾宝玉成亲。她说林黛玉和贾宝玉模样相配,门第相配,根基相当,家私相当,模样不要说了,俊哥靓女,门第相配和根基相配可以看成一回事,贾宝玉是国公府公子,林黛玉是探花家千金小姐,祖上封过列侯,重要的还有家私相配,贾府钟鸣鼎食,当然有钱,宁国府乌进孝进租,大灾害年交若干车实物还有五千两地租银子,这仅仅是一个庄子,宁国府有几十个庄子,荣国府庄子比宁国府多。王熙凤话语的意思是我们贾家的家私完全配得上你们林家,那就说明林家非常有钱。林黛玉家世显赫,林黛玉经常说她孤苦无依,什么都靠贾府,其实是夸张性表达她父母双亡、心灵孤独,其实林黛玉比薛宝钗有钱,薛家的钱是薛蟠的,薛宝钗能得一份丰厚嫁妆;林如海既是世代封侯又做最肥的官巡盐御史,林如海的家产都是林黛玉的。因为贾敏死后,林如海没续弦,也没把林家其他支派的男孩过继到名下,林如海庞大家业理所当然属于林黛玉。贾琏办事能力超强,他带林黛玉给林如海奔丧时,身份是国公府长公子,他还在扬州处理事务,元春封妃,他的身份变为国舅,没有人敢阻挠贾琏把林黛玉的财产带进荣国府。王熙凤是贾母肚子里的蛔虫,贾母如果没有二玉一家的意思,王熙凤吃了豹子胆当众跟林黛玉这样开玩笑?从亲情上说,林黛玉是贾母唯一爱的女儿留在人世间的骨肉,贾母必须把她永远留在身边,贾母又深知宝玉离了黛玉连命都不能保,她必须把黛玉留在贾府。从贾府管家角度考虑,想留住林如海巨额遗产也必须把林黛玉留在贾府。这一点精明的王熙凤和她的德配贾琏完全一致,何况,选择薛宝钗还是林黛玉做宝二奶奶,还影响到王熙凤能不能继续当家。选择林黛玉这个油瓶子倒了都不扶的千金小姐进来,王熙凤可以继续当家,选择精明的薛宝钗做宝二奶奶,王熙凤就不能再当家,得回到贾赦那边去给邢夫人当小媳妇。王熙凤是二玉一家的坚定支持者,她兴高采烈地把贾母二玉一家的想法透露出来,不惜和两个亲姑妈王夫人和薛姨妈唱对台戏。这叫什么?没有永远的亲情,只有永远的利益。林如海的巨额财产早已进入贾府,这是第七十二回贾琏跟王熙凤发牢骚时透露的,当贾府经济发生困难,太监动不动来要银子时,贾琏说:"这会子再发个三二百万的财就好了。"贾琏什么时机可以发这么大财?跑平安州?没有一个字透露能发财,曹雪芹调动贾琏来回跑平安州似乎是为故事情节服务,贾琏跑几次平安州给贾赦办事,贾赦赏给他一百两银子,贾琏跑平安州发三二百万的财,根本不可能,只有他带着林黛玉处理林如海丧事,是个机会。

第二条根据,是贾母谢绝张道士提亲事件。贾母直接谢绝张道士给贾宝玉提亲,其实间接谢绝金玉良缘,贾母说有个和尚说宝玉不能早娶。宝钗比宝玉大,宝玉不能早娶,还能叫比他大的女孩等着?贾母这是和薛姨妈打太极拳,我孙子不能早娶,你想把你女儿嫁给我孙子,你愿意等只管等着,到时候他娶哪一个,可不是你们姐妹说了算。

第三条根据,第二十九回"痴情女情痴更斟情"。贾元春端午赏赐把贾宝玉和薛宝钗相提并论,惹得林黛玉因为金玉良缘大闹一场,贾宝玉要砸玉,林黛玉哭得连药都吐了。两个人都不去看戏,连薛蟠的生日宴会也不参加。贾母也不去了,抱怨天抱怨地抱怨自己还哭了,明确说出宝玉、黛玉"不是冤家不聚头",在中国古代"冤家"是夫妻代名称,以贾母的博学她不会不知道,她这是在焦急中,不由自主透露出二玉一家的打算。

第四条根据,第五十七回"慧紫鹃情辞试忙玉",紫鹃一句林姑娘要回苏州的玩话,贾宝玉差点把命送上,贾母向贾宝玉许诺:我把姓林的都打出去了。这等于向贾宝玉承诺,我会把林妹妹给你永远留在身边。也正是紫鹃情辞试忙玉，试醒了曾因为薛宝琴一度想放弃二玉一家想法的贾母，知道林黛玉对贾宝玉是性命交关，慧紫鹃情辞试忙玉也试醒了薛姨妈，所以才有了薛姨妈在潇湘馆那番似乎不可思议的话："前儿我说定了邢女儿，老太太还取笑说：'我原要说他的人，谁知他的人没到手，倒被他说了我们的一个去了。'虽是顽话，细想来倒有些意思。我想宝琴虽有了人家，我虽没人可给，难道一句话也不说。我想着，你宝兄弟老太太那样疼他，他又生的那样，若要外头说去，老太太断不中意。不如竟把你林妹妹定与他，岂不四角俱全？"薛姨妈一直宣传金玉良缘，现在她发现，贾宝玉和林黛玉已经性命相连，而且不管她怎么宣传金玉良缘，贾母油盐不进，所以她才说出这番可以把林黛玉配给贾宝玉的话。薛姨妈不是个奸诈老太太，她虽然很希望促成女儿跟宝玉的婚事，但她经过紫鹃试宝玉的事，明白贾宝玉的心思不在宝钗身上，再联系贾母对二玉的态度，薛姨妈也知道强扭的瓜不甜，如果她坚持跟王夫人联手，再借力贾元春促成金玉良缘，就是个强扭的瓜，那个瓜不仅宝玉不喜欢，因为他只喜欢黛玉，贾母也不喜欢，因为贾母的目标是她自己亲外孙女。薛姨妈这个老太太既识时务为俊杰，也是个善良的老太太，她已经认了林黛玉做干女儿，在潇湘馆周到地关怀林黛玉，她也疼爱林黛玉、关心林黛玉的终身大事。薛姨妈说了那番似乎开玩笑的话后，潇湘馆婆子马上跟进："婆子们因也笑道：'姨太太虽是顽话，却倒也不差呢。到闲了时和老太太一商议，姨太太竟做媒保成这门亲事是千妥万妥的。'薛姨妈道：'我一出这主意，老太太必喜欢的。'"所以有相当大可能，正是薛姨妈向贾母提议二玉的婚事。这大概是《红楼梦》最不可思议的事件，但是在天才小说家笔下，二玉成一家已经山雨欲来风满楼，薛姨妈与人为善、顺水推舟，什么事不能发生？

　　第五条根据是第六十六回"情小妹耻情归地府"，那段著名的兴儿演说荣国府说到贾宝玉的婚事：兴儿说尤三姐"若论模样儿行事为人，倒是一对好的。只是他已有了，只未露形。将来准是林姑娘定了的。因林姑娘多病，二则都还小，故尚未及此。再过三二年，老太太便一开言，那是再无不准的了"。贾府的群众舆论，说明大家都知道贾母二玉一家的主张，只等过三二年贾母开口定盘子。

明义诗提供的线索

　　不仅前八十回多次出现贾母"二玉一家"的安排，还有更多证据说明，在曹雪芹丢失的后三十回,确实发生过贾母给二玉定亲的事,只是没等成亲,林黛玉就死了。

证明贾母给二玉定亲的重要证据是明义《题〈红楼梦〉绝句》那几首诗。

宗室诗人富察明义看过曹雪芹《红楼梦》全本,他写下《题〈红楼梦〉绝句》二十首,我们看看明义有关贾宝玉和林黛玉结局的几首诗,能不能揭秘宝黛爱情结局和黛玉之死。

明义《题〈红楼梦〉绝句》诗题下有注:"曹子雪芹出所撰《红楼梦》一部,备记风月繁华之盛,盖其先人为江宁织府。其所谓大观园者,即今随园故址。惜其书未传,世鲜知者,余见其抄本焉。"这段小注有重要价值,从这段话可推测:明义借的抄本,书名不叫《石头记》更不叫《脂砚斋重评石头记》,而叫《红楼梦》,是《红楼梦》早期抄本,跟《脂砚斋重评石头记》内容不完全相同,明义所见的《红楼梦》主要写围绕贾宝玉的"风月繁华",宝玉、黛玉悲剧完成了。写了黛玉之死,写了贾宝玉贫穷落魄。

明义《题〈红楼梦〉绝句》和黛玉之死有关的,至少有三首:

第十六首:"生小金闺性自娇,可堪磨折几多宵。芙蓉吹断秋风狠,新诔空成何处招。"

不少红学家认为这首诗咏晴雯。《芙蓉女儿诔》的"芙蓉"和"诔"分到后两句中,说咏晴雯能说得过去。关键是第一句咏晴雯说不通,"生小金闺性自娇"用到晴雯身上行吗?晴雯是赖大家孝敬贾母的小女奴,身份低贱,没爹没娘,无家可归,怎么可能"生小金闺"?"金闺"者,千金小姐的闺房也。为乾隆皇帝当差的明义不可能用"金闺"形容身份低下的侍女。那么,这"金闺"是谁的?林黛玉的。关于《芙蓉女儿诔》有段贾宝玉和林黛玉对话,暗示意味很明显:《芙蓉女儿诔》表面上诔晴雯,实际上更主要是贾宝玉提前诔黛玉。所以明义这首表面像咏晴雯之死的诗实际是咏黛玉之死。据脂评提供的后三十回情节线索,林黛玉死于落叶萧萧的秋天,是真正为秋风吹折的芙蓉花。对这首诗可做这样解释:从小生长在探花之家的千金小姐林黛玉,娇弱多感的林黛玉,如何能忍受跟贾宝玉分离并为他担惊受怕的痛苦?跟贾宝玉分别后,在思念和恐惧中,黛玉病情越来越重,终于泪尽而逝,宛如凛冽的秋风吹断了美丽的芙蓉花。贾宝玉回来后到潇湘馆悼颦儿。但怡红公子的诔"何处招",黛玉的灵柩已归葬苏州父母坟旁。

明义《题〈红楼梦〉绝句》有关贾宝玉、林黛玉悲剧的是第十七首:"锦衣公子茁兰芽,红粉佳人未破瓜。少小不妨同室榻,梦魂多个帐儿纱。"

这首诗是回忆咏叹宝玉和黛玉两小无猜。在明义心目中,"锦衣公子"是贾宝玉,楚楚动人的潇湘妃子是红粉佳人,至于宝玉、黛玉小时是否狭义上的"同室榻"特别是同榻? 并不重要,他们被贾母安排住同一房间,比"青梅竹马"还亲近,是重要事实。

明义《题〈红楼梦〉绝句》有关黛玉之死的最重要的一首是第十八首:"伤心一首《葬花吟》,似谶成真自不知。安得返魂香一缕,起卿沉痼续红丝。"

这首诗期望黛玉起死回生跟贾宝玉接上因死亡断了的红丝。"起卿沉痼续红丝"是"续"而不是"系",这说明林黛玉生前和贾宝玉婚姻红线已经由贾母系好。只是因为黛玉死了,他们的婚姻才不能完成。这首诗说明,黛玉之死绝非因宝钗鸠占鹊巢、钗嫁黛死,而是因为黛玉牵挂宝玉病情加重身亡。所以明义希望得到返魂香让林黛玉起死回生,重续跟贾宝玉的"红丝"。这首诗的关键字是"续",续红丝,当然是原来已经结上红丝,也就是林黛玉生前已经跟贾宝玉正式定亲。

《葬花吟》和《红楼梦曲》的佐证

明义说"伤心一首《葬花吟》,似谶成真自不知",意思是林黛玉的《葬花吟》本来似乎只是表达她因为误解贾宝玉而伤心,没想到,《葬花吟》的某些诗句却预言了她未来的命运、未来的死亡,那么是哪几句预言了林黛玉的未来命运和黛玉之死? 是这样几句:"桃李明年能再发,明年闺中知有谁? 三月香巢已垒成,梁间燕子太无情! 明年花发虽可啄,却不道人去梁空巢也倾。一年三百六十日,风刀霜剑严相逼。明媚鲜妍能几时,一朝漂泊难寻觅。"这几句诗隐藏的未来预言是:在三月花开时节,宝黛爱情终于有了圆满结果,很可能是贾母采纳薛姨妈建议,给贾宝玉和林黛玉定了亲。所以叫"三月香巢已垒成",根据曹雪芹的构思,贾母一直要二玉成一家,她为什么不早提出来定下? 可能因为林黛玉无家可归,如果提出二玉定亲,一经定亲,林黛玉就不能住在贾府,她能回苏州吗? 不能,所以估计是:贾母计划,二玉定亲不久,就要给他们完成婚礼,而从定亲到成亲之间这段时间,贾母有可能把黛玉暂时安排到薛宝钗家里,因为薛姨妈是黛玉干妈,但就在贾宝玉林黛玉定亲的事刚刚落实,贾宝玉却出事了,他必须外出避难,贾宝玉出什么事? 仍然可能跟忠顺王府有关,跟蒋玉菡有关,也有专家推测贾宝玉受到柳湘莲的牵连,柳湘莲做强梁而贾宝玉是他的朋友,贾宝玉不得不外出逃难，"梁间燕子太无情"！燕子居然离开香巢飞走了，是燕子无情还是世态无情？当然是世态逼得燕子无情。这次贾宝玉外出避难时贾府整体还没出现什么大问题，所以，林黛玉仍然能住在潇湘馆，她牵挂外出的贾宝玉，天天以泪洗面，身体越来越不好。

这一点，也是《红楼梦》第五回早就预示过的，在哪里预示？在〔枉凝眉〕："一个是阆苑仙葩，一个是美玉无瑕。若说没奇缘，今生偏又遇着他；若说有奇缘，如何心事终虚化？一个枉自嗟呀，一个空劳牵挂。一个是水中月，一个是镜中花。想眼中能有多少泪珠儿，怎禁得秋流到冬尽，春流到夏！""一个枉自嗟呀，一个空劳牵挂"说的正是贾宝玉外出逃难期间，他一直想着林妹妹，他在那儿"枉自嗟呀"，而林妹妹在潇湘馆一直为贾宝玉流泪、对贾宝玉"空劳牵挂"。至于贾宝玉具体逃难的时间有多长？他应该是春天三月定亲后马上逃难去的，到底是当年秋天回来了，还是经过一年后的秋天才返回，都有可能。总之林黛玉是因为贾宝玉外出逃难而牵挂他，流尽最后一滴眼泪。等贾宝玉回到贾府，林黛玉早就死了，也就是"明年花发虽可啄，却不道人去梁空巢也倾"。贾宝玉再到潇湘馆，已经是蛛丝儿挂满雕梁，潇湘馆人去馆空，寒烟漠漠，落叶萧萧。贾宝玉只能对景悼颦儿了。

读者朋友还要特别注意：千万不要把神瑛侍者和无材补天的石头混为一谈，把神瑛侍者说成就是那块石头，这是程伟元、高鹗在补订后四十回时对前八十回乱加篡改的结果，这个篡改有恶劣影响。有些著名作家谈《红楼梦》时，居然还是用程高本这种篡改，把神瑛侍者说成是那块石头。第五回《红楼梦曲》也能佐证贾宝玉和林黛玉生前已定亲，〔终身误〕是用贾宝玉的语气唱出来的："都道是金玉良缘，俺只念木石前盟。"木石前盟指什么？一般解释是：木，指的是灵河岸边、三生石畔那株绛珠仙草；石，指的是神瑛侍者，因为瑛也有石头的意思，神瑛是神奇的石头。木石前盟，就是神瑛侍者对绛珠仙草的雨露浇灌之恩变成林黛玉下凡向贾宝玉还泪。我的解释是："木石前盟"有双重意义：它既指绛珠仙子到人世向神瑛侍者用眼泪还雨露浇灌恩的前盟，更指绛珠仙草转世林黛玉，和带着通灵宝玉转世贾宝玉的神瑛侍者的婚姻之盟。贾宝玉跟薛宝钗结婚后仍然"都道是金玉良缘，俺只念木石前盟"，就是说贾宝玉总忘不了他跟林黛玉没有兑现的婚约，贾宝玉并不知道他和林黛玉还有三生石畔的前世之盟，他忘不了的是他跟林黛玉今世婚姻的盟约。贾宝玉继续唱的是："空对着，山中高士晶莹雪；终不忘，世外仙姝寂寞林。叹人间，美中不足今方信。纵然是齐眉举案，到底意难平。"

山中高士晶莹雪指薛宝钗的姓氏和她处世学问的高明,世外仙姝寂寞林指林黛玉的姓氏和仙女气质。贾宝玉和薛宝钗婚后曾经有过一段和谐的日子,他们在一起谈大观园往事。但是纵然他们齐眉举案,贾宝玉到底还是更向往能跟林黛玉做神仙眷侣。

关于曹雪芹笔下的林黛玉之死,红学家做过很多研究,主要有:周汝昌先生《红楼梦的真故事》里面一些分析,蔡义江先生长篇论文《曹雪芹笔下的黛玉之死》,梁归智教授《红楼探佚红》有关章节。他们都认为贾母主张二玉成一家。红楼梦研究所丁维忠研究员的《红楼探佚》,则肯定金玉良缘因元妃成功。研究者各提出一些特别有趣也特别出格的说法,比如:周汝昌先生提出,林黛玉最后投水而死,以应湘妃的比喻;梁归智教授提出,黛玉之死跟她被赵姨娘迫害有关,赵姨娘和贾环发现了林黛玉题帕诗,向王夫人诬告林黛玉和贾宝玉有不才之事,黛玉受到王夫人残酷迫害;丁维忠研究员提出,王夫人把贾宝玉搬出大观园,元妃赐婚,宝玉却因为受到柳湘莲牵连,外出逃难,林黛玉受到王夫人残酷迫害,紫鹃和王夫人发生矛盾,紫鹃惨死,宝玉偷偷在外地派人叫贾芸、贾菱给林黛玉送药,黛玉终于病得不治,死在潇湘馆,王夫人以林黛玉是"女儿痨"死的,将她火化。宝玉闻得黛玉夭折,不顾个人安危赶回贾府时,黛玉的骨灰已被王夫人送回苏州。这些考据或推测,五花八门,我不同意黛玉沉水而死,也不相信赵姨娘还有本事迫害林黛玉,更不相信王夫人敢火化林黛玉。我相信曹雪芹构思的林黛玉之死,绝对不和后四十回写的一个样,但是曹雪芹具体写了哪些情节,专家们各有各的探佚招数,各有各的推测,有的推测,甲专家和乙专家相同,有的推测,甲专家和乙专家完全相反,我们只能兼听则明。而在艺术欣赏上,我们还是得欣赏后四十回黛玉之死,这是没有办法的办法,也是别致有趣的文学欣赏过程。

二宝秀"恩爱" 贾政做"清官"

——第九十九回 守官箴恶奴同破例,阅邸报老舅自担惊

　　第九十九回主要写贾政到达江西官署情况,先要弄清词语"官箴""邸报"。官箴原指古代百官对帝王的劝诫,后来用来称对官吏的诫词。"守官箴恶奴同破例",是说贾政想按照朝廷对官吏训诫做清官,他手下恶奴想方设法叫他做不成清官。邸报是古代朝廷发布给各级官吏的内部消息。"阅邸报老舅自担惊",是贾政看到邸报,知道薛蟠案件又在刑部翻成斗殴杀人将秋后问斩。贾政官场活动写得比较好。这一回没在回目的内容是宝玉宝钗秀恩爱、探春远嫁启动,写得相当糟糕。

宝玉、宝钗的恩爱笑话

　　贾母等到潇湘馆哭过黛玉后,贾母和薛姨妈为黛玉伤心,凤姐为了给她们开心,说要给贾母讲个新姑爷新媳妇笑话,然后用手比划着:"一个这么坐着,一个这么站着。一个这么扭过去,一个这么转过来。一个又……"说到这里,贾母已大笑起来。其实王熙凤的形容不知所云,有什么好笑?薛姨妈叫凤姐往下直说不用比了。凤姐说:"刚才我到宝兄弟屋里,我看见好几个人笑。我只道是谁,巴着窗户眼儿一瞧,原来宝妹妹坐在炕沿上,宝兄弟站在地下。宝兄弟拉着宝妹妹的袖子,口口声声只叫:'宝姐姐,你为什么不会说话了?你这么说一句话,我的病包管全好。'宝妹妹却扭着头只管躲。宝兄弟却作了一个揖,上前又拉宝妹妹的衣服。宝妹妹急得一扯,宝兄弟自然病后是脚软的,索性一扑,扑在宝妹妹身上了。宝妹妹急得红了脸,说道:'你越发比先不尊重了。'"说到这里,贾母和薛姨妈都笑起来。凤姐又道:"宝兄弟便立起身来笑道:'亏了跌了这一交,好容易才跌出你的话来了。'"贾母叫凤姐:"你再说说,还有什么笑话儿没有?"凤姐道:"明儿宝玉圆了房,

亲家太太抱了外孙子,那时候不更是笑话儿了么。"贾母笑道:"猴儿,我在这里同着姨太太想你林妹妹,你来怄个笑儿还罢了,怎么臊起皮来了。你不叫我们想你林妹妹,你不用太高兴了。你林妹妹恨你,将来不要独自一个到园里去,提防他拉着你不依。"凤姐笑道:"他倒不怨我。他临死咬牙切齿倒恨着宝玉呢。"接着,贾母令凤姐去叫外头找人挑个好日子给宝玉圆房。

　　曹雪芹后三十回也写过宝玉、宝钗婚后情况,他们一起谈大观园往事,估计曹雪芹不会幼稚到描写贾宝玉像少年时纠缠丫鬟吃胭脂那样纠缠薛宝钗。后四十回写宝玉和宝钗婚后还没有同房,但是已经有了贾宝玉依恋薛宝钗、死乞白赖纠缠薛宝钗的描写。特别是贾宝玉说"宝姐姐你这么说一句话,我的病包管全好",太不像话,贾宝玉的病开始是因为丢玉,后来病情加重是因为薛宝钗鸠占鹊巢,就像宝玉说的,她把林妹妹赶出去,霸占在这里,现在居然成了只要宝姐姐说一句话,贾宝玉的病就全好。薛宝钗一句话,还不知道她会说什么话,竟然能把贾宝玉因林黛玉之死撕心裂肺般的痛苦一笔勾掉,太神奇,太不可思议。贾宝玉见异思迁,贾宝玉重色轻情是不是太过分了。

　　宝玉、贾母等潇湘馆痛哭后,马上由凤姐向贾母王夫人薛姨妈讲笑话,形容所谓新姑爷新媳妇"二宝"房中隐私,写得趣味极其低俗,所谓笑话一点儿也不可笑。过去妙语如珠的凤姐笨嘴拙腮,连动作都造作,而贾母等人的笑点未免太低。过去慈爱的贾母早将外孙女儿抛向脑后,只顾为宝玉"正式"成亲(圆房)开宴会。

　　如果回忆一下前八十回红麝香串事件后的"笑话",天壤之别。王熙凤奉贾母之命去给两个吵得天崩地裂的弟弟妹妹调和,看到黛玉、宝玉对着脸哭,林黛玉甩开贾宝玉想拉她的手,王熙凤叫着"好啦"跳出来,动作多传神,"好啦"两字多精练。王熙凤把兄妹二人拉上就走,到贾母跟前,形容贾宝玉林黛玉对着赔不是,像黄鹰抓了鹞子的脚,两个人都扣了环,多好的语言,幽默、生动、形象,根本不是说笑话,却比笑话说得还风趣巧妙,后四十回贾宝玉拉薛宝钗的袖子,再给王熙凤比比划划形容出来,一点儿也不可笑,后四十回作者幽默细胞太少,不过不像笑话的笑话,描写贾宝玉见异思迁倒起点作用。

探春远嫁"巧妙"调度

　　贾政外放做官是江西粮道,离京城很远。他到任不久,接到镇守海门等处总制周琼一封信。周琼跟贾政是老乡也是旧相识,曾经一起在京城办公,贾政见过周琼的儿子,对那个孩子很满意,已跟周琼聊起过儿女亲事,有把探春许配周家公子的意向。此后,周琼调任海疆,任海门总制,贾政任江西粮道。贾政到任后,先给周琼写信,告诉他自己任江西粮道的事。周琼马上来信,要求贾政兑现探春和他儿子的亲事。

曹雪芹最厌恶的官场文书的陈词滥调,恰好是续书作者的拿手好戏,周琼的信是用骈文写的,颇有些文采,典故用得也恰当,信的意思是:当初在京城您已经爱重我的儿子,俯允儿女婚事,现在如果您兑现承诺,我马上准备船只迎接令爱给他们完婚。下一回第一百回还写到,贾政现在的上司江西节度是总制的亲戚,总制已经写信求他关照贾政。

后四十回对探春命运的安排是:她嫁给在边疆海门总制周琼的儿子,探春的亲事办成,有利于贾政在江西官场站稳脚跟,就是出点事,也有周琼亲戚江西节度关照。这个总制后来调回京城,探春也衣饰鲜明回了娘家。这和曹雪芹对探春命运的安排完全错位。

前八十回探春远嫁伏笔

曹雪芹对探春命运的安排周到、详细,用了多次笔墨,集中到一点:就是探春远嫁,再也不能回京城,再也不能回到父母身边。

第五回对探春命运做预示。贾宝玉神游太虚境看到金陵十二钗画册和判词,听到金陵十二钗《红楼梦曲》歌词。探春在黛玉、宝钗、元春后,名列金陵十二钗第四,位置相当重要,她的画和判词是:"后面又画着两人放风筝,一片大海,一只大船,船中有一女子掩面泣涕之状。也有四句写云:'才自精明志自高,生于末世运偏消。清明涕送江边望,千里东风一梦遥。'"关于探春的《红楼梦曲·分骨肉》:"一帆风雨路三千,把骨肉家园齐来抛闪。恐哭损残年,告爹娘,休把儿悬念。自古穷通皆有定,离合岂无缘?从今分两地,各自保平安。奴去也,莫牵连。"

第五回的画、判词、红楼梦曲预示探春的命运是什么?我认为有三点:第一,探春很有才能,探春理家就是她才能的充分表演,可惜她生于末世,"末世"有两重意思,一是她生于贾府从盛到衰,二是她本身条件不行,庶出,她再有才能再精明,也挽救不了贾府,挽救不了自己。第二,探春远嫁,是嫁到海外,所以有一片大海,船中有女子掩面啼哭。一帆风雨路三千,并不是从京城到探春嫁去的地方有三千里路,而是从探春出发的地方到她嫁到的地方有三千里路。探春是从南京贾府老宅出发,坐海船从长江口入海,到达目的地三千里路,非常遥远。第六十三回"寿怡红群芳开夜宴",再次预示探春远嫁。探春抽到的花签是一枝杏花,上边用红字写着"瑶池仙品",诗云:"日边红杏倚云栽。"这句诗出自唐代高蟾《下第后上永崇高侍郎》:"天上碧桃和露种,日边红杏倚云栽。芙蓉生在秋江上,不向东风怨未开。"后两句隐含探春"涕送江边"远嫁。第三,探春远嫁后,再也没有回来,她像风筝一样,放到空中就飘得无影无踪,永远不可能回来。

曹雪芹构思探春命运,"风筝"占相当重要的位置。第五回关于探春的画上有风筝,第二十二回"制灯谜贾政悲谶语",探春谜语仍有风筝,探春谜语是:"阶下儿童仰面时,清明妆点最堪宜。游丝一断浑无力,莫向东风怨别离。"探春判词说"清明涕送",探春灯谜又写到清明,可见,探春是清明节"妆点"好,也就是打扮成新娘出嫁,贾府叱咤风云的三姑娘像风筝一样飘向天空,永远离开贾府,连回门机会都没有。脂砚斋对灯谜的评语是"使此人不远去,将来事败,诸子孙不至流散也",说明探春是在贾府抄家前出嫁。她虽然预言过贾府抄家,却没实际感受贾府被抄,比惜春等幸运。

关于探春的风筝,还有个耐人寻味的情节,那就是第七十回"林黛玉重建桃花社",大观园的人放风筝,宝玉的风筝是个放不起来的美人,宝钗的风筝是七只大雁,探春的风筝是只软翅子凤凰。小说写:"探春正要剪自己的凤凰,见天上也有一个凤凰,因道:'这不知是谁家的。'众人皆笑说:'且别剪你的,看他倒像要来绞的样儿。'说着,只见那凤凰渐逼近来,遂与这凤凰绞在一处。众人方要往下收线,那一家也要收线,正不开交,又见一个门扇大的玲珑喜字带响鞭,在半天如钟鸣一般,也逼近来。众人笑道:'这一个也来绞了。且别收,让他三个绞在一处倒有趣呢。'说着,那喜字果然与这两个凤凰绞在一处。三下齐收乱顿,谁知线都断了,那三个风筝飘飘摇摇都去了。"这个情节预示:探春远嫁,宛如两只凤凰被一个大喜字绞到一起,远远飘走。

第五回中贾宝玉所见图册,探春命运预示是远嫁,红楼夜宴掣花签,暗示探春远嫁。而后四十回写的是:贾政接到周琼求亲信,匆忙交代探春命运,似乎只是正常官员间联亲,此后探春还会回贾府。如果探春命运如此,还能算薄命司人物?

丁维忠《红楼探佚》剖析,探春远嫁地点是广州。探春所嫁可能是粤海将军邬家。粤海将军邬家在贾母八十大寿时送了贵重礼物玻璃围屏,到七十七回,有官媒来求说探春,其实是南安太妃为贾家和粤海将军邬家撮合。探春远嫁表面十分荣耀,实际是南安王府奖励征南部下。"87版"电视剧《红楼梦》电视剧部分采用了这个观点,而且把探春安排成代替南安王府小姐出嫁。我曾和王扶林导演在山东电视台有过对话,王导演对他安排的探春远嫁场面很得意,曾谈到他们故意安排探春临上船时,赵姨娘依依不舍,探春终于对赵姨娘叫了声"娘",这种处理也还不错。

想清廉和想捞钱

第九十九回主要内容是写贾政担任江西粮道的情况,续书作者显然熟悉中下层官场,对官场如何作弊、上下其手、里勾外联捞钱这类事门儿清,这是曹雪芹不熟悉的角落,续书作者写起来得心应手。虽然写得不够精粹,有些地方不太合理,但毕竟是新内容。

做江西粮道本是肥差,可大捞一笔,贾政虽然听说做粮道有各种道道,却一心想做个清官,不仅不想捞钱,还很快把从贾府带去的钱花光。贾政到任就贴出布告,严禁州县折收粮米勒索乡愚,一经查出,立即呈报上级,进行弹劾。贾政要查办舞弊,州县馈送一概不受。跟贾政的人原本认为有机会赚大钱,为钻营谋这个位置已欠了债,到了江西,贾政这么一呆,什么钱也捞不到,衣服快当完,白花花银子半个钱不能到手。他们急了,说:"想来跟这个主儿是不能捞本儿的了。明儿我们齐打伙儿告假去。"第二天都来告假。贾政不知就里,说:"要来也是你们,要去也是你们。既嫌这里不好,就都请便。"那些长随怨声载道走了。

贾政这个呆爷身边剩下的只是不能辞职的家人,他们在一起议论想个法儿才好。这时出来个管门的李十儿,说:"你们这些没能耐的东西,着什么忙!我见这长字号儿的在这里,不犯给他出头。如今都饿跑了,瞧瞧你十太爷的本领,少不得本主儿依我。只是要你们齐心,打伙儿弄几个钱回家受用,若不随我,我也不管了,横竖拼得过你们。"李十儿什么意思?外边招来的长随在这,我不犯替他们出头,现在他们都饿跑了,只是贾府家人的事,你们听我的,我有本事弄钱,李十儿声明,弄到钱,他拿大头。

贾政也和门子打交道了,这段描写令人忍俊不禁。前八十回有没有类似的情节?第四回葫芦僧乱判葫芦案,贾雨村和门子打交道。不过这两对地位不一样，贾雨村和门子，是当年穷书生和知根知底小和尚，贾政和李十儿，是国公府老爷和家奴，关系完全不一样，门子对贾雨村，是掌握他过去贫贱经历的知情者，门子对贾政，却是奴仆，甚至可能是"家生子"，终身买断的奴仆。这点分寸，续书作者有没有掌握得对？

异军突起的"门子"

粮房书办走来找周二爷，看来周二爷是贾政的清客或幕宾，实际管事。李十儿坐在椅子上，跷着一只腿，挺着腰说道："找他做什么？"书办便垂手赔笑说："本官到了一个多月的任，这些州县太爷见得本官的告示利害，知道不好说话，到了这时候都没有开仓。若是过了漕，你们太爷们来做什么的。"

什么叫"过了漕"？江西粮道负责征粮后往京城运粮，过了漕就是超过朝廷规定的漕运期限。粮房书办来催促贾政抓紧按照原来的办法征粮，用"过了漕"威胁他。

李十儿回答："你别混说。老爷是有根蒂的，说到那里是要办到那里。这两天原要行文催兑，因我说了缓几天才歇的。你到底找我们周二爷做什么？"一个管门的，居然有权决定什么时候下命令催交粮，这不是胡吹海谤？书办很有经验，不吃李十儿这一套，撂下这样的说辞："我在这衙门内已经三代了。外头也有些体面，家里还过得，就规规矩矩伺候本官升了还能够，不像那些等米下锅的。"话里有话，什么意思？我是有经验的坐地虎，既有钱也有势力，我们按照原来规矩办事照样升官，不像你们这些外来户，既没根基又等钱用，还在那里装清廉。李十儿一听，立即变出一副嘴脸，跟粮房书办拉关系，两人晚上咕唧了半夜。咕唧些什么？没仔细写。李十儿第二天拿话去探贾政，拿什么话去问贾政？也没仔细写，根据前后文推断，李十儿不过说些：二老爷，咱们还是得按照人家这个地方的旧例办事，该收钱就收钱，该通融就通融，该开情面就开情面，那样才能很快完成朝廷的收粮任务，不至于误了漕运，被朝廷处罚。李十儿说完，被贾政痛骂了一顿。

贾政不按李十儿的话办事，李十儿就和衙役串联起来，给贾政穿小鞋：隔一天贾政要拜客，从里头吩咐，外头答应，打点三下，大堂上没人接鼓。好容易叫个人打了鼓。贾政踱出暖阁，站班喝道的衙役只有一个，按说至少得两个，或四个。贾政不查问，上了轿，等轿夫又等了好一会。抬出衙门，老爷出门应该放几声炮，结果只响一声，吹鼓亭只有一个打鼓，一个吹号筒，都不成双。贾政生气:"怎么今儿不齐集至此。"贾政勉强拜客回来,传误班的要打,有的说因没有帽子误的,有的说是号衣当了误的,又有的说三天没吃饭抬不动。贾政打了一两个罢了。隔一天,管厨房的上来要钱,贾政把带来银两付了。以后样样不如意,比在京时不便了好些。贾政很奇怪,叫李十儿问道:"我跟来这些人怎样都变了? 你也管管。现在带来银两早使没有了,藩库俸银尚早,该打发京里取去。"似乎这个门子又成了贾政身边的总管了。李十儿一边问:回京城取多少银子? 又回禀:"奴才那一天不说他们,不知道这些人都没精打采。"其实这些人消极怠工都是李十儿布置的。

门子向贾政传授官场经

接着,李十儿告诉贾政:节度生日,别的府道老爷都上千上万的送了,我们送多少? 贾政问:"为什么不早说?"李十儿说:"老爷最圣明。我们新来乍到,又不和别位老爷来往,谁肯送信。巴不得老爷不去,便好想老爷的美缺。"李十儿纯粹胡说八道,江西粮道是朝廷从京城派下来,节度没有决定权。贾政回答得明白:"胡说,我这官是皇上放的,不与节度做生日便叫我不做不成!"李十儿笑着回:"京里离这里远,凡百的事都是节度奏闻。他说好便好,说不好便吃不住。"这话倒说到点子上。贾政做粮道是当地节度向朝廷汇报做得如何。他说不好,吃不了兜着走。贾政心里明白。

李十儿趁机说:"那些书吏衙役都是花了钱买着粮道的衙门,那个不想发财? 俱要养家活口。自从老爷到了任,并没见为国家出力,倒先有了口碑载道。""口碑载道"是讽刺。贾政道:"民间有什么话?"李十儿道:"百姓说,凡有新到任的老爷,告示出得愈利害,愈是想钱的法儿。州县害怕了,好多多的送银子。收粮的时候,衙门里便说新道爷的法令,明是不敢要钱,这一留难叨蹬,那些乡民心里愿意花几个钱早早了事,所以那些人不说老爷好,反说不谙民情。便是本家大人是老爷最相好的,他不多几年已巴到极顶的分儿,也只为识时达务能够上和下睦罢了。"

李十儿说的"本家大人"指贾雨村,贾雨村不是求了贾政和王子腾才起复,现在已经升到大司马? 照李十儿这些人看来,贾雨村能做大官,就是因为他不仅自己做贪官,还和上上下下贪官沆瀣一气,贾政听到这话,道:"胡说,我就不识时务吗? 若是上和下睦,叫我与他们猫鼠同眠吗?"李十儿公然威胁贾政,说:若是老爷就是这样做去,就会到功不成名不就的时候。贾政居然问："依你怎么做才好?"李十儿回答：顾着自己就行了。贾政问："是叫我做贪官吗? 送了命还不要紧,必定将祖父的功勋抹了才是?"李十儿回道："老爷极圣明的人,没看见旧年犯事的几位老爷吗? 这几位都与老爷相好,老爷常说是个做清官的,如今名在那里! 现有几位亲戚,老爷向来说他们不好的,如今升的升,迁的迁。只要做的好就是了。老爷要知道,民也要顾,官也要顾。若是依着老爷不准州县得一个大钱,外头这些差使谁办? 只要老爷外面还是这样清名声原好,里头的委屈只要奴才办去,关碍不着老爷的。奴才跟主儿一场,到底也要掏出忠心来。"李十儿很狡猾,意思是：你只管顾你的好名声,坏事都是我去干,也关碍不到你。贾政被李十儿一番言语,说得心无主见,道："我是要保性命的,你们闹出来不与我相干。"贾政一方面假正经,一方面很愚蠢,贾政要保性命,底下的人办的事不与他相关,但是他们办事,完全要贾政担责任,这点,贾政难道不知道? 贾政跟李十儿对话这一套,曹雪芹写不出来,只有掌握中下层官场机密者写得出来,而且写得头头是道。

贾政和李十儿长篇大套对话,是奴仆李十儿给国公府二老爷上了堂官场清官不好贪官好的时势课。告诉他：你不要做清官,做清官非但得不到一点好名声,还会把家产赔进去,做贪官却是时势要求,因为官场都是贪官,你不和贪官同流合污,你连正常的官位都坐不牢。李十儿这番话,是精彩的官场经,是后四十回作者擅长的写作内容。

但是对比第四回关于贾雨村和门子那番精粹描写,我还是觉得这段描写虽然生动、形象、揭开官场的内幕,但是好像还是有些不足。第一,李十儿教训贾政的情节完全不合官场规矩,也不合人情之常。李十儿是什么人? 贾府看大门的,他有什么资格跟贾政说这些话? 套用现在公司人事关系设想,如果哪家大公司门卫忽然跑去跟董事长说：这个事你应该怎么办,如果不这么办就会倒霉,在如何处理公司事务上,你必须听我这个门卫的。董事长还不立即下令秘书,告诉人事部门这个门卫不知道天高地厚、不知道自己吃了几碗干饭,立即开除! 而且,贾政和李十儿的关系,还不是现在大公司董事长跟雇佣门卫的关系,是贾府主子和奴仆的关系,主子可以掌握奴仆生杀大权。李十儿能这样跟贾政说话不? 敢这样跟贾政说话不? 他不想活了? 第二,贾雨村和门子的对话,何等简练,门子几句话就把护官符提出来,几乎是《红楼梦》带主题意味的话。李十儿跟贾政对话,有点儿叠床架屋,不够精粹,也没有令人眼前一亮的标志性语言。但是后四十回就得这样写,读者也只能这样看。

贾政实际上已经放任李十儿，李十儿做起威福，勾连内外一气，哄着贾政办事，那就是收了很多钱，他这样一做，反觉得事事周到，件件顺心。贾政不但不疑，反多相信他。便有几处揭报，江西的人向节度揭发贾政收钱了。上司见贾政古朴忠厚，也不查察。官场官官相护，贪官互相保护，这些贪官把贾政看成是他们一伙的，维护他。幕友们耳目长，见得如此，便用言规谏，无奈贾政不信，幕友也有辞去的，也有与贾政相好在内维持的。看来，贾政外出做官，在他身边多少年的清客，单聘仁，卜固修，他们骗人的本事，不顾羞耻的本事，都比不了异军突起的李十儿，实在是极大的讽刺。

　　贾政一心做清官，却没有能力做清官，最后只能听任恶奴乱为。续书作者显然熟悉中下层官场。只不过贾政身边的官场弊端远没有"乱判葫芦案"以一当十。李十儿振振有词、长篇大套，也没给人留下深刻印象，哪像葫芦僧，几句话画出个底层衙役形象。

　　九十九回回目上另一个内容是"闻邸报老舅自担惊"，薛蟠的案又要翻了，贾政晋见节度时看到刑部文件，续书作者不厌其烦把薛蟠案又翻弄一番，长篇大套写文件，写公文，这次薛蟠的案到了刑部。薛蟠再次杀人案本是后四十回写得较好的，只不过，像烙饼一样，翻了一面又一面，从县翻到道，从道翻到省，现在又翻到刑部，薛蟠又被打回原样判死刑。还得金钱开路再翻案，官场从上黑到下，两眼一抹黑，这个案件揭露得透彻，只不过，过程写得过于重复、繁琐、无趣。

香菱结怨　探春远嫁

——第一百回　破好事香菱结深恨,悲远嫁探春感离情

一百回回目包括的内容是:薛蟠又在刑部翻案秋后处决,夏金桂引诱薛蝌却被香菱闯破好事,再次和香菱结怨;探春远嫁,宝玉、宝钗感到离别的悲哀。

门子干涉探春婚事

一百回开头接续九十九回结尾,贾政到节度衙门,半天没出来,"外边议论不已",比较合理的猜测是:李十儿借贾政名义捞了不少的钱,贾政完全蒙在鼓里,但是外边对贾政是大贪官的舆论已造得很足,江西的县、府、道早就把贾政敛钱的事揭发报告给节度,外边的议论大约以为节度这么长时间跟贾政谈话,肯定是询问他收钱的事,甚至已在训斥他。李十儿心里有鬼,很着急。看大门的李十儿,又成了贾政贴身亲随。这类描写令人啼笑皆非。周瑞家的曾说过,贾府奴仆分工明确,管收租的只管收租,管跟着出门的只管跟着出门,绝对不可以越雷池一步。现在李十儿成贾政的专管部长了,什么事都管。大门是他看,收不收粮是他管,粮道大人拜会节度,也是他跟着。

贾政出来,李十儿迎上来跟着,到了没人的地方问:"老爷进去这半天,有什么要紧的事?"太不寻常了,一个看大门的奴仆,有什么胆量敢过问粮道大人跟节度大人谈话内容? 如果是在曹雪芹笔下,贾政早就下令把这个人打板子,续书作者偏偏叫李十儿敢问,偏偏叫贾政不以为家奴想造反,笑着回答:"并没有事。只为镇海总制是这位大人的亲戚,有书来嘱托照应我,所以说了些好话。又说我们如今也是亲戚了。"这样的描写,对已经在江西有贪腐之名的贾政,当然是好消息,因为这是只讲人情,不讲王法,官官相护,亲情大于王法,这样写有合理性在内,但是把一个门子掺和到里边,叫这个

门子好像是贾赦来过问贾政和节度谈什么内容，有点儿滑稽。续书作者到底懂不懂贵族家庭主子奴才什么关系？更滑稽的是小说继续写：李十儿听得，心内喜欢，不免又壮了些胆子，便竭力怂恿贾政许这亲事。贾府看大门的奴仆，竟然又干涉国公府三小姐婚事！难道他以为自己是王子腾再世？是老舅爷过问外甥女婚事？像后四十回这类不懂豪门规矩的描写彻底乱套。

贾政因为给薛蟠的事讲过情，担心薛蟠案重审，会对自己有挂碍，他回到粮道官衙，打发家人进京打听，顺便把总制求亲、探春要远嫁的事回明贾母，如果贾母愿意，就把探春接到江西给她完婚。家人奉命赶到京中，回明王夫人，在吏部打听到薛蟠案重审后对贾政并无处分，只把太平县县令革职，看来继江西节度之后吏部尚书又来个官官相护，舍车保帅。《四进士》有这样的情节：官员写信说情干涉案情，处以绞刑。贾政为薛蟠案讲过情，按明清律法，即使不掉脑袋，也得革职，但贾政什么事也没有，看来元妃余威还在。这更不符合曹雪芹原来构思，因为曹雪芹原构思是元妃获罪被处死，贾府随着遭殃。

贾政不仅对李十儿这些人在外边胡作非为睁一只眼闭一只眼，他现在居然还学会利用女儿的婚姻在官场拉关系，更加"假正"了。而一个小小门子李十儿怎么可能极力撺掇促成探春的婚事？完全没了尊卑上下。

理家能手贤人薛宝钗

薛蟠案刑部又翻案，托人花了好些钱，还是依旧定了死罪，在监狱等着秋天最后一次审理掉脑袋。薛姨妈又气又疼，日夜啼哭。薛宝钗面临家庭巨变，仍然表现出"理学家"风采，动辄一番大道理，符合豪门少奶奶身份。宝钗时常回门劝解薛姨妈，长篇大论对薛姨妈回忆薛蟠本来没造化，承受了祖宗产业，不好好过日子，仰仗着亲戚势力，在南边白白打死一位公子，娶个嫂子又不安静，躲出门不多几天又闹出人命来，害得家里花钱费心。薛宝钗对薛姨妈说："大凡养儿女是为着老来有靠，便是小户人家还要挣一碗饭养活母亲，那里有将现成的闹光了反害的老人家哭的死去活来的？不是我说，哥哥的这样行为，不是儿子，竟是个冤家对头。"

其实薛宝钗处境很艰难，在贾家，得像个幼儿园阿姨哄着贾宝玉，软硬兼施对付贾宝玉，眼看王熙凤病越来越重，薛宝钗又得承担更大的管家责任。回到娘家，薛宝钗还得处理薛蟠捅下的漏子，苦口婆心安慰薛姨妈，变出好颜好色对付泼妇夏金桂。夏金桂在家里闹，薛宝钗得低声下气哄她、求她。薛宝钗对薛姨妈总是平心静气地分析当前的局势，理智地看待家里发生的事，用宿命论、用前世冤孽解释和宽慰薛姨妈。一个年轻女性，在家庭遭受巨大灾变时，能冷静处理，先劝母亲不要明哭到夜，夜哭到明，暂且养养神，再清醒地对薛姨妈提出紧急处理家务：趁薛蟠活口现在，问问各处帐目。人家该咱们的，咱们该人家的，请个旧伙计来算算，看看还有几个钱没有。薛宝钗说"趁着哥哥的活口现在"，说得多么冷静。这是明明白白告诉薛姨妈，薛蟠这次死定了，只能趁他还活着，把薛家的经济损失尽可能降低，把薛家的状况赶快弄清，不要等到薛蟠人死灯灭，薛家连账都没法算了。后四十回相比完全变形的贾宝玉、部分变形的林黛玉，薛宝钗塑造得稍微好一点儿，在"淑女"的光环上，又加上"理学家"光环、"理家能人"光环、调解家庭纠纷"贤人"光环。

通过薛姨妈告诉薛宝钗的话，我们知道，薛家在薛蟠胡闹之后，已经成了四大家族率先趴下的一家，京城的官商名字已经退了，两个当铺都给了人，换来的银子都用来向各级官吏行贿。第三个当铺，管事的逃了，估计是卷款而逃，当铺亏空了几千两银子，薛蝌天天在外边要账，打官司已经消耗几万两银子，只好拿金陵薛氏家族公分里的银子和金陵的住房折变。金陵的薛家家族的公当铺也因为折了本儿被收了。薛蟠败的不仅是他自己的家，还有整个薛氏家族，真是地地道道败家子。薛蟠那些伙计，那些吃吃喝喝的酒肉朋友，在薛家急难中，没有一个人帮忙，反而纷纷落井下石，帮助外人来敲诈薛家，第四回护官符上的"丰年好大雪，珍珠如土金如铁"，因为薛蟠胡作非为，雪已经化尽，珍珠没了，黄金没了。这怨哪个？哪个也怨不到，呆霸王自作自受，连累了薛姨妈。原来四大家族里的皇商之家，店铺没了，银子花光，房子卖掉，连中产小康都算不上，晚年的薛姨妈能求个温饱就算阿弥陀佛。

薛家母女其实相当可怜，她们虽然是富商家太太小姐，她们本人却从没有欺行霸市、欺良压善，倒有颗同情弱者的心。她们对待林黛玉的态度就相当难得，前八十回将近结束，已经多次写到薛家母女对林黛玉的关心，薛宝钗给黛玉送燕窝，薛姨妈在潇湘馆无微不至照顾林黛玉，以致林黛玉都认了薛姨妈为干妈，认了薛宝钗为姐姐。薛姨妈母女即便追求金玉良缘，那也不是她们的罪过，甚至可以说是她们的权力，薛姨妈有权为女儿安排好的归宿,薛宝钗有权追求幸福,只可惜她们追求的幸福恰好造成林黛玉的痛苦。薛家败落中,薛家母女没有任何责任,都是薛蟠和夏金桂造孽,现在她们母女却受到连累,渐渐落入困难境地。小说写了一大段这对母女对话,薛宝钗表示:"妈妈这一辈子,想来还不致挨冻受饿。家里这点子衣裳家伙,只好听凭嫂子去……家人婆子……该去的叫他们去。就可怜香菱苦了一辈子,只好跟着妈妈过去。实在短什么,我要是有的,还可以拿些个来,料我们那个也没有不依的。……我们那一个还道是没事的,所以不大着急,若听见了也是要唬个半死儿的。""薛姨妈不等说完,便说:'好姑娘,你可别告诉他。他为一个林姑娘几乎没要了命,如今才好了些。要是他急出个原故来,不但你添一层烦恼,我越发没了依靠了。'宝钗道:'我也是这么想,所以总没告诉他。'"这段对话写得很平实,仔细琢磨,却相当感人。这段对话把薛姨妈、薛宝钗母女相濡以沫的感情生动细致地写了出来。我虽然是"拥林派",虽然为黛玉之死感到难过,但是看到这段母女对话,觉得这对母女也很值得同情,特别是薛宝钗。薛姨妈几乎是在贾母胁迫下,把女儿当成冲喜工具,嫁给一心想着别人的半傻子,贾宝玉新婚之夜为林黛玉闹得六佛出世,薛宝钗需要有什么样的心理素质才能顶得住,很可能她的眼泪把新房的被褥都湿透了。现在薛宝钗说到贾宝玉,一口一个"我们那一个",就像现在女士时兴用"我家老公"说自己亲爱的丈夫。但是贾宝玉还是当初大观园诗会那个神采飘逸的怡红公子吗?薛宝钗嘴里的"我们那一个"已经带有相当多无可奈何的语气。薛姨妈儿子已经判了死刑,只能把半傻的女婿,把什么社会经验也没有、什么事也得靠薛宝钗处理的女婿当依靠,很可怜。

夏金桂的脸上油彩

薛姨妈母女已够可怜,薛家更可怜也更丢脸的事马上就来。金桂跑来外间屋里哭喊:"我的命是不要的了!男人呢,已经是没有活的分儿了。咱们如今索性闹一闹,大伙儿到法场上去拼一拼。"说着,将头往隔断板上乱撞,撞得披头散发。气得薛姨妈白瞪眼,一句话说不出来。宝钗嫂子长、嫂子短,好一句、歹一句地劝她。金桂说:"姑奶奶,如今你是比不得头里的了。你两口儿好好的过日子,我是个单身人儿,要脸做什么!"说着,便要跑到街上回娘家去,亏得人还多,扯住了,把宝琴唬得再不敢见她。

夏金桂闹事画面感极强,简直能跟前八十回尤三姐消遣贾珍那段描写相比，都写的是泼辣市井女子，虽然夏金桂撞头的这段描写没有尤三姐那段精致美妙，但也写得活泼、形象、灵动、精彩，像连续的电视镜头。薛蟠要秋后处决，对于希望男人总睡身边的夏金桂，是多沉重的打击，但她绝对不会想自己在这件事有没有责任，绝对不会想到正是她乱闹才把薛蟠气得走到外地去。她只想我怎么能出气就怎么出气，怎么能把自己的痛苦变成别人的不幸，就赶快去办。夏金桂早就知道薛蟠回不了家，为什么趁着薛宝钗回娘家时来闹？就是出于阴暗心理：我没好日子过，你们谁也甭想过半晌好日子！按说，姑娘回娘家是娇客，作为长嫂，夏金桂该出来嘘寒问暖，即使想诉苦，也得慢慢来、絮絮说。夏金桂呢？你们母女知疼着热地谈话，我偏来撒泼，给你们煞煞风景！夏金桂早就被曹雪芹描写成不可理喻的怪物，现在她进一步行动化、漫画化，什么富商家小姐，什么富商家少奶奶，纯粹市井泼皮、无赖泼妇，没有任何道理可以和她讲，曾经到过外国，曾经和金发美女谈诗的薛宝琴，怎么敢看这种人，她给吓得都不敢见夏金桂了。

夏金桂在前八十回，是花朵般形象、风雷般性情，不懂三从四德，不知闺训为何物，是个吃着油炸焦骨头下酒、公开争风吃醋的角色。到后四十回，夏金桂脸上的油彩被后四十回作者抹了一层又一层，现在浓墨重彩抹的是"淫妇"色彩。夏金桂跟薛蟠的"恩爱夫妻"做不成，就把目光投向薛蟠堂弟薛蝌，想乱伦了。"若是薛蝌在家，他便抹粉施脂，描眉画鬓，奇情异致的打扮收拾起来，不时打从薛蝌住房前过，或故意咳嗽一声，或明知薛蝌在屋，特问房里何人。有时遇见薛蝌，他便妖妖乔乔、娇娇痴痴的问寒问热，忽喜忽嗔"。这段语言精练，描写传神，夏金桂如何勾引男人，被续书作者写得奇特别致、活灵活现。

依样画葫芦重结怨

香菱早就被夏金桂闹得离开薛蟠，到薛宝钗身边去了，薛宝钗出嫁，香菱跟着薛姨妈，夏金桂为什么又和香菱结怨？因为夏金桂见薛蝌有什么东西都托香菱收着，衣服缝洗也是香菱，夏金桂动了个"醋"，将一腔隐恨搁在香菱身上。宝蟾和夏金桂这对活宝，把薛蝌当作解渴的猎物，已急不可待，她们借着薛蝌在店铺跟人饮酒的话题，纠缠薛蝌，夏金桂已经动手把薛蝌往卧室拉，却给恰好到这儿的香菱闯破好事。金桂对薛蝌说："不喝也好，强如像你哥哥喝出乱子来，明儿娶了你们奶奶儿，像我这样守活寡受孤单呢！"说到这里，两个眼已经乜斜了，两腮上也觉红晕了。薛蝌见这话越发邪僻了，打算着要走。金桂也看出来了，那里容得，早已走过来一把拉住。薛蝌急了道："嫂子放尊重些。"说着浑身乱颤。金桂索性老着脸道："你只管进来，我和你说一句要紧的话。"

香菱就是在这个关口，走到他们跟前来。这个情节显然抄前八十回。那次是夏金桂故意安排叫香菱闯破薛蟠和宝蟾的好事，薛蟠踢了香菱、用棒子打了香菱，后四十回依样画葫芦，叫香菱闯破夏金桂勾引薛蝌的好事，夏金桂从此把香菱恨入骨髓。她想害死香菱却最终害死自己的闹剧，将要上演。

四大家族的薛家彻底败落，出现夏金桂这样"妖妖乔乔"、既泼且淫的人物，给小说带来完全通俗化的似乎恶滥的故事。前八十回夏金桂因薛蟠吃香菱的醋，后四十回夏金桂因薛蝌吃香菱的醋，吃醋原因都是争男人，香菱"被吃醋"的原因与前八十回如影随形，都是撞破淫乱者的好事。描写雷同，毫无新意。不过后四十回写市井文字，倒也能写出些精气神。

变味"远嫁"和家长里短

探春远嫁，在贾府引起什么反应？描写不太合理、不太到位，但很有趣，很好看。

贾母听到贾政给探春决定的亲事说："好便好，但是道儿太远。虽然老爷在那里，倘或将来老爷调任，可不是我们孩子太单了吗。"王夫人说："两家都是做官的，也是拿不定。或者那边还调进来；即不然，终有个叶落归根。"王夫人劝贾母的话很严谨，我们两家都是做官的，那边可能还调到京城来，即使调不进来，当官的最后都叶落归根回乡，探春也能跟着回来。这番话，岂不是严丝合缝，很能够安慰老祖母？王夫人又说："老爷既在那里做官，上司说了，好意思不给么？想来老爷的主意定了，只是不敢做主，故遣人来回老太太的。"这几句话也非常合理，进入后四十回，王夫人越来越人情练达。探春不是她的亲生，远嫁岂不利索，所以她劝贾母劝得振振有词。贾母担心三丫头一去，不知三年两年可能回家？再迟了，恐怕我赶不上再见她一面了，说着掉下泪来。贾母忽然感情丰富起来，唯一疼爱的女儿贾敏的遗孤林黛玉年纪轻轻就死了，贾母都不马上去见最后一面，这会儿倒又为长大成人的孙女出嫁伤感。王夫人又来番长篇大论，意思是：女孩子大了，少不得总得出嫁，只要孩子有造化就好。迎春倒嫁得近，时常听见他被女婿打闹，甚至不给饭吃。就是我们送了东西去，她也摸不着。近来益发不放她回来。说咱们使了他家的银钱。王夫人又说："前儿我惦记他，打发人去瞧他，迎丫头藏在耳房里不肯出来。老婆子们必要进去，看见我们姑娘这样冷天还穿着几件旧衣裳。他一包眼泪的告诉婆子们说：'回去别说我这么苦，这也是命里所招，也不用送什么衣服东西来，不但摸不着，反要添一顿打。说是我告诉的。'老太太想想，这倒是近处眼见的，若不好更难受。倒亏了大太太也不理会他，大老爷也不出个头！如今迎姑娘实在比我们三等使唤的丫头还不如。"王夫人这番话，是代替续书作者叙事，描写贾府养尊处优、原来由金奴玉婢伺候着的二小姐，现在因为错误的父母之命，掉进苦命的万丈深渊。这是续书作者想用侧面描写完成第五回贾宝玉神游太虚境迎春判词"金闺花柳质，一载赴黄粱"，也算用心良苦。王夫人一番议论后，贾母按照王夫人意见定盘子，送探春远嫁。

仔细推敲王夫人长达四百多字的长篇大论却有好几处不合情理：第一，王夫人在前八十回是贾母说过的"没嘴葫芦似的"，她什么时候变成这么能言善辩、长篇大论、滔滔不绝？而且说话逻辑清楚、道理明白？她什么时候成了贾母的主心骨和教师爷？第二，贾政是贾府二老爷，贾赦是贾府继承荣国公头衔大老爷，王夫人吃了老虎心豹子胆，竟能当面对贾母指责大老爷和大太太，她就不怕贾母当面臭骂她一顿，不怕她的话传到贾赦和邢夫人耳朵里，叫她吃不了兜着走？第三，王夫人传孙绍祖的话，说贾府欠了孙家的钱，尊贵的老太君听了有什么感想？贾母怎么能充耳不闻、毫无反应？按说贾母听到这样的话，会雷霆大怒，立即把贾赦揪来问清楚，到底你用没用孙家的钱，但是，孙绍祖这番污辱国公府的话，对贾母像东风吹马耳，贾母一品诰命夫人威风都到爪哇国去了？

后四十回对贾府世态人情的描写，不合情理的地方层出不穷。赵姨娘对探春远嫁的反应就是。赵姨娘听见探春远嫁反欢喜起来，心想："我这个丫头在家忒瞧不起我，我何从还是个娘，比他的丫头还不济。况且沗上水护着别人。他挡在头里，连环儿也不得出头。如今老爷接了去，我倒干净。想要他孝敬我，不能够了。只愿意他像迎丫头似的，我也称称愿。"赵姨娘跑去跟探春道喜，又说："便是养了你一场，并没有借你的光儿。就是我有七分不好，也有三分的好，总不要一去了把我搁在脑杓子后头。"如果愚蠢也像围棋分段，赵姨娘这个愚妾真愚蠢到九段。赵姨娘本是"黑脸"，曹雪芹笔下对赵姨娘和贾环从来没有过一个字好话，后四十回忠实继承前八十回曹雪芹对赵姨娘的态度，不过赵姨娘这样对探春远嫁，合不合起码情理？一个再坏的女人，能恶毒地盼望亲生女儿倒霉吗？

探春被生身之母气一场，闷闷地走到宝玉这边。宝玉问他：林妹妹死的时候是不是远远有音乐之声。探春证明：确实有，而且说：那夜却怪，不似人家鼓乐之音。贾宝玉想到阴司"那人"说黛玉生不同人，死不同鬼，必是仙子临凡。想起那年唱戏做的嫦娥，飘飘艳艳，何等风致。贾宝玉觉得欣慰。在贾宝玉心中，林黛玉的形象完全变了，在曹雪芹笔下，林黛玉像西施，"病如西子胜三分"，她什么时候跟嫦娥扯到一块？后四十回写的，贾宝玉和林黛玉的感情早就不是宝黛爱情原来的滋味，不是那种心灵相通、生死相依的滋味，成了贾宝玉想入非非的审美。而且宝玉想起"那年"唱戏做的嫦娥，这又是哪儿和哪儿？"那年"是哪年？还不是跟黛玉之死同一年？续书作者先把林黛玉的生日从二月调到秋天，又忘记林黛玉在当年秋天就死了。

宝玉想念黛玉，回了贾母要紫鹃，紫鹃心里不愿意，但是没法，她在宝玉跟前，不是唉声就是叹气。宝玉背地里拉着她，低声下气要问黛玉的话，紫鹃从没好话回答。紫鹃的表现仍然是黛玉之死中最好的，她到了宝玉身边，还会有后边的好多情节。

贤妻成了教师爷

后四十回对薛宝钗的描写始终放在两个字上，就是礼法的"礼"和道理的"理"。薛宝钗既重礼法，也会讲道理。薛宝钗对贾宝玉的教育成了后四十回常态。宝玉听见袭人和宝钗讲究探春出嫁之事，"啊呀"一声，哭倒在炕上。宝钗问起，他说："这日子过不得了！我姊妹们都一个一个的散了！林妹妹是成了仙去了。大姐姐呢已经死了，这也罢了，没天天在一块。二姐姐呢，碰着了一个混帐不堪的东西。三妹妹又要远嫁，总不得见的了。史妹妹又不知要到那里去。薛妹妹是有了人家的。这些姐姐妹妹，难道一个都不留在家里，单留我做什么！"宝钗循循善诱地教导他，说："据你的心里，要这些姐妹都在家里陪到你老了，都不要为终身的事吗？……打量天下独是你一个人爱姐姐妹妹呢，若是都像你，就连我也不能陪你了。大凡人念书，原为的是明理，怎么你益发糊涂了。这么说起来，我同袭姑娘各自一边儿去，让你把姐姐妹妹们都邀了来守着你。"宝玉两只手拉住宝钗、袭人，说："我也知道。为什么散的这么早呢？等我化了灰的时候再散也不迟。"又把贾宝玉在前八十回动不动化烟化灰加以重复。宝钗还安排探春临行对宝玉来番箴谏，好言相劝，叫探春教育贾宝玉。探春远嫁，宝玉仅因离别而难过，一点也没像当初迎春要嫁时的痛切感受。而薛宝钗现在完全成了贾宝玉身边做思想工作的教师爷。

　　林黛玉之死，是贾宝玉心中永远的痛，不知道什么人，哪壶不开提哪把，竟然把潇湘馆的人全部调到贾宝玉身边，由薛宝钗来处理，小说这样写道："那雪雁虽是宝玉娶亲这夜出过力的，宝钗见他心地不甚明白，便回了贾母、王夫人，将他配了一个小厮，各自过活去了。王奶妈养着他，将来好送黛玉的灵柩回南。鹦哥等小丫头仍伏侍了老太太。"短短一段话，漏洞迭出，紫鹃是贾宝玉向贾母要来的，潇湘馆其他人怎么都一股脑儿到贾宝玉这边来？把林黛玉身边的人都调到贾宝玉身边，是怕贾宝玉想不起林黛玉？这是贾母还是王夫人的馊主意？因为别人没这个权力。宝钗处理了雪雁，是聪明的做法，是清君侧，不叫宝玉想起拜堂时雪雁代替莺儿那件糗事，至于薛宝钗有什么义务把王奶妈养着，就只有天知道了。潇湘馆余下的小丫头竟出现紫鹃原名"鹦哥"，而原来给林黛玉晾手帕的春纤却不知道到哪里去了。看后四十回，有时觉得《红楼梦》的锦衣华裳外边又给披了件破衣服，到处是洞，透风撒气。

秦可卿闹鬼　王熙凤变形

——第一百零一回　大观园月夜感幽魂,散花寺神签惊异兆

　　第一百零一回是描写王熙凤的重头戏,王熙凤在大观园月夜遇到秦可卿鬼魂,在散花寺抽到神签,预示不幸命运。大部分红学家对后四十回不屑一顾,跟这一回有很大关系,这一回写得太差、太离谱,王熙凤、贾琏、平儿、贾宝玉,人物形象歪曲得不成样子,王熙凤像被尤二姐附体,毫无理由凄凄惨惨、软弱无助;贾琏像被醉金刚倪二附体,毫无根据豪蛮无礼、专横跋扈;平儿像被尤三姐附体,居然敢对贾琏劈头盖脸唇枪舌剑;贾宝玉待薛宝钗比前八十回待林黛玉还温柔缠绵。世态人情描写不像在国公府,倒像刘姥姥家附近哪个小财主家,大观园装神弄鬼拙劣可笑,散花寺求签莫名其妙,跟前八十回完全不在一个层次。

秦可卿和会作揖的狗

　　先看这一回怎么歪曲王熙凤形象,把王熙凤、贾琏、平儿的关系写得不合情理。

　　第一百回结尾,贾母吩咐王熙凤准备探春妆奁,后四十回贾母操心事未免太多,该王夫人管的事,她都揽到头上。凤姐分派好管办探春行装奁事的仆人已是黄昏后,她想去瞧瞧探春,叫丰儿、小红、打灯笼的小丫鬟跟着,走出门见月光如水,遂命打灯笼的丫鬟回去。走到茶房窗下,听见里面有人喊喊喳喳,似议论不可见人的事,凤姐叫小红进去细细打听,用话套出原委,小红答应着去了。凤姐只带着丰儿到大观园园门,园门没关,满地重重树影,凄凉寂静,她们往秋爽斋走,一阵风过,满园落叶唰喇作响,景物描写带来悲凉之感。因为有风,很冷,凤姐叫丰儿回去拿银鼠坎肩。

　　三个丫鬟都合理地回去,就该凤姐活见鬼了,先有只大狗伸着鼻子闻

她，把她吓得魂不附体，那只大狗跑上大土山回身向凤姐拱爪儿，大观园第一次有了狗，且带狗怪色彩，这只通人性的大狗已把凤姐吓得心跳神移，马上她又给一个人影，更确切地说给个鬼影，吓得神魂飘荡。恍恍惚惚背后有人说："婶娘连我也不认得了！""婶娘只管享荣华受富贵的心盛，把我那年说的立万年永远之基都付于东洋大海了。"原来是秦可卿鬼魂来也，凤姐不对她的好闺蜜嘘寒问暖，狠狠啐了一口。秦可卿的鬼魂消失了。

后四十回是不是写鬼也没有前八十回写得好？前八十回写过两次鬼，第十六回"秦鲸卿夭逝黄泉路"写秦钟临死小鬼和鬼判的对话，那是用来调侃现实社会的趋炎附势，鬼判听说来了宝玉这个有时运的人，立即叫小鬼把秦钟的灵魂暂时放回去，还说："俗话说得好，'天下官管天下事'，自古人鬼之道却是一般，阴阳并无二理。别管他阴也罢，阳也罢，还是把他放回没有错了的。"脂砚斋评语："《石头记》一书中，皆是近情近理必有之事，又如此等荒唐不经之言，间亦有之，是作者故意游戏之笔耶？以破色取笑，非如别书认真说鬼话也。"写鬼是信笔一描，取笑欺软怕硬的世情。秦可卿的鬼魂出现在王熙凤的梦境中，是《红楼梦》第一次让鬼魂出现，但出现得多么优雅，多么有哲理，女鬼秦可卿多么与人为善！秦可卿绝对不会让她的闺蜜王熙凤在现实生活中白日见鬼，真给鬼魂吓得灵魂出窍。而后四十回真是说鬼话。续书作者的初衷可能出于好意，想提醒读者：王熙凤走下坡路啦，提醒王熙凤注意"盛筵必散"，只是提醒得太拙劣、太恐怖。

前八十回描写人情世态近情近理，极少见神见鬼，尤其是鬼。秦钟之死出现捉魂小鬼，是前八十回很少见的情节，也是曹雪芹有哲理意味的游戏笔墨。后四十回神鬼妖唱起重头戏。大观园现在当然败落凄凉，但它应该是诗意化"寒烟漠漠、落叶萧萧"的凄凉。一百零一回出现怪异，先出现一只通人性的怪狗，再出现秦可卿的鬼魂，恐怖且荒唐。

贾琏、凤姐、平儿全变脸

王熙凤给闺蜜秦可卿的鬼吓着，不敢到探春那里去，直接回到自己房间，王熙凤回到自己房间是再次见鬼，而且是白日见鬼。所谓白日见鬼，就是贾琏突然跟前八十回完全换了个人，王熙凤和平儿也完全换了个人，连巧姐奶妈那样次要而次要的角色，也完全变了个人，集体活见了鬼。为什么这样说？王熙凤回到房间，看到贾琏神色很不好，满脸怒气，王熙凤"待要问他，又知他素日性格，不敢突然相问，只得睡了"。奇怪，王熙凤什么时候怕过贾琏？什么时候知道他"素日性格"？什么性格？王熙凤知道的贾琏性格，不是见美女就拖不动腿，就是老婆跟前大气不敢喘，这对贤夫妇在前八十回相处绝对不是这个样子。王熙凤和贾琏在前八十回最后一次共同露面，是第七十二回"王熙凤恃强羞说病"，那一回描写贾府内外交困，王熙凤病入膏肓，贾琏夫妇捉襟见肘，但是即使在那样的情况下，王熙凤能够放高利贷取息，能够欺男霸女，强迫彩霞嫁给她陪房的儿子。贾琏仍然对王熙凤和颜悦色，毫无想漠视、低看王熙凤的意图。贾琏仍然像个算盘珠，王熙凤拨一拨，他转一转。到一百零一回，贾琏王熙凤夫妻第一次在后四十回共同露面，贾琏从哪儿来的底气，突然对王熙凤又甩脸子又开口发难？

　　贾琏头天晚上回来，王熙凤看到他脸色不好，不敢问，第二天，贾琏起来先看到邸报报道两个姓贾的官员贾化和贾范出事，一肚子不自在，跑出去给王熙凤娘家人办事办得不顺利，他回来，凤姐尚未起床，凤姐头天没睡好，平儿给她捶着说：奶奶再睡会。凤姐刚想睡，巧姐醒了哭，平儿大声提醒李妈拍着些，李妈嘟嘟囔囔地骂："真真的小短命鬼儿，放着尸不挺，三更半夜嚎你娘的丧！"奶妈竟敢这么骂荣国府的孙小姐，更有甚者，一边骂，李妈还在巧姐身上拧了一把，惹得巧姐大哭起来。这样的描写太出格、太不合情理！前几回已跟贾宝玉像懂事少女一样谈孝女经的巧姐，又回复婴儿状态，醒了得哭。她的奶妈却不再是前八十回抱着巧姐一句话不说的老实奶妈，不是前几回教巧姐认识几千字的奶妈，忽然像吃了熊心豹子胆，竟敢骂王熙凤心肝女儿且在她身上拧一把。续书作者为了写王熙凤走下坡路编造出如此不可理解的细节，和描写王熙凤大观园见鬼一样笨拙可笑。然后是王熙凤对平儿说了一番她自己将来倒霉、巧姐遭殃的预言式话语："明儿我要是死了，剩下这小孽障，还不知怎么样呢！"平儿劝慰："奶奶这怎么说！大五更的，何苦来呢！"凤姐冷笑道："你那里知道，我是早已明白了。我也不久了。虽然活了二十五岁，人家没见的也见了，没吃的也吃了，也算全了。所有世上有的也都有了。气也算赌尽了，强也算争足了，就是寿字儿上头缺一点儿，也罢了。"凤姐只不过二十五岁，贾府还好好的，她怎么能有这样的末路思想？这是续书作者想匆匆忙忙草草了事结束王熙凤的故事才这样做。

　　接下来，贾琏跟王熙凤面对面，完全不是第七十二回的样子，小说写贾琏是怎么样先声夺人地回到王熙凤的房间，"贾琏一路摔帘子进来，冷笑道：'好，好，这会子还都不起来，安心打擂台打撒手儿！'一叠声又要吃茶。"平儿倒的茶不太热,贾琏把茶碗"哗啷"一声摔了个粉碎,把凤姐惊醒,吓了一身冷汗。怪哉,贾琏是不是穿过时间隧道,吃了聊斋故事里的丈夫再造散? 聊斋故事《马介甫》有个男狐狸精给一直怕老婆者吃了丈夫再造散,这个怕老婆能跪到地上的,敢拿刀子对老婆。贾琏是吃了"丈夫再造散"? 竟敢在王熙凤面前气势汹汹? 接着凤姐问贾琏:"你怎么就回来了?"问了一声,半日不答应,只得又问一声。贾琏嚷道:"你不要我回来,叫我死在外头罢!"贾琏突然变成前八十回的醉金刚倪二,粗鲁莽撞不讲理,完全不是前八十回那个动不动跟妻子嬉皮笑脸的琏二爷,吃饭时都会提提床上乐事的琏二爷,成了任性胡为的莽夫。

再听听国公府长公子现在满嘴市井泼皮话:"我可不吃着自己的饭替人家赶獐子呢。我这里一大堆的事没个动秤儿的,没来由为人家的事,瞎闹了这些日子,当什么呢! 正经那有事的人还在家里受用,死活不知,还听见说要锣鼓喧天的摆酒唱戏做生日呢。我可瞎跑他娘的腿子!"一面说,一面往地下啐了一口,又骂平儿。贾琏这段话,生动不生动,精彩不精彩? 够生动够精彩,就是不像国公府琏二爷该说的话。贾琏为什么这么气愤,因为王熙凤娘家出了一系列幺蛾子叫他处理。王熙凤胞兄王仁先借王子腾死了在京城吊唁划拉了几千银子,他的财迷二叔王子胜怪罪下来,认为自己没能分肥,王仁接着又造个假生日收钱敷衍王子胜,而已经死了的王子腾因海疆的事情被御史参了一本,有亏空,本员已故,着落叫弟弟王子胜和侄子王仁赔,贾琏跑出去替王家的人擦屁股,王子胜和王仁却在家里定戏摆酒搞假造生日宴。贾琏讲完王家的事,问王熙凤:"你说说,叫人生气不生气!"凤姐听了流泪,立即要起床,还说:"我们家的事,少不得我低三下四的求你了。"王熙凤什么时候求过贾琏? 特别是低三下四求过贾琏? 她不是连贾琏计划好安排给贾芸的差使都硬抢过来给贾芹? 王熙凤又说:"再者也不光为我,就是太太听见也喜欢。"这算说了句对景的话,拿王夫人来压贾琏。贾琏回答句妙极了的话:"是了,知道了。'大萝卜还用屎浇'。"这是句市井泼皮俏皮话,"大萝卜还用屎浇",浇灌的"浇"谐音教育的"教",是嫌王熙凤多嘴多舌。前八十回李纨曾说王熙凤能说市井泼皮无赖泥腿子的话,而且是能说一车子的话,到了后四十回,这话传给贾琏去说了。琏二爷在前八十回说过几次话,这位登徒子,虽然像贾母说的腥的臭的都拉到自己床上,但是他说起话来,完全是贵族少爷温文尔雅的口气,比如他和王熙凤说贾元春归省盖园子的事,比如他到大观园向贾政汇报窗帘的事,一概简明扼要,平实和蔼,现在他说什么"瞎跑他娘的腿子","大萝卜还用屎浇",琏二爷什么时候进了市井俗话进修班?

第一百零一回,续书作者写大段贾琏、凤姐夫妻对话,估计他的意图是,用人物对话简练交待四大家庭一荣俱荣、一损俱损,薛家败落,王家也江河日下,王子腾那样能够出将入相的能人死了,只剩下王子胜和王仁这两块只知道捞钱的料,当然这也是为了将来抄家之后,凤姐死了,巧姐给狠舅王仁卖掉埋下伏笔。这样的构想不错,只是这段贾琏大施淫威、王熙凤委曲求全,描写得不合情理。

后四十回的不合情理,我们经常得给他加个"更"字,那就是在贾琏王熙凤对话之后的平儿长篇大论教训贾琏:"平儿道:'奶奶这么早起来做什么,那一天奶奶不是起来有一定的时候儿呢。爷也不知是那里的邪火,拿着我们出气。何苦来呢,奶奶也算替爷挣够了,那一点儿不是奶奶挡头阵。不是我说,爷把现成儿的也不知吃了多少,这会子替奶奶办了一点子事,又关会着好几层儿呢,就是这么拿糖作醋的起来,也不怕人家寒心。况且这也不单是奶奶的事呀。我们起迟了,原该爷生气,左右到底是奴才呀。奶奶跟前尽着身子累的成了个病包儿了,这是何苦来呢。'说着,自己的眼圈儿也红了。那贾琏本是一肚子闷气,那里见得这一对娇妻美妾又尖利又柔情的话呢,便笑道:'够了,算了罢。他一个人就够使的了,不用你帮着。左右我是外人,多早晚我死了,你们就清净了。'凤姐道:'你也别说那个话,谁知道谁怎么样呢。你不死我还死呢,早死一天早心净。'说着,又哭起来。"总是围绕着王熙凤得死了做文章,而且一向温柔的平儿怎能这样说话,怎敢这样说话?

第一百零一回写得非常不合理,贾琏凭什么突然在王熙凤跟前耀武扬威?王熙凤因什么对贾琏低声下气?贾琏现在对王子胜称"二叔",不称"二舅老爷",像市井人家的称呼。续书作者不熟悉豪门生活,想写好,实在难为他。

贾宝玉痴迷薛宝钗

王熙凤在大观园遇到秦可卿鬼魂,又跟贾琏来了番不合情理的对话之后,丫鬟来传达王夫人话,叫王熙凤和宝二奶奶一起到舅太爷家,也就是王子胜那边去。王熙凤因为跟贾琏谈话听到娘家不争气,心灰意冷,叫丫鬟回王夫人,她有事没办完,叫宝二奶奶自己去。她又想到宝钗新媳妇出门,还得过去照应照应。王熙凤一照应，又照应出好几个不合理情节来。

第一个不合情理的情节：林黛玉死了没多久，贾宝玉就把她忘到九霄云外，呆呆看薛宝钗梳头，薛宝钗给王熙凤递了袋烟。

王熙凤来到宝玉房中。宝玉歪在炕上呆呆地看宝钗梳头。凤姐站在门口，故意看了好一会儿，还是宝钗一回头看见了，连忙起身让座。宝玉也爬起来，凤姐才笑嘻嘻地坐下，向宝玉说："你还不走，等什么呢。没见这么大人了还是这么小孩子气的。人家各自梳头，你爬在旁边看什么？成日家一块子在屋里还看不够？也不怕丫头们笑话。"王熙凤说完，"哧"地一笑，又瞅着他咂嘴儿。宝玉有些不好意思，还不理会，倒把宝钗直臊得满脸飞红，就搭讪着给王熙凤递了一袋烟。

短短一段描写，好几个地方不合理，第一，写宝玉、宝钗夫妻和谐显然想反衬贾琏和凤姐关系不和谐。但一个看薛宝钗梳头情节，贾宝玉却给变形了，林黛玉刚死没多久，他就成了迷恋薛宝钗的家伙，把林黛玉忘得干干净净。第二，读者能想象得出，在滴翠亭边举着折扇优雅扑蝶的薛宝钗，能像农村老大爷那样举个大烟袋？续书作者却就叫薛宝钗给王熙凤递了袋烟。估计续书作者想创造出曹雪芹式满洲生活气息，满族不是从山海关进中原，东北不是有三大怪？其中一怪就是姑娘叼个大烟袋。只不过，尽管曹雪芹先人是从东北跟多尔衮从龙入关，前八十回可从来没有写过吸烟，特别是大姑娘叼个大烟袋。前八十回只写过晴雯感冒后闻鼻烟，现在续书作者叫薛宝钗给王熙凤递袋烟，这种追求满洲生活气息的写法是不是弄巧成拙？真想问问"87版"《红楼梦》导演王扶林或者新版导演李少红，你们想过怎么样安排薛宝钗和王熙凤一人举个大烟袋，对着喷云吐雾？

第二个不合理的情节：王熙凤跟袭人等聊起晴雯和她的替身五儿。

薛宝钗给王熙凤递烟，王熙凤笑着站起来接了。王熙凤催着薛宝钗换出门的衣服。这时贾宝玉应该出门到贾母那里去，却还是痴迷着想跟薛宝钗一起走，就在那儿搭讪着找这个，弄那个。凤姐说："你先去罢，那里有个爷们等着奶奶们一块儿走的理呢。"宝玉说："我只是嫌我这衣裳不大好，不如前年穿着老太太给的那件雀金呢好。"这一句话，勾起关于晴雯的话题，袭人絮絮叨叨把晴雯怎么样在她回家的时候病中补裘、贾宝玉如何重进私塾天冷穿雀金裘，说了一大篇。凤姐对晴雯来了番迟到的同情："你提晴雯，可惜了儿的，那孩子模样儿手儿都好，就只嘴头子利害些。偏偏儿的太太不知听了那里的谣言，活活儿的把个小命儿要了。还有一件事，那一天我瞧见厨房里柳家的女人他女孩儿，叫什么五儿，那丫头长的和晴雯脱了个影儿似的。我心里要叫他进来，后来我问他妈，他妈说是很愿意。我想着宝二爷屋里的小红跟了我去，我还没还他呢，就把五儿补过来。平儿说太太那一天说了，凡像那个样儿的都不叫派到宝二爷屋里呢。我所以也就搁下了。这如今宝二爷也成了家了，还怕什么呢，不如我就叫他进来。可不知宝二爷愿意不愿意？要想着晴雯，只瞧见这五儿就是了。"王熙凤忽然成了贾宝玉肚子里的蛔虫，知道贾宝玉想念晴雯，直接派个替身五儿给贾宝玉。而贾宝玉喜欢得不得了，动身到贾母那边去了。其实五儿在查抄大观园时，通过王夫人的嘴，宣布她早就死了，而后四十回第 N 次拿五儿做文章，后头五儿文章还会大做特做。

第三个不合情理的情节是，再三渲染贾宝玉如何痴迷薛宝钗。

凤姐看到贾宝玉、薛宝钗两口子这般恩爱缠绵，想起贾琏方才那种光景，好不伤心。她没想到，叫他伤心的宝玉、宝钗的恩爱表演还在贾母跟前继续进行。贾宝玉已经向贾母告别说要到舅舅家去，刚走到院内，又转身回来附宝钗耳边说了几句不知什么。宝钗笑道："是了，你快去罢。"把宝玉催着去了。贾母和凤姐、宝钗说了还没三句话，秋纹进来说：二爷打发茗烟转来，说请二奶奶，二爷忘了一句话，叫我回来告诉二奶奶："若是去呢，快些来罢；若不去呢，别在风地里站着。"秋纹的话引出贾母嘱咐宝钗："你去罢，省得他这么记挂。"

续书作者借凤姐观察宝玉、宝钗夫妇恩爱，反观自己夫妻关系凄凉，这样写似乎很"巧妙"，却将贾宝玉写得见异思迁。

贾宝玉跟薛宝钗如此恩爱缠绵，何必出家当和尚？

莫名其妙散花寺

贾宝玉、薛宝钗走了，散花寺姑子大了来了，不知道续书作者根据哪部佛教经典造出个散花菩萨，一般都说有散花天女，从没听说有什么散花菩萨，看来是为王熙凤特设。散花寺的尼姑对贾母解释最近为什么没给老太太请安，是因为王大人府里不干净，见神见鬼的，要在散花菩萨跟前许愿烧香，给他做四十九天水陆道场，保佑家口安宁，亡者升天，生者获福。前八十回王熙凤从来不相信神鬼报应，现在她信了，自从见了秦可卿的鬼魂，她总疑疑惑惑，听了大了这些话，就问散花菩萨怎么回事，尼姑趁机长篇大论说散花菩萨如何来历不浅根基不浅，道行非常，如何助国助民，有灵验。凤姐听了有道理，打算去求签。

病得有气无力的王熙凤勉强扎挣着，到初一清早，令人预备车马，带着平儿和许多奴仆来至散花寺。到大殿上焚香、磕头，举起签筒默默地将自己见鬼之事并身体不安等祝告了一回，才摇三下，只听"唰"的一声，筒里撺出一支签。拾起一看，只见写着"第三十三签，上上大吉"。大了查签簿看，上面写着"王熙凤衣锦还乡"。凤姐一见这几个字，吃一大惊，问大了道："古人也有叫王熙凤的么？"大了笑道："奶奶最是通今博古的，难道汉朝的王熙凤求官的这一段事也不晓得？"周瑞家的在旁笑道："前年李先儿还说这一回书，我们还告诉他重着奶奶的名字不要叫呢。"凤姐笑道："可是呢，我倒忘了。"王熙凤看那签是："去国离乡二十年，于今衣锦返家园。蜂采百花成蜜后，为谁辛苦为谁甜！行人至，音信迟，讼宜和，婚再议。"

王熙凤看完也不大明白。大了道："奶奶大喜。这一签巧得很，奶奶自幼在这里长大，何曾回南京去了。如今老爷放了外任，或者接家眷来，顺便还家，奶奶可不是'衣锦还乡'了？"看来大了知道王熙凤自幼在京城长大。大了抄了签经交给丫头，然后摆了斋来，凤姐吃了几筷子，放下要走，又给了香银。大了苦留不住，王熙凤回到家里，大家都按照贾政要衣锦还乡来给王熙凤解释，王熙凤也半疑半信。只是宝钗把签帖念了一回，有点怀疑，说："家中人人都说好的。据我看，这'衣锦还乡'四字里头还有原故，后来再瞧罢了。"宝玉道："你又多疑了，妄解圣意。'衣锦还乡'四字从古至今都知道是好的，今儿你又偏生看出缘故来了。依你说，这'衣锦还乡'还有什么别的解说？"贾宝玉忽然一点儿不傻，看来薛宝钗比通灵宝玉灵验，比林黛玉灵验，成了叫贾宝玉清醒的灵药了。

那么，续书作者创造出这个签是干什么用？是想学习前八十回，不断用诗词、戏剧预示人物命运，预告王熙凤的命运："王熙凤衣锦还乡"这句话，来自第五十四回给贾母说书的女先儿说的《凤求鸾》故事，说的是残唐五代宰相家的公子王熙凤在赶考路上追求雏鸾小姐最后花好月圆的故事，续书作者胡乱穿越，前八十回女先儿说的王熙凤故事是残唐五代，散花寺的大了又说成了汉代。衣锦还乡，本来的意思是读书人考中皇榜，穿着辉煌的官服回到家乡，这个签却暗示王熙凤要被锦绣织成的裹尸体的衣服送回金陵。

"去国离乡二十年，于今衣锦返家园"。这两句意思是王熙凤自幼离开金陵，到她死的时候，恰好是二十年。看来大了知道王熙凤是五岁离开金陵。"蜂采百花成蜜后,为谁辛苦为谁甜!"这是重复《好了歌》里的话,王熙凤不管用多少心思,不管搞多少钱,都是为他人做嫁衣裳。最后几句:"行人至,音信迟,讼宜和,婚再议。"有研究者认为这几句是说王熙凤和赵姨娘死后都要被阴司拷打,促使她们忏悔过去的罪孽,但已经太迟了。王熙凤死后,贾琏把平儿扶了正,也有的认为"婚再议"指她女儿的婚事。这个签显然不符合曹雪芹原来构思,曹雪芹原来构思并不是王熙凤死后平儿扶正,而是王熙凤被贾琏先降级,做了粗使丫鬟,在那儿扫雪,跟平儿调了个个儿,然后再把她休回金陵。

后四十回既然让神鬼妖唱重头戏,像散花寺抽签这样的故事当然也是重头戏,故绘声绘色形容散花菩萨的来历、灵验,尽情尽致写王熙凤如何佛前抽签,抽出"王熙凤衣锦还乡",来揭示王熙凤的命运。这样的卦辞,是说王熙凤很倒霉,却叫"上上之卦"?岂不是驴唇不对马嘴?

大观园变恐怖园

——第一百零二回　宁国府骨肉病灾祲,大观园符水驱妖孽

第一百零二回小说具体描写倒是紧扣回目,病灾祲,指因为妖孽造成的灾祸。尤氏得怪病,请人先看病后算命,发现怪病源头是去过大观园,贾赦到大观园也受到惊吓,请道士到大观园驱鬼,原本鸟语花香的大观园现在怪、力、乱、神大行其道。跟王熙凤散花寺求签一样,写成一段末流小说家的怪异故事。续书作者对一百零一回和一百零二回的构思,原本大概想完成贾府败落,但没能按照生活本来面目写贾府在现实生活中如何寅吃卯粮,如何花天酒地导致亏空,元妃之死怎样连累贾府,而是把主要次要人物,都纳入低档次迷信活动,搞得不伦不类。第一百零一回,把王熙凤安排到散花寺求签,这是写主要人物的活动,原本在前八十回大发异彩的两个尼姑庵,一个是王熙凤弄权的馒头庵,一个是贾宝玉品茶的栊翠庵,都不够续书编谎用,凭空编出个散花寺,散花天女本是佛教传说中考察菩萨道心是不是坚定的美丽仙女,续书作者借用成散花意味着散伙,栊翠庵主持风神飘逸的妙玉相应换成散花寺大俗尼姑大了,大了大了,不就是大大了结?再加上个"衣锦还乡"所谓的神签,就把王熙凤交待了,对《红楼梦》核心人物王熙凤做了这番完全颠倒描绘之后,续书作者好像兴犹未尽,在一百零二回,把尤氏和早就远离大观园的老花花公子贾赦请进大观园,装神弄鬼,乌烟瘴气到极点,这一回构思和文笔低到临界点之下,如果不是联结进《红楼梦》,能叫现在读者看到,把这一回单独拿出来,在明清小说里大概连四流都算不上了。

探春远嫁谁开导谁

薛宝钗参加王子胜所谓生日宴会回来,王夫人向她交待事务:第一件事是宝二奶奶将取代琏二奶奶担起管家重任,现在先以长嫂身份开导将远嫁

的探春。在前八十回,王夫人说到王熙凤,总说"凤丫头",因为王夫人是王熙凤娘家姑妈,叫"凤丫头"既透着亲切,也透着姑侄和婆媳的双重关系。现在,王夫人对薛宝钗说到王熙凤叫"你二嫂子",变成乡村小地主家的"正常称呼",殊为可笑。进入后四十回王夫人的语言变得像市井张大娘、李大妈,很滑稽。第二件事,王夫人同意安排五儿到贾宝玉身边,前八十回王夫人已雷霆万钧清理怡红院,现在亲自把眉眼儿像晴雯的柳五儿放到宝玉身边,其实抄检大观园后,王夫人已幸灾乐祸地说过,幸亏柳五儿短命死了。现在已死的柳五儿要到贾宝玉身边,已叨叨 N 次。

薛宝钗接受了开导探春的任务,结果不是她开导探春,而是探春开导宝玉。"次日,探春将要起身,又来辞宝玉。宝玉自然难割难分。探春便将纲常大体的话,说的宝玉始而低头不语,后来转悲作喜,似有醒悟之意。于是探春放心,辞别众人,竟上轿登程,水舟车陆而去"。为什么探春远嫁,贾宝玉还能转悲为喜,似有醒悟,贾宝玉喜从何来?又醒悟了什么?令人如堕五里雾中。第五回写探春远嫁的《红楼梦曲·分骨肉》多么缠绵悱恻、丰富深刻:"一帆风雨路三千,把骨肉家园齐来抛闪。恐哭损残年,告爹娘,休把儿悬念。自古穷通皆有定,离合岂无缘?从今分两地,各自保平安。奴去也,莫牵连。""分骨肉"应该给小说带来多少生动细节?"恐哭损残年",应该不是王夫人哭而是赵姨娘哭吧?探春毕竟不是王夫人亲生,而是赵姨娘亲生,探春远嫁,那个在前八十回总是对亲生女儿横骨插心的赵姨娘,那个在前八十回永远浑不吝的赵姨娘终于会有番真情表演吧?曹雪芹"哭损残年"本来是场特别人性化的感人描写,很可能对完全脸谱化的赵姨娘做了有趣补充,做了一次对这对畸形母女关系的震撼性描写,是不是像王扶林导演在"87 版《红楼梦》"非常得意的"探春远嫁",探春终于对赵姨娘叫了一声平生第一次、也是唯一一次"娘"?探春远嫁,贾母、贾宝玉都应该有令人落泪的表现,现在,贾府的人对探春远嫁集体变成木头人,续书作者用几句话,把三姑娘打发了。探春潦潦草草、走过场一样出嫁,她和祖母、嫡母和生身之母和兄弟姐妹特别是贾环这个同父同母弟弟,毫无惜别之情。探春和宝玉这对兄妹在前八十回来往多么富于诗意,现在也草草了事交待了。

生病描写前后对比

第一百零二回,扼要叙述的地方,如探春远嫁,是套话空话。详尽描写的地方，如尤氏生病，拖拖沓沓、絮絮叨叨。《红楼梦》前八十回写过多少次人物生病？人物生病在小说构思和人物描写上又起什么作用？一次是写贾瑞痴迷王熙凤送了命，把王熙凤的毒辣写得入骨三分；一次是秦可卿的病，曹雪芹不得不接受畸笏叟的馊主意，把秦可卿上吊而死改成病死；一次是王熙凤和贾宝玉被赵姨娘和马道婆施巫蛊术，神志不清、胡言乱语、汤水不进，借这个病写的是贾府在野党对执政党一次攻击一次较量，也把通灵宝玉可以驱邪，做了《红楼梦》构思中唯一一次描写。还有一次写病，是贾母带刘姥姥游大观园后，累病了，王太医来看病，巧妙写出一品夫人、贵妃祖母的派头。另外一次是贾宝玉听到紫鹃说林黛玉要回苏州，立即神志不清，这是写宝黛爱情到了难舍难分地步，紫鹃试宝玉，试醒了宝玉，试醒了黛玉，也试醒了贾母和薛姨妈。还有一次是尤二姐怀孕，胡太医下猛药导致尤二姐流产，去掉王熙凤的心腹大患。曹雪芹不管写大病还是小病，不管写主要人物生病，还是次要人物生病，都有特殊构思意义。比如晴雯感冒，是晴雯补裘的必要前奏，而贾宝玉找王熙凤要贴太阳穴的依弗那，又巧妙画出人们不太注意的王熙凤重要外貌特点：曹雪芹非常爱护王熙凤，王熙凤机关算尽太聪明经常头疼，太阳穴总贴着依弗那。但林黛玉初见王熙凤没看到，或者她看到，曹雪芹也不写，却通过晴雯感冒把王熙凤这个外貌特点写出来。曹雪芹这个伟大作家，就是写人物生病，也写出古代小说的最高水平。

一百零二回大张旗鼓写尤氏生病，而且是跟大观园有关的生病。写了个乱七八糟、乌烟瘴气。前八十回，曹雪芹富有哲理地写道，大观园的建立是两个花花公子贾珍、贾琏，在老花花公子贾赦指导下建成，大观园自从变成青春伊甸园后，老少花花公子贾赦、贾珍、贾琏再也没进过大观园，或者说，他们即使经常到大观园休闲，曹雪芹也不用一个字写他们的活动。而进了后四十回，贾琏动不动亲自带领医生给林黛玉看病，贾赦也跟大观园打交道，而且是打邪魔外道的交道。

一百零二回把尤氏生病当作重头戏来写。尤氏送探春起身，因天晚不想套车，就从前年在园里开通宁府的便门步行回去。尤氏看到大观园凄凉满目，台榭依然，短墙一带都种作园地，大观园成了庄稼地，尤氏心中怅然如有所失，因到家中，就身上发热，扎挣一两天，竟躺倒了，身热异常，胡话不断。按说尤氏的病是外感风寒引起重感冒，续书作者却先大展一番中医知识，后大展一番算命、打卦常识。先叫贾珍请来中医对尤氏的病做了番"高深"医学分析，说尤氏的病是感冒引起，如今入了足阳明胃经，胡话不清，等有了大秽即可身安。什么叫"大秽"？就是大便。这位医生说的其实是最普通的中医常识，上了中医教科书的：肺与大肠相表里。尤氏感冒发烧，只要大便通畅就好了。但这个"名医"用药后病情并不稍减，还更加发起狂来。这说明这个笨大夫下错药了。

芙蓉女儿作祟，毛半仙打卦

贾蓉说尤氏的病是在大观园撞客着了，这是照抄前八十回刘姥姥说巧姐得病是撞客着，贾蓉说得请个很灵的毛半仙来占卦。毛半仙煞有介事来宁国府占卦，祈祷："兹有信官贾某（贾蓉），为因母病，虔请伏羲、文王、周公、孔子四大圣人，鉴临在上，诚感则灵，有凶报凶，有吉报吉。先请内象三爻。"最后得出的结论是尤氏在旧宅也就是大观园撞着伏尸白虎，贾珍很快也会生病。贾珍、贾蓉这对宝贝父子讨论起来，说晴雯、黛玉都变了花神，和许多妖怪一起在园里作祟。看到这里，读者大概会笑得透不过气来了，没想到小说又写：算完卦，尤氏嘴里乱说："穿红的来叫我，穿绿的来赶我。"穿红的是谁？晴雯？穿绿的是谁？林黛玉？太好玩了。贾珍命人买些纸钱送到园里烧化，尤氏那夜出了汗，就安静了些。到了毛半仙说的日子，渐渐好起来。

从贾蓉说得请毛半仙，到毛半仙进宁国府摇卦，小说家煞有介事写了一千多字，对所谓《周易》，对算命打卦的常识做了次相当笨拙的普及，什么《河图》《洛书》，什么内象三爻，什么魄化课，一系列算命打卦术语，诚心叫读者找不到北。一百零二回，又是写医生给尤氏看病，又是请了很灵的毛半仙占卦，差不多两千字，有什么美学效果？什么效果也没有，对描写人物个性起什么作用？一点作用也没有。贾宝玉因为紫鹃一句玩话而闹病，王太医来看病的情节，那是写得多么有趣，多么简练，疼孙心切的贾母一品夫人的雍容华贵派头，王太医的医理通达、小心谨慎，活画出来，贾宝玉的病情交待清楚。人物之间的对话，何等巧妙，多么有趣，多么好玩，成了贾宝玉因黛玉要走而神志痴迷中，忙乱之中，忙里偷闲描写人物身份和行为的有趣段落，令读者过目不忘。如果说曹雪芹写人物之病体现两个字：一曰"博"，博学；二曰"趣"，有趣。那么，续书作者写人物之病也体现两个字，一曰"杂"，二曰"乱"，写得杂乱无章，不知所云。

贾珍、贾蓉相继得病，实际不过是尤氏感冒传染家人，却传成大观园妖孽作祟，贾珍、贾蓉之病，轻则到大观园化纸许愿，重则详星拜斗，居然好了，其实感冒什么药也不吃，不看医生，不拜星斗，只喝开水七天也能好。

大观园成恐怖园

尤氏生病，两位美丽精灵黛玉、晴雯被纳入妖魔范围，接连几个月，闹得荣国府、宁国府人心惶惶，原本鸟语花香的大观园，风声鹤唳，草木皆妖。吓得看园的人不敢修花补树，灌溉果蔬。起先晚上不敢走，现在白天也要约伴持械而行。大观园哪里还有青春靓女花前月下吟诗作对的情景？过了些时，园中出息，一概全蠲，各房月例重新添起，反弄得荣国府更加拮据。这一点构思得不错。探春远嫁，探春原来的大观园分工承包政策告吹。探春实行新经济政策时，种竹的欢欢喜喜种竹，种菜养鸟的安居乐业种菜喂鸟，养花的想方设法叫花木繁盛，虽然大观园婆子们为了一朵花，一枝柳，一个果子，会像乌眼鸡一样盯着大家，恐怕自己的利益受到侵犯，毕竟竹木繁盛满园花。现在，大概竹也不种了，花也不浇了，菜也不管了，花木乱长乱开，看园的没了经济利益想头，要离此处，造言生事，编派起花妖树怪的传说，不知是谁下命令，贾琏？王熙凤？甚至王夫人？宣布封锁大观园园门，再没有人敢到园中。大观园的崇楼高阁，琼馆瑶台，成了禽兽栖居之所。原来在大观园活动着，曾经像俄罗斯油画一般的美丽人物，薛宝钗跟贾宝玉搬出去，成了住在王夫人身后院子的宝二爷宝二奶奶，迎春、探春嫁人，一个在孙绍祖那儿受虐待，一个远嫁几千里外，林黛玉已死，曾经跟薛宝钗、迎春、李纨住在一起的史湘云、李纹、李绮姐妹都回自己家，邢岫烟回势利眼父母身边，李纨、惜春也离开大观园回到原来的住处，对于她们的活动，已经一个字没有。何况心如槁木的李纨和性情古怪的惜春，能做出什么欢乐文章？大观园已不是元妃归省、连皇妃都说豪华靡费的繁华已极，已不是黛玉葬花、宝钗扑蝶、湘云醉卧、宝琴立雪的诗情画意，已不是史太君两宴大观园、金鸳鸯三宣牙牌令的笑语喧哗，成了《好了歌》唱的"蛛丝儿结满雕梁"，只不过造成这样凄惨情景的，不是原来曹雪芹构思的寅吃卯粮、家庭败落，而是迷信。

续书作者拿晴雯表嫂又做了点小小的似乎还挺巧妙的文章：晴雯表兄吴贵住在园门口，他媳妇自从晴雯死后，听说晴雯做了花神，每日晚间便不敢出门。这一日吴贵出门买东西，回来晚了。那媳妇本有些感冒，日间吃错了药，晚上吴贵到家，她已死在炕上。外面的人因那媳妇子不妥当，非常风流，便说妖怪爬过墙吸了精死的。有位专家专门考证过吴贵媳妇、多姑娘、灯姑娘的来龙去脉。现在续书作者又信手编派了她的故事,成为大观园进一步迷信活动的重要原因。

老花花公子大观园除妖

老花花公子贾赦也到大观园粉墨登场,听说大观园有了妖怪,贾赦不相信,说:"好好园子,那里有什么鬼怪!"挑了个风清日暖的日子,带了好几个家人,手里拿着器械,到园端看动静。众人劝他不依,只好跟着他,到了大观园里,果然阴气逼人。大概长久没人活动,很荒凉。贾赦还扎挣往前走,跟的人探头缩脑。有个年轻家人害怕,听到"呼"的一声,见五色灿烂一件东西跳过去,这个家人吓得"嗳哟"一声躺倒。贾赦回身查问"怎么回事",那小子喘嘘嘘变成编恐怖小说的,说他亲眼看见个黄脸红须绿衣青裳的妖怪走到树林子后头山窟窿里去了。贾赦问其他家人:你们看到没有? 其他家人顺水推舟说看到了,贾赦害怕,不敢再走,急急回到东院,然后到"真人府"也就是道教得道高人居住的府第请道士到大观园作法事驱邪逐妖。大观园再次热闹起来,当年大观园的省亲大殿是元妃归省贾政隔帘给女儿下跪、颂圣,现在省亲大殿又给元妃娘家大爷、一等将军贾赦,曾经因为战功卓著封荣国公的继承人,把大观园变成驱魔道场,而且就设在当年贾政向元妃下跪的地方。小说这样写:"择吉日先在省亲正殿上铺排起坛场,上供三清圣像,旁设二十八宿并马、赵、温、周四大将,下排三十六天将图像。香花灯烛设满一堂,钟鼓法器排两边,插着五方旗号。道纪司派定四十九位道众的执事,净了一天的坛。三位法官行香取水毕,然后擂起法鼓,法师们俱戴上七星冠,披上九宫八卦的法衣,踏着登云履,手执牙笏,便拜表请圣。又念了一天的消灾驱邪接福的《洞元经》,以后便出榜召将。榜上大书:'太乙混元上清三境灵宝符箓演教大法师行文敕令本境诸神到坛听用。'"然后,到大观园各处聚旗幡、洒法水,打怪鞭,法师叫众道士拿取瓶罐,将所谓的"妖"收起来,不知道法师是收了晴雯的灵魂还是把林黛玉的灵魂装进瓶瓶罐罐? 法师捉了"妖"加上封条,朱笔书符收禁,令人带回在本观塔下镇住,然后撤坛谢将。看到贾赦驱魔的描写,我有点怀疑,续书作者是把《西游记》车迟国孙悟空和虎力大仙、鹿力大仙、羊力大仙斗法的场面,改头换面抄了一遍,还是将《金瓶梅》西门庆给官哥儿寄名道观时吴道士的作法来了个模仿秀?

贾赦恭敬叩谢了法师,当然支付了相当高的费用。贾珍等病愈复原,都说是法师神力。只有一个小子笑说:"头里那些响动我也不知道,就是跟着大老爷进园一日,明明是个大公野鸡飞过去了,拴儿吓离了眼,说得活像。我们都替他圆了个谎,大老爷就认真起来。倒瞧了个很热闹的坛场。"一个大公野鸡把大观园省亲大殿变成驱魔道场,这样的描写颇有点讽刺意味。

贾赦把元妃归省的大观园省亲大殿搞得乌烟瘴气,倘若元妃有灵,看到大观园变成这样子,大概会想:当时不追求穿黄袍,不给家里弄下这么个园子,倒也罢了。

王蒙先生点评《红楼梦》对大观园衰败有句精彩评点:"不等到树倒猢狲散,已是树衰猢狲乱。"这两句话说得很漂亮,贾珍、贾赦两个老花花公子取代了贾宝玉、林黛玉、薛宝钗,是典型的猢狲乱,乱猢狲。

贾政被参回京

续书作者还是一心一意要把贾府推向表面败落或一时败落的结局,贾赦设坛捉完妖,认为大观园无事,正想要叫几个下人搬住园中,看守房屋,唯恐大观园夜晚藏匿奸人。贾琏进来请安,带来不好消息,贾琏向贾赦汇报今日到他大舅家去听见一个荒信,"说是二叔被节度使参进来,为的是失察属员,重征粮米,请旨革职的事"。贾琏一段不到五十个字的叙述,害得我堕入五里雾中:第一,谁是他大舅?王子腾不是已经死了?现在贾琏又到他家里,难道还能在那里听到官场重要信息?第二,贾琏什么时候按照市井普通人家称呼起贾政"二叔",他和王熙凤不是一直称呼贾政"二老爷"?而他爹是大老爷。现在,贾琏完全按普通市井人家称呼,贾赦也跟着他一起变,说:"只怕是谣言罢。前儿你二叔带书子来说,探春于某日到了任所,择了某日吉时送了你妹子到了海疆,路上风恬浪静,合家不必挂念。还说节度认亲,倒设席贺喜,那里有做了亲戚倒题参起来的。且不必言语,快到吏部打听明白就来回我。"

贾琏即刻出去,不到半日回来向贾赦汇报贾政被弹劾的事,一口一个"二叔"地汇报:贾政确实被参,皇上恩典,没有交部处理,而是皇帝下旨意,说贾政失察属员,重征粮米,苛虐百姓,本应革职,姑念初膺外任,不谙吏治,被属员蒙蔽,着降三级,加恩仍以工部员外上行走。贾琏又听到恰好到朝廷的江西某个知县说,贾政用人不当,家人在外招摇撞骗,或闹得不好,节度恐将来弄出大祸,借了件失察的事情参的,倒是避重就轻、保护贾政。看来续书作者很知道中下级官场如何趋利避害。他让贾政先逃过给死刑犯讲人情的杀头之罪，又逃过贪腐重罪，只是给他判个用人不明，降级。贾赦嘱咐贾琏：二叔的事告诉二婶，不要叫老太太知道。贾府从贾琏到王夫人到贾赦，所有称呼全都市民化、低俗化，又是二叔，又是二婶，全然没了国公府应有的气度。

第七十五回写到，贾珍因为贾敬死了中秋不能赏月，提前一天跟姬妾摆酒取乐，却听到祠堂里有叹息声，应该是祖宗的叹息，暗示宁国公、荣国公对贾府不肖子弟彻底绝望，预示贾府兴旺五代，已到了彻底衰亡、一败涂地的时刻。后四十回写宁国府的人感冒变成见神见鬼的怪病，当初给秦可卿看病的张友士们早就不灵，毛半仙们耀武扬威。大观园原来欢声笑语，春花秋月，冬天都有美丽的雪景，现在成了荒凉恐怖的地方，成了道士驱鬼捉妖的地方，晴雯、黛玉都被看成妖魔，大狗成精，野鸡成怪，鬼哭狼嚎。

《红楼梦》的两个世界

红学家宋淇和历史学家余英时，曾经写过很有影响的、关于大观园的文章，宋淇写过《论大观园》，余英时写过《红楼梦的两个世界》，这两篇文章在20世纪产生了很大影响，红学家对大观园的认知，尽管已经写得汗牛充栋，但迄今为止，似乎没有超过这二位专家的论述。曹雪芹创造的大观园是一个把女儿们和外面世界隔绝的园子，希望女儿们在里面过无忧无虑的逍遥日子，以免染上男子的酸腐气味。最好女儿们永远保持她们的青春，不要嫁出去。在这一意义上说来，大观园可以说是保护女儿们的堡垒。曹雪芹创造大观园是用来写他的理想，是用来浓墨重彩写主要人物性格。大观园的主要人物，特别是围绕着贾宝玉的女性人物，像林黛玉、薛宝钗、史湘云，她们的活动有固定的背景和地点。大观园很符合亚里士多德提出过戏剧的三一律；人物、时间、地点都集中浓缩于某一个时空中间。《红楼梦》几乎就是严格遵守古希腊亚里士多德提出的戏剧三一律，而且我觉得他比多数西方戏剧家用得都好。于是，我们在大观园看到了黛玉葬花、宝钗扑蝶、湘云醉卧、宝琴立雪、晴雯撕扇、晴雯补裘等等这些脍炙人口的大观园故事。曹雪芹创造出大观园来配合故事主线和主题的发展，于是我们看到了元妃归省，描写贾府的烈火烹油、鲜花着锦，看到了刘姥姥二进大观园，史太君大观园内外的两个世界两宴大观园的欢乐场面，余英时先生提出：《红楼梦》有两个世界,那就是大观园内的世界和大观园外的世界。《红楼梦》把真假两个世界的相对关系交待得很清楚。《红楼梦》主要是描写一个理想世界的兴起、发展及其最后的幻灭。但这个理想世界从一开始就是和现实世界分不开的:大观园的干净本来就建筑在会芳园的肮脏基础之上。而且大观园的整个发展和破败的过程之中,它也无时不在承受着园外一切肮脏力量的冲击。干净既从肮脏而来,最后又无可奈何地要回到肮脏中去。这个肮脏,指的是大观园外那些扼杀真善美的势力,比如说王夫人下令查抄大观园,王夫人对晴雯、芳官等人的处理。估计在曹雪芹后三十回的大观园,表面上依然是个"花柳繁华之地",但住在这里的人物命运跟前八十回形成强烈对照,迎春嫁了中山狼,被迫害而死,探春远嫁永远不能回家,林黛玉死了,原来的繁华欢乐衬托结局的悲惨凄凉。脂砚斋评本靖藏本的第四十二回脂批有"此后文字,不忍卒读",说明大观园女儿的命运后来非常悲惨。周汝昌先生判断,"后半部中所有人物的原来身份地位都生大颠倒的现象"。前边写得越是完美,后边变得就越是凄惨。曹雪芹在前面创造了个人间仙境,在后面又创造了个人间地狱。但是这个人间地狱,不是后四十回写的,大观园变成了鬼魂和狗妖、野公鸡出没的地方,晴雯、黛玉变成了需要驱逐的妖魔,而是在寒烟漠漠、落叶萧条的背景下,那些青春靓丽的人物,一个一个走向了覆灭。

贾府确实是在败落,但不是在曹雪芹原来构思基础(子孙不肖、寅吃卯粮、元妃失宠)上的败落,现在贾府的败落是怪异迭现,又是鬼魂又是被渲染成怪物的大锦鸡,又是能向人作揖的怪狗。贾府头面人物、一等将军贾赦竟然在省亲大殿上开起道场,装神弄鬼驱邪。贾政被参,其实也是贾府败落的必须。贾政的外放,完成了续书作者擅长的中下层官场一段比较生动但也相当不合理的描写,也完成探春远嫁。现在贾政再给弹劾回京,大概就是要叫他亲自迎接贾府抄家了。

窦娥冤模仿秀和甄贾奇遇

——第一百零三回　施毒计金桂自焚身,昧真禅雨村空遇旧

第一百零三回写得相当差,夏金桂之死是窦娥冤模仿秀,歪曲曹雪芹关于香菱命运构思,夏金桂死后,贾雨村和甄士隐相遇,甄士隐用禅语启发贾雨村,贾雨村仍执迷仕途,没弄懂甄士隐的提示,所以叫"昧真禅""空遇旧"。贾雨村忽遇甄士隐,是为结束《红楼梦》设必要的伏笔。这样写跟曹雪芹构思的差距在哪里?

又来个薛家奇葩婆子

夏金桂之死,续书作者写成一场通俗闹剧,而且一波闹过一波。

第一波又来个薛家奇葩婆子,没准还是当面说林黛玉该嫁给贾宝玉的那一个?

王夫人在后四十回话比前八十回多,决断也比前八十回多,这位深宅大院的诰命夫人知道外边的事也多了,王夫人对贾琏说:"你瞧那些跟老爷去的人,他男人在外头不多几时,那些小老婆子们便金头银面的妆扮起来了,可不是在外头瞒着老爷弄钱?你叔叔便由着他们闹去,若弄出事来,不但自己的官做不成,只怕连祖上的官也要抹掉了呢。"王夫人能从哪个地方看到这些贾府仆人的小老婆子们?难道贾府这些仆人,甚至身份是家生子的仆人媳妇,敢公开穿金戴银在王夫人跟前晃来晃去?敢公开穿着昂贵衣服,戴着闪亮首饰,在贾府晃来晃去?王夫人不过是笨拙地代小说家叙事。王夫人对贾琏说话一口一个"你二叔",贾琏回答王夫人的话,也严格按照市井人家称呼,不再叫王夫人"太太"而叫"婶子":"婶子说得很是。方才我听见参了,吓的了不得,直等打听明白才放心。也愿意老爷做个京官,安安逸逸的做几年,才保得住一辈子的声名。就是老太太知道了,倒也是放心的,只要

太太说得宽缓些。"贾琏好歹对贾政又叫了声"老爷",对王夫人叫了声"太太"。

王夫人和贾琏正在说话,薛家夏金桂之死的闹剧开锣,序幕是薛家婆子"如此报信"和"如此回信"。如果改成戏剧派薛家婆子当丑角出来表演,会把观众惹得笑声不断。

薛家一个老婆子慌慌张张走来,到王夫人里间屋内,不说请安,道:"我们太太叫我来告诉这里的姨太太,说我们家了不得了,又闹出事来了。"薛家婆子明明受命来报信,她应该单刀直入,见了王夫人就说:我们家奶奶中毒死了,请这边爷们去处理,这不是很容易?但她只说:"我们家了不得了,闹出事来了。"王夫人听了,满头雾水,便问:"闹出什么事来?"婆子又说:"了不得,了不得!"还是不说什么事,又来一番感叹,好像她跑到这儿来就是诚心叫王夫人着急。王夫人果然着急,哼了一声说:"糊涂东西!有要紧事你到底说啊!"婆子便说:"我们家二爷不在家,一个男人也没有。这件事情出来怎么办!要求太太打发几位爷们去料理料理。"还是没说她们家到底出了什么事,几句话把王夫人扣缸底下,继续叫王夫人着急。王夫人听着不懂,便急着道:"究竟要爷们去干什么事?"婆子道:"我们大奶奶死了。"王夫人听了,便啐道:"这种女人死,死了罢咧,也值得大惊小怪的!"婆子这才说:"不是好好儿死的,是混闹死的。快求太太打发人去办办。"转了八百个圈终于把该说的话说出来了。然后,这婆子不等王夫人表态,就要走,她是不是急着去找薛宝钗。王夫人又生气,又好笑,说:"这婆子好混帐。琏哥儿,倒不如你过去瞧瞧,别理那糊涂东西。"王夫人说婆子是糊涂东西,婆子倒听了个明明白白,偏偏没听到王夫人派贾琏去瞧瞧的话,她反而因此不去找薛宝钗了。这个婆子的愚蠢写得生动。

小说写完薛家婆子这样报信,已令人觉得好笑,接着来一段薛家婆子"如此回信",更叫人把肚皮笑破。王夫人马上派贾琏到薛家打听,那婆子居然没听见已打发贾琏去,只听见说她糊涂别理她,赌气跑回去了。薛姨妈正着急,见那婆子来了,问:"姨太太打发谁来?"这婆子又是急中风遇到慢郎中,不说王夫人派不派人,叹气发感慨:"人最不要有急难事,什么好亲好眷,看来也不中用。姨太太不但不肯照应我们,倒骂我糊涂。"薛姨妈又气又急说:"姨太太不管,你姑奶奶怎么说?"婆子道:"姨太太既不管,我们家的姑奶奶自然更不管了。没有去告诉。"薛姨妈啐道:"姨太太是外人,姑娘是我养的,怎么不管!"婆子一时醒悟过来,说:"是啊,这么着我还去。"一个报信老婆子能闹出这么多故事,这是干嘛? 是写通俗小说的噱头,这是后四十回作者的拿手好戏。《红楼梦》后四十回的奇葩之一,就是薛家的婆子,是不是也是这个婆子去觑着眼看林黛玉,说了一番林黛玉就得嫁给贾宝玉的话,结果害得林黛玉潇湘噩梦,如果不是她,那么,薛家的愚蠢婆子可以成系列了。

奇葩婆子报信写得有趣味性、可读性,只是缺少合理性。

"光景像服毒"

接下来,夏金桂之死就像一层一层剥开迷雾的破案故事。贾琏和薛宝钗先后赶到薛家,薛姨妈向他们叙述这场命案怎么发生。贾琏问夏金桂是不是为薛蟠的事死的:"想是为兄弟犯事怨命死的?"薛姨妈说道:若这样倒好了。前几个月头里,她天天蓬头赤脚地疯闹。后来听见你兄弟问了死罪,她哭了一场,以后倒擦脂抹粉的起来。……有一天不知怎么样来要香菱去作伴,待香菱很好,头几天香菱病着,她亲手做汤给他吃,香菱没福,刚端到跟前,她自己烫了手,连碗都砸了。她倒没生气,自己拿笤帚扫了,拿水泼净了地,两个人仍然很好。昨儿晚上,又叫宝蟾去做两碗汤来,自己说同香菱一块儿喝。隔了一回,听见她屋里两只脚蹬响,宝蟾急得乱嚷,香菱也扶着墙出来叫人。只见夏金桂鼻子眼睛出血,在地下乱滚,两手在心口乱抓,两脚乱蹬,闹了一回就死了。瞧那光景像是服毒。

薛姨妈这番似乎不知真情的叙述,其实已经埋藏着读者只要读过前几回,就知道这是夏金桂的什么故事,完全可以掌握案情。那就是:夏金桂在薛蟠被判死罪后,先哭了一场,在家里闹了一场,然后就涂脂抹粉,想勾引薛蝌,因为薛蝌的东西都是香菱代为整理,更因为当夏金桂揪住薛蝌往自己房间拖的时候,被香菱把她的"好事"闯破,夏金桂对香菱怀恨在心,想害死香菱,她假意跟香菱一起喝汤,给香菱在汤里下了砒霜,没想到阴差阳错,那碗有毒的汤倒给她自己喝了。

移植版《窦娥冤》神速破案

这样的情节,读者是不是似曾相识? 一点不错,这是抄关汉卿名作《窦娥冤》,连毒药都和元杂剧用的一个样。《窦娥冤》写窦娥与婆婆两人守寡,蔡婆婆外出找赛卢医要账,要二十两银子,赛卢医不想还钱,花言巧语把蔡婆婆骗到僻静的地方想勒死她,恰好被张驴儿父子看见,他们救下蔡婆婆。张家父子听说蔡家婆媳都死了丈夫,张驴儿要求:你们婆媳嫁给我们父子,蔡婆婆不同意,张驴儿就拿赛卢医的绳子要勒死她,蔡婆婆只好表示同意,把张驴儿父子领回家,但是窦娥坚决不同意嫁给张驴儿。张驴儿打算害死蔡婆婆,霸占窦娥,威胁赛卢医给他提供砒霜,张驴儿说蔡婆婆想吃羊肚汤,叫窦娥做,张驴儿把毒药放到汤里,没想到蔡婆婆一时恶心,不想吃,张驴儿的爹吃了汤死了,造成了千古奇冤窦娥冤。夏金桂想害死香菱,结果却害死自己,就是张驴儿想害死蔡婆婆,却害死自家老爹的拙劣模仿秀。不同的是窦娥沉冤多年,最后由她父亲昭雪,夏金桂的命案却马上破案,宝蟾还没等着刑部上夹棍,就在家里一五一十揭了夏金桂老底。

夏金桂之死的案是怎样破的?第一百零三回像通俗闹剧一步一步敷衍开来:先是宝蟾哭着来揪香菱,说她药死了奶奶,薛姨妈只好叫老婆子把香菱捆了,交给宝蟾,把房门反扣了。薛宝钗说:汤是宝蟾做的,应该捆起她。贾琏很懂官场那一套,听薛宝钗要放香菱捆宝蟾,说:香菱、宝蟾要放都放,要捆都捆。我得先去报官,托刑部的人,相验问口供有照应。贾琏一边报案,一边派人给夏家报信。夏家已经家境消索,搬到京城住,夏家过继的混账儿子把家业花光,现在就是指望夏金桂常带金银珠宝回家,听说夏金桂死了,夏母哭着喊着带了夏三,在街上雇了辆破车,跑到薛家。进门也不搭话,儿一声肉一声讨人命。那时贾琏到刑部托人,家里只有薛姨妈、宝钗、宝琴,她们哪见过这阵仗,都吓得不敢则声。豪门遇市井,倒写得好玩,接着周瑞家的来了,进门见一个老婆子指着薛姨妈的脸哭骂,就估计是金桂母亲,上来说:“这位是亲家太太么?大奶奶自己服毒死的,与我们姨太太什么相干,也不犯这么糟蹋呀。”周瑞家的倒有经验,上来先给定案,夏金桂是自己服毒。金桂母亲知道是贾府的人来了,说:“谁不知道,你们有仗腰子的亲戚,才能够叫姑爷坐在监里。如今我的女孩儿倒白死了不成!”夏家母子撒起泼来,奔薛姨妈拼命。薛姨妈一点辙没有。而不管多泼皮的市井人物都怕官,这时贾琏来了,贾琏本人就像有势力的,带了好几个人,喝住夏家的人,夏家的人已不敢闹了,贾琏又说刑部马上派人来,夏家母子立即老实,他们本来想闹个乱七八糟再讹诈,现在刑部的人来,闹不成了。

接着,在夏金桂房间发现包砒霜的纸包,宝蟾把纸包来历说出来,想把夏金桂之死栽到香菱头上,没想到她一说就泄了夏金桂的老底:“可不是有了凭据了。这个纸包儿我认得,头几天耗子闹得慌,奶奶家去与舅爷要的,拿回来搁在首饰匣内，必是香菱看见了拿来药死奶奶的。若不信，你们看看首饰匣里有没有了。"

众人到首饰匣找毒药纸包。结果发现夏金桂的金银首饰都没有了，夏金桂母亲和宝蟾互相揭发，夏金桂如何把财物转移回夏家，这时后四十回从没说过一句话的薛宝琴说了几句聪明话："有了东西就有偿命的人了。快请琏二哥哥问准了夏家的儿子买砒霜的话，回来好回刑部里的话。"金桂母亲恨得咬牙切齿骂宝蟾："我待你不错呀，为什么你倒拿话来葬送我呢！回来见了官，我就说是你药死姑娘的。"宝蟾气得瞪着眼说："请太太放了香菱罢，不犯着白害别人。我见官自有我的话。"遂把夏金桂怎样决心害香菱，怎样让她做两碗汤，夏金桂怎样趁她不在时，在香菱碗里放了毒药，但宝蟾因为做汤时气不愤香菱喝她做的汤，故意把香菱的碗里多放把盐，她看到盐多的汤在夏金桂脸前，怕自家小姐骂她，就瞅夏金桂不注意，把两碗汤给换过来，结果，夏金桂把她本想给香菱喝的毒药喝了。宝蟾说："这可就是天理昭彰，自害其身了。"然后，夏家的人拦着刑部不许验尸，不肯经官断，薛姨妈命人买棺把夏金桂成殓。夏金桂之死，不了了之。

夏金桂经过一场《窦娥冤》的模仿秀死了，续书作者成功宣扬了善有善报、恶有恶报。夏金桂在前八十回以"河东狮"面貌出现，脸上抹了"泼""悍"两种油彩，后四十回又给抹上"淫""毒"，终于自己毒死自己。这样一来，薛姨妈解放了，薛蟠解放了，薛蝌更解放了，香菱也解放了，天理昭彰，大快人心。但是情节几乎从《窦娥冤》抄来，是市井恩怨通俗小说，虽然写得还算脉络分明，薛家婆子的可笑，夏家母亲的泼皮相，也算生动，宝蟾那么快交代作案过程，未免太容易。说它是通俗小说，如果对比前八十回尤三姐故事，尤三姐精彩灵动的市井语言和写人物传神笔墨，夏金桂之死像闹剧似儿戏，后四十回与前八十回艺术水平实在天壤之别。小说深刻思想意义在什么地方？曹雪芹构思的香菱悲剧在什么地方？

第五回贾宝玉神游太虚境写香菱："宝玉又去开了'副册'厨门，拿起一本册来，揭开看时，只见画着一株桂花，下面有一池沼，其中水涸泥干，莲枯藕败，后面书云：'根并荷花一茎香，平生遭际实堪伤。自从两地生孤木，致使香魂返故乡。'"画的意思是：因为桂花，也就是夏金桂出现，香菱跟薛蟠鱼水般夫妻给闹得水干莲枯藕败。"藕"谐音配偶的"偶"，池塘藕败了，表示香菱和薛蟠夫妻关系完结。"根并荷花一茎香"暗点香菱原名英莲。莲花就是荷花。甄英莲谐音"真应该可怜"，香菱自己解释"不独菱花，就连荷叶莲蓬都是有一股清香的"。代表香菱的花和林黛玉相似，香菱是林黛玉的影子，她的命运也是林黛玉命运的预示。"自从两地生孤木"，隐藏着夏金桂"桂"的名字，自从夏金桂跟薛蟠成亲，甄英莲即香菱被迫害而死。前八十回结尾香菱"酿成干血痨之症，日渐羸瘦作烧"，已时日无多。怡红夜宴掣花签：香菱掣了一根并蒂花，上面写着句诗：连理枝头花正开。实际上曹雪芹用的是原诗后一句"妒花风雨便相摧"。薛蟠娶妻，香菱的夫妻情爱马上会被夏金桂扼杀。根据第五回香菱的画和判词、怡红夜宴花签，香菱是被夏金桂折磨而死的。八十回已写香菱得病，八十一回就该写香菱之死，续书作者拖了二十回，翻了曹雪芹的案，不是夏金桂害死香菱，而是夏金桂想害香菱反而害死自己。

贾雨村听懂甄士隐禅语否

续书作者知道贾雨村和甄士隐在《红楼梦》构思中有重要作用，也想利用这条线索。他将《红楼梦》推向结局时，叫这两个人物发挥作用。所以，在香菱也就是甄英莲从夏金桂魔掌下解脱后，甄士隐通过写贾雨村的活动出现。

贾雨村升了京兆府尹，京兆府尹是掌治京师的府一级行政长官，掌管税务，贾雨村原来是大司马，说他做京兆府尹是升官，纯属胡扯。贾雨村一日出都查勘开垦地亩，路过知机县，到急流津。续书作者很想模仿前八十回地名，如贾雨村是湖州出来，湖州谐音"胡诌"？是小说家说明我这个人物、这个小说是虚构？知机县，不就是知道人生机密的地方？急流津，不就是含有急流勇退的意义？命名模仿还算成功。

贾雨村正要渡过彼岸，因待人夫，暂且停轿。看到村旁有座小庙，墙壁坍颓，露出几株古松，倒也苍老。雨村下轿，闲步进庙，但见庙内神像金身脱落，殿宇歪斜，旁有断碣，字迹模糊，也看不明白。描写荒凉景色意欲何为？是模仿前八十回冷子兴演说荣国府对"智通寺"的描写，贾雨村"忽信步至一山环水旋、茂林深竹之处，隐隐的有座庙宇，门巷倾颓，墙垣朽败，门前有额，题着'智通寺'三字，门旁又有一副旧破的对联，曰：'身后有余忘缩手，眼前无路想回头。'"，破旧的寺却有哲理性对联。贾雨村这次见到的破旧寺没对联，寺破旧却有高人在内。贾雨村意欲行至后殿，只见一翠柏下荫着一间茅庐，庐中有一道士合眼打坐。雨村走近看时，觉得道士面貌甚熟，倒像在那里见来的，一时想不出来。从人欲吆喝那个道士。雨村止住，徐步向前叫一声："老道。"那道士双眼微启，微微笑道："贵官何事？"雨村道："本府出都查勘事件，路过此地，见老道静修自得，想来道行深通，意欲冒昧请教。"贾雨村摆出礼贤下士的样子，道人说："来自有地，去自有方。"道人跟贾雨村玩深沉，这是禅语。雨村知是有些来历的，便长揖请问："老道从何处修来，在此结庐？此庙何名？庙中共有几人？或欲真修，岂无名山；或欲结缘，何不通衢？"贾雨村想在老道跟前展示学问，要跟道人参禅，道人道："葫芦尚可安身，何必名山结舍。庙名久隐，断碣犹存。形影相随，何须修募。岂似那'玉在匮中求善价，钗于奁内待时飞'之辈耶！"道人提出"葫芦"二字，这是提醒贾雨村：你可是从葫芦庙出来的那个穷儒！"庙名久隐"这几句话的意思是：葫芦庙的名字虽然给你忘了，但是你在葫芦庙的生活以及此后你对我们家做的缺德事，那可是存在着。我这个庙虽然破烂，我却有高尚信念，可不像那些一心一意想往上爬的人，就像那个吟过"玉在匮中求善价，钗于奁内待时飞"诗句的人。能讲出如此知根知底的话，当然只有甄士隐。

《红楼梦》第一回塑造的甄士隐，是这样的性格吗？甄士隐是个十分散淡的人，哪有道人这样愤世嫉俗，哪有这位道人这样锋芒毕露？甄士隐说话何等温文尔雅，这个"甄士隐"越修练越有锋芒，越修练越愤世嫉俗，是不是太出格？

小说写：雨村原是个颖悟人，初听见"葫芦"两字，后闻"玉钗"一对，忽然想起甄士隐的事来。重复将那道士端详一回，见他容貌依然，便屏退从人，问道："君家莫非甄老先生么？"道人从容笑道："什么真，什么假！要知道真即是假，假即是真。"这是重复《红楼梦》第一回的话，假做真来真亦假。雨村认为这就是甄士隐，重新施礼表白：我自从得到您的资助，科举考中，做了官，现在是风尘俗吏，再遇到您，很想请教，我住得很近，想请您一起回去："学生当得供奉，得以朝夕聆教。"道人站起来回礼道："我于蒲团之外，不知天地间尚有何物。适才尊官所言，贫道一概不解。"甄士隐用明显的语言挑逗贾雨村准确回忆葫芦庙，回忆贾雨村的诗句，却又断然回绝贾雨村邀请，雨村心疑：想去若非士隐，何貌言相似若此？离别来十九载，面色如旧，必是修炼有成，未肯将前身说破。但我既遇恩公，又不可当面错过。看来不能以富贵动之，那妻女之私更不必说了。

贾雨村这段心理活动，矫揉造作不合理！贾雨村这么个势利人，居然把甄士隐称"恩公"，而"恩公"称呼推迟十九年才叫上，太可笑了。至于他说的妻女之私更是笑话,不恰好是你贾雨村明知道甄士隐女儿被拐卖,却乱判葫芦案,叫甄英莲落进做薛蟠小妾的悲惨境地? 贾雨村想完,又非常有礼貌地说:"仙师既不肯说破前因,弟子于心何忍!"道人说:"请尊官速登彼岸,见面有期,迟则风浪顿起。果蒙不弃,贫道他日尚在渡头候教。"说毕,合眼打坐。雨村辞了道人出庙。

　　贾雨村急流津遇甄士隐,似乎甄士隐用"真真假假"点化贾雨村,而贾雨村名利之心冥顽不化。甄士隐十几年不变的样子,说明已修练成仙风道骨,甄贾相遇,是续书作者结束《红楼梦》的伏笔。

泥鳅翻浪　皇帝懵懂　宝玉触前痛

——第一百零四回　醉金刚小鳅生大浪，痴公子余痛触前情

第一百零四回好像想呼应前八十回，却都呼应到岔路上。"醉金刚"是前八十回帮助过贾芸的倪二，"痴公子"是怡红公子贾宝玉，醉金刚是《红楼梦》次要人物贾芸接触过的更次要人物，贾宝玉是《红楼梦》男主角，两个完全不成比例的人物对衬构成一回十分不合情理的章节，好像推进《红楼梦》双重大悲剧，那就是贾府忽喇喇似大厦倾和宝黛爱情最后结局宝玉出家。真能导致贾府悲剧的皇帝懵懵懂懂，贾府实际主心骨贾政糊里糊涂，爱情男主角贾宝玉腻腻歪歪，既不合情理又十分无趣。

贾雨村、甄士隐的新角色

一百零四回接续一百零三回，贾雨村跟甄士隐告别后想过河，有人飞奔报告方才他进的庙起火！贾雨村回头看，只见烈焰烧天，飞灰蔽目。雨村心想："这火从何而来？莫非士隐遭劫于此？"当年资助他求官、刚刚贾雨村还在心里称"恩人"的甄士隐，是不是被烧死？对贾雨村来说，去看一看近在咫尺的庙，不及抓紧过河重要，"究竟是名利关心的人，那肯回去看视"，这一笔写贾雨村忘恩负义比较对景。贾雨村回到家里，"偶因一回头，就成人上人"的娇杏丫鬟、现在的贾雨村夫人埋怨："为什么不回去瞧一瞧，倘或烧死了，可不是咱们没良心！"衙役向贾雨村报告：道士必定烧死了，影儿都没有，只有一个蒲团、一个瓢儿好好的，我们想要拿回来给您做个证见，一拿都成了灰。小说家故意叫甄士隐的庙宇着火，既写贾雨村秉性恶劣、忘恩负义，也写甄士隐已经成仙。

贾雨村、甄士隐既是"真事隐去假语存焉"小说构思大章法，他们两人的故事又分别有着特殊的现实意义，贾雨村是为了向上爬不计任何道德、不惜

任何手段的官场无耻之徒，甄士隐是保持自我心理修养、清净无为的书斋人物。结果贾雨村为非作歹步步高升，甄士隐安分守己家破人亡。这就是现实世界的冷酷现象，很有哲理意味。续书作者仍然想让这两个人物在小说布局中起作用，让他们对结束《红楼梦》继续扮演角色。甄士隐扮演的是成仙得道、仙风道骨、先知先觉、给凡人醍醐灌顶的超凡脱俗角色，贾雨村扮演的，是继续在官场摸爬滚打、信息灵通、手段高明，还带点儿官场搅屎棍特点的角色。

既然续书作者把贾雨村和甄士隐调出来，是想写《红楼梦》结局，贾雨村下一步的"任务"就是在贾府败落中起作用。而作为京兆尹的贾雨村没有接受任何人告贾府横行霸道、欺男霸女、高利盘剥，却打了醉金刚几板子。续书作者是怎样胡编乱造，把贾府被抄诱因落实到八竿子打不着的市井小人物身上？

小泥鳅怎么翻大浪？

贾雨村在路上前呼后拥走着，开路的拉了个人跪在轿前禀道："那人酒醉不知回避，反冲突过来。小的吆喝他，他倒恃酒撒赖，躺在街心，说小的打了他了。"贾雨村说："我是管理这里地方的。你们都是我的子民，知道本府经过，喝了酒不知退避，还敢撒赖！"酒醉人的行为完全模仿前八十回贾芸遇到的倪二，因为他就是倪二，只不过这次，醉金刚不是趔趔着脚儿说醉话，而是说非常清醒的话："我喝酒是自己的钱，醉了躺的是皇上的地，便是大人老爷也管不得。"逻辑分明，甚至有哲理。贾雨村问明白，撒酒疯的叫醉金刚倪二。下令打他几鞭子。倪二负痛，酒醒求饶。贾雨村叫带回衙门。醉汉撒酒疯，已经鞭打，已经告饶，再打几板子，就没事了，贾雨村偏偏多此一举带回衙门，这是小说家叫他带回去，再叫贾芸去找王熙凤求情。

贾雨村把醉汉带回去，家人找倪二找不着，知道他出事了，众人道："你不用着急。那贾大人是荣府的一家。荣府里的一个什么二爷和你父亲相好，你同你母亲去找他说个情，就放出来了。"倪二的女儿求贾芸，贾芸满口应承，说：我跟西府说一声，西府跟贾大人说一声，人就放出了。没想到荣府把门的看着主子的行事，叫谁走动有体面才叫你走动，若主子不大理了，不论本家亲戚，一概不回，这样描写符合人情。贾芸到府上说"给琏二爷请安"，门上的说："二爷不在家。"贾芸受到倪家人埋怨，绕到后头要进大观园找宝玉，看来他消息不灵通，不知道贾宝玉不住大观园了，贾芸看到园门锁着，垂头丧气回来。倪家母女等着。贾芸胡编："西府里已经打发人说了，只言贾大人不依。你还求我们家的奴才周瑞家的亲戚冷子兴去才中用。"贾芸从哪儿知道贾雨村和冷子兴有关系，根据是冷子兴演说荣国府，冷子兴是周瑞家女婿，贾芸胡编也是续书作者胡编。倪家母女另托人将倪二弄了出来。倪二回家，妻女将贾家不肯说情的话说了。倪二说："这小杂种，没良心的东西！头里他没有饭吃要到府内钻谋事办，亏我倪二爷帮了他。如今我有了事他不管。好罢咧，若是我倪二闹出来，连两府里都不干净！"倪二说他在监狱认得好几个有义气的朋友，跟他说，贾府怎样倚势欺人，怎样盘剥小民，怎样强娶有男妇女，如果叫他们吵嚷出来，有风声都到老爷耳朵里，闹起来，才叫你们认得倪二金刚！倪二还对妻子女儿说："前年我在赌场里碰见了小张，说他女人被贾家占了，他还和我商量。我倒劝他才了事的。但不知这小张如今那里去了，这两年没见。若碰着了他，我倪二出个主意叫贾老二死，给我好好的孝敬孝敬我倪二太爷才罢了。你倒不理我了！"倪二又能掌握张华，要叫贾老二死，指贾芸。而娶了小张未婚妻的是荣国府贾琏，也是个贾老二。但是倪二说的不是这个贾老二。这个市井泼皮还真是神通庞大，贾府办的坏事，竟然要由醉金刚揭发出来。

贾府被抄原因

醉金刚先因醉酒触犯贾雨村，再因贾芸不能讲情而恼怒，与贾芸结怨，从此牵扯出张华案，他要借机闹事。这样描写首先和前八十回贾芸与倪二关系相反，不仅和前八十回相反，在曹雪芹的构思中，醉金刚在贾芸后来帮助贾宝玉时，能助一臂之力。编这类南辕北辙的琐事又是续书作者扭曲曹雪芹原作构思的意思。按照曹雪芹原来的构思，贾府最后结局是：树倒猢狲散，忽喇喇似大厦倾，落了片白茫茫大地真干净，贾府先被抄家，后又失火，烧得一干二净，贾宝玉都成了乞丐。而导致贾府一败涂地的原因是：第一，最重要的是元妃失宠并被杀，这是贾元春的判词、《红楼梦曲》、元妃点戏等多次预示而且是明确预示的。贾元春是两派政治力量斗争的牺牲品，她的死又成了贾府被抄的重要原因，这一点已被续书作者完全彻底歪曲，元妃不是获罪赐死，是给皇帝宠爱死的，死了还赠谥号。一个已经死了既贤还德的妃子怎么可能给家庭带来灾难？只能给家庭带来护佑，按照续书作者写法，她也确实给贾府带来护佑,续书后边写贾府被抄,但只抄贾赦,贾赦被夺荣国公的位置,皇帝送给元妃老爹贾政。皇帝还给元妃出家的弟弟贾宝玉送个文妙真人的号,真是皇恩浩荡。第二,贾府被抄的另一个重要原因是贾府老爷、少爷、少奶奶劣迹斑斑,以及贾府联系的薛家作恶,引起官怒民怨。贾府及四大家族欺压良民为非作歹,做过一系列坏事:第四回"薄命女偏逢薄命郎",贾政和王子腾支持复官的贾雨村葫芦僧乱判葫芦案,轻轻把杀人凶手薛蟠放过,冯渊白白死在薛蟠手下,冤沉海底。贾雨村为了掩盖自己过去的历史和乱判葫芦案,把出主意的门子充军,脂砚斋评语说,充发门子是伏笔,说明门子将来还会对重审案件兴风作浪,导致贾雨村锁枷扛。第十五回"王熙凤弄权铁槛寺",王熙凤在给秦可卿送丧时,收三千两银子害死一对未婚夫妻,这账得算到贾琏头上,因为王熙凤是借贾琏的名义写信给节度使,叫他以势压人。贾赦勾结贾雨村为几把扇子,害得石呆子家破人亡,这是在第四十八回"滥情人情误思游艺"似乎信笔带出来的。当时,贾赦要鸳鸯做小老婆没做成,迁怒于王熙凤、贾琏夫妇,找理由把贾琏打得爬不起来。他打贾琏的理由就是为什么你弄不来扇子,贾雨村能弄来。平儿说,自从认了贾雨村不到十年生出多少事,说明贾雨村帮贾府办的坏事,抢夺古扇子,只是其中一件小事,就像王熙凤三千两银子害两条人命是王熙凤办的若干坏事之一。元妃归省点戏时,脂砚斋明确点出,元妃点的折子戏《豪宴》一个玉杯害得人家破人亡,是伏贾家之败,指的就是贾赦的几把古扇害得贾府被抄。第六十四、六十五回,贾琏看上尤二姐,贾珍威逼张华退亲,第六十八回,王熙凤操纵张华告贾琏国孝家孝中停妻再娶,王熙凤采取各种手段最后逼尤二姐自杀,在这之前还有尤三姐自杀,这都是前八十回写得非常详细的案件。还有,贾赦多次派贾琏跑平安州,"平安州"名字的本身就带有反讽意义,平安州不平安,贾赦搞了些交通外官非法的事,没有详细写。贾府已经坏事做绝做遍,贾府被抄有着深刻的政治原因、经济原因,有着和朝廷派系斗争联系的原因,是严重的社会重大问题,也是曹雪芹原本要揭露封建社会本质的重要内容,重头戏。却给续书作者像吃了灯草灰一样,用一个小小的醉金刚造成贾府被抄,实在离谱。

　　第一百零四回写"醉金刚小鳅掀大浪",把贾府被抄跟醉金刚倪二联系起来,这样的描写跟曹雪芹前八十回已经描写的醉金刚,还有曹雪芹构思醉金刚将对小说后部起的作用背道而驰。在前八十回醉金刚倪二出场时,曹雪芹说他"是个泼皮,专放重利债",但又写了这样一句"颇有义侠之名"。对后一句话,脂砚斋评:"四字是评。难得难得,非豪杰不可当。"曹雪芹是把倪二和冯紫英、柳湘莲几位"义侠"人物相提并论。在曹雪芹后三十回中,倪二还要在荣府破落后发挥正面作用,很可能,贾芸能够到狱神庙探望贾宝玉甚至把贾宝玉营救出去,是得到倪二帮助。吴世昌先生曾推测,可能倪二认识看监狱或者狱神庙的人,贾芸才能够进去探望、救助贾宝玉,第一百零四回"醉金刚小鳅生大浪"写倪二发难导致贾府被抄,不是曹雪芹原意。后四十回写倪二所以掀起大浪是怨恨贾芸没报他的恩,没有把他从监狱救出来。但是在前八十回倪二早就知道贾芸不是贾府成员,仅是远支,不可能有能力营救倪二出狱。退一步说,贾芸没帮倪二,他为什么迁怒贾府?倪二居然还能联系上张华,更是奇谈。因为张华早就多次被旺儿威逼利诱,哪敢和气焰熏天的贾府作对?即使他敢出来做证,一件婚姻民事纠纷怎能导致国公府被抄?像凤姐受贿三千两,嘱托长安节度使云光逼迫人退婚,违禁放高利贷等,才可能是被皇帝处以抄没治重罪的罪状。

在曹雪芹构思中,葫芦僧乱判葫芦案是贾府被抄的重要诱因,第四回薛蟠为了争夺甄英莲即香菱,犯了打死冯渊之罪。审案的贾雨村,采纳了他发迹前住葫芦庙小沙弥的建议,听任薛蟠逍遥法外,以曲意逢迎贾政和王子腾。脂砚斋评语说"早为下半部伏根"。这桩命案审结以后,给贾雨村出主意的门子,也就是当年的小沙弥被"雨村……到底寻了个不是,远远的充发了",充军了。脂砚加了段评语:"至此了结葫芦庙文字,又伏下千里伏线。"又说:"(小说)起用葫芦字样,收用葫芦字样。"可见在脂砚斋读过的曹雪芹后三十回中,在小说将近大结局时,贾雨村还得和葫芦庙小沙弥对簿公堂。葫芦案对整个《红楼梦》从开头写四大家族一荣俱荣,到最后四大家族灰飞烟灭,一损俱损,起着十分重要的作用,可惜,曹雪芹种下这棵葫芦苗,续书作者没有继续培育它,让它结出一个大大的硕果。

贾府被抄还可能受贾雨村、孙绍祖等人的告密陷害。甲戌本第一回脂评称贾雨村"奸雄",庚辰本第十七回脂砚斋评语又说写贾雨村"正为后文地步,伏脉千里"。第五回迎春判词及《喜冤家》的《红楼梦曲》称孙绍祖为"中山狼""一味的骄奢淫逸贪还构",这里边用了个"构"字,"构"是构造的构,同时也是"构陷"的构,陷害别人。第七十九回写孙绍祖"现任指挥之职""现在兵部候缺题升",恰好是大司马(兵部尚书)贾雨村的直接下属。第十八回的脂砚斋评语说《一捧雪·豪宴》"伏贾家之败",而《豪宴》内容即严世蕃设宴招待莫怀古和汤勤欣赏《中山狼》杂剧,用这个折子戏伏贾家之败,显然是预示贾府将被中山狼式人物构陷而破家。中山狼的特征是恩将仇报,贾雨村与孙绍祖对贾府恩将仇报都有可能。我有点怀疑,是不是葫芦案先揪出贾雨村,贾雨村为了将功赎罪把贾府出卖一番,包括把石呆子之死归罪于贾赦,而孙绍祖在里边推波助澜,都是可能的。

贾政皇帝古怪蹊跷

贾政被从外放官员调回,朝见皇帝,跟其他官员谈话,写得捉襟见肘,古怪蹊跷。

贾雨村见过甄士隐,回到家正细想甄士隐的事,忽有家人传报:"内廷传旨,交看事件。"雨村疾忙上轿进皇宫,听见人说:"今日贾存周江西粮道被参回来,在朝内谢罪。"贾雨村忙到内阁,将海疆办理不善的旨意看了,出来即忙找着贾政,先说些为他抱屈的话,后又道喜,这个狡猾小人的表现写得不错,他知道皇帝对贾政网开一面,才敢替贾政抱屈,抱屈之后还道喜。接着,皇帝传贾政,贾雨村饶有兴趣等着贾政出来,看来是打算:如果贾政仍受皇帝信任,那就想办法继续从贾府捞摸点什么,如果贾政不得宠,那就抓紧落井下石。

贾政忙进去见皇帝,他的前女婿,等了好一回大家才看到贾政出来,满头大汗。众官员迎上去接着,众人里当然有居心叵测的贾雨村,大家问皇帝"有什么旨意"。小说怎么描写?贾政吐舌道"吓死人"。用这么个形容词!贾政是个在家里都正襟危坐的道学人物,什么时候有这么夸张的肢体语言?他能在朝廷重臣面前,像顽皮儿童一样吐舌头?他敢在朝廷重臣面前吐舌?贾政吐舌说:"吓死人,吓死人!倒蒙各位大人关切,幸喜没有什么事。"原来前几回上了邸报的贾化、贾范等吓了贾琏一次,又被提溜出来,叫皇帝问了贾政一番:"旨意问的是云南私带神枪一案。本上奏明是原任太师贾化的家人,主上一时记着我们先祖的名字,便问起来。我忙着磕头奏明先祖的名字是代化,主上便笑了,还降旨意说:'前放兵部后降府尹的不是也叫贾化么?'"上一回贾雨村做京兆府尹,小说叫升官,"且说贾雨村升了京兆府尹,兼管税务",还没隔一回,从皇帝嘴里贾雨村做京兆府尹就成降职。续书作者难道写后一回就忘记前一回?雨村在旁吓了一跳,问贾政:"老先生怎么奏的?"贾政道:"我便慢慢奏道:'原任太师贾化是云南人,现任府尹贾某是浙江湖州人。'"贾政好心好意替贾雨村说好话,皇帝又问:"苏州刺史奏的贾范是你一家了?"贾政又磕头奏道:"是。"皇帝变色道:"纵使家奴强占良民妻女,还成事么!"又问道:"贾范是你什么人?"贾政忙奏是"远族"。"主上哼了一声,降旨叫出来了。可不是诧事"。

续书作者总搞"狼来了",害得林黛玉病了三次才魂归离恨天,害得贾府听元妃三次凶信才终于死了,现在贾府的虚惊已是第二次,又是贾化,又是贾范,上次把贾琏吓一跳,这一次把贾政再吓一跳,而且是通过皇帝给吓一跳。下一次,当然就是抄家了。

贾雨村说:"如今老先生仍是工部,想来京官是没有事的。"贾雨村和贾政说话的语气,已经不是过去依靠荣国府提携的语气,而是官员间平等又有些疏远的语气。众官员提醒贾政,"令兄大老爷,也是个好人。只要在令侄辈身上严紧些就是了"。"令兄大老爷,也是个好人"不过是客气话,"在令侄辈身上严紧些"才是他们躲躲闪闪想说出来的真心话。言外之意是贾珍名声不好。其实贾赦、贾珍还不是一丘之貉?贾政表示:"我因在家的日子少,舍侄的事情不大查考,我心里也不甚放心。诸位今日提起,都是至相好,或者听见东宅的侄儿家有什么不奉规矩的事么?"众人道:"没听见别的,只有几位侍郎心里不大和睦,内监里头也有些。想来不怕什么,只要嘱咐那边令侄诸事留神就是了。"

朝臣云山雾罩这番话,大概是宁国府荣国府抄家预示,不过没有具体内容,空洞之极。奇怪的是,朝臣对贾政说"想来不怕什么",贾政应该知道是事不关己、高高挂起的说法,并不是贾家真的没事。以贾政多年从政经验,明明已经听到几位侍郎(各部副长官)、内监(不知地位多高的太监)对贾府有看法,贾政为什么不马上仔细查问,是哪几位侍郎、他们因为什么事对贾府心中不和睦?是哪宫哪位内监,他又是因为什么对贾府有看法?贾政居然懵懵懂懂一句也不再问,跟大家举手而散。难道这位做官多年的这点儿政治敏感性也没有?续书作者写中下层官场似乎比较熟悉,还能编出比较生动情节和人物对话,比如在薛蟠的命案上,从县令到道员,从道到省,写他们如何上下其手、如何贪污受贿、如何敲诈,都能写出一些生动情节,而一接触到皇宫,接触到高级官场,接触到台阁重臣,特别是接触到皇帝、皇妃、皇宫,好像续书作者就没词没招了。贾政见皇帝的这段描写,就写得十分不合理,读起来相当别扭。这一回皇帝召见贾政,到下一回锦衣卫查抄贾府。抄家宣读的圣旨是:贾赦交通外官、依势凌弱,着革去世职,既然皇帝第三天就要抄贾府的家,皇帝亲自召见贾政,贾政又是皇帝爱妃的父亲,皇帝为什么一个字不提贾赦有哪些罪过,也可以听一听贾政的辩解?或者皇帝直接问一下,你们贾府到底办了哪些非法事?侍郎们举报的什么事有没有?太监参奏的什么事有没有?皇帝竟然只是舍近求远问什么远在云南的贾化、贾范?不问贾政亲哥哥的事,倒问贾政远族的事,怎么可能有这么荒唐的皇帝?而这么荒唐的皇帝怎么能雷霆万钧下令抄家?这样描写岂不是前言不搭后语?

宝玉触余痛

贾政回荣国府,众子侄迎上来。贾政迎着先请贾母的安,然后众子侄请贾政的安,这样的描写还是按照前八十回的规矩。贾政跟子侄一同进府。王夫人等已到了荣禧堂迎接。贾政先到贾母那里拜见,贾母当然得问探春消息。贾政将许嫁探春的事回明,说:"那边亲家的人来说的极好。亲家老爷、太太都说请老太太的安;还说今冬明春大约还可调进京来。"贾母因贾政降级调回来,探春远在他乡,没了亲故,心下不悦;后听探春安好,转悲为喜,叫贾政出去弟兄相见,子侄拜见,明日清晨拜祠堂。

贾政看到贾宝玉比他起身之时脸面丰满了,心想"幸亏老太太办理的好"。又见宝钗沉厚更胜先时,兰儿文雅俊秀,喜形于色。独见贾环仍是先前,究不甚钟爱。这段描写,又是部分抄元妃命宝玉进大观园时贾政见到宝玉贾环的对比。其实,天下爹娘偏小儿,贾宝玉已半疯半傻,按照常理,贾政应该把光宗耀祖希望放些到贾环身上了。贾政忽然想起来:"为何今日短了一人?"王夫人回答林黛玉有病,事后,悄悄地把林黛玉已死的事向贾政报告,贾政吓了一惊,掉下泪来,连声叹息。王夫人掌不住,也哭了。鳄鱼又流眼泪了。

当贾政问起黛玉,宝玉就伤心。贾政命他回去,在路上已掉了好些眼泪。回到房间,独坐外间纳闷。宝钗估计他担心老爷查问功课,过来安慰他。宝玉说:"你们今夜先睡一回,我要定定神。这时更不如从前,三言可忘两语,老爷瞧了不好。你们睡罢,叫袭人陪着我。"听这话,他一点儿不糊涂也不傻,宝钗去睡了。宝玉叫袭人坐着,央告他把紫鹃叫来,我有话问他。贾宝玉对袭人说:"但是紫鹃见了我,脸上嘴里总是有气似的,须得你去解释开了他来才好。"袭人道:"你说要定神,我倒喜欢,怎么又定到这上头了?有话你明儿问不得!"宝玉道:"我就是今晚得闲,明日倘或老爷叫干什么便没空儿。好姐姐,你快去叫他来。"袭人道:"他不是二奶奶叫是不来的。"宝玉道:"我所以央你去说明白了才好。"袭人道:"叫我说什么?"宝玉道:"你还不知道我的心也不知道他的心么? 都为的是林姑娘。你说我并不是负心的,我如今叫你们弄成了一个负心人了!"说着这话,宝玉瞧瞧里头,用手一指说:"他是我本不愿意的,都是老太太他们捉弄的,好端端把一个林妹妹弄死了。"

这段描写荒谬不荒谬? 稍一琢磨,能找出好几个地方不合理。第一,袭人什么时候成了贾宝玉感情生活心腹? 贾宝玉挨打后,想给黛玉传递信息,他不是故意先把袭人支使到宝钗那里,才放心大胆地派晴雯去给黛玉送手帕? 晴雯被逐之后,宝玉不是瞒着袭人去看望? 晴雯死后,宝玉不是把怀疑袭人向王夫人密告的话,当面问到袭人脸上? 现在贾宝玉有什么知心话必须找袭人诉说? 贾宝玉有什么秘密任务也必须派袭人去执行? 麝月不是还在? 秋纹、碧痕不是都在? 第二,贾宝玉说娶薛宝钗他是不情愿的,那么前两回,贾宝玉那样依恋薛宝钗,得看着薛宝钗梳头,得等着薛宝钗一起到王子胜那边去,还派茗烟回来嘱咐薛宝钗不要在风地里站着,又是怎么回事? 是贾宝玉逢场作戏? 接着,贾宝玉说的话更是自己打自己的嘴巴。他对袭人说"晴雯到底是个丫头,也没有什么大好处,他死了,我老实告诉你罢,我还做个祭文去祭他。"贾宝玉怎么可能说这样的话!《芙蓉女儿诔》把晴雯仿佛说成女神,那都是胡说八道? 晴雯这个芙蓉女儿现在到贾宝玉嘴里成了"到底是个丫头,也没有什么大好处",像话吗? 接着,贾宝玉说了一段似乎合理的话:"我自从好了起来就想要做一首祭文的,不知道我如今一点灵机都没有了。"这个话,按说符合贾宝玉半疯半傻的精神状态,半疯半傻当然就写不出来什么好东西,其实更符合续书作者绝对写不出可以和《芙蓉女儿诔》媲美的东西。不管写祭文,还是写诗、写词、写小令,不是把人牙都笑掉? 然后,贾宝玉又说,黛玉是不是成了仙? 又求袭人,无论如何你给我把紫鹃请来,絮叨个溜够,最后麝月来干涉:"二奶奶说:'天已四更了,请二爷进去睡罢。'"看来贾宝玉不去睡,薛宝钗睡不着,麝月又说:"何不和二奶奶说了,就到袭人那边睡去,由着你们说一夜,我们也不管。"宝玉、宝钗还没有圆房,袭人什么时候成宝玉明铺暗盖的公开姨娘? 匪夷所思。

贾政回家发现少了一人,触动宝玉心事,但宝玉怎么可能跟袭人说他原来不愿意跟宝钗成亲? 他托袭人去说服紫鹃,更是不可能的事。贾宝玉和袭人的长篇对话,嘟嘟哝哝,废话连篇,而且不正常的话连篇,包括袭人回答在内,一点前八十回的人物说话灵气都没有了。

虎头蛇尾抄个家

——第一百零五回　锦衣军查抄宁国府,骢马使弹劾平安州

　　锦衣军查抄宁国府即皇家禁卫军查抄宁国府,骢马使弹劾平安州即御史因为平安州非法活动弹劾贾赦。回目上两句话其实说一件事,宁国府和荣国府同时被抄家。需要明白两个名词。所谓"锦衣军"指锦衣府军人,锦衣府又叫锦衣卫,是明代初年设立指挥禁卫军的机构之一,原来只掌握护卫皇宫及皇帝出入仪仗,后来兼管巡查、缉捕、刑狱,成为独立于六部之外的特务组织,很有权势。所谓"骢马使"指监察御史,典故来自《后汉书·桓典传》:"拜侍御史,……常乘骢马,京师畏惮,为之语曰:'行行且止,避骢马御史。'"骢马是青白相间的杂色马。骢马使弹劾平安州,意思是御史弹劾一等将军贾赦在平安州搞非法活动,导致荣国府被抄家。回目好像只点出抄宁国府,其实两府一起抄,荣国府通过平安州点出来。宁国府被抄家的情况在小说里未做具体描写,只通过焦大和薛蝌叙述说出来,焦大不可能说出贾珍所犯何罪,薛蝌只能讲表面现象和传闻,小说具体描写被抄的是荣国府,且限于贾赦和贾琏的财物。

　　官员被抄家,除宫廷档案有较详尽记载外,明清小说,不管短篇还是长篇,好像《红楼梦》之前还没人写过,曹雪芹虽写过,却没传下来,所以,后四十回贾府被抄的描写带有独一性,本应该引人入胜。而且在曹雪芹原来构思中,贾府被抄家,是对已经败落的贾府的致命一击,我们看看续书作者写的贾府被抄,有没有引人入胜的观赏性,算不算对败落贾府的致命一击,它跟曹雪芹原来构思的抄家,有没有可比性?

　　我的印象是:对贾府抄家的描写相当不合理,更没有对贾府形成致命一击。但是,锦衣卫查抄荣国府开头,山雨欲来风满楼,似乎贾府灭顶之灾来了。

赵全想全抄王爷却消极

贾政回家第三天，亲友接风，设宴请酒。赖大急忙走上荣禧堂回贾政："有锦衣府堂官赵老爷带领好几位司官说来拜望。奴才要取职名来回，赵老爷说：'我们至好，不用的。'一面就下车走进来了。请老爷同爷们快接去。"贾政迂腐，根本不想一想，锦衣府是皇帝直接领导的特务部门，专门缉查处罚官员包括抄家。他想："赵老爷并无来往，怎么也来？现在有客，留他不便，不留又不好。"贾政政治敏感性太差，两天前皇帝严厉询问过他，朝臣躲躲闪闪对他说东府和贾赦可能有事，他没有提高警惕，不知道贾府可能要倒霉，现在锦衣卫的人都上门了，他还以为赵老爷来参加宴会。赵堂官参加宴会，难道还带手下司官？这点常识没有？他当然为公务而来，赵堂官能有什么公务？抄家。王夫人颟顸，贾政比王夫人有过之无不及，不是一类人不进一家门。

赵堂官已不待主人邀请、迎接，直接走进二门，来者不善已非常明确，贾政还以为来贵客了，抢步去接。赵堂官明明来查抄，应该满脸严霜，他却满脸笑容，拉着贾政的手，笑着说几句寒温的话。官场人真是居心叵测。贾府客人比贾政清醒，他们发现锦衣军来头不好，客人有躲进里间的，有垂手侍立的，都是只要自己没事就阿弥陀佛，贾府有事他们只怕跑得没有兔子快。傻不愣登的贾政还要带笑跟赵堂官叙话。家人慌张报："西平王爷到了。"如果没有国家要务，王爷可不会随便来国公府，贾政慌忙去接，西平王爷也不等主人迎接就自己进来。西平王爷一来，赵堂官图穷而匕首现，抢上去请安说："王爷已到，随来各位老爷就该带领府役把守前后门。"赵堂官带来的司员马上应了出去，贾府立即封门，不许进出。贾政等知事不好，连忙跪接。西平郡王用两手扶起，笑嘻嘻地说："无事不敢轻造，有奉旨交办事件，要赦老接旨。如今满堂中筵席未散，想有亲友在此未便，且请众位府上亲友各散，独留本宅的人听候。"

这是西平王爷的恩典，给贾府留面子，不让客人现场观察贾府被抄惨状，当然也为办事省力，有那么多外人在场，锦衣军还能一一查明身份甚至个个搜身？赵堂官回说："王爷虽是恩典，但东边的事，这位王爷办事认真，想是早已封门。"什么意思？西平王爷您太心慈手软，查抄宁国府的王爷早动手了，您还跟贾政啰嗦个什么劲？赶紧动手吧。

客人知是两府干系，恨不能脱身。王爷对贾府的客人笑道："众位只管就请，叫人来给我送出去，告诉锦衣府的官员说，这都是亲友，不必盘查，快快放出。"亲友一溜烟如飞出去。亲友本临时情面，大难临头各自散开。贾赦、贾政一干人吓得面如土色，满身发颤。不多一回，进来无数番役，各门把守。本宅上下人等，一步也不许乱走。赵堂官便转过一副脸来回王爷："请爷宣旨意，就好动手。"番役揎拳掳袖，摆出大动干戈的样子。他们大概是想借抄家发财。"87版"电视剧《红楼梦》抄家镜头，锦衣军士在贾府翻箱倒柜，翻到金银珠宝，项链、戒指、宝石之类，直接揣到自家怀里。电视剧的表现是不是符合明清对抄家人员的纪律规定，我有点怀疑。西平王慢慢地说道："小王奉旨带领锦衣府赵全来查看贾赦家产。"西平王爷擅长辞令，不说来抄家，说来查看。贾赦等俯伏在地。

抄家情节中，给贾府带来灾难的贾赦，没有一次细笔描绘，他没有一句话，同样，跟他一样有罪导致宁国府被抄的贾珍，也没有一个字描写什么反应。

王爷说："有旨意：'贾赦交通外官，依势凌弱，辜负朕恩，有忝祖德，着革去世职。钦此。'"赵堂官一叠声叫："拿下贾赦，其余皆看守。""维时贾赦、贾政、贾琏、贾珍、贾蓉、贾蔷、贾芝、贾兰俱在，惟宝玉假说有病，在贾母那边打闹，贾环本来不大见人的。"贾赦被拿下，贾府被看守的这些人，贾政、贾琏、贾兰是荣国府的，贾珍、贾蓉、贾蔷是宁国府的，贾蔷是宁国府受到贾珍父子宠爱的旁支，贾芝怎么能排在贾兰前边，他到底是哪房子孙？没有交待。

接着，赵堂官叫他的家人："传齐司员，带同番役，分头按房抄查登帐。"锦衣军抄家，赵全却带家人，这不是趁火打劫是什么？贾政等人吓得面面相看，番役家人摩拳擦掌就要动手。西平王又说："闻得赦老与政老同房各爨的，理应遵旨查看贾赦的家资，其余且按房封锁，我们复旨去再候定夺。"同房各爨，就是虽然住在一起，但各自吃各自的饭。西平王爷分明是替贾政说话，特别是"按房封锁"，把和贾政有关的房门都封锁起来，锦衣军特别是赵全家人岂不哪个房间也进不去？还抄个什么劲？赵全当然不同意，他站起来说："回王爷：贾赦、贾政并未分家，闻得他侄儿贾琏现在承总管家，不能不尽行查抄。"西平王听了，也不言语。"不言语"是不同意。赵堂官便说："贾琏、贾赦两处须得奴才带领去查抄才好。"赵堂官还是迫不及待动手发财。西平王说："不必忙，先传信后宅，且请内眷回避，再查不迟。"书呆子王爷这个命令很好玩，请内眷回避，内眷不就能顺手把最要紧的财宝带走？赵堂官不听这一套，一言未了，老赵家奴番役已经拉着本宅家人领路，分头查抄。王爷喝命："不许罗唣！待本爵自行查看。"慢慢站起来要走，又吩咐："跟我的人一个不许动，都给我站在这里候着，回来一齐瞧着登数。"西平王爷带来的人谁也不插手，西平王爷消极怠工到极点，他哪儿是来抄家，分明是贾府的保护神。正说着，只见锦衣司官跪禀："在内查出御用衣裙并多少禁用之物，不敢擅动，回来请示王爷。"一会儿又有一起人来拦住王爷说："东跨所抄出两箱房地契又一箱借票，却都是违例取利的。"老赵便说："好个重利盘剥！很该全抄！请王爷就此坐下，叫奴才去全抄来再候定夺罢。"赵堂官一心想趁机发财，却遇到个慢慢腾腾，表面上按部就班，实际上想保护贾府，尤其是保护贾政的西平王爷。

更大保护神来了

赵堂官刚刚找到荣国府违反朝廷规定放高利贷的证据，想彻底抄家时，王府长史来禀："守门军传进来说，主上特命北静王到这里宣旨，请爷接去。"赵堂官听了，心里喜欢说："我好晦气，碰着这个酸王。如今那位来了，我就好施威。"看来赵堂官不了解贾府的社会关系，不知道北静王才是贾府真正的保护神，赵堂官迎出来。北静王宣皇帝圣旨："着锦衣官惟提贾赦质审，余交西平王遵旨查办。钦此。"

在贾府被抄过程中，表现最抢眼，也最不可思议的是哪个？赵堂官赵全？西平王爷？北静王爷？根本不是，而是从来没有出面的皇帝，朝令夕改、出尔反尔的皇帝，皇帝这是干嘛？玩儿童游戏？既然是你派锦衣卫查抄贾府，抄家抄家，就是完全彻底抄，怎么还派个西平王爷给锦衣军掣肘？明明已经派出锦衣军查抄，怎么还又派北静王来下令只叫锦衣卫堂官把贾赦提走，其他交王爷处理？两位王爷是来执行抄家任务还是到贾府做保护神？

再听听两位王爷的对话，太好玩了。西平王说："我正与老赵生气。幸得王爷到来降旨，不然这里很吃大亏。"北静王说："我在朝内听见王爷奉旨查抄贾宅，我甚放心，谅这里不致荼毒。不料老赵这么混帐。但不知现在政老及宝玉在那里，里面不知闹到怎么样了。"这番对话缺乏常识，太可笑了。抄家就是皇帝给朝廷重臣最大的伤害和侮辱，仅次于杀头。抄家就是要叫你吃最大的亏，就是要荼毒你，赵堂官执行抄家命令，哪怕他顺手从里边顺走一些财宝，他却是来执行皇帝对重臣的惩罚，二位王爷既然这么爱护贾政、爱护贾宝玉，早干什么去了？为什么不制止皇帝下抄家圣旨？你们两位王爷到贾府，难道只是为了完成续书作者派给你们的任务，给贾府抄家走过场？

如此抄家

贾府被抄是后四十回重头戏，研究来研究去，琢磨来琢磨去，我得出的印象是：贾府抄家根本就是走过场，是皇帝对贾府来了次虎头蛇尾的抄家。

首先，皇帝怎么能这样抄家？皇帝下令抄荣国府理由非常笼统，说："贾赦交通外官，依势凌弱，辜负朕恩，有忝祖德，着革去世职。"这样的罪名构不成抄家，这道圣旨连"查看家产"都没有，更没有"抄家"字眼。难道叫西平王爷口头说：查看贾赦家产，就算下圣旨抄家？这不符合中国古代社会官场约定俗成的模式。中国古代封建朝廷对官员的处分有严格规定，比如官吏犯了轻的过错，朝廷只让干活，不给发俸禄，那叫停俸。停俸就是停俸，降级就是降级，革职就是革职，罢官就是罢官，抄家就是抄家，什么样罪名有什么样处罚，皇帝下圣旨会讲得清清楚楚、明明白白。皇帝关于荣国府的圣旨怎么可能连"查看家产"这类字眼都没有，抄家的就糊里糊涂到贾府来了。

其次，西平王爷是带着锦衣卫赵全问罪贾赦，给贾赦革职，抄贾赦的家，贾赦是荣国公继承人，贾政是工部员外郎，比贾赦级别差远了，皇帝革职贾赦的命令还没下，贾赦还是一等将军，为什么西平王爷和锦衣卫的人到来，只是贾政在那儿跑前跑后，贾赦干什么去了？贾赦为什么一句话没有，一点活动没有，成了木偶和哑巴甚至空气？是不是续书作者想不出如何写贾赦的表现，叫他临时人间蒸发？

再次，如果真是抄家，贾赦、贾政没有分家，这是锦衣卫掌握的，也是事实，贾赦有罪，理应全抄，连贾政、贾母、贾宝玉等都得抄，但是西平王爷和北静王爷竭力保护贾政，结果贾府就来了次走过场样虎头蛇尾抄家，可以说"如此抄家"，伤筋而不动骨，只是长房全军覆没，贾赦被抓，贾琏被看守起来，贾政的财物，贾母的财物都没受到损害。这可真算古代官吏抄家的奇葩。

王熙凤放高利贷露馅

皇帝下令抄家没提的罪名倒是被揭露出来：放高利贷。

锦衣卫赵堂官走了，北静王拣选两个诚实司官并十来个老年番役，余者一概逐出，想把贾府的损失尽可能减少。但是在这之前赵全手下人已经把贾府抄个乱腾腾，而且抄出原来没有在抄家罪名之中的两个重要罪证。一个罪证是皇宫特有、民间不能使用的物品，可能是给元妃织造的黄袍之类？这一点有点莫名其妙，这类东西即使有，也该在王夫人房间，不可能放到邢夫人那边。看来是续书作者故意这样安排，是为了描写二位王爷如何对贾府网开一面。另一个重要罪证是贾府放高利贷的借票。从后边一百零六回的描述看，这是王熙凤积年放高利贷的总积累，七八万两银子的票据，重利盘剥而且数额巨大是很重的罪，有可能掉脑袋。因为有重利盘剥的借据，王爷不能不把贾政叫来询问："政老，方才老赵在这里的时候，番役呈禀有禁用之物并重利欠票，我们也难掩过。这禁用之物原办进贵妃用的，我们声明，也无碍。独是借券想个什么法儿才好。如今政老且带司员将赦老家产呈出，也就了事，切不可再有隐匿，自干罪戾。"

这番话其实是两个王爷跟贾政订攻守同盟：我们查到的第一个有罪的证据，那些不允许民间使用的宫廷用品，说是原来准备给元妃用的，可以混过去，但是重利盘剥那么一大箱子欠票，数额太大，无论如何没法混过去，只能实话实说，该叫谁负责就叫谁负责。暗示：既然罪名是贾赦的，借据是从贾赦那边抄出，你可以而且一定得推得干干净净。

贾政对有违禁皇宫用品和高利贷借票，一无所知，他糊里糊涂不知道有给元妃准备皇家衣物的事，似乎不好理解，王夫人不在给他的信里说明？他不知道长房那边放高利贷且还有那么大数额，大概他更不知道放高利贷的是王熙凤，只能回答王爷："犯官再不敢。但犯官祖父遗产并未分过，惟各人所住的房屋有的东西便为己有。"两王说："这也无妨，惟将赦老那一边所有的交出就是了。"又吩咐司员等依命行去，不许胡混乱动。司官领命去了。

穿靴戴帽的强盗来了

纵然有两个王爷千方百计维护，锦衣卫抄家毕竟还是给钟鸣鼎食、恣意享乐的贾府人一番大惊吓，尤其对女眷造成恐吓，小说描绘比较形象生动。

贾母正带着女眷摆家宴，王夫人说："宝玉不到外头，恐他老子生气。"凤姐带病哼哼唧唧地说："我看宝玉也不是怕人，他见前头陪客的人也不少了，所以在这里照应也是有的。倘或老爷想起里头少个人在那里照应，太太便把宝兄弟献出去，可不是好？"王熙凤这是说了些什么话，有一丝灵透气没有,有一毫的幽默感没有?进入后四十回,王熙凤说话,不是隔靴搔痒,就是指山说磨,一点儿没有前八十回的挥洒自如、聪慧有趣、幽默生动,王熙凤这几句话有什么精彩巧妙?贾母却习惯性夸奖:"凤丫头病到这地位,这张嘴还是那么尖巧。"

接着,小说来了段抄家侧面描写:邢夫人那边的人一直声地嚷进来说:"老太太、太太,不……不好了!多多少少的穿靴戴帽的强……强盗来了,翻箱倒笼的来拿东西。"穿靴戴帽,当然是衙役,却又是强盗,这个用词很好。贾母等听着发呆。平儿披头散发拉着巧姐哭啼啼准确报告:外面王爷就要进来查抄家产。王夫人、邢夫人立即吓得魂都掉了,不知怎样才好。王熙凤一听,一仰身栽到地下,吓死了,王熙凤为什么反应这么强烈,当然是她想到借票,高利贷放贷是大罪。贾母吓得涕泪交流,话也说不出来。一屋子人正闹得翻天覆地,又听见一叠声嚷说:"叫里面女眷们回避,王爷进来了!"情势越来越紧张,宝钗、宝玉等没法,丫头婆子乱抬乱扯,形势马上改变,贾琏喘吁吁跑进来说:"好了,好了,幸亏王爷救了我们了!"贾琏见凤姐死在地下,急得死去活来。平儿将凤姐叫醒,令人扶着。贾母哭得气短神昏躺在炕上。李纨再三宽慰。然后贾琏定神将西平王爷和北静王爷的恩典说明,还不敢对贾母说贾赦被拿,他再出来照料自己屋内。箱开柜破,物件抢得半空,值钱的都没了。贾琏急得两眼直竖,淌泪发呆。听见外头叫,只得出来。外边为什么叫他?因为贾政正和锦衣卫的司员登记查抄物件。

精彩的抄家财物单

《红楼梦》研究者常对乌进孝进租单子津津乐道,那确实是极其生动精彩难得的经济史资料,其实后四十回贾府抄家记录贾赦财产的单子,也有相当重要价值。这个长达六百字的单子罗列了贾赦那边抄出的赤金首饰、珠宝、珍珠、金盘金碗金匙镀金执壶镀金折盂、银碗银盘银碟银酒杯、象牙箸、几百张狐狸皮貂皮猞猁皮老虎皮梅鹿皮灰鼠皮、几百捆绸缎纱绫妆蟒缎,几百件皮衣纱绢衣,各种高档家庭用品。

这个单子写得非常好,精粹生动,既可以说明冷子兴演说荣国府时说的话:百足之虫死而不僵,贾府还是颇有家底;也说明贾府这帮败家子安富尊荣,他们使用的器具非金即银,吃饭的碗不是金的就是银的,他们穿的衣服,不是狐狸皮的就是绫罗绸缎,都相当高档,这帮败家子只知道享受,不知道守成更不知道创业。值得注意的是在这个单子里还有潮银五千二百两,赤金五十两,钱七千吊。钱数很大,很不正常,因为贾府早就寅吃卯粮,哪儿有这么多钱?看来贾赦比贾政有钱,难道这是贾赦交通外官换来的?前八十回写贾赦两次派贾琏到平安州办事,因为贾琏办得好,贾赦把秋桐赏给他并赏了一百两银子。贾赦这么多钱是不是跟平安州秘密交易有关?曹雪芹前八十回没交待,我们只能猜测这些钱可能跟平安州有关。至于抄出来的房地契纸,家人文书,当是荣国府本来的文书。贾琏在旁边窃听,听不见报他的东西,贾琏知道王熙凤高利贷,前八十回后边王熙凤收利息已经不瞒他。贾琏正在疑惑。王爷问贾政:"所抄家资内有借券,实系盘剥,究是谁行的?政老据实才好。"贾政听了,跪在地下碰头说:"实在犯官不理家务,这些事全不知道。问犯官侄儿贾琏才知。"贾琏连忙走上跪下,禀说:"这一箱文书既在奴才屋内抄出来的,敢说不知道么。只求王爷开恩,奴才叔叔并不知道的。"两王道:"你父已经获罪,只可并案办理。你今认了也是正理。如此叫人将贾琏看守,余俱散收宅内。政老,你须小心候旨。我们进内复旨去了,这里有官役看守。"贾政叩头拜别,王爷很不忍心。

贾母本来已经哭得奄奄一息,见到贾政,稍微放心,见贾赦不在,又伤心起来,贾政再三安慰方止。贾府抄家的结果,是荣国府长房全军覆没,财产被抄走,贾赦被带走问罪,贾琏被看守起来,邢夫人回到自己东院那边,门被封锁,丫头、婆子、仆人给锁在几间屋内,大概是准备没收或拍卖。邢夫人放声大哭,往凤姐那边去。凤姐那边二门旁上了封条,屋门开着,里头财物被抢空,凤姐面如纸灰合眼躺着,平儿在旁哭。邢夫人以为凤姐死了,哭起来,平儿告诉邢夫人刚才二奶奶抬回来像死了,歇息一回苏醒过来。邢夫人到贾母那边。看到贾母眼前都是贾政的人,想到自己丈夫、儿子被拘,媳妇病危,女儿受苦,现在自己无家可归,仍然只能哭,众人劝慰,李纨等令人收拾房屋请邢夫人暂住,王夫人拨人服侍。

贾府被抄,开头主持抄家的西平王爷已存心袒护,后来的北静王爷更是不遗余力地帮助。王熙凤的高利贷借据,是抄家当中发现的,不是构成抄家的原因。王熙凤积攒七八万两银子,以借据形式放在房间里,所以王熙凤一听说查抄当时就昏死过去,小说这是照应她作恶多端、心怀鬼胎。贾赦的罪名是"交通外官,依势凌弱",这个罪名笼统、简单,并不构成必抄的罪行。贾赦、贾政并未分家,既然抄家理应全抄,而贾政的家产却并没受到损失,贾宝玉还受到北静王格外关照。贾政仍住国公府,没被没收府邸,更没有被没收田产。最富有的贾母丝毫无损，所以后边能敷衍出散余资的情节。

贾府被抄本应是贾府败落重头戏，续书作者给贾府安排一场走过场似的抄家，锦衣军抄家雷声大雨点小，两位王爷精心呵护，贾府伤筋而未动骨，一百零五回续书作者又写了两个似乎巧妙的情节，交待贾府为什么被抄家，一个情节是焦大出现，另一个情节是薛蝌来给贾政通风报信。

焦大太爷又来了

两位极力保护贾府的王爷回去向皇帝复旨，贾政心惊肉跳，拈须搓手地等候皇帝如何处理的圣旨。听见外面看守军人乱嚷："你到底是那一边的？既碰在我们这里，就记在这里册上。拴着他，交给里头锦衣府的爷们！"贾政出外看时，见是焦大，便问："怎么跑到这里来？"焦大见问，号天蹈地地哭着述说起来："我天天劝，这些不长进的爷们，倒拿我当作冤家！连爷还不知道焦大跟着太爷受的苦！今朝弄到这个田地！珍大爷、蓉哥儿都叫什么王爷拿了去了，里头女主儿们都被什么府里衙役抢得披头散发撅在一处空房里，那些不成材料的狗男女却像猪狗似的拦起来了。所有的都抄出来搁着，木器钉得破烂，磁器打得粉碎。他们还要把我拴起来。我活了八九十岁，只有跟着太爷捆人的，那里倒叫人捆起来！我便说我是西府里，就跑出来。那些人不依，押到这里，不想这里也是那么着。我如今也不要命了，和那些人拼了罢！"焦大说着撞头。这段描写表现上看是续书作者巧妙地抄了前八十回的焦大醉骂，用简练的语言对宁国府被抄做侧面描写：贾珍、贾蓉被抓走了，尤氏婆媳披头散发撅到一间屋子里，丫鬟仆人像猪狗一样关起来，锦衣军似乎不是来抄家而是打砸抢，把木器钉得破烂，磁器打得粉碎。宁国府好像比荣国府还惨。

我第一印象是：大概近一百岁的焦大居然活着，这构思倒有趣，而安排前八十回骂过"爬灰的爬灰"，鲁迅先生命名"贾府屈原"的焦大来说宁国府惨状也很生动。可惜我又发现个小漏洞：锦衣军已按照西平王爷命令，把贾府客人放出去，又按照赵全命令封门，不许任何人出入，那么，本来在荣府筵席上的贾珍贾蓉怎么回到宁国府？而且再叫那边的锦衣军把自己押走？本来到贾母身边参加女眷活动的尤氏婆媳又怎么能回到宁国府，给锦衣军像圈牛羊撅到一起？西平王爷并没有下令叫锦衣军把贾珍父子尤氏婆媳押回宁国府，负责抄宁国府王爷，就算他是南安王爷，也没有派人来押回贾珍父子尤氏婆媳,那么,贾珍贾蓉父子、尤氏许氏婆媳,怎么回去? 他们能像《封神榜》的土行孙,地遁到宁国府? 续书描写很不合理。

焦大这番话起什么作用? 贾政听明,心里刀绞似的,道:"完了,完了! 不料我们一败涂地如此!"这正是续书作者想起的效果。通过贾政的嘴告诉读者:贾府一败涂地。

薛蝌做了信使

贾政继续着急听候朝廷的消息,薛蝌来了,这是续书作者巧妙叙事,薛蝌气吁吁跑进来说:"好容易进来了! 姨父在那里。"贾政道:"来得好,但是外头怎么放进来的?"薛蝌道:"我再三央说,又许他们钱,所以我才能够出入的。"这一点描写很合理,薛蝌已习惯金钱开道,锦衣军收钱放人,是黑暗世界又一黑暗例子。贾政托薛蝌打听消息,薛蝌先把东府的事报告贾政:"这里的事我倒想不到,那边东府的事我已听见说,完了。"贾政道:"究竟犯什么事?"薛蝌道:"今朝为我哥哥打听决罪的事,在衙内闻得,有两位御史风闻得珍大爷引诱世家子弟赌博,这款还轻;还有一大款是强占良民妻女为妾,因其女不从,凌逼致死。那御史恐怕不准,还将咱们家的鲍二拿去,又还拉出一个姓张的来。只怕连都察院都有不是,为的是姓张的曾告过的。"薛蝌说贾珍引诱世家子弟赌博以及尤氏姐妹之死,是宁国府被抄原因,符合前八十回描写,只不过"强占良民妻女为妾,因其女不从,凌逼致死"讲得不太清楚,到底是尤三姐还是尤二姐? 而且尤氏姐妹之死跟贾琏的关系,比跟贾珍的关系更重要,怎么贾琏这儿没事又到了贾珍那边? 贾政尚未听完,便跺脚道:"了不得! 罢了,罢了!"叹了口气,扑簌簌地掉下泪来。薛蝌劝慰几句,又出来打听。隔了半日,仍旧进来说:"事情不好。我在刑科打听,倒没有听见两王复旨的信,但听得说李御史今早参奏平安州奉承京官,迎合上司,虐害百姓,好几大款。……那参的京官就是赦老爷,说的是包揽词讼,所以火上浇油。"薛蝌这番话好像把荣国府被抄家和平安州联系起来。贾政顿足:"都是我们大爷忒糊涂,东府也忒不成事体。"

曹雪芹构思贾府被抄原因

续书作者通过焦大和薛蝌对两府被抄做了似乎简练实际比较拙劣的交

待。曹雪芹在前八十回一再唱衰贾府，"树倒猢狲散"阴影始终笼罩贾府，像后十四回描写的抄家，不过伤其皮毛，且很像锦衣军赵全借抄家发财，未伤及贾府根本如荣国府府邸没被没收，贾政名下奴仆没被抓起来，几十个收租庄园毫发未损，这样的抄家不可能导致整个贵族家庭一败涂地。而且抄家原因没交待清楚。

曹雪芹构思的抄家有可能是哪些原因和过程？

首当其冲的是葫芦僧乱判葫芦案和石呆子案。可能是：聪明而毒辣的门子回到京城，想法揭露了贾雨村，已经爬上去的贾雨村倒了，或者是已经被降职的贾雨村彻底倒了，按照大清律，贾雨村上下其手处理薛蟠杀人案，应处以绞刑，妻子没收为官奴，娇杏姑娘不再侥幸。贾雨村又牵出曾帮他复职的贾政、王子腾，两大家族两个重要人物同时倒霉，而薛家继承人薛蟠人头落地。审理贾雨村的案又牵出石呆子命案，这是元妃归省点戏脂砚斋明确写过的：《豪宴》"伏贾家之败"，《豪宴》里的玉杯意味着贾赦抢石呆子的扇子有同样作用。

其次，是贾琏和几桩女性命案，鲍二家之死和尤氏姐妹之死，鲍二和张华都会成为证人，给王熙凤办过机密大事的旺儿也会成为证人。

第三个原因，就是长安县和平安州，按照曹雪芹哲理性命名，长安县恰好不能长久平安，平安州恰好是最不平安。王熙凤收三千两银子害死一对未婚夫妻，贾赦和平安州非法来往，成了贾府被抄的理由之一。

这些理由都可以成为皇帝抄家的根据，但最重要的却是元妃失宠、被赐死，如果元妃继续得宠，贾府即使再有几倍劣迹，皇帝也会维护贾府。贾府树倒猢狲散主要就是因为大树倒了，元妃死了。

贾府最后结局是被朝廷抄家，一败涂地。《红楼梦》第五回的曲，唱得很清楚。抄检大观园，探春说过，现在盼着自己抄家。前八十回写到甄府被抄家，也是贾府被抄家的预演，甄府把财物转移到贾府，可能构成贾府被抄的原因。贾府被抄后，又像甄士隐家那样失了火，烧了个白茫茫大地真干净，刘姥姥和贾母闲谈时马棚失火，埋下将来贾府失火伏笔。贾府被抄后，财富没了，贾宝玉成乞丐，最后出家，贾府被抄和宝玉出家这样的结局，续书作者无论如何躲不过，但是续书作者减掉了百分之八九十惨状。贾府被抄走了个过场。

贾府抄家其实是原本曹府被抄的变形，是曹雪芹心中永远的痛。

曹府为什么抄家？这个问题，红学家不知道写了多少部专著多少篇论文。简而言之：曹雪芹祖父曹寅是康熙皇帝宠臣，不仅负责供应皇宫纺织品，还密札向康熙汇报江南吏治民情。雍正皇帝上台，既对康熙宠臣怀有戒心，又怀疑曹家跟他的政敌康熙十四子胤禵有联系，特别是曹寅几次给康熙皇帝接驾，造成巨大亏空，雍正皇帝怀疑曹家把钱弄回家了，他早就想抄抄曹家看看，能不能发点财，雍正五年十二月二十四日雍正皇帝下谕"固封""严守"曹家，防止转移财物，不久，雍正借口曹頫骚扰驿站下令抄家。结果从曹家没抄出超过一百两的银子，倒抄出许多借票，说明曹家确实没钱。雍正下令把曹頫在吏部枷号，追讨几百两银子欠银，曹家惨得好几年没交上，曹頫经常在吏部枷号。曹雪芹应该是把曹家被抄变形写进贾府被抄。又因为曹雪芹生活环境，京城被抄官员不少，曹雪芹知道很多细节，可以变形编进小说，可惜我们对曹雪芹怎么写的抄家看不到了。

贾府被抄，贾母病危王熙凤病重，接下来就是贾母之死和"王熙凤力绌失人心"。

贾政焦虑　贾母祷天

——第一百零六回　王熙凤致祸抱羞惭，贾太君祷天消祸患

第一百零六回回目人物是王熙凤和贾母，大量笔墨却写贾政为家事焦虑。贾政从没当过家，却在贾府败落情况下当家，既两眼一抹黑又捉襟见肘，几乎成窝囊废。巧妇难为无米之炊，贾政没法不窝囊。倒是贾母在巨大变故前表现抢眼。后四十回除了不得不结束宝黛爱情、完成二宝婚姻，贾政、贾琏、贾母唱主角、挑大梁。

贾政查问贾琏

贾府刚抄家，马上有好消息传来，北静王府长史到贾府向贾政道喜：北静王、西平王向皇帝汇报，把您感激天恩、惧怕之心代为转奏。皇帝悯恤，想到贵妃溢逝未久，不忍加罪，下旨令您仍加恩在工部员外上行走，尽心供职。所封家产，将贾赦的入官，余俱给还。皇帝传旨令二位王爷认真查核借券，违禁重利的入官，定例生息及房地文书尽行给还。贾琏革去职衔，免罪释放。

贾府抄家大事化小、小事化了，贾琏还没查清有多少属重利盘剥，已免罪释放，皇帝还讲不讲法治？一会儿圣旨果然传出，承办官遵旨，入官者入官，给还者给还，贾琏放出，贾赦名下男妇人等造册入官。贾琏屋内东西除将按例放出的房地产文书发还之外，其余虽未入官，早被查抄者尽行抢去，所存只有粗笨家伙物件。贾琏始则惧罪，释放已是万幸，想起历年积聚的东西并凤姐体己不下七八万金，一朝而尽，怎得不痛。且他父亲现禁在锦衣府，凤姐病在垂危，贾琏很悲痛，还得回答贾政责问。

贾政含泪叫贾琏问："我因官事在身，不大理家，故叫你们夫妇总理家事。你父亲所为固难劝谏，那重利盘剥究竟是谁干的？况且非咱们这样人

家所为。如今入了官,在银钱是不打紧的,这种声名出去还了得吗!"贾政书呆子气,银钱是贾府豪华生活的保障,怎么不打紧?贾府名声早就非常坏,柳湘莲说东府只有石头狮子干净。贾政给蒙在鼓里,还以为高利贷是用公中的钱放的,想不到是王熙凤私房钱。贾琏跪下继续忽悠贾政说:"侄儿办家事,并不敢存一点私心。所有出入的帐目,自有赖大、吴新登,戴良等登记,老爷只管叫他们来查问。"贾政叫不叫三位管家来问,如果问起来,管家如何回答?小说再也没了下文。贾琏继续汇报:"现在这几年,库内的银子出多入少,虽没贴补在内,已在各处做了好些空头,求老爷问太太就知道了。"这些话倒不完全是忽悠,但他在里边巧取豪夺,王夫人可不知道。贾府确实寅吃卯粮,林之孝和赖大早就向贾琏提过压缩开支、减少丫鬟等建议,只是没被采纳,因为从王夫人开始就不想改变铺张浪费局面。贾琏对贾政说到高利贷,更是一推六二五,似乎根本没有他的事:"这些放出去的帐,连侄儿也不知道那里的银子,要问周瑞、旺儿才知道。"

贾琏如此推诿责任,贾政拿他一点没办法,马上说:"据你说来,连你自己屋里的事还不知道,那些家中上下的事更不知道了。我这回也不来查问你。"贾政轻轻一句话,把查抄中贾府最丢脸的事高利贷盘剥,轻轻放过,再也不提。是贾政认为事已如此,查也没用?还是怕查来查去,查到王夫人头上?贾政再次成假正经,他在江西粮道任上,对李十儿胡作非为睁一只眼闭一只眼,现在对贾琏管家中胡作非为又睁一只眼闭一只眼。

贾政马上转换话题,对贾琏说:"现今你无事的人,你父亲的事和你珍大哥的事还不快去打听打听。"小说写:贾琏一心委屈,含着眼泪答应了出去。贾琏有什么委曲?难道王熙凤放贷的事他不知道?前八十回旺儿媳妇不是守着他就把王熙凤放高利贷利息给送来了,说明王熙凤放贷早就不瞒他。王熙凤还对贾琏发牢骚,如果不是我想办法,这个家早就过到破窑里去了。

贾政焦虑家计艰难

贾政叹气想:"我祖父勤劳王事,立下功勋,得了两个世职,如今两房犯事都革去了。我瞧这些子侄没一个长进的。老天啊,老天啊!我贾家何至一败如此!我虽蒙圣恩格外垂慈,给还家产,那两处食用自应归并一处,叫我一人那里支撑的住。方才琏儿所说更加诧异,说不但库上无银,而且尚有亏空,这几年竟是虚名在外。只恨我自己为什么糊涂若此。倘或我珠儿在世，尚有膀臂；宝玉虽大，更是无用之物。"贾政想到这里，泪满衣襟。又想："老太太偌大年纪，儿子们并没有自能奉养一日，反累他吓得死去活来。种种罪孽，叫我委之何人！"贾政想得很真实，尤其是想到长子贾珠，想到宝玉虽大，却是无用之物，令人同情，这个父亲很可怜，不知道为什么，贾政始终不考虑他在前八十回言听计从的儿子贾环？

贾府被抄时跑得比兔子还快的亲友听说贾政仍然有官职，都来看望。还纷纷把责任归咎于贾赦、贾珍，安慰贾政，有的说贾赦行事不妥，贾珍更加骄纵。他们闹出事，带累了二老爷。有的说："人家闹的也多，也没见御史参奏，不是珍老大得罪朋友，何至如此。"有的说："听见说是府上的家人同几个泥腿在外头哄嚷出来的。御史恐参奏不实，所以诓了这里的人去才说出来的。"续书作者又借亲友的话，把贾雨村跟醉金刚倪二的故事变个法儿叙述一次，还有人提醒贾政：你在江西粮道任上外头的风声也不好，都是奴才们闹的。你该提防些。贾政赶紧声明："我是对得起天的，从不敢起这要钱的念头。只是奴才在外招摇撞骗，闹出事来我就吃不住了。"这帮亲友和贾政谈话，陈谷子烂芝麻，把大家已经知道的事，重新换个角度说了一遍又一遍，哪个有石破天惊的语言？哪个有独特深刻的见解？什么也没有，絮絮叨叨，翻来覆去，《红楼梦》后四十回常有这样的毛病，当然也不止这个毛病。

倒是有个标新立异的来了，孙绍祖。门上进来回禀说："孙姑爷那边打发人来说，自己有事不能来，着人来瞧瞧。说大老爷该他一种银子，要在二老爷身上还的。"还是重复前八十回迎春回娘家时诉苦时说过的话：孙绍祖对迎春说：你不用跟我充夫人娘子，是你爹收了我五千两银子，把你卖给我啦。

薛蝌报告："我打听锦衣府赵堂官必要照御史参的办去，只怕大老爷和珍大爷吃不住。"贾政惊心，当然仍是虚惊，因为王爷还会帮忙。第二天早上，贾政进皇宫谢恩，到北静王府、西平王府两处叩头拜谢，求王爷照应贾赦、贾珍。王爷答应。贾政又向同寅相好托情，叫他们帮着说话。

贾政传赖大将合府花名册子拿来，除贾赦入官的，还有三十余家，男女二百十二名。贾政叫现在府内当差的男人进来，问历年居家用度，管总家人呈上家用簿子。贾政看时，入不敷出，加连年宫里花用，在外浮借不少，东省地租不及祖上一半，消费比祖上加十倍。贾政急得跺脚道："这了不得！……岂知好几年头里已就寅年用了卯年的，还是这样装好看，竟把世职俸禄当作不打紧的事情，为什么不败呢！我如今要就省俭起来，已是迟了。"

贾政焦头烂额地想怎么样渡过难关,维持贾府。对照前八十回贾府繁华鼎盛时,秦可卿大丧掷万金如片瓦的排场,元妃归省时几万两银子做窗帘的气派,乌进孝的进租单子,贾府确实今不如昔。

贾政基本上还想做个好官清官,但他不仅在江西粮道任上被家人弄成贪名在外,现在又给贾赦、贾珍、贾琏收拾烂摊子了,贾政埋怨贾琏夫妇不知好歹,闹出放账取利的事情,心里很不受用。但凤姐病重,所有东西被抄抢一光,贾政未便埋怨,只能隐忍不言。这个世界难道就是这样,有人为非作歹,有人收拾残局。贾政不在第一百零六回的目上,第一百零六回却用大量笔墨写贾政如何收拾残局,如何责问贾琏,如何琢磨家里的开支,如何琢磨营救贾赦、贾珍,如何安慰贾母,荣国府长房贾赦、贾琏父子包括王熙凤坏事做尽,抓走的抓走,病倒的病倒,危局下的贾府责任都落到贾政肩膀上。贾政内外交困,长子贾珠早就死了,宝玉无用,贾政孤立无助。贾政在前八十回没参加过多少贾府风花雪月的活动,只知道读书下棋、正襟危坐,现在倒有点儿令人同情了。

王熙凤抱羞惭没有?

一百零六回目虽有"王熙凤致祸抱羞惭",其实对她的描写不多。贾琏打听得贾赦、贾珍的事没有好消息,心情很不好,回到家中,平儿守着凤姐哭泣,秋桐在耳房中抱怨凤姐。贾琏走近凤姐旁边,见她奄奄一息,就有多少怨言,一时也说不出来。平儿哭着对贾琏说:"如今事已如此,东西已去不能复来。奶奶这样,还得再请个大夫调治调治才好。"贾琏啐了平儿一口说:"我的性命还不保,我还管他么!"贾琏在这样的情况下说这样的话,可以理解,也令人寒心。凤姐听见,睁眼一瞧,虽不言语,眼泪流个不尽,见贾琏出去,才与平儿道:"你别不达事务了,到了这样田地,你还顾我做什么。我巴不得今儿就死才好。只要你能够眼里有我,我死之后,你扶养大了巧姐儿,我在阴司里也感激你的。"王熙凤向平儿托孤至少说了两三次,读者耳朵根子都给磨破了。平儿听了,放声大哭。王熙凤对平儿说:"我若不贪财,如今也没有我的事,不但是枉费心计,挣了一辈子的强,如今落在人后头。我只恨用人不当,恍惚听得那边珍大爷的事说是强占良民妻子为妾,不从逼死,有个姓张的在里头,你想想还有谁,若是这件事审出来,咱们二爷是脱不了的,我那时怎样见人。我要即时就死,又耽不起吞金服毒的。你到还要请大夫,可不是你为顾我反倒害了我了么。"奇怪,难道王熙凤知道尤二姐吞金而死? 王熙凤致祸而羞惭在什么地方? 她一点不羞惭,她应恨用人不当还是她本人的毛病? 她"用人不当"顶多用了几个小喽啰贾芸、贾芹,不关大局。她的羞惭之心根本没有,只担心自己倒霉。

贾母占据小说 C 位

第一百零六回写得琐琐碎碎,唠唠叨叨,平淡无味,有些地方相当不合情理,倒是贾母的活动写得较好。贾母在前八十回是弥勒佛样笑口常开的老太太,她养富尊荣,她的厨房有天下菜所有水牌,轮流吃个遍;她欣赏音乐、戏曲、书法、刺绣,过得自在活得优雅。抄家虽还没抄到她跟前,也足以让她惊吓气逆昏迷,王夫人、鸳鸯等唤醒,用疏气安神丸药渐好些,贾母伤心落泪。贾政劝慰母亲:"儿子们不肖,招了祸来累老太太受惊。若老太太宽慰些,儿子们尚可在外料理;若是老太太有什么不自在,儿子们的罪孽更重了。"贾政确实比贾赦强。贾母说:"我活了八十多岁,自作女孩儿起到你父亲手里,都托着祖宗的福,从没有听见过那些事。如今到老了,见你们倘或受罪,叫我心里过得去么! 倒不如合上眼随你们去罢了。"这番话是凤姐生日泼醋那番话再版。不同的是,那次说活了七十多岁,到贾家五十多年,同样是从没有听见过那些事,子孙不肖的丑事,这次活了八十多岁,从没有听见过这些事,子孙不肖导致抄家的事。

贾母见贾政无事,宝玉、宝钗在旁天天不离左右,略觉放心。奇怪的是,向来在任何困难情况下长篇大论说大道理的宝钗,在贾府被抄后成了徐庶进曹营,对贾母没有一句恰如其分的安慰之辞,对贾府现在的局面,作为马上全面当家的宝二奶奶,没有一个字的建议和想法。向来在舒适生活中都要化烟化灰的宝玉,遇到家庭这么大繁难,反而不化烟化灰了。宝玉夫妇变成贾母的失语随从。贾母成了两府困难情况下最强有力的支撑。贾母的住处,锦衣军没进去,贾母没受到任何损失,她的经济状况仍是过去王熙凤开玩笑说的金的银的压塌了箱子底,贾母本是老一代有创业精神的硕果仅存,她遇到困难仍然能挺直腰杆,何况手里有钱,也就有底气有权威。

贾母对抄家后两府如何生活做出井井有条的安排。她最疼凤姐,并不清楚凤姐的罪行,反把凤姐看成不幸的受害者,先叫鸳鸯:"将我体己东西拿些给凤丫头,再拿些银钱交给平儿,好好的服侍好了凤丫头。"贾母又命王夫人照看邢夫人，命人用车把尤氏婆媳接过来，赫赫扬扬的宁国府只剩尤氏、许氏，贾珍侍妾佩凤、偕鸾，丫鬟仆人一个也没了，尤氏身边原来叫银碟的丫鬟，跟宁国府金碗银碟一起，被没收入官。贾母指出一所房子给尤氏婆媳居住，惜春当年发誓再也不回宁国府，现在宁国府主人就给贾母派到她的隔壁居住，抬头不见低头见。贾母派四个婆子、两个丫头服侍尤氏，饭食由大厨房分送，衣服是贾母派人送，零星需用在账房内开销，照荣府月例放月钱，本来支撑不下去的荣国府雪上加霜。贾母似乎不知道，贾赦、贾珍、贾蓉关押需要用钱，荣国府账房已无项可支。贾政只说已托人照应，难道不知道，衙门口朝南开，没有金银别进来，当初为鲍二家的之死，往衙门送几百两银子的贾府，现在贾府主子给关进锦衣卫，连几百两银子也拿不出来。薛姨妈家已败，王子腾已死，其他亲戚只能锦上添花，没人雪中送炭。贾琏只好暗暗差人将庄园地亩暂卖数千两银子作为贾赦等监中使费。家奴见贾府势败，趁此弄鬼，贪占起来。

贾母祷天保子孙

贾母见祖宗世职革去，子孙在监质审，邢夫人、尤氏日夜啼哭，凤姐病在垂危，宝玉、宝钗虽在身边却不能分忧，贾母日夜不宁，思前想后，眼泪不干。傍晚，叫宝玉、宝钗回去，自己挣扎坐起，叫鸳鸯等各处佛堂上香，命院内焚起斗香，用拐拄着出到院中。琥珀铺下大红短毡拜垫。贾母上香跪下磕了好些头，念了一回佛，含泪祝告天地："皇天菩萨在上，我贾门史氏，虔诚祷告，求菩萨慈悲。我贾门数世以来，不敢行凶霸道。我帮夫助子，虽不能为善，亦不敢作恶。必是后辈儿孙骄侈暴佚，暴殄天物，以致合府抄检。现在儿孙监禁，自然凶多吉少，皆由我一人罪孽，不教儿孙，所以至此。我今即求皇天保佑：在监逢凶化吉，有病的早早安身。总有合家罪孽，情愿一人承当，只求饶恕儿孙。若皇天见怜，念我虔诚，早早赐我一死，宽免儿孙之罪。"

这段祈祷写得好，既符合一品诰命夫人身份，也符合贾府老家长身份，这段祈祷生动诠释了贾府这个豪门贵族像古代其他贵族一样，诸侯之泽，五世而斩，贾母和荣国公，以及上一代荣国公，是创业的，守成的，后世子孙，是只知道安富尊荣甚至为非作歹的。贾母说，贾府败落"由我一人罪孽，不教儿孙"，好像是向神灵替子孙求饶、自己承担责任，其实也是贾母痛定思痛得出的结论。贾母确实有不教儿孙的罪责。是她带领合府享乐，要吃得好，玩得好，看戏要看得舒心，听曲要听得优雅，是她对子孙溺爱到顶点，不教育子孙特别是宝玉读书上进，对贾琏寻花问柳轻描淡写。现在她回想教育失责，深深自责，只能请求上天把惩罚都放到自己身上，饶过她的儿孙。贾母确实有气魄有担当有牺牲精神。

惊心动魄大哭场面

接下来，续书作者写了一大段众人围绕贾母大哭的情节。

贾母祈祷完后，仍然伤心落泪，王夫人、宝玉、宝钗来请晚安，看到贾母悲伤，三人也大哭起来。宝钗更有一层苦楚：想哥哥在监狱，将来处决，不知可减缓否；翁姑虽然无事却家业萧条；宝玉疯傻毫无志气，想到后来终身，比贾母、王夫人哭得更痛。宝玉见宝钗大恸，亦有一番悲戚，想老太太年老不得安，老爷、太太悲伤，众姐妹风流云散，一日少似一日，追想园中吟诗起社何等热闹，林妹妹一死，自己郁闷到今，又看到宝姐姐悲哀欲绝，宝玉嚎啕大哭。鸳鸯、彩云、莺儿、袭人看到大家哭，各有所思，也呜咽起来。其他丫头看得伤心，也便陪哭，没有一个人出来劝解，满屋中哭声惊天动地。贾母房间所有人大哭，但各人哭有各人理由，各人哭有各人哭法，这么多人一起哭，自然惊天动地，婆子报给贾政知道。贾政以为贾母死了，魂魄俱丧，急忙进来，只看到大家坐着哭，稍微安心。

这段众人群哭写得生动。续书作者是不是做了次聪明选择，想叫读者从众人围绕贾母大哭跟史太君两宴大观园众人大笑对照联想起来？不同的是，当时回目叫"史太君两宴大观园"，现在回目叫"贾太君祷天消祸患"。笑和哭当然完全不同，但构思如出一辙，笑起来哭起来，都有按照自己身份和性情的笑法和哭法。第四十回，各人因个性不同有不同的笑法，第一百零六回各人有各人处境的不同，有不同的哭法，第四十回"史太君两宴大观园"那段世界级大笑多么美好，一口饭都喷了出来的史湘云，笑得岔了气的林黛玉，出各种花招的王熙凤，雍容华贵的贾母，山寨外交家刘姥姥……到哪去了？贾府荣华已经逝去，曹雪芹笔下的美妙场景一去不复返。

四大家族已经败落了三家，在后四十回，唯一没有败落的是贾母的娘家，特别奇怪的是，连秦可卿的丧事都要亲自过来的史侯、史鼎、史鼐之类大人物，居然对贾府被抄不闻不问，对史家年过八十的姑奶奶不慰劳，不帮忙，没事人一般，这叫贾母情何以堪！过去总是想住到贾府、赖到贾母身边不回自己家的史湘云,更不可思议,在贾府遇到这么大难事时,在最爱她的姑奶奶需要她用笑容开解时,史湘云居然躲了个无影无踪,第一百零六回史侯家两个女人请贾母的安,说:"我们姑娘本要自己来的,因不多几日就要出阁,所以不能来了。"太不像话。两个婆子又向贾母介绍湘云夫君:"家计倒不怎么着,只是姑爷长的很好,为人又和平。与这里宝二爷差不多,还听得说才情学问都好的。"《红楼梦》最有读者缘、最有观众缘的史湘云的婚姻,《红楼梦》第五回做了那么详细交待的史湘云的婚姻和命运,三言两语给续书作者匆匆忙忙、敷衍了事交待了。而贾宝玉又模仿前八十回那些话再来了番废话。贾宝玉听到史湘云要结婚,发了一回怔,想了一番女儿大了必要出嫁,一出嫁就改变,一个人到了这个没人理的份儿,还活着做什么。实在是没话找话。

贾府抄家后,贾赦、贾珍、贾蓉关在锦衣府,贾琏债务缠身,王子腾已死,薛家已败,贾府内外交困,居然要靠贾母这八十多岁行将就木的一根朽木支起来。贾府管家婆王熙凤因惊恐病倒,老管家婆贾母大放异彩。贾母就抄家一事发表议论,俨然贾琏与鲍二家的事的复印版,只是没了抱着、背着的趣话。贾母拿体己安慰王熙凤,安排尤氏婆媳,然后上香祈祷,求皇天菩萨保佑,情愿任何罪过都由她一人承当,表现出荣、宁府老一代的气魄和担当。

曹雪芹《红楼梦》本是曲青春恋歌、青春挽歌,主要人物除宝玉、黛玉、宝钗外,其他金钗也很重要,进入后四十回,宝玉、黛玉、宝钗、凤姐等前八十回靓丽之极的人物变形,继续别扭地敷衍宝玉婚事,元春、探春、迎春、湘云这些金陵十二钗重要人物,要么像元春,命运跟曹雪芹构思全不一样,要么像探春、湘云,被一笔带过。贾母、贾政、贾琏站到舞台中央表演,内容基本跟金陵十二钗关系不大,《红楼梦》不再唱青春挽歌,倒大唱中老年烦难,大写各种迷信怪异。像史湘云出阁这么重要的事,仅由史侯家女人给贾母带信一语交代。湘云醉卧芍药裀之类情节成了永远的追忆。

贾母散余资　贾政复世职

——第一百零七回　散余资贾母明大义，复世职政老沐皇恩

　　面临家庭巨变，贾母成为贾府中流砥柱，成为贾府最后的经济支撑，她把从做媳妇到做曾祖母积累的财富全拿出来，分派给子孙渡难关，贾政经皇帝几次考问，非但没受到进一步处分，反而接受贾赦丢掉的世职。贾政复世职的构思跟曹雪芹贾家彻底败落背道而驰，但贾母表现得相当好，如果说前八十回完成了享乐型的祖母形象，后四十回就创造了个困境中稳健凝重处事干练的大家庭祖母形象。

贾母暗下决心

　　两位王爷主持走过场样抄家后，经过一场更加走过场审讯，贾赦发往台站效力，贾珍发往海疆效力，这已经是避重就轻，贾母听到处理结果却悲伤起来。贾政劝贾母："老太太放心。大哥虽则台站效力，也是为国家办事，不致受苦，只要办得妥当，就可复职。珍儿正是年轻，很该出力。若不是这样，便是祖父的余德，亦不能久享。"贾政说贾赦不致受苦，是安慰母亲，一个常年什么事也不做、整天跟小老婆喝酒、玩扇子的老纨绔子弟，六十岁长途跋涉到边疆，怎会不吃苦？在曹雪芹构思中，贾赦抄家后连命都送上了。小说写：贾母素来不大喜欢贾赦，东府贾珍究竟隔了一层。这段心理描写不太合理，贾母素来不喜欢贾赦，是因为大儿子胡子白了，官不好好做，整天和小老婆喝酒，并不意味着母亲对年老儿子远走边疆不心疼。邢夫人、尤氏痛哭不已。邢夫人想："家产一空，丈夫年老远出，膝下虽有琏儿，又是素来顺他二叔的，如今是都靠着二叔，他两口子更是顺着那边去了。独我一人孤苦伶仃，怎么好。"这个心理合理真实，但缺少邢夫人最在乎的金钱思虑，从贾赦处抄出五千两银子还有金子，未必没有邢夫人克扣节省的钱，邢夫人怎么没

考虑？尤氏本独掌宁府，除了贾珍惟她为尊，又和贾珍夫妇关系好，尤氏想："如今犯事远出，家财抄尽，依往荣府，依人门下。"又想到："二妹妹、三妹妹俱是琏二叔闹的，如今他们倒安然无事，依旧夫妇完聚。只留我们几人，怎生度日！"尤氏想的完全合理，但官司就是这么不合理，该负责的就是不负责。尤氏姐妹之死都和贾琏有关，尤二姐之死又和王熙凤有关，官府问都不问，贾琏放高利贷的事也不追问，其实，贾琏是贾赦的儿子，治贾赦就该治贾琏，不知道皇帝怎么会特别对贾琏网开一面。

邢夫人、尤氏痛哭，贾母不忍，问贾政："你大哥和珍儿定案，可能回家？蓉儿也该放出来了。"贾政回答，已经托了人情，在他们去边疆之前，放他们回家准备行装。贾母又说："我这几年老的不成人了，总没有问过家事。如今东府是全抄去了，房屋入官不消说的。你大哥那边琏儿那里也都抄去了。咱们西府银库，东省地土，你知道到底还剩了多少？他两个起身，也得给他们几千银子才好。"贾母当年毕竟是才能胜过王熙凤的管家婆，现在是整个贾府老当家，她平时是享乐的老祖宗，大难临头，成了整个贾府顶梁柱主心骨。贾政不得不回复贾母：旧库银子早已虚空，外头还有亏空。大哥和珍儿的事必须花银托人照料，银子还不知道从哪儿出。东省地亩已寅年吃了卯年的租儿，只好尽所有的蒙圣恩没动的衣服、首饰折变了给大哥、珍儿作盘费。过日的事只可再打算。贾政这番话意味着得把王夫人、薛宝钗等人的首饰变卖了打发贾赦、贾珍动身。贾政绝对不敢提：老太太的私房钱得拿出来。

贾母听了，急得眼泪直淌，说："怎么着，咱们家到了这样田地了么！我虽没有经过，我想起我家向日比这里还强十倍，也是摆了几年虚架子，没有出这样事已经塌下来了……据你说起来，咱们竟一两年就不能支了。"贾政回答：咱们两个世俸没了，荣国公、宁国公头衔革去，皇帝补助没了，外边借都借不出来，亲戚穷了，有钱的也不肯照应。家里花钱一无所出，底下的人也养不起这么多。

听了贾政的话，贾母非常忧虑。估计贾府老封君听到贾府实际情况后，很快就在心里暗下决心，自己年过八十，来日无多，生不带来，死不带去，既然贾府面临困境，那就把自己毕生积蓄拿出来，给儿孙解困扶危！

贾母散余资

贾赦、贾珍、贾蓉一齐进来给贾母请安。贾赦、贾珍是放一两天假回家整理行装。贾母一只手拉着贾赦，一只手拉着贾珍大哭。贾赦、贾珍脸上羞惭，跪在地下哭着说："儿孙们不长进，将祖上功勋丢了，又累老太太伤心，儿孙们是死无葬身之地的了！"满屋人一齐大哭。贾政劝解：先打算他两个的使用，大约在家只可住得一两日。贾母含悲忍泪说："你两个且各自同你们媳妇们说说话儿去罢。"吩咐贾政："这件事是不能久待的，想来外面挪移恐不中用，……只好我替你们打算罢了。"一面说着，一面叫鸳鸯吩咐去了。叫鸳鸯吩咐什么？跟邢夫人、王夫人一起，把贾母身边丫鬟媳妇调动起来，翻箱倒柜，把贾母的柜子箱子全部打开，清查贾母六十多年积累。贾母的大柜子是宝藏，刘姥姥曾感叹过：这么大的柜子，取东西都得用梯子。王熙凤说过，贾母金的银的，压塌了箱子底。

按照曹雪芹的构思，续书作者写贾府抄家不合情理，其实续书作者的抄家描写，有自己的全局性考虑，有自己的精细设计和安排，也有他自己的道理，他必须只叫锦衣军全抄宁国府，对荣国府只抄贾赦，不抄贾政，更不抄贾母，这样既能安排贾政继承荣国公职位，安排续书作者一心要做的贾府重兴，又能安排贾母祈祷上天保佑子孙后散余资，如果稀里哗啦把贾府抄光，不管是贾赦、贾政、贾母、宝玉、宝钗全抄光，再放上一把火，哪还有后边情节可写？而且，在抄家中，宝玉、宝钗如何安排？他们必须像跟屁虫一样跟在贾母身边。这样一安排，贾母成了杨家将百岁挂帅的佘太君，威风八面，运筹帷幄。后四十回能附在前八十回后广泛流传，和黛玉之死有关，和千疮百孔的抄家有关，也跟异军突起的贾母老太君有关。

贾母叫邢、王二夫人同鸳鸯等，开箱倒笼，将做媳妇到如今积攒的东西都拿出来，叫来贾赦、贾政、贾珍等，一一分派，说："这里现有的银子，交贾赦三千两，你拿二千两去做你的盘费使用，留一千给大太太另用。这三千给珍儿，你只许拿一千去，留下二千交你媳妇过日子。仍旧各自度日，房子是在一处，饭食各自吃罢。四丫头将来的亲事还是我的事。只可怜凤丫头操心了一辈子，如今弄得精光，也给他三千两，叫他自己收着，不许叫琏儿用。如今他还病得神昏气丧，叫平儿来拿去。这是你祖父留下来的衣服，还有我少年穿的衣服、首饰，如今我用不着。男的呢，叫大老爷、珍儿、琏儿、蓉儿拿去分了，女的呢，叫大太太、珍儿媳妇、凤丫头拿了分去。这五百两银子交给琏儿，明年将林丫头的棺材送回南去。"贾母一一分派定了，又叫贾政道："你说现在还该着人的使用，这是少不得的。你叫拿这金子变卖偿还。这是他们闹掉了我的，你也是我的儿子，我并不偏向。宝玉已经成了家，我剩下这些金银等物，大约还值几千两银子，这是都给宝玉的了。珠儿媳妇向来孝顺我，兰儿也好，我也分给他们些。这便是我的事情完了。"

这一段描写特别令人感动，人们不是常说沧海横流方见英雄本色？在贾府遭遇塌天大祸的情况下，在贾政这个朝廷官员一筹莫展的情况下，贾母遇事不惊，遇难不怕，豁达大度，能上能下，明断分析，头头是道。疾风知劲草，贾母这位老年女杰简直超过当年协理宁国府的王熙凤。

贾政等见母亲这样处理，都跪下哭着说："老太太这么大年纪，儿孙们没点孝顺，承受老祖宗这样恩典，叫儿孙们更无地自容了！"贾母继续发布理家的命令：一是现在家道艰难，用不了那么多仆人丫头，该配人的配人，该赏去的赏去。房子虽不入官，把大观园交上。田地该卖的卖，该留的留，断不要支架子做空头。江南甄家存放的银子，在二太太那里，叫人就送去。贾政一一领命，心想："老太太实在真真是理家的人，都是我们这些不长进的闹坏了。"贾母又说："我所剩的东西也有限，等我死了做结果我的使用，余的都给服侍的丫头。"贾母连自己后事用的银子从哪儿出，都交待了，处理完后事，余下的银子给伺候她的丫头。老太太善良周到。贾政等人表示兢兢业业治家，奉养老太太，让您活到一百岁。贾母说这样我死了也好见祖宗。你们别打量我是享得富贵受不得贫穷的人，不过这几年看你们轰轰烈烈，我乐得都不管，说说笑笑养身子罢了，那知道家运一败直到这样！若说外头好看里头空虚，我早知道。只是"居移气，养移体"，一时下不得台来。如今借此正好收敛。

贾母看顾王熙凤

贾母正自长篇大论地说，丰儿慌慌张张跑来回王夫人：二奶奶气都接不上来了。贾母心里，第一是贾宝玉，过去同样第一的还有林黛玉，第二居然是孙媳妇王熙凤，看来王熙凤多年做贾母的开心果，没白做。贾母立即叫鸳鸯等派人拿了给凤姐的东西，三千两银子，给王熙凤的衣服首饰，叫这些人跟她过去亲自看望王熙凤，这是多么大的面子。

凤姐见贾母进来，满心惭愧。她原来担心贾母不再疼她，死活由她，现在贾母亲自来瞧，心里一宽，本来上不来气，现在气也上来了，她含泪检查，却一条实际错误不说，一条伤天害理的事不提，只是笼统地说：我叫神鬼支使得失魂落魄，帮着料理家务，闹得七颠八倒，还有什么脸儿见老太太、太太。贾母居然说："那些事原是外头闹起来的，与你什么相干。就是你的东西被人拿去,这也算不了什么呀。我带了好些东西给你,任你自便。"

　　贾母到底知不知道王熙凤放高利贷?到底知不知道尤氏姐妹之死虽是贾珍获罪原因,尤二姐实际是凤姐害死?是贾府的人从头到尾把这些内幕一直到抄家都瞒着贾母,还是贾母明知道也装聋作哑?王熙凤贪得无厌,她的财物被抄尽净,又愁苦,又恐人埋怨,她已经痛不欲生时,贾母、王夫人来看她,贾母仍疼他,王夫人也没嗔怪,她们还过来安慰,又送东西又送银子,凤姐再想到贾琏无事,心情好多了,在枕上给贾母磕头,说情愿当粗使丫头,尽心竭力地服侍老太太、太太。

　　贾母能上能下,能屈能伸,稳健大度,将多年积蓄分派儿孙,除贾环外,面面俱到。这是老祖宗解私囊救子孙,也是史太君深知来日无多。后四十回写贾母处事智慧写得好。

皇帝如此审案

　　根据历史记载,明清皇帝对官员抄家,有时非常残酷,官员充军苦寒地带,往往死在边疆,妻女被卖为奴隶,有的年轻女性被卖到妓院,家里土地房屋所余极少。后四十回描写的贾府抄家,算得上是明清两代官员抄家史上从来没有的皇恩浩荡。贾赦、贾珍、贾蓉被抓进去,怎么样审问,贾赦只有两个字"严鞫",严厉审问,怎么严鞫,一个字没有。

　　贾政被皇帝传去问话,把贾府的人吓得不轻,不过也是虚惊。贾政见是枢密院官员和几位王爷审问。不知道这是什么阵势审问?枢密院是封建时代中央官署名称,掌管军事机密、边防,明代已废,现在又担任起检察院职责,领头的又是一味偏袒贾政的北静王,说:"今日我们传你来,有遵旨问你的事。"贾政连忙跪下。众大人问:"你哥哥交通外官,恃强凌弱,纵儿聚赌,强占良民妻女不遂逼死的事,你都知道么?"贾政回答:我先在外地做学政,回到京城管工部工程不久,就被圣上派到江西担任粮道,题参回都,工部行走,日夜不敢怠惰。家务没有留心伺察,不能管教子侄,辜负圣恩,求主上重重治罪。贾政王顾左右而言他,枢密院官员问的是贾赦犯罪事,正确回答是:知道就是知道,知道多少;不知道就是不知道,为什么不知道。贾政对问的问题一个字也不说,只说他不能教育子侄,请皇帝治罪。这不是问马对以羊?如果县官问案得到这样回答,马上可以下令"掌嘴!"中央大员居然听任贾政避重就轻,不回答正题。更奇怪的是,官员问话本身就不通,贾赦有

"交通外官,恃强凌弱"的罪行,贾珍有"纵儿聚赌,强占良民妻女不遂逼死的事",怎么一股脑儿都成贾赦的? 真是问得糊涂,回答得更糊涂。北静王拿这话向皇帝汇报,结果皇帝不仅更糊涂,还很宽容,甚至连"宽容"这个词也不应用,而应说"包庇"。皇帝下旨意:御史参奏贾赦交通外官,恃强凌弱。据该御史指出平安州互相往来,贾赦包揽词讼。经过严厉审讯贾赦,平安州系姻亲来往,未干涉官事。御史也拿不出证据。倚势强索石呆子古扇是实,但扇子是玩物,不能算强索良民之物。石呆子自尽系疯傻所致,与逼勒致死者有区别。贾珍强占良民妻女为妾不从逼死,提取都察院原案,看得尤二姐实系张华指腹为婚未娶之妻,因伊贫苦自愿退婚,尤二姐之母愿结贾珍之弟为妾,并非强占。尤三姐自刎掩埋并未报官一款,查尤三姐原系贾珍妻妹,本意为伊择配,因被逼索定礼,众人扬言秽乱,羞愤自尽,并非贾珍逼勒致死。皇帝查的案倒比枢密院官员问得清楚,结果是:贾赦并没有聚众赌博,也没有逼良为妾,这事是贾珍名下,但贾珍也没有大罪名,只不过私埋人命。总而言之,贾赦、贾珍都没有大罪过。

贾赦、贾珍被审,调查一味偏袒,贾赦与平安州来往,在曹雪芹构思中,平安州有反讽意义,平安州最不平安,现在居然平平安安,不过亲戚之间正常来往,既然是亲戚之间正常来往,为什么贾赦还要派贾琏几次往那边跑,且因贾琏办事得力赏个秋桐? 这里边肯定有机密事。石呆子悲剧是因自己疯傻而并非贾赦夺扇所致,最起作用的贾雨村哪儿去了? 贾赦一个深宅大院一等将军能直接去逼石呆子? 贾雨村更重要的罪行葫芦僧判葫芦案又到哪里去了? 贾珍罪名只是私埋人命,且是调取都察院卷宗证明,当年都察院本来就一切按照王熙凤布置断案,现在倒成了给贾珍开脱的证据! 尤氏姐妹悲剧被轻轻放过,主犯贾琏连提都不提,贾珍私埋人命的小罪名竟导致宁国府丢掉世职,太荒唐! 处理是:贾赦发往边疆驿站效力,贾珍发往海疆效力。《红楼梦》第一回"好了歌解"有两句"因嫌纱帽小,致使锁枷扛",脂砚斋评语指贾赦、贾雨村等人,说明贾赦和贾雨村因为葫芦案戴锁枷,现在贾赦到边疆效力,葫芦案罪魁祸首贾雨村逃得连影都没有。贾琏高利贷罪行相当严重,却完全没下文。按照曹雪芹构思,元妃归省时看《一捧雪》暗伏贾家之败,就因为贾赦夺石呆子扇子类似于严世蕃抢玉杯"一捧雪"。尤二姐和张金哥案是冰山倒塌、雌凤失群、王熙凤被休缘由。续书把尤二姐之案全部淡化,张金哥之案连提也不提。

皇帝对前老丈人贾政,更是姑息养奸。下令:贾政"外任多年,居官尚属勤慎,免治伊治家不正之罪"。太可笑了。明明贾政是被江西节度弹劾罢官回来,怎么又成居官勤慎,既然居官勤慎,怎么反而降级? 贾政自己汇报治家不正,皇帝就免他治家不正之罪。贾政感激涕零,叩首谢罪,又叩求王爷代奏下忱。要求把祖宗遗受重禄积余置产一并交官。当然是惺惺作态。北静王大概很清楚,连奏皇帝也不奏,直接替皇帝回复"何必多此一奏"。

贾赦被派台站效力,从养尊处优的大老爷,变成远赴边疆效力。年过花甲,离乡背井,跟邢夫人分离悲痛。贾母派了跟贾赦到边疆的人叫苦连天,派了跟贾珍到海疆的人嚎鬼哭。但是没办法,他们仍然是贾母名下的家生子,没有自由。至于黛玉进府时在贾赦那里看到那些穿红着绿的人,贾赦年轻美貌的姬妾,到哪里去了? 没有描写,贾赦花八百两银子买来的嫣红姑娘跟着贾赦去边疆? 还是跟着邢夫人在贾府苦等? 这位曾经快活地放风筝的妙龄少妇,也无影无踪。其实在曹雪芹构思当中,在那次中秋夜月贾母领着全家优雅闻笛后两年,贾赦就死了,是抄家后在充军路上冻饿而死,还是贫病而死,我们就不知道了。

贾政复世职

看来皇帝真是个情种,总惦记着贤德妃的亲属,不仅不忍心给贾赦等人治重罪,还以超常速度,把贾赦革掉的荣国公头衔分秒必争落到前丈人贾政头上,好笑不好笑,好玩不好玩? 贾赦等人在家呆了两天准备行装,然后贾政、贾宝玉长亭送别,骑马赶至城外举酒送行,叮咛好些国家轸恤勋臣,力图报效的话。兄弟挥泪告别,贾政带宝玉回家。贾宝玉在这种情况下一句话也没有。贾宝玉已经恢复正常,看来宝玉失玉只是为了成全金玉良缘。金玉良缘成全,没了玉,贾宝玉也不傻了。贾政和宝玉还没到家,荣国府大门口要喜钱的人已聚集一帮嚷嚷:"今日旨意,将荣国公世职着贾政承袭。"贾政虽则喜欢,究是哥哥犯事所致,反觉感激涕零。贾母自然欢喜,拉着贾政说些勤黾报皇恩的话。邢夫人、尤氏心下悲苦,不好露出来。趋炎附势的亲友都来贺喜。贾政第二日向皇帝谢恩,还是表示要把荣国府府第和大观园奏请入官。这是要皇帝敲定他的合法继承权。皇帝降旨不必,贾政才得放心。这样一来,荣国府府第大观园,名正言顺都在贾政名下,且是皇帝亲口拍板。

新荣国公上任,贾府亏缺却一日重似一日,已经要典房卖地。府内家人有钱的怕贾琏缠扰，装穷躲事甚至告假不来，各自另寻门路。将来贾政在运灵柩回南京的路上因误了时间，向赖大儿子、当县令的赖尚荣借钱都借不到。

贾府那么多奴才，还有靠着贾府发了大财的管家，在贾府危机时刻，没有人出头，只有甄府来的包勇大放异彩。包勇看到那些人欺瞒主子，时常不忿。贾府的人嫌他不随和，在贾政面前说他的坏话，在贾琏面前说他终日贪杯生事不当差。贾政、贾琏懒得管他，因为他是甄府推荐来的。

续书作者为包勇设计个情节，借包勇写贾雨村：包勇在荣府街上闲逛，这个街原来叫宁荣街，现在宁国府没了，叫荣府街了。包勇听见两个人说话，得知，现任府尹、前任兵部沾过贾府的好处，贾府出事，御史参了，皇帝叫府尹查明实迹再办。府尹怕人说他回护一家，狠狠踢了一脚，所以两府才抄了。这些市井闲话是侧面描写贾雨村忘恩负义，对狼心狗肺的贾雨村，设计这样的情节不为过，只是曹雪芹构思中，原来是贾雨村倒台牵出贾政和王子腾，续书把因果关系弄颠倒了。包勇听了十分气愤，听说喝道而来的大人就是狠狠踢贾府一脚的贾大人，包勇趁了酒兴，大声骂贾雨村，贾雨村在轿内，听得一个"贾"字，留神观看见是个醉汉，便不理会过去了。耳朵那么灵的贾雨村居然只听到一个"贾"字，没听到骂他"没良心的男女！怎么忘了我们贾家的恩了"。也没有像对待醉金刚倪二一样对待包勇。包勇回贾府吹牛，被贾府仆人打小报告，贾政正怕事，叫进包勇骂了几句，派去看大观园。包勇醉骂，被派去看园，为后来包勇抵挡盗贼埋下伏笔。

贾府抄家狂风暴雨般袭来，和风细雨收煞。贾府先避重就轻，逃离法网，再一步一步"收复失地"。荣国公头衔刚刚从贾赦头上革去，又儿戏般回贾政头上。难道"主上"也跟贾母一样喜欢贾政不喜欢贾赦？还是想给皇帝歌功颂德？其实贾府抄了就是抄了，不仅抄了还一败涂地，"飞鸟各投林""落了片白茫茫大地真干净"，贾政"复世职"完全不符合曹雪芹构思，至于把王熙凤病重写成自己吓自己。《红楼梦》小说男主角贾宝玉在后四十回的戏份只剩下"见人哭他就哭"。这些地方非常不合情理。

宝钗过生日　黛玉变鬼哭

—— 第一百零八回　强欢笑蘅芜庆生辰,死缠绵潇湘闻鬼哭

贾母强颜欢笑给宝钗做生日,宝玉却从生日宴会跑到潇湘馆,还听到黛玉的哭声。

前后贾母是两个不同的形象

贾府经过抄家,虽然府第还在,庄园也未没收,贾政又承袭荣国公世职俸禄,但贾府的"浮财"特别是贾赦、贾琏的金银财宝都被锦衣军抢走,宁国府更一无所有,邢夫人、尤氏吃穿用度都依赖贾政。贾母私蓄为支持贾赦、贾珍去边疆散得差不多,贾府财富最后一块史太君绿洲快要成沙漠。更重要的是,贾府的人经过这次重创,再也提不起精神头。

贾赦、贾珍已到边疆暂且安定,贾母、邢夫人、尤氏暂觉放心。贾府今不如昔,省俭也没法过日子:"幸喜凤姐为贾母疼惜,王夫人等虽则不大喜欢,若说治家办事尚能出力,所以将内事仍交凤姐办理。但近来因被抄以后,诸事运用不来,也是每形拮据。那些房头上下人等原是宽裕惯的,如今较之往日,十去其七,怎能周到,不免怨言不绝。凤姐也不敢推辞,扶病承欢贾母。"这段描写还算合理,王熙凤因贾母疼惜,又一次活过来,看来,续书作者安排王熙凤之死,跟黛玉之死一样,不能说死就死,而是让王熙凤慢慢往死亡路上走,得安排当年令行禁止的王熙凤如何指挥不灵,当年豪掷千金的王熙凤如何捉襟见肘,当年说一不二的王熙凤如何吃气受屈。然后,才把王熙凤推到死亡结局。王熙凤出来"扶病承欢贾母",这句话很精彩,跟前八十回有一定承续性,王熙凤一直承欢贾母,是贾母的开心果,但现在得扶病出来,有哲理意味。王熙凤仍然要在贾母身边承欢搞笑,只是贾府已没了笑料只有苦楚,没了和谐只有矛盾,王熙凤也没有昔日欢快情怀而是病体不支,连句灵透话也没有了。

史湘云终于露面,她出嫁回门,来给贾母请安。贾母跟湘云聊到她的婚事、黛玉去世、迎春苦楚,悲伤起来。史湘云劝解一回,然后到各家请安问好,仍到贾母房中安歇,再跟贾母说起薛蟠的事,贾府老封君又当了次信息部主任,把四大家族贾、王、薛三家,而且不止这几家的事给史湘云来个综合报道:"你还不知道呢,昨儿蟠儿媳妇死的不明白,几乎又闹出一场大事来。还幸亏老佛爷有眼,叫他带来的丫头自己供出来了,那夏奶奶才没的闹了,自家拦住相验。你姨妈这里才将皮裹肉的打发出去了。你说说,真真是六亲同运!薛家是这样了,姨太太守着薛蝌过日,为这孩子有良心,他说哥哥在监里尚未结局,不肯娶亲。你邢妹妹在大太太那边也就很苦。琴姑娘为他公公死了尚未满服,梅家尚未娶去。二太太的娘家舅太爷一死,凤丫头的哥哥也不成人,那二舅太爷也是个小气的,又是官项不清,也是打饥荒。甄家自从抄家以后别无信息。"

贾母的信息广泛丰富,她什么都知道。贾母能不能跟史湘云这样聊天?应该可以。因为湘云是贾母娘家人,是贾母最疼爱的侄孙女,那么长时间不见湘云,老太太把压在心里的好多事倾诉一番,完全可能,有些话还说得比较生动,比如"你姨妈这里才将皮裹肉的打发出去了"。"将皮裹肉"是形容勉强对付,是句生动的市井语言。说"六亲同运"是指近支亲族休戚与共、命运相同,是对四大家族共同命运的总结;说"官项不清"是指公款不清,闹亏空,都讲得比较有道理。特别有意思的是,原本只关心如何吃喝玩乐的贾母,现在关心的范围何其广,知道的事何其多。是不是续书作者又派贾母代他叙事?代他总结一番前边的变故?有个小地方不合常理:邢岫烟仍住在邢夫人这里?邢岫烟父母经济情况再不好,总不能把女儿放到已被抄家、自己都没有生活来源、无家可归的邢夫人身边吧。

贾母接着跟史湘云聊:探春、惜春、贾环,她说探春有信回来,很好,惜春还没定亲,贾母终于提到贾环,说的恰好是:"环儿呢,谁有功夫提起他来。"这句话太好玩!贾母对湘云说:"如今我们家的日子比你从前在这里的时候更苦些。"这句话毫无道理。湘云原来在贾府的日子,绝对和"苦"字沾不上边,那时恰好是贾府烈火烹油、鲜花着锦的岁月,那时湘云在贾府,秋天可以名义上湘云作东,实际上宝钗出钱,请贾母、王夫人吃螃蟹,然后,大观园诗人欢声笑语写海棠诗,做螃蟹吟;那时湘云在贾府,可以冬天穿着贾母给的长袍子,滚到雪地里,可以在芦雪庵跟黛玉、宝琴抢着联诗,特别是那时湘云可以躺在春光明媚的芍药圃枕着花瓣,梦中吟诗,给读者留下湘云醉卧的绝美画卷。那时哪有一丝一毫"苦"可说。贾母这句"我们家的日子比你从前在这里的时候更苦些",文不对题。贾母继续说:"只可怜你宝姐姐,自过了门,没过一天安逸日子。你二哥哥还是这样疯疯颠颠,这怎么处呢!"湘云说起她看望宝玉等的印象:"瞧他们的意思原要像先前一样的热闹,不知道怎么,说说就伤心起来了。"贾母表示想领着大家热闹一番,湘云提到后天宝姐姐生日,贾母兴趣很高,决定给宝钗过生日。接着,贾母聊兴很浓,又一网打尽聊起了宝玉、宝钗、凤姐、李纨、黛玉,特别是对比评价宝钗、黛玉、凤姐:"大凡一个人,有也罢没也罢,总要受得富贵耐得贫贱才好。你宝姐姐生来是个大方的人,头里他家这样好,他也一点儿不骄傲,后来他家坏了事,他也是舒舒坦坦的。如今在我家里,宝玉待他好,他也是那样安顿,一时待他不好,不见他有什么烦恼。我看这孩子倒是个有福气的。你林姐姐那是个最小性儿又多心的,所以到底不长命。凤丫头也见过些事,很不该略见些风波就改了样子,他若这样没见识,也就是小器了。"

贾母和湘云长篇大套闲谈,什么蟠儿媳妇死得不明白,什么琴姑娘还没出嫁,什么凤丫头哥哥不成人,什么你林姐姐最小性儿,什么凤丫头小器等等,人越老话越多,贾母变成和前八十回迥然不同的碎嘴婆,最不可理解的是她多次当众说出对林黛玉不以为然的话:"最小性儿又多心的,所以到底不长命。"连王夫人都说不出这样的话。贾母说这样的话,哪儿还有一丝一毫当日为宝玉、黛玉闹别扭而哭的慈祥老太太风范!美丽的林黛玉、聪慧的林黛玉、俏言娇语的林黛玉在外婆身边生活十年,最得宠爱,竟没给外婆留下好印象!在后四十回,贾母成了薛宝钗的歌功颂德派,林黛玉的"批倒斗臭派",这一点,特别令人觉得难以接受。因为前八十回的贾母是林黛玉的护法神,是二玉一家的强有力支撑。后四十回的贾母,跟前八十回说话不多却一言九鼎的贾母有很大不同。所以,我一直把前八十回的贾母跟后四十回的贾母看作是曹雪芹和续书作者分别创造的老年女性形象。但她们绝对不是一个人,也不可能是一个人。前八十回贾母是很有品位的贵族老妇人,后四十回贾母是很有担当的封建家长。从小说描写艺术上来说,这两个形象,也就是前八十回的贾母和后四十回的贾母,都可算描写成功,但她们不是一个人。这也算小说史上非常有趣的现象。

贾母给宝钗做生日

贾母说自己替另拿出银子来,热热闹闹给宝钗做生日,当然得请薛姨妈。

湘云说：索性把姐妹们都请来。贾母说"自然要请的"。贾母叫鸳鸯拿出一百两银子交给外头，预备两天酒饭，又打发人去接迎春，请李婶娘。贾母第一次给宝钗过生日，拿出二十两银子，现在家庭败落，她反而拿出一百两银子。

前八十回贾母给宝钗做将笄之年生日，贾母蠲资二十两，叫凤姐置办酒戏。凤姐凑趣说："一个老祖宗给孩子们作生日，不拘怎样，谁还敢争，又办什么酒戏。既高兴要热闹，就说不得自己花上几两。巴巴的找出这霉烂的二十两银子来作东道，这意思还叫我赔上。果然拿不出来也罢了，金的、银的、圆的、扁的，压塌了箱子底，只是勒掯我们。举眼看看，谁不是儿女？难道将来只有宝兄弟顶了你老人家上五台山不成？那些体己只留与他，我们如今虽不配使，也别苦了我们。这个够酒的？够戏的？"前八十回王熙凤巧舌如簧、面面生风，就这一段话，就比第一百零八回连篇累牍写贾母如何给薛宝钗过第二个生日都有价值。

贾母给宝钗过生日，与前八十回任何生日都没有可比性。特别是跟前八十回贾母第一次给薛宝钗做生日没法比，续书作者居然还有这样的胆量，敢再写贾母给薛宝钗过生日。他是不是想用自己的知识和文才和曹雪芹比试？前八十回薛宝钗过生日，并没有详细写请了哪些人，后四十回特别邀请了平时不在贾府的人。贾母叫请薛姨妈、宝琴，叫她们带了香菱来。贾母现在连薛蟠侍妾都关心上，老太太成了十分博爱的。宝琴和邢岫烟因为薛家各种缘故不能出嫁，李纹、李绮也仍然不出阁，是不是专门为甄宝玉之类的人留着。迎春居然也给贾母请回来参加宝钗生日聚会。第五回迎春判词"金闺花柳质，一载赴黄粱"，宝钗做了一年宝二奶奶，早就出嫁的迎春还活着，不知道迎春为什么这么长命。可能因为后四十回作者写不出来孙绍祖如何折磨迎春，她就能继续活着？宝琴、香菱、李纹、李绮、迎春都来给宝钗庆生日，像不像一群乌合之众？

虽然贾母对湘云说，你二哥哥现在还是这样疯疯癫癫，其实薛宝钗出闺成大礼之后，贾宝玉早就既不疯也不傻了，他思维清楚，道理明白，宝玉早打算给宝钗过生日，因家中闹得七颠八倒，他不敢在贾母跟前提起，贾宝玉这不是特别懂道理？过去连林黛玉要吃燕窝这点细事，他都能跟贾母提，现在薛宝钗过生日，他都很懂道理地不敢提了。宝玉听到湘云等要拜寿，喜欢地说："明日才是生日，我正要告诉老太太来。"湘云连续说了两段话，第一段话是对着贾宝玉说："扯臊，老太太还等你告诉。你打量这些人为什么来？是老太太请的！"第二段话是史湘云针对薛姨妈说谦辞，说给宝钗过生日叫老太太操心，史湘云对薛姨妈说："老太太最疼的孙子是二哥哥，难道二嫂子就不疼了么！况且宝姐姐也配老太太给他做生日。"这两段话，跟前八十回史湘云的快人快语比较符合。宝钗低头不语。宝玉在那儿想："我只说史妹妹出了阁是换了一个人了，我所以不敢亲近他，他也不来理我。如今听他的话，原是和先前一样的。为什么我们那个过了门更觉得腼腆了，话都说不出来了呢？"谁说贾宝玉傻？贾宝玉现在非常明白他已经成家立业，一心一意想着妻子薛宝钗，贾宝玉在心里称呼宝钗已不是"宝姐姐"，而是"我们那一个"，彻底认同宝钗是他亲爱的妻子，而薛宝钗跟薛姨妈说到贾宝玉时也早就是说"我们那个"，两人虽然还没有圆房，却已经把对方看成自己另一半。

续书作者又在孙绍祖中山狼脸上轻描一笔："迎春提起他父亲出门，说：'本要赶来见见，只是他拦着不许来，说是咱们家正是晦气时候，不要沾染在身上。我扭不过，没有来，直哭了两三天。'凤姐道：'今儿为什么肯放你回来？'迎春道：'他又说咱们家二老爷又袭了职，还可以走走，不妨事的，所以才放我来。'"这段描写似乎合理，势利语言符合孙绍祖这种人，仔细琢磨仍有点不太合情理。迎春再是二木头，毕竟是贾府知书达理的千金小姐，她自己受再多苦，能在八十多岁祖母跟前说这么不好听的话？而且，不管是孙绍祖派人来说，贾赦借了他的银子，要在贾政身上还，还是迎春说孙绍祖不许她回家送父亲远行，都是关于孙绍祖不通人情的描写，曹雪芹原来构思的主要笔墨，却是要放到孙绍祖如何作践千金小姐迎春，恰好是这一点，续书作者好像琢磨不出来，所以他不写。

贾母给宝钗做生日，那么，宝钗现在多大？续书作者聪明地不写，因为没法写。贾母第一次给薛宝钗做生日后，刘姥姥来了，贾母跟刘姥姥聊起来，刘姥姥说七十五岁，贾母说：比我还大好几岁。就算大三岁，贾母七十二岁，接着，黛玉和宝钗金兰契话金兰语，黛玉说自己十五岁，宝钗比她大两岁，也就是说，贾母七十二岁时，宝钗十七岁，后来贾母庆了八十大寿，薛宝钗岂不成了二十五岁还没结婚的老姑娘，现在她又做了一年新媳妇，她应该至少二十六岁。续书作者当然不会写、也不能写薛宝钗现在的年龄，因为现在王熙凤才二十五岁，这也是我们读《红楼梦》十分好玩的地方，千万不要和《红楼梦》算贾宝玉、林黛玉、薛宝钗等人的年龄，因为从刘姥姥离开大观园之后，大观园年轻人就不再长岁数。如果谁想跟《红楼梦》人物认真算年龄，那就算把自己领到沟里而且是领到太平洋马里亚纳大海沟了。

过生日又要说酒令了，这次的酒令漂亮不？

叫她们行个令吧

"戏不够,酒令凑,再不够,鬼神凑"。宝钗生日贾母派凤姐办酒席,贾母为着人物"齐全",叫人请邢夫人、尤氏、惜春。她们听见老太太叫,不敢不来,心里却十分不愿意,她们想到家业零败,又给宝钗做生日,老太太偏心,她们来了也是无精打采。娶过亲的宝玉因贾母疼爱,仍在里头打混,但不与湘云、宝琴等同席,在贾母身旁设座儿,代宝钗轮流敬酒。贾宝玉都成亲了还凑在女眷席上,而且有贾母疼爱这个不成理由的理由,难道贾母不疼爱贾琏?贾琏到哪儿去了?为什么贾琏不也到席上,贾母身边一边坐一个宝贝孙子,多好玩?续书作者当然不能安排贾琏也在酒席上,只是特意安排宝玉在女眷酒席上,还得安排他代替宝钗轮流敬酒,叫大家看看,贾宝玉现在多体贴妻子。贾宝玉不仅体贴妻子,还比前八十回孝顺贾母,前八十回贾宝玉不过是给贾母送过一次鲜花,就得到贾母极大赞赏,现在贾宝玉时时刻刻侍候在贾母身边,和薛宝钗成了贾母身边的带刀护卫,现在的贾宝玉特别会察言观色,投贾母所好。贾母看到她请来的人都不像过去那样兴高采烈,有点着急,说:"你们到底怎么着?大家高兴些才好。"凤姐说:"他们小的时候儿都高兴,如今都碍着脸不敢混说,所以老太太瞧着冷净了。"凤姐用"碍着脸"解释现在大家既不说也不笑,这话说得已经比较聪明,是转移视线,说不是因为抄家抄得大家没兴,而是因为碍着脸,没想到贾宝玉比凤姐还聪明,他轻轻告诉贾母:"话是没有什么说的,再说就说到不好的上头来了,不如老太太出个主意,叫他们行个令儿罢。"贾宝玉多会审时度势,多会见机而行,他有一丝一毫的傻?他比王熙凤和薛宝钗都聪明,特别会投合贾母的心思。

酒席上又要说酒令,还是鸳鸯管,鸳鸯说行酒令的办法是:掷曲牌名赌输赢喝酒,用四个骰子掷去,掷不出名儿来罚一杯,掷出名儿来,每人喝酒的杯数靠掷出来再定。这仍然是换汤不换药模仿"金鸳鸯三宣牙牌令",只不过把那次的三张牙牌变成四个骰子轮着说,先说骰子名,再说曲牌名,最后说句千家诗。

续书作者仍然模仿上次鸳鸯大观园行酒令的模式,想用酒令描绘贾府现在的处境,预示人物的命运。大体上做得还可以。

薛姨妈掷了四个幺。鸳鸯说这是有名的商山四皓,有年纪的喝一杯。贾母、李婶娘、邢夫人、王夫人都该喝。商山四皓是秦末东园公等四位八十多岁的名士，须眉皓白，隐居商山。他们不轻易出现，他们出现说明能让他们出现的人很有本领。汉高祖想废掉吕后之子另立太子，吕后接受张良建议，把商山四皓请来辅佐太子，刘邦见太子身边有四个白发苍苍的老头，是隐居商山的四大名士，刘邦看到太子羽翼已成，只好放弃另立太子的想法。酒令里边白色骰子的"四个幺"指酒席上的"商山四皓"，这个酒令有什么哲理性意义？不过把贾母李婶娘邢夫人王夫人四个不同辈分的一锅煮，说她们都是有年纪的人。她们能不能像商山四皓那样保护贾府年轻人，大概只有贾母。鸳鸯按酒令要求叫薛姨妈说个曲牌名儿，下家接句《千家诗》。薛姨妈推托几句后说个"临老入花丛"。贾母说句"将谓偷闲学少年"。难为续书作者，转着圈儿，把前辈诗人写"商山四皓"典故翻腾出来。"将谓偷闲学少年"出自宋代理学家程颢的《春日偶成》"时人不识予心乐，将谓偷闲学少年"，唐代刘禹锡的诗题很长（《刑部白侍郎谢病长告改宾客分司以诗赠别》），里边有两句诗"九霄路上辞朝客，四皓丛中作少年"。接着，李纹掷两个四两个二。鸳鸯说这叫作"刘阮入天台"，李纹说个"二士入桃源"，李纨说个"寻得桃源好避秦"。这三个人的令巧妙暗喻贾府被抄后只能避乱，只不过是叫跟贾府毫不相干的李家姐妹配合李纨说出来。

前两组酒令，薛姨妈说"临老入花丛"，李纹说"二士入桃源"，显然是从《金瓶梅》抄过来。《金瓶梅》第二十一回西门府行酒令。吴月娘要照依牌谱行令，西门庆二姜李娇儿说了个"二士入桃源"，西门庆五姜潘金莲说了个"鲍老儿临老入花丛"。

骰盆又到贾母跟前，掷了两个二两个三。鸳鸯说这是"有名儿的'江燕引雏'"。众人都该喝一杯。"江燕引雏"引自唐代诗人殷遥的《春晚山行》诗："野花成子落，江燕引雏飞。"这句诗的意思是贾母还在引导着贾府年轻人一起快乐，这本来是比较好的诗句，偏偏最不该败贾母兴的凤姐来了句："雏是雏，倒飞了好些了。"王熙凤向来锦上添花，怎么她倒对贾母强颜欢笑时大煞风景？这大概就是续书作者跟原作者最大不同。《金瓶梅》里有过类似情况，西门庆结拜兄弟、最大帮闲应伯爵平时在西门庆跟前总说恰到好处的奉承话，到了沈德符所说"陋儒"补的几回里，应伯爵居然开玩笑讽刺西门庆，不识分寸。前八十回百伶百俐的王熙凤也给后四十回作者这位"陋儒"变愚笨，说句不合时宜、叫贾母不高兴的话，还是众人瞅她一眼，她才不言语。前八十回的王熙凤只会威风凛凛扫视他人，什么时候吃过这样的瘪，给别人瞅一眼？贾宝玉一心想在宝钗庆生日酒席上弄个好酒令，好不容易轮到他，偏偏掷个"臭"，掷的点色不成名目,什么也不是,这倒比较符合续书作者描绘的贾宝玉现在处境,贾宝玉已经成了贾母、贾政、王夫人跟前听话的好孩子,薛宝钗跟前疼爱妻子的好夫君,跟曹雪芹构思的贾宝玉完全成两个人,他什么也不是了,叫他掷个"臭"岂不得其所哉。贾宝玉重掷后,鸳鸯说"这是个'张敞画眉'",这是调侃,也合乎现在贾宝玉跟薛宝钗夫妻和美。贾宝玉认罚,下一个李纨掷个"十二金钗",这时,后四十回最好玩的情节出来了,宝玉忽然想起十二钗的梦来,呆呆地退到自己座上,心里想:"这十二钗说是金陵的,怎么家里这些人如今七大八小的就剩了这几个。"复又看看湘云、宝钗,虽说都在,只是不见了黛玉,一时按捺不住,眼泪便要下来,恐人看见,便说身上躁得很,脱脱衣服去,出席去了。

为什么说贾宝玉想到金陵十二金钗的梦是后四十回最好玩的情节?因为第五回写贾宝玉神游太虚境,看到金陵十二钗的命运图、判词,听到她们命运的红楼梦曲,在此后七十五回里,贾宝玉整天跟金陵十二钗打交道,却没有一次联想到他在第五回做过的梦,因为这个梦他早就忘得干干净净了,这个梦只是曹雪芹为小说构思服务的梦,曹雪芹只叫贾宝玉记住梦中跟兼美的云雨情而且接着跟袭人偷试一番,此外,整个神游太虚境大梦对贾宝玉来说,就是做了个醒了就忘了的梦,而后四十回作者隔了这么多年居然叫贾宝玉想起来,这不是太蹊跷、太牵强、太不可思议?

贾宝玉离席,酒令还在继续,又出来三个酒令:鸳鸯掷个曲牌名"浪扫浮萍",贾母替她说个"秋鱼入菱窠"。鸳鸯下手湘云说句"白萍吟尽楚江秋"。这组酒令的悲伤意味很浓,符合现在贾府像被秋风扫落叶一样的处境"浪扫浮萍",最后一句还暗合史湘云的不幸结局"白萍吟尽楚江秋",应该还算写得不错。只不过"白萍吟尽楚江秋"这句程颢《题淮南寺诗》却错了,原诗是"南去北来休便休,白萍吹尽楚江秋"。可能不是续书作者误记,而是早就有人误记印刷出版。前八十回写酒令,那是曹雪芹在博览群书的基础上的天才创造,续书写酒令,既模仿前八十回,又抄《金瓶梅》,当然也起到描写处境、预示命运的效果,这也算很不错了。

接着,戏不够,鬼神凑,续书作者仍然模仿前八十回,凤姐生日,宝玉跑到郊外祭金钏;宝钗生日,宝玉又跑到潇湘馆哭黛玉了。

黛玉做鬼哭

宝玉离席时,借口身上躁,得脱衣服,说明天气比较热。薛宝钗这次做生日,续书作者没做具体交待是哪月哪天,但是看来天气比较热。贾宝玉离席,袭人跟着他,两个人一面走,一面说。走到大观园一个小门儿,看园门的两个婆子坐在门槛上说话儿。宝玉问:"这小门开着么?"婆子道:"天天是不开的。今儿有人出来说,今日预备老太太要用园里的果子,故开着门等着。"贾母要用大观园的果子,那会是什么季节?秋季。而薛宝钗的生日是什么时间?曹雪芹写得很明确,正月二十一,相当于阳历二月底,那时大观园冰天雪地,哪儿会有果子?人不可能一年过两个生日,而续书作者是天才,不管林黛玉还是薛宝钗,都一年过两次生日,一次是前八十回的冬天,一次是后四十回的秋天。林黛玉变幻时间过生日是她成了贬到人世间的嫦娥,不是什么绛珠仙子更不是绛珠仙草,薛宝钗变幻时间过生日,林黛玉又成冤鬼要出来哭了。

　　宝玉进大观园,只见满目凄凉,花木枯萎,几处亭馆,色彩久经剥落,远远望见一丛修竹,倒还茂盛。袭人怕宝玉见了潇湘馆,想起黛玉又要伤心,用言语混过。宝玉的心还在潇湘馆内。站着,似有所见,如有所闻,问袭人:"潇湘馆倒有人住着么?"袭人说:"大约没有人罢。"宝玉说:"我明明听见有人在内啼哭,怎么没有人!"袭人道:"你是疑心。素常你到这里,常听见林姑娘伤心,所以如今还是那样。"宝玉还要听。婆子们赶上说:"二爷快回去罢。天已晚了,别处我们还敢走走,只是这里路又隐僻,又听得人说这里林姑娘死后常听见有哭声,所以人都不敢走的。"宝玉听了落下泪来,说:"林妹妹,林妹妹,好好儿的是我害了你了!你别怨我,只是父母做主,并不是我负心。"愈说愈痛,便大哭起来。多有意思,早已回归太虚幻境的绛珠仙子或者已经回到三生石畔当小草的绛珠仙草,又回到大观园当鬼魂夜哭。最不该带宝玉去潇湘馆的偏偏是袭人。宝玉哭出"林妹妹,好好儿的是我害了你了",虽然算后四十回比较合理的话,也是贾宝玉絮聒了多少次"是父母之命,不是我负心",其实按照曹雪芹的构思,并不是贾宝玉害了林黛玉,也不是林黛玉临终对贾宝玉咬牙切齿,而是"覆巢之下焉有完卵",是一个大悲剧。

　　贾宝玉被追回,贾母教训袭人:"我素常知你明白,才把宝玉交给你,怎么今儿带他园里去!他的病才好,倘或撞着什么,又闹起来,这便怎么处?"贾母这番话什么意思?是老太太也怕林黛玉当鬼吓唬贾宝玉。袭人不敢分辩,低头不语。宝钗看宝玉颜色不好,心里着实吃惊。倒还是宝玉怕袭人受委屈,说道:"青天白日怕什么。我因为好些时没到园里逛逛,今儿趁着酒兴走走。那里就撞着什么了呢!"凤姐在园里吃过大亏,听到贾宝玉到大观园去,吓得寒毛倒竖,说:"宝兄弟胆子忒大了。"而湘云的话特别有意思:"不是胆大,倒是心实。不知是会芙蓉神去了,还是寻什么仙去了。"令人绝倒! 史湘云不可能知道贾宝玉写过《芙蓉女儿诔》,更不知道《芙蓉女儿诔》表面上诔晴雯实际诔黛玉,她怎么能说出贾宝玉可能是去会芙蓉神,这岂不是续书作者又诌掉了下巴?

因为贾宝玉跑了次大观园,王夫人急得一言不发。贾府长者一个个风声鹤唳、草木皆兵、噤若寒蝉,大观园,昔日的青春伊甸园,现在变成鬼狐之薮,早就回到太虚幻境的林黛玉变成冤鬼每天在那里哭着吓人,贾宝玉爱妻的生日宴会,居然就这样给贾宝玉搅了,大家更加没情没绪,还是年龄最大的贾母想维持薛宝钗生日的欢乐,贾母问宝玉:"你到园里可曾唬着么? 这回不用说了,以后要逛,到底多带几个人才好。不然大家早散了。回去好好的睡一夜,明日一早过来,我还要找补,叫你们再乐一天呢。不要为他又闹出什么原故来。"宝玉回到房中,唉声叹气。宝钗明知他叹气的缘故,也不理他,只是怕他忧闷,勾出旧病来,叫袭人来细问他宝玉到园怎么的光景。幸亏续书作者不再啰嗦袭人如何向宝钗汇报,其实袭人也没法向宝钗汇报,因为宝玉说负心不负心的话绝对不能叫宝钗听到。那么贾宝玉到底是不是负心? 那就看看下一回他更离谱的行为,跟柳五儿调情。

宝玉错爱　贾母病危　湘云结局

——第一百零九回　候芳魂五儿承错爱，还孽债迎女返真元

贾宝玉到潇湘馆哭林黛玉，薛宝钗故意用闲谈方式启发他忘掉林黛玉，却引起贾宝玉想跟林黛玉梦中相见的念头，宝玉"寻梦"黛玉又想到晴雯，而且把爱落实到跟晴雯一模一样的五儿身上，五儿却不接受他的错爱，于是宝钗有意安抚宝玉，贾宝玉有意负荆宝钗，新婚夫妇终于圆房，如鱼得水，恩爱缠绵。贾母为宝钗做生日却引来自己死亡倒计时。贾母病重期间，续书作者匆匆忙忙、敷衍了事完成迎春死亡和湘云悲剧。

第一百零九回几乎是后四十回文字最长的章回，作者为完成宝玉、宝钗"真正婚姻"絮聒个没完，人物形象走形变样，情节编造拙劣，啰里啰嗦，叫人读不下去。

人为曲折的夫妻关系

有红学家认为，贾宝玉和薛宝钗虽然成亲，宝玉却从来没碰过宝钗一个手指头，他们直到宝玉出家还是假夫妻，这当然是对贾宝玉理想化了。根据曹雪芹构思，宝玉、宝钗虽然成了举案齐眉的夫妻，最后宝玉还是忘不了黛玉，又因为和宝钗思想分歧才弃家为僧。续书作者写的宝玉、宝钗成为名副其实的夫妻，故意制造很多曲折。宝钗本是给宝玉冲喜，贾母原来说一年后圆房，却又迫不及待提前摆酒，也就是向外边宣布宝玉、宝钗圆房，完成周公之礼。两个当事人却并没有圆房，宝玉心里一直有林黛玉，宝钗还在"珍重芳姿昼掩门"，奇怪不奇怪，一对青年男女，名正言顺的夫妻，几百天睡在一张床上，怎能互不相干？续书作者从哪儿探讨来这样的夫妻关系？

看来宝钗不管怎样自珍自重，还是有追求个人爱情幸福的权力，得想办法把贾宝玉从"林黛玉陷阱"中钓出来。说"林黛玉陷阱"可能用词不当，但

观察后四十回的描写,薛宝钗确实是这么做的。她先是从袭人嘴里问出宝玉到大观园的原故,恐宝玉悲伤成疾,便把黛玉临死的话拿来跟袭人假作闲谈,讲给宝玉听:"人生在世,有意有情,到了死后各自干各自的去了,并不是生前那样个人死后还是这样。活人虽有痴心,死的竟不知道。况且林姑娘既说仙去,他看凡人是个不堪的浊物,那里还肯混在世上。只是人自己疑心,所以招些邪魔外祟来缠扰了。"这番话是告诉贾宝玉,你不用想林妹妹了,林黛玉成仙了,怎么还会理你? 都是你自己招来的外祟。宝钗跟袭人说话,说给宝玉听。袭人能很好地配合,说:若说林姑娘的魂灵儿还在园里,我们也算好的,怎么不曾梦见一次。

她们的谈话引起宝玉乱想,他想梦见林黛玉。结果自己在外间睡一夜,并无有梦,早上醒来叹口气说:"正是'悠悠生死别经年,魂魄不曾来入梦'。"宝玉夜里睡得挺安稳,宝钗却一夜没睡着,宝玉在外边念《长恨歌》这两句,薛宝钗马上接口:"这句又说莽撞了,如若林妹妹在时,又该生气了。"宝钗果然老辣,她非常清楚宝玉、黛玉只是精神相恋,他俩之间的关系和唐明皇、杨贵妃关系完全不一样。宝钗的话一针见血,宝玉听了不好意思,搭讪着往里间走来,说:"我原要进来的,不觉得一个盹儿就打着了。"这是朝宝钗道歉,宝钗怎么回答:"你进来不进来与我什么相干。"并不是说贾宝玉跟她有什么关系,而是说,有没有关系,我不在乎,你爱咋的就咋的。总是"理""礼"当头的薛宝钗这样说话,娇嗔意味十足。

《红楼梦》前八十回"酿得蜜成花不见",经常用前人诗句、前人传说创造自己的情节,写出新意,而后四十回直接照搬前人诗句和传说。像唐玄宗思念杨贵妃"魂魄不曾来入梦",白居易《长恨歌》的诗句,宝玉直接用到黛玉身上。续书作者已经将贾宝玉写成怪物,他本来因失玉而疯傻,跟薛宝钗成亲后,表现上似乎还疯傻,却疯傻又多思,痴情又滥情。

柳五儿承错爱

贾宝玉还不死心,还想在外间再睡一晚,看看能不能梦到林黛玉。续书作者啰嗦一千多字,终于安排麝月和五儿随着陪侍贾宝玉在外间歇息。

宝玉要睡更睡不着,不想林黛玉,心移在晴雯身上。又想起凤姐说五儿给晴雯脱了个影儿,又将想晴雯的心肠移在五儿身上。自己假装睡着,偷看五儿,越瞧越像晴雯,听听里间宝钗、袭人睡了,外间麝月睡了,他故意叫几声"麝月"，麝月不答应。贾宝玉傻吗？不傻，他比做个小贼还谨慎，他想骚扰五儿，却故意叫麝月，麝月睡着了，没睡着的五儿赶忙起来，穿件桃红绫子小袄儿，宝玉看时，居然晴雯复生。忽又想起晴雯说的"早知担个虚名，也就打个正经主意了"，不觉呆呆看着，五儿送茶，他也不接茶。

宝玉呆看着五儿，是不是不想担个虚名，要打个正经主意？五儿一直盼着进来，是冲着亲近贾宝玉，进一步做通房丫头想头，这想法和前八十回不一样。厨房柳嫂子想送女儿进怡红院，是冲着贾宝玉将来释放"家生子"为自由人而来。五儿进来后发现宝钗尊贵、袭人稳重，宝玉疯疯傻傻，五儿倒没那些儿女私情了。呆爷今晚把他当晴雯，只管爱惜，把五儿羞得两颊红潮，贾宝玉悄悄跟五儿从聊晴雯开始，又去拉五儿的手，又是说晴雯说过"早知担了个虚名，也就打正经主意了"，分明挑逗五儿，又直接对五儿说："实告诉你罢，什么是养神，我倒是要遇仙的意思。"五儿成仙了。他告诉五儿，我怕冻着晴雯，还把他揽在被窝呢。对五儿的话，句句都是调戏之意。哪知呆爷实心实意对五儿说情话，五儿倒正经起来，对宝玉说："你别混说了，看人家听见这是什么意思。怨不得人家说你专在女孩儿身上用工夫，你自己放着二奶奶和袭人姐姐都是仙人儿似的，只爱和别人胡缠。明儿再说这些话，我回了二奶奶，看你什么脸见人。"贾宝玉还会怎么纠缠五儿？看来续书作者诌不下去了，他们的谈话被外边"咕咚"响声打断，宝钗咳嗽了一声，宝钗这一声咳嗽非常妙。宝玉听见，连忙朝五儿努嘴儿。五儿忙忙熄了灯悄悄躺下。

贾宝玉第二天醒来，细想昨夜又不曾梦见林黛玉，可是仙凡路隔了。

地道鬼话引出鱼水情深

贾宝玉怎会梦见林黛玉？他哪儿还有心思梦林黛玉？他不是先想起了晴雯，思念了一会儿，又纠缠面貌跟晴雯相似的五儿，折腾大半夜，如果不是给外边"咕咚"一声吓了，给宝钗的咳嗽声提醒，宝二爷会不会变成琏二爷，顺手把五儿拖到被窝里，像当年跟袭人偷试云雨情一样偷试？年纪轻轻的贵族少爷有性需求，无可厚非，但是这样同时把林黛玉和晴雯牵扯进来，编造如此不堪的情节，太不像话。林黛玉如果有灵，她会怎样对待当年痴情的、单纯的宝哥哥？那个连林黛玉的手都不敢拉一下的宝哥哥？两个人即使诉肺腑，贾宝玉也只敢说句"你放心"，林黛玉对花言巧语调戏五儿的贾宝玉是嗤之以鼻？还是不屑一顾？还是后悔，我怎么会为这个滥情家伙而死，我好好活着，嫁到公侯门第或读书世家好好过日子比什么不好？林黛玉怎么还会搭理如此恶浊俗气，见了美女就拖不动腿的宝哥哥？

"候芳魂五儿承错爱"，是一番地地道道的鬼话，当然，柳五儿确实早就死了，贾宝玉真叫活见了鬼，读者也给续书作者领着欣赏一番贾宝玉活见鬼，或者说活见鬼地既歪曲描写贾宝玉，又亵渎林黛玉和晴雯。

接着，续书作者似乎入情入理写贾宝玉怎么样终于跟薛宝钗圆房：贾宝玉慢慢下了床，想昨夜五儿说的宝钗、袭人都是天仙一般，怔怔地瞅着宝钗。贾宝玉此时的眼神，大概是恨不得眼里伸出手来，把天仙似宝姐姐给揽到怀里。宝钗给瞅得不好意思，袭人问："二爷昨夜可真遇见仙了么？"宝玉以为昨晚的话给袭人听见，笑着勉强说"这是那里的话！"五儿越发心虚，宝钗偏偏笑着问五儿："你听见二爷睡梦中和人说话来着么？"宝玉听了，自己坐不住，搭讪着走开。贾宝玉这是怕妻子对自己精神上出轨抓个正着吧，五儿把脸飞红，含糊道："前半夜倒说了几句，我也没听真。什么'担了虚名'，又什么'没打正经主意'，我也不懂，劝着二爷睡了。"宝钗并不知宝玉和晴雯生离死别那段话，也不知道晴雯临终跟宝玉说过早知道枉担了虚名，早打个正经主意，她想到林黛玉身上了："这话明是为黛玉了。但尽着叫他在外头，恐怕心邪了招出些花妖月魔来。况兼他的旧病原在姊妹上情重，只好设法将他的心意挪移过来，然后能免无事。"薛宝钗要用夫妻柔情把贾宝玉拉到身边，这想法无可厚非。到晚间，宝玉想着早起之事，心中羞愧。宝钗想："他是个痴情人，要治他的这病，少不得仍以痴情治之。"就故意问宝玉，今晚还到外间睡不？这是将军，也是娇嗔，更是妻子邀请丈夫跟自己睡一张床上，表示原谅他接纳他。宝玉自觉没趣，说："里间外间都是一样的。"明明是向薛宝钗负荆请罪。袭人说："我今日挪到床上睡睡，看说梦话不说？你们只管把二爷的铺盖铺在里间就完了。"宝玉听了，不作声，默认。宝玉自己惭愧不来，那里还有犟嘴的分儿，便依着搬进里间来。小说来了这样一段："一则宝玉负愧，欲安慰宝钗之心；二则宝钗恐宝玉思郁成疾，不如假以辞色，使得稍觉亲近，以为移花接木之计。于是当晚袭人果然挪出去。宝玉因心中愧悔，宝钗欲拢络宝玉之心，自过门至今日，方才如鱼得水，恩爱缠绵，所谓二五之精妙合而凝的了。"

续书作者对宝玉、宝钗圆房，享受鱼水之欢，没有直接描写，而用古人习惯的、男女交合的隐晦说法"二五之精妙合而凝"，这两句话出自宋代周敦颐《太极图说》："二五之精，妙合而凝，乾道成男，坤道成女，二气交感，化生万物。"借用这话什么意思？是用《太极图说》解释男女交合而生后代，也就是说，在这个晚上，宝玉、宝钗一次性生活，宝钗就怀孕了，贾宝玉出家当和尚后，薛宝钗还能生下个既传宗接代又光宗耀祖的儿子贾桂。

宝玉从怀念林黛玉到怀念晴雯再到与五儿"鬼混"，最终跟宝钗享受鱼水之欢。妙不可言！柳五儿"承错爱"，宝钗是不是得到真爱？轻佻而"多情"候芳魂的宝玉与前八十回率真无邪的宝玉完全成了两个人，写《芙蓉女儿诔》的贾宝玉消失得无影无踪。

而安排薛宝钗生日宴会的贾母却要迎来自己的大结局。

贾母送宝玉汉玉

贾母给薛宝钗办生日，因为高兴，多吃了些，有些不受用，第二天便觉着胸口饱闷。鸳鸯要回贾政。贾母不叫言语，说饿两顿就好了。耄耋老人风前之烛，不知道什么原因就会把命送上，贾母就是这样。而且，贾府树倒猢狲散，贾元春是政治上的大树，贾母是精神上伦理上的大树，贾母之死带来盛世不再的悲凉之感。

宝钗给贾母请完早安，再到王夫人凤姐那里让过，不知为什么不给邢夫人请早安？难道宝钗现在如此势利？宝钗又到贾母跟前。薛姨妈也来了。这对母女好像一起成了贾母跟班，形影不离。小丫头向贾母汇报，二姑爷派人接二姑奶奶，中山狼又来叨迎春，续书作者絮聒多少次，贾母叹息迎春"命里遭着这样的人，一辈子不能出头"。贾母不知道迎春具体遭遇，叹息不到点子上，迎春不是不能出头，而是性命堪忧。迎春拜别贾母："老太太始终疼我，如今也疼不来了。可怜我只是没有再来的时候了。"说着眼泪直流。她的话比较像出自二木头之口，这是迎春留给读者的最后几句话。迎春含悲而别，跟贾府亲人永诀。

第二天，宝玉、宝钗同起，不知道为什么讲究规矩礼数的宝钗不跟宝玉一起到贾母身边，而是宝玉梳洗了先过贾母这边。大概小说家要描写贾母跟宝贝孙子最后带诀别性质的交流。贾母因疼宝玉，又想宝钗孝顺，叫鸳鸯开箱取出祖上传下的汉玉，贾母记性非常好，那么多东西，她说在哪里，鸳鸯一找就找到了。贾母说："这块玉还是祖爷爷给我们老太爷，老太爷疼我，临出嫁的时候叫了我去亲手递给我的。还说：'这玉是汉时所佩的东西，很贵重，你拿着就像见了我的一样。'我那时还小，拿来了也不当什么，便撂在箱子里……一撂便撂了六十多年。今儿见宝玉这样孝顺，他又丢了一块玉，故此想着拿出来给他，也像是祖上给我的意思。"贾母这是宝贝孙子留纪念品。贾母的玉三寸方圆，形似甜瓜，色有红晕，甚是精致。这是块名贵的、带传家宝意味的玉。宝玉口口称赞。贾母说："你爱么？这是我祖爷爷给我的，我传了你罢。"这个细节构思不错，贾母始终把贾宝玉放到后辈第一位，所以她的祖爷爷给她的传家宝，不给儿子给孙子。中国古代许多史书多次写到送玉表示永别，后四十回延续这种传统。

妙 玉 请 安

自此贾母两日不进饮食，胸口结闷，头晕目眩，咳嗽，后来又添腹泻，大夫诊脉，说是有年纪的人停食感冒，略消导发散些就好了。开了寻常药品，却一连三日，不见稍减。贾政命贾琏打听好大夫，也找不到原来给贾宝玉治病、药到病除的医生。看来史太君寿限到了，代表昔日辉煌的贾母要退出历史舞台了。

众人都来给贾母请安，平时因为薛姨妈在场总不来的邢岫烟也来了，跟读者久违的妙玉也来给贾母请安。邢岫烟接了进去，有一段关于妙玉的外貌描写："妙玉头带妙常髻，身上穿一件月白素绸袄儿，外罩一件水田青缎镶边长背心，拴着秋香色的丝绦，腰下系一条淡墨画的白绫裙，手执麈尾念珠，跟着一个侍儿，飘飘拽拽的走来。"这段描写很不错，画出个美丽的尼姑形象。"87版"电视剧《红楼梦》的妙玉就是按照这段描写造型。所谓妙常髻，是宋代陈妙常带发修行所梳的发髻，上覆巾帻。续书作者特别点出"妙常"二字，是不是想暗示读者，妙玉就是陈妙常式人物？

妙玉走到贾母床前问候，说了几句套话。贾母便道："你是个女菩萨，你瞧瞧我的病可好得了好不了？"妙玉道："老太太这样慈善的人，寿数正有呢。一时感冒，吃几贴药想来也就好了。有年纪人只要宽心些。"妙玉的话说得多好。贾母道："我倒不为这些，我是极爱寻快乐的。如今这病也不觉怎样，只是胸隔闷饱，刚才大夫说是气恼所致。你是知道的，谁敢给我气受，这不是那大夫脉理平常么。我和琏儿说了，还是头一个大夫说感冒伤食的是，明儿仍请他来。"妙玉会说套话，也不知道是什么话，贾母跟妙玉居然像好朋友，后四十回贾母真够平易近人，傅试家婆子可以和她聊天，她的病是不是气恼，也能跟少有来往的尼姑说。妙玉来请安，这位金陵十二钗久不露面，续书作者叫她露露面完全可以,按说妙玉受贾府供养,听说贾母病重来请安可以理解,只不过妙玉说的话是不是有点世俗化?

而妙玉要见惜春必须安排。妙玉问:"四姑娘为什么这样瘦?不要只管爱画劳了心。"像不像大姐姐关心小妹妹?孤高自许超过林黛玉的妙玉什么时候变得这么和蔼可亲?惜春说:"我久不画了。如今住的房屋不比园里的显亮,所以没兴画。"妙玉道:"你如今住在那一所了?"惜春道:"就是你才进来的那个门东边的屋子。你要来很近。"妙玉表示可以来看惜春,埋下后来妙玉在惜春房间被强盗看上,将来被劫的伏笔。

走过场交待迎春湘云

贾母强开宝钗生日宴的结果是自己病了,贾母的病越治越多,像老年人渐渐全身衰竭,贾母重病期间,走过场般交代了迎春和湘云结局。迎春得了痰疾,湘云的姑爷得了痨病。没有具体描写,没有动人情节,没有任何能叫读者记住的语言,只用人物对话方式,根据第五回判词稍加铺陈,草草交代两个金陵十二钗人物。元春"圣眷隆重"导致痰疾,迎春受尽折磨也是痰疾,续书作者连点新鲜病症都琢磨不出来。这些描写令人失望。

迎春的结局第五回判词说"金闺花柳质,一载赴黄粱",后四十回已写了好几次迎春对孙绍祖之恶劣哭诉,这次和上次重复,第三次还絮聒同样的话,孙绍祖无非不通情理,他如何像中山狼一样吞噬迎春,估计续书作者对朝廷武官内闱生活不熟悉,想不出生动精彩细节。

续书作者对湘云命运的安排更轻率。史湘云是金陵十二钗重要人物,也是曹雪芹非常喜爱的人物,前八十回对她的命运做了多次预示、暗示,我们回顾一下。

第五回贾宝玉梦游太虚境看到史湘云的画、判词、听到关于史湘云的《红楼梦曲》:先是画:后面又画几缕飞云,一湾逝水。这个画寄寓了湘云的名字,逝水暗寓湘江,飞云暗寓云,判词:"富贵又何为,襁褓之间父母违。展眼吊斜晖,湘江水逝楚云飞。"这首词的意思是:史湘云虽然生活在富贵之家,但从小父母双亡,豪门富贵对她已经没有什么实质性意义,她的婚姻也像转眼飘逝的云彩一样短暂。《红楼梦曲·乐中悲》:"襁褓中,父母叹双亡。纵居那绮罗丛,谁知娇养?幸生来,英豪阔大宽宏量,从未将儿女私情略萦心上。好一似,霁月光风耀玉堂。厮配得才貌仙郎,博得个地久天长,准折得幼年时坎坷形状。终久是云散高唐，水涸湘江。这是尘寰中消长数应当，何必枉悲伤！《红楼梦曲·乐中悲》仍然唱的是史湘云的不幸命运。曹雪芹的《红楼梦》经过五次增删，在早期《红楼梦》稿本中，史湘云和宝玉有过一段青梅竹马，两人都住在贾母身边，袭人服侍湘云，湘云给宝玉梳过头。湘云自幼父母双亡，由叔叔收养，湘云喜欢跑到贾府，在姑奶奶贾母身边跟兄弟姐妹热热闹闹。贾母喜欢这个娘家侄孙女。大观园才女中，林黛玉有些小性儿，薛宝钗有些心计，史湘云既是有男儿气概的脂粉豪杰，又是有魏晋风度的才女。她心直口快，从不计较小肚鸡肠。史湘云之所以也进薄命司，还是因为她的婚姻。"云散高唐，水涸湘江"这两句既藏进湘云的名字，又用典故暗示湘云婚姻很不幸。宋玉《高唐赋》楚襄王梦到能行云作雨的巫山神女，"云雨"就成了中国古代男欢女爱代名词，"云散高唐"就是没了男欢女爱，湘江，是娥皇女英哭大舜的地方，夫妻虽然美满却"云散高唐，水涸湘江"巫山神女的卿卿我我很快消散，湘江边上娥皇女英的爱河干涸。湘云婚姻虽然郎才女貌，情投意合，却短暂不幸。

那么，"云散高唐，水涸湘江"是不是说史湘云结婚不久丈夫就病重或死了？而她的丈夫是哪一个？第一百零九回叙述史湘云的丈夫，没名没姓没家族背景、人物很不错但得了重病，如果转成痨病还能维持几年，这样写不对。史湘云的丈夫前八十回脂砚斋评语早就把名字提出，卫若兰。早在秦可卿大丧时，卫若兰就作为王孙公子的名字，跟陈也俊一起出现过，只是没写他和贾宝玉交往。卫若兰后来跟贾宝玉可能的交往，是他在贵族哥儿们射圃时赢了贾宝玉的金麒麟，成了卫若兰标志性佩带，他娶进史湘云恰好有个几乎一模一样的金麒麟。第三十一回"因麒麟伏白首双星"，史湘云有个金麒麟，张道士送个金麒麟给贾宝玉，贾宝玉想拿给史湘云看却丢了，恰好被史湘云捡到，史湘云捡到金麒麟时，翠缕跟她来了番麒麟是公是母的"讨论"。这个讨论有预言性，史湘云的麒麟小，是雌的，贾宝玉的麒麟大些，是雄的。这个雄麒麟将来要佩戴在史湘云未婚夫卫若兰身上。三十一回有条脂砚斋评语："后数十回（卫）若兰在射圃所佩麒麟，正此麒麟也，提纲伏于此回中，可谓草蛇灰线在千里之外。"这说明，史湘云未婚夫是卫若兰，将来史湘云有个雌麒麟，卫若兰有个雄麒麟，雄麒麟是卫若兰从贾宝玉手里得到。很可能是贾宝玉输给卫若兰。

卫若兰跟史湘云婚姻既然美好怎么又分离？红学家有两种解释：一种是：卫若兰发现史湘云也有个金麒麟，对史湘云是不是跟贾宝玉有私情产生怀疑。史湘云眼里揉不下砂子，不能容忍自己爱的人不信任自己，主动离开卫若兰。提出这样设想的根据是：第二十二回脂砚斋评语："湘云是自爱所误。"脂砚斋评语还说"黛玉是聪明所误"，"宝玉是多事所误"，"凤姐是机心所误"。为什么事所误，就会因为什么性格导致什么结局，从林黛玉、贾宝玉、王熙凤的结局看，脂砚斋为什么所误的评语非常准确，"湘云为自爱所误"应该是最终造成她悲剧的原因。那就是史湘云自尊心太强，不能容许自己的婚姻有任何瑕疵。还有其他依据：史湘云《白海棠诗》"自是霜娥偏爱冷"，脂砚斋评语"又不脱自己将来形景"，说明史湘云将来孤零零。"非关情女亦离魂"，说明湘云虽然离开丈夫，却始终爱他，和卫若兰梦魂相绕。还有句"花因喜洁难寻偶"，暗示将来史湘云不肯蒙受垢语污名而与丈夫分手，另一句诗"幽情欲向嫦娥诉"，说明史湘云跟嫦娥一样"碧海青天夜夜心"孤栖住着。我比较同意这种说法。另一种说法是：史湘云丈夫卫若兰是武将，他边疆从军，史湘云跟他分离。这说法虽然也是夫妻分离，但不及第一种更具抒情性，而抒情性是曹雪芹构思小说的重要特点。

关于史湘云的结局，还有种相当流行的说法：是说《红楼梦》有两对金玉良缘，一对是贾宝玉和薛宝钗，一对是贾宝玉和史湘云，最后和贾宝玉成夫妻的是史湘云，根据是"因麒麟伏白首双星"，因为一对麒麟，两个人最后白头到老。其实，这里可能有两个误解，一个误解是：是有种《红楼梦》续书写到贾宝玉最后跟史湘云成夫妻，而贾宝玉跟史湘云成亲，并不是曹雪芹的佚稿，也不在曹雪芹原来构思里。另一个误解是"白首双星"指白头到老，其实"双星"本身就指夫妻分离，所谓双星，指牛郎星和织女星永远分离，"白首双星"怎么可能指夫妻白头到老？至于说史湘云不仅和贾宝玉结婚，而且史湘云就是脂砚斋，也是曹雪芹后娶的妻子，是周汝昌先生一直宣传的观点，2001年我第二届博士生王海燕以林黛玉做毕业论文，我让她去北京找周汝昌先生访学，周先生跟她认真谈了很长时间，题字送给海燕一本《红楼梦真故事》，里边详细写到这个观点，周先生这本书，海燕转送给我，现在还摆在我的书架上。

贾母嘱后事　凤姐失人心

——第一百一十回　史太君寿终归地府，王凤姐力诎失人心

贾母去世，王熙凤办丧事力不从心，失掉人心。

第一百零九回结尾，病势渐渐沉重的贾母神色大变，贾政意识到贾母到临终状态，嘱咐贾琏传齐家人，先把给贾母准备好的棺材请出来挂里子，在棺木内壁涂刷松香、桐油、黄蜡，把贾府众人衣服尺寸量好，叫裁缝做孝服，安排搭孝棚。太医诊脉后悄悄告诉贾政："老太太脉气不好，准备着。"王夫人使眼色给鸳鸯，叫她把老太太的寿衣准备出来。

贾母临终深情嘱托

贾母后事已紧锣密鼓准备，贾母却睁开眼要茶喝，坐起来要跟大家说话。

贾母进入回光返照状态，续书作者对史太君临终的描写分寸把握得好，人物关系掌握得较准确，描写细致、生动、感人。

贾母临终仍然关心贾府后辈儿孙命运，贾母说："我到你们家已经六十多年了。从年轻的时候到老来，福也享尽了。自你们老爷起，儿子、孙子也都算是好的了。"贾母不提导致贾府被抄的长子贾赦，只提"你们老爷"也就是贾政，贾母首先提到贾政，现在的荣国公，贾府掌舵人，而且说"儿子、孙子也都算是好的"，贾母至死清醒、宽容、豁达，有利于安抚子孙的话讲，戳子孙伤痛的话不讲。

接着贾母说："就是宝玉呢，我疼了他一场。"说着，拿眼满地下瞅着。王夫人推宝玉走到贾母的床前。贾母从被窝伸出手来拉着宝玉说："我的儿，你要争气才好！"这句话简练、生动、传神，贾母非常明白，她最疼的孙子恰好是贾府后辈儿孙最任性、最不争气的一个。贾母此时是不是有点后悔当初太溺爱娇惯这个宝贝孙子，才叫他不成才。但时过境迁，一切都晚了。贾母

只能嘱咐宝玉一句，叫他争气。宝玉答应着，心酸，眼泪要流下来，又不敢哭。是不是贾母临终这句话，推动宝玉去求功名？可能有点。宝玉傻吗？一点也不傻，他的行动很得体。

贾母说："我想再见一个重孙子，我就安心了。我的兰儿在那里呢？"李纨推贾兰上去。贾母放了宝玉的手，拉起贾兰的手说："你母亲是要孝顺的，将来你成了人，也叫你母亲风光风光。"贾母说这段话，既是临终说出希望贾兰光宗耀祖"成了人"，也顺便嘱咐安慰了李纨，这样写合情合理，李纨是贾母长孙遗孀，一直孝顺贾母。

贾母接着说："凤丫头呢？"贾母不提长孙贾琏，贾琏早就因为鲍二家的事被贾母骂过，当然不会单独提溜出他来再教训一番，贾母晚年的开心果是王熙凤，她对凤姐说："我的儿，你是太聪明了，将来修修福罢。"话里的教训意味还是有的，也有深情，太聪明，就不够宽厚、不够仁慈，所以得修福。将来修修福，是不是来得及？只有天知道。

这时赵姨娘肯定带着贾环在场，邢夫人带着贾赦幼子贾琮在场，但贾母根本不提两个庶孙一字，贾母嫡庶观念很强，正眼都不看赵姨娘之类，因为赵姨娘是奴才。贾环、贾琮在理论上却跟宝玉是同样的贾府少爷，贾母也从来不正眼看他们，交待后事临终关怀仍然不提他们。

接着，贾母提到她当年命子孙写的金刚经，说"我们大老爷和珍儿是在外头乐了"，提到贾赦贾珍；"最可恶的是史丫头没良心，怎么总不来瞧我"，她不知道史湘云丈夫得重病。奇怪的是，贾府唯一的孙小姐、在贾母身边长大的惜春在场，贾母也没提她，贾母又瞧瞧宝钗，叹了口气，看来无话可说。然后续书作者用他擅长的、写人物自然死亡的笔墨，写贾母死亡过程，贾母先是脸上发红，回光返照，进上参汤，牙关已紧，喝不进去，然后喉间略一响动，脸变笑容，竟是去了，"享年八十三岁"。

贾母含笑离去，结束了赫赫扬扬国公府的昔日辉煌，标志着贾府真正的败落。贾母是贾府的宝塔尖，对包括贾赦在内的人都有震慑作用。宝玉挨打，贾母一句话，贾政就得跪倒在地求饶，王夫人莫名其妙地无端因为贾赦的事挨骂一声不敢吭。贾府繁华时期，一切享乐围绕着贾母，贾母受到王熙凤、薛宝钗为代表的充分尊重和热情吹捧，林黛玉尊贾母为自己的唯一救星。贾府危难时，贾母力挽狂澜，恰当处理纷杂两府，以私蓄保证子孙用度，一一按需分派银钱，连丫鬟和自己丧葬经费都顾及，非常周到。贾母临终，对最爱的宝玉、贾兰、凤姐一一留遗言，然后"脸变笑容，竟是去了"。这写得都很生动。后四十回的贾母,对林黛玉态度非常不合情理,话太多,缺乏威严;但对贾母处理危难的描写和临终描写,续书写得简练合理。贾母是贾府老一辈艰辛创业的硕果仅存,是贾府烈火烹油、鲜花着锦的象征,是贾府富贵繁华、歌舞升平的代表,是贾府优雅华丽、琴棋诗画的符号,贾母一死,意味着贾府光荣历史一去不复返。

贾母去世,续书作者接着在这一回按几条线索同时描写四件事:一是贾府如何举丧,一是鸳鸯求凤姐,一是贾宝玉、史湘云等如何哭灵,一是王熙凤力诎失人心。花开四头,各表一枝,写得形象传神。

贾 府 举 丧

贾府如何举丧写得简明合理。贾母一死,众婆子急忙停床。贾政等在外边跪着,邢夫人等在里边跪着,一齐举哀。外面家人各样预备齐全,贾母去世的信儿一传出来,从荣府大门起至内宅门扇扇大开,一色净白纸糊了,孝棚高高搭起,大门前的白色牌楼立时竖起,上下人等登时成服,披麻戴孝,贾政报了丁忧。礼部奏闻,皇帝念及贾府世代功勋,又是元妃祖母,赏银一千两,下令礼部主祭,这是很高的待遇。家人们各处报丧。亲友虽知贾家势败,现在看到皇帝给面子,圣恩隆重,都来探丧。择了吉时成殓,停灵正寝。贾赦不在家,贾政为长,宝玉、贾环、贾琮、贾兰等亲孙亲重孙守灵。邢夫人、王夫人、李纨、凤姐、宝钗等灵旁哭泣,请了些男女外亲来照应,贾琏带着贾蓉分派家人办事。内里尤氏、许氏婆媳尽力照应,颠倒的历史颠倒过来,当年秦可卿去世,是王熙凤到宁国府照应,现在贾母去世,是宁国府现在寄人篱下的尤氏照应,尤氏自贾珍外出依住荣府,一向总不上前,且荣府的事又不谙练,指挥起来很难。惜春年小,内里竟无一人支持,还得凤姐照管里头的事。贾琏在外作主,凤姐在内管事,好像里外二人倒也相宜。其实,外边贾琏说了不算,里边凤姐说了不算,王熙凤力诎失人心。奇怪的是,王夫人处心积虑把薛宝钗弄来做儿媳妇,现在王熙凤病了,为什么不用精明的薛宝钗而用宁国府的尤氏?

鸳鸯求凤姐

鸳鸯请凤姐情节写得好。

小丫头对王熙凤说:"鸳鸯姐姐请奶奶。""凤姐只得过去","只得"两字传神,给力,有哲理性。鸳鸯是贾母的大丫鬟,是贾母最信任的人,是掌管贾母财物的总理事。凤姐夫妻在贾母生前,像巴结贾母一样巴结讨好鸳鸯,以少爷少奶奶之尊亲切地称鸳鸯"姐姐"。现在贾母死了,鸳鸯回复到任人宰割的大丫鬟身份,一向势利眼的王熙凤过去得加两个字修饰词"只得"。鸳鸯哭得泪人一般,拉着凤姐儿说:"二奶奶请坐,我给二奶奶磕个头。虽说服中不行礼,这个头是要磕的。"鸳鸯说着跪下。慌得凤姐赶忙拉住,说道:"这是什么礼,有话好好的说。"凤姐拉鸳鸯起来。鸳鸯说:"老太太的事一应内外都是二爷和二奶奶办,这种银子是老太太留下的。老太太这一辈子也没有糟蹋过什么银钱,如今临了这件大事,必得求二奶奶体体面面的办一办才好。我方才听见老爷说什么诗云子曰,我不懂;又说什么'丧与其易,宁戚',我听了不明白。我问宝二奶奶,说是老爷的意思,老太太的丧事只要悲切才是真孝,不必糜费图好看的念头。我想老太太这样一个人,怎么不该体面些! 我虽是奴才丫头,敢说什么,只是老太太疼二奶奶和我这一场,临死了还不叫他风光风光! 我想二奶奶是能办大事的,故此我请二奶奶来,求作个主。我生是跟老太太的人,老太太死了我也是跟老太太的,若是瞧不见老太太的事怎么办,将来怎么见老太太呢!"

凤姐听这话来得古怪,其实以王熙凤的聪明,应该能听出来,鸳鸯决心赴死,凤姐说:"你放心,要体面是不难的。况且老爷虽说要省,那势派也错不得。便拿这项银子都花在老太太身上,也是该当的。"鸳鸯道:"老太太的遗言说,所有剩下的东西是给我们的,二奶奶倘或用着不够,只管拿这个去折变补上。"鸳鸯要把贾母留给他们的银子用到贾母丧事上,凤姐当然感动,告诉鸳鸯:"只管放心,有我呢!"鸳鸯千恩万谢托了凤姐。

王熙凤真成说大话了,她说:"有我呢。"岂不知,王熙凤再也不是有贾母撑腰的指挥若定、威风八面的琏二奶奶,已经成在冢妇邢夫人手下听喝的小媳妇,贾赦不在,邢夫人是贾府长房太太,是冢妇,这个冢妇恰好喜欢抓权抓钱,成了当家太太,连贾政考虑事都得征求大太太的主意,王夫人更得听大太太的。邢夫人一向和王熙凤不对付,贾政迂腐地说什么"丧与其易,宁戚",邢夫人一心想省下点钱以后过日子,王熙凤想风风光光给贾母办丧事,她说了算吗? 她非但说了不算,还得吃气。

宝玉灵前"审美"

宝玉灵前"审美"写出他的丑态。

贾母去世，史湘云女婿病着，只来一次，因为女婿的病已成痨症，暂且死不了，贾母送殡史湘云不能不来，只得坐夜前一日过来。史湘云在贾母出殡前守灵，是什么心情？她既哭贾母，更哭自己，史湘云想起贾母素日疼她；又想到自己命苦，刚配个才貌双全的男人，性情又好，偏偏得了冤孽症候，不过捱日子，更加悲痛，直哭了半夜。宝玉瞅着也不胜悲伤，他是瞅着贾母死了悲伤还是瞅着史湘云哭着悲伤？很明显，是看着史湘云哭而悲伤，他又不好上前去劝，这段描写实在别扭：贾宝玉看史湘云淡妆素服，不敷脂粉，更比未出嫁的时候犹胜几分。转念又看宝琴等淡素装饰，自有一种天生丰韵。独有宝钗浑身孝服，比寻常穿颜色时更有一番雅致。心里想道："所以千红万紫终让梅花为魁，殊不知并非为梅花开的早，竟是'洁白清香'四字是不可及的了。但只这时候若有林妹妹也是这样打扮，又不知怎样的丰韵了！"想到这里，不觉心酸起来，泪珠便直滚滚地下来了，趁着贾母的事，不妨放声大哭。贾宝玉是哭祖母？非也，他借祖母去世放声大哭自己的心事。众人正劝湘云不止，外间又添出个哭的来。大家只道是贾宝玉、史湘云想着贾母疼自己的好处，所以伤悲，岂知他们两个人各自有各自心事。史湘云为自己命运而哭，贾宝玉哭林黛玉。这场大哭，虽然各有各哭的理由，哭的理由也站得住脚，但是贾宝玉如此哭灵却完全是败笔。贾宝玉是贾母的命根子，贾母整天心肝儿肉对待他，吃口菜想着宝玉，有件好衣服想着宝玉，有个祖爷爷送的汉代古玉，最后还是给宝玉。宝玉的爹打了他，贾母能把那个爹训得跪倒在地，这么心疼贾宝玉的祖母死了，临死还拉着宝玉的手叫"我的儿，你要争气"，宝玉却越来越不争气，在贾母丧礼上，在出殡守夜时更加不争气，他居然没有过电影一样回忆一下亲爱的祖母，反而欣赏起史湘云穿丧服的美态，欣赏起薛宝琴穿丧服的美态，欣赏起宝钗穿丧服的美态，还想到什么梅花洁白清香，联想到林黛玉如果穿丧服更好看，现在的贾宝玉，已经不是前八十回离经叛道的贾宝玉，不是爱博而心劳、护花使者贾宝玉，成了一味欣赏女性美，在任何情况下都先想到女性美的家伙，这家伙真是比登徒子也强不到哪里去了。

王熙凤力不从心

王熙凤先前仗着自己的才干，原打量老太太死了她会大有作为。可今非昔比，王熙凤不再是协理宁国府风光无限，而是处处掣肘，时时吃气了。

因为尤氏不熟悉荣国府，贾政等仍然令凤姐总理里头的事。凤姐应了，心想："这里的事本是我管的，那些家人更是我手下的人，……银项虽没有了对牌，这种银子是现成的。外头的事又是他办着。虽说我现今身子不好，想来也不致落褒贬，必是比宁府里还得办些。"王熙凤一早叫周瑞家的传出话去，将花名册取上来。凤姐瞧了，统共只有男仆二十一人，女仆十九人，余者俱是丫头，连各房算上不过三十多人，难以点派差使。心想："这回老太太的事倒没有东府里的人多。"当年王熙凤给秦可卿办丧事的奴仆是一百三十四人，不包括贾珍尤氏等的随身丫鬟帐房库房等仆人，现在为贾母办丧事的人少得可怜。贾琏又把庄上弄出几个，也不敷差遣。凤姐听了，呆了半天，说："这还办什么！"

怪哉！贾府抄家后，贾赦名下仆从入官，贾政管家后，仆人还有三十余家，男女二百十二名，怎么贾母一死，荣国府突然变成仆人丫头不过七十多人？这似乎是个漏洞。是不是续书作者为渲染王熙凤力诎故意减少荣国府仆人？

鸳鸯求王熙凤风风光光给老太太办丧事，王熙凤虽然知道现在事难办，还是答应了。估计一方面她毕竟受贾母疼爱，再势利眼，也得把贾母最后一件事办好；另一方面，贾母自己留下办丧事的银子，足以风光大丧。前八十回别人一个眼神就能察觉出对方是什么心思的王熙凤，非常警觉非常灵便，现在居然迟钝，鸳鸯那么明确地说老太太走了她要跟着老太太，就差直接说：我也不活了。王熙凤竟然判断不出鸳鸯的心意，想："鸳鸯这东西好古怪，不知打了什么主意，论理老太太身上本该体面些。嗳，不要管他，且按着咱们家先前的样子办去。"叫旺儿把贾琏请进来，把鸳鸯的话说一遍。贾琏说："他们的话算什么。才刚二老爷叫我去，说老太太的事固要认真办理，但是知道的呢，说是老太太自己结果自己，不知道的只说咱们都隐匿起来了，如今很宽裕。老太太的这种银子用不了谁还要么，仍旧该用在老太太身上。老太太是在南边的坟地虽有，阴宅却没有。老太太的柩是要归到南边去的，留这银子在祖坟上盖起些房屋来，再余下的置买几顷祭田。……据你这个话，难道都花了罢？"贾琏的意思比邢夫人好得多，虽然银子要留下一点，仍然要用在贾母身上，给她置办祭田、盖房屋。凤姐问：治丧的银子发出来没有？贾琏说："谁见过银子！"原来邢夫人听了贾政的话，极力撺掇王夫人和贾政，说这是好主意。节省办丧事。邢夫人的本意是留点钱自己用。这个世界很奇妙，贾母在世时，她不叫邢夫人坐，邢夫人只能站着，如今贾母死了，贾母留下私房钱给自己办丧事却得听邢夫人的。贾琏说现在外头棚扛上要支几百银子，还没发出来，说是叫外头办了回来再算。看来邢夫人克扣金钱的毛病又用到贾母丧事上了，滑稽不滑稽，给贾母出殡的钱，居然不先拿出来用，倒叫"外头"也就是贾府下人先垫上，办完事再还给他们。其实，南京到北京，主子没有奴才精，贾琏说：奴才们有钱的早溜了，按着册子叫去，有的告病，有的说下庄子。没有人靠前。王熙凤听了，马上挨了当头一棒，在邢夫人的控制下，连出殡都不往外拿钱，王熙凤还怎么指挥？

邢夫人扣着贾母的私房钱不撒手，却能瞅机会训王熙凤，小丫头跑来传邢夫人话："今儿第三天了，里头还很乱，供了饭还叫亲戚们等着吗？叫了半天，来了菜，短了饭，这是什么办事的道理！"王熙凤急忙进去，吆喝人伺候，胡弄着打发了早饭。荣国府硕果仅存的仆人，估计大多是些家生子，他们只有活干，没有油水赚，个个死眉瞪眼。凤姐叫了旺儿家的传齐家人女人，分派任务。这些人都答应着不动。凤姐说："什么时候，还不供饭！"众人道："传饭是容易的，只要将里头的东西发出来，我们才好照管去。"原来，邢夫人连给客人吃饭的钱都不发出来，凤姐说："糊涂东西，派定了你们少不得有的。"太悲惨了。贾府送丧客人吃饭，居然要仆人先给垫上钱买东西做好饭招待客人，然后再把钱还给仆人。

凤姐往上房取应用之物，大概是招待客人宴席上的家伙，这样的粗活，居然要王熙凤亲自管，还要请示邢、王二夫人，她们那儿人多，王熙凤说不上话，看看日渐平西，只好找鸳鸯要老太太存的家伙。鸳鸯说："你还问我呢，那一年二爷当了赎了来了么！"凤姐说："不用银的金的，只要这一分平常使的。"鸳鸯说："大太太、珍大奶奶屋里使的是那里来的！"凤姐一想不差，只好到王夫人那边找玉钏、彩云拿一份出来，发与众人收管，用这些东西招待客人。鸳鸯见凤姐这样慌张，心想："他头里作事何等爽利周到，如今怎么掣肘的这个样儿。我看这两三天连一点头脑都没有，不是老太太白疼了他了吗！"鸳鸯难道想不到，王熙凤昔日的威风、昔日的爽利周到是她可以拉大旗做虎皮，包着自己吓唬别人，王熙凤的虎皮是贾府至高无上的贾母，贾母不在了，谁还怕她？特别是：都知道邢夫人不待见她的人还怕她？现在贾府"老太太"已经"城头变幻大王旗"，成了邢夫人。邢夫人听了贾政迂腐的、办贾母丧事"悲戚为上"的话，正合着将来家计艰难的心，巴不得留些钱用。而且根据宗法制度，贾母丧事长房作主，贾赦虽不在家，贾政拘泥守法，有事便说请大太太的主意。邢夫人向来知道凤姐手脚大，爱撒钱，贾琏经常从中闹鬼，所以死扣住贾母留下的钱不放松。邢夫人的主意是，我这里大手大脚地发钱，你们就能大手大脚花钱，或者从里边巧取豪夺地赚钱，我叫你们先借钱办事再回来算账，那就只能实报实销，当然小心谨慎，也能省钱。

鸳鸯认为贾母的钱已经交出去，看到王熙凤办事处处不灵，疑心王熙凤是因为贾母死了不肯用心，在贾母灵前唠唠叨叨哭个不了。邢夫人听了鸳鸯边哭边说，话中有话，她不想是自己不令凤姐便宜行事，反说凤丫头果然有些不上心。到了晚上王夫人叫了凤姐过来说："咱们家虽说不济，外头的体面是要的。这两三日人来人往，我瞧着那些人都照应不到，想是你没有吩咐。还得你替我们操点心儿才好。"王夫人这位亲姑妈，一点儿也不体谅王熙凤，不经过调查，就说凤姐没吩咐。这和她当年查抄大观园之前，拿到绣春囊就断然说凤姐从贾琏那儿弄来一样愚蠢。凤姐听了，呆了一会，要将银两不凑手的话说出，但是银钱是外头管，王夫人说的是照应不到，凤姐不敢辩，只好不言语。邢夫人在旁说："论理该是我们做媳妇的操心，本不是孙子媳妇的事。但是我们动不得身，所以托你的，你是打不得撒手的。"邢夫人竟然把"撒手"两个字抛到凤姐的脸上。凤姐紫涨了脸，正要回说，外头鼓乐一奏，烧黄昏纸，大家举哀，凤姐不能说话了，原想回来再说，王夫人催她快快去料理明儿的事，凤姐不敢再言，含悲忍泣出来，传齐众人，吩咐了一会。

听听荣国府管家少奶奶现在怎么对管家媳妇说话："大娘婶子们可怜我罢！我上头捱了好些说，为的是你们不齐截，叫人笑话。明儿你们豁出些辛苦来罢。"这几句话把王熙凤落难凤凰不如鸡形容出来了。王熙凤协理宁国府到任训话训得何等精彩？那时的王熙凤虽然是所谓客卿，但训起人来理直气壮，现在她是正头香主，却只能可怜兮兮请下人帮忙。王熙凤还对管家媳妇说，她现在连贾母、王夫人、邢夫人的丫鬟都得罪不起，下人说："从前奶奶在东府里还是署事，要打要骂，怎么这样锋利，谁敢不依。如今这些姑娘们都压不住了？"凤姐叹道："东府里的事虽说托办的，太太虽在那里，不好意思说什么。如今是自己的事情，又是公中的，人人说得话。再者外头的银钱也叫不灵。"王熙凤的苦诉得似乎有点道理，其实，她没有讲出也没法讲出最主要的原因，那就是，当初我那么强势，因为我后台是老祖宗，而且有钱使得鬼推磨，当时东府把对牌交给我，对牌本身就是银子，我想使多少银子就使多少银子，现在没了对牌，钱在邢夫人手里。哪个还肯奋勇向前？

凤姐一肚子的委屈，愈想愈气，要把各处的人整理整理，又怕邢夫人生气，说她滥施威风；要和王夫人说，怎奈邢夫人挑唆。奇怪，王夫人怎么忽然跟邢夫人穿一条裤子？难道现在荣国公不是贾政？

另一条不合理的描写是：丫头们见邢夫人等不助着凤姐的威风，更加作践起她来。是王夫人的丫鬟作践王熙凤，邢夫人的丫鬟作践王熙凤，还是贾母的丫鬟作践王熙凤？她们又怎么作践法？她们又怎能作践？一点具体细节没有。结果只有平儿替凤姐排解，说："二奶奶巴不得要好，只是老爷、太太们吩咐了外头，不许糜费，所以我们二奶奶不能应付到了。"平儿说了几次，家人媳妇才安静些。平儿的话居然比王熙凤亲自叫着大娘婶子求还管用。小说写："虽说僧经道忏，上祭挂帐，络绎不绝，终是银钱吝啬，谁肯踊跃，不过草草了事。"几句话把贾母丧仪僧道活动交待了，描写空洞，当然也没法跟秦可卿之死相比。

王妃诰命来得不少，邢夫人、王夫人接待，凤姐不能上去照应，当然也就没了当年在宁国府登得了大场面，应付得了贵妇诰命，在贾家众多媳妇中一花独放，耀眼争光，她只能在底下张罗，叫了那个，走了这个，发一回急，央及一会，胡弄一起，打发一起。捺下葫芦起来瓢，别说鸳鸯等看不下去，连凤姐自己心里也过不去了。小说写："邢夫人虽说是冢妇，仗着'悲戚为孝'四个字，倒也都不理会。"其实邢夫人有什么"悲戚为孝"，她心里说不定正得意呢，就乐意看着当年依靠着贾母呼风唤雨的王熙凤，现在呼风风不吹，唤雨雨不下，邢夫人能省着钱把贾母丧事办完，自己成了贾府"老太太"，叫苦受累的是王熙凤和贾琏，邢夫人却终于把钱尽可能留住了。

独有李纨瞧出凤姐的苦处，也不敢替他说话，只自叹："俗话说的，'牡丹虽好，全仗绿叶扶持'，……如今只有他几个自己的人瞎张罗，面前背后的也抱怨说是一个钱摸不着，脸面也不能剩一点儿。老爷是一味的尽孝，庶务上头不大明白，这样的一件大事，不撒散几个钱就办的开了吗！可怜凤丫头闹了几年，不想在老太太的事上，只怕保不住脸了。"李纨抽空儿叫了她的人来吩咐，二奶奶办丧事，你们尽可能帮忙。李纨还对鸳鸯解释王熙凤的难处，说银子钱不在她手里，巧媳妇做不上没米的粥。鸳鸯表示理解。李纨琢磨鸳鸯：当初有老太太疼，倒没有作过什么威福，如今老太太死了，没仗腰子的了，她的气质倒不大好了。旁观者清，李纨看出鸳鸯有点不对头，也没想到到底有什么不对头。

贾兰、宝玉和贾环

从李纨这里，续书作者又对未来荣国府的希望贾兰做了番歌功颂德，贾兰在曾祖母治丧期间，仍然惦记着读书，即便躺床上，也想一想书本。李纨身边的人对贾宝玉和贾环来了番不以为然，夸贾兰："好哥儿，怎么这点年纪得了空儿就想到书上！不像宝二爷娶了亲的人还是那么孩子气，这几日跟着老爷跪着，瞧他很不受用，巴不得老爷一动身就跑过来找二奶奶，不知唧唧咕咕的说些什么，甚至弄的二奶奶都不理他了。他又去找琴姑娘，琴姑娘也远避他。邢姑娘也不很同他说话。倒是咱们本家的什么喜姑娘咧、四姑娘咧，哥哥长哥哥短的和他亲密。我们看那宝二爷除了和奶奶、姑娘们混混，只怕他心里也没有别的事，白费了老太太的心，疼了他这么大，那里及兰哥儿一零儿呢。"

这些话虽然有非常不合理的成分，比如宝钗不理宝玉，他找宝琴，宝玉能和小姨子说话吗？宗法社会绝对不允许。怡红公子贾宝玉简直成了贾府众人眼里的狗不识，如此不明是非、不长出息、没有志气，快和贾环有一比了。李纨身边的人形容贾环："更不像样儿了！两个眼睛倒像个活猴儿似的，东溜溜，西看看，虽在那里嚎丧，见了奶奶、姑娘们来了，他在孝幔子里头净偷着眼儿瞧人呢。"形容贾环这几句话生动形象。仔细琢磨一下，贾宝玉的作为跟贾环有多大区别？

王熙凤力绌还是理绌

王熙凤尽心尽力想办好贾母的丧事，却不是驴不走就是磨不转，当年贾母带着众人到清虚观打醮，荣国府门前花团簇簇，几个丫头一辆车，笑语喧哗，现在给贾母出丧，贾府的车已不够用，要借别府的车，一个借车小细节写贾府今不如昔。

坐夜之期前一天，凤姐已支撑不住，咽喉嚷破敷衍过了半日。到下半天，客人更多，事情更繁，瞻前不能顾后。她正着急，一个小丫头跑来说："二奶奶在这里呢，怪不得大太太说，里头人多照应不过来，二奶奶是躲着受用去了。"凤姐一听，一口气撞上来，眼前一黑，嗓子一甜，喷出鲜红的血来，蹲倒在地。

王熙凤力绌失人心的结果，是加重了她本人灭亡。

鸳鸯哀求王熙凤给贾母风风光光办丧事，和贾府老爷、太太形成鲜明对比。贾政、王夫人、邢夫人再次以实际行动证明，他们对贾母都是假孝顺。王熙凤最得贾母之宠，给贾母办丧事本来应比秦可卿出丧办得更好，岂不知正因为贾母不在，王熙凤既无昔日威风也无昔日财源。王熙凤协理宁国府大放光芒，治理贾母丧事处处掣肘，并非是她"力诎"力量不足失掉人心，而是因为"财诎"，她手里没钱指挥不灵，更因为她"理诎"，她受邢夫人辖制。她协理宁国府时，贾珍一心铺张，只求不给他省钱，宁国府大笔金钱随王熙凤用，大量的仆人随便派，王熙凤一个人说了算，令行禁止，威风八面。为贾母治丧却事事要请示"上边"定盘子。"上边"古板正经的贾政一心求"俭"，邢夫人一心想省钱。不仅仆人不够用，连车都不够用。贾母留下给自己办丧事的钱，贾政、邢夫人都不让动，最后便宜了贼。贾兰在曾祖母丧事期间仍刻苦读书，伏下文中举，下人议论贾兰的热爱读书和宝玉不读书和女人厮混、贾环守灵偷看妇女，是鲜明的对比。这些描写笔墨琐碎，画出贾宝玉的"丑脸"，跟前八十回怡红公子相比，成了两个不同的人。

鸳鸯赴死　贾府被盗

——第一百一十一回　鸳鸯女殉主登太虚,狗彘奴欺天招伙盗

这一回重点写贾母逝后,鸳鸯深感前途渺茫毅然赴死,被续书作者解释为"殉主",周瑞干儿子勾引盗贼是"狗彘奴",甄府推荐来的包勇关键时刻成忠仆。续书作者站在贾政等主子立场上解释鸳鸯之死,那么,鸳鸯真是为殉主而死吗? 在曹雪芹构思中,鸳鸯死没死? 贾府败落是因为卑劣奴仆欺天吗?

王熙凤吐血

一百一十回结尾描写已够荒唐,哪儿能来这么个胆大包天小丫头,竟敢当面对管家奶奶王熙凤传邢夫人闲话,说王熙凤躲着自在,设想前八十回,果真出现这么个四六不通小丫鬟,贾琏嘴里的"夜叉婆"王熙凤会立即命人拿簪子扎,拿刀子割,平儿会吩咐丰儿掌嘴。这不可能出现的话,在后四十回却顺理成章成了王熙凤发急病的原因。王熙凤和她的亲信在一个张狂小丫头跟前毫无反手之力,王熙凤听了小丫头的话,又气又急又伤心,吐了血,昏晕过去,坐在地上。平儿叫人搀扶送到房中,安放在炕上,叫小红斟上开水送到凤姐唇边。凤姐喝一口,仍然昏睡。平儿派丰儿去回明邢夫人王夫人,二奶奶吐血发晕不能照应。邢夫人打量凤姐推病藏躲,说:"叫她歇着去罢。"

邢夫人这样做很不合理,作为婆婆,听到儿媳妇吐血,应该亲自过去瞧瞧,至少派个人过去瞧瞧,即使想查明王熙凤是不是躲着装病,也得派人去看看,而她仅仅说了句带讽刺意味的话,尤其令人诧异的是,"众人也并无言语","众人"是哪些人? 至少包括王夫人、薛宝钗、李纨、尤氏在内,王夫人是王熙凤的亲姑妈,薛宝钗是王熙凤的亲表妹,现在又成了妯娌关系,李纨、尤

氏是王熙凤多年要好的姒娣。她们四个人听到王熙凤吐血居然毫无反应？续书作者的疏忽让王夫人、薛宝钗、李纨、尤氏同时变得无情。

按照曹雪芹构思，王熙凤病情加重，是跟贾府整个命运紧密联系到一起的，王熙凤的劣迹导致贾府如雪山崩，贾府雪山崩导致王熙凤身体血山崩，最后被休回家，死了。并不是什么邢夫人一句半句闲话叫王熙凤病入膏肓，而续书作者就乐意这么写。

鸳鸯毅然赴死

贾母是王熙凤的靠山，也是鸳鸯的靠山。贾母死了，鸳鸯知道自己没有好日子过。凌晨贾府预备辞灵出殡。女眷哭一阵，鸳鸯哭晕过去，醒过来说："老太太疼我一场，我跟了去。"这句话成了贾政把鸳鸯说成殉主的依据。琥珀等贾母丫鬟哭奠之时，不见鸳鸯。以为她哭累了，其实这时鸳鸯已经死了。

鸳鸯哭罢贾母后想："自己跟着老太太一辈子，身子也没有着落。如今大老爷虽不在家，大太太的这样行为我也瞧不上。老爷是不管事的人，以后便乱世为王起来了，我们这些人不是要叫他们掇弄了么。谁收在屋子里，谁配小子，我是受不得这样折磨的，倒不如死了干净。"很明显，鸳鸯不是因为老太太疼她，老太太死了她殉主，而是因为贾母走了，她无路可走。贾赦、邢夫人因为当年鸳鸯抗婚吃了大亏，贾赦很长时间在贾府抬不起头，装病不敢出来见贾母，邢夫人挨了贾母教训，对鸳鸯怀恨在心。现在贾赦不在家，邢夫人当家，邢夫人会怎样报复鸳鸯？她现在成了贾府老太太，她处理鸳鸯还不像捏死个苍蝇一般？邢夫人很大可能倒不是把鸳鸯给贾赦留在房里，或者把鸳鸯放到贾琏房里，很可能故意找个最不成器的奴仆，把鸳鸯指派给他做妻子，就像贾环的情人被王熙凤胁迫嫁王熙凤陪房旺儿的无赖儿子。鸳鸯因为得到贾母宠爱，早就把自己跟一般奴仆划清界线，但严酷现实是再得宠的丫鬟还是丫鬟，何况是家生子丫鬟，鸳鸯的命运就是由主子决定的。鸳鸯想来想去，只有死路一条。

鸳鸯琢磨如何死的时候，居然是被秦可卿导引上吊而死。前八十回很少见神见鬼，后四十回鬼魂出没成常态，鬼气森森成常情。续书作者经常蹩脚模仿《聊斋志异》。鸳鸯走进贾母套间，灯光惨淡，隐隐有个女人拿着汗巾子要上吊。鸳鸯惊悟过来，这是东府小蓉大奶奶教给我怎么死法儿。这个地方，后四十回总算尊重了第五回一次，虽然曹雪芹在畸笏叟干预下，写秦可卿病死，不再写她是跟贾珍爬灰上吊而死，但第五回贾宝玉神游太虚境看到秦可卿的图画，她却是吊死的。鸳鸯一面哭，一面开了妆匣，取出那年绞的一缕头发，揣在怀里，这个细节不错，令读者想起鸳鸯抗婚情节，那时鸳鸯多么壮烈，现在鸳鸯多么凄惨。然后小说写鸳鸯细致入微的上吊过程。接下来，鸳鸯的鬼魂又和秦可卿的鬼魂有了非常奇异的交往。

　　鸳鸯香魂出窍，见秦氏隐隐在前，鸳鸯的魂魄疾忙赶上说道："蓉大奶奶，你等等我。"那人道："我并不是什么蓉大奶奶，乃警幻之妹可卿是也。""我在警幻宫中原是个钟情的首坐，管的是风情月债，降临尘世，自当为第一情人，引这些痴情怨女早早归入情司，所以该当悬梁自尽的。因我看破凡情，超出情海，归入情天，所以太虚幻境痴情一司竟自无人掌管。今警幻仙子已经将你补入，替我掌管此司，所以命我来引你前去的。"这不是刨掉下巴、前言不搭后语？贾宝玉神游太虚境，掌管天下痴男怨女的是哪个？警幻仙子本人；导引天下痴情人入痴情司薄命司的是哪个？也是警幻仙子本人。现在，主管风月情浓的成了秦可卿。而秦可卿到人世间是做第一情人，该悬梁自尽，她又看破凡情超出情海，得找继承人，她找的继承人就是从来不谈男女之情的鸳鸯。这是什么乱七八糟！鸳鸯应该是和袭人、晴雯一起在金陵十二钗又副册人物，她怎么能代替警幻仙子掌管天下的风情月债？这是连跳多少级的破格提拔？多么不伦不类的提拔？多么驴唇不对马嘴的提拔？这样的构思不要说已经把读者给领到沟里，鸳鸯自己也不明白，她说："我是个最无情的，怎么算我是个有情的人呢？""警幻之妹"做了一番不可思议的解说："世人都把那淫欲之事当作'情'字，所以作出伤风败化的事来，还自谓风月多情，无关紧要。不知'情'之一字，喜怒哀乐未发之时便是个性，喜怒哀乐已发便是情了。至于你我这个情，正是未发之情，就如那花的含苞一样，欲待发泄出来，这情就不为真情了。"

　　这个所谓警幻之妹用这番话忽悠鸳鸯，续书作者用这番谬论忽悠读者，岂不是叫人把牙笑掉？秦可卿的名字什么意思？是感情可以被轻视，爱情可以被轻视，爱情可以被滥用，秦可卿是性爱象征，她和贾珍、贾蔷交往是皮肤滥淫，叫她来导引虽叫"鸳鸯"却永世不能成双的，已经够荒诞，秦可卿对鸳鸯说的话更是大谬特谬，"至于你我这个情，正是未发之情，就如那花的含苞一样"，令人喷饭！秦可卿既与公爹爬灰，又养小叔子，这朵花开到残落，这个人滥情到极点，她怎像鸳鸯含苞未放？

琥珀等发现鸳鸯吊死，嚷着报与邢夫人、王夫人知道。王夫人、宝钗等听了，都哭着去瞧。邢夫人说："我不料鸳鸯倒有这样志气，快叫人去告诉老爷。"宝玉听见这个话，吓得双眼直竖。袭人等慌忙说："你要哭就哭，别憋着气。"宝玉死命地才哭出来声来了，心想："实在天地间的灵气独钟在这些女子身上了。他算得了死所，我们究竟是一件浊物，还是老太太的儿孙，谁能赶得上他。"复又喜欢起来。宝钗听见宝玉大哭出来，及到跟前见他又笑。袭人忙说："不好了，又要疯了。"宝钗说："不妨事，他有他的意思。"宝玉听了，更喜欢宝钗的话："倒是他还知道我的心，别人那里知道。"贾宝玉和薛宝钗现在心心相印。贾宝玉还是认为鸳鸯殉贾母而死，前八十回的贾宝玉绝对不会有这样的想法，也绝对不会因为鸳鸯这样死而喜欢。

贾政说鸳鸯："好孩子，不枉老太太疼他一场！"很自然地把鸳鸯之死定为殉主，命贾琏出去吩咐人连夜买棺盛殓，"明日便跟着老太太的殡送出，也停在老太太棺后，全了他的心志"。贾政要了香来上了三炷，作了一个揖，说："他是殉葬的人，不可作丫头论。你们小一辈都该行个礼。"宝玉喜不自胜，恭恭敬敬磕了几个头。贾琏也要上来行礼，被邢夫人制止："有了一个爷们便罢了，不要折受他不得超生。"做媳妇后一直低调的宝钗居然有勇气跟大婆婆邢夫人对着干，她说："我原不该给他行礼，但只老太太去世，咱们都有未了之事，不敢胡为，他肯替咱们尽孝，咱们也该托托他好好的替咱们服侍老太太西去。"薛宝钗一面奠酒，拜了几拜，狠狠哭了鸳鸯一场。贾政、宝玉、宝钗都把鸳鸯看作是殉主的对待。平时跟鸳鸯打交道最多的王熙凤又失踪，当然，她吐血了。

平儿、袭人、莺儿哀哀欲绝。紫鹃想起自己终身一无着落，"恨不跟了林姑娘去，又全了主仆的恩义，又得了死所。如今空悬在宝玉屋内，虽说宝玉仍是柔情蜜意，究竟算不得什么"。紫鹃哭得哀切，又出来个想殉主而不能殉主的。

续书作者这些描写，都是按照贾政的思维进行，有个细节倒写得生动、形象。王夫人传了鸳鸯的嫂子看着入殓，赏一百两银子，嫂子磕头出去，喜欢说："真真的我们姑娘是个有志气的，有造化的，又得了好名声，又得了好发送。"狼心狗肺的家伙！旁边一个婆子说："罢呀嫂子，这会子你把一个活姑娘卖了一百银子便这么喜欢了，那时候儿给了大老爷，你还不知得多少银钱呢，你该更得意了。"后四十回难得出现这样的幽默描写。不知道是哪个婆子偶尔露峥嵘。

曹雪芹构思鸳鸯结局

　　续书作者描写的鸳鸯之死，是贾母死后鸳鸯清醒地看到，自己没了靠山，王夫人等靠不住；贾赦虽不在，邢夫人却在，当年抗婚旧账一定会算，自己面临绝路，只能去死。鸳鸯之死引出贾政、宝玉、宝钗、紫鹃、鸳鸯嫂子等各种不同反应，这段情节写得比较好看。其实鸳鸯无路可走毅然赴死，仍像当初抗婚一样具备奴隶反抗强权的意义。

　　鸳鸯是不是这样的结局？按照曹雪芹构思鸳鸯并没有死。

　　鸳鸯抗婚时对平儿和袭人明确说过她将来的结局："老太太在一日，我一日不离这里，若是老太太归西去了，他横竖还有三年的孝呢，没个娘才死了他先收小老婆的！等过三年，知道又是怎么个光景，那时再说。纵到了至急为难，我剪了头发作姑子去，不然，还有一死。一辈子不嫁男人，又怎么样？乐得干净呢！"

　　这些话说明，鸳鸯把贾母当自己的护身符，也仅仅是当自己的护身符，贾母死了，她不会马上跟着贾母死，落个殉主"美名"。鸳鸯没有忠君孝子殉主之类的奴隶思维，她会继续活着，她还要用自己的顽强斗志，用自己的聪明才智争取最好的活法。贾母死了，三年内，贾赦不能强娶鸳鸯做小老婆，三年后，谁知道会发生什么事？鸳鸯当然不会预感到贾府会被抄家、贾赦会被治罪而且很快死了。鸳鸯估计即使贾母死了，贾赦活过三年，再来逼鸳鸯，鸳鸯的态度是"到了至急为难，我剪了头发做姑子去"，做姑子之后的选项是"不然，还有一死"，死仍然不是鸳鸯最后选项，鸳鸯最后的选项是"一辈子不嫁人"。你们是主子，你们逼我做妾，逼我配小子，我不做妾不配小子，一辈子不嫁人还不行？

　　关于鸳鸯之死红学家有各种各样讨论。蔡义江《鸳鸯没有死》一文提出一条有力根据，第四十八回戚序本脂砚斋评语："鸳鸯女从热闹中别具一副肠胃，不轻许人一事，是宦途中药石仙方。"蔡义江先生认为：《红楼梦》以小寓大，从治家见治国，脂评也往往揭示，这条评语即是批者从鸳鸯在婚姻问题上不轻许人的态度，联想到宦途官场之中也不应该轻易许人，否则可能后患无穷。所以，他认为"不轻许人"是能够避免祸殃的"药石仙方"。蔡义江先生说："可见，在佚稿中鸳鸯的命运只是终生不嫁，这样，在批书人看来，她也像宦途中保持独立人格，不结党，不亲附什么势力的人一样，虽不能腾达荣华,但却有可能在政治风云变幻时保全自己,自己也乐得干净。""鸳鸯的名字,也与贾赦一样,是作者有意取反义而设计的。大恶不赦之人,偏偏叫'赦',名为'鸳鸯'其实是永远不成双。"

鸳鸯的名字在前八十回回目出现三次,第四十回"金鸳鸯三宣牙牌令",鸳鸯的聪慧伶俐跃然纸上;第四十六回"鸳鸯女誓绝鸳鸯偶",鸳鸯的狠辣风骨活龙活现;第七十一回"鸳鸯女无意遇鸳鸯",表现鸳鸯的与人为善、细致入微。鸳鸯是《红楼梦》四大丫鬟之一,贾府丫鬟之首,曹雪芹创造的这个人物,跟林黛玉、薛宝钗、王熙凤这些主要人物一样,成为古代小说画廊的精彩形象。后四十回对鸳鸯殉主的描写,跟曹雪芹的构思背道而驰。

贾母丧仪"不必细述"

贾母在贾府遭遇抄家后表现抢眼,她识大体、分余资,曾经带着贾府年轻人享乐的老封君,最后用私蓄给子孙提供关键性救助,给贾赦、贾珍到边疆服役提供必要保证,给邢夫人、王熙凤、尤氏提供生活保障,她既给一贯宠溺的贾宝玉、贾兰等后代儿孙留下生活保证,也给服侍她的丫鬟留下银钱,连自己的丧葬费用都预留下来,无一不周,无一不到。贾母临终与家人一一诀别,合乎身份个性,相当感人。贾母的丧仪对后四十回作者来说,却成了地地道道的短板。贾母辞灵送殡,贾政等送往铁槛寺,"一路上的风光不必细述",续书作者一句话交待贾母丧事,其实他大概想像不出来,贾母丧事如何来写。奇怪的是,《金瓶梅》看得挺熟的续书作者,怎么不模仿兰陵笑笑生两处不同的丧仪描写?那可能对小说主题起相当重要的作用。

西门庆宠姜第六个小老婆李瓶儿死了,西门庆给她来了个风光大丧,很多的描写章法,曹雪芹学来用到贾珍身上。西门庆给李瓶儿用里外喷香的高价桃花洞棺木,贾珍学来了给秦可卿用亲王预订的棺木;李瓶儿死了,西门庆痛不欲生,一跳三尺高痛哭,贾珍学来哭秦可卿心疼得挂上拐棍;李瓶儿大丧的礼仪,给贾珍学来放大了,不管是牌位上把贾蓉的官位提升了,还是八王路祭,都有《金瓶梅》痕迹。《金瓶梅》写西门庆死后,丧仪十分冷清,西门大官人之死,跟他的小姜之死,形成鲜明对比,沧桑之变的对比。西门庆有钱有势时,他的小老婆死得风光,西门庆自己死了丧仪凄凉。

固然前八十回已经写了秦可卿大丧,豪门大丧规矩被曹雪芹写得淋漓尽致,给再写大丧造成困难。但在曹雪芹构思中,贾府重要人物在贾府败落后的丧事，应该和秦可卿大丧做强烈对比，但是曹雪芹没留下这件事的暗示，脂砚斋也没提出有关线索，对于续书作者来说，可能更加困难，其实也是个际遇，原本续书作者可以发挥自己的想象力，像写薛蟠命案对中下级官场的描写那样，创造自己的新局面。比如，参加过贾母八十大寿的北静王妃、南安王妃，她们如何来吊唁贾母，怎么样跟邢夫人、王夫人打交道，尤其是跟王夫人打交道，那是小说家大展才能的地方。王夫人现在是继承荣国公头衔的贾政正配，她如何表现？她的举手投足跟当年贾母形成怎样的对比？如果续书作者能够写得生动形象，会多么出彩。还有，史太君是四大家族史家的代表，她的去世，史家的人更应该亮相，不管是史鼎、史鼐，还是他们的夫人，他们怎样跟贾府的人打交道？也是非常有趣的描写对象。可惜，续书作者对这类高层次人物交往缺乏经验，他写不出令人信服的情节，想不出任何生动的细节，北静王妃、南安王妃、史侯夫人，这些必须出现的人在贾母丧礼上失踪了。多少年客卿一样随侍在贾母身边的薛姨妈、李婶娘也失踪了，只有史湘云和薛宝琴在贾宝玉的眼中穿着孝服哭泣，算这两家的代表。贾母之丧被一二百字匆匆带过，再详细写贾府被盗的前因后果。续书作者连篇累牍写包勇等人物，包勇算后四十回创造的新人物，还有就是社会渣滓，什么何三，跟何三打交道的"那人"，也就是劫走妙玉的那个人。续书写他们如何酗酒、聊天、蝇营狗苟，比较形象，写市井社会的乌七八糟、七颠八倒，相当拿手。

贾珍鞭的悍仆露峥嵘

第八十八回写过贾珍鞭打了周瑞的干儿子何三，把何三撵出去。何三被撵在外头，终日在赌场过日。听说贾母死了，想再回去弄点事干，探了几天的信没想头，唉声叹气回到赌场，跟赌徒聊起来，说贾府的金银不知有几百万，抄家抄去的是撂不了的。如今老太太死还留了好多金银，他们一个也不使，都在老太太屋里搁着，等送完殡回来才分。

何三怎能知道贾府如此确切的内部消息？贾母留的金银在她房间搁着，办丧事一个没用，这么机密的消息，何三怎么知道？就算贾府下人的飞短流长或者其干妈的私房话吧。

这些话有个人听在心里，拉了何三，商量如何盗窃贾府，那人说："你若要发财，你就引个头儿。我有好些朋友都是通天的本事，不要说他们送殡去了,家里剩下几个女人,就让有多少男人也不怕。只怕你没这么大胆子罢咧。"公开的黑社会帮伙,岂止要偷盗,简直要明火执仗抢劫。何三回答更妙:"什么敢不敢!你打谅我怕那个干老子么,我是瞧着干妈的情儿上头才认他作干老子罢咧,他又算了人了!"续书作者真能编新故事,周瑞家的是王熙凤娘家派来的王夫人陪房,是前八十回小人物,却多次起重要作用,冷子兴演说荣国府能讲得头头是道,因为他是周瑞家的女婿;刘姥姥一进荣国府,是周瑞家的领进去见王熙凤;周瑞家的替薛姨妈送宫花,凸显好几个姑娘个性;周瑞家的跟王熙凤去骗尤二姐,成了王熙凤贤惠的宣传员;周瑞家的跟王熙凤查抄大观园,是揭露司棋的关键人物;周瑞儿子在凤姐生日时喝醉酒,撒一地馒头,给王熙凤撵出去,得赖嬷嬷求情等等,都是小人物小情节,但写得相当好。周瑞家的这么个小人物,曹雪芹给派的活儿已经够多,到后四十回,这个半老徐娘竟然还有个不清不白、似乎是情人的干儿子!续书作者太有才了。周瑞的干儿子担心偷贾府"只怕弄不来倒招了饥荒。他们那个衙门不熟?别说拿不来,倘或拿了来也要闹出来的",劝他做贼的人说:"这么说你的运气来了。我的朋友还有海边上的呢,现今都在这里看个风头,等个门路。若到了手,你我在这里也无益,不如大家下海去受用不好么?你若撂不下你干妈,咱们索性把你干妈也带了去,大家伙儿乐一乐好不好?"何三和"那人"到僻静地方商量怎么样偷盗,然后分头去准备。《红楼梦》后四十回的思路越写越宽阔,江洋大盗都给牵进来。看惯前八十回诗情画意的读者只能望洋兴叹。

包 勇 阻 妙 玉

贾府主要人物送丧,贾政派贾芸在书房照应,惜春在三门内看家。送殡的人走后,大管家林之孝带领家人拆了孝棚,将门窗上好,打扫院子,派人到晚打更上夜。按照荣国府的规定,一交二更,三门掩上,男人就进不去了,里头只有女人查夜。贾宝玉生日红楼夜宴掣花签之前,曾写过林之孝家的带领上夜的女人到怡红院查夜,顺便把贾宝玉教育一番。现在林之孝家的好像也消极怠工。凤姐仍不能动,只有平儿同惜春各处走了一走,咐吩上夜的人好好小心。

贾府的仆人有人躲事,有人想偷盗,甄府来的包勇大放异彩。

续书作者把甄府来的黑乎乎仆人和栊翠庵貌似白玉的妙玉拉扯到一起

编故事,有了包勇想制止妙玉进府的描写。

包勇因为骂贾雨村给打了小报告,被贾政派去看园。贾母的事出来也不曾派他差使。他还在大观园闲走,贾母一早出殡,包勇见一个女尼带个道婆来到园内腰门扣门,想进贾府。包勇走来说道:"女师父那里去?"道婆道:"今日听得老太太的事完了,不见四姑娘送殡,想必是在家看家。想他寂寞,我们师父来瞧他一瞧。"包勇道:"主子都不在家,园门是我看的,请你们回去罢。要来呢,等主子们回来了再来。"婆子说:"你是那里来的个黑炭头,也要管起我们的走动来了。"包勇道:"我嫌你们这些人,我不叫你们来,你们有什么法儿!"婆子嚷:"这都是反了天的事了! 连老太太在日还不能拦我们的来往走动呢,你是那里的这么个横强盗,这样没法没天的。我偏要打这里走!"婆子在门环上狠狠地打了几下。里边的人听见了。续书作者写下层人物对话很生动。道婆骂包勇是黑炭头,很形象,这黑炭头偏偏任性地制止贾母在时都可以随便进府的妙玉进府。里头看二门的婆子听见有人好像在拌嘴,开门一看,见是妙玉已经回身往回走,明知包勇得罪了走了。婆子知道上头太太们、四姑娘跟妙师傅亲近,立即追上回请妙玉,妙玉不理。看腰门的婆子赶上再四央求,后来才说出怕自己担不是,几乎跪下。妙玉这才随了婆子进府。

这是段非常长的闲板,不过给《红楼梦》续上整整四十回,得经常写些闲板,有的闲板很管用,有的闲板不太管用或完全不管用,这段闲板起的作用,就是后来包勇把引来盗贼的事捅到妙玉头上,妙玉被劫,也给包勇说成是她跟盗贼里应外合。

妙玉带道婆到惜春那里,给惜春道恼,两个人叙闲话。惜春的话很合情理:"在家看家,只好熬个几夜。但是二奶奶病着,一个人又闷又是害怕,能有一个人在这里我就放心。如今里头一个男人也没有,今儿你既光降,肯伴我一宵,咱们下棋说话儿,可使得么?"妙玉见惜春可怜,又提起下棋,她在栊翠庵也没人跟她下棋,一时高兴应了,打发道婆回去取茶具衣褥,命侍儿送来,大家坐谈一夜下棋。惜春非常高兴,叫彩屏去开上年蠲的雨水,妙玉喝茶方式,看来已经传授给惜春。惜春亲自烹茶,两人言语投机,说了半天,初更时候,彩屏放下棋枰,两人对弈。惜春连输两盘,妙玉又让了四个子儿,惜春赢了半子。在围棋当中赢半个子也算胜了,围棋知识又起一回作用。围棋可以下的时间很长,她们一直下到万籁无声的四更。妙玉需要打坐,叫惜春自去歇息。

贾母财富一锅端

惜春刚要去休息,猛听得东边上屋内上夜的人一片声喊起,贾母房间上夜的婆子喊失盗,惜春处老婆子们嚷:"了不得了! 有了人了!"惜春、彩屏等吓得心胆俱裂,妙玉比较冷静,她掩了灯光,从窗户眼往外瞧,这一看算倒了大霉,妙玉看到几个男人站在院内,吓得不敢作声,而院子里几个强人已把"绝色女尼"看个仔细。本来想端开门进来,听到有人来,才放弃行动。

贾母遗留财物失盗通过妙玉的听觉交待出来,写得比较简捷:先是房上响声不绝,这是贼人活动,偷了东西翻上屋顶;接着是外头上夜的人进来吆喝拿贼,一个人说"上屋里的东西都丢了",贾母房间的金银财宝都丢了。惜春的老婆子听见有自己的人,在外间说:"有好些人上了房了。"上夜的一齐嚷起来。而房上飞下好些瓦来,众人都不敢上前。贾府守夜的都是些废物,也都不想奋勇上前,这时包勇的能耐显出来了:"只听园门腰门一声大响,打进门来。"园门是打开,腰门是踹开,打进门来的是谁?"见一个梢长大汉,手执木棍。"是包勇,他喊:"不要跑了他们一个! 你们都跟我来。"包勇向地下一扑,耸身上房追赶那贼。这动作有点儿像《七侠五义》的人物。包勇在房上用力一棍打去,把一个贼打下房来。其他的贼飞快逃走,从园墙过去,大观园里早藏下几个贼接赃。包勇率领贾府守夜的赶来,一场混战,贼带着赃物跑掉。贾芸和大管家林之孝半夜也不能不进三门里边查看,贾母房门大开,用灯一照,锁头拧折,进内一瞧,箱柜已开,东西全都没了。骂上夜女人,上夜的女人辩解一番,说,我们上前半夜,后半夜应该负责,后半夜的人说,前半夜该负责。林之孝继续查看,惜春已经吓晕死,妙玉把她救醒,林之孝贾芸听说包勇打倒一个贼人,他们发现打死的像周瑞干儿子。林之孝叫人开门,报营官,立刻查勘。他们想报打劫,营官只承认偷盗。贾芸等又到上房,凤姐扶病过来,惜春也来。贾芸请了凤姐的安,问了惜春的好。大家查看失物,因鸳鸯已死,琥珀等又送灵,东西都是老太太的,这些人不知道什么数,只好先封锁起来,都是空箱子。众人都说:"箱柜东西不少,如今一空,偷的时候不小,那些上夜的人管什么的! 况且打死的贼是周瑞的干儿子,必是他们通同一气的。"凤姐气得眼睛直瞪瞪地说:"把那些上夜的女人都拴起来,交给营里审问。"众人叫苦连天,跪地哀求。

包勇是续书作者为衬托贾府之乱构思出来的"勇仆""义仆",好几回有他的活动,他曾向贾政汇报甄宝玉是怎么回事,他曾骂过贾雨村,这一回他又骂妙玉,吵吵嚷嚷,可惜包勇说了那么多话,却没有茗烟闹书房几句出彩,不过完成"外来和尚好念经"的俗套。

贾府上夜不严,贾母房里失盗,贾母自留丧葬费用及宝玉等未来生活保障被盗贼一锅端,是贾政"省俭"办丧事的恶果,也是邢夫人想省下钱自己用的恶果。贾母明确说留下金钱给自己办丧事,她的金钱风风光光办完丧事还有余留给她的丫鬟。贾政等公然不尊贾母遗命,他们非常不孝顺。贾政再次成假正经。贾府明明有钱,丧事费用却欠着,这样写是不是合情理? 如此处理不过为写"藏钱引盗"并令贾府状况雪上加霜。这和曹雪芹原来构思贾府败落和政治大局有关系,已经风马牛不相及。

妙玉被盗劫　赵姨为鬼捉

——第一百一十二回　活冤孽妙尼遭大劫，死雠仇赵妾赴冥曹

第一百一十二回回目意思是：妙玉被强盗劫走，赵姨娘被死对头捉进阴曹地府。妙玉是什么人物？是可以和一品夫人史太君讨论喝茶用什么水的雅人，是可以把林黛玉说成是俗人的高傲人，是可以跟林黛玉、史湘云月下联诗的美女诗人，是贾宝玉想要枝红梅都得费尽心思去求的任性人；赵姨娘是什么人物？是跟马道婆设计害贾宝玉、王熙凤的人，是收了薛宝钗几件礼物就蹀蹀躞躞奉着讨好王夫人而吃瘪的人，是小丫头芳官们可以跟她平等吵架用头把她前后顶住的人，是被亲生女儿探春毫不留情当面痛斥而不敢回一言的人。妙玉那么高，赵姨娘那么低，妙玉那么雅，赵姨娘那么俗，这么天差地别的两个人放到同一回目对照来写，是不是别扭？不仅别扭，还怪异。

"那个姑子"如何如何

第一百一十二回开头，凤姐不得不带病命令把上夜的女人捆起来准备送官府审问，女人跪地哀求。林之孝、贾芸说："你们求也无益。老爷派我们看家，没有事是造化，如今有了事，上下都担不是，谁救得你。若说是周瑞的干儿子，连太太起，里里外外的都不干净。"林之孝居然敢说王夫人里里外外不干净，真是今非昔比。凤姐喘吁吁地说"这都是命里所招"，似乎想给王夫人开脱。惜春对着王熙凤大哭，说尤氏叫她看家是害了她。外头院子里有人大声吵嚷，是包勇。关键时刻为贾府立功的"勇仆"想当然地把贾府失盗责任硬捺到妙玉头上："我说那三姑六婆是再要不得的，我们甄府里从来是一概不许上门的，不想这府里倒不讲究这个呢。昨儿老太太的殡才出去，那个什么庵里的尼姑死要到咱们这里来，我吆喝着不准他们进来，腰门上的老

婆子倒骂我,死央及叫放那姑子进去。那腰门子一会儿开着,一会儿关着,不知做什么,我不放心没敢睡,听到四更这里就嚷起来。我来叫门倒不开了,我听见声儿紧了,打开了门,见西边院子里有人站着,我便赶走打死了。我今儿才知道,这是四姑奶奶的屋子。那个姑子就在里头,今儿天没亮溜出去了,可不是那姑子引进来的贼么。”

包勇说话口气、语言很生动,对妙玉一口一个“姑子”地叫,而且做出推理,是大观园的姑子引进贼,而这个姑子还在四姑奶奶房间里。这些话叫惜春听到,惜春难受害怕。平儿等说:“这是谁这么没规矩?姑娘、奶奶都在这里,敢在外头混嚷吗。”凤姐问明惜春,妙玉曾来瞧她,留着下棋守夜,凤姐通情达理地说:“他怎么肯这样,是再没有的话。”凤姐安慰惜春,两个人坐着发愁。

那伙贼偷抢了好些金银财宝接运出去,躲入窝藏贼人和赃物的人家。第二天打听动静,知何三已被贾府的人打死,已经报了文武衙门,这里躲不住,这伙强盗商量趁早归入海洋大盗一处,去若迟了,通缉文书一行,关口就过不去了。贼里边有个人胆子极大,说:“咱们走是走,我就只舍不得那个姑子,长的实在好看。不知是那个庵里的雏儿呢?”另一个人说:是贾府栊翠庵里的姑子。和他们家宝二爷有原故,害起相思病,请大夫吃药的就是她。

续书作者在八十七回描写“坐禅寂走火入邪魔”,妙玉在宝玉跟前一会儿红了脸,一会儿低了头,宝玉跟妙玉说调情的话,妙玉回到栊翠庵听到猫儿叫春又是脸红又是心热,走火入魔,妙玉已成街头闲话内容。包勇说妙玉一口一个“姑子”,这帮盗贼也是一口一个“姑子”。读者看惯了妙玉喝梅花雪的茶、跟黛玉湘云月下联诗,听到叫妙玉一口一个“姑子”,肯定不舒服。高雅的妙玉怎么能跟馒头庵静虚之类都成姑子?但在包勇和市井的人看来,尼姑庵的人不是姑子是什么?难道也叫他们说是王夫人请进大观园、带发修行的千金小姐?

妙玉被污辱还“如醉如痴”

接着来了段妙玉被劫的详尽描写:伙贼一心想着妙玉,三更夜静,便拿了短兵器,带了闷香,跳上高墙。远远瞧见栊翠庵内灯光犹亮,潜身溜下,藏在房头僻处。等到四更,见里头只有一盏海灯,妙玉一人在蒲团上打坐。歇了一会,妙玉唉声叹气说:“我自元墓到京,原想传个名的,为这里请来,不能又栖他处。昨儿好心去瞧四姑娘，反受了这蠢人的气，夜里又受了大惊。今日回来，那蒲团再坐不稳，只觉肉跳心惊。"到了五更，妙玉寒颤起来。正要叫人，只听见窗外一响，想起昨晚的事，更加害怕，不免叫人。婆子都不答应，可能睡着了？还是被闷香薰了？妙玉自己坐着，觉得一股香气透入囟门，手足麻木，不能动弹，说不出话来，心中着急。只见一个人拿着明晃晃的刀进来。妙玉心中明白，只不能动，想是要杀自己，索性横了心，倒也不怕。哪知那个人把刀插在背后，腾出手来将妙玉轻轻抱起，轻薄了一会子，便拖起背在身上。这伙贼跳过墙头，坐上车，骗开城门，奔南海而去。"不知妙玉被劫或是甘受污辱，还是不屈而死，不知下落，也难妄拟"，总算没有再编造妙玉受到强盗污辱还如醉如痴这么恶心的话。

妙玉在第五回贾宝玉神游太虚境梦中所见"金陵十二钗"图册、判词、红楼梦曲中位列第六，排在湘云之后、迎春之前，是唯一不属于四大家族的女性，位置相当重要，妙玉是曹雪芹喜爱、看重，以凝重笔墨描绘的女性人物。她的"云空未必空"指她虽遁入空门，仍保留贵族妙龄少女的喜怒哀乐，爱清洁、品茗茶、喜诗歌，养殖繁盛的花木，艳艳的梅花在白雪中怒放，是大观园美景之一。她与贾宝玉不讲男女有别，不讲僧俗有别，惺惺相惜。"欲洁何曾洁"，原来的含义是追求佛门修行的妙玉，终于没能修成正果，没有追求到心灵乃至躯体的清洁。续书既然将贾府败落写成似败而实未败，栊翠庵毫发无损，又想兑现第五回妙玉词，就编造出妙玉被贼窥见，烧了闷香，先把她轻薄一番再将其劫走并下海的故事。续书写妙玉遭劫之前已有怀春之念，被街谈巷议，被劫过程，前边包勇一口一个"姑子"损贬一番，说她引来强盗，盗贼叙述她害相思病，到下一回还要再由其他尼姑说一番闲话，被劫现场则盗贼"轻薄了一会子"，把强盗对妙玉的性行为多少留点地步，而妙玉竟然"如醉如痴"，笔墨污秽不堪。后边写到，当栊翠庵的人到惜春处找妙玉时，包勇说："你们师父引了贼来偷我们，已经偷到手了，他跟了贼去受用去了。"这些情节和语言都太过分。

妙玉的悲剧是在贾府败落在背景下"皮之不存，毛将焉附"，续书这样恶俗描写，使得小说原有悲剧性减退，恶俗性增加。续书作者可能在给他的书增加可读性，引人眼球。金陵十二钗湘云，这么重要人物的悲剧结局仅在贾母病逝过程中一笔带过，妙玉被劫却被续书作者兴致勃勃写得细致入微。续书作者与曹雪芹审美相差太远。这样恶俗恶趣描写妙玉，不仅和贾府兴衰毫无关联，也极大地损害了曹雪芹精心构思的一个重要女性形象。

曹雪芹构思妙玉结局

　　我们回顾一下曹雪芹构思的妙玉。第五回贾宝玉神游太虚境中看到有关妙玉的画、判词，听到有关妙玉的《红楼梦曲》：画着一块美玉，落在泥垢之中。美玉，当然指妙玉，落在污泥中，是落入风尘。但风尘不见得是妓院，也可以指凶险的社会环境。判词："欲洁何曾洁，云空未必空。可怜金玉质，终陷淖泥中。"跟画的意思一个样，是说妙玉出身高贵、有洁癖，虽入空门却对诗意青春有眷眷温情，最后随着贾府败落流落江湖，一个金玉之质的好女子掉到污浊泥坑里。

　　《红楼梦曲·世难容》："气质美如兰，才华复比仙。天生成孤癖人皆罕。你道是啖肉食腥膻，视绮罗俗厌。却不知太高人愈妒，过洁世同嫌。可叹这，青灯古殿人将老；辜负了，红粉朱楼春色阑。到头来，依旧是风尘肮脏违心愿。好一似，无瑕白玉遭泥陷，又何须，王孙公子叹无缘。"前几句很容易理解，妙玉不仅长得美而且有兰花般气质，才华可以跟神仙相比，"才华复比仙"的"复"是重复的复，可以相比的意思。她的突出特点是为人高和洁，小说实际描写，她的高和洁有点矫情，刘姥姥喝了一次的茶杯，她就得砸了，可是贾宝玉可以用她的杯子喝茶。"辜负了，红粉朱楼春色阑"，是说遁入空门的妙玉，没有能享受青春、享受爱情就已经春色将尽、青春将过；"风尘肮脏违心愿"，平时读为"肮脏"也就是说龌龊之意，也可以读"抗脏"，是高亢刚直的意思，根据是李白诗《鲁郡尧祠送张十四游河北》有："有如张公子，肮脏在风尘。"李白的意思是张公子在社会上受到不公平的待遇，强项挣扎，不肯屈服。曹雪芹说妙玉"风尘肮脏违心愿"，是说妙玉在贾府败落后，在风尘污浊生涯中顽强挣扎。"好一似，无瑕白玉遭泥陷，又何须，王孙公子叹无缘"，有的专家认为这"王孙公子"指贾宝玉，我认为不是，宝玉跟妙玉无情爱关系，他们是君子之交，这里的王孙公子是泛指如果妙玉不出家有可能跟她喜结良缘的豪门少爷。

　　贾府败落后，妙玉在什么地方"风尘肮脏违心愿"？已失传的脂砚斋靖藏本提供了一条珍贵线索，第四十一回有条杂乱眉批，经周汝昌先生整理成："他日瓜洲渡口，各示劝惩，红颜固不能不屈从枯骨，岂不哀哉。"红学家大多接受周先生的整理。估计，妙玉本是苏州人，贾府被抄后，她可能被驱逐出栊翠庵，颠沛流离想回到家乡，一路之上，妙玉受到一些王孙公子的觊觎、骚扰,仍然奋力抗争,想保住高和洁,却终于抗争不过去,最后被一个有权有势的老头儿霸占,不得不屈从枯骨。

贾政迂腐无处不在

贾政等人送殡,贾母灵柩在铁槛寺安厝,"安厝"是停柩待葬或暂时浅埋以待改葬。贾政等在外,邢夫人、王夫人等在内,一宿无非哭泣。第二天重新上祭摆饭时,贾芸匆忙跑来,先在贾母灵前磕头,再跑到贾政跟前跪下请安,气喘吁吁报告贾府昨夜被盗,贾母财物全被偷去,包勇赶贼打死了一个,已经呈报文武衙门。贾政听了什么态度? 发怔。邢夫人、王夫人在里头听了,吓得魂不附体。贾政问失单怎样开,贾芸回还没开。贾政居然说:"还好,咱们动过家的,若开出好的来反担罪名。"贾政这是什么意思? 我们抄过家,如果失单上开出十分值钱的,反而担罪名。贾政的迂腐真叫无处不在。鸳鸯死了,贾母那些值钱物品,其他人多不摸头脑,贾政的态度是,就是知道也不能写到失单上,那么,你不报失,还想追回吗? 官府如果捉住贼追回来,你没报失,那些值钱东西岂不成了官员的外快。贾琏赶回来急得直跳,把贾芸狠狠骂了一顿,往贾芸脸上唾了几口。贾芸垂手站着,不敢回一言。贾政对贾琏说:"你骂他也无益了。"贾琏跪下说:"这便怎么样?"贾政道:"也没法儿,只有报官缉贼。但只有一件:老太太遗下的东西咱们都没动,你说要银子,我想老太太死得几天,谁忍得动他那一项银子。原打谅完了事算了帐还人家,再有的在这里和南边置坟产的,再有东西也没见数儿。如今说文武衙门要失单,若将几件好的东西开上恐有碍,若说金银若干,衣饰若干,又没有实在数目,谎开使不得。倒可笑你如今竟换了一个人了,为什么这样料理不开!"贾政先说"丧与其易,宁戚",只要好好哭贾母就成,丧事不必铺张,他还不忍动贾母的银子,现在都送给贼,而因为办丧事贾府欠下一屁股债。贾琏命人套车预备琥珀等进城回忆开失单。然后,续书作者絮絮叨叨啰里啰嗦写千把字叙述贾琏回府如何询问林之孝等。

惜 春 闹 出 家

贾母出殡,惜春看家的结果,是她要出家。被盗的事一出来,惜春对王熙凤哭诉:"这些事我从来没有听见过,为什么偏偏碰在咱们两个人身上!

明儿老爷、太太回来,叫我怎么见人！说把家里交给咱们,如今闹到这个分儿,还想活着么！"凤姐劝慰:"咱们愿意吗！现在有上夜的人在那里。"惜春道:"你还能说,况且你又病着。我是没有说的。这都是我大嫂子害了我的,她撺掇着太太派我看家的。如今我的脸搁在那里呢！"惜春本来跟尤氏不合,现在又把尤氏怨上痛哭起来。凤姐只能好言相劝。惜春还不知道妙玉被劫,惦着:包勇得罪了妙玉,她以后不肯来,我的知己没有了。我实难见人,父母早死,嫂子嫌我,头里有老太太疼我些,如今也死了,留下我孤苦伶仃,如何了局！又想到:"迎春姐姐磨折死了,史姐姐守着病人,三姐姐远去,这都是命里所招,不能自由。独有妙玉如闲云野鹤,无拘无束。我能学他,就造化不小了。但我是世家之女,怎能遂意。这回看家已大担不是,还有何颜在这里。又恐太太们不知我的心事,将来的后事如何呢？"这么想的结果是,惜春立即动手剪头发,要出家。丫鬟急忙抢住,惜春的头发已剪去一半。

惜春要出家的描写有点杂乱。续书作者既想照应第五回惜春命运预示,又想把因为看家出事,跟尤氏不合,安排成惜春出家的重要原因甚至是主要原因。第五回贾宝玉神游太虚境看到惜春的画和判词是:后面便是一所古庙,里面有一美人在内看经独坐。其判云:"勘破三春景不长,缁衣顿改昔年妆。可怜绣户侯门女,独卧青灯古佛旁。"曹雪芹的构思是惜春看透三个姐姐的不幸,人生没了指望,出家为尼。续书作者却把看家出事写成惜春出家的主要原因,更奇怪的是,惜春听到妙玉被劫,仍然要出家。这样描写,不合情理。

赵姨娘被鬼捉仿《聊斋》

赵姨娘被鬼捉的情节,是胡乱抄《聊斋志异》的因果报应故事。

因为贾府失盗,贾政不得不决定从铁槛寺提前返回,过两三天再回来。邢夫人派鹦哥等一干人伴灵,周瑞家的总管,其余人都回去,忙乱套车备马。贾政等在贾母灵前辞别,众人又哭一场,起来正要走时,赵姨娘爬在地下不起,周姨娘去拉她。赵姨娘满嘴白沫,眼睛直竖,把舌头吐出,把家人吓了一大跳。恐怖不恐怖？贾环乱嚷。赵姨娘醒来胡言乱语:"我是不回去的,跟着老太太回南去。"大家说:"老太太那用你来！"赵姨娘说:"我跟了一辈子老太太,大老爷还不依,弄神弄鬼的来算计我。"显然是鸳鸯附体,但是鸳鸯抗婚后,大老爷什么时候,又怎么样弄神弄鬼算计鸳鸯了？确实是胡话。接着赵姨娘说是她自己的事："我想仗着马道婆要出出我的气,银子白花了好些,也没有弄死了一个。如今我回去了,又不知谁来算计我。"众人听了,包括向贾母汇报马道婆如何犯事的王夫人,竟然听不懂赵姨娘的话,还认为是鸳鸯附在她身上。邢夫人、王夫人都不言语瞅着。彩云等向赵姨娘央告："鸳鸯姐姐,你死是自己愿意的,与赵姨娘什么相干,放了他罢。"赵姨娘说："我不是鸳鸯,他早到仙界去了。我是阎王差人拿我去的,要问我为什么和马婆子用魇魔法的案件。"赵姨娘说胡话,却把事说得明明白白,接着赵姨娘叫:"好琏二奶奶,你在这里老爷面前少顶一句儿罢,我有一千日的不好还有一天的好呢。好二奶奶,亲二奶奶,并不是我要害你,我一时糊涂,听了那个老娼妇的话。"既然能跟赵姨娘在阎王跟前对证,自然也给阎王拿去了,而赵姨娘说跟她对证是谁? 琏二奶奶。

　　贾政怎么对待他多年宠爱的赵姨娘? 贾政打发人进来叫贾环。婆子回说:"赵姨娘中了邪,三爷看着呢。"贾政:"没有的事,我们先走了。"贾政居然这个样,赵姨娘是受宠小妾,也是贾环生母,贾政听说赵姨娘中邪,连问也不问,丢下她就走。赵姨娘还是混说,赵姨娘的事本该王夫人管,王夫人嫌她,打撒手儿。邢夫人说:"多派几个人在这里瞅着她,咱们先走,到了城里打发大夫出来瞧罢。"宝钗仁厚,背地托了周姨娘在这里照应,周姨娘应承。李纨说:"我也在这里罢。"看来李纨想执行长房媳妇的责任,代贾政关怀他的小妾,王夫人说:"可以不必。"大家都要起身。贾环居然问:"我也在这里吗?"王夫人啐道:"糊涂东西! 你姨妈的死活都不知,你还要走吗!"贾环不敢言语了。宝玉对贾环说:"好兄弟,你是走不得的。我进了城打发人来瞧你。"贾宝玉善良懂事会说话,一点也不傻。众人上车,寺里只有赵姨娘、贾环、鹦哥等人。贾政叹气:"我不料家运衰败一至如此! 况且环哥儿他妈尚在庙中病着,也不知是什么症候……传出话去,叫人带了大夫瞧去。"贾政终于说了句人话,叫大夫来看赵姨娘,也同时说了句错话,赵姨娘不是贾环他妈,是贾环他姨娘。"姨妈"和"姨娘"在贾府是完全不同的概念。"姨妈"指的是薛姨妈。"姨娘"指的是赵姨娘,两个人是完全不同的阶层。王夫人训斥贾环时称赵姨娘为"你姨妈"是胡扯,按正统观点,贾环姨妈是薛姨妈,对赵姨娘只能称"你姨娘"。贾政说赵姨娘是"环哥儿他妈"更出格,等于把王夫人罢免了,续书对贵族家庭混乱称呼已经不是这一个地方乱套。

　　描写赵姨娘中邪,阎王差人捉拿并拷打赵姨娘,是抄袭《聊斋》笔墨,有充分证据。《红楼梦》续书一出再出的年代,印刷出版的青柯亭本《聊斋志异》已是街头流行书。后四十回有的地方抄《聊斋》有铁证,薛宝钗做新娘外貌是"杏花烟润,荷粉露垂",一字不差从《聊斋》狐狸精胡四姐外貌描写抄过来。赵姨娘中邪跟哪篇《聊斋》故事有关?有好几篇,我们只看看蒲松龄手稿本《聊斋》八卷本第三卷《李司鉴》:"李司鉴,永年举人也,于康熙四年九月二十八日,打死其妻李氏。地方报广平,行永年查审。司鉴在府前,忽于肉架下夺一屠刀,奔入城隍庙,登戏台上,对神而跪。自言:'神责我不当听信奸人,在乡党颠倒是非,着我割耳。'遂将左耳割落,抛台下。又言:'神责我不应骗人钱财,着我割指。'遂将左指剁去。又言:'神责我不当奸淫妇女,使我割肾。'遂自阉,昏迷僵仆。时总督朱云门题参革褫究拟,已奉谕旨,而司鉴已伏冥诛矣。"《聊斋》故事写作恶多端者的应有下场,阳世的惩罚还没到达,阴司的严惩已捷足先登。李司鉴打死妻子、贪财霸市、玩弄女性,是个"头顶长疮,脚底流脓"的坏蛋,他已经受到弹劾,皇帝的命令还没到达,阴司先惩罚他,令他当众自割自阉,当众宣布自己的罪恶,赵姨娘在贾母灵前被鬼捉是不是跟《聊斋志异·李司鉴》如出一辙?

刘姥姥受拜托　紫鹃被感动

——第一百一十三回　忏宿冤凤姐托村姬，释旧憾情婢感痴郎

　　这一回描写《红楼梦》两个核心人物，即维系贾府盛衰主线的王熙凤和维系宝黛爱情主线的贾宝玉。王熙凤拜托刘姥姥照顾巧姐；贾宝玉苦苦诉说感动紫鹃。前八十回有很多描写这两人的精彩笔墨，他们行动有独特风采，言语有奇特妙论，令人过目不忘。这一回把两个核心人物并在一起写，凤姐的惨痛、宝玉的无奈写得可以，刘姥姥添彩。

王熙凤见鬼

　　一百一十三回接续上一回，继续写鬼魂活动，赵姨娘在铁槛寺得暴病，双膝跪在地下，说一回哭一回，有时爬在地上告饶："打杀我了！红胡子的老爷，我再不敢了。"有时双手合着叫疼，眼睛突出，嘴里鲜血直流，头发披散，天将晚，赵姨娘的声音喑哑得像鬼嚎。第二天不说话了，只装鬼脸，自己撕开衣服，露出胸膛，好像有人剥他，痛苦之状十分难堪。大夫来了也不敢诊，嘱咐"办理后事罢"，起身就走。家人再三央告："请老爷看看脉，小的好回禀家主。"大夫一摸，赵姨娘已无脉息。贾政派家人料理，陪贾环住三天回贾府。

　　赵姨娘毒心害人被阴司拷打死了，是琏二奶奶告的，琏二奶奶也活不久了。这些话传到平儿耳朵里，平儿看凤姐样子是不能好了。邢夫人、王夫人从铁槛寺回家，好几天不来看凤姐一眼。贾琏没一句贴心的话。凤姐心里悲苦，只求速死。

　　这时鬼魂出现，尤二姐走近凤姐床前说："姐姐，许久的不见了。做妹妹的想念的很，要见不能，如今好容易进来见见姐姐。姐姐的心机也用尽了，咱们的二爷糊涂，也不领姐姐的情，反倒怨姐姐作事过于苛刻，把他的前程去了，叫他如今见不得人。我替姐姐气不平。"这番鬼话像尤二姐语气。尤

二姐一日为妾，永远是低声下气小老婆调儿，做鬼在王熙凤跟前也挺不直腰杆。王熙凤恍恍惚惚说："我如今也后悔我的心忒窄了，妹妹不念旧恶，还来瞧我。"平儿问："奶奶你说什么？"凤姐苏醒，想这是尤二姐索命。她心里害怕，又不肯跟平儿说，只说："我神魂不定，想是说梦话。给我捶捶。"平儿给她捶着，小丫头子回："刘姥姥来了，婆子们带着来请奶奶的安。"平儿琢磨凤姐懒怠见人，告诉小丫头，叫刘姥姥先等着。凤姐听见，叫平儿请刘姥姥，我和她说说话儿。

　　赵姨娘和王熙凤都面临大结局，贾府春风八面的凤奶奶和卑微愚蠢的赵姨娘，被续书作者用"鬼神有灵"却赏罚不分的观念一锅煮。赵姨娘在曹雪芹笔下本来就一无是处，一百一十三回穷形尽相写赵姨娘被冥府拷打，恐怖阴森的惨状，连男人都不敢看，大概是牛头鬼马面鬼，拿着钢叉和烧红的烙铁对付赵姨娘。赵姨娘被冥司拷打是王熙凤告的，说明王熙凤的灵魂也离开躯体。但就作恶程度而说，赵姨娘不过算计凤姐、宝玉未成，王熙凤却害死张金哥守备公子一对未婚夫妻，尤二姐、鲍二家的之死也和她间接有关系，王熙凤罪行比赵姨娘重，阴司竟将王熙凤轻轻放过，让她成原告。王熙凤做坏事比赵姨娘更多更坏，而来向她索命的鬼魂，不管是尤二姐还是张金哥、守备公子，都温文尔雅、十分谦和，好像不是来索命而是走亲戚看朋友。阴司对都办过坏事的赵姨娘和王熙凤怎么这样不同？

　　王熙凤向来不相信阴司报应，曾对静虚尼姑说，什么事我说干就干，我就不相信阴司报应。赵姨娘受到阴司惩罚，贾府尽人皆知，震慑了王熙凤。尤二姐魂灵来了，王熙凤开始忏悔，她唯一放不下的是巧姐。刘姥姥恰好来了，王熙凤当然预计不到将来刘姥姥能救自己女儿，她现在只怕鬼魂索命，想有人来和她聊一聊。一听说刘姥姥来了，马上叫平儿请刘姥姥。平儿出去，马上有一男一女进来要上炕。凤姐着忙叫平儿："那里来了一个男人跑到这里来了！"连叫两声，丰儿、小红赶过来说："奶奶要什么？"凤姐睁眼一瞧，没有人，她心里明白，这一男一女是张金哥和守备公子鬼魂来索命，但是她不肯说出来，问丰儿："平儿这东西那里去了？"丰儿道："不是奶奶叫去请刘姥姥了么。"凤姐定了会神，不吭声。

刘姥姥三进荣国府

　　续书作者写的，像不像我们心目中刘姥姥三进荣国府？

"只见平儿同刘姥姥带了一个小女孩儿进来,说:'我们姑奶奶在那里?'平儿引到炕边,刘姥姥便说:'请姑奶奶安。'凤姐睁眼一看,不觉一阵伤心,说:'姥姥你好?怎么这时候才来?你瞧你外孙女儿也长的这么大了。'刘姥姥看着凤姐骨瘦如柴,神情恍惚,心里也就悲惨起来,说:'我的奶奶,怎么这几个月不见,就病到这个分儿。我糊涂的要死,怎么不早来请姑奶奶的安!'便叫青儿给姑奶奶请安。青儿只是笑,凤姐看了倒也十分喜欢,便叫小红招呼着。"

　　这段人和人之间的关系描写,分寸把握不错,描写也温馨。刘姥姥二进荣国府,得到王夫人一百两银子资助,好几年的生活费,王熙凤给八两银子,贾母给金元宝。有了贾府资助,刘姥姥女婿家境已经小康。因为受到贾母等人的热情招待,刘姥姥已经不把自己定位打秋风的穷人,而定位为既得知恩图报又有亲情可以走动的亲戚。刘姥姥三进荣国府,贾府被抄,贾母已死,王熙凤病重。刘姥姥一进来就亲切地问:"我们姑奶奶在那里?"凤姐一见刘姥姥,不觉伤心,大概她想到史太君两宴大观园了,那时的王熙凤,"春风得意马蹄疾,一日看尽长安花",身体健康,心情愉快,要风得风,要雨得雨,现在多年挖空心思敛的财宝被抄光,日坐愁城,病入膏肓。王熙凤把刘姥姥看成可以依靠的长辈,不仅尊称"姥姥",埋怨你怎么不早来,还关心刘姥姥的外孙女。刘姥姥看着王熙凤病得这么重,伤心起来,叫青儿请安,凤姐十分喜欢青儿,和第一次刘姥姥进荣国府时对板儿不理不睬完全不一样。凤姐叫小红招呼青儿,后来又留下青儿和巧姐一块玩。这段描写,把贾府当家少奶奶王熙凤跟穷婆子刘姥姥写成平等的亲情关系,颠倒的历史给颠倒过来了。

　　刘姥姥一进荣国府王熙凤在刘姥姥跟前亮相那段经典描写,那是被中国文学史、中国小说史看作最经典的人物亮相描写。那个时候的王熙凤风采无限、风光无限,家常打扮,却奢华无比;似乎和蔼,却摆足架子;好像平易,却抬足身份,年纪轻轻,却大模大样叫七十多岁的长辈在地下拜了几拜,然后说她不知道什么辈数,不敢称呼,其实,是她不想称呼,因为周瑞家的早就跟她说明来的是跟王家联过宗的长辈姥姥。荣国府当家奶奶岂能称呼穷婆子"姥姥"?刘姥姥指着外孙板儿对王熙凤说话,"今日我带了你侄儿来",王熙凤根本不理这茬,不认这个"侄儿",向刘姥姥施舍时说:"这是二十两银子,暂且给这孩子做件冬衣罢。"板儿仍不是他侄儿,是"这孩子"。一个穷小子怎么能成琏二奶奶的侄儿,就像周瑞家的说,小蓉大爷才是她侄儿,她怎么又跑出这么个侄儿来了。

对比刘姥姥一进荣国府和三进荣国府的王熙凤,确实有沧桑之感。

刘姥姥看着凤姐骨瘦如柴,心里悲惨起来,说:"我们屯乡里的人不会病的,若一病了就要求神许愿,从不知道吃药的。我想姑奶奶的病不要撞着什么了罢?"这话合了凤姐的意,扎挣着说:"姥姥你是有年纪的人,说的不错。你见过的赵姨娘也死了,你知道么?"刘姥姥诧异道:"阿弥陀佛!好端端一个人怎么就死了?我记得他也有一个小哥儿,这便怎么样呢?"平儿道:"这怕什么,他还有老爷、太太呢。"刘姥姥道:"姑娘,你那里知道,不好死了是亲生的,隔了肚皮子是不中用的。"这句话又招起凤姐的愁肠,呜呜咽咽哭起来。众人都来劝解。巧姐听见他母亲悲哭,拉着凤姐的手也哭起来。凤姐叫巧姐给刘姥姥请安,你的名字还是她给取的,刘姥姥赶快说千万不要折杀我了!又说,我给姑娘做个媒罢。我们那里虽说是屯乡里,也有大财主人家,几千顷地,絮絮聒聒一番,平儿恐刘姥姥话多,搅烦了凤姐,拉了刘姥姥说去看太太,凤姐却不叫刘姥姥走,问刘姥姥:"你近来的日子还过的么?"刘姥姥千恩万谢地说"我们若不仗着姑奶奶",指着青儿说:"他的老子娘都要饿死了。如今虽说是庄家人苦,家里也挣了好几亩地,又打了一眼井,种些菜蔬瓜果,一年卖的钱也不少,尽够他们嚼吃的了。这两年姑奶奶还时常给些衣服布匹,在我们村里算过得的了。阿弥陀佛,前日他老子进城,听见姑奶奶这里动了家,我就几乎唬杀了。亏得又有人说不是这里,我才放心。后来又听见说这里老爷升了,我又喜欢,就要来道喜,为的是满地的庄稼来不得。昨日又听说老太太没有了,我在地里打豆子,听见了这话,唬得连豆子都拿不起来了,就在地里狠狠的哭了一大场。我和女婿说,我也顾不得你们了,不管真话谎话,我是要进城瞧瞧去的。"刘姥姥继续长篇大论,又说道"不打谅姑奶奶也是那么病",掉下泪来。刘姥姥这些话,是后四十回难得的精彩的人物语言。王熙凤拜托刘姥姥回到乡下,替自己拜佛祈祷,悄悄把见鬼的事告诉刘姥姥,想褪下金镯子来给刘姥姥。刘姥姥当然不要,说:"我们村庄人家许了愿,好了,花上几百钱就是了,那用这些。就是我替姑奶奶求去,也是许愿。等姑奶奶好了,要花什么自己去花罢。"凤姐明知刘姥姥一片好心,不好勉强,只好留下金镯子,说:"姥姥,我的命交给你了。我的巧姐儿也是千灾百病的,也交给你了。"凤姐托村姬,刘姥姥答应。

刘姥姥三进荣国府帮助凤姐、救巧姐出妓院火坑,是曹雪芹原有构思,第五回巧姐命运判词明确写到巧姐将来成为自食其力的农村妇女。史太君两宴大观园,写到板儿和巧姐儿交换佛手、柚子,暗藏二人将来成亲伏线。续书作者显然不忍心让贾府小姐做贫苦农家媳妇,所以刘姥姥一来就要给巧姐做媒,介绍大富大贵乡村人家,这已与曹雪芹原有构思走到两岔。刘姥姥说赵姨娘"好端端一个人怎么就死了",说:"不好死了是亲生的,隔了肚皮子是不中用的。"合乎刘姥姥不了解贾府内部恩怨,又是老年农村妇女,社会经验丰富,是精彩的人物语言,这番话也触动了凤姐的心事。

曹雪芹写刘姥姥一进荣国府,通过一个贫苦的农村老太太的眼睛,写出了贾府的豪华;刘姥姥三进荣国府,又从刘姥姥眼中写了贾府败落后的惨状,特别是写出王熙凤前后的变化,当年的王熙凤叱咤风云,现在的王熙凤穷途末路,判若两人。王熙凤被冤鬼索命,有些忏悔自愧,病情加重,奄奄一息,在她生命最后关头,能够帮助她的,不是丈夫贾琏,不是亲姑妈王夫人,是王熙凤偶尔救助过的贫婆子刘姥姥。刘姥姥不因为贾府败落而改其初心,毅然接受王熙凤的嘱托,成为王熙凤女儿的保护神,这是王熙凤当年一善之念得厚报,更是贫贱不移刘姥姥的善良本性。

宝玉为妙玉大哭

第一百一十三回继续写妙玉被劫余波,看来续书作者不大明白栊翠庵是贾府烈火烹油、鲜花着锦的象征之一,是贾府安排供元妃上香的所在,在这些细微地方,续书作者往往前言不搭后语,竟然说栊翠庵"向来食用香火并不动贾府的钱粮"。显然不符合前八十回的明确交待。栊翠庵请妙玉主持,是王夫人亲自叫人下的请帖,怎能说栊翠庵不动贾府钱粮? 它不动贾府的钱粮,食用哪里的香火? 栊翠庵关在大观园里边,大观园并不是对外开放的游乐场所,栊翠庵不是对外开放享用香火的寺庙,它的所谓香火从何而来? 栊翠庵是盖大观园统筹规划盖上的,贾宝玉和贾政到为元妃省亲盖的园子题额时,有一段写得很明确:"或清堂或茅舍,或堆石为垣,或编花为牖,或山下得幽尼佛寺,或林中藏女道丹房,或长廊曲洞,或方厦圆亭,贾政皆不及进去。"贾宝玉题额时没进去,没来得及命名,七十五回林黛玉跟史湘云月下联诗闲谈,让我们知道凹晶馆等处是姑娘们特别是林黛玉命名的。这个诗意化"栊翠庵"会不会也由林黛玉命名? 续书作者写:"妙玉被劫,那女尼呈报到官,一则候官府缉盗的下落,二则是妙玉基业不便离散,依旧住下。"其实这里不是什么妙玉基业,妙玉不过被王夫人请来主持而已,续书这样写,大概是给惜春出家留着栊翠庵吧。

按曹雪芹构思,贾宝玉是群芳之贯,金陵十二钗都要在贾宝玉这儿挂号。后四十回群芳一个一个死的死,嫁的嫁,从小把宝玉揽到怀里教识字的元妃姐姐因为皇恩隆重薨了,她死了就死了,贾宝玉没有什么反应;跟贾宝玉建议成立诗社的妹妹探春远嫁,她嫁了就嫁了,贾宝玉反而高兴;迎春出嫁贾宝玉那么伤心,迎春死了,也还是死了就死了,贾宝玉无动于衷;史湘云丈夫病重,贾宝玉却只顾欣赏史湘云穿丧服的打扮,不关心史湘云的内心痛苦;前八十回那么关心爱护贾宝玉的凤姐姐,既是表姐又是嫂子的王熙凤,从病重到病危,贾宝玉从不沾边,那么懂得人情世故的亲表妹薛宝钗也不沾边,作为群芳之贯的贾宝玉对群芳凋零的反应,一点也不符合前八十回宝玉的品性。贾宝玉在前八十回,连小戏子龄官、薛蟠侍妾香菱都关心,后四十回贾宝玉似乎既疯傻又痴情,实际上却既非疯傻又非痴情。对贾宝玉感情的描写,后四十回常常令人产生隔靴搔痒、不知所云的印象。

到一百一十三回贾宝玉总算在妙玉被劫的事上对十二金钗走的走、死的死、被劫的被劫表示关切。贾宝玉想到妙玉被强徒抢去,必不肯受,一定不屈而死。长吁短叹:"这样一个人自称为'槛外人',怎么遭此结局!"又想到:"当日园中何等热闹,自从二姐姐出阁以来,死的死,嫁的嫁,我想他一尘不染是保得住的了,岂知风波顿起,比林妹妹死的更奇!"由是一而二,二而三,追思起来,想到《庄子》上的话,虚无缥缈,人生在世,难免风流云散,不禁大哭起来。贾宝玉终于对金陵十二钗的悲剧来了一次比较合情合理的大哭,结合《庄子》的大哭,算是一次综合性大哭,哭得不错。

薛宝钗马上像个教师爷,对贾宝玉来了番正颜厉色的教育:"兰儿自送殡回来,虽不上学,闻得日夜攻苦。他是老太太的重孙,老太太素来望你成人,老爷为你日夜焦心,你为闲情痴意糟蹋自己,我们守着你如何是个结果!"薛宝钗已经可以公开宣称贾宝玉是她的终身之靠,而这个终身之靠必须得为了她好好读书将来做官。宝玉无言可答,说:"我那管人家的闲事,只可叹咱们家的运气衰颓。"贾宝玉根本是胡赖,他明明是为妙玉哭的。宝钗道:"老爷、太太原为是要你成人,接续祖宗遗绪。你只是执迷不悟,如何是好。"薛宝钗的"正规教育",越来越逼近主题:贾宝玉啊贾宝玉,你就是得给我好好读书,科举做官,最后还得把荣国公担子担起来。宝玉听来,话不投机,靠在桌上睡去。

紫鹃真情难得

贾宝玉在薛宝钗一番劝导之后,有没有醒悟?续书作者这一点写得很不错:他非但没有醒悟,反而又把心思转到想跟紫鹃对话了。

《红楼梦》后四十回描写很多人物,或者有的变形如王熙凤,或者有的大部分歪曲如贾宝玉,紫鹃这个人物,跟前八十回基本一致。她是林黛玉的知心人,也是林黛玉最忠实的朋友。紫鹃在黛玉病危的时候,就对贾宝玉的狠心非常不满,黛玉死后,贾宝玉故意把紫鹃要到自己房里,紫鹃也从来不对贾宝玉假以好颜色,虽然贾宝玉对她低声下气、千方百计讨好,紫鹃仍然不改变对贾宝玉既非常冷淡又有些敌视的态度。这一点很难得,因为紫鹃是贾府的"家生子",她的命运完全由主子决定,现在就是由贾宝玉、薛宝钗来定,紫鹃仍然我行我素,不顾忌个人利益,对她的新主子贾宝玉敢白眼视之、敢摔脸子,这是紫鹃一片丹心对黛玉。

后四十回写林黛玉临终说"宝玉宝玉你好",后边的话没有说出来,现在林黛玉没说出来的话,由黛玉生前叫了妹妹的紫鹃发泄出来了,紫鹃用对宝玉不加理睬、不屑一顾,把她对贾宝玉的看法发泄出来。她对宝玉冷淡敌视,就是用行动代替林黛玉来说:"宝玉宝玉你好狠心!""宝玉宝玉你好薄情!""宝玉宝玉你完全忘记了潇湘馆的知心交谈!""宝玉宝玉,你完全忘记了桃花树下的痴心相恋!""宝玉宝玉你忘记了你说过的'你放心'。""宝玉宝玉你彻底忘记林妹妹一句回苏州你就死了半个了!你无情无义、没心没肺!"

贾宝玉总想把自己没有负心告诉紫鹃,似乎告诉紫鹃就等于间接告诉黛玉。所以贾宝玉给薛宝钗狠狠训一顿后趁机去找紫鹃。宝玉想:"从前我病的时候,他在我这里伴了好些时,如今他的一面小镜子还在我这里,他的情义也不薄了。如今不知为什么,见我就是冷冷的。若说为我们这一个呢,他是和林妹妹最好的,我看他待紫鹃也不错。我有不在家的日子,紫鹃原与他有说有讲的;到我来了,紫鹃便走开了。想来自然是为林妹妹死了我便成了家的原故。嗳,紫鹃,紫鹃,你这样一个聪明女孩儿,难道连我这点子苦处都看不出来么!"接着,宝玉想:"倘或我还有得罪之处,便陪个不是也使得。"这段贾宝玉的心理写得比较细致,却把因果颠倒了,宝玉成家是黛玉死因,宝玉并不是得罪了紫鹃,而是对不起林黛玉。

宝玉感动紫鹃

贾宝玉赔着小心来找紫鹃，这一段写得倒有些像贾宝玉前八十回在林黛玉跟前如何赔小心。看来，贾府房子真多，紫鹃是宝玉房中丫鬟，她居然像怡红院有晴雯专门房间一样，在贾宝玉新房里边，紫鹃也有个人房间。不知道麝月等人是不是也每人一个单间？续书作者这样安排自然是要突出贾宝玉如何用痴情感动痴情。

小说写：宝玉悄悄走到紫鹃窗下，里面尚有灯光，宝玉用舌头舔破窗纸往里一瞧，见紫鹃独自挑灯呆呆坐着。宝玉这个动作写得好，这是又好奇又小心，不能敲门也不敢敲门。窗户上有窗纸只能舔破。紫鹃的动作也写得很好，说明黛玉死后，紫鹃没着没落，晚上大概躺下也睡不好，就长久呆呆坐着。宝玉轻轻叫道："紫鹃姐姐还没有睡么？"这个地方写得合理，宝玉当然得轻轻叫，大声喊岂不给袭人们听到。紫鹃唬了一跳，怔怔半日才说："是谁？"宝玉道："是我。"紫鹃听着似乎是宝玉的声音。宝玉的声音，紫鹃太熟了。紫鹃问："是宝二爷么？"宝玉又轻轻答应一声。紫鹃问："你来做什么？"宝玉道："我有一句心里的话要和你说说，你开了门，我到你屋里坐坐。"紫鹃停了一会儿说道："二爷有什么话，天晚了，请回罢，明日再说罢。""紫鹃停了一会儿"这描写很好，紫鹃开始还拿不定主意是不是叫贾宝玉进来，经过认真思考之后决定还是不叫宝玉进来，估计紫鹃的想法，可能有两个因素：一个因素是贾宝玉是少爷，我是丫鬟，我不能叫少爷半夜三更进我的房间，我得避瓜田李下的嫌疑；另一个因素还是为了林姑娘，我就不搭理你，我得继续晾着你这个无情无义的家伙！贾宝玉听了紫鹃的话，寒了半截。要进去，紫鹃未必开门，要回去，一肚子隐情没说，于是又说："我也没有多余的话，只问你一句。"紫鹃道："既是一句，就请说。"

只说一句，就请说，前八十回是不是有同样的话？林黛玉因为到怡红院晴雯不开门误会了宝玉，第二天她吟出《葬花吟》，宝玉大恸，哭倒在山坡上，黛玉说"我以为是谁，原来是这个狠心短命的"，说到"短命"赶快捂住嘴。林黛玉回潇湘馆的路上，贾宝玉要跟黛玉只说一句话，黛玉说：请说。续书作者又抄来了，真担心还要继续往下抄："两句，你听不听？"还好，没有继续抄，而是写宝玉半日不言语。贾宝玉为什么半日不言语？估计贾宝玉想不出怎样用一句话来向紫鹃表白我不是对不起林黛玉，而是因为父母之命。紫鹃在屋里听不见宝玉的声音,知他素有痴病,恐怕一时抢白了他,勾起他的旧病倒也不好了。紫鹃站起来细听了一听,紫鹃这时对贾宝玉的态度,特别像前八十回林黛玉对贾宝玉的态度,既对贾宝玉发脾气,又不忍心他受伤害。下边的话也写得有意思。紫鹃又问:"是走了,还是傻站着呢?有什么又不说,尽着在这里怄人。已经怄死了一个,难道还要怄死一个么!这是何苦来呢!"紫鹃终于替林黛玉把心里话说出来了:林姑娘是被你怄死的。这番话是后四十回少有的生动的语言,也是和前八十回合拍的语言。紫鹃说着,从宝玉舐破之处往外一看,看到贾宝玉在那里呆听。紫鹃不便再说,回身剪了剪烛花。忽听宝玉叹了一声道:"紫鹃姐姐,你从来不是这样铁心石肠,怎么近来连一句好好儿的话都不和我说了?我固然是个浊物,不配你们理我;但只我有什么不是,只望姐姐说明了,那怕姐姐一辈子不理我,我死了倒做个明白鬼呀!"

这番话不是又重复贾宝玉曾对林黛玉说过的话?这样的话早把紫鹃的耳朵磨出茧子来了。紫鹃听了,冷笑道:"二爷就是这个话呀,还有什么?若就是这个话呢,我们姑娘在时我也跟着听俗了!若是我们有什么不好处呢,我是太太派来的,二爷倒是回太太去,左右我们丫头们更算不得什么了。"紫鹃说到这里,那声儿便哽咽起来,说着又擤鼻涕,哭得很痛。紫鹃说"左右我们丫头们更算不得什么了",非常解气,言外之意,你根本没把我们林姑娘算什么,我们林姑娘那样的千金小姐,那样对你一心一意,你都没拿她当回事,何况我这个丫头!紫鹃正是说到这里仍然想到林姑娘,她才哭了。宝玉在外知紫鹃伤心哭了,急得跺脚道:"这是怎么说,我的事情你在这里几个月还有什么不知道的。就便别人不肯替我告诉你,难道你还不叫我说,叫我憋死了不成!"说着,也呜咽起来了。

有趣不有趣?贾宝玉来来回回说个溜够,就是没能把他想说的话说出来。那就是:不是我对林妹妹负心,是父母之命。后四十回这类描写,是模仿前八十回,很知道"点到为止"。前八十回,从来不会叫贾宝玉和林黛玉畅快淋漓互诉衷情,总是经常要诉衷情给人打断。贾宝玉最要紧的话,"睡里梦里也忘不了你",不能讲到林黛玉耳朵里,必须讲到袭人耳朵里。宝玉、黛玉在张道士提亲后,互相对着哭,马上可以讲要紧的知心话时,王熙凤来了。后四十回,贾宝玉最想说的话,还没说出来,已经有人来打断。哪个?麝月。

麝月这个小侦探,不知道什么时候跟踪上贾宝玉,贾宝玉许多话,麝月早就听个一清二楚。麝月一开口,就是重复和讽刺贾宝玉刚才说过的话。

贾宝玉不是说了句"就便别人不肯替我告诉你",麝月就把话接过来说:"你叫谁替你说呢?谁是谁的什么?自己得罪了人自己央及呀,人家赏脸不赏在人家,何苦来拿我们这些没要紧的垫喘儿呢。"麝月在怡红院口才最杰出,袭人需要跟人吵架,得把麝月请出来代替,麝月唇枪舌剑,几句话就把不讲理的婆子压下去,麝月对贾宝玉连讽加刺,说得很尖刻。但是麝月不理解,贾宝玉到紫鹃窗下是干嘛,她以为是贾宝玉得罪了紫鹃来赔不是,紫鹃不接受。所以她又说:"到底是怎么着?一个陪不是,一个人又不理。你倒是快快的央及呀。嗳,我们紫鹃姐姐也就太狠心了,外头这么怪冷的,人家央及了这半天,总连个活动气儿也没有。"最后贾宝玉说:"罢了,罢了!我今生今世也难剖白这个心了!惟有老天知道罢了!"这句话似乎给贾宝玉说到点子上了。

紫鹃被宝玉一招惹,心里难受,哭了一夜。思前想后,"宝玉的事,明知他病中不能明白,所以众人弄鬼弄神的办成了。后来宝玉明白了,旧病复发,常时哭想,并非忘情负义之徒。今日这种柔情,一发叫人难受,只可怜我们林姑娘真真是无福消受他。如此看来,人生缘分都有一定,在那未到头时,大家都是痴心妄想。乃至无可如何,那糊涂的也就不理会了,那情深义重的也不过临风对月,洒泪悲啼。可怜那死的倒未必知道,这活的真真是苦恼伤心,无休无了。算来竟不如草木石头,无知无觉,倒也心中干净!"想到此处,倒把一片酸热之心一时冰冷了。

紫鹃这段心理描写不错,贾宝玉未能尽诉衷肠却感动了紫鹃,对贾宝玉的负心有些释然,最后归结到命运,归结到紫鹃对人生彻底失望,埋下紫鹃出家伏笔。

紫鹃是林黛玉悲苦人生留在后四十回的唯一遗响,后四十回多处写她对宝玉之怨恨、疏离,都表明黛玉的丫鬟紫鹃比黛玉的生死恋人宝玉忠诚得多,紫鹃之痴反衬宝玉之不痴。

王熙凤如何返金陵

——第一百一十四回　王熙凤历幻返金陵,甄应嘉蒙恩还玉阙(上)

　　王熙凤到底是死了被送回金陵,还是活着被休回金陵,是续书作者和曹雪芹对王熙凤命运的不同安排。

"天才"解释太虚幻境梦

　　第一百一十三回结尾刘姥姥把青儿放到凤姐身边,她回乡下去给王熙凤拜佛烧香。她刚走,王熙凤病危。王夫人打发人来对宝玉宝钗说:"琏二奶奶不好了,还没咽气……从三更天起到四更时候,琏二奶奶没有住嘴说些胡话,要船要轿的,说到金陵归入册子去。众人不懂,他只是哭哭喊喊的。琏二爷没有法儿,只得去糊了船轿,还没拿来,琏二奶奶喘着气等呢。"

　　王熙凤临终哭喊着要船要轿说到金陵归入册子当中去,是后四十回对第五回王熙凤判词"哭向金陵事更哀"做的"天才"解释。这样描写小儿科。赵姨娘被阴司拷打而死,王熙凤比赵姨娘罪孽深重,阴司不拷打她,她也不忏悔,宣布要回金陵册子。哪个册子? 当然是金陵十二钗册子。问题就来了,王熙凤怎么知道贾宝玉还是男孩时做梦梦到的册子? 前八十回写过吗? 一个字没有。贾宝玉什么时候对王熙凤说过,你在哪个册子里? 前八十回写过吗? 还是一个字没有。脂砚斋评语透露过吗? 仍然一个字没有。那么续书根据是哪儿来的?

　　宝玉听了王夫人的话,说:"这也奇,他到金陵做什么?"看来贾宝玉早就把他当年的梦忘掉了,因为曹雪芹确实没安排他记住太虚幻境整个的梦,现在却有个替他记住的——袭人。袭人轻轻地和宝玉说道:"你不是那年做梦,我还记得说有多少册子,不是琏二奶奶也到那里去么?"宝玉听了点头道:"是呀,可惜我都不记得那上头的话了。"贾宝玉承认他告诉过袭人他梦到金陵十二钗册子,但前八十回没有一个字根据,是续书作者硬诌。接着,贾宝玉感慨人都有个定数了。不知林妹妹又到那里去了?我如今被你一说,有些懂得了。若再做这个梦时,我细细瞧瞧,便有未卜先知的分儿了。这话是预言,此后,贾宝玉确实又去过完全变形的"太虚幻境",再看到金陵十二钗册子,他真能记住,还会因为惜春要出家当众念出惜春的判词。反正那个时候没有版权法,即使有,曹雪芹死多少年,又没有后人,谁给他维权。续书作者爱怎么胡诌就怎么胡诌。

那么,前八十回写到贾宝玉对袭人说他做过什么梦没有?确实说过,不过贾宝玉只记住了她跟兼美成亲的梦,那是袭人帮他换内裤才让他想起来,贾宝玉接着就模仿梦中事跟袭人偷试云雨情。真没想到,隔了将近一百回,也隔了至少七八年,贾宝玉做的金陵十二钗的梦居然被袭人天才地知道,还给贾宝玉同样天才地配合起来。

凤姐病危,宝玉、宝钗闲聊

王熙凤病危消息传来,宝玉、袭人悠闲地聊起当年的梦,宝玉、宝钗哪个也不"奔"去看望,也悠悠扯闲板。

当年贾宝玉听说秦可卿死了,立刻一口鲜血喷出来,现在跟宝玉关系远比秦可卿亲密的王熙凤,亲表姐,热心关切他的琏嫂子,王熙凤弥留之际,宝玉不瞅不睬,和袭人痴人说梦。王熙凤亲爱的表妹薛宝钗也参加进来说梦。

宝钗道:"旧年你还说我咒人,那个签不是应了么?"接着,薛宝钗先回忆一番散花寺王熙凤的签,又以大智大慧口气聊起妙玉。宝玉很有闲心地聊起薛家怎么能一点儿不张扬地完成薛蝌邢岫烟婚事,薛宝钗长篇大套、不紧不慢地说起薛姨妈现在状况,薛家准备搬家事。关于薛家的闲板,续书作者在王熙凤之死这一回里,慢慢吞吞写五六百字,宝玉、宝钗聊得好悠闲好自在,没有一个人想起来,他们亲爱的凤姐姐要死了,要不要过去见最后一面?要不要安慰一下贾琏、巧姐?哪个也不想,哪个也不管,真真不是一类人不进一家门,一窝冷心冷面冷心肠!贾宝玉还要跟薛宝钗讲薛家不能搬走的理,就在这时王夫人打发人来说:"琏二奶奶咽了气了。所有的人多过去了,请二爷、二奶奶就过去。"贾宝玉掌不住跺脚要哭。宝钗说:"有在这里哭的,不如到那边哭去。"薛宝钗心机太深管得太宽,连贾宝玉正常哭一声都给止住,要哭也得到贾琏跟前带表演性质的哭!两个人到凤姐那里。宝钗见凤姐停床,大放悲声。宝玉也拉着贾琏的手大哭。贾琏也重新哭泣。平儿只得含悲上来劝止。

前八十回威风八面的王熙凤,就这样给续书作者轻而易举打发了,顺带往宝玉、宝钗脸上抹点灰。王熙凤之死还没有赵姨娘之死轰轰烈烈,虽然描写赵姨娘之死也不过装神弄鬼。

王仁蹩脚表演

过去贾府什么事都是王熙凤怎么说贾琏怎么办,现在王熙凤死了,贾琏手足无措,叫人传赖大来办理丧事,手头没钱,诸事拮据,他又想起凤姐素日的好处,悲哭不已,见巧姐哭得死去活来,贾琏越发伤心。这些描写合情合理。贾琏哭到天明,打发人去请王仁。王仁自从王子腾死后,已闹得六亲不和。今知妹子死了,只得赶着过来哭一场。这里又用个"只得",他并不心疼,只是走形式过来哭一场。王仁见诸事将就,心下不舒服,说:"我妹妹在你家辛辛苦苦当了好几年家,也没有什么错处,你们家该认真的发送发送才是。怎么这时候诸事还没有齐备!"贾琏见他说些混账话,知他不懂得什么,也不大理他。王仁便叫了巧姐过来说:"你娘在时,本来办事不周到,只知道一味的奉承老太太,把我们的人都不大看在眼里。外甥女儿,你也大了,看见我曾经沾染过你们没有!"这当然是胡说八道,后来巧姐回忆:妈妈还在时,舅舅拿走很多东西。王仁继续说,"如今你娘死了,诸事要听着舅舅的话。你母亲娘家的亲戚就是我和你二舅舅了。你父亲的为人我也早知道的了,只有重别人,那年什么尤姨娘死了,我虽不在京,听见人说花了好些银子。如今你娘死了,你父亲倒是这样的将就办去吗! 你也不快些劝劝你父亲。"

巧姐向王仁解释一番。后四十回巧姐是个矛盾的人物,一会儿大,一会儿小,一会儿幼儿惊风,一会儿又认三千多字,现在巧姐能把贾府的困难如实向舅舅说。王仁纵然"忘仁",忘记仁义,人死为大,不应该跟巧姐说她妈妈这些话。王仁更过分,叫巧姐把自己的东西拿出来发送母亲,巧姐不拿出来就是想留着做嫁妆。把巧姐气得哭起来。平儿生气,说:"舅老爷有话,等我们二爷进来再说,姑娘这么点年纪,他懂的什么。"平儿是什么人? 王熙凤陪嫁丫鬟。王家陪嫁丫鬟,敢这样对舅老爷说话,够大胆,王仁居然不拿出舅老爷款训斥平儿,而是平等地跟平儿辩论:"你们是巴不得二奶奶死了,你们就好为王了。"王仁把贾琏和平儿一起称"你们",完全没贵族家庭章法。

从此王仁嫌了巧姐,埋下他卖巧姐的伏笔。

王熙凤如何历幻返金陵

后四十回最大症结是将曹雪芹构思做表浅化敷衍,写得世俗化、庸俗化,乃至恶俗化。在贾宝玉和王熙凤身上败笔特别突出。王熙凤临终要船要轿,哭着喊着要到金陵归入册子。这是生拉硬扯照应第五回王熙凤的命运预示"哭向金陵事更哀"。贾宝玉做梦看到王熙凤命运判词时并不懂也没记住,曹雪芹是叫读者记住:我在第五回,用贾宝玉太虚幻境的梦对全书构思做了提示,这是这部小说的总纲,我会按照这个总纲一步一步写下去。

1980年我给留学生讲明清文学史,讲到《红楼梦》,英国留学生贺安雷对我说:马老师,我们英国小说家绝对不会像中国这样写,像《红楼梦》这样,在小说开头就把人物命运都预示了,那谁还往下看?我说:你这就不懂了,曹雪芹这样写,才会吸引大家往下看,你们英国小说不这样写,所以,你们大部分英国小说都没《红楼梦》有名。你们英国最有名的经典是莎士比亚戏剧,而《红楼梦》被称为长篇小说中的莎士比亚。

曹雪芹叫读者记住贾宝玉神游太虚梦境,并不要贾宝玉记住。贾宝玉只跟袭人说过警幻授云雨事,从来没跟袭人说过什么金陵十二钗、什么册子,更不可能讲给王熙凤听,王熙凤从哪儿得知她在警幻册子里?袭人居然知道什么宝玉梦见什么册子。这种描写欲巧反拙,后语不搭前言,把《红楼梦》核心人物王熙凤草草收场。

那么,王熙凤应该怎么样返回金陵?

还得先看第五回有关她的画、判词、红楼梦曲:

贾宝玉神游太虚境看到王熙凤的画:后面便是一片冰山,上面有一只雌凤。其判曰:"凡鸟偏从末世来,都知爱慕此生才。一从二令三人木,哭向金陵事更哀。""凡鸟"合起来是繁体"凤"字。爱慕此生才,说王熙凤很有才能。一从二令三人木:一从,是王熙凤从父母之命嫁到贾府;二令,对贾琏发号施令;三人木,人和木合起来是"休"字。王熙凤开始奉父母之命嫁入贾府,不久就在贾府发号施令,劣迹败露后被贾琏休了。王熙凤是被休之后活着哭向金陵,并不是死后在大家哭声中回到金陵。而且,她在哭向金陵之后,还有些故事。冰山比喻王熙凤独揽大权却不能长久,这是借用《资治通鉴》

用冰山形容杨国忠。曹雪芹原有的构思，王熙凤依赖的贾府是冰山，太阳一化，它就倒了，王熙凤也倒了。

王熙凤在《红楼梦曲》里的曲子是《聪明累》："机关算尽太聪明，反算了卿卿性命。生前心已碎，死后性空灵。家富人宁，终有个家亡人散各奔腾。枉费了，意悬悬半世心，好一似，荡悠悠三更梦。忽喇喇似大厦倾，昏惨惨似灯将尽。呀！一场欢喜忽悲辛。叹人世，终难定！"王熙凤是"凤"，她像只铁凤凰，在贾府天空翱翔，抓钱，抓权，为金钱用尽心血、耍够计谋，最后劣迹败露，钱财尽失还丢了性命。她一直想控制丈夫，最终却被丈夫休掉。至于贾府如何"家亡人散"，因曹雪芹原稿后几十回丢失，后四十回悲剧性大减，贾政复世职发还家产，都不是曹雪芹构思。

第五回王熙凤判词"一从二令三人木，哭向金陵事更哀"，她最终被休回金陵。前八十回还有些别的伏笔，袭人站在穿堂门等宝玉从贾政处回来，脂砚斋评语点明，此穿堂门就是王熙凤扫雪拾玉的地方。王熙凤为什么扫雪？那就因为她的劣迹暴露后，贾琏把她和平儿调了个。凤姐泼醋后李纨曾开玩笑说凤姐跟平儿应该调个个儿。这些伏笔说明，王熙凤劣行曝光后，先跟平儿调了个儿，成为扫雪的粗使丫鬟，她扫雪时，捡到贾宝玉的通灵宝玉，后被贾琏休掉，哭向金陵，带着通灵宝玉回去，最后由甄宝玉给贾宝玉送回来。

王熙凤在前八十回风采超常、聪明过人、语言轻俏、行为爽利，"少说有一万个心眼子"，倘若遇到命运如此跌宕的事情，王熙凤会有非常精彩的表现，但是后四十回不仅王熙凤全无风度风采，王仁也有点欠真实，胞妹刚死就满嘴混账话，还找外甥女要钱，这是和巧姐命运判词的"狠舅奸兄"牵强附会，但未免漫画化。亲姑妈王夫人、薛姨妈、亲表弟宝玉、亲表妹宝钗对临终凤姐这样冷淡，也非常不合情理。

王熙凤因何病而死

那么，王熙凤到底因为什么病而死？后四十回没按照曹雪芹严密构思的路子走。

曹雪芹构思王熙凤是因为妇科病血山崩而死，而妇科血山崩又和贾府冰山崩塌联系到一起。后四十回再也不提前八十回写王熙凤的病，几次写王熙凤吐血，第九十三回，平儿说出"馒头庵"，王熙凤一听，吓怔了，咳嗽一会儿，哇的一声吐出一口血来。第一百一十回，王熙凤主持贾母丧事，一个小丫头来说：大太太说，二奶奶躲着受用去了，王熙凤一听，一口气闷上来，眼前一黑，嗓子一甜，喷出一口鲜血。王熙凤有丰富的家庭妇姑勃溪经验，何至于听错一句话，受到一点儿刺激就吐血？后四十回写王熙凤动不动吐血，和前八十回对王熙凤病症描写完全错位。

曹雪芹构思王熙凤死因是妇科病。前八十回把王熙凤的病循序渐进写得细致。王熙凤曾小产，小产后不知调养，经常流血。王熙凤讳疾忌医，病了也不说，平儿问她一声觉得怎么样，她都发脾气。因为王熙凤生病，出现探春理家，虽然探春理家，许多重要事情还得王熙凤拍板。第七十二回，平儿对鸳鸯说出王熙凤的病，从鸳鸯嘴里说出是"血山崩"。第七十四回抄检大观园后，王熙凤身体十分虚弱，开始用人参。第七十七回，给她配人参养荣丸。

宋淇《红楼梦识要》提出曹雪芹写王熙凤的病，采用多种手法：伏线四次；正面详细描写王熙凤的病两次；正面交代王熙凤病两次；王熙凤因病不克参加贾敬丧事、中秋赏月各一次；借贾蓉、平儿、鸳鸯、宝玉之口共三次。各种写法间隔使用，不露痕迹，读来不嫌其烦，可见曹雪芹写王熙凤的病用心之深、功力之厚，不愧脂评对他的誉美。

宋淇先生又把红学家根据脂砚斋评语做出的王熙凤大结局总结为八条线索，我们看看后四十回遵守过哪一条：（一）王熙凤遭受被责打的下人报复，第十三回王熙凤协理宁国府打了迟到的女仆，脂砚斋评语写"伏后文"，被打的女仆将来会报复王熙凤。这条线索后四十回根本没提。（二）铁槛寺弄权，受贿三千金，拆散一段姻缘，害死两个人，连累贾琏败露，这是第十五回王熙凤弄权情节。后四十回让张金哥和未婚夫鬼魂出现。贾琏败露的事没写。（三）放高利贷事发，王熙凤放高利贷在多回中有描写。后四十回是抄家过程中发现王熙凤放高利贷的债券。（四）利用张华，勾结官府，告尤二姐事发，主要见于第六十八回"酸凤姐大闹宁国府"。后四十回在宁国府被抄中稍微提了提，没牵扯贾琏。（五）不见容于邢夫人。第七十一回"嫌隙人有心生嫌隙"有描写，邢夫人当众出王熙凤洋相。更早的描写是鸳鸯抗婚。后四十回写邢夫人说闲话导致王熙凤吐血。（六）夫妻反目成仇。凤姐在前八十回，呼风唤雨，不可一世，贾琏俯首臣服。第二十一回，平儿收拾贾琏外宿的铺盖，发现一绺头发，吓得贾琏"脸都黄了"，幸而平儿替他瞒过。脂评回总批有一句："后日：'王熙凤知命强英雄。'"这是八十回后佚稿中的一个回目，描写凤姐败事后，在贾琏面前"强"也强不上来，只得听其报复，所谓种种"回首时惨痛之态"可以想见。第六十九回,贾琏哭尤二姐说:"终久对出来,我替你报仇。"这些,后四十回都没有写到。(七)凤姐被休。第五回,金陵十二钗册子"一从二令三人木,哭向金陵事更哀",凤姐被休回原籍金陵。后四十回没写。(八)凤姐病死。曹雪芹构思的凤姐所患妇科病性质非常严重,王熙凤已经到生命终点,油尽灯枯,痛苦非凡,贾琏偏偏要报复她,休掉她。王熙凤连说话的气力都没有,勉强支持回金陵老家,很快就死了。后四十回胡编王熙凤临终哭喊着要船要轿要回金陵的册子。

王熙凤的结局没能按照曹雪芹构思进行,是大不幸,红学家和红迷对曹雪芹在前八十回对王熙凤大结局的构想和王熙凤病的设计衷心折服。前八十回对王熙凤之死留下如此多的线索,续书作者如果认真研究、运用各种手段,有可能写出较感人、像黛玉之死那样的故事,但因为续书作者对整个贾府被抄轻描淡写,跟贾府忽喇喇似大厦倾联系十分紧密的王熙凤之死,也就不可能写好。

甄应嘉是真应假?

——第一百一十四回　王熙凤历幻返金陵,甄应嘉蒙恩还玉阙(下)

　　甄应嘉是哪个? 甄宝玉的爹,"玉阙"指朝廷,"甄应嘉蒙恩还玉阙",是说被抄家的甄家得皇帝恩宠,重新回朝廷效力。甄应嘉谐音"真的应该是假的",这命名是从甄士隐命名学来,甄士隐谐音"真事隐"。第二回冷子兴演说荣国府,说钦差金陵省体仁院总裁甄家是贾家世交老亲。贾雨村曾在甄家坐馆,他的学生甄宝玉脾性酷似贾宝玉。五十六回甄府的人进宫朝贺,四个女人到贾府请安,对贾母说起甄宝玉的个性,红学家往往拿来作为贾宝玉的个性用,比如挨打喊姐姐妹妹就不疼。七十五回贾母等得知甄府被抄家,探春说到贾府议论甄府抄家,盼着自己抄家。前八十回,没出现甄府老爷名字,现在甄府老爷名字出来。甄府重新复兴,甄宝玉读书上进,是贾府重新复兴、贾宝玉科举成功先声。

清客和贾政聊家计

　　第一百一十四回写:"再说凤姐停了十余天,送了殡。"十四个字,把当年轰轰烈烈办理秦可卿丧事的王熙凤打发了。王熙凤办秦可卿丧事,前八十回整整写了三回,第十三回"秦可卿死封龙禁尉,王熙凤协理宁国府",第十四回"林如海捐馆扬州城,贾宝玉路谒北静王",第十五回"王熙凤弄权铁槛寺,秦鲸卿得趣馒头庵"。那三回写得何等繁富华丽、风生水起、摇曳多姿,现在轮到办王熙凤丧事,竟然只有十四个字,真是可怜亦复可叹。续书作者大概想破脑袋也想不出怎么写王熙凤的丧事。于是在这一回里,出现很多闲板,跟宝玉、宝钗听到凤姐病危还闲聊一样,写了一大段清客和贾政的对话。

　　不管前八十回还是后四十回,《红楼梦》描写的清客,都远没有《金瓶梅》

成功，没有写出一个应伯爵那样灵动的人物。曹雪芹写金陵十二钗，写宝玉、贾珍、贾琏、薛蟠甚至北静王，笔下如有神助，但再伟大的天才在某类人物形象掌握上也难免有短板。这应该是由生活经历决定。曹雪芹十三岁曹府被抄，其父亲长期在吏部门前枷号，身边不可能有清客。曹雪芹年长后跟官宦人家交往，大概跟清客交往机会不多，写清客就成了无水之源。续书写清客会不会比曹雪芹写的好点儿？

贾政的清客在前八十回已经出现好几个名字，单聘仁、卜固修，曹雪芹用他们名字谐音调侃清客善于骗人、不顾羞耻。但是前八十回除了写这些清客擅长给贾政凑趣之外，似乎没有多少善于骗人和不顾羞耻的细节，他们倒干了些正事。比如贾宝玉大观园题额时，清客帮助烘托贾宝玉；惜春绘画遇到问题，宝玉说他可以请教清客。后四十回贾政的清客出现个稽好古，专门出来帮助说琴，这已经改变了清客命名寓意，带正面意思。一百一十三回写贾政在外书房守老太太的孝，清客相公渐渐辞去，只有程日兴还时常陪着说话儿。程日兴谐音"趁人兴"。趁着人强盛时说兴头上的话，可惜程日兴已经不是趁贾府兴旺说话，恰好趁贾府倒霉说话。是续书作者反讽？

贾政对程日兴说："家运不好，一连人口死了好些，大老爷和珍大爷又在外头，家计一天难似一天。外头东庄地亩也不知道怎么样，总不得了呀！"续书动不动露怯，贾政怎么能说"珍大爷"，得说"珍儿"才对。程日兴道："我在这里好些年，也知道府上的人那一个不是肥己的。一年一年都往他家里拿，那自然府上是一年不够一年了。又添了大老爷、珍大爷那边两处的费用，外头又有些债务，前儿又破了好些财，要想衙门里缉贼追赃是难事。"程日兴这番话是对贾府现状较准确的总结。他建议贾政安顿家事，派心腹各处清查，该去的去，该留的留，有亏空着经手的赔补。程日兴无非又学起王熙凤协理宁国府那一套负责到人。不过贾政迂腐，听听而已。贾政回答："一个人若要使起家人们的钱来，便了不得了，只好自己俭省些。"程日兴的建议等于白说。程日兴又说："我虽知道些那些管事的神通，晚生也不敢言语的。"贾政听了，便知话里有因，程日兴似乎还不是专门吃干饭，他注意到贾府管家借贾府肥己，而且他掌握一些证据，他说"不敢言语"，是等贾政向他讨教，他大展身手，拿出证据办法。结果贾政不接招，叹道："我自祖父以来都是仁厚的，从没有刻薄过下人。我看如今这些人一日不似一日了。在我手里行出主子样儿来，又叫人笑话。"贾政既假正经，也窝囊废。

甄老爷来了

两人正说着，门上的回："江南甄老爷到来了。"贾政听说甄应嘉蒙圣恩起复，立即快请。小说写：甄老爷即甄宝玉之父，名叫甄应嘉，表字友忠，金陵人氏，功勋之后。原与贾府有亲，素来走动。这是第二回冷子兴早就说过的话，只不过出现了甄应嘉的名字。续书作者接着写：甄应嘉因前年挂误革了职，动了家产。这样的写法把前八十回吞吞吐吐写甄府抄家给落实了罪名，原来不是曹雪芹隐隐约约写甄家是因为政治斗争或者因为皇帝昏庸而被抄家，而是因为甄应嘉任职时出现错误得到应有惩罚！现在主上眷念功臣，赐还世职，下达圣旨，行文调取甄应嘉来京朝见皇帝，真是皇恩浩荡。后四十回这个皇帝，好像儿童过家家，经常抄功臣的家，又不断再给平反，真应了蒲松龄故乡的俗话"捣鼓着玩呢"。

看甄应嘉跟贾政的对话，很容易联想到贾政在贾元春归省时那番台阁对话，而且察觉后四十回写这类话有什么不同。甄应嘉说知道贾母新丧，特备祭礼择日到寄灵的地方拜奠。贾政即忙叩首拜谢，两人寒暄一番之后，甄应嘉说："主上的恩典真是比天还高，下了好些旨意。"贾政道："什么好旨意？"贾政问话可笑。以贾政的身份，皇帝前国丈，他怎么能说"什么好旨意"这几乎可以杀头的话？如果御史大夫听见给他挑刺，会说：你说皇帝什么好旨意，难道皇帝还有什么不好的旨意？你想犯上作乱？

不过，甄应嘉回复的话，对后四十回小说家安排人事关系，相当不错，甄应嘉说："近来越寇（浙东地区盗寇）猖獗，海疆一带小民不安，派了安国公征剿贼寇。主上因我熟悉土疆，命我前往安抚。"贾政即忙说："老亲翁即此一行，必是上慰圣心，下安黎庶，诚哉莫大之功，正在此行。但弟不克亲睹奇才，只好遥聆捷报。"几句话说得很得体，遣词用句也恰当。接着贾政说现在镇海统制是弟舍亲，希望您到那里对他青目相看。贾政向甄应嘉叙述了三年前如何在江西粮道任上把小女儿嫁给统制少爷，因海口案内未清，加上海寇聚奸，音信不通。希望甄应嘉执行朝廷任务后，看望镇海统制，带去给探春的家信。贾政拜托甄应嘉，甄应嘉也拜托贾政：他被皇帝紧急调往京城，又派海疆执行任务，钦限迅速，昼夜先行，家眷随后才能到，小儿年幼，家下乏人，将来他们到京，少不得要到尊府，定叫小犬叩见。如可进教，遇有姻事可图之处。贾政一一答应。

真假将要相见

前八十回写"假做真来真亦假，无为有处有还无"，现在真的果然到假的这里来了，而且真的，还会作为假的家业复苏、儿子成材的先行者，这是续书作者对真和假的安排。前八十回贾宝玉梦中到过甄府，看到过甄宝玉，现在甄宝玉本人要来了。

贾政跟甄应嘉约定：明天他起程时城外再见，送出书房，贾琏、宝玉早已伺候在那里代送，因贾政未叫，不敢擅入。甄应嘉出来，两人上去请安。甄应嘉一见贾宝玉，呆了一呆，心想："这个怎么甚像我家宝玉？只是浑身缟素。"因问："至亲久阔，爷们都不认得了。"这话很得当，是客气地问两位少爷名字，贾政指贾琏道："这是家兄名赦之子琏二侄儿。"又指着宝玉道："这是第二小犬，名叫宝玉。"应嘉拍手道奇："我在家听见说老亲翁有个衔玉生的爱子，名叫宝玉。因与小儿同名，心中甚为罕异。后来想着这个也是常有的事，不在意了。岂知今日一见，不但面貌相同，且举止一般，这更奇了。"甄应嘉连连称"罕异！"拉了宝玉的手，极致殷勤。贾宝玉和贾琏一起往外送，甄应嘉一路又问了宝玉好些的话。这时的贾宝玉，已是完全正常的国公府贵族公子，不再是内闱厮混、登不得台面、不成器的家伙，是礼貌周全、见得了大场面的贾府少爷，跟贾琏一起担负起贾政的客人送往迎来的任务。贾宝玉一点儿也不疯，一点儿也不傻。贾宝玉丢玉后疯傻，只是让他完成气死林黛玉、娶回薛宝钗的任务。这个任务完成，有没有通灵宝玉对他已无关紧要。

贾宝玉回到自己房间，对宝钗、袭人讲见到甄老爷的事："常提的甄宝玉，我想一见不能，今日倒先见了他父亲了。我还听得说宝玉也不日要到京了，要来拜望我老爷呢。又人人说和我一模一样的，我只不信。若是他后儿到了咱们这里来，你们都去瞧去，看他果然和我像不像。"贾宝玉刚刚兴致勃勃说了似乎舒心的事，马上给薛宝钗正言厉色教训："嗳，你说话怎么越发不留神了，什么男人同你一样都说出来了，还叫我们瞧去吗！"

按续书作者永远皇恩浩荡的构思，早就被抄家的甄家被赐还世职，甄应嘉进京与贾政见面，甄夫人与王夫人见面，甄宝玉与贾宝玉见面。曹雪芹构思甄家先于贾家抄家，将钱财藏到贾府很可能连累之，甄府老爷怎会蒙恩回朝？空穴来风。

第一百一十四回把《红楼梦》两个核心人物贾宝玉、王熙凤放到一回描写，实在写得太差。其实，根据脂砚斋提供的评语，曹雪芹写完的后三十回里边，还真有王熙凤和贾宝玉在同一回里的情节，通过脂砚斋评语，曹雪芹后三十回有唯一传下来的回目。第二十一回"贤袭人娇嗔箴宝玉，俏平儿软语救贾琏"，庚辰本回前有条重要评语："按此回之文固妙，然未见后三十回，犹不见此回之妙。此曰'娇嗔箴宝玉，软语救贾琏'，后曰'薛宝钗借词含讽谏，王熙凤知命强英雄'。今只从二婢说起，后则直指其主。然今日之袭人之宝玉，亦他日之袭人，他日之宝玉也。今日之平儿之贾琏，亦他日之平儿，他日之贾琏也。何今日之一玉犹可箴，他日之玉已不可箴耶？今日之琏犹可救，他日之琏已不能救耶？箴与谏无异也，而袭人安在哉？宁不悲乎？救与强无别也，甚矣。今因平儿救，阿凤英气何如是也？他日之强何身微运蹇、展眼何如彼耶？"这段评语对后三十回内容有重要意义。"王熙凤知命强英雄"，一般解释为凤姐被贾琏休弃强打精神做英雄，有红学家认为是写王熙凤被休回金陵的情节。"薛宝钗借词含讽谏"，大部分红学家认为是薛宝钗劝贾宝玉求取功名引起贾宝玉反感。20世纪80年代，张之《红楼梦新补》用过这个回目，我当时觉得没写出曹雪芹那种意境，现在这本书已很少有人提起。这说明：不管程高本后四十回多不理想，想取而代之，比登天还难。

惜春为什么出家

——第一百一十五回　惑偏私惜春矢素志,证同类宝玉失相知(上)

贾惜春确定出家念头,贾宝玉跟甄宝玉因对人生看法不同分道扬镳。

贾政促"上进"、宝玉妻管严

一百一十四回结尾宝玉对宝钗说到甄宝玉快来了,你们看看是不是跟我长得很像,被宝钗抢白,非常尴尬,秋纹说:外头老爷叫二爷。宝玉像得了救星,巴不得这一声,去到贾政那里,贾政又对宝玉进行读书做官、光宗耀祖的训话:"现在你穿着孝,不便到学里去,你在家里,必要将你念过的文章温习温习。我这几天倒也闲着,隔两三日做几篇文章我瞧瞧,看你这些时进益了没有。"宝玉不能不应着。贾政又说:他已经命贾环、贾兰温习《四书五经》,学八股文,对宝玉说:"倘若你作的文章不好,反倒不及他们,那可就不成事了。"宝玉不敢言语,答应个"是",贾政叫他"去罢"。宝玉退出来,一溜烟回到自己房中,"一溜烟"的词已成了后四十回贾宝玉离开贾政时的常规用词。正如后四十回贾政凡见到宝玉,只要贾宝玉还不太傻甚至还没昏迷,贾政就一定督促贾宝玉追求读书做官、研究八股文。

宝钗知道贾政叫宝玉做文章,倒也喜欢,宝玉不愿意,但他不敢怠慢。正要坐下静静心好好读书,地藏庵两个姑子进来和宝钗说:"请二奶奶安。"宝钗待理不理地说:"你们好?"叫人倒茶给师父们喝。贾府三代当家女性对姑子持不同态度。贾母一说话就离不开"阿弥陀佛",王夫人每天烧香拜佛、专门跟姑子亲近,贾母、王夫人经常上当,王熙凤本来不相信神佛报应,最后也不得不信,薛宝钗却对这些佛门弟子高傲漠视。有趣的是,恰好薛宝钗的夫君将来要做和尚。

宝玉原要和那姑子说话,见宝钗似乎厌恶这些,也不好兜搭。贾宝玉比

20世纪一些中国男人还超前,妻管严,干什么事都得看薛宝钗脸色。

在七十七回晴雯之死回目中曾写到地藏庵姑子圆信把蕊官、藕官拐了去做徒弟,贾宝玉是不是还想着两个可怜的女孩,想对圆信问问她们的情况? 好像未必。因为后四十回作者连圆信的名字都不写,只是写"那姑子",而那姑子知道宝钗是个冷人,也不久坐,辞了要去看四姑娘。宝钗点头,由她去了。

后四十回喜欢在没名没姓的人物前边加个"那",那人,那姑子,把妙玉抢走的强盗叫"那人",来诱惑惜春的尼姑,本来名字叫圆信,现在也叫个"那姑子"。

惜春跟那姑子"合在机上"

那姑子到惜春那里,见了彩屏,说:"姑娘在那里呢?"彩屏道:"不用提了。姑娘这几天饭都没吃,只是歪着。"那姑子道:"为什么?"彩屏道:"说也话长。你见了姑娘只怕他便和你说了。"惜春早已听见,急忙坐起来说:"你们两个人好啊? 见我们家事差了,便不来了。"那姑子道:"阿弥陀佛! 有也是施主,没也是施主,别说我们是本家庵里的,受过老太太多少恩惠呢。如今老太太的事,太太、奶奶们都见了,只没有见姑娘,心里惦记,今儿是特特的来瞧姑娘来的。"

这当然是一番鬼话,那姑子刚刚去见薛宝钗,薛宝钗不搭理她,那姑子大概看从现任当家奶奶手里骗不出钱,才到惜春这里。

惜春向那姑子问起水月庵的姑子来。惜春和水月庵的联系得追溯到第七回"送宫花贾琏戏熙凤",惜春在《红楼梦》出场,曹雪芹特意叫她和尼姑庵发生联系,周瑞家的替薛姨妈给贾府姑娘送宫花:"只见惜春正同水月庵的小姑子智能儿一处玩笑呢,见周瑞家的进来,惜春便问他何事。周瑞家的便将花匣打开,说明原故。惜春笑道:'我这里正和智能儿说,我明儿也剃了头同他作姑子去呢,可巧又送了花儿来,若剃了头,可把这花儿戴在那里?'说着,大家取笑一回,惜春命丫鬟入画来收了。"当时惜春是多快乐的小姑娘,她的丫鬟跟她多合拍,后来一切都变了。惜春当然不可能再问智能,因为智能早在秦钟艳事后就失踪了,惜春问的应该是其他尼姑。那姑子道:"他们庵里闹了些事,如今门上也不肯常放进来了。"这是说贾芹的风流事。

那姑子问惜春:"前儿听见说栊翠庵的妙师父怎么跟了人去了?"众口铄

金！贾宝玉认妙玉是槛内人,黛玉湘云认妙玉是诗友,惜春认妙玉是唯一知己,读者认妙玉是收藏苏东坡文物的雅人,在那姑子眼里,妙玉就是动了凡心跟了人去而且是跟了强盗去了。惜春道:"那里的话！说这个话的人提防着割舌头。人家遭了强盗抢去,怎么还说这样的坏话。"那姑子对妙玉来了番大批判。如果曹雪芹看到后四十回怎么写妙玉动凡心,坐蒲团不稳,包勇怎么说妙玉,那姑子对妙玉污秽不堪的词语,鼻子还不得气歪了。那姑子道:"妙师父的为人怪僻,只怕是假惺惺罢。在姑娘面前我们也不好说的。那里像我们这些粗夯人,只知道讽经念佛,给人家忏悔,也为着自己修个善果。"妙玉高雅,妙玉读书,妙玉写诗,妙玉养花,妙玉喝梅花雪上的茶,在那姑子看来,都是假惺惺,只有她们像马道婆那样从贾府老太太手里骗几个钱,再拐回几个小姑娘做活,才不是假惺惺,才能修成善果。

惜春居然对这番胡说八道照单全收还傻乎乎地问:"怎么样就是善果呢?"那姑子就给惜春讲了番修行大道理,一言以蔽之,这辈子修行,是为了下辈子当个男人,不像如今脱生了个女人胎子,什么委屈烦难都说不出来。那姑子说:"姑娘你还不知道呢,要是人家姑娘们出了门子,这一辈子跟着人是更没法儿的。若说修行,也只要修得真。那妙师父自为才情比我们强,他就嫌我们这些人俗,岂知俗的才能得善缘呢。他如今到底是遭了大劫了。"

惜春被那姑子一番话说得"合在机上"。这不又诌掉下巴?惜春本来把妙玉当成唯一知己,妙玉看望贾母时,关切地问四姑娘为什么这么瘦,妙玉在惜春万般寂寞时来看她,陪她下棋,教她下棋,现在一个毫无知识、毫无文化、毫无品位的那姑子,用俗滥语言毁损惜春唯一知己,惜春竟然还"合在机上"?她合在什么机上?难道惜春也承认不能像妙玉那样有心灵追求,不能像妙玉那样有知识有文化?难道惜春也承认妙玉不是非常不幸的被强盗劫走,而是自己思凡跟着强盗走了?

妙玉被那姑子诬蔑一番而惜春竟然跟那姑子投了机,顾不得丫头们在这里,便将尤氏待她怎样,前儿看家的事说了一遍,并把自己剪下的头发指给她瞧道:"你打谅我是什么没主意恋火坑的人么?早有这样的心,只是想不出道儿来。"惜春表示自己想出家,只是想不出道来,找不到一个尼姑庵。那姑子听了,假作惊慌道:"姑娘再别说这个话！珍大奶奶听见还要骂杀我们,撵出庵去呢！姑娘这样人品,这样人家,将来配个好姑爷,享一辈子的荣华富贵。"这是欲擒故纵。惜春不等说完,便红了脸说:"珍大奶奶撵得你,我就撵不得么?"那姑子知是真心,索性激他一激,说:"姑娘别怪我们说错了话,太太、奶奶们那里就依得姑娘的性子呢?那时闹出没意思来倒不好。我们倒是为姑娘的话。"惜春道:"这也瞧罢咧。"

地藏庵"那姑子"大概活得不耐烦了。地藏庵是贾府香火,那姑子吃了熊心豹子胆?敢诱惑贾府公侯小姐到她们庵里当尼姑?她不怕王夫人把她们撵出去?小说写:彩屏等听这话头不好,便使个眼色儿给姑子出去。那姑子本来心里也害怕,不敢挑逗,便告辞出去。惜春也不留他,冷笑道:"打谅天下就是你们一个地藏庵么!"那姑子也不敢答言去了。

说出家就出家

彩屏恐担不是,悄悄去告诉尤氏。尤氏道:"他那里是为要出家,他为的是大爷不在家,安心和我过不去,也只好由他罢了。"彩屏没法,只好常常劝解惜春。岂知惜春越劝越是一天一天不吃饭,只想绞头发。彩屏等吃不住,只得到各处告诉。邢、王二夫人劝了好几次,怎奈惜春执迷不悟。邢夫人、王夫人说什么话劝惜春?都没有具体描写。王夫人不得不告诉贾政。贾政叹气跺脚,说:"东府里不知干了什么,闹到如此地位。"贾政说了句和柳湘莲相似的有哲理的话。贾政叫贾蓉来说了一顿,贾蓉是惜春的侄儿,侄能管姑姑?笑话。尤氏去劝,惜春更要寻死,说:"做了女孩儿终不能在家一辈子的,若像二姐姐一样,老爷太太们倒要烦心,况且死了。如今譬如我死了似的,放我出了家,干干净净的一辈子,就是疼我了。况且我又不出门,就是栊翠庵,原是咱们家的基址,我就在那里修行。……若不依呢,我也没法,只有死就完了。我如若遂了自己的心愿,那时哥哥回来我和他说,并不是你们逼着我的。若说我死了,未免哥哥回来倒说你们不容我。"惜春懂辩论章法,对尤氏来了一番威胁,尤氏本与惜春不合,听她的话似乎有理,只得去回王夫人。

当时要做出家人,可不是你出家就出家,那要办手续。武松不是拿了头陀手续才过关?惜春必须办手续才能出家,后四十回却不这样写,没办什么手续,惜春要在栊翠庵修行。

曹雪芹构思惜春出家

那么,曹雪芹原来构思惜春结局是什么?
贾宝玉神游太虚境看到:一所古庙,里面有一美人在内看经独坐。这是惜春的命运图册。她的判词:"勘破三春景不长,缁衣顿改昔年妆。可怜绣户侯门女,独卧青灯古佛旁。"很明确,惜春看透三个姐姐不幸,觉得人生没指望,出家为尼。她修行的地方是荒凉古庙。

关于惜春的《红楼梦曲·虚花悟》:"将那三春看破,桃红柳绿待如何?把这韶华打灭,觅那清淡天和。说什么,天上夭桃盛,云中杏蕊多。到头来,谁把秋捱过?则看那,白杨村里人呜咽,青枫林下鬼吟哦。更兼着,连天衰草遮坟墓。这的是,昨贫今富人劳碌,春荣秋谢花折磨。似这般,生关死劫谁能躲?闻说道,西方宝树唤婆娑,上结着长生果。"

《虚花悟》仍然写惜春因感叹三个姐姐不幸及贾家从盛到衰的命运,看透人生出家,追求"清淡天和",认为淡泊清净可保持元气。"天上夭桃、云中杏蕊",比喻繁华富贵、青春风流。白杨、青枫暗喻坟地。"生关死劫",佛教将人的生死说成是关头和劫数。最后两句"闻说道,西方宝树唤婆娑,上结着长生果",惜春被虚幻的宗教迷惑,最终并没有吃上什么长生果,却过着沿街乞讨的生活。

第二十二回"听曲文宝玉悟禅机,制灯谜贾政悲谶语"预示惜春将来出家:"前身色相总无成,不听菱歌听佛经。莫道此生沉黑海,性中自有大光明。"贾政解惜春灯谜是佛前海灯,仍然暗示她要做尼姑,她因三位姐姐不幸遭遇看破红尘,不听唱爱情的菱歌去听佛经。

一百一十五回惜春出家描写,不符合曹雪芹原本构思,也不符合人之常情。一百一十二回写惜春出家,一个原因是看家看出盗贼觉得没脸,另一个原因是嫂子嫌我。第一百一十二回"活冤孽妙尼遭大劫,死雠仇赵妾赴冥曹"还特地给前八十回温柔敦厚的尤氏增加点锋芒,前八十回尤氏在惜春发脾气时低声下气劝解,到一百一十二回尤氏主动向惜春挑衅。贾府被盗后,众人从铁槛寺回来,惜春出来迎接,自己满面惭愧。邢夫人不理他,王夫人照常,李纨、宝钗拉着手说几句话,独有尤氏道:"姑娘,你操心了,倒照应了好几天!"这不是讽刺挖苦?惜春一言不答,紫涨了脸。宝钗将尤氏的衣襟一拉,使个眼色。尤氏还是前八十回尽量躲事、千方百计安慰小姑子的和蔼长嫂?成了惜春出家重要推手,不可思议。而且惜春跟妙玉是好友,听地藏庵姑子损毁妙玉,惜春居然给"说得合在机上",还把剪一半的头发给姑子看,从此坚定绞头发决心。一个地藏庵姑子怎会影响惜春人生?纯粹驴唇不对马嘴。惜春出家是因"勘破三春梦不长",再加上本就冷面冷心,只求保住自己安全。惜春出家是贾府败落具体表现之一。按曹雪芹构思,惜春成了穿旧衣沿街乞食的贫苦尼姑。第二十二回脂砚斋评语："公府千金，至缁衣乞食，宁不悲夫！"续书写惜春出家，先是在贾府惜春原住处带发修行，有丫鬟伺候，仍然吃四小姐份饭，只不过变成素的，后接管妙玉花木繁茂、环境优雅的栊翠庵，这样"出家"与不出家有何区别！

　　曹雪芹对贾府四姐妹原来构思是元春不得善终，迎春结婚一年被折磨死，探春远嫁不回，惜春独卧青灯古佛旁。续书写只有迎春被折磨致死，元春因圣恩隆重而逝，探春远嫁快要回来，惜春出家也不是曹雪芹构思家破人亡，成了穿着旧衣托着钵盂沿街乞食的贫困尼姑，而是换种方式继续过阔小姐生活，衣食不愁，比在家更优雅自在，只不过不嫁人，极大扭曲曹雪芹构思的惜春悲剧。

真假宝玉分道扬镳

——第一百一十五回 惑偏私惜春矢素志，证同类宝玉失相知(下)

前八十回已经出现贾宝玉和甄宝玉，太虚幻境对联："假作真来真亦假，无为有处有还无。"这是《红楼梦》纲领性语言，意思是："把虚假当成真实，真实也就成了虚假；把虚无当作实有，实有也就成了虚无。"一个贾宝玉，一个甄宝玉，是《红楼梦》奇怪的现象。在前八十回，甄宝玉和贾宝玉的关系写得迷离恍惚。《好了歌解》写到"金满箱，银满箱，展眼乞丐人皆谤"，甲戌本评语是"甄玉、贾玉一干人"，说明最后沦为乞丐的是贾宝玉和甄宝玉。庚辰本第十九回脂评说贾宝玉将来"寒冬噎酸齑，雪夜围破毡"，具体写出了贾宝玉过乞丐生活。前八十回写到贾宝玉跟甄宝玉曾经梦中相见，他们的脾性相同，都属于对封建道德离经叛道的范围，甄宝玉既是贾宝玉的影子、贾宝玉的陪衬，又是贾宝玉的先声。在《红楼梦》中最终是一个"甄、贾"(真假)二人归一？也就是甄宝玉跟贾宝玉一样也遁入空门？还是有一个"甄、贾"分道扬镳？也就是贾宝玉看透了人世一切而甄宝玉却积极入世？不得而知。根据脂评的线索，后三十回还有甄宝玉给贾宝玉送玉的情节，甄宝玉送玉的情节会不会是"甄、贾"(真假)归一的情节？会不会是"甄、贾"(真假)分道扬镳的情节？真假如何归一或者如何分道扬镳？已成了永远的秘密。曹雪芹和脂砚斋都没有预示。既然曹雪芹及脂砚斋都没有留下贾宝玉和甄宝玉的最终关系，也就是说，都沦为乞丐的贾宝玉和甄宝玉，会不会甄宝玉又从灾难中崛起，重新努力上进，走科举之路，这就给续书作者留下开拓思路的机会，第一百一十五回写的就是甄宝玉一心读书做官、光宗耀祖，在贾宝玉的眼中完全成了禄蠹，贾宝玉对利欲熏心的甄宝玉产生反感，两人似乎分道扬镳了。为什么要在分道扬镳前边加个"似乎"，因为贾宝玉最后还是先走甄宝玉的路，去考举人，最后才不得不按照曹雪芹给他定的命运出家。

甄贾宝玉相见

　　甄夫人带甄宝玉到访贾府,贾政见甄宝玉相貌果与贾宝玉一样,试探他的文才,甄宝玉应对如流,做过学政的贾政是不是有职业病? 见个青年人,就想出题考试,看看你的八股文功底如何,是不是个做举人当进士的材料。刚见面的一老一少,如何考察学问,就像我们的研究生考试,我真想仔细看一看,贾政问了什么题目,甄宝玉如何回答,可惜续书仍然是空洞一写,这是续书作者经常犯的毛病,用空话叙述,不用细节。贾政考察完甄宝玉,把贾宝玉、贾环、贾兰叫出来,想叫甄宝玉警励他们。贾政居然还好奇地想叫自己家的宝玉来跟甄宝玉比一比风采,这样的闲心在贾政非常少有。宝玉穿了素服,带兄弟、侄儿出来,见了甄宝玉,竟是旧相识一般。甄宝玉也像见过贾宝玉,两人行了礼,然后贾环、贾兰和甄宝玉相见。不知道贾政对两个宝玉比了后有什么想法,小说一个字也没有,前边明明写了贾政想叫两个宝玉比一比,结果贾政看到两个宝玉见面,贾政却没了比的印象和感慨,又是疏忽。贾政马上说:"我失陪,叫小儿辈陪着,大家说说话儿,好叫他们领领大教。"甄宝玉逊谢:"老伯大人请便。侄儿正欲领世兄们的教呢。"于是,两个宝玉单独相对,虽然贾环、贾兰在场,不过只起点反衬作用。

　　贾宝玉见了甄宝玉,想到梦中之景,这倒是前八十回写过的,贾宝玉做完那个和甄宝玉见面的梦之后,还对他的丫鬟们说过,贾宝玉素知甄宝玉为人必是和自己同心,以为得了知己。因初次见面,不便造次,且又贾环、贾兰在座,只有极力夸赞说:"久仰芳名,无由亲炙。今日见面,真是谪仙一流的人物。"对男人说"芳名"两字,不知道贾宝玉用错没有,而说甄宝玉是李白那样谪仙一流人物,自然是相信甄宝玉跟自己一样视功名为粪土。甄宝玉想:"他既和我同名同貌,也是三生石上的旧精魂了。既我略知了些道理,怎么不和他讲讲。"甄宝玉显然非常有社会责任心,一见贾宝玉就想做他的引路人,把贾宝玉往"正道"上引。一番寒暄之后,甄宝玉果然来了长篇大论的大道理:"弟少时不知分量,自谓尚可琢磨。岂知家遭消索,数年来更比瓦砾犹贱,虽不敢说历尽甘苦,然世道人情略略的领悟了好些。世兄是锦衣玉食,无不遂心的,必是文章经济高出人上,所以老伯钟爱,将为席上之珍。"甄宝玉的意思是:我的家庭栽过斛斗,抄过家,父亲罢过官,因为家庭倒霉,我对世道倒看清楚,醒悟了,我们的责任就是好好读书好好上进、光宗耀祖。贾宝玉老兄您一帆风顺，肯定对如何读书做官、如何研究八股文、如何光宗耀祖有更深切体会，您会有一番高论，所以我才说只有您才称得起'宝玉'这个名字。

　　贾宝玉听这话头近乎禄蠹的旧套，想回答。贾环见甄宝玉未与他说话，心中早不自在。贾兰听了甄宝玉的话甚觉合意，抢话说："世叔所言固是太谦，若论到文章经济，实在从历练中出来的，方为真才实学。在小侄年幼，虽不知文章为何物，然将读过的细味起来，那膏粱文绣比着令闻广誉，真是不啻百倍的了。"贾兰的话来自《孟子·告子上》："饱乎仁义也，所以不愿人之膏粱之味也；令闻广誉施于身，所以不愿人之文绣也。"意思是说君子追求仁义，所以安贫乐道，宁可不要锦衣玉食。膏粱文绣代指锦衣玉食，令闻广誉指美名盛誉，后世人宣传成好好读《四书五经》读书做官，才有令闻广誉。

　　贾宝玉听了兰儿的话心里越发不舒服，想："这孩子从几时也学了这一派酸论。"便说："弟闻得世兄也诋尽流俗，性情中另有一番见解。今日弟幸会芝范，想欲领教一番超凡入圣的道理，从此可以净洗俗肠，重开眼界，不意视弟为蠢物，所以将世路的话来酬应。"贾宝玉的意思是：你我都是超凡脱俗之人，不跟这些凡人一般见识，我今天初次跟您见面，我是想领教一番超出凡人的见解，没想到您把我当成追求功名的俗物，您拿这些追求功名的世俗话来应付我、观察我？甄宝玉心里想的是："他知我少年的性情，所以疑我为假。我索性把话说明，或者与我作个知心朋友也是好的。"很明显，甄宝玉早把早年的离经叛道抛到九霄云外，现在要把追求功名的话，跟贾宝玉讨论"正道"。于是甄宝玉对贾宝玉来了番推心置腹的却叫贾宝玉非常讨厌的世道经，也就是要读书做官，甄宝玉说："世兄高论，固是真切。但弟少时也曾深恶那些旧套陈言，只是一年长似一年，家君致仕在家，懒于酬应，委弟接待。后来见过那些大人先生尽都是显亲扬名的人，便是著书立说，无非言忠言孝，自有一番立德立言的事业，方不枉生在圣明之时，也不致负了父亲师长养育教诲之恩，所以把少时那一派迂想痴情渐渐的淘汰了些。如今尚欲访师觅友，教导愚蒙，幸会世兄，定当有以教我。适才所言，并非虚意。"甄宝玉这套话的意思是：我经过家庭变故，父亲罢了官，不能应付客人，派我接待，我从当官做老爷的人身上，从阐述圣人之教著书立说的人身上，看到立德、立功、立言是人生最重要的，我们生活在皇帝如此圣明的时代，就应该把读书做官当作自己的责任，不能负了父母师长教育之恩，所以我把少年时那些不通人情的想法、追求什么性格自由、喜欢《四书五经》之外邪书的想法渐渐淘汰，走上正路了，现在还想从您这儿也学点人生走正路的正经道理。贾宝玉愈听愈不耐烦，又不好冷淡甄宝玉，只好支支吾吾。幸好里头传话说甄夫人和王夫人见面，而王夫人"请甄少爷里头去坐呢"。贾宝玉不跟甄宝玉啰嗦，趁势邀甄宝玉进去。

紫鹃生痴念

小说描写王夫人和甄夫人如何欣赏对方家的宝玉，甄夫人如何拜托王夫人给甄宝玉做媒，都是他不写我们也能想得到出的俗套，里边出来个非常奇怪的非俗套，却大谬不然，那就是紫鹃忽发奇想，希望林黛玉嫁给甄宝玉。小说写：众人见两个宝玉在这里，都来瞧看，说："真真奇事，名字同了也罢，怎么相貌身材都是一样的。亏得是我们宝玉穿孝，若是一样的衣服穿着，一时也认不出来。"内中紫鹃一时痴意发作，便想起黛玉来，心想："可惜林姑娘死了，若不死时，就将那甄宝玉配了他，只怕也是愿意的。"

紫鹃生痴念，希望黛玉活着配甄宝玉，既是对宝黛爱情的曲解，更是严重亵渎林黛玉的形象。如果林黛玉活着，你叫她嫁给这个利欲熏心的甄宝玉，绛珠仙子肯定会想：还不如叫我死了算了。前八十回用林妹妹回苏州试贾宝玉的那个紫鹃，那个聪慧明敏、善解人意的紫鹃，成了只懂看人皮相看人外貌不懂内心，还胡思乱想的普通丫鬟。续书作者写出这类胡扯乱谈，缘于根本不理解宝黛爱情是什么思想实质，不理解贾宝玉、林黛玉之恋，绝对不是外貌吸引产生的爱情，而是思想一致的知己之恋。

宝玉痴病，和尚送玉

好在续书作者还没忘了前八十回贾宝玉跟禄蠹格格不入。而且这种格格不入，会导致贾宝玉听了甄宝玉的话之后痴病发作，而痴病发作，会给续书作者提供重新描绘太虚幻境，或者说胡编乱造新的太虚幻境的机会。

贾宝玉跟甄宝玉交谈，冰炭不投，闷闷地回到自己房中，也不言，也不笑，只管发怔，开始呆了。宝钗忍不住问："那甄宝玉果然像你么？"宝玉道："相貌倒还是一样的。只是言谈间看起来并不知道什么，不过也是个禄蠹。……有了他，我竟要连我这个相貌都不要了。"这些话很像前八十回贾宝玉说的，宝钗又是一番教师爷般的教训，宝玉给训得更加闷闷昏昏，旧病勾起，并不言语，只是傻笑。过了几天更加糊涂到饭食不进，眼看要死。

就在贾宝玉生死关头，有个和尚来送玉。这个和尚是不是前八十回贾宝玉受到马道婆巫蛊时贾政见到的癞头和尚？续书作者故意不直接写出，而是写来了个长大和尚，贾母在时不是悬赏一万两银子找通灵宝玉？和尚手上托了通灵宝玉嚷："要命拿银子来！"贾政忽然想起，头里宝玉的病是和尚治好的，这会子和尚来，或者有救星。但是这玉倘或是真，他真要一万两银子怎么办呢？想了一想，且不管他，人好了再说。和尚直闯进贾宝玉卧室，走到宝玉炕前，在宝玉耳边叫道："宝玉，宝玉，你的宝玉回来了。"已经昏死的贾宝玉把眼一睁，问："在那里呢？"那和尚把通灵宝玉递给他手里。宝玉先前紧紧地攥着，后来慢慢地舒开手来，放在自己眼前细细地一看说："嗳呀，久违了！"里里外外的人都喜欢得念佛，贾政问和尚："宝刹何方？法师大号？这玉是那里得的？怎么小儿一见便会活过来呢？"和尚一律不回答，只是口口声声"拿一万两银子来"。贾政不敢得罪，说："有。"和尚道："快拿来我走。"贾政道："略请少坐，待我进内瞧瞧。"宝玉见父亲来，笑着拿玉给贾政瞧道："宝玉来了。"贾政知道此事有些根源，和王夫人商量赏银怎么办，王夫人说："尽我所有的折变给他。"宝玉道："只怕这和尚不是要银子的罢。"这话有些玄机，贾宝玉的意思是和尚来领他本人。贾政、王夫人、薛宝钗做梦也想不到。

接着，续书作者造了个更加荒诞无比的细节：贾宝玉又死了，怎么死的？宝玉嚷饿，喝粥吃饭，麝月欢喜忘情说通灵宝玉："真是宝贝，才看见了一会儿就好了。亏的当初没有砸破。"砸玉当时是为林黛玉，宝玉一听，神色大变，把玉一撂，又晕倒了，好像死了。

甄宝玉的仕途经济与贾宝玉离经叛道心性不合，按照世俗观点，知道读书做官、光宗耀祖的甄宝玉是真正的宝玉，不喜欢读书做官的贾宝玉是假冒伪劣的宝玉。实际上，甄应嘉真应该是假的，江南来的甄宝玉才是个假冒的宝玉。贾府的贾宝玉幸亏还记得一心想做官求功名的人是"禄蠹"。续书作者对宝黛爱情实质不理解，只能虚构贾宝玉失玉疯傻，敷衍出贾宝玉与薛宝钗结婚情节，现在全书快要结束，贾宝玉必须按曹雪芹原来构思出家，而利欲熏心的续书作者还得安排他先中举后出家。一个傻瓜岂能中举？于是贾宝玉被薛宝钗抢白几句又快死了，和尚送玉令其复活、复智。在曹雪芹构思中，通灵宝玉可救贾宝玉，全书仅一次，就是赵姨娘和马道婆设计陷害宝玉、凤姐几乎丧命的那次。续书叫通灵宝玉再显神通，贾宝玉有了通灵宝玉立时病好，但是续书作者还想篡改太虚幻境，怎么篡改？让贾宝玉魂游完全变形的太虚幻境，所以麝月忽然说句"亏得当初没有砸破"，聪慧沉稳的麝月怎能如此冒失？是续书作者故意让她冒失，以便续书作者完全歪曲太虚幻境在《红楼梦》出现的意义，歪曲《红楼梦》的主题。

《红楼梦》主题总悖谬

——第一百一十六回　得通灵幻境悟仙缘，送慈枢故乡全孝道

鲁迅先生说《红楼梦》一百二十回续书作者和曹雪芹之比，像类人猿和原人之比，也就是像动物和人的比较，很可能就是一百一十六回给鲁迅先生造成特别恶劣印象，这是全书最乌烟瘴气的一回。贾宝玉重游太虚境，全方位颠覆《红楼梦》构思，我们不能把这一回叫《红楼梦》续书，甚至也不叫小说，而得叫"恶札"。蔡义江教授说，一百一十六回把太虚幻境写成城隍庙。我觉得这一回太虚幻境比城隍庙还差，有森罗殿意味，恐怖至极、阴森之甚、别扭到顶点。而贾政送灵枢，是为全书结局服务。

《红楼梦》第五回贾宝玉神游太虚境，是古代小说从未有过的奇美文字、奇绝文字、俊极文字、爽极文字，也是《红楼梦》指导思想，是人物命运总纲。曹雪芹的故事情节照此推演，人物命运照此推进，《红楼梦》前八十回始终笼罩悲剧气氛，又通过元春归省点戏、贾政元宵看灯谜、贾母清虚观打醮、贾宝玉红楼夜宴，反复吟唱《红楼梦》悲剧主题。太虚幻境几副对联，是红楼人生基本法则，有深刻哲学意蕴和人生警示价值。而贾宝玉重游太虚幻境，续书作者佛头增秽，把太虚幻境来个大翻盘，用三流笔墨翻一流文章的案，翻得杂乱无章、荒唐可笑，太虚幻境变成油嘴道士王一贴卖野药的迷魂阵。简直不忍心看下去，又不能不仔细认真分析，看看这样写错在什么地方。

太虚幻境脱胎换骨

贾宝玉口关紧闭，脉息全无，心窝尚温热。贾政急忙请医灌药救治。宝玉魂魄出窍，恍恍惚惚赶到前厅，送玉的和尚拉着他就走。宝玉觉得身轻如叶，这是做梦的感觉还是灵魂出窍的感觉？总而言之他飘飘摇摇，很有点《聊斋》特点，没出大门，不知从哪里就到荒野，远远望见一座牌楼，好像曾到

过，是八九年前到过的太虚幻境，只不过那次由警幻仙子引进，这次由有点像鲁智深的和尚领进来。鲁莽和尚引进的地方当然不可能跟美貌仙女警幻仙子引进的地方一个样。太虚幻境完全脱胎换骨，鬼影憧憧，几乎成森罗殿。

贾宝玉见恍恍惚惚来了个女人，在第五回，他看到的那个女人是警幻仙子，这次见的女人竟是尤三姐的样子。和尚拉着宝玉过了那牌楼，牌楼上的匾额换了，"太虚幻境"换了"真如福地"，什么意思？真如，是佛教用语，意思是永恒真理；福地，是幸福之地。太虚幻境是空寂玄奥的幻境，假托的仙境，真如福地是实实在在有永恒真理的幸福之地。续书作者可能想超出曹雪芹，结果这一超出就和"太虚幻境"意思完全相反。两边对联乃是："假去真来真胜假，无原有是有非无。"意思是：假的被真的战胜，没有的和有的不同。这副对联也和太虚幻境原来对联唱对台戏，意思完全相反，原来的对联"假作真时真亦假，无为有处有还无"，把"真"和"假"、"有"和"无"理解成辩证统一的关系，现在的对联却把"真"和"假"、"有"和"无"截然分开，变成"真胜假""有非无"完全对立，把曹雪芹原来深刻思想幽默语言糟蹋得不成样子，而且"无原"两个字完全没有用，是为了对仗硬凑的。"假去真来真胜假，无原有是有还无"，意思是"假去真来真胜假，有是有非无"，白白多加个"无原"。

转过牌坊，是一座宫门。门上横书四个大字，和原来的太虚幻境不一样——"福善祸淫"。这是想概括整个人生，似乎比原来匾额概括生活广泛，其实完全是歪曲，是不知所云。原来是"孽海情天"，佛教把情欲说成罪恶苦难的根源，所以叫"情孽""孽海"，指人们沉溺在爱情当中不能自拔，或者是沉溺在感情中不能自拔。"孽海情天"是说人生中爱情以及其他的亲情虽然会使人痛苦，它却是现实存在，像海像天一样弥漫着存在着，现在呢，"福善祸淫"是说人生不需要什么爱情不爱情、亲情不亲情，只要考虑福、善、祸、淫这些实际功利就行，这多么没趣。在"福善祸淫"匾额下边又有一副对子："过去未来，莫谓智贤能打破；前因后果，须知亲近不相逢。"大意是人生无常、世事难料，给原来的对联彻底翻案。原来的对联："厚地高天，堪叹古今情不尽；痴男怨女，可怜风月债难酬。"什么意思？天地虽然宽广，人却要受到禁锢不能自在，痴情于爱情的男男女女不免要为爱情付出代价，爱情会让你疼却快乐。

贾宝玉是不是受到这些胡言乱语的启发，他倒有了新奇想法，想把在这儿看到的事好好记住，当个先知先觉的人，他想："原来如此。我倒要问问因果来去的事了。"这么一想，只见鸳鸯站在那里招手儿叫他。而鸳鸯打个晃一转眼便不见，宝玉走到鸳鸯站的地方儿，是一溜配殿，各处都有匾额。宝玉恍惚见那殿宇巍峨，绝非大观园景象。抬头看匾额上写着四个字"引觉情痴"，什么意思？引导痴情的人赶快觉悟。这是代替第五回的匾额"薄命司"，这也是翻案，痴情人只要觉悟，就不会薄命。两边写的对联更是给薄命司原来的对联来个彻底翻案："喜笑悲哀都是假，贪求思慕总因痴。"你们这帮人追求爱情，为了爱情哭了，为了爱情笑了，为了爱情思想了，为了爱情羡慕了，都是假的，都太傻了。原来的对联是："春恨秋悲皆自惹，花容月貌为谁妍？"多么美好多么有诗意的对联：爱情是最高尚最珍贵的感情，人能够为爱而恨，为爱而悲，人生只要有爱，连痛苦都是甜蜜的！

接着，贾宝玉重新看了金陵十二钗的册子，他看到什么"玉带"，和"林"字，什么"金簪雪里"，诧异暗藏着黛玉、宝钗名字，觉得不为奇。独有那"怜"字"叹"字不好。他看到另一个判词"相逢大梦归"，恍然大悟是元春姐姐。他又看到判词："堪羡优伶有福，谁知公子无缘"，见上面有花席影子，便大惊痛哭。他知道袭人将来要嫁给优伶，很可能也知道是蒋玉菡了。

三世情"奇妙"凑合

贾宝玉听见有人说道："林妹妹请你呢。"鸳鸯在前影影绰绰地走，只是赶不上。贾宝玉顺步走入一座宫门，内有奇花异卉，贾宝玉都认不明白。唯有白石花阑围着一颗青草，叶头上略有红色，但不知是何名草，这样矜贵。只见微风动处，那青草摇摆不休，虽说是一枝小草，又无花朵，其妩媚之态，不禁心动神怡，魂消魄丧。什么草？续书作者又天才地把第一回长在灵河岸边、三生石畔、长在大自然非常荒凉地方的绛珠仙草移植到金阑玉砌，还派个仙女专门看守。仙女称宝玉蠢物窥探仙草，又像个导游向贾宝玉介绍，当然是抄第一回："那草本在灵河岸上，名曰绛珠草。因那时萎败，幸得一神瑛侍者日以甘露灌溉，得以长生。后来降凡历劫，还报了灌溉之恩，今返归真境。警幻仙子命我看管，不令蜂缠蝶恋。"抄的好玩不好玩？宝玉心疑定遇见了花神，问：看管芙蓉花的神仙在哪里？仙女道：我却不知，要知道这件事，除是我主人潇湘妃子。宝玉说潇湘妃子就是我表妹林黛玉。仙女要打他出去，贾宝玉赶紧退出。有人赶来说："里面叫请神瑛侍者。"那人，又出来个"那人",这是续书作者的习惯用语,其实是看仙草的仙女,那人(看仙草的仙女)说:"我奉命等了好些时,总不见有神瑛侍者过来。"那一个笑道:"才退去的不是么?"那侍女慌忙赶出来"请神瑛侍者回来"。贾宝玉不知道自己是神瑛侍者,跟跄而逃,尤三姐手提宝剑迎面拦住说:"你们弟兄没有一个好人,败人名节,破人婚姻,今儿你到这里,是不饶你的了!"贾宝玉当年对柳湘莲说尤三姐是尤物,柳湘莲说东府只有石头狮子干净,和尤三姐解除婚约。所以贾家弟兄没有一个好人,败人名节的是贾珍,破人婚姻是贾宝玉,尤三姐跟贾宝玉算起旧账来。尤三姐要斩断他的情缘,宝玉回头要跑,却发现晴雯来了,悲喜交集叫晴雯姐姐,快带我回家。晴雯却说:"侍者不必多疑,我非晴雯,我是奉妃子之命特来请你一会,并不难为你。"宝玉满腹狐疑只得跟着走。到了一个所在,殿宇精致,彩色辉煌,庭中一丛翠竹,这是干嘛?虚构个类似潇湘馆的地方,当然是林黛玉在这儿住。一人卷起珠帘。见一女子头戴花冠,身穿绣服,端坐在内。宝玉略一抬头,见是黛玉的形容,看到这里,能笑得喷饭,续书作者构思多么"巧妙"!贾宝玉和林黛玉的三世情,第一世情林黛玉前身是灵河岸边绛珠仙草,接受神瑛侍者的浇灌之恩;第二世情是绛珠仙草修成绛珠仙子,在离恨天外五内凝聚着对神瑛侍者的缠绵不尽之意;第三世情是贾宝玉、林黛玉贾府相会。现在续书作者天才地把三世情一股脑儿给端到这里,把那株草弄了来,又把绛珠仙子变成潇湘妃子召见贾宝玉。贾宝玉一抬头,不禁说道:"妹妹在这里!叫我好想。"帘外侍女叱:"这侍者无礼,快快出去。"

世上情缘都是魔障

宝玉欲待进不敢,要走不舍,回头四顾,不见晴雯。只得快快出来,又无人引着,见凤姐站在一所房檐下招手,走进细看却不是凤姐是贾蓉前妻秦氏竟自往屋里去了。宝玉恍恍惚惚又不敢跟进去,叹:"我今儿得了什么不是,众人都不理我。"贾宝玉痛哭起来。几个黄巾力士执鞭赶来,说"何处男人敢闯入我们这天仙福地来,快走出去!"宝玉正要寻路出来,远远望见一群女子说笑前来。谁呢?迎春等走来,贾宝玉心里喜欢,叫:快来救我!那群女子都变作鬼怪来追扑贾宝玉。宝玉正在情急,只见送玉的和尚手里拿着一面镜子,是不是风月宝鉴?和尚用镜子一照,说道:"我奉元妃娘娘旨意,特来救你。"登时鬼怪全无,仍是一片荒郊。真是迷离恍惚。宝玉拉着和尚说道:

"我记得是你领我到这里，你一时又不见了。看见了好些亲人，只是都不理我，忽又变作鬼怪，到底是梦是真，望老师明白指示。"那和尚并不指示他是梦是真，倒是问："你到这里曾偷看什么东西没有？"宝玉道："我倒见了好些册子来着。"他看了金陵十二金钗册子，正册副册又副册，那和尚道："可又来，你见了册子还不解么！世上的情缘都是那些魔障。只要把历过的事情细细记着，将来我与你说明。"说着，和尚把宝玉狠命一推，说："回去罢！"贾宝玉站不住脚，一跤跌倒，口里嚷道："啊哟！"贾宝玉又活了过来。

　　莽和尚说"世上情缘都是些魔障"，是点睛之笔，这句话阐明了续书作者和曹雪芹根本不同的立场，截然不同的"三观"。曹雪芹讴歌宝黛爱情，讴歌贾宝玉的博爱，原来都没有任何意义，都是魔障！既然是魔障，就没必要留恋，已死的林黛玉成潇湘妃子，由晴雯把贾宝玉引去相见，却见不成，迎春们变成鬼怪，尤三姐拿着宝剑斩断宝玉的情缘。

《红楼梦》主题总悖谬

　　如果说，其他章回还是在某个人物个性上某个故事情节上悖谬曹雪芹构思，那么可以说，第一百一十六回是对曹雪芹《红楼梦》整个构思大翻案，是对《红楼梦》主题总悖谬。这一回，已经不能说是抄袭第五回贾宝玉神游太虚境，而只能说是恶搞第五回，其性质可以类比当代人恶搞《西游记》，如叫孙悟空跟白骨精相爱一万年。贾宝玉重游太虚境把《红楼梦》的鬼魂集中起来，占主导地位的是两位自杀冤鬼尤三姐和鸳鸯，不仅群鬼出没，还把第一回三生石贾宝玉林黛玉两世情缘做拙劣对应，完全改变了曹雪芹构思太虚幻境的意图，用酸腐匾额、拙劣对联，取代太虚幻境原有诗意化哲理化的匾额对联，《聊斋志异》见神见鬼，一会鬼一会怪一会仙，给续书作者生吞活剥学了来。太虚幻境灵气一点也没有了，迷信话语套话废话替代原来美妙对联匾额，扭曲原有悲剧气氛，不伦不类，滑稽可笑。

　　最搞笑的，是导引贾宝玉的不再是警幻仙子而是个莽和尚。跟第五回贾宝玉神游太虚境相比，没有出现的也绝对不能出现的是哪个或哪些？是警幻仙子和她手下的众仙姑。警幻仙子为什么不出现？看来，续书作者怎么也想不出如何歪曲这个人物，只能放弃。警幻仙子向贾宝玉介绍手下的几位仙子为什么都失踪？我看主要因为她们的名字。这几个仙子，一名痴梦仙姑，一名钟情大士，一名引愁金女，一名度恨菩提，痴梦、钟情、引愁、度恨，没有一个不是为爱情为相思服务。既然后四十回不再写真挚爱情，这些仙子就必须都退出历史舞台，得叫尤三姐拿着宝剑来给贾宝玉斩断情缘。

更有意思的是，贾宝玉再游太虚幻境，鼻子也不灵了，他再也嗅不到太虚幻境的那一缕幽香。警幻仙子曾介绍这幽香乃系诸名山胜境内初生异卉之精，合各种宝林珠树之油所制，名群芳髓，谐音"群芳碎"，所有美好女性都被损坏。贾宝玉再也喝不上太虚幻境清香异味、纯美非常的茶，警幻仙子介绍这茶出自放春山遣香洞，以仙花灵叶上所带之宿露而烹，名曰"千红一窟"，谐音"千红一哭"。贾宝玉再也喝不上太虚幻境的美酒，警幻仙子介绍："此酒乃以百花之蕊，万木之汁，加以麟髓之醅，凤乳之曲酿成，因名为'万艳同杯'。"谐音"万艳同悲"，所有女性悲哀。所有这些第五回曹雪芹不知道靠怎样的灵心慧性、怎么样经过艰苦五次增删、挖空心思琢磨出的，用美妙诗意化语言，用蕴含深刻哲理语句写出来的女性形象、香气、茶茗、美酒，都跟着警幻仙子还有暗含着追求爱情的痴梦仙姑、钟情大士、引愁金女、度恨菩提，消失得无影无踪。后四十回才不讲什么真挚爱情，就连林黛玉也只是追求和贾宝玉的婚姻，就连紫鹃这个林黛玉最知心最知情的，居然都希望林黛玉嫁给满身名利酸腐气的甄宝玉。

这样一来，第一百一十六回就综合性地、总结性地把《红楼梦》主题成功歪曲了。

我们再回顾一下第五回《红楼梦曲·收尾·飞鸟各投林》，曹雪芹安排的总结局，看看后四十回，兑现了多少？"为官的，家业凋零；富贵的，金银散尽；有恩的，死里逃生；无情的，分明报应；欠命的，命已还；欠泪的，泪已尽。冤冤相报实非轻，分离聚合皆前定。欲知命短问前生，老来富贵也真侥幸。看破的，遁入空门；痴迷的，枉送了性命。好一似食尽鸟投林，落了片白茫茫大地真干净！"后四十回兑现没有？"为官的，家业凋零"，为官的贾政贾赦经过挫折，贾府给抄家，贾政马上承袭荣国公，贾赦还要平反，宁国府还要发还，贾珍还要复职；"富贵的，金银散尽"，薛蟠因人命官司，家产丧尽，但他会放出来，薛家在薛蝌邢岫烟贤夫妇主持下，在将来香菱给薛蟠生的儿子奋斗下，还会复兴；"有恩的，死里逃生"，后边对巧姐命运会做跟曹雪芹构思变形化处理，叫她做大地主家的媳妇，而不是先做接客的雏妓再做板儿之妻，做贫苦的劳动妇女；"无情的，分明报应；欠命的，命已还"，算是对王熙凤等人敷衍了事交待；"欠泪的，泪已尽"，林黛玉并没有按照曹雪芹构思至死牵挂贾宝玉，无怨无悔为贾宝玉流尽最后一滴眼泪，而是临死还怨恨贾宝玉。至于"好一似食尽鸟投林，落了片白茫茫大地真干净！"更不可能出现，因为后边贾府还得由李纨的儿子贾兰、薛宝钗的儿子贾桂"兰桂齐芳"。

一百一十六回既然跟第五回如此不同，续书作者为什么还要叫贾宝玉重游太虚境，难道故意要跟曹雪芹唱对台戏？大概不是，因为后四十回这个小说家，他对人生有他属于他自己的看法，他对后四十回撰写有他自己的整体构思，虽然他经常抄袭前八十回，他却要让《红楼梦》大结局照他的人生观世界观走下去，所以他雄心壮志满云天，通过一百一十六回，把他的整体构思交待了，那就是：要按照福善祸淫的思路改写《红楼梦》，绝对不再宣扬什么爱情，什么对时局的悲观，什么大悲剧；他要高唱皇帝颂歌、皇权颂歌，高唱三从四德、父贤子孝、夫唱妇随，还有奴才为主子殉主等奴隶道德，等等，在这一点上，后四十回成功了。贾宝玉重游太虚境，还得改变曹雪芹原来构思的贾宝玉出家原因，贾宝玉原来出家原因是对整个家庭覆灭灰心，跟薛宝钗思想格格不入，现在变成贾宝玉看了图册，知道人生一切由天注定，最早跟他有性爱关系的袭人会嫁给优伶，唯一还在的妹妹惜春肯定出家，人生在世，情爱、友爱，什么意思也没有，出家算了。

宝玉"万念俱灰"

贾宝玉从此有了预知人生的能力，淡化了儿女情和亲情。这是续书想结束全书做的安排。

贾宝玉去神游太虚境，王夫人等围着他哭，贾宝玉醒来"哎呦"叫唤，睁眼看，仍躺在炕上，见王夫人、宝钗等哭得眼泡红肿。贾宝玉定神一想，心里说道："是了，我是死去来的。"遂把神魂所历的事呆呆细想一番，幸喜多还记得。第五回神游太虚境，贾宝玉只记住他和兼美的性爱，这次他都记住了，宝玉哈哈笑道："是了，是了。"什么意思？重游太虚境，贾宝玉了悟了。王夫人贾政各有各的想法，麝月的想法尤其可笑，她想如果宝玉真死了，她也自尽，未免自我多情，麝月算贾宝玉什么人？像贾母身边鸳鸯是贾宝玉总管？不是；贾宝玉的总管是袭人，麝月只不过是拿一吊钱月钱的丫鬟。麝月想自尽，是自作多情，幸亏贾宝玉醒过来，麝月才没自尽也没有叫人把牙笑掉。王夫人没有说麝月，大概王夫人觉得既然安排粗粗笨笨的丫鬟服侍她的宝贝儿子，这样的丫鬟难免说错话。

王夫人叫人仍把那玉交给宝钗给他戴上，王夫人说："想起那和尚来，这玉不知那里找来的，也是古怪。怎么一时要银一时又不见了，莫非是神仙不成？"宝钗也说："说起那和尚来的踪迹去的影响，那玉并不是找来的。头里丢的时候，必是那和尚取去的。"这个推理很合理，王夫人道："玉在家里怎么能取的了去？"问得愚笨。宝钗说："既可送来，就可取去。"回答聪明。这番婆媳讨论在理，符合王夫人的颠顸和薛宝钗的精明。袭人、麝月又回忆起当年丢玉时测的字，王夫人道："那和尚本来古怪。那年宝玉病的时候，那和尚来说是我们家有宝贝可解，说的就是这块玉了。他既知道，自然这块玉到底有些来历。况且你女婿养下来就嘴里含着的。古往今来，你们听见过这么第二个么。只是不知终久这块玉到底是怎么着，就连咱们这一个也还不知是怎么着。病也是这块玉，好也是这块玉，生也是这块玉——"下边不说了，王夫人可能知道再说就不吉利了。接着惜春回忆："那年失玉，妙玉请过仙，说是'青埂峰下倚古松'，还有什么'入我门来一笑逢'的话，想起来'入我门'三字大有讲究。佛教的法门最大，只怕二哥不能入得去。"已经"出家"的惜春又关心起红尘而且提起关键性问题，贾宝玉要"入我门"、入佛门，贾宝玉将要出家给妹妹提上日程。已经决心出家的宝玉听了，冷笑几声。宝钗听了皱起眉头，尤氏跟惜春聊起出家的念头，尤氏说：你还想出家？惜春说："不瞒嫂子说，我早已断了荤了。"宝玉想"青灯古佛前"的诗句，连叹几声，知道妹妹肯定要出家。又想起一床席一枝花的诗句，拿眼睛瞅着袭人，不觉流下泪来。贾宝玉还是舍不得袭人，第一个性伙伴多年像母亲一样关怀他。小说写：众人都见他忽笑忽悲，也不解是何意，只道是他的旧病。贾宝玉却经过复杂心理过程，竟能把偷看册上诗句牢牢记住，心中早有个成见。什么成见？一切皆由天定，一切都不必在乎。

不过，这个后四十回，我从1960年上大学就反复看，不知道看多少遍，始终没弄明白，贾宝玉重游太虚幻境并没有看到自己的命运，也没看到举案齐眉的恩爱妻子薛宝钗最后是什么命运，他怎么就万念俱灰？是不是续书作者硬派给贾宝玉的念头？

贾 政 送 灵 柩

宝玉死去复生，神气清爽，连日服药，一天好似一天，渐渐复原。贾政想起贾赦不知几时遇赦，他丁忧在家，老太太灵柩久停寺内，不放心，要扶柩回南安葬,叫了贾琏来商议。贾琏说:"老爷想得极是,如今趁着丁忧干了一件大事更好。将来老爷起了服,生恐又不能遂意了。但是我父亲不在家,侄儿呢又不敢僭越。老爷的主意很好,只是这件事得好几千银子。衙门里缉赃那是再缉不出来的。"后四十回贾琏非常干练,考虑问题实际。贾政不跟贾琏讨论银子从哪儿出,似乎能从天上掉下来,贾政不问俗务,俗务还得问他。他的决定是:叫贾蓉跟他一起送灵柩,找人借几千两银子。书呆子有书呆子的处理办法,但亲戚只会锦上添花,以贾府现在状况,哪个傻瓜肯雪中送炭?还是贾琏想得对:"如今的人情过于淡薄。……一时借是借不出来的了。只好拿房地文书出去押去。……老爷路上短少些,必经过赖尚荣的地方,可也叫他出点力儿。"贾府现在连房地产都要抵押出去,有点儿败落气象了。贾琏还是不知道人情之淡漠,叫贾政缺钱找赖尚荣,赖尚荣却不会拿钱。贾政扶柩回南,既安排贾母、林黛玉、秦可卿、王熙凤魂归故里,更要安排贾政最后与贾宝玉雪中相逢。

贾政择了发引长行日子,吩咐王夫人管家,把督促贾宝玉、贾兰考举人的事交付贾琏,叫贾琏管教他们:"今年是大比(乡试)的年头。环儿是有服的,不能入场;兰儿是孙子(实际是重孙),服满了也可以考的,务必叫宝玉同着侄儿考去。能够中一个举人,也好赎一赎咱们的罪名。"贾政考虑现实,也符合历史真实,贾政做过学政,知道科举考试许多规定,被抄家被罢官的儿子不能进考场。贾宝玉如果能考个举人,算给贾府小小的平反。

贾宝玉因贾政命他赴考,王夫人不时催逼查考他的功课。宝钗、袭人时常劝勉。宝玉病后虽精神恢复了,念头一发奇僻了,不但厌弃功名仕进,竟把儿女情缘也看淡好些。众人不大理会,也不说出来。大约主要指薛宝钗和袭人不说出来。她们两个可能还互相猜疑,薛宝钗以为宝玉冷淡自己是宠袭人,袭人以为宝玉冷淡自己是爱宝钗,这倒挺好玩。

贾政送贾母、王熙凤、鸳鸯等灵柩,派贾蓉去苏州送林黛玉灵柩,紫鹃随贾蓉去苏州。贾政送完灵柩后还要在金陵办坟地事宜,所以贾政回来晚,他不仅回来晚,还会在船上最后一次见已出家的儿子贾宝玉,这就是《红楼梦》的结尾。

贾宝玉还在准备参加乡试时,紫鹃已送了林黛玉灵柩回来。紫鹃这个《红楼梦》次要人物,曹雪芹笔下四大丫鬟之一,可是帮了后四十回大忙,紫鹃许多活动,撑起后四十回很难撑起的局面。她送黛玉灵柩回来,闷坐自己屋里啼哭,想:"宝玉无情,见他林妹妹的灵柩回去并不伤心落泪,见我这样痛哭也不来劝慰，反瞅着我笑。这样负心的人，从前都是花言巧语来哄着我们！前夜亏我想得开，不然几乎又上了他的当。只是一件叫人不解，如今我看他待袭人等也是冷冷儿的。二奶奶是本来不喜欢亲热的，麝月那些人就不抱怨他么？我想女孩子们多半是痴心的，白操了那些时的心，看将来怎样结局！"五儿也来凑热闹，说贾宝玉现在的反应不正常："头里听着宝二爷女孩子跟前是最好的，我母亲再三的把我弄进来。岂知我进来了，尽心竭力的服侍了几次病，如今病好了，连一句好话也没有剩出来，如今索性连眼儿也都不瞧了。"原来五儿比麝月还有雄心壮志，瞅上当准宝二姨娘了。紫鹃听了，"噗嗤"一笑，啐她一口，"呸，你这小蹄子，你心里要宝玉怎么个样儿待你才好？女孩儿家也不害臊，连名公正气的屋里人瞧着他还没事人一大堆呢，有功夫理你去！"这些话很像前八十回的一些语气。两个丫鬟正在说笑，院门外乱嚷说："外头和尚又来了，要那一万两银子呢。"

续书作者又要用和尚敷衍下边情节了。

袭人、紫鹃护玉　贾环、贾芸管家

——第一百一十七回　阻超凡佳人双护玉，欣聚党恶子独承家

贾宝玉要把通灵宝玉还给和尚，实际上自己跟和尚走，袭人紫鹃死命拉住。贾政、贾琏外出后，贾芸、贾环、王仁等掌握贾府，商量办坏事。

和尚反复折腾

通灵宝玉是人世奇珍，早在宝玉、凤姐受诅咒时已由一僧一道点出，后四十回反复拿失玉、寻玉、找回做文章，无非想说明通灵宝玉是贾宝玉命根子。通灵宝玉丢得莫名其妙，却给续书作者连续敷衍好几回小说，怡红院海棠花死而复开花，贾母组织人庆祝，贾宝玉换衣服时通灵宝玉凭空消失，又是测字，又是扶乩，又是悬赏一万两银子，始终没有找到通灵宝玉。然后贾宝玉失玉疯傻，王熙凤设掉包计，"林黛玉焚稿断痴情，薛宝钗出闺成大礼"。薛姨妈宣传个溜够的金玉良缘，薛宝钗把沉甸甸的金锁整天戴在脖子上在荣国府招摇过市，金锁就是对着玉来的，金玉良缘居然靠着失玉完成，令人啼笑皆非。得玉更写得不知所云，送玉和尚一会儿要一万两银子，一会儿不见人影，和尚领贾宝玉去重新编造的太虚幻境，在贾宝玉离开太虚幻境时提醒他，"你见了册子还不解么！世上的情缘都是那些魔障。"这就叫"得通灵幻境悟仙缘"，贾宝玉游完乌烟瘴气的太虚幻境，醒悟了，有离开现实生活的打算。贾宝玉醒了，和尚又来闹事，要一万两银子，贾宝玉要把玉还给和尚，实际是自己要跟着"师傅"出家，袭人、紫鹃双双死命保护通灵宝玉，实际是死命拉住贾宝玉不叫他出家。

曹雪芹构思《红楼梦》一僧一道有重要作用。曹雪芹借助如影随形的一僧一道，有意识地把现实生活完全不同的佛教、道教扭结到一起，由他们共同营造虚无缥缈的气氛。一僧一道，在仙境中是茫茫大士、渺渺真人，又是

茫茫又是渺渺，多么虚无缥缈，他们都在"太虚幻境"，这是表示：红尘中人一切追求：高官厚禄、娇妻美妾、亭台楼阁，锦衣玉食，人生一切物质享受，以及为追求享受导致的鸡争鹅斗，纷纷攘攘，都像镜中月水中花，是过眼烟云。只有清静无为，追求精神的安宁和解脱最重要。这是《红楼梦》带主题性质的《好了歌》表达的主要内容，也是曹雪芹对社会彻底绝望的情绪。一僧一道在《红楼梦》中出现，经常带阐述主题意味，比如，第一回，甄士隐在梦中看到一僧一道告诉他两个神话，后来跛足道人对甄士隐唱出带《红楼梦》主题性质的《好了歌》，给贾瑞送风月宝鉴，然后，一僧一道空气一样蒸发，曹雪芹按部就班写人间故事，直到第二十五回"红楼梦通灵遇双真"，贾宝玉和王熙凤受到马道婆和赵姨娘的巫蛊，一僧一道赶到贾府，拿出通灵宝玉持诵一番，通灵宝玉能驱邪在曹雪芹构思当中唯一一次起作用。贾宝玉王熙凤的病就好了。

不管神仙模样还是真人不露相，一僧一道在《红楼梦》不会随便出现，到了后四十回，一僧莫名其妙把贾宝玉的玉摄走，这是暗写，莫名其妙把玉送回扬言要一万两银子，莫名其妙再把贾宝玉带去重游太虚幻境，然后莫名其妙失踪，我连续用好几个"莫名其妙"，是不是因为词汇缺少？大概还不是，因为这个和尚确实叫人莫名其妙，续书作者不能像前八十回那样，一僧一道出现总有明确重要目的，到一百一十六回这个和尚一会儿来了，一会儿走了，一会儿又来了，似乎来给贾宝玉指点迷津，但是指点迷津用得着一会儿来，一会儿走，一会儿又来这么云山雾罩？难道续书作者想不出别的办法，派这个和尚多啰嗦几个章回？

通灵宝玉神瑛侍者混一谈

贾政去送灵柩，和尚突然来要一万两银子，王夫人打发人叫宝钗过去商量，看来王夫人琢磨上宝钗嫁妆，要把宝钗首饰折变银子给和尚。宝钗也这样打算，宝钗真爱宝玉，不惜财。贾宝玉听见说和尚在外头，赶忙独自一人走到前头，乱嚷："我的师父在那里？"还没做上和尚先把师傅叫上了，叫了半天，不见和尚，原来是李贵将和尚拦住，不放他进来。宝玉假传命令说："太太叫我请师父进去。"李贵松了手，和尚摇摇摆摆进去。宝玉看和尚的形状与他死去时所见的一般，心里有些明白，上前施礼，连叫："师父，弟子迎候来迟。"贾宝玉拜师，和尚却不认徒弟，为什么？因为贾宝玉还没完成续书作者安排给他的重要任务——考举人。那么,不认徒弟和尚跑来做什么?通过胡搅蛮缠对贾宝玉进行命中注定必须出家的教育?和尚说:"我不要你们接待,只要银子,拿了来我就走。"宝玉听着又不像有道行,看他满头癞疮,浑身破烂肮脏,这会儿,续书作者算是写明白了,原来上一回写的长大和尚就是癞头和尚,贾宝玉想:"自古说'真人不露相,露相不真人',也不可当面错过,我且应了他谢银,并探探他的口气。"贾宝玉真想出家了,便说:"师父不必性急,现在家母料理,请师父坐下略等片刻。弟子请问,师父可是从'太虚幻境'而来?"那和尚说:"什么幻境,不过是来处来去处去罢了!我是送还你的玉来的。我且问你,那玉是从那里来的?"宝玉一时对答不来。那僧笑道:"你自己的来路还不知,便来问我!"宝玉本来颖悟,又经点化,早把红尘看破,只是自己的底里未知,一闻那僧问起玉来,好像当头一棒,知道自己的玉的来历了,说道:"你也不用银子了,我把那玉还你罢。"那僧笑道:"也该还我了。"这段对话什么意思?贾宝玉要把玉还给和尚,通灵宝玉是他的命根子,也是贾宝玉的灵性所在,把通灵宝玉还给和尚,贾宝玉的灵魂就跟和尚走了。贾宝玉跟和尚这段话似乎是说禅语。不过续书作者因为在续书时没看到最重要版本甲戌本,所以,癞头和尚跟贾宝玉说的一部分禅语也就说错了。

　　贾宝玉跟和尚的对话为什么是禅语?贾宝玉说:"弟子请问,师父可是从太虚幻境而来?"贾宝玉想落实和尚就是自己死去时去过太虚幻境的指引者,和尚却说"什么幻境,不过是来处来到去处去罢了!"从来处来到去处去,是佛门弟子常打的小儿科禅语,惜春都说过。和尚又说:"我是送还你的玉来的。我且问你,那玉是从那里来的?"这里边就有禅机了,那玉从何处来,就是问贾宝玉,你的灵性从何处来。程伟元、高鹗补订《红楼梦》,因为没有看到《脂砚斋重评石头记》最重要的甲戌本,那个本子有段非常重要的话,现在传下来其他《脂砚斋重评石头记》都没有的一页,四百多字,写无材补天的大石头,听到一僧一道说红尘中乐事,苦苦哀求:你们带我到红尘中受享受享,一僧一道一说大石头只能垫脚,大石头苦苦哀求,一僧一道大施法术,把大石头变成雀卵大小的通灵宝玉,放到贾宝玉嘴里带到人间来。续书作者没看到这个版本,就把那一段改写成:警幻仙子派那块石头又做神瑛侍者,这样一来,石头和神瑛侍者就合二为一。这样的版本使很多作家上当,认为石头就是神瑛侍者。癞头和尚跟贾宝玉打的哑谜就是:贾宝玉既是太虚幻境的神瑛侍者,也是那块石头,是通灵宝玉。这就错了,因为神瑛侍者是神瑛侍者,通灵宝玉是通灵宝玉,神瑛侍者也是有灵性的石头,因为瑛即有灵性的石头,但神瑛侍者绝对不是通灵宝玉。

如果不知道这些《红楼梦》版本问题,读者现在读的《红楼梦》都采用甲戌本通灵宝玉的来历,后四十回和尚和宝玉打的哑谜却把石头和神瑛侍者即贾宝玉前身混为一谈,可能会不知所云。

为什么是袭人护玉

后四十回改成通灵宝玉就是贾宝玉,把通灵宝玉还给和尚就是把贾宝玉送给和尚。但和尚现在还不能带走贾宝玉,因为贾宝玉光宗耀祖任务还没完成。这个和尚似乎专门来提醒贾宝玉,你不应该留恋红尘,抓紧斩断情缘!两个人打完哑谜后,宝玉往里跑,忙向自己床边取了那玉走出来想送给和尚。这是什么意思?既然神瑛侍者就是那块石头,也是通灵宝玉,把通灵宝玉送给和尚,贾宝玉的灵魂就跟着和尚走了,剩下的只是贾宝玉的躯壳。

贾宝玉取了通灵宝玉出来,迎面碰见袭人,撞个满怀。续书作者在这个地方颇费了番斟酌,通灵宝玉回复后,王夫人命宝钗给宝玉戴上,他什么时候又取下来?这是续书作者故意安排,如果他戴在脖子上,他要送玉给和尚,顺手一摘岂不轻易完成?怎么敷衍出"佳人双护玉"情节?贾宝玉要把命根子还给和尚,其实就是他本人要跟着和尚走,为什么他回来迎头撞见不是他的妻子薛宝钗,而是准宝二姨娘袭人?因为,薛宝钗是大家闺秀,即使她发现贾宝玉要把玉还给和尚,甚至发现贾宝玉要跟着和尚走,薛宝钗能在大庭广众下伸出手拖住贾宝玉吗?不可能。再者,贾宝玉在人世最早的男女情缘是哪个?是袭人,这么多年袭人一直照顾贾宝玉,既像母亲,又像大姐姐,更像妻子。贾宝玉离开红尘最难舍的,可能还不是薛宝钗而是袭人。贾宝玉斩断情缘,必须先过袭人这一关。

袭人碰见贾宝玉,说:"太太说,你陪着和尚坐着很好,太太在那里打算送他些银两。你又回来做什么?"宝玉道:"你快去回太太,说不用张罗银两了,我把这玉还了他就是了。"袭人急忙拉住宝玉道:"这断使不得的!那玉就是你的命,若是他拿去了,你又要病着了。"宝玉道:"如今不再病的了,我已经有了心了,要那玉何用!"贾宝玉说有了心,是有了斩断情缘的心。贾宝玉想摔脱袭人,想走。袭人顾不得什么,一面赶着跑一面嚷道:"上回丢了玉,几乎没有把我的命要了!刚刚儿的有了,你拿了去,你也活不成,我也活不成了！你要还他，除非是叫我死了！"如果是薛宝钗，能这样说？好意思这样说？所以必须得是袭人。袭人把自己跟贾宝玉命连着命的话都说出来了，一把扯住宝玉。宝玉急了眼，说："你死也要还，你不死也要还！"真是斩断情缘。贾宝玉狠命把袭人一推，抽身要走，怎奈袭人两只手绕着宝玉的带子不放松，哭喊着坐到地下。这个镜头好看。里面的人跑来，袭人哭道："快告诉太太去，宝二爷要把那玉去还和尚呢！"丫头飞报王夫人。这时宝玉怎么办？用手掰袭人的手，袭人忍痛不放。这个镜头生动，一个使劲掰手，一个忍痛不放，一对情人，一个要出世，一个不舍，有哲理。

紫鹃在里边听见宝玉要把玉还给和尚，一急比别人更甚，把素日冷淡宝玉的主意都忘在九霄云外，连忙跑出来帮着抱住宝玉。紫鹃向来对贾宝玉不理不睬，她竟然突然抱着宝玉，什么意思？这是代表林妹妹在人生关键时刻对宝玉的留恋。宝玉虽是个男人，虽用力摔打，怎奈两个人死命抱住他不放，没法脱身，他叹口气道："为一块玉这样死命的不放，若是我一个人走了，又待怎么样呢？"这是真心话，袭人、紫鹃听到那里，不禁嚎啕大哭。

和尚、宝玉说禅语

王夫人、宝钗急忙赶来，哭喊着说："宝玉，你又疯了吗！"宝玉明知不能脱身，就假说和尚不近人情，必要一万银子，少一个不能。我拿玉还他，说这是假玉，他见我们不稀罕那玉，随意给他些就过去了。宝玉很聪明，要编谎现场就编出来，跟写小说的一样。王夫人道："为什么不告诉明白了他们，叫他们哭哭喊喊的像什么。"宝钗道："要是真拿那玉给他，那和尚有些古怪，又闹到家口不宁，岂不是不成事了么？至于银钱呢，就把我的头面折变了，也还够了呢。"

然后，这一回又用千把字写贾宝玉跟和尚打交道，由他人叙述出来，小丫头对王夫人和薛宝钗说："二爷真有些疯了。外头小厮们说，里头不给他玉，他也没法，如今身子出来了，求着那和尚带了他去。"王夫人着急问和尚怎么回答，小丫头说："和尚说要玉不要人。"这句话叫王夫人听来，似乎和尚见钱眼开，实际上是句禅语，那就是和尚表示：我要贾宝玉的灵魂，我要走灵魂，贾宝玉的皮囊自然跟着走。小丫头说：后来和尚和二爷说着笑着，有好些话外头小厮们都不大懂。这是什么意思？这是用小丫鬟叙述简略地写贾宝玉跟和尚已经达成怎样离开贾府的共识。王夫人把小厮叫来，小厮隔着窗户请了安,向王夫人报告,"我们只听见说什么'大荒山',什么'青埂峰',又说什么'太虚境','斩断尘缘'这些话。"王夫人听不懂。宝钗听得懂,吓得两眼直瞪,半句话都没有。宝钗清楚,宝玉在琢磨出家,斩断尘缘。

他们正要叫人出去拉宝玉进来,宝玉笑嘻嘻地进来说:"好了,好了。那和尚与我原认得的,他不过是要来见我一见。他何尝是真要银子呢,也只当化个善缘就是了。所以说明了他自己就飘然而去了。这可不是好了么!"贾宝玉忽悠王夫人、薛宝钗。那么和尚到底是来做什么? 显然,和尚已告诉贾宝玉什么时候,什么时机,扔崩一走出家。贾宝玉越来越说禅语,什么和尚住的地方说远就远,说近就近,宝钗聪明,察觉到贾宝玉不对头,提醒:"你醒醒儿罢,别尽着迷在里头。现在老爷、太太就疼你一个人,老爷还吩咐叫你干功名长进呢。"宝玉道:"我说的不是功名么! 你们不知道,'一子出家,七祖升天'呢。"贾宝玉几乎把和尚到来的原因交待出来,把出家也看成功名。按照续书作者的逻辑,贾宝玉必须出家,但为了家庭荣誉在出家前还必须求取举人功名,说明贾府仍有正当官员权力,贾府子孙仍可以读书做官,完成这个任务后,贾宝玉就要"一子出家,七祖升天"了。

通灵宝玉失玉,得玉,反反复复闹出这风波那风波,有没有前八十回一僧一道出现过的思想意蕴? 一点没有。"佳人双护玉"不过是和尚来点醒贾宝玉,其实早在太虚幻境,他已经点醒,这次来,纯属平地生风波,多余笔墨。袭人拖住贾宝玉坐在地上哭喊已够令人喷饭,紫鹃也来起哄,从另一边抱住贾宝玉,更加热闹,简直成了活报剧。但贾宝玉要出家,毕竟迈出重要的一步。

贾宝玉出家做和尚决心下定,只不过曹雪芹构思的出家缘由完全不同:贾府抄家败落,贾宝玉曾沦落为寒冬缺衣少食的乞丐,靠袭人夫妇赡养,宝钗和宝玉思想格格不入,讽谏他求取功名,贾宝玉毅然弃家为僧。曹雪芹构思的宝玉出家是跟现存封建家庭、封建程序、跟贵族家庭子弟必须走的读书做官道路决裂。一百一十七回写贾宝玉一心出家,是"一心想着和尚引他到仙境的机关",性质完全不一样。而且贾宝玉看的太虚幻境早就变味,成了类似森罗殿的地方。

贾琏被"调出"贾府

跟贾宝玉决心出家情节同时进行的是贾琏离开贾府。

贾宝玉要跟和尚走的事正闹着,贾琏回来,颜色大变,向王夫人报告:

"刚才接了我父亲的书信,说是病重的很,叫我就去,若迟了恐怕不能见面。"后边写到,贾琏到边疆驻地,贾赦重病转痨病,又莫名其妙好了,对贾赦、贾珍的赦免也来了,皇恩浩荡。贾琏离开贾府,续书作者调开他,是构思小说套路。贾政走了,贾琏再离开贾府,贾府男人还剩下谁?疯疯傻傻的贾宝玉、成年不成才的贾环、未成年的贾兰。贾琏对王夫人说:"只是家里没人照管。蔷儿、芸儿虽说糊涂,到底是个男人,外头有了事来还可传个话。"贾琏又说:秋桐天天哭着喊着不愿意在这里,叫娘家人来领去了,巧姐没人照应,还亏平儿的心不很坏。姐儿心里也明白,只是性气比他娘还刚硬些,求太太时常管教管教。花花公子贾琏太不理解平儿也太没良心。平儿一向维护贾琏夫妇,简直是贾琏夫妇一架屏风,现在只得个心不是很坏的评价。贾琏说巧姐性格比她娘还刚硬,倒是曹雪芹原来构思没有的。贾琏明明有继母邢夫人,却拜托王夫人照料巧姐,当然因为邢夫人靠不住,后边的描写说明邢夫人确实靠不住。

接着,王夫人跟贾琏讨论蹊跷的问题,说:"孩子也大了,倘或你父亲有个一差二错又耽搁住了,或者有个门当户对的来说亲,还是等你回来,还是你太太作主?"什么意思?巧姐长大了,如果你父亲有病你耽搁住,有人说媒怎么办?贾琏道:"现在太太们在家,自然是太太们作主,不必等我。"他说"太太们作主",意思是王夫人作主。王夫人命贾琏写了禀帖给贾政,"说家下无人,你父亲不知怎样,快请二老爷将老太太的大事早早的完结,快快回来。"贾琏答应。这段描写不合情理,巧姐才多大?就这么急不可耐要嫁人?当年史太君两宴大观园,巧姐由奶妈抱着,在探春房间跟板儿交换玩具,探春出嫁不久,巧姐竟然突飞猛进长大,必须尽快出嫁,不可思议,这是续书作者想完成第五回对巧姐命运的预示,当然是歪曲性完成。

贾琏要走,巧姐儿惨伤得了不得,贾琏又打算托王仁照应,巧姐不愿意,可能因为王熙凤刚死,这个舅舅就对巧姐说非常不好听的话。事后证明,拜托狠舅王仁照顾巧姐,就好像派狼看守小羊;巧姐听见外头托了贾芸、贾蔷二人,心里更不受用,嘴里说不出来,只好送了他父亲,谨谨慎慎地随着平儿过日子。巧姐为什么对托了贾芸、贾蔷不受用?难道就因为她小时见了贾芸就哭?那么小的一件事,娃娃能记住?还有,贾蔷做过什么叫她不高兴的事?难道巧姐未卜先知,知道两个旁支哥哥不是什么好人?这些地方都写得牵强,是续书作者把自己的意志强加给巧姐。

庶子旁支舅爷聚党

贾芸、贾蔷送走贾琏，进来见了邢、王二夫人。他们两个倒替着在外书房住下，日间便与家人厮闹，有时找几个朋友吃车箍辘会，也就是轮流作东的聚餐会，甚至赌博，开始了回目上"欣聚党恶子独承家"。接着，两个舅爷来了，邢大舅、王仁这两块料看到贾芸、贾蔷住在这里，也借着照看的名儿时常在外书房设局赌钱喝酒。当年贾政和清客下棋聊所谓国家大事的地方，变成这帮败类设局喝酒赌博的地方。赖大、林之孝的儿子、侄儿因为长辈不在家，也成没笼头的马，加上贾芸和贾蔷怂恿，这几个家伙也无不乐为，把荣国府闹得没上没下，没里没外。贾环因为贾政不在家，赵姨娘已死，王夫人不大理会他，他就入了贾蔷一路。彩云时常规劝，反被贾环辱骂。这仍然是前八十回的路子，只不过前八十回劝贾环的是彩霞，而彩霞已经被王熙凤胁迫嫁给旺儿不成器的儿子，现在是彩云劝贾环。彩云和彩霞到底是一个人还是两个人，如果是两姐妹，难道都是贾环的情人？且不管它。贾芸、贾蔷、贾环、邢大舅、王仁，还有管家的不成器的儿子、侄子凑一块，真成了山东俗话说的：鱼找鱼虾找虾，前八十回那些渣滓聚合进来，原来不是渣滓或基本不是渣滓的，比如贾芸、贾蔷也变了面孔凑合进来。贾府成庶子（贾环）、旁支（贾芸、贾蔷）、舅爷（邢大舅、王仁）当家。这可能得算贾府败落现象，只不过不太合理。

贾芸忆给宝玉说亲

贾蔷还想勾引宝玉，因为他们原来是同学。续书作者写一大段贾芸诌掉下巴的话。贾芸说："宝二爷那个人没运气的，不用惹他。那一年我给他说了一门子绝好的亲，父亲在外头做税官，家里开几个当铺，姑娘长的比仙女儿还好看。我巴巴儿的细细的写了一封书子给他，谁知他没造化——"说到这里，瞧了瞧左右无人，又说，"他心里早和咱们这个二婶娘好上了。你没听见说，还有一个林姑娘呢，弄的害了相思病死的，谁不知道。这也罢了，各自的姻缘罢咧。谁知他为这件事倒恼了我了，总不大理。他打谅谁必是借谁的光儿呢。"

隔了三十二回，续书作者终于把贾芸给贾宝玉提亲那件荒唐无比的事讲出来,第八十五回"贾存周报升郎中任,薛文龙复惹放流刑",躲躲闪闪地写贾芸给贾宝玉送封信,贾宝玉看了很生气,贾芸嬉皮笑脸地追问贾宝玉看了信怎么想?还说:老爷升了官,叔叔的亲事再成了,双喜临门,暗示贾芸想干涉宝玉婚事。贾宝玉居然还曾经脱口而出、没头没脑要对林黛玉说这件事。贾芸到底给贾宝玉提了什么样亲事,第八十五回故作神秘不直接说,也不写贾芸那封信,因为后四十回造不出像前八十回那样精彩的信。现在把这事说出来了,原来贾芸心中最美好的亲事,不过是姑娘的父亲做税官,家里有钱,开几个当铺,姑娘长得不错。贾芸吹嘘他给宝玉说了一门子绝好的亲,其实是贾芸冒冒失失、一厢情愿给贾宝玉送封信,根本到不了说亲程度,何况贾芸既非长辈,又非世交,只是依附贾府的旁支贫寒子弟,有什么资格给荣国府少爷说亲?至于贾芸说"他打谅谁必是借谁的光儿呢",更是把前八十回贾芸和荣国府的关系完全颠覆。前八十回贾芸正是千方百计跟贾宝玉套近乎,想借贾宝玉的光。挖空心思跟王熙凤套近乎,也终于借上王熙凤的光。现在贾芸说"他打量谁必是借谁的光儿呢",不是胡说八道?

乌合之众车轱辘会

贾府正头香主的男人,贾宝玉一心出家,贾环一心胡闹,只有贾兰跟着母亲上紧攻书,作了文字送到学里请教代儒。李纨素来沉静,除了请王夫人的安,会会宝钗,余者一步不走,只看着贾兰攻书。荣府住人虽不少,各自过各自的,谁也不肯做谁的主。贾环、贾芸、贾蔷等愈闹得不像事,甚至偷典偷卖,不一而足。贾环更加宿娼滥赌,无所不为。续书作者又来了番大而空的描写,"偷典偷卖",偷了什么,典了什么,怎么偷的怎么卖的,没有一个细节描写;"宿娼滥赌",怎么折腾,像薛蟠跟芸儿那样的细节,同样一个也没有,似乎续书作者对这类败家子生活细节也不太熟悉,只能对当初宁国府贾珍聚赌来个东施效颦,叫邢大舅再说些似曾相识的话,叫这帮混子胡诌几句唐诗做酒令,比如贾蔷说句"飞羽觞而醉月",贾环说句"冷露无声湿桂花",有什么象征意义?什么意义也没有,就连陪酒的,也不是当年薛蟠叫来的云儿,云儿唱曲能唱出自己身世烦恼,这个陪酒只是唱个"小姐小姐多丰彩"。邢大舅输了讲笑话,一写六百多字,连篇累牍,毫无意思。酒席上,邢大舅说姐姐邢夫人不好,王仁说妹妹王熙凤不好,都说得狠毒狠毒的。贾环趁着酒兴也说凤姐不好,贾芸想着凤姐待他不好,又想起巧姐儿见他就哭,也信嘴儿混说。两个陪酒的问起巧姐年纪模样,说起:"现今有个外藩王爷,最是有情的,要选一个妃子。若合了式,父母兄弟都跟了去。"王仁听了心动,琢磨卖外甥女。然后又是一番酒席议论代替续书作者叙事,交待若干条线索:贾雨村因为贪酷被参;赖大儿子赖尚荣做县官手伸得长;妙玉被强盗抢走不从,给杀了。这帮败类聊完再大赌,赌到三更多天,里头乱嚷,四姑娘和珍大奶奶拌嘴,把头发都绞掉了,赶到邢夫人、王夫人那里磕了头,求容她做尼姑,若不容她,就死在眼前。两位太太没主意,叫请蔷大爷、芸二爷进去。奇怪不奇怪,贾府四小姐是不是出家,竟然由旁支晚辈决定,这是哪朝哪代哪府哪家族规矩?贾政已经继承荣国公头衔,王夫人理论上已经是贾母继承人,贾母当年跺一脚,宁国府、荣国府四角乱颤,像这样的威风王夫人一丝一毫也没有,最后是尤氏见贾芸、贾蔷不肯做主,又怕惜春寻死,自己硬做主张,说:"这个不是索性我耽了罢。说我做嫂子的容不下小姑子,逼他出了家了就完了。"

贾芸不可能恶子承家

贾赦病重,贾琏急忙离去,是为狠舅奸兄卖巧姐留地步。而贾赦病重不过虚晃一枪。贾芸和贾环、贾蔷"恶子承家"。贾芸恶子承家完全不符合曹雪芹原来构思。前八十回写贾芸比贾宝玉大好几岁,却乖巧地认贾宝玉为父亲,贾芸为求职与王熙凤巧妙周旋,为联络小红心思周密,他投贾宝玉少爷心性送白海棠,引起海棠诗社,贾芸是懂人情识时务的寒微子弟。按照曹雪芹的构思,且有多条脂砚斋评语说明,贾府败落,已与小红成亲的贾芸非但没有对贾府落井下石,还到狱神庙探望帮助贾宝玉,跟他们一起或先后到狱神庙看望贾宝玉的还有当年被轰走的丫鬟茜雪,贾芸不是贾府败落后做坏事的"恶子",而是懂事明理的寒微子弟,是带有侠义色彩的好人。续书写贾芸与前八十回形象判若两人。

后四十回既然把贾芸的形象完全颠覆,把他写成"恶子",也就完全忽略了贾芸和小红在后部情节该起的作用。在曹雪芹后三十回中,王熙凤和贾宝玉蒙难,贾芸、小红还帮助了他们。前八十回有多处伏笔。第二十六回回末有则脂砚斋总评:"喜相逢,三生注定,遗手帕,月老红丝。"说明手帕成了贾芸、小红的月老红丝,促成二人好事。二十六回还有条评语:"狱神庙回有茜雪、小红一大回文字,惜迷失无稿。"第二十七回有条评语:"凤姐用小红,可知晴雯埋没其人久矣,无怪有私心私情,且小红后有宝玉得大力处,此于千里外伏线也。"在前八十回,虽然王熙凤欣赏小红,调到身边,但小红到王熙凤身边并没有得到重用,平儿是通房大丫鬟,丰儿是大丫鬟,小红是二等丫鬟,第六十八回王熙凤带平儿、丰儿、周瑞家的到小花枝巷,小红没有出现,说明小红还不是王熙凤身边参与机密大事的丫鬟。小红的重要作用在曹雪芹后三十回。贾芸因为承包种树,后来可能还承包年下更大的活,贾芸聪明能干,善于经营,小红也很能干,又有娘家林之孝大管家帮助,贾府被抄时,贾芸、小红的家已成小康。贾宝玉和王熙凤蒙难被关在狱神庙时,小红和贾芸仗义探望。在曹雪芹笔下,贾芸不是"恶子",反而仗义。同样的,贾蔷也不是什么"恶子"。贾蔷有闹学堂时调唆茗烟事,有和秦可卿的风流事,有贾宝玉所见与龄官深情相爱事,却没有为非作歹的前科,不可能是贾府败落后的"恶子"。贾府败落后,最可能卖巧姐的"恶子""奸兄"是贾蓉。然而续书已派贾蓉到苏州送林黛玉灵柩,"恶子"遂落到最不合适的贾芸、贾蔷、贾环头上。王仁与邢大舅聚集,他们与贾蔷行酒令,是对前八十回的拙劣模仿,邢大舅长篇大套说故事,不过拿"贾蔷"名字开涮,纯属文字游戏。这些人在酒席上说贾雨村枷锁扛、外藩王爷娶妾、妙玉可能被杀,是代替续书作者叙事,絮絮聒聒,说来说去,像这些人的车轱辘聚会,尽是些车轱辘话,当然亦算为后文埋伏笔。

红楼梦逸编:宝玉独承家

1909 年于右任创刊的《民吁日报》刊登《红楼梦逸编》,其中一百一十七回和现在流传的后四十回内容完全不同,它的回目是:"硬支持宝玉独承家,真胡闹庸奴私让产",因为《民吁日报》很快停刊,这个一百一十七回只发出前半回,贾宝玉管家的内容,长达四千多字。贾环、贾芸在宝玉管家的描写中处于次要地位。这样的描写跟程伟元、高鹗补订的后四十回完全不同。

简而言之,《红楼梦逸编》一百一十七回上半回这样写:

贾琏接到贾赦家书,说是病势狠重,令他即日赶赴配所。贾琏想:如果不去,断无是理,要去时,老爷又回南去了,家里正没人,如何走得开?想来想去,只好让宝玉支持几天再说。贾琏见王夫人,把他父亲病重,他要去的话,一一回了,掏出小手巾擦眼泪。王夫人说:"你不能不去,但是家里正没多人,你再走开,叫谁管呢?要是珠儿在,又好了。"说着掉下泪来。贾琏赶紧回道:"侄儿有个胡涂想法,不知太太意思怎么样?宝兄弟的病现在是全好了,虽然他没管过家里事情,好在内内外外,各有各的责任,叫他督察督察,想来没什么不可以的,只怕太太舍不得叫他操心就是了。"王夫人道:"我到没什么舍不得,不过他是从小儿不但没经过这些事,连听也没听过,怎么样能管得下来呢?"贾琏说:"太太如果舍得,那倒不妨,好在内里还有珠大嫂子帮着,宝兄弟不过单问外面的事,再说不得,要求太太操点心就是了。"说着就跪了下去,王夫人想了一想说:"你起来,这原是个没有法儿的事,且等我叫宝玉来,你也得同他商量下子。"王夫人向宝玉说了让他管家的事,宝玉听了,一声儿不言语出神。贾琏对他说:"好兄弟,你不要作难,这原是我的主意,才求太太的。事体是并没有什么事,不过要你做个主蠢儿。好在各事有各人专管,你常时查察他们就是了,我是万不能不去的。想想现在家里实在没旁的可靠的人,好兄弟,千万不要作难,好在上头还有太太呢!里面又有珠大嫂子帮着,这还有什么不可以的呢?"贾琏叫宝玉"做个主蠢儿""蠢"是蠢旗下指挥的意思。宝玉赶紧笑说道:"我并不是作难,我也知道没甚事,不过向来没经管过,我不能不心里筹划下儿。既太太已经许下了,我又如何敢辞呢?二哥尽放心去,我总把个家支持的好好儿的就是了。"贾琏招呼人,从明日起有事都到宝二爷的外书房请示。他连夜出城长行去了。

接着《红楼梦逸编》一百一十七回描写,贾宝玉认真管起家来,他用的人是:贾环、贾芸、贾蔷、茗烟、李贵,还有甄府来的包勇。宝玉开始管家表现得很精明,贾环却摸透了宝玉的脾气,表面上一切听宝玉的,一口一个"二哥"叫着,背地里却伙同邢大舅、王仁、贾芸、贾蔷吃里扒外、串出串进乱要钱。李贵、茗烟更是胡做乱捣,只瞒着宝玉一个人。不久就闹出跟贾府土地相邻的韩家骗走贾府土地的事。这是报纸没登出来的下半回的内容。

贾琏建议在他外出时暂时由贾宝玉管家,这件事有没有可能?我觉得有可能。因为贾宝玉已经成家,失玉得玉之后,他已经是个健康人,心智正常的人,在管家长兄外出的情况下,他应该承担家庭责任。贾琏外出,荣国府有已经成家的贾宝玉,王夫人怎么会把荣国府的大权交到旁支贾芸的手上,而不交到自己儿子的手上。所以,《红楼梦逸编》的一百一十七回写宝玉独承家,有一定的可信性。而且对贾宝玉独承家、他的才能的描写,相比于贾宝玉讲八股文、贾宝玉给巧姐讲女孝经,都把贾宝玉写得更加出彩。现行程高本一百一十七回的下半回目是"欣聚党恶子独承家",但正文并没有"独承家"的描写,《红楼梦逸编》一百一十七回"硬支持宝玉独承家",却和"独承家"的内容相符,我估计很可能"独承家"这三个字是续书作者原稿中所有的。程伟元、高鹗为了突出贾芸等的劣迹,对这一回做了彻头彻尾的篡改,或者干脆重写了。

兄妹闹出家　二宝大辩论

——第一百一十八回　记微嫌舅兄欺弱女,惊谜语妻妾谏痴人

第一百一十八回大量笔墨写家长终于同意惜春出家,贾宝玉的出家念头也一再显露,在家人中引起惊慌,薛宝钗跟贾宝玉唇枪舌剑,薛宝钗以为说服了贾宝玉,其实更坚定了贾宝玉出家的念头。狠舅奸兄王仁、贾芸想把巧姐卖给外藩王爷,贾政向大管家儿子借钱碰钉子。整个一回,既不符合曹雪芹原有构思又写得比较拖沓,不合情理的地方时有出现。

惜春终于"正式"出家

惜春闹出家,已闹了一次,两次,三次,每次闹都是同一模式,先绞头发要出家,不让出家就寻死。惜春闹出家的文字,超过描写元春、迎春、凤姐、湘云不幸命运文字的总合。

尤氏对邢夫人、王夫人说,惜春出家的事,她负责任,就说她做嫂子不贤良,逼小姑子出家。邢夫人、王夫人知道惜春出家的事难挽回。王夫人说:"姑娘要行善,这也是前生的夙根,我们也实在拦不住。只是咱们这样人家的姑娘出了家,不成了事体。如今你嫂子说了准你修行……那头发是可以不剃的……我们就把姑娘住的房子便算了姑娘的静室。所有服侍姑娘的人也得叫他们来问:他若愿意跟的,就讲不得说亲配人;若不愿意跟的,另打主意。"惜春拜谢邢夫人、王夫人、李纨、尤氏等。看来续书作者把薛宝钗"等"到里边了。这样行文很说明后四十回写作重点,青春派退位,中老年上位。

王夫人问彩屏等丫鬟:谁愿跟姑娘修行? 彩屏等回:"太太们派谁就是谁。"显然谁也不愿意。袭人以为惜春出家,宝玉必大哭,没想到宝玉叹:"真真难得。"宝钗为人聪明,对宝玉想出家有所警惕,内心忐忑,遇事试探宝玉,见宝玉执迷不醒,只能暗中落泪。听到宝玉叹"真真难得",她更觉得宝玉出

家念头没有改变。

　　紫鹃到王夫人跟前跪下说了一大段话,特别说到:"我服侍林姑娘一场,林姑娘待我也是太太们知道的,实在恩重如山,无以可报。他死了,我恨不得跟了他去。但是他不是这里的人,我又受主子家的恩典,难以从死。如今四姑娘既要修行,我就求太太们将我派了跟着姑娘,服侍姑娘一辈子。不知太太们准不准。若准了,就是我的造化了。"邢夫人、王夫人还没回答,宝玉想起黛玉,一边流泪一边走上来说:"我不该说的。这紫鹃蒙太太派给我屋里,我才敢说。求太太准了他罢,全了他的好心。"王夫人道:"你头里姊妹出了嫁,还哭得死去活来;如今看见四妹妹要出家,不但不劝,倒说好事,你如今到底是怎么个意思,我索性不明白了。"宝玉说要念首诗,还说不算什么泄露,接着念:"勘破三春景不长,缁衣顿改昔年妆。可怜绣户侯门女,独卧青灯古佛旁!"李纨、宝钗懂诗,明白了,王夫人居然也明白了,她们诧异的诧异,难过的难过。王夫人哭起来道:"你说前儿是顽话,怎么忽然有这首诗?罢了,我知道了,你们叫我怎么样呢!我也没有法儿了,也只得由着你们去罢!但是要等我合上了眼,各自干各自的就完了!"王夫人是不是也明白儿子要出家?所以她说等她闭上眼你们乐意做什么就做什么?宝钗理解这首诗,理解贾宝玉心事,她一面劝着,一面心如刀绞,放声大哭。袭人哭得死去活来。

　　不管王夫人哭,还是薛宝钗、袭人哭,宝玉不哭也不劝,一声不响。贾宝玉现在似乎对家庭对亲人,包括母亲、妻子、侍妾,心如死灰。贾兰、贾环听到那里,各自走开。贾府这两个爷们儿表现得好玩,似乎一切事跟自己毫不相关,贾环这样做可以理解,他是庶出。贾兰为什么也这样做?贾兰不是晚辈中最有志气有担当的?只有李纨竭力劝说王夫人:"总是宝兄弟见四妹妹修行,他想来是痛极了,不顾前后的疯话,这也作不得准的。独有紫鹃的事情准不准,好叫他起来。"对李纨这段描写比较合乎她的身份、个性。王夫人答应叫紫鹃跟惜春修行,紫鹃给王夫人磕头。惜春谢了王夫人。紫鹃又给宝玉、宝钗磕了头。宝玉念了声:"阿弥陀佛!难得,难得。不料你倒先好了!"听听这话,那就是你先好了,我跟着你好。宝玉已经把他要出家的事说得明明白白。袭人大概听懂了,痛哭不止,说:"我也愿意跟了四姑娘去修行。"宝玉笑道:"你不能享这个清福的。"袭人哭道:"这么说,我是要死的了!"宝玉听到这里,倒觉伤心,只是说不出来。看来贾宝玉跟袭人的感情比薛宝钗还要深点。

曹雪芹构思金陵十二钗的悲剧,每个人有每个人的悲剧原因,每个人有每个人的悲剧运作特殊方式,尤其是金陵十二钗前几位元春、探春、湘云、妙玉,还有《红楼梦》核心人物王熙凤,曹雪芹笔下她们的悲剧结局应该写得感天地、泣鬼神,应该有生动精彩的细节,而续书对这几个人做既十分疏忽又非常错误的处理,元春因皇恩太重而死,迎春在贾母病重期间几句话交待,王熙凤出丧只有十四个字,湘云婚姻悲剧也是在贾母去世前后匆匆交待,探春外嫁毫不悲惨,妙玉先动凡心,再被强盗劫走,全然违背曹雪芹原有构思。对比较次要的人物惜春出家,写了再写,花费笔墨真不少,又写她怎样和妙玉下棋,又写她怎样负责看家,又写她怎样和地藏庵姑子表述心意,又写她怎样一而再再而三和尤氏闹,写的文字很不少,却没有一个地方出彩,没有几句警人话语,笔墨虽多,对性格描写无济于事,还不及抄检大观园后惜春"矢孤介"和尤氏说的几句对话。惜春终于被家长批准出家,紫鹃随惜春出家,较符合紫鹃一贯为人。至于宝玉吟出"勘破三春景不长",对惜春说"不料你倒先好了",不断泄密,好像成莫测高深之人,实在离谱。

赖尚荣因小失大

贾政路途受到阻碍向赖尚荣借钱,这一段更不合人情,非常可笑。

贾政扶贾母灵柩一路南行,遇着班师的兵将船只过境,河道拥挤,不能速行,心里非常焦急。幸喜遇见海疆官员,知道镇海统制钦召回京,探春一定回家,略解烦心。只是船停在这儿,打听不出起程的日期,贾政心里烦躁。算一算盘费不敷,不得已写书一封,差人到赖尚荣任上借五百两银。前八十回写过赖大母亲来请贾府的人到她的花园参加赖尚荣当县官的庆祝。王熙凤说了些风趣的话,现在贾政遇到困难,要找在附近做县官的赖尚荣借银五百两。借钱的人来回走了几天,贾政才走十几里,借钱的人只拿回来五十两银子。贾政向管家之子赖尚荣借钱的事,可能想巧妙地写世态炎凉,当年主子向当年奴才借区区五百两银子都借不出来了。但这个情节非常不合情理,前八十回写到赖尚荣是贾宝玉的好朋友,何至于宝玉祖母归道山时路上缺盘缠,他都不肯帮助?不要说借钱,送五百两银子的吊仪都应该。后四十回已暗示赖尚荣是贪官,五百两银子何足道,却只付五十两,贾政不要,连原信退回,赖尚荣再加一百两叫人送回来,好像小商小贩讨价还价,是五百两银子重要,还是跟已起复的荣国公贾政继续搞关系重要?最后赖尚荣干脆为五百两银子辞官回家，还叫他父亲辞去贾府大管家，因小失大，目光如豆，哪有愚蠢到这个份上的官？

贾芸、贾环卖巧姐

贾芸输了好些银钱，和贾环相商。贾环一个钱没有，想起凤姐待他刻薄，要趁贾琏不在家摆布巧姐出气，王仁一拍即合，表示：巧姐的事舅舅作得了主，他们商量把巧姐卖给外藩王爷。王仁去找邢大舅，邢大舅知道还可分肥，很积极，对邢夫人说："若说这位郡王，是极有体面的。若应了这门亲事，虽说是不是正配，保管一过了门，姊夫的官早复了，这里的声势又好了。"邢夫人被哄得动心，叫人追着贾芸去说。王仁即刻找人去到外藩公馆说了。外藩不知底细，要打发人来相看。贾芸又钻了相看的人，对来相看的人说明："原是瞒着合宅的，只说是王府相亲。等到成了，他祖母做主，亲舅舅的保山，是不怕的。"于是，几个艳妆丽服的人来相看巧姐，平儿随着巧姐来，发现这些人是相亲架式，平儿留神打听，丫头婆子都是平儿使过的，把外头的风声告诉平儿，平儿告诉李纨、宝钗，求她们告诉王夫人。王夫人觉得不妥当，劝邢夫人。邢夫人反疑心王夫人不是好意，说："孙女儿也大了，现在琏儿不在家，这件事我还做得主。况且是他亲舅爷爷和他亲舅舅打听的，难道倒比别人不真么！我横竖是愿意的。倘有什么不好，我和琏儿也抱怨不着别人！"邢夫人自以为是，符合前八十回既愚蠢且倔强的个性，王夫人烦闷心痛，一筹莫展。

巧姐虽然是《红楼梦》极其次要人物，但是她的命运涉及王熙凤这个重要人物，在巧姐身上多加些笔墨原可以理解。后四十回关于巧姐的故事却写得太繁琐，跟重要人物的命运相比，太不平衡。在曹雪芹构思当中，写巧姐的笔墨肯定不会超过贾元春、史湘云、贾探春，更不会超过写王熙凤的结局。不知道什么缘故，是不是因为卖巧姐这个市井故事比较适合续书作者的写作特长，他兴味盎然地把贾环、贾芸、王仁、邢大舅等卖巧姐的过程写得细而又细，把前因后果交待得详而又详，巧姐的事竟然牵动了除惜春外贾府全部的留守人员，邢夫人、王夫人、李纨、平儿、宝钗、贾环、贾芸、贾蔷、王仁、邢大舅，每个人都出来表演，前前后后占好几回，从一百一十七回贾琏接到贾赦的信赶到边疆见面，巧姐对托了贾芸看家、托了舅舅王仁照顾她，很不满意，经过一百一十八回贾环和贾芸、王仁操作卖巧姐，到一百一十九回刘姥姥救巧姐,直到全书结束一百二十回刘姥姥给巧姐做媒,巧姐的命运才尘埃落定,一百一十八回"记微嫌舅兄欺弱女,惊谜语妻妾谏痴人"。巧姐故事虽然上了回目,却仅仅是巧姐这个漫长故事的开始。

这一回另一个重要内容是贾宝玉和薛宝钗出世和入世"大辩论"。巧姐故事,还得移到后两回再陆陆续续插进去写。

贾政送回一封信

王夫人因为惜春决定出家烦闷心痛,叫丫头扶着回房中躺下,不叫宝玉、宝钗过来,贾兰却进来请安,汇报:"今早爷爷那里打发人带了一封书子来,外头小子们传进来的。我母亲接了正要过来,因我老娘来了,叫我先呈给太太瞧,回来我母亲就过来来回太太。还说我老娘要过来呢。"

贾兰的"我老娘"指李婶娘,算贾母身边半个清客,贾府抄家后回自己家了。贾兰把贾政的信呈上。王夫人问:你老娘来做什么?贾兰告诉:我三姨儿的婆婆家有信儿来。王夫人琢磨,他们给甄宝玉说了李绮,甄家要娶过门,李婶娘来商量。

王夫人拆开书信,这封信特别好玩:"近因沿途俱系海疆凯旋船只,不能迅速前行。闻探姐随翁婿来都,不知曾有信否?前接到琏侄手禀,知大老爷身体欠安,亦不知已有确信否?宝玉、兰哥场期已近,务须实心用功,不可怠惰。老太太灵柩抵家,尚需日时。我身体平善,不必挂念。此谕宝玉等知道。月日手书。蓉儿另禀。"对于小说读者来说,这封信完全可以不写,因为信里说的事情已正面描写过。续书作者特别喜欢使用写信手段,经常用信件把已经发生的事再叙述一番,在薛蟠案件中,薛蝌好多信都起这样的作用。如果曹雪芹写,不会出现这种重重复复的愚笨写法。

看这封信特别值得注意的是两个细节,一个细节是:贾政和贾蓉送贾母等人的灵柩还在路上,还没到达苏州,更没有到达金陵,贾政信中写"老太太灵柩抵家,尚需日时";第二个细节是落款:"日月手书,蓉儿另禀",意思是贾政哪年哪月哪天亲自写的信,而"蓉儿另禀"是贾蓉另外给她的母亲尤氏写信汇报情况。看到这个地方,我惊讶得合不上嘴了。原来贾蓉还没完成他给林黛玉送灵柩的任务,还待在开往苏州的大船上!当时的航运路线大概是:从北京进京杭运河,到扬州,转入长江水道,先进苏州,再到金陵。贾政、贾蓉被凯旋的军队堵住不能前进,不知道是堵在运河上,还是堵在长江上？总之贾蓉还没到苏州，那么，随着贾蓉到苏州送林黛玉灵柩的紫鹃怎么早早就回到京城，而且已经随着惜春出家？续书作者已经写过紫鹃送下林黛玉的灵柩回到宝玉身边，她伤心啼哭，宝玉不理睬。紫鹃去送林黛玉的灵柩，她什么时候送完了又是怎么回来的？《聊斋志异·彭海秋》写神仙彭海秋向天河招手，叫来飞船，几个人坐上，瞬息之间，从山东海边飞到杭州西湖。看来后四十回作者比蒲松龄还高明，他神不知鬼不觉，就叫紫鹃先回贾府。是不是用了比《聊斋》飞船还先进的交通工具？紫鹃随贾蓉送林黛玉灵柩，结果紫鹃早早完成任务回到贾府而且出家了，贾蓉还在去苏州送林黛玉灵柩的路上，这样的"花开两头，各表一枝"，表得太好玩了。

王夫人看完贾政的信，仍旧递给贾兰，说："你拿去给你二叔叔瞧瞧，还交给你母亲罢。"然后李纨同李婶娘过来。把甄家要娶李绮的话重新唠叨一番，把贾政的信跟李纨重新絮聒一番，李纨对贾兰说："哥儿瞧见了？场期近了，你爷爷惦记的什么似的。你快拿了去给二叔叔瞧去罢。"李婶娘好奇地问："他们爷儿两个又没进过学，怎么能下场呢？""进过学"是考中秀才。王夫人道："他爷爷做粮道的起身时，给他们爷儿两个援了例监了。"这段交待倒有必要，学子参加乡试有严格手续，而前提是先考中秀才并通过秀才各种例行考试。王夫人说贾政给他们捐例监，也就是监生，算交待明白。明清制度，由捐纳取得监生资格者称为例监，可直接参加乡试，乡试录取就是举人。贾政到底是做过学政，知道这条捷径。

贾兰拿着贾政的信找宝玉。但贾兰还不能马上见到贾宝玉，因为小说转入贾宝玉和薛宝钗的辩论会，这一回的重头戏。

宝钗、宝玉大辩论

曹雪芹后三十回传下个完整回目，上一句是"薛宝钗借词含讽谏"，内容应该是薛宝钗劝说贾宝玉留意功名，偏偏适得其反，宝玉跟宝钗思想彻底决裂，出家为僧。这一回的"惊谜语妻妾谏痴人"似乎想写"薛宝钗借词含讽谏"，我们看看写得怎么样？

宝玉正拿着《秋水》细玩。宝钗从里间走出，见到贾宝玉看得得意，走过来一看，见是《庄子》，心里烦闷。薛宝钗为什么烦闷？因为乡试不会考《庄子》，乡试考试题目只从《四书五经》上出。《四书五经》宣传入世，也就是如何齐家治国平天下，《庄子》宣传出世，也就是如何逃避现实、遁入玄想，完全是两条道上跑的车。在贾政催促下,贾宝玉马上要参加乡试,他不复习《四书五经》,也不复习为考生准备的八股文范文,不自己撰写八股文、拟表、应制诗,却热心看《庄子》,他的举人还有指望? 宝钗看到宝玉把出世离群当作正经事,她心里很不安,劝又劝不过来,看到贾宝玉马上考试了还看《庄子》,就在宝玉的身边怔怔地坐着。宝玉大概很奇怪,因为薛宝钗平时像个教师爷一样,时时对贾宝玉进行读书上进的教育,她明明看到贾宝玉看《庄子》,怎么没话了? 所以贾宝玉好奇地问薛宝钗:"你这又是为什么?"然后,贾宝玉和薛宝钗进行一次《红楼梦》小说中最后一次思想交锋,写得还算不错。

宝钗说:"我想你我既为夫妇,你便是我终身的倚靠,却不在情欲之私。论起荣华富贵,原不过是过眼烟云,但自古圣贤,以人品根柢为重。"薛宝钗这番话什么意思? 根柢,是草木的根,人品根柢是做人的根本。薛宝钗的意思是:宝玉呀宝玉,你现在不是完全自由的人,你身上负担着家庭责任,负担着夫妻责任,我们夫妻间情欲之私和转眼就消失的荣华富贵都不重要,重要的是,你要做个好人,要扎好好人的根基。那个时代好人的标准是什么? 是学习古代圣贤,既关心国家大事又担负家庭责任。薛宝钗这番转弯抹角的话,说到底,还是劝贾宝玉读书上进,因为中国古代认为男人最重要的责任是上报国家安黎庶,下报家族尊长安妻儿。而报国家和家族尊长的最重要途径,也可以说唯一途径,是好好读圣贤书,靠读圣贤书读书做官。

宝玉不等薛宝钗说完,微笑回答:"据你说人品根柢,又是什么古圣贤,你可知古圣贤说过'不失其赤子之心',那赤子有什么好处,不过是无知无识无贪无忌。我们生来已陷溺在贪嗔痴爱中,犹如污泥一般,怎么能跳出这般尘网。如今才晓得'聚散浮生'四字,古人说了,不曾提醒一个。既要讲到人品根柢,谁是到那太初一步地位的!"贾宝玉很会辩论,他把《孟子·离娄下》的话引出来,按照他的思想进行了一番解读:他认为好人的根柢就是要有赤子之心,而赤子之心就是要无知无识无贪无忌,不要有什么功名之类,也不用什么报效国家光宗耀祖的事,这些都不用考虑。贾宝玉这是偷换概念。马上受到薛宝钗极有针对性的迎头痛击。

宝钗道:"你既说'赤子之心',古圣贤原以忠孝为赤子之心,并不是遁世离群无关无系为赤子之心。尧、舜、禹、汤、周、孔时刻以救民济世为心,所谓赤子之心,原不过是'不忍'二字。若你方才所说的,忍于抛弃天伦,还成什么道理?"薛宝钗非常会辩论,她提出尧、舜、禹、汤、周、孔这些古代圣贤,他们的赤子之心是忠孝，她还提出"不忍"，语出《孟子·公孙丑上》，全句为"人皆有不忍人之心"。不忍就是不能加害于人之意。她的意思是，你想出世，保持你的赤子之心，无知无识无贪无忌。结果你抛弃家庭，离开妻子，你倒有了赤子之心了，却加害于家人，把我们应该享受的天伦之乐，变成永远的失落和苦痛，你还有什么道理？薛宝钗厉害，如果参加大专辩论会，会是最佳辩手。

宝玉点头笑道："尧、舜不强巢、许，武、周不强夷、齐。"什么意思？人生在世，原来就是有两种不同的人，追求功名的人不会强迫淡泊名利的人，追求建功立业的人，不会强迫想隐居山林的人。尧、舜是古代最有名的圣贤，巢、许指巢父和许由，因为他们贤良，尧想把天下传给他们，他们不接受，隐居山林，有个典故叫许由洗耳，许由听到传天下给他，认为这话连他的耳朵都污染了，得用清水洗一洗。武、周指伐商纣的周武王和周公，他们得了天下，伯夷、叔齐耻于吃周朝的粮食，躲进首阳山，采薇而食，后来有人告诉：你采的薇现在也属于周朝，他们两个便绝食而死。贾宝玉这番话的意思是，圣贤不会强迫淡泊名利的人，追求建功立业的人不强迫隐居山林的人。人各有志，你也不能用你的志向强迫我。

宝钗不等贾宝玉说完，就反驳："你这个话益发不是了。古来若都是巢、许、夷、齐，为什么如今人又把尧、舜、周、孔称为圣贤呢！况且你自比夷、齐，更不成话，伯夷、叔齐原是生在商末世，有许多难处之事，所以才有托而逃。当此圣世，咱们世受国恩，祖父锦衣玉食；况你自有生以来，自去世的老太太以及老爷、太太视如珍宝。你方才所说，自己想一想是与不是。"薛宝钗很厉害，这番话说得振振有词，也很有道理，你不能比巢、许、伯夷、叔齐，宝玉听了，不答言，仰头微笑。

宝钗又劝道："你既理屈词穷，我劝你从此把心收一收，好好的用用功。但能博得一第，便是从此而止，也不枉天恩祖德了。"这话很明确，你必须考个举人，从此不再考了，也行。但你首先得为贾府的名声考个举人。宝玉点头，叹气说："一第呢，其实也不是什么难事，倒是你这个'从此而止，不枉天恩祖德'却还不离其宗。"贾宝玉什么意思？那就是我考个举人，不是什么难事，像你说的，考上个举人就算完成了我的人生任务，你也算说到点子上了。贾宝玉这时的打算，和薛宝钗的劝解完全不一样，贾宝玉的意思是：你们一心要我考个举人，我就给你们考个举人再出家岂不两全其美？

袭人又对贾宝玉来了一番劝解，重点是要贾宝玉尽孝道。贾宝玉听了低头不语。他已经打定了先考举人再出家的主意。宝钗用圣贤之道和动辄说佛言道的贾宝玉辩论，劝说宝玉收心用功，贾宝玉不再和她辩论，因贾宝玉出家之心已定，不必辩论，而出家之前必须要考个举人，是续书作者的思想，绝非曹雪芹的构思。热衷功名是完成家族任务，出家修行是完成本人意愿，这两个任务和意愿被续书作者滑稽地糅合到一块了。

贾宝玉想两全其美

贾宝玉表面上被薛宝钗的理论招安认怂，要好好读书考举人了。这时贾兰来了，续书写人情世故，常有匪夷所思的地方：贾兰来给宝玉送贾政的来信，贾宝玉、薛宝钗还不知道他是来送贾政的信，小侄到来，叔叔、婶婶先后站起来，这是哪家礼数，长辈站起来迎接晚辈？贾兰请了贾宝玉和薛宝钗的安，送上信，小说再絮聒一次贾政在路上和探春要回来的话，贾兰说：这一阵子叔叔没好好做文章，贾宝玉表示："我也要作几篇熟一熟手，好去诓这个功名。"贾兰表示跟着贾宝玉写文章。两个谈了一回八股文，说了一会下场的规矩还有请甄宝玉在一处的话，贾兰回去，贾宝玉把《庄子》《五灯会元》之类的书搁在一边。宝钗问道："不看他是正经，但又何必搬开呢？"宝玉说："如今才明白过来了。这些书都算不得什么，我还要一火焚之，方为干净。"贾宝玉什么意思？我已经顿悟，这些启蒙书对我都不起作用，烧了都不在乎了。宝钗不知道贾宝玉的心思，她听了欣喜异常。只听宝玉口中微吟道："内典语中无佛性，金丹法外有仙舟。"这两句话是什么意思？佛性不是靠念经得到，而是凭内心顿悟；想求得长生不老也不能靠金丹，而要靠内心修炼。内典，指佛教经典，金丹指的是道教炼成可以长生不老的灵药。贾宝玉的意思是：成佛成仙不靠读什么书，比如说继续读《庄子》《五灯会元》，而靠自己心中有佛有道，而且读什么书也不能决定走什么路，我就是读了《四书五经》考中世俗功名，仍然不妨碍我求仙，我完全可以先考上功名、尽了孝道，完成了天恩祖德，我再去做和尚去。

贾宝玉和薛宝钗这番辩论，表面上是薛宝钗把贾宝玉教育过来了，贾宝玉搁置起《庄子》等，拿出科举考试需要的《语录》、应制诗，薛宝钗很高兴，贾宝玉也高兴，他认为自己找到两全其美的途径，取得功名后出家。这样的描写，是续书作者既热衷功名利禄，又想冒充完成曹雪芹的构思。这一段贾宝玉和薛宝钗辩论，既没有前八十回可以模仿，也没有脂砚斋提示可以参考，全部靠后四十回作者创造，倒是写得头头是道，娓娓动听。

　　袭人认为薛宝钗教育贾宝玉成功，很高兴，又担心贾宝玉犯了原来的毛病，和女孩混起来，为了叫贾宝玉专心读书，带点狐媚的丫鬟都不用了，五儿叫她父母配人去了。宝钗、袭人这两个表面平和的女子还是心存嫉妒，只派稳重的莺儿带着小丫鬟倒茶弄水。贾宝玉又跟莺儿复习一番当年莺儿打络子时的话，莺儿说："二爷还记得那一年在园子里，不是二爷叫我打梅花络子时说的，我们姑奶奶后来带着我不知到那一个有造化的人家儿去呢。如今二爷可是有造化的罢咧。"莺儿这番话到底是稳重还是不稳重，莺儿是不是也想给贾宝玉做个小侍妾？宝玉听到这里，尘心一动，连忙敛神定息，微微地笑道："据你说来，我是有造化的，你们姑娘也是有造化的，你呢？"这话带挑逗性，莺儿把脸飞红了，勉强说："我们不过当丫头一辈子罢咧，有什么造化呢！"宝玉笑道："果然能够一辈子是丫头，你这个造化比我们还大呢！"话里有话，莺儿听见这话似乎又是疯话，恐怕招出宝玉的病根来，打算走。宝玉又笑着说出一番似乎惊心动魄的话来。

宝玉中举失踪　刘姥姥救巧姐

——第一百一十九回　中乡魁宝玉却尘缘，沐皇恩贾家延世泽

　　第一百一十九回描写三个内容：其一，贾宝玉参加乡试前向母亲妻子拜别，从考场上出来失踪，实际是出家做和尚。其二，皇帝想召见，结果知道贾宝玉失踪，皇帝下令有关部门寻找，皇帝因为海疆大胜大赦，贾府原来罪名一风吹掉，贾赦、贾珍被赦免，宁国府发还，贾珍复职，两府被抄家产发还，皇恩浩荡。其三，贾环、贾芸、王仁等策划卖巧姐，刘姥姥关键时刻出现，把巧姐带回乡下隐藏，贾芸贾环王仁等卖巧姐的事露馅，成一场虚惊。

宝玉跟母亲、妻子依依惜别

　　贾宝玉对莺儿说："傻丫头，我告诉你罢。你姑娘既是有造化的，你跟着他自然也是有造化的了。你袭人姐姐是靠不住的。只要往后你尽心服侍他就是了。日后或有好处，也不枉你跟着他熬了一场。"贾宝玉的意思是薛宝钗将来能主持贾府，薛宝钗要养育儿子，莺儿你跟着她，吃穿不愁。贾宝玉出家，薛宝钗为他守空房，莺儿有什么理由一块守而且还算有福气？前八十回尊重女性的贾宝玉又成大男子主义，他即使出家，袭人也得守着他的空房，袭人不守，就是靠不住。其实曹雪芹构思贾宝玉出家时，宝钗身边既无袭人也无莺儿只有麝月。

　　乡试时间到了，薛宝钗派袭人带小丫头跟素云一起，给贾宝玉、贾兰收拾妥当，自己仔细过目，同李纨回了王夫人，薛宝钗担心贾宝玉从考场出走，多派老成管事的仆人严防死守。第二天，贾宝玉、贾兰换了半新不旧的衣服，"欣然"过来见王夫人。贾兰想一举成名，所以高高兴兴，欣然；贾宝玉要通过考试完成出家，也欣然。王夫人的嘱咐很符合慈母加祖母的身份："你们爷儿两个都是初次下场，但是你们活了这么大，并不曾离开我一天。就是

不在我眼前，也是丫鬟、媳妇们围着，何曾自己孤身睡过一夜。今日各自进去，孤孤凄凄，举目无亲，须要自己保重。早些作完了文章出来，找着家人早些回来，也叫你母亲、媳妇们放心。"

王夫人说着伤心起来。贾兰听一句答应一句。贾宝玉一声不吭，为什么？他不能答应，他打定主意不回来。王夫人说完，贾宝玉走过来给王夫人跪下，满眼流泪，磕了三个头，说："母亲生我一世，我也无可答报，只有这一入场用心作了文章，好好的中个举人出来。那时太太喜欢喜欢，便是儿子一辈的事也完了，一辈子的不好也都遮过去了。"贾宝玉话里有话：母亲生我养我，望我成人，你们所谓成人，不就是金榜题名？我给你们完成了，我一辈子的事也完成了。我中个举人，这些年不好好读书坏名声也没了，我可以放心大胆地按照自己意愿生活。王夫人听了伤心，这位颟顸老妇人听不出宝玉的话有永别之意，她总往好处想，说："你有这个心自然是好的，可惜你老太太不能见你的面了！"她当然想不到她自己也不能再见儿子。王夫人一面说一面拉他起来。宝玉只管跪着不肯起来，李纨觉得光景不大吉祥，连忙过来一面好言好语地劝慰王夫人，一面叫人搀起宝玉来。

宝玉站起来却转过身来给李纨作了个揖，说："嫂子放心。我们爷儿两个都是必中的。日后兰哥还有大出息，大嫂子还要带凤冠穿霞帔呢。"贾宝玉这番话，是替续书作者来说。宝玉又笑着说："只要有个好儿子能够接续祖基，就是大哥哥不能见，也算他的后事完了。"这话什么意思？仍是续书作者要讲的话，表面上是贾宝玉讲给李纨听，实际上是讲给薛宝钗听：将来你也有个好儿子，能够继承家族光荣传统，我见不着，也算我的后事完美。

宝钗早已听呆，她应该听懂了。宝玉、王夫人、李纨的话，句句都是不祥之兆，却又不敢认真，估计薛宝钗这时想也不敢想，只痴心希望这是从没离家的宝玉一时留恋之词，宝钗忍泪无言。宝玉又走到宝钗跟前深深作了个揖，对贾宝玉来说，这是跟齐眉举案妻子诀别礼节，宝钗似乎预感不对头，眼泪直流下来。宝玉说："姐姐，我要走了，你好生跟着太太听我的喜信儿罢。"贾宝玉说"喜信"两字很残酷，表面上是叫薛宝钗听他中举的喜讯，实际上是叫薛宝钗听他终于能按照自己的赤子之心活的喜讯。宝钗说："是时候了，你不必说这些唠叨话了。"薛宝钗想截断贾宝玉不吉祥的语言，结果贾宝玉来了这么两句："你倒催的我紧，我自己也知道该走了。"话说得很明确，我该离开家该离开你了。贾宝玉见众人都在这里，只没惜春和紫鹃，她们已出家修行，当然不参与俗事活动，贾宝玉说："四妹妹和紫鹃姐姐跟前替我说一句罢,横竖是再见就完了。"这话是双关语,表面上是说他考完试回来再跟惜春紫鹃见面,实际上,惜春也好,紫鹃也好,贾宝玉也好,都是修行的人,都是佛祖弟子,不管在哪儿念经都等于见面。

大家看贾宝玉的话又像有理,又像疯话。只说他从没出过门,王夫人一番话招出来的,大家不如早早催他走,便说:"外面有人等你呢,你再闹就误了时辰了。"宝玉仰面大笑,说:"走了,走了!不用胡闹了,完了事了!"这不是宣布我要离开贾府?大家还都笑,以为他说疯话,说:"快走罢。"王夫人和宝钗倒像生离死别的一般,眼泪也不知从哪里来的,直流下来,几乎失声哭出。但宝玉嘻天哈地,好像有疯傻之状,出门走了。

续书作者写了这样两句:"走求名利无双地,打出樊笼第一关。"什么意思?无双,指无比,名利无双地,就是名利无比的地方;樊笼,是关鸟兽的笼子,比喻名缰利索对人的羁绊,"走求名利无双地,打出樊笼第一关"意思是:贾宝玉走向乡试考场这个无比荣耀的名利之地去博得一第,成了冲开他出家障碍第一关。

矛盾不矛盾,可笑不可笑?追求名利是为了抛弃名利,强词夺理的逻辑。

曹雪芹构思的宝玉出家

宝玉乡试考完出场之后,神秘失踪,其实是出家了。

那么,贾宝玉这样出家,符合不符合曹雪芹原来的构思?

表面上,似乎续书作者完成了贾宝玉出家的构思,实际上歪曲了贾宝玉的出家。为什么这样说?我们得先看看曹雪芹原来怎么安排贾宝玉跟薛宝钗结婚。第五十八回贾宝玉"茜纱窗真情揆痴理",贾宝玉看到大观园小戏子藕官"假凤泣虚凰",烧纸追悼她原来戏中妻子,同时在戏中又有了新妻子,平时还非常恩爱。贾宝玉从小戏子经历体味出,如果一个人死了妻子,为了家族责任可以再娶。曹雪芹基于这一观点,构思贾宝玉在林黛玉去世后和薛宝钗结婚,并有过共话往事、举案齐眉的日子,后来薛宝钗催促贾宝玉求功名,大违贾宝玉心志,他才决意抛弃宝钗、麝月出家为僧,"悬崖撒手"。因此,曹雪芹写的贾宝玉悬崖撒手、出家为僧,并不单纯因为挚爱的黛玉死了,主要由于他与薛宝钗的思想分歧。因为薛宝钗催促他走的人生道路和贾宝玉原来的志向完全不同。第二十一回有一条脂砚斋评语:"宝玉有情极之毒,亦世人莫忍为者,看至后半部则洞明矣。此是宝玉三大病也。宝玉有此世人莫忍为之毒,故后文能'悬崖撒手'一回,若他人得宝钗之妻、麝月之婢,岂能弃而为僧哉?此宝玉一生偏僻处。"脂砚斋说的贾宝玉"情极之毒""偏僻处"正是指他和薛宝钗不可调和的思想分歧。并不像上一回所写的贾宝玉跟薛宝钗辩论,是对出世和入世观点不同。他们不可调和的思想是对人生道路的根本分歧。薛宝钗叫贾宝玉读书做官,贾宝玉不想做禄蠹。

续书所写宝玉出家与曹雪芹构思相拗。首先,贾宝玉先要"博得一第"考中举人以报天恩祖德,这就违背贾宝玉一向对"国贼禄鬼"的厌恶,违背贾宝玉对立身扬名的不屑;其次,贾宝玉临走对母亲长跪不起,流泪不停,对妻子作揖留恋,对李纨等流泪一一致辞,好像贾宝玉是被什么"神秘力量"心不甘情不愿地推上绝路。这股"神秘力量"哪儿来的?就是曹雪芹原来构思贾宝玉得出家,续书作者不能不照此办理。其实续书作者对这种安排不以为然。但是第五回对贾宝玉命运的安排太深入人心,续书不能不完成贾宝玉出家,他又同情贾宝玉出家,同情为贾宝玉抛弃的薛宝钗,所以他把贾宝玉的出走,写成不情不愿,十分无奈,贾宝玉虽然出走,但是对家庭对母亲对妻子十分留恋,十分不舍。关键的关键是续书作者并不理解贾宝玉形象的内涵,不理解贾宝玉形象的思想价值。

续书写到贾宝玉失踪,其实是出家,写得十分神秘,贾兰跟贾宝玉一起离开乡试的考场,转眼之间,贾宝玉就不见了,贾宝玉好像空气蒸发,像通灵宝玉一样蒸发。众人苦苦寻找,只有贾宝玉临走没有告别的惜春明白了,不好说出来,问宝钗:"二哥哥带了玉去了没有?"宝钗道:"这是随身的东西,怎么不带!"惜春听了不言语。袭人想起那日抢玉的事来,料着和尚作怪,柔肠几断,珠泪交流,呜呜咽咽哭个不住,王夫人哭得饮食不进,命在垂危。

贾府否极泰来

接着,续书作者安排一系列喜事冲淡贾宝玉出家的悲剧气氛。

第一件事,探春服饰鲜明地回娘家来了,这不符合曹雪芹构思,第五回贾探春判词《红楼梦》曲都写得明确:"千里东风一梦遥",探春远嫁,永不回家。现在不仅探春来了,她的女婿也来了,甄宝玉也来了。

第二件事,是贾宝玉中了第七名举人,贾兰中了一百三十名举人。众人给王夫人道喜,说是"天下那有迷失了的举人"。倒是惜春煞风景说:"这样大人了，那里有走失的。只怕他勘破世情，入了空门，这就难找着他了。"

第三件事，是皇帝过问贾宝玉失踪，皇帝知道第七名举人贾宝玉、第一百三十名举人贾兰是贾妃亲属。传贾宝玉、贾兰问话，贾兰将宝玉场后迷失的话并将三代陈明，大臣代为转奏。皇帝看到海疆靖寇班师善后事宜一本，奏海晏河清，圣心大悦，宣布大赦天下。贾赦、贾珍罪名免去，贾珍仍袭宁国公三等世职。贾政袭荣国公世职，丁忧服满，仍升工部郎中，他因失职降级又重新升回去。所抄家产，全行赏还。皇帝喜欢贾宝玉的文章，问明是元妃兄弟，很高兴，北静王还向皇帝报告说贾宝玉人品亦好，皇帝传旨召见，贾兰回称出场时迷失，皇帝降旨着五营各衙门用心寻访。贾府现在除了贾宝玉失踪之外，皆大欢喜，薛姨妈也打算给薛蟠赎罪。真真皇恩浩荡。贾赦本来急病转成痨病，忽然连痨病都好了，原来所谓贾赦重病不过是续书作者"调开"贾琏完成贾环、贾芸卖巧姐的情节。续书作者不能不按照曹雪芹原来的构思写出抄家之事，却根本没有曹雪芹《好了歌》气氛，把贾府结局儿戏一般写成先草草抄家，然后全面复兴。这样一来，《红楼梦》悲剧意味被续书作者一扫而空。《红楼梦》第一回《好了歌》白唱了，《好了歌解》白解了。

既然《红楼梦》悲剧除宝玉出家，都被皇恩浩荡的喜剧代替，巧姐被卖，刘姥姥救巧姐，也就完全跟曹雪芹构思变了味。

叔叔贾环成"狠舅奸兄"

贾环等人卖巧姐与宝玉、贾兰参加乡试同时进行，这样安排比较巧妙，乡试差不多一周，在这期间，小说家细细描写，反复渲染贾环、贾芸、王仁这帮坏家伙的活动，写刘姥姥救巧姐。如果贾宝玉出场失踪再写巧姐的事，王夫人哪儿还有闲心管？

宝玉、贾兰出门赴考。贾环因给生母守丧不能参加考试，又气又恨，自大为王说："我可要给母亲报仇了。家里一个男人没有，上头大太太依了我，还怕谁！"于是，贾环这个叔叔成了卖巧姐的策划者，不知道续书作者派他做狠舅还是奸兄？贾环跑到邢夫人那边请了安，说了些奉承话。邢夫人喜欢，说："你这才是明理的孩子呢。像那巧姐儿的事，原该我做主的，你琏二哥糊涂，放着亲奶奶，倒托别人去！"这个话特别蹊跷。邢夫人说贾环明理，是对应贾琏不明理，奇怪的是，邢夫人怎么知道贾琏把巧姐托给王夫人？这大概又是续书作者把自己的构思硬捏到邢夫人头上，这是续书作者经常做的事。

贾环说:"人家那头儿也说了,只认得这一门子。现在定了,还要备一分大礼来送太太呢。如今太太有了这样的藩王孙女婿儿,还怕大老爷没大官做么!不是我说自己的太太,他们有了元妃姐姐,便欺压的人难受。将来巧姐儿别也是这样没良心,等我去问问他。"

贾环忽悠邢夫人,公开调拨邢夫人、王夫人之间的关系,说王夫人和元春,倒是前八十回贾环从来没有做过的事,贾环也没有这个胆量。邢夫人同意叫贾芸出帖子,也就是正式结亲需要的年庚八字。贾环和贾芸说了,邀着王仁到外藩公馆立文书兑银子。贾环和邢夫人的话被邢夫人的丫鬟报告给平儿,平儿和巧姐哭成一团,王夫人过来,巧姐儿一把抱住,哭得倒在王夫人怀里。王夫人听说操作这件事的是"三爷",气得说不出话,呆了半天,一叠声叫人找贾环。结果贾环、贾芸都找不到,大家抱头大哭。

"扔崩一走"

就在这时,门上报告:刘姥姥又来了。按照曹雪芹构思,刘姥姥三进荣国府是贾府盛衰隐线,现在成刘姥姥四进荣国府。贾母去世后刘姥姥已三进荣国府,王熙凤向她托孤。王夫人说:"咱们家遭着这样事,那有工夫接待人。不拘怎么回了他去罢。"平儿说:"太太该叫他进来,他是姐儿的干妈,也得告诉告诉他。"好玩!给巧姐起名的刘姥姥成了巧姐干妈,这是论什么辈分?是不是续书作者不想按照曹雪芹构思,最后让巧姐做刘姥姥外孙媳妇,干妈把干女儿弄回家做外孙媳妇,岂不错了辈分?刘姥姥听完平儿告诉的过程,先是吓怔了,半天,笑着对平儿说:"你这样一个伶俐姑娘,没听见过鼓儿词么,这上头的方法多着呢。这有什么难的。"平儿问:"姥姥有什么法儿快说罢。"刘姥姥说:"这有什么难的呢,一个人也不叫他们知道,扔崩一走,就完事了。"刘姥姥的话很生动,"扔崩"是形容极快离开、跑掉。这是普通老百姓的口头语言。然后,刘姥姥像诸葛亮一样安排起来:把巧姐带到屯里藏起来,即刻叫女婿弄了人,叫巧姐亲笔写个字儿,赶到姑老爷那里。平儿急忙将刘姥姥的话告诉王夫人,王夫人想了半天不妥当。平儿成了王夫人的主心骨,说:"太太就装不知道,回来倒问大太太。我们那里就有人去,想二爷回来也快。"王夫人不言语,叹了口气。巧姐向王夫人央求,王夫人说:"掩密些。你们两个人的衣服铺盖是要的。"逃命紧急时刻,王夫人想的居然是衣服铺盖,实在颠顸。平儿说得快走,王夫人终于聪明起来,去找邢夫人说闲话,把邢夫人绊住,平儿买通后门把门的,把巧姐打扮成青儿,自己假装送刘姥姥,从后门出去,眼错不见她也上了车。然后,就是刘姥姥如何打扫自家上房给平儿和巧姐住,刘姥姥如何做起超级媒婆,给巧姐说亲,对象是家里有几千顷地的大地主,还是个十四岁清俊读书种子,将来有希望做官。

王夫人对巧姐不放心,跟邢夫人说回话,心里不安,悄悄走到宝钗那里坐下。宝钗见王夫人神色恍惚,问出巧姐的事,宝钗考虑事情比王夫人周到,她说:"险得很!如今得快快儿的叫芸哥儿止住那里才妥当。"王夫人等只想叫巧姐跑,宝钗考虑得赶快停止这段交易。王夫人道:"我找不着环儿呢。"宝钗道:"太太总要装作不知,等我想个人去叫大太太知才好。"后边是暗写,薛宝钗想个人告诉邢夫人。

曹雪芹构思的刘姥姥救巧姐,就这样变形一般完成。贾环等人卖巧姐也成了一场虚惊,原来的藩王纳妃,又变成不过买几个使唤的女人。很奇怪,买使唤丫鬟,居然还得兴师动众相看?还要邢夫人出年庚八字?在给《红楼梦》提供写作范本的《金瓶梅》里,如果是买使唤丫鬟,媒人几句话,西门庆掏五两八两顶多十六两银子,就完成。后四十回先写陪酒的人对贾环、贾芸、王仁等说外藩王爷要娶妃子,然后几个艳装丽服的人相看巧姐,贾环要求邢夫人出正式婚配的年庚八字,一切都是藩王纳妃阵势,相看的人回去禀明藩王。藩王听说是世代勋戚,说:"了不得!这是有干例禁的,几乎误了大事!况我朝觐已过,便要择日起程,倘有人来再说,快快打发出去。"贾芸、王仁等递送年庚,府门里头的人说:"奉王爷的命,再敢拿贾府的人来冒充民女者,要拿住究治的。如今太平时候,谁敢这样大胆!"王仁等抱头鼠窜,扫兴而散,卖不成了。王夫人成了天才演员,做张做势说贾环、贾芸等:"你们干的好事!如今逼死了巧姐和平儿了,快快地给我找还尸首来完事!"又骂贾环:"赵姨娘这样混帐的东西,留的种子也是这混帐的!"邢夫人一句话说不出,只有落泪。贾环等急得只恨无地缝可钻,明知巧姐是藏起来,各处亲戚家打听,毫无踪迹。这样,几天闹得昼夜不宁。

哪几天?贾宝玉和贾兰进入乡试考场的那几天。

后四十回之所以能随着前八十回让读者看下去,很重要原因,是续书作者叙事讲究章法,能继承前八十回网状结构,总是把几件事错落有致凑在一起,一波未平,一波又起,像侦探小说一样好看。读者身不由己随着续书作者思路看下去,很多读者还能够接受。

在曹雪芹构思中,刘姥姥一进荣国府跟着去的贫苦男孩板儿,看到王熙凤剩下的肉都想伸手的穷苦孩子板儿,最后他要终生照顾巧姐。后四十回板儿成了给巧姐的事跑腿的、打听消息的,刘姥姥派板儿进城打听,知道皇恩浩荡,宁、荣两府都复了官,赏还抄的家产,贾府又要兴旺。给贾琏送信的也回来,叫把巧姐送回去。刘姥姥带了巧姐和青儿,大概是板儿赶车,直奔贾府。贾琏见平儿,心里感激,眼中流泪,打算等贾赦等回来扶平儿为正。巧姐被卖,不过一场虚惊,结果既成全了平儿,又给巧姐安排大富人家婚事,皆大欢喜,还有什么悲剧可言?

巧姐命运跟前八十回接榫吗

　　续书作者用好几回写巧姐被卖故事,篇幅远远超过《红楼梦》核心人物王熙凤的结局笔墨,这样安排跟曹雪芹原有构思接得上吗?跟前八十回接榫吗?

　　关于巧姐的命运,我们还是要看看第五回贾宝玉神游太虚境如何写的。巧姐的图册:后面又是一座荒村野店,有一美人在那里纺绩。巧姐嫁给板儿为妻,成了在荒凉农村劳动的妇女。其判云:"势败休云贵,家亡莫论亲。偶因济刘氏,巧得遇恩人。"巧姐判词说明贾府败落,家破人亡,亲人变成仇人,巧姐被狠舅奸兄卖进烟花巷,刘姥姥不忘王熙凤救助旧情把她赎出。《红楼梦曲·留余庆》:"留余庆,留余庆,忽遇恩人;幸娘亲,幸娘亲,积得阴功。劝人生,济困扶穷,休似俺那爱银钱忘骨肉的狠舅奸兄! 正是乘除加减,上有苍穹。"这支曲子说,巧姐因为母亲王熙凤接济过刘姥姥,贾府败落、巧姐被卖进妓院后,刘姥姥救她出火坑。巧姐是先卖进妓院且接过客后,才被刘姥姥赎出,让她嫁给板儿,这一点,是刘姥姥一进荣国府的脂砚斋评语透露出来的:"刘姥姥能忍耻,所以后来有招大姐之事。"一个农村贫苦老太太收留贾府孙小姐怎么叫忍耻? 那就因为巧姐是已经接过客的妓女。巧姐和板儿的姻缘,史太君两宴大观园时,通过两个小孩在探春房里交换玩具香橼和佛手,有明确预示。香橼,意味着姻缘;佛手,意味着指点迷津。

　　续书作者对金陵十二钗几个重要人物比如元春、湘云、妙玉、王熙凤的结局描写,或者一笔带过,或者胡编乱造,对巧姐被狠舅奸兄所卖的事却兴致勃勃,连续写好几回。最早提出卖巧姐的是贾环,他是巧姐的叔叔,既不是舅舅也不是哥哥,贾环再坏,不可能参与卖巧姐,更不可能是卖巧姐的始作俑者。贾芸是脂砚斋评语明确写过的,贾府败落后帮助贾宝玉,更不可能卖巧姐，贾蔷也没有卖巧姐的理由，他跟贾琏、王熙凤关系一直非常好，没有利益冲突。最有可能卖巧姐的是贾蓉，他是尤二姐的情人，王熙凤害死尤二姐，贾蓉和贾琏一样怀恨在心，当贾府败落，没了经济来源后，有了把巧姐卖掉换钱的机会，贾蓉就做了，他和王仁联手把巧姐卖进妓院。卖巧姐的奸兄是贾蓉，不是我的发明创造，也不是哪位当代红学家提出，清代就有人提出。至于把巧姐说给外藩为妾，能算很坏的事？如果巧姐真嫁过去，虽然不是正室，不还是亲王侧妃？除了贾环、贾芸、王仁等人贪钱之外，做外藩侧福晋能算害巧姐？这样的构思跟曹雪芹原有《好了歌解》针对巧姐的话"择膏粱，谁承望流落在烟花巷"差之千里。

卖巧姐的狠舅没问题，是王仁，续书叠床架屋又加上个舅老爷，也说得过去，反正邢大舅是白脸奸雄，前八十回已定性，再叫他办件坏事，无所谓。对于奸兄，红学家却还有另一种说法，那就是除了直接出面卖巧姐的贾蓉之外，还有个见死不救的奸兄贾兰，简而言之就是：当巧姐卖进妓院后，刘姥姥想把巧姐赎出来钱不够，去向巧姐亲堂哥贾兰求救，李纨手里有钱，贾兰却要把钱留给自己用，不肯出钱赎回妹妹，这样他就成了另外一个奸兄，另一种形式的奸兄，见死不救的奸兄。这样说好像还有根据，那就是第五回《红楼梦曲·晚韶华》关于李纨的唱词："镜里恩情，更那堪梦里功名！那美韶华去之何迅！再休提绣帐鸳衾。只这戴珠冠，披凤袄，也抵不了无常性命。虽说是，人生莫受老来贫，也须要阴骘积儿孙。气昂昂头戴簪缨，光灿灿胸悬金印，威赫赫爵禄高登，昏惨惨黄泉路近。问古来将相可还存？也只是虚名儿与后人钦敬。"这段唱词写李纨的命运。她早年丧夫，夫妻是镜里恩情，晚年丧子，功名到来如同梦幻。这支曲子当中令人费解的、也叫红学家讨论两百年的，是"虽说是，人生莫受老来贫，也须要阴骘积儿孙"。说明李纨虽然不受老来贫，儿子却死了。儿子为何英年早逝？因为缺德。究竟怎么缺德呢？红学家众说纷纭。有的认为贾兰应该救助巧姐却一毛不拔，缺了德，所以受到报应，虽然金榜题名做了大将，气昂昂头戴簪缨，光灿灿胸悬金印，威赫赫爵禄高登，却很快就死了。如果真是这样的话，曹雪芹构思下贾府真惨到不能再惨的地步。一百二十回小说从来没写过贾蓉有儿子，宁国府无后。荣国府，贾琏没儿子，贾宝玉出家也没儿子，唯一可能继承香烟的贾兰再英年早逝，整个贾府岂不成了圣贤所说的：不孝有三，无后为大？我倒有点儿怀疑，荣国府最后能接续香烟，甚至有点儿成就的会不会是最顽劣的贾环？这一点，从前八十回能找到依据。第七十五回"开夜宴异兆发悲音,赏中秋新词得佳谶",贾府子弟写的诗,这一回都没出现,脂砚斋曾说,等曹雪芹把贾府子弟的中秋诗补上,曹雪芹始终没补上,回目中"新词得佳谶"是什么意思? 就是贾宝玉、贾兰、贾环都写了诗,他们的诗实际上是他三个人将来命运如何的谶语。小说写贾环专好奇诡仙鬼一格,贾环写的诗,贾政挖苦是曹唐再世,曹唐是晚唐诗人,作品多游仙诗,贾赦把贾环的诗要去瞧了连声赞好,道:"这诗据我看甚是有骨气。想来咱们这样人家,原不比那起寒酸,定要'雪窗荧火',一日蟾宫折桂,方得扬眉吐气。咱们的子弟都原该读些书,不过比别人略明白些,可以做得官时就跑不了一个官的。何必多费了工夫,反弄出书呆子来。所以我爱他这诗,竟不失咱们侯门的气概。"吩咐人取许多玩物来赏赐贾环,拍着贾环的头说:"以后就这么做去,方是咱们的口气,将来这世袭的前程,定跑不了你袭呢。"贾政忙劝说:"不过他胡诌如此,那里就论到后事了。"看来贾赦欣赏贾环诗中的骄横之气,这种骄横之气,将来会给贾环这个最顽劣的家伙带来好前途。因为曹雪芹的后三十回丢了,贾环后来到底有没有兑现"新词成佳谶",我们就不知道了。

红楼梦大结局

——第一百二十回 甄士隐详说太虚情,贾雨村归结红楼梦

《红楼梦》最后一回回目意思很明白,但描写内容远不止这些。主要是:贾宝玉在一片白茫茫背景下含泪向贾政拜别,袭人嫁给蒋玉菡,刘姥姥跟贾府的人说如何重兴,香菱跟平儿一起扶正,香菱给薛蟠生下传宗接代的儿子,然后,才是"甄士隐详说太虚情,贾雨村归结红楼梦"。最后一回带有《红楼梦》全书大结局性质,对许多人物,不管主要人物还是次要人物,对他们的命运性格,都来了次惊心动魄的大扭曲、大变形。

宝玉披阔斗篷拜别贾政

贾政扶贾母灵柩,贾蓉送秦氏、凤姐、鸳鸯棺木到金陵安葬。贾蓉也送黛玉灵柩去安葬。贾蓉终于完成任务,陪伴他送林黛玉灵柩的紫鹃却早就回贾府跟着惜春出家了。大诗人荷马说,诗人就是要把谎编得圆,后四十回经常编得这边一个窟窿,那边一个漏洞。贾蓉和紫鹃一起送黛玉灵柩却不一起回,是明显漏洞。

贾政料理贾母灵柩,料理坟茔时接到家书,看到宝玉、贾兰中举,内心喜欢。看到宝玉走失很烦恼,赶忙回来。在道儿上闻得有恩赦又接家书,果然赦罪复职,他在江西粮道犯的错误都赦免,更是喜欢,日夜趱行。一日,行到毗陵驿地方,这个地方在常州,2013年常州市委邀请我到那里讲《诺贝尔文学奖和聊斋志异》,东道主自豪地告诉我:我们这里有个名胜古迹,是贾宝玉最后现身的地方。这也是中国特殊国情,古代小说人物的活动地点变成当代经济生活招揽游人的景点,水泊梁山有宋江马道、李逵塑像,常州有贾宝玉最后现身景点。续书作者就是写贾政在这个地方跟贾宝玉最后相会。

贾政的船到了毗陵驿,天寒下雪,船泊在清静去处。贾政谢绝拜望,在

船中写家书,写到宝玉的事停笔。抬头忽见船头上微微雪影里一个人,光着头,赤着脚,身上披着一领大红猩猩毡斗篷向贾政倒身下拜,贾政未认清,急忙出船,欲待扶住问他是谁。那人已拜了四拜,站起来打了个问讯。

这段描写很有层次,《金瓶梅》西门庆拜蔡京干爹拜四拜,是儿子拜爹。雪影中拜贾政,是贾宝玉向生身父亲行拜别之礼,拜完后,父子关系断绝,所以站起来打个问讯,打问讯是僧尼向人合掌问安。这表明:现在我是出家人,从此跟你各不相干。贾政才要还揖,迎面一看,不是别人,却是宝玉。贾政吃一大惊,忙问道:"可是宝玉么?"那人只不言语,似喜似悲。贾政又问:"你若是宝玉,如何这样打扮,跑到这里?"宝玉未及回言,舡头上来了两人,一僧一道夹住宝玉说:"俗缘已毕,还不快走。"说着三个人飘然登岸而去。贾政不顾地滑,急忙去赶。见那三人在前,那里赶得上。只听见他们三人口中不知是哪个作歌曰:"我所居兮,青埂之峰。我所游兮,鸿蒙太空。谁与我游兮,吾谁与从。渺渺茫茫兮,归彼大荒。"

续书作者安排已经出家的贾宝玉恋恋不舍叩别父亲,然后贾宝玉被一僧一道"夹住",有点儿像绑架,被一僧一道胁迫着走了,再从白茫茫旷野传来"青埂""大荒"的歌词,算是对应《红楼梦曲·飞鸟各投林》"落了片白茫茫大地真干净"。贾宝玉这样不合情理的"出家"和曹雪芹原来的构思"情毒之极"、决然"悬崖撒手"不一样。根据脂砚斋评语透露,贾宝玉的出家,跟甄士隐、柳湘莲的出家很相似,态度十分坚决,一点不犹豫,一点不留恋。甄士隐和跛足道人讲完《好了歌》《好了歌解》,甄士隐就把跛足道人的搭链拿过来,说一句"走吧",飘然而去。柳湘莲听了道士的话,用宝剑把满头烦恼丝一挥,跟着跛足道人不知所踪。贾宝玉出家也是这个态度,悬崖撒手,毫不留恋,不像后四十回写的腻腻歪歪,又是流着眼泪拜母亲,又是向妻子作揖,又是光着脚流着眼泪拜父亲。鲁迅先生曾经讽刺:"无论贾氏家业再振,兰桂齐芳,即宝玉自己,也成了个披大红猩猩毡斗篷的和尚。和尚多矣,但披这样阔斗篷的能有几个,已经是'入圣超凡'无疑了。"(《坟·论睁了眼看》)

曹雪芹写的"落了片白茫茫大地真干净"原本有两层含义,一是贾府抄家后遭受火灾彻底毁灭;二是贾宝玉对尘缘毫无留恋。续书将这两层含义都曲解,诡辩地用大自然雪景取代哲理意义的"白茫茫大地"。续书作者算聪明还是算诡诈?

最后唱的离世歌"我所居兮,青埂之峰。我所游兮,鸿蒙太空。谁与我游兮,吾谁与从。渺渺茫茫兮,归彼大荒。"意思无非是宝玉回到大荒山,回到青埂峰。小说第一回说,那块无材补天之石,被弃在大荒山无稽崖青埂峰下,指的是代表曹雪芹的那块无材补天之石,因为后四十回作者没有看到甲戌本,不知道甲戌本写过无材补天的石头苦苦哀求一僧一道要求带他到红尘当中受享几年,一僧一道大施幻术,把大石头变成通灵宝玉。一百二十回程甲本篡改成警幻仙子派石头做神瑛侍者,把石头和神瑛侍者混为一谈。其实曹雪芹创造的是两块石头的有趣关系,即通灵宝玉是石头,神瑛侍者也是石头,瑛即美石。神瑛侍者这块石头下凡,把代表《红楼梦》作者曹雪芹的石头带到人世间记录人世沧桑,成了《石头记》,也是《红楼梦》。贾宝玉脖子上挂着通灵宝玉,是石头上边挂石头。有趣不有趣,我曾经怀疑,这个石头脖子上挂石头写法,是不是又从《聊斋志异》学来的。《聊斋志异·彭海秋》写仙人彭海秋把有道德缺陷的丘生变成马,叫彭好古从杭州骑回山东,那匹马回到彭好古家又变成丘生,彭好古让他骑马回家,造出一个马骑马的趣闻。

是不是续书作者觉得写贾宝玉被一僧一道胁迫出家对贾宝玉这个形象的歪曲还不够味,接着由贾政写家信,讲见到贾宝玉的事,对贾宝玉做了番重新定性:他是到贾府来借胎,是天上星宿、西方佛爷下凡历劫,一向有高僧仙道护佑,哄了老太太十九年!劝谕合家不必想念。这样一来,已经被皇帝彻底平反的贾府又出了个佛爷。接着,皇帝来凑热闹,送了贾宝玉个"文妙真人"。贾宝玉出生生得轰动,出家也出得不仅轰动还漂亮风光,既能披大红猩猩毡斗篷,还有皇帝给封号。贾政这番宁可家里出个佛爷的话传回贾府,薛宝钗先哭得人事不知,然后按照她极明理的性格,思前想后:"宝玉原是一种奇异的人。凤世前因,自有一定,原无可怨天尤人。"将大道理的话告诉他母亲,薛宝钗冷静得有些怪异,她将来也是非常可怜。

袭 人 出 嫁

贾宝玉失踪,宝钗听秋纹说袭人不好,袭人模糊听见说宝玉若不回来,便要打发屋里的人都出去,一急越发不好了。大夫瞧后,秋纹给她煎药。袭人神魂未定,好像宝玉在他面前,样子恍惚是和尚,手里拿着本册子揭着看,当然是太虚幻境金陵城十二钗的册子,贾宝玉还说:"你别错了主意,我是不认得你们的了。"《聊斋》手法又来了,贾宝玉来断绝跟袭人的感情。宝钗想念宝玉，暗中垂泪，自叹命苦，奇怪，贾宝玉怎么不捧着册子来跟宝钗道别？

然后是安排袭人。续书作者用皮里阳秋笔墨，写袭人如何性情和顺，先想死在贾府，后想死到哥哥家，最后想死到娶她的蒋家。总而言之，她不想出嫁，但终于都有不死的理由，最后底牌掀开，原来她嫁的就是当年跟贾宝玉换汗巾子的蒋玉菡。蒋玉菡把贾宝玉换给他的葱绿汗巾拿出来，说明姻缘前定。

在叙述完袭人嫁蒋玉菡之后，有这么一段："看官听说：虽然事有前定，无可奈何。但孽子孤臣，义夫节妇，这'不得已'三字也不是一概推委得的。此袭人所以在又副册也。正是前人过那桃花庙的诗上说道：'千古艰难惟一死，伤心岂独息夫人！'"这段话专门讥讽袭人。按照续书作者的观点，贾宝玉出家，袭人或者守着，或者吊死，那才是对的。息夫人是春秋时息国诸侯的夫人，楚国灭息国，息夫人被楚王掳去做了妾，生了两个儿子却始终不跟楚王说一句话，问她为什么不跟楚王说话，她说："一个女人嫁两个男子，只差一死，还有什么可说的。"息夫人的故事，先记载在《左传》，后来汉代刘向《列女传》按照汉代的道德标准，把她写成守节而死的烈女。续书作者为袭人不能给出家的贾宝玉死节表示遗憾，说什么"孽子孤臣，义夫节妇，这'不得已'三字也不是一概推委得的。此袭人所以在又副册也"，宣传封建女性道德观。按照曹雪芹的构思，袭人嫁蒋玉菡在宝玉出家之前，临走之前嘱咐贾宝玉"好歹留着麝月"，故最终贾宝玉是以薛宝钗为妻、麝月为婢。贾府败落后，袭人夫妇曾供养宝玉夫妇。所谓"花袭人有始有终"。至于袭人为什么离开宝玉，有论者认为是宝钗"清君侧"，姑且不论。花袭人在金陵十二钗又副册，是按照地位区分而不是按人格高低区分，即正册为小姐、奶奶，副册为侍妾、姨娘，又副册为丫鬟。袭人并不是因为不能为宝玉殉情嫁二夫进又副册。续书作者对袭人进又副册的解释是出于封建礼教观念，贬损袭人。贾宝玉写了《芙蓉女儿诔》祭晴雯，晴雯不也在又副册么！

皆 大 欢 喜

续书曲解地安排完袭人，又曲解地安排香菱，两次杀人的薛蟠又放出来，不是香菱被夏金桂害死，而是香菱对夏金桂取而代之。按照曹雪芹构思，四大家族一荣俱荣，一损俱损。续书作者写成瓜蔓牵连，你荣我也盛，贾府衰而转盛，薛蟠也能出狱，香菱扶正，还给薛家生下传宗接代的儿子。其实前八十回早就预言香菱在夏金桂进门后不久被折磨死,且早已血分中得病不能生育。

贾政、贾赦、贾珍都回家,弟兄叔侄,历叙别来的景况。然后内眷们见了,想起宝玉伤了一会子心。贾政喝住,对王夫人说:"这是一定的道理。如今只要我们在外把持家事,你们在内相助,断不可仍是从前这样的散慢。别房的事,各有各家料理,也不用承总。我们本房的事,里头全归于你,都要按理而行。"王夫人告诉宝钗有孕,将来丫头们都放出去。贾政听了,点头无语。贾宝玉不仅是披着大红猩猩毡斗篷的阔和尚,还是个有儿子的和尚。贾琏向贾政汇报刘姥姥给巧姐提亲,贾政叫贾赦作主,贾琏却要贾政做主,贾政表示:"提起村居养静,甚合我意。只是我受恩深重,尚未酬报耳。"贾琏请了刘姥姥来,应了亲事。刘姥姥见了王夫人等,便说些将来怎样升官,怎样起家,怎样子孙昌盛。刘姥姥是《红楼梦》中宝黛爱情、贾府盛衰之外的第三条隐线,按曹雪芹的构思,三进荣国府的刘姥姥目睹贾府的惨状,从妓院救出巧姐,让她与板儿成亲。续书中的刘姥姥,不仅成了巧姐的媒婆,还预言此后怎样升官、怎样起家、怎样子孙昌盛。刘姥姥在《红楼梦》中应起的作用,也被续书作者曲解。

甄士隐详说,贾雨村归结

最后一回又把甄士隐和贾雨村请出来,由他们详说、归结红楼梦,大概想对小说起到首尾照应的效果,其实这两个人物最不该出现在《红楼梦》结尾,续书作者这样做,大概是受八股文起、承、转、合程式套路的影响。跟两个人物一起出现的还有同样在小说第一回出现过的一僧一道、空空道人、曹雪芹,基本上把第一回一些情节描写变个样子抄了抄。简而言之,贾雨村再次罢官、再次遇到甄士隐,两个人聊起贾府的人和事,甄士隐交待了甄英莲也就是香菱的结局:她给薛蟠生下儿子后死了,贾府非但没有一败涂地,还要迎来家业复兴、兰桂齐芳、蒸蒸日上。所谓"兰"指第五回李纨判词中预示虽然高官厚禄却短命而亡的贾兰,"桂"暗指贾宝玉的遗腹子,在曹雪芹构思中子虚乌有。石头已回到大荒山,上边写着它幻形入世的故事,空空道人把这个故事交给曹雪芹,这个"曹雪芹"说出"假语村言",意思是假的语言和村庄的语言,这说法和第一回曹雪芹说的"假语存(贾雨村)",也就是虚构的小说语言保存下来,意思也不一样了。

续书功过

续书作者以甄士隐、贾雨村归结《红楼梦》，贾府家业复兴、兰桂齐芳，连贾宝玉都从皇帝老儿那里得个"文妙真人"的封号，曹雪芹构思的侠肝义胆的刘姥姥变成见风使舵的刘媒婆，这都违背曹雪芹的构思。从思想倾向上看，前八十回，唱的是青春的赞歌、社会的挽歌、人性的悲歌，后四十回唱的是老气横秋的程朱理学旧调；前八十回写的是明媚的知己之恋，后四十回写的是酸腐的伦理道德；从艺术描写上看，前八十回写的是活灵活现的人物，后四十回情节经常重述，人物基本未增光彩。除黛玉之死、贾府被抄、贾母之死等章节比较成功，并有一定悲剧意味，其他已与《红楼梦》大悲剧脱钩，特别是两个核心人物，王熙凤和贾宝玉，后四十回塑造不能算成功。

但程高本续书毕竟能够完成宝黛爱情的悲剧结局，写了精彩的黛玉之死，毕竟写出了其他小说从没写过的抄家，虽然写得不理想，比起其他版本胡编乱造如让林黛玉复活、掌管"十二钗"，要强得多，所以经过两百年历史选择，程伟元、高鹗根据无名氏续书补订的后四十回，能存留下来，成为一百二十回《红楼梦》，功大于过。

作为一个细读《红楼梦》、反复读《红楼梦》超过一个甲子的资深红迷，作为一个也是写小说的，我比较同情甚至有些敬佩后四十回作者。一个小说家根本是为他人做嫁衣裳，动用自己的生活积累，写他人的故事，完成曹雪芹没有完成的《红楼梦》，还得尽量写出符合曹雪芹在前八十回多次预示、暗示的人物故事。那些人物，又被前八十回写得那样灵动精致、不同凡响、别出心裁。这些人物就像"一大群微笑的蒙娜丽莎"，一大群定了型的世界名画，后四十回作者这个后来的画家再给"一大群微笑的蒙娜丽莎"往脸上再描色彩，得多么小心谨慎，多么兢兢业业，真是如临深渊、如履薄冰。弄不好，就把微笑画成了哭，给女人嘴边画上胡子。这个活儿实在难做。如果不是出于对《红楼梦》的热爱，续书作者不会费心劳力做这件事。而续书能够写到这个样，能够几百年跟前八十回共同组成《红楼梦》这个完整的中国故事，我们还得给续书作者，给程伟元、高鹗记上一功。

《红楼梦》的人物命运和最终结局

谈论《红楼梦》的人物命运和最终结局,不能不把前八十回和后四十回区别开来。

前八十回是"千古文章未尽才"之曹雪芹的天才作品,后四十回是思想艺术水平跟曹雪芹差很远的无名氏续作,又经过跟曹雪芹"三观"不同的程伟元、高鹗的修订,后四十回已与曹雪芹的原来构思矛盾和断裂。《红楼梦》人物命运和最终结局,当然得以曹雪芹构思为主为准。

脂砚斋说贾宝玉是"今古未有之一人",曹雪芹以生花妙笔写出一个似呆如傻、似痴如狂的贵族公子。在他呆傻痴狂的宣言和行为中,透露出民主新思想的启蒙光芒。一、他说:"女儿是水做的骨肉,男人是泥做的骨肉,我见了女儿便清爽,见了男人就觉得浊臭逼人。"贾宝玉心甘情愿为丫鬟服役,对大观园女性黛玉、宝钗、湘云、凤姐,甚至尼姑庵妙玉,贾琏、薛蟠侍妾都香花供养,唯独对沾染男人恶习、不自爱的尤家姐妹不以为然。贾宝玉的"呆话"和痴狂行为跟封建社会理论基础之"男尊女卑"对立,是对封建宗法制社会合理性的否定。二、贾宝玉骂一心读书做官的人是"禄蠹",把封建社会最高道德"文死谏、武死战"贬得一文不值,他不喜欢跟贾雨村等峨冠博带的人来往,喜欢跟戏子蒋玉菡交朋友,贾宝玉的价值观念和留意孔孟、经济之间的封建正统背道而驰。贾宝玉说"只除'明明德'外无书,都是前人自己不能解圣人之书,便另出己意,混编纂出来的",漠视宋代以来深远影响社会的程朱理学,拒绝走"仕途经济光宗耀祖"的"正道",他是贵族家庭中比贾琏、贾珍更彻底的不肖子弟。三、贾宝玉动不动就想化灰化烟,一再到老庄哲学中寻找永远找不到的出路,他的悲观论和虚无思想,梦醒了却无路可走,跟俄罗斯文学的"多余人"形象有近似之处,这是 1964 年我在大学四年级时写的论文提过的观点。四、贾宝玉深受屈原等影响,晴雯死后的《芙蓉女儿诔》,是贾宝玉跟封建家庭决裂的宣言。贾宝玉有强烈而多方面的叛逆思想，却因祖母溺爱，长期受到保护，宝玉挨打后，仍能在祖母庇护下在叛逆的路上悠然行走。中国古代讲究"男女七岁不同席"，从少年成长为青年的贾宝玉却数年生活在乌托邦似的大观园里，跟姐姐妹妹过着类似桃花源般的生活，演绎出中国古代小说最富诗情画意的情节。

林黛玉和贾宝玉之恋，"三世情""还泪说"是神话传说带来的因由，共同的思想追求、高洁人格是精神基础。林黛玉是清高自许的孤女，她从不劝贾宝玉立身扬名，是贾宝玉叛逆思想的知音。林黛玉住在绿竹森森、清溪潺潺、"有凤来仪"的潇湘馆，凤凰是非梧不栖、非醴泉不饮、非竹实不餐的神鸟，是林黛玉的象征。林黛玉在潇湘馆诗意栖居，她跟贾宝玉是知音之恋、精神之恋，林黛玉情重愈斟情，像"作女"一样一再考验贾宝玉，并完成一次一次还泪。《葬花吟》是她的人格宣言，《题帕诗》是她的爱情宣言，《秋窗风雨夕》《桃花行》《柳絮词》《五美吟》甚至中秋联句"冷月葬花魂"，是她心灵的吟唱，配合日常生活的一言一行、一颦一笑，共同完成绝代才女＋情痴的形象，林黛玉是古代小说画廊成功的艺术典型，她是清纯美＋任性美的少女，是富有清奇气的诗人，更是古代小说有深刻思想意蕴的凄美悲剧形象。

如果说林黛玉对贾宝玉而言算"诗与远方"，那么薛宝钗对贾宝玉来说就像"应用文和现实"。薛宝钗是艳冠群芳的冷牡丹，她温柔敦厚、精明练达，在与贾府各色人交往中表现出超强的心理素质和处世能力，对贾母、王夫人、管家奶奶和下人，她都能合理且对己有用地应对，是封建家长心目中理想的贤妻良母和管家婆。薛宝钗是封建淑女，自觉地用封建道德规范约束自己，盐溶于水般按照"三从四德"为人处世，就像用"冷香丸"抑制"热毒"，压制正常的人生愿望。薛宝钗并非不想亲近贾宝玉，并非不追求"金玉良缘"，但更想把贾宝玉引上封建家长要求的"正路"，按照社会主流意识形态塑造贾宝玉的灵魂，所以，贾宝玉的爱情选择，实际上成了他人生道路的选择。"金玉良缘"和"木石前盟"的反复"过招"，构成中国古代小说前无古人、后无来者的人生故事——不仅是爱情故事，还隐藏着从贾母、王夫人到袭人等各色人的欲望。

贾府掌权者如何对待贾宝玉的婚姻选择，一向是红学家热烈争论的焦点。多数红学家认为，贾母、王夫人、贾元春都视薛宝钗为贾宝玉未来的婚姻对象，我从来不这样认为。从小说布局上看，如果三个重量级人物一致"看好"薛宝钗，贾宝玉的婚姻还有什么矛盾冲突可展开、有什么故事可写？

薛宝钗一次一次恭维贾母、贾母"不是冤家不聚头"、薛姨妈"爱语慰痴颦"，岂不都成了无源之水、胡诌八扯？从人物关系上看，贾母唯一最爱的女儿贾敏留在人世的唯一骨肉是林黛玉，贾母疼爱林黛玉并打算永远把她留在身边，"二玉一家"顺理成章。王熙凤是贾母肚子里的蛔虫，所以才跟林黛玉开"既吃了我们家的茶，怎么还不给我们家做媳妇"的玩笑。贾琏奉贾母命送林黛玉奔丧，早就把林如海可观遗产并入贾府囊中且在建造大观园时起作用，贾琏后来说什么时候再发个三二百万的财就好了，贾琏曾发三二百万的财的机会，明眼人一看就知指什么。贾母在跟薛姨妈闲谈时把林黛玉算成"我们家的四个女孩"之一，都说明"二玉一家"是贾母的既定方针。至于贾母几次"表扬"薛宝钗，那是贾母跟王夫人姐妹打的高明太极拳，贾母唯一一次动摇"二玉一家"是薛宝琴的出现，但很快就被紫鹃试宝玉"纠偏"，贾母知道贾宝玉离开林黛玉不能活，还能拿宝贝孙子的命冒险？曹雪芹构思中宝黛爱情最终仍然是悲剧，并不是薛宝钗鸠占鹊巢，而是覆巢之下焉有完卵：在春暖花开的时节，贾母为贾宝玉和林黛玉订了亲，贾宝玉却因为"丑祸"外出避祸，音信全无。林黛玉挂念贾宝玉，日夜啼哭，无怨无悔地为贾宝玉流尽最后一滴眼泪，完成"还泪说"飘然而逝。当贾宝玉回到贾府，只看到潇湘馆寒烟漠漠、落叶潇潇，并奉父母之命与薛宝钗成亲。贾府败落，薛宝钗仍想劝贾宝玉重振家业、走读书做官的路，贾宝玉与之格格不入，"空对着山中高士晶莹雪，终不忘世外仙姝寂寞林"，抛弃薛宝钗出家为僧。

后四十回按照续书作者的人生理想和美学追求完成宝黛爱情悲剧，虚构并比较精彩地描写黛死钗嫁、掉包计等情节，但贾宝玉、林黛玉、薛宝钗都被不同程度地扭曲。在后四十回中，贾宝玉从人生理想到爱情追求都遭到变形化描写：他兴致勃勃讲八股文，道貌岸然讲《列女传》，跟林黛玉没有一次像样的心灵交汇，跟薛宝钗倒有不少"油腻相爱"，最终考中举人，再在一僧一道的"挟持"下，穿着大红猩猩毡斗篷出家。林黛玉则从前八十回"我为的是我的心"，成为一门心思嫁贾宝玉的怨女。前八十回自尊自重、沉稳大度的薛宝钗不可思议地接受掉包计，木偶一样任人摆布，都远离曹雪芹对人物性格和命运的设定。但是黛玉之死毕竟完成了宝黛爱情悲剧，而且在艺术描写上相当有感染力。

王熙凤是《红楼梦》两个核心人物之一，身上维系着贾府盛衰；另一个核心人物贾宝玉，身上则维系着宝黛爱情。王昆仑先生名言："恨凤姐骂凤姐，不见凤姐想凤姐。"王熙凤是《红楼梦》写得最灵动精彩的女性人物，堪称整个中国古代小说中人物的"女一号"。如果说,贾宝玉和林黛玉的恋爱模式、恋爱心理,随着其生存时代远去,已成为一去不复返的往昔纯美艺术。那么可以说,王熙凤的语言艺术,王熙凤的管理艺术,王熙凤处理难题、处理上上下下人事关系的艺术……王熙凤相关的桩桩件件,对现代人(不仅对女性)仍能起到"他山之石,可以攻玉"的作用。王熙凤是棱角分明、八面生风的千面娇娃。她精明能干,声势非凡,同时又阴险毒辣、贪婪悍妒、霸权弄权。王熙凤举手投足、一言一笑,都透着智慧,透着谐趣。她给现代人的启示丰富而精彩。《红楼梦》内涵广阔,曹雪芹用"四大家族"一荣俱荣、一损俱损概括封建末期上层贵族,"四大家族"以贾府为中心,王熙凤是荣国府的管家婆,她的个性、她的追求、她的管理决定着荣国府这个钟鸣鼎食国公府的盛衰。所以,贾府盛衰过程实际是王熙凤跟贾府上上下下人员打交道的过程,是王熙凤展示聪明才智的过程,也是王熙凤走向灭亡的过程。如果说贾府这个贵族大家庭像一张大蛛网,王熙凤就像趴在蛛网正中的一只大蜘蛛,她联通各方神圣,关联各种人物,牵涉各种关系。我们也可以说王熙凤是支撑贾府的大柱子,但柱子本身滋生白蚁,大厦倾倒。《红楼梦》前八十回用非常多的事件和细节描写王熙凤,实际上,王熙凤也可以看作是爱情女主角,她在一夫一妻多妾制的封建宗法社会中,执着地追求独占丈夫的爱,由此才出现了《红楼梦》如凤姐泼醋、害死尤二姐等精彩情节。按照曹雪芹构思,王熙凤"一从二令三人木,哭向金陵事更哀",最终在贾府巨变中被贾琏休弃。后四十回的王熙凤基本没了前八十回的风采,她的结局被安排得匆匆忙忙、潦潦草草。

贾元春封妃将贾府从"八公"提升到皇亲国戚,带来了贾府烈火烹油的权势,带来了《红楼梦》的主场——大观园,此后元妃归省成为可待追忆的繁华,太监一再到贾府敲诈,暗示元妃在宫斗中失宠,王熙凤梦到不是自家的娘娘来夺一百匹锦,暗寓贾府百年繁华将要终结。按照曹雪芹的构思,元妃之死很凶险,她死于皇权内部斗争,而且她的死导致贾府忽喇喇似大厦倾。后四十回描写元妃因太受皇帝宠爱、身体发福而死,跟曹雪芹的构思脱钩。

《红楼梦》前八十回活灵活现地描绘了数十个可以称作典型的文学形象,贾宝玉及金陵十二钗,贾母、刘姥姥等老夫人形象,贾珍、贾琏、贾蓉等纨绔子弟,晴雯、袭人、鸳鸯、紫鹃等丫鬟群像,周瑞家的等仆妇形象,尤二姐、尤三姐等市井人物,甚至在前八十回小说里只露一面的焦大,也像能从纸上走下来，被鲁迅先生诙谐地称作"贾府的屈原"。各类人物性格已经写得非常丰满，只等着曹雪芹构思的大结局的来临。可惜，曹雪芹后三十回写好的稿子没有传下来，我们只能根据《红楼梦》前八十回和脂砚斋等提供的线索，推测《红楼梦》的最终走向，并与现存的后四十回做对比，来看后四十回的功过得失。